谨以此书

　　向四百三十年来为"马应龙定州眼药"持续经营付出过卓绝努力的人们致以崇高的敬意!

　　向二十个世纪以来为中国民族医药工商业的发展和兴盛做出过卓著贡献的人们致以崇高的敬意!

　　向上下五千年里为华夏文明兴旺发达及炎黄子孙健康美丽事业建立了卓越功勋的人们致以崇高的敬意!

瞳话

——一个四百年的眼疗世家传奇

安民｜林可行｜王礼德｜著

中国出版集团

世界图书出版公司

广州·上海·西安·北京

图书在版编目(CIP)数据

瞳话——一个四百年的眼疗世家传奇/安民,林可行,王礼德著. —广州:
世界图书出版广东有限公司,2012.8

ISBN 978-7-5100-5004-6

Ⅰ.①瞳…　Ⅱ.①安…②林…③王…　Ⅲ.①长篇小说－中国－当代
Ⅳ.①I247.5

中国版本图书馆 CIP 数据核字(2012)第 166413 号

瞳话——一个四百年的眼疗世家传奇

责任编辑　黄　琼

出版发行　世界图书出版广东有限公司

地　　址　广州市新港西路大江冲 25 号

http://www.gdst.com.cn

印　　刷　虎彩印艺股份有限公司

规　　格　787mm×1092mm　1/16

印　　张　24

字　　数　400 千

版　　次　2012 年 8 月第 1 版　2014 年 3 月第 2 次印刷

ISBN　978-7-5100-5004-6/K·0140

定　　价　40.00 元

目 录

引　子

公元 16 世纪中叶，正是中国民族工业刚刚萌芽的时期，也是传统中华医学发展的辉煌时期。此间，诞生了中华民族最伟大的医学家李时珍和他的药学巨制《本草纲目》。此前的弘治十八年（1505 年），明孝宗以举国之力，组织编撰了我国医学史上最大一部彩色本草图谱、国家药典《本草品汇精要》。这是中国乃至世界药学史上的两个划时代壮举，亦是世界古代医药学科技史上的两大标杆。它们的诞生，正是那个时代医药学高速发展的产物。也正是在那样的时代，中国才能够诞生中华医药史上的第一个眼疗世家。

那是一个已经产生了传奇并将继续产生传奇的时代。上至皇帝，下到平民，都折腾出了令人眼花缭乱的、千奇百怪的花样。

1521 年 4 月 27 日，大明世宗皇帝朱厚熜继位，次年改年号嘉靖。嘉靖甫一登基，即诛杀明武宗时期的佞臣钱宁、江彬，不久为了生父兴献王的封号，与杨廷和等朝臣发生了严重的冲突，爆发了"议大礼"的政治事件。其中最为激烈的是"血溅左顺门"，100 多名朝臣被皇帝打了屁股，有的甚至被当场打死。

明世宗设坛修醮，痴迷炼丹，迷信道士的邪说，玩弄朝臣于掌股之间。他把内阁大臣当木偶，一直醉心于自己的享受，置国家生民于不顾，最后却被一些更加聪明的大臣玩弄。首辅严嵩贪赃枉法，横行乱政 20 年，造成北方蒙古侵扰不断。蒙古鞑靼部落首领俺答汗不断寇边，嘉靖二十九年甚至兵临北京城下。嘉靖还要全体臣僚尊道、奉道。尊道者升官发财，敢于进言劝谏者，轻则削职为民，枷禁狱中，重则当场杖死。有能力的官员不能为国出力，惨遭屠戮。道士邵元节、陶仲文等却官至礼部尚书，陶仲文还一身兼少师、少傅、少保数职。这在明朝历史上也是空前绝后的。嘉靖迷信丹药方术，派人到处采集灵芝，并经常吞服道士们炼制的丹药。为了满足自己的修道和淫乐，多次下诏选拔民女入宫，每次数百名。1542年，嘉靖命宫女们清晨采集甘露，兑服参汁以期延年，致使上百名宫女病倒。宫女们忍无可忍，以杨金英为首的宫女决计勒死嘉靖，这就是历史上绝无仅有的宫女弑君的"壬寅宫变"。不巧的是杨金英将勒在嘉靖脖子上的绳索打了个死结，导致当朝皇帝侥幸逃过了一劫。劫后余生的嘉靖皇帝大开杀戒，受牵连者达数百人。

我们故事的主人公之一，"定州眼药店"创始人马金堂的父亲、中国眼疗世家的发端，人称"活菩萨"的马大人，就此走上了这个时代的前台。

第一章

吕太医遇险定州城　马神医智救吕连安

　　这是四百多年前的一个夜晚。

　　大明嘉靖四十五年(1566年)深冬,年关将近,一场因明世宗意外驾崩引发的血腥诛杀正在京城上演。锦衣卫和宗人府的人马遍布京城,东厂也借机肆意捕杀,清除异己。城里不断传来抄家和捉拿受牵连的官员的叫喊声。太医院吕院判在家如坐针毡,像热锅上的蚂蚁,在书房里不停地来回走动着。

　　一会儿,下人来报,宣武门内大街张提调家被抄;一会儿又有下人来报,司设监掌印太监赵有义的家也被锦衣卫团团围住。城内一片风声鹤唳。吕院判非常清楚自己的处境,明世宗突然暴毙后,太医院已有两名主治御医被斩,院使下狱,就连主持编撰《本草品汇精要》的刘文泰的家族都已受到株连;在一批又一批的官员被抄家问罪之后,自己这个院判闹不好就会在劫难逃。皇上死因不明,首当其冲的就是太医院的官员。他不知道自己为何到现在还安然无恙——也许是自己的品级太低了吧。这种暂时的安全更加深了他内心深处的惶恐。他来回踱着步,总感到捉人的吼叫声和哭喊声已越来越近。

　　现在,他能想到的唯一逃避灾祸的办法就是逃离京城。趁锦衣卫和东厂还顾不上自己,赶快一走了之,否则只怕是后悔莫及。想到这儿,他叹息着停下了脚步。伴君如伴虎,本朝的官员尤其不好当,想起太祖朱元璋一年斩杀八万官员,他就不由得毛骨悚然。他清楚,自己不能留恋京城,不能再贪恋这个六品医官的位置了。

　　在环视了书房一眼之后,他让仆人李三六赶快打点行李,带上一些紧要物品和盘缠,同时叫上儿子吕连安和他一起动身。临出门,他看了一眼书案上的《太医院御医用方案注》,叫李三六包了,一起带上,连夫人都来不及道别,就跨出了书房的门。李三六已按他的吩咐,在后门备好了马车。他和儿子登上了马车,嘱咐李三六从经常走的阜城门后胡同走。留下来的下人问他,夫人问起来怎么答,他说你就说我回太医院去了。不管是谁,问起来,都说我去了太医院。实在包不住了,就说不知逃到哪里去了。

马车在黑暗的大街上"哒哒哒哒"地跑着,吕院判的心里也如同这急驰的马蹄声,在"咚咚"地打鼓。不一会儿,车就到了阜城门,远远地便看见门洞前火把通明。守城的兵勇和锦衣卫早已封锁了城门。彼此相隔不过一射之地,回头肯定是来不及了。转念之间,他已想好了说辞,示意李三六不要回头,继续前行。

车到门洞前,一伙人立刻围了上来。为首的兵勇来到车前盘问:"来者何人?都宵禁了,你还要去哪儿?可有锦衣卫的通牒?"

吕院判看了兵勇身后的两个锦衣卫一眼,回答道:"下官乃太医院吕院判,刚得到太后身边太监张德子的传话,正在上御园养病的太后身体有恙,传唤本官带犬子前去问病。"

两个杀气腾腾的锦衣卫见吕院判面不改色心不跳,一时面面相觑。二人从前在皇城内经常见到吕院判,其中一豹眼狮头的说道:"吕大人,现在是非常时期,凡进出城者,无论白天黑夜,一律要有锦衣卫通牒,概莫例外。"

吕院判抱拳施礼道:"今夜事急,二位可否通融一下。太后口谕,下官有几个脑袋还敢不去?下次一定不忘!"

两个锦衣卫你看着我,我看着你,一时不知该如何是好。其中一个盯着吕院判看了又看,然后掀开帘子看到了吕连安。他不怀好意地问道:"这人是谁?"吕院判应声回答:"这是小犬。""你给太后瞧病,为什么还要带上儿子?""犬子读书不长进,跟着下官学医。太后见过他几次,很是喜欢,特意叫带上犬子的。"见那人还在犹豫,吕院判就说道,"二位高抬贵手。耽搁了给太后瞧病,在下是要掉脑袋的。可是在我掉脑袋之前,只怕不得不供出你们二位了。到那时,二位就得跟我一起掉脑袋。"那人一听这话,再看也没有其他什么人,就说:"纵算你跑,你跑得了和尚也跑不了庙。"然后挥挥手,示意放行。兵勇向后退了一步,李三六抖动马缰,顺利通过了门洞。马车就此驶入西郊无边的黑暗之中。

其实吕院判这个谎话编得还是欠妥。太后如果要看病,一定是太后身边的太监去传旨,同时太监一般会跟着返回去。现在没有太监,显然是有问题的——本来他已经准备好了答词,为什么没有太监跟随,因为太监传完太后口谕后，到宫里去见皇后娘娘，向皇后禀报太后的病情去了——可是他这么个低级的谎言，那两个没脑子的锦衣卫竟然信了。可见打太后的旗号在很多时候还的确管用，能唬住很多人。因为锦衣卫就算再凶，太后要让他们脑袋搬家，那也是家常便饭。

出了城，吓了一身冷汗的吕院判，让李三六马不停蹄地直奔西山门头沟，然后折道向南。他打算经河北、河南回到祖籍湖北蕲州。他祖上本为蕲州人氏，曾祖父在百余年前随军迁往太原，已历四世。蕲州本地，他们还有些本家亲戚，还有所老宅子。锦衣卫如果要抓他的话，第一目标肯定是太原，所以他不能回太原。蕲州倒是一个比较稳妥的去处。其实他对自己的生命早已看淡，脑袋虽然长在自己头上，但君要臣死，臣不得不死。自己反正已经老了，还有多少年活头？可儿子毕竟还年轻，他总得给吕家自己这一支留下个根苗。

第二天下午，他们赶到了保定府城外，远远地看到城门口同样戒备森严。惊魂未定的吕院判决定先在城外极为僻静处找家客栈把儿子安顿下来，让仆人侍候儿子，自己独自一人外出打探消息。当听说昨天保定府也在捉拿人犯时，他连忙折回客栈，吩咐李三六再去买匹好马，让店家给两匹马加足草料，还添了些精料，三人早早吃过晚饭，早早上床休息。

次日，主仆三更起身，绕过保定府继续赶路。吕院判心急如焚，深知只有离京城越远才越安全。锦衣卫如果要捉他的话，在河北境内，快马只需一天就能追上。他逃离京城的事，最迟今天就会穿帮，说不定现在家里上上下下都已经被缉拿归案。直到进了定州地界，他的心才稍作宽慰。离定州城十里，他就在僻静处找了一家客栈，把儿子先安顿下来。他留下部分钱粮和那匹好马，留下那包医书，嘱咐儿子，他们进城后，如果城里没事儿，就让李三六回头来接。如果两个时辰内李三六没回，那么自己就已经出事了，就让儿子托人给定州府医官马大人捎封信，求马大人帮忙，把儿子送到蕲州。他再三叮嘱儿子，自己虽然跟马大人只有一面之交，可马家是中医世家，早就听说马大人外号"马神医"、"马菩萨"，有求必应，只要求到他了，他应该会帮忙的。他告诉儿子，保命要紧，实在不行，就把《太医院御医用方案注》送给马大人，求他救命。他家就在定州府旁边不远之处，不难打听到的。

儿子安顿好了，他这才跟李三六进城。城门口只有两个兵勇，寻常得像什么事也没有。他这才松了一口气，径直朝城门走去。

两个兵勇走上前来盘问。而就在此时，一个捕快带着两个皂吏走出城门洞，其中一个皂吏正准备张贴通缉令，另一个看见了马车和吕院判。他眼睛一亮，忙把眼光在通缉令和吕院判之间来回扫了两扫，抬手指着吕院判，惊呼道："就是他！快！快！"见捕快还没反应过来，又大喊道，"抓住他！别让他跑了！"边喊边往马车跑去。那个捕快随即反应过来，二话没说，"刷"地就抽出刀，三步两步就跨到了马车边，刀锋就搁上了李三六的脖子。那个皂吏这时也死死地抓住吕院判的手。两人束手就擒。

捕快让李三六下了车，然后拿起通缉令，对着吕院判和通缉令来回看了两眼，点头道："就是他！他就是钦犯吕长河！"然后把马车搜索了一遍，没有发现吕连安，就厉声问吕院判道："你把钦犯吕连安藏到哪里去了？快给我老实交代！"

吕院判不语。捕快努努嘴，皂吏就一把把他拽出马车，重重地摔在地上。皂吏一脚踩住了他的头，把刀尖搁在他鼻梁上问道："你说，还是不说？"

吕院判仍是不语。皂吏脚下一使劲儿，吕院判立马大叫。皂吏道："我叫你硬！跟大爷我硬，你自找苦吃！今儿个怪不得爷了。"

吕院判吃痛不过，知道如果就这么硬扛下去，不是个办法。连忙说："别打了！别打了！我说！我说！"见皂吏脚下松了些劲，就说道，"我要见知府大人！见了知府大人，我就说。"

捕快盯了吕院判一眼，道："你把老子当猴耍是吧？好，今天天也晚了，爷爷就依你。咱也不怕你在爷爷我面前耍什么花花肠子。"于是吩咐皂吏说，"走，见知府去。"回头吩咐两个兵丁，叫把城门看紧点儿，别漏掉了一个人犯。有什么事，赶紧派人通知他，回头请他们喝酒。

三人押着吕院判和李三六，往府衙方向走去。一路上围观的百姓越来越多。吕院判仰面望晴空，悲由心生。主仆夜以继日，疲惫不堪地逃了两天两夜，终究没有逃脱将被诛死的厄运。既然锦衣卫下了通缉令，十日内必将押送他们进京。在这种局势乱成一团麻的时候，自己必死无疑。好在儿子还有一线生的希望，希望上苍能够保佑儿子逃过此劫。

就在主仆被押近府衙大门时，吕院判抬头看见一个身穿青色大氅的男人从对面走来。那人四十岁不到，高额，宽脸，生得气宇轩昂，表情却又十分温和。吕院判觉着此人看起来很眼熟，那人也若有所思地瞄了他一眼。这一眼，让吕院判好生奇怪。直到两人走过了，他才想起，这就是定州府府医马大人。这些年自己掌管皇帝向全国征集仙药的事务，这定州设有征集所，此人就是负责押送灵芝仙药的马大人，多年前与自己有过一面之交。只是时间太久，变化太大，故此一时没有认出来。

他很清楚，自己在这里关押的时间不会超过十天。今晚如果知府不审问自己，验明身份，那明天早上一定会开审。之后，按照惯例，到下旬之时，他就会被押往京城。但是他还不想就这么死去。他在押解房里苦苦思索，良久，终于想到了一线生机。

于是他大喊口渴，叫来看守的官兵，然后从棉鞋的后帮处掏出藏得最紧的二两碎银，塞给对方，让他请定州府府医马大人来这里一趟，就说是京城太医院吕院判请求见他。还说如果能够请到马大人，马大人一定会有重赏。

那官兵狐疑地看了他一眼，又掂了掂手上的银子，对他毫无表情地说："马大人刚才还到那边给犯人瞧过病。"看吕院判一脸不解，就补充道，"那边有个丁员外生病了，家里上上下下花了钱，才请来郎中给他瞧病。马大人才出去。待会儿我看他回来没有，如果回来了，就给你带个话儿。"

吕院判见那官兵一直没有动弹，就跟他天南地北、东一榔头西一棒子地拉家常套近乎，顺带打听打听马大人的为人，以及与知府大人的关系。对方拉着脸，耐烦时应两声，不耐烦时什么也不说。这样大约过了一个时辰，有人来接班儿，那官兵才不急不慢地离去。

天黑后，吕院判正等得心焦，就在他几近绝望的时候，一个狱卒掌灯，带着那个马大人出现在押解房。马大人进门后，随手给了看守一点儿碎银，然后走到押监门口。坐在地上的吕院判立时起身，扑到门前，隔着栅栏问道："请问，足下可是定州府医官马大人？"

"在下正是马浦沙！"对方答道，"您就是京城太医院吕院判？"

"正是在下。在下与马大人曾有过一面之缘，马大人您可还记得？"

"下官岂敢忘记？那年我送灵芝仙药进京，您负责验货，还给了我诸多关照。此事还没来得及谢您呐。怪不得后晌见您时觉得特别眼熟。只是您被他们弄得如此不堪，下官哪敢往您身上想呢？罪过，罪过。请问大人您到底出了何事？现在找我，想让我为您做些什么？"马大人一连串的问话，已经透出了关切之情。

听到对方尊称自己为您，吕院判缓过了一口气。他心情沉重地告诉马大人，嘉靖驾崩，京城诛戮官员无数，东厂、锦衣卫趁机排除异己。自己医家出身，多年来一直小心翼翼做官，从不敢得罪任何人，也没想到会有今天的飞来横祸。尽管嘉靖的病不是他看的，可第一个给嘉靖瞧病的张太医拟方子后，他曾过目过，也曾提出过疑问，但对方并没有听进去。他在定州只认识马大人，知道大家都说马大人有求必应，只希望马大人能够体谅自己，看在同行的份上，替自己在知府大人那里疏通一下，放自己一马。如今锦衣卫、东厂捕杀无辜的官员太过随意，多一人少一人，没有谁会在意。只要定州府放了自己，他跑出去后永不再回京城，那就是一条生路。如果自己被押解回京，必将成为冤死鬼，这一生活得不明不白，太不值当。行医者都久闻定州医官马大人素有侠义之风，人称马菩萨，故求马大人大发慈悲，救救自己。李三六站在一旁，也是一脸哀求的神色。

这是吕院判想说的第一步。他首先得探清楚马大人愿不愿意救自己。如果马大人肯拼死救自己，他才能再说儿子的事。如果马大人不愿意蹚这趟浑水，那他就没必要再多言了，不然可能会反招祸患。

吕院判的哀求确实打动了世代医户出身的马大人。他沉思了一会儿，告诉对方，自己仅仅是定州府一个小小的医官，能力有限，很难说救不救得了他。不过看在同为医家、同病相怜的份上，自己会找人在知府大人面前竭力为他求情。

不过他同时又直言相告，自己并无把握一定说得动知府大人。他劝慰吕院判，要想开一点儿，别做太大的指望。如今为官，都是朝不保夕，人人自危。定州两年来换了三任知府，现任的吴知府也是去年才到任的。自己对新任知府大人的秉性、脾气并不了解，作为医官，与知府素无交谊，平日也没有机会接近知府大人。能不能与知府大人说得上话，估计唯一能做的就是金钱开道了。他向吕院判坦言一定会竭尽全力，找到知府家人面陈，一定多方疏通，争取到最好的结果。

听马大人说完这些，吕院判长舒了一口气。这时那边的狱卒喊吃饭，站在一旁的狱卒就放下了灯，跑出去吃饭了。吕院判趁此机会，才放心地开口求马大人救救自己的儿子。他将儿子的情况告诉了马大人，同时请马大人原谅自己的不够至诚，见面之初未将儿子的情况和盘托出。马大人听闻此言即起身作别。他急急地说："吕大人请放心，令郎既然现在还没有被抓，那么我就救得了他。我一定会把他送到蕲州，万一今后蕲州不安全了，我会把他转到我的祖籍躲藏起来。您的事我也会尽力周旋，但到底会有什么结果，只能听天由命了。"说完深深一揖，告辞而去。

定州原为中山国国都，397年由安州改名。大唐时期，定州号称天下第一州，掌管北方三十六州。从今天的版图上看，整个北京、河北，以及山东西部、河南北部、山西东部，尽在定州的管辖之下。唐时，定州是北方仅次于都城长安的大城市，华北的商业中心和北方最大的丝织中心，粮食产量居全国首位。

后来定州产业工人南迁,对南方诸如苏州等城市丝织业的兴起,产生了巨大的影响。缙绅出身的马大人,是定州府的世代医官,在定州也算是名门世家。要是搁在从前,搭救一个未经审判的犯人,于马家而言并不是件特别难的事。可是如今吕院判涉案明世宗的死,救他就没那么容易了。况且州府官员命运多舛,走马灯似的换了一个又一个,搞得人人自危,连自身都觉得朝不保夕,为他人担干系的劲头自然就小了。因此即便马家出手,份量也自然大不如前。

回家之后,家人呈上吕连安托人送来的信。马大人拆开一看,内容正是吕连安按照其父所嘱请求马大人救他一命,送他前往蕲州。他当即吩咐管家赵六九前往十里庄,先带吕连安到城外马家田庄躲避。吕连安到田庄后,即可躲过官府的搜查。马家既为医官,在定州还经营着一个中药铺,所以每年都要往蕲州采买药材,通常他们都走水路而不走官道,如此一来就正好可以避过走官道的风险。水路从定州取道大运河,再自扬州的瓜洲古渡向西拐入长江,然后溯江直上,就可以到达蕲州。本来一个月后,待年过完毕,他们采买药材的船只就将出发。现在看来,不能耽搁了,明后天一定要起程,让吕连安随船而去。只是现在太乱,一路上强人出没,加上嘉靖一死,各路官府定将对船只进行反复的搜查,这其间难保不出问题。要想安全、稳妥,除了采买药材的人是江湖老行家之外,最好还要有府吏为伴。府吏随身携有公文,遇官府搜查时,就可以涉险过关。至于提前一个来月动身,他也想好了由头,就说是给药铺总管欧阳老大飙他们爷仨放个假,让他们回祖籍黄州去一趟。想到这里,他心生一计,决定去找知府大人的小妾吴三姐。明天早上就去。

第二天一早,马大人让药铺总管、名动江湖的欧阳老大飙带上一千两银子,跟他到知府家里去一趟。他要见一见吴三姐。这三姐是知府来定州后新娶的一房姨太太,年纪二十上下,生得颇有几分姿色。她原在梨花院唱曲儿,颇通文墨,与马大人原本就相识。自嫁了知府以后,吴三姐患过一次眼疾,还怀了身孕,都是请马大人看的。姨太太新婚,又怀了知府的骨血,知府自然宠幸有加。

敲开了一个精致小院的大门之后,马大人说明来意,仆人领着他们来到第二进的大厅,然后让他们坐等。大约一袋烟功夫,两个丫鬟扶着吴三姐出来了。两人相见,分宾主坐了。吴三姐叫丫鬟看茶。马大人谢过,起身,拱手道:"问三娘好。三娘现在身子可好?"

三姐挥手让他坐下,笑了笑,说:"您是郎中,依您看,奴家的身子现在如何?"

马大人道："三娘您那样金贵的身子，现在又是喜脉，这事我看错不了。凭在下行医大半辈子，三娘今天脸上光彩照人，眼神清亮，灼灼有神，一看就知道胎儿的情况很好。只是不知三娘近来饮食如何？"

"自上次吃了先生开的保胎药后，饮食好得不得了。"三姐说，"只是现在一天要吃五餐，比平常要多吃两餐。上午辰末加吃一次冰糖红枣莲子羹，下午未正加吃一次板栗烂煨乌鸡汤。现在身子胖了，都快要走不动路了。"三姐很是高兴道，"多亏了先生您上次的方子。只是我现在吃了这么久了，也都吃厌了。先生您能不能给我换个口味。"

"回三娘的话，在下正是为此事而来。既然三娘现在身体大好，我看换换也无妨。药现在也不用吃了，这白天中间的两餐，三娘您也可以吃其他的。只是三娘您把舌头伸出来，让我看看舌苔。"马大人道。

于是三姐伸出舌头，马大人一看，舌苔已经恢复正常。就对三姐说："恭喜三娘，您现在除了发物之外，什么都可以吃了。只是如果要三娘身体好断根，还得要一样东西。"

"什么东西？"

"蕲州的绿毛龟。"

"绿毛龟？您店里不是有吗？"

"回三娘话，我家小店里的绿毛龟早已经卖完了。"

"那您怎么不赶快到蕲州去进货呀？"

"回三娘，不是在下不去进货。在下进货的船只早已经备好了，就在城外的田庄里候着呢，只是……"马大人犹豫着。

"只是怎么着？"

"这一路上兵荒马乱的，又是官家查扣，又是土匪打劫。在下去年两次采货的船，每次两船都只有一船回到定州，亏都亏死了。这是采货的总管欧阳老师傅，今年这差事他都不敢接了。"马大人说着，看了欧阳老大飙一眼。

欧阳老大飙连忙打拱作揖道："回三娘，不是小人不去，只是现在路上不太平。这一路上匪呀盗的，我倒不怕，反正我走惯了，哪里有匪哪里有盗，怎么应付，我都还略知一二。我老大飙的名号在匪盗那里也还吃得开。只是这几年，官家在水上没少设卡子，今年这里设一个，明年那里设一个，哪一炷香没有烧到，就把人抓了下大狱。这不，定州西门外韩老三的药店去年和今年两次都有人下大狱了。我一把年纪，再要下大狱的话，恐怕老命都得搭进去了。照说东家让我去蕲州，我得去，可我明知道去了闹不好就是个死，为什么不想点儿别的办法呢?"

三姐听了,转过头来看着马大人:"大人莫非是要从我这里想点办法?我一个妇道人家,哪有什么办法呀?"

马大人站起来,作揖道:"马某人今天来,既是为三娘,也是为我自己。马某寻思,三娘您的病要全好,要绿毛龟。蕲州人氏李时珍在写《本草纲目》,他前年到过定州,见过在下。《本草纲目》里讲绿毛龟:'通任脉,助阳道,补阴血,益精气,治痿弱',有治疗肾阳不足之功效。肾为生命之本,肾固则胎儿生命力强,有此物足可保胎儿生命健康。肾属水,水生木,水足则肝气旺盛,肝气旺盛则眼清目明。有绿毛龟后,在下再拟一方,足可以保证将三娘您多年的眼疾治断根。这是为三娘着想。为我自己呢,我去年丢了两船的货,今年再也丢不起。这水路上,如果有知府大人的文书一路上罩着,再有一两个公人跟随,即可确保平安。那样也就可以确保治好三娘您的眼疾,确保三娘您腹中的胎儿平安康泰。请三娘为自己也为您肚子里的孩子着想,看在在下跟三娘相熟多年的份上,帮一帮在下。"

马大人这一席话,说得入情入理。三姐不好推托,沉吟道:"这事得我家老爷定夺,我一个妇道人家,哪能……"

马大人见此,就转过脸去看了看欧阳老大飙,微微颔首。欧阳老大飙对外一挥手,外面两个伙计抬着个箱子进来了。他们一放下,马大人就说:"这是在下孝敬三娘您的一千两纹银,不成敬意,请三娘笑纳。三娘如果帮在下做成这单,回来时我还有蕲州特产相谢。今后每年,三娘都可以请吴大人帮我这个忙。三娘帮这个忙,可谓举手之劳,我也不让您白帮忙,每年都可以孝敬三娘您不下这个数。"说着,他伸出两根手指,对着三娘摇了摇。

三姐一看,笑眯了眼。忙说道:"好说,好说。您也是为我母子俩嘛,今后,凡是您采买药材,您的事就是我三娘的事!"

第二章

吕连安赠书以报恩　马神医舍财为救人

　　马大人回家后,立即让欧阳老大飙的手下去城外田庄,通知管家赵六九当天动身。

　　当天下午,欧阳老大飙去吴三姐那儿,两个公人拿着文书,早等在那里了。马大人先行出门,亲自到城外田庄送吕连安。管家赵六九已经将吕连安神不知鬼不觉地安顿在大船上,他都没有让吕连安进庄。马大人心想,好个管家,心思这么缜密。他连忙上了船。船舱里有个隔间,吕连安就在隔间里。

　　吕连安见到马大人后,慌忙给他下跪,感谢他的救命之恩。马大人连忙将他扶起,嘱咐他这一路上只能呆在船舱里,不能出来。船上有公人,不能让他们知道这船上还藏了人。如果知道了,不仅救不了吕连安,他马家全家也都是死罪。吕连安已经知道,马大人为了救他,花了一千两银子求的知府的三姨太,临分手时,觉得无以为报,就自作主张,要将那包《太医院御医用方案注》送给马大人。马大人觉着不妥,说这是你吕家的,如果要送,那得你父亲开口才成。没有你父亲开口,我不能要。推脱再三,吕连安说:"这书并非我家所有,而是家父从太医院里借出来的。家父也没说非要这套书不可。再说,您为我这个毫不相干的人连身家性命都搭上了,我吕连安如果连这套书都舍不得,那岂不让人笑话?我现在只有这套书,因此只能以它相赠。再说马大人为定州名医,所谓宝剑赠英雄,这《太医院御医用方案注》记录了御医为皇家行医用药的种种考虑,正是行医人的一把宝剑,一般人即使想要也不可能得到,普通医家也未必识货,它正需要您这样的英雄才相匹。这套书送您正合适,正所谓物得其主。请大人千万不要推托。"话既然说到这样了,马大人就不再推辞,只说道:"那好,书我暂且替你收着。我回家再抄一套,这套以后送还给你。万一将来太医院追查下来,你们还有东西可还,如何?"于是大家起程前往定州,接上差人及另一班船夫,欧阳老大飙带领众人,取道运河,昼夜兼程,前往蕲州无话。

送走吕连安后,马大人回到家,看看天色已晚,就开始思考如何搭救在押的吕院判。吕连安的事情,求吴三姐帮忙可以解决,但那玩儿的是瞒天过海。吴三姐如果知道吕连安就在船里头,打死她,她也没有那个胆量。救吕院判一事是无从隐瞒的。这种情况下,妇道人家,还真不顶用。

吕院判在定州举目无亲,一念之际,向自己这个仅有一面之缘的府医求救,实属无可奈何。院判正六品,官阶比知县还要高。想想堂堂一个太医院的正六品院判,落到如今这步田地,不免悲从中来。思前想后,他感到要走通知府的路子,只有前去求巡检司的巡检吴大人。府里的通判、推官与知府大人来往不多,可据说巡检吴大人与新来的知府有旧,往来密切。吴巡检在定州为官多年,人头很熟,况且听说他与吴知府还是连过谱的。好在自己在定州行医这么多年,与吴巡检交往虽不是很深,但也并不算浅。有了这一层,与知府搭上话,应该不难。

可求吴巡检的事得晚几天才行。船行水路,即便日夜兼程,一天也就百十里地。吴知府如果心思细密的话,只须将自己求三姨太的事和同时救吕院判的事联系起来,事情闹不好就会露馅儿。到时不仅救不了吕院判,说不定还得搭上吕连安,自己的身家性命也难保无虞。而按照以往的惯例,押送之事一般都安排在下旬,这样算来,留给自己的时间还有六七天。于是马大人把活动知府的时间定在了四天之后。这几天就先把这些信息告知吕院判,让他先安心等候。心急吃不得热豆腐,时机不成熟就鲁莽行事,只会坏事。

到了第四天的晚上,估摸着船已到达山东境内,马大人就让管家包了三包上好的天麻,驾车前往吴巡检家。穿过好几条街巷,来到巡检司衙门,管家上前扣响大门。良久,门才开了一道缝,一个驼背的老头儿举着灯笼,伸出头来问道:"谁呀?"

管家赵六九欠欠身,说道:"我家老爷,奉祠正的马大人求见吴大人!"说着,将灯笼举起,照着马大人的脸。

驼背老头儿从门缝中挤出了半个身子,朝马车上看了一眼,说道:"候着!容我去通报老爷!"说罢就转身关门。

不一会儿功夫,巡检司的大门"吱呀"一声打开了。出来的是一个年轻的汉子。他提着灯笼,躬身来到马车前,朝马大人鞠了一鞠,压低声音道:"马大人，我家老爷有请！"

进到后院，就一眼瞅见二进正厅灯火通明，瘦瘦高高的吴检司，已让下人掌灯恭候。跨进正厅，马大人立即给吴大人躬身行礼道："检司大人安好！马某人冒昧打扰了。"

生得一张驴脸，蓄着山羊胡子的吴检司，满面春风地迎上前，作揖回道："马大人客气了！大人是稀客，何言打扰？请坐！"随即吩咐下人，"给马大人看茶。"

马大人奉上三包礼物，回应道："不成敬意，一点山货，请大人别见外。"

吴检司连连作揖回礼："哪里！哪里！马大人言重了，我就知道马大人礼性重。无功受禄，怎会见外？"

主客一同坐下，下人随即奉上香茶。吴检司慢条斯理地捻着自己的山羊胡子，等马大人开口，表面的热情掩藏不住眼睛中流露出的疑惑。马大人这边却也没有立马开口。此前几天，他一直在思考如何向吴检司说起，准备了几套话，都觉着不合适。现在面对吴检司，觉得绕来绕去还不如开门见山。于是沉吟片刻，就将吕院判被捕求自己营救的事，除了救吕连安之外，一股脑儿全都倒了出来。最后说道："吴大人能否看在咱们两人相交多年的情分上，跟知府大人求个情，我马某人想使点银子疏通疏通，看能不能想办法放出吕院判。"

这吴检司脑筋有些简单，在官场里混了多年，也不见怎么开窍儿。见马大人登门有求自己，不免有些洋洋得意。但当他听明白是想疏通知府，为一个朝廷要犯打点时，又觉得这事非同小可。他虽然反应慢半拍，人却也不傻。听完马大人一番陈述，吴巡检皱着眉头想了好一会儿，接连提了三个问题。

"马大人，这院判与大人是故交？"

马大人摇摇头。

"那与马大人或是沾亲啰！"

马大人又摇摇头。

"那么他是否给了马大人一笔巨额钱财呢？"

马大人仍是摇了摇头。

"马大人，这我就不明白了。一不沾亲，二不带故，三不挣钱，马大人为何要费这么大的劲，绕弯子托人疏通知府大人呢？"

这一问，倒把马大人问得一时不知如何答好。人们做事总得有所图，他图的是什么呢？舍财不说，况且还担了那么大的风险？

马大人说道："扪心自问，我救吕院判，并没有图人家什么。我与吕院判只是一面之交，吕院判走投无路，求到了我，那是他信任我。他既然信任我，我无论办得成办不成，总得要努力一试，方不负这一番信任。"他略一沉思，继续说道，"吕院判一旦被押解到京，那肯定是明年秋后问斩。他是正六品院判，行医的人能够做到这个份上，那可是祖坟上烧了高香的。这样的人要是被无辜处死，那就太可惜了。他一生救了多少人命？可临到了他，怎么就没有人来救呢？人命大于天，我怎么能见死不救呢？"

这些话一经说出，马大人心中豁然开朗。他迎着吴大人疑惑的目光望了过去。吴大人愣是看着他，继而摇了摇头道："难怪大家都叫你马菩萨。你确实不可理喻。"

马大人听他这样说，就笑着说道："穆斯林尤其讲究扶危济困，你们儒家讲仁者爱人，我们医家讲医者救人。路上碰到个濒死的人了，无论他是穷是富，是生是熟，无论花多少钱，咱都非救不可，更何况现在这人我还认识呢？咱就当他是病人吧。咱马家历来的准则就是能救一人是一人，能救到哪儿是哪儿。既然如此，那为何不救呢？"看吴检司还是摇头，马大人稍一沉吟，接着说道，"吴大人，这都是我的真实想法，希望大人您能理解；就算大人您不理解的话，也还是希望吴大人能出面……"

吴大人盯着马大人看了良久，然后捻着自己的胡须，感慨道："我知道马大人上门总会有好事，不过今天马大人是替别人做好事，虽与我吴某人并无干系，但看在你马大人的份上，我答应替那吕院判到知府大人面前走动走动。至于知府大人会如何处置，我可就说不好了……"

马大人一听，喜出望外。连忙起身，打拱作揖道："巡检大人出面，马某感激不尽！感激不尽！"吴巡检答应得这么爽快，让他一时都不知道该说什么好。

"不过马大人你可别高兴得太早了。"吴巡检说，"这事办得成办不成，只有天知道。而且我听说，吕院判被捕后，通判、提点，还有知府大人都提审过他。他已供认自己就是太医院院判。我还听说他有一个儿子叫做吕连安，出京城时是跟他在一起的，可是被捕时却不知去向。提审吕院判时，他开始不说，后来吃不过苦头，就说是在保定下的车，然后去了哪里，不知道。提审一同被捕的下人，说法一样。知府估计他是回了山西太原老家，就派人前往太原缉拿吕连安了。这个，马大人恐怕也知道吧？"

马大人吓出一身冷汗，表面上仍然故作镇定。他睁大眼睛，吃惊地问道："还有此事？吕院判还有个儿子叫吕连安？而且是一起逃出来的，而且是半路上分开的？吕院判怎么没跟我谈起此事？这吕院判到底是怎么回事？他求我救他，这儿子的事他竟还瞒着我？"

吴巡检说："你不知道更好。知道了，岂不又要被牵扯进去？这样的事，别人躲尚且都躲不及，哪有像你，还往自己身上揽的。这又不是什么好事！"

马大人笑笑，只好说道："唉，没办法，我就是这么个人。巡检大人，您既然答应帮忙，那您准备什么时候派人到知府府上去问一问？"

吴巡检站起身道："这是急事，急慢不得，少不得我现在就去知府大人府里走一遭。只是你要有个心理准备，不可期望过高，省得到时失望。"说完，二人一同出门，吴巡检拿着东西去了知府衙门，马大人则返回自己家去。

快到家门口时，又忽然叫车夫折回到巡检司。他自己候在吴巡检家门外，却叫管家赵六九回去，跟夫人把家里藏着的那三颗上好的人参要了，拿过来有用。

吴巡检直到三更时分才回家。看到马大人候在门外，略显惊奇，赶紧将他让进了屋。一问，才知道马大人没有敲门。吴巡检还是责怪了家丁几句，让下人上了茶。两人一落座，就直奔主题。

吴巡检说："按说，我和知府大人是本家，又是同门，知府大人断不会推托于我。可是此事说来难办得很。马大人你既然答应出银子，我就叫知府大人开口，说只要他开口，这银子自有人出。你道知府大人怎么说？他说这根本就不是银子不银子的事。"说着，吴巡检看了马大人一眼。

马大人立即喊管家进来，奉上三棵上好的人参。吴巡检接参在手，立马就着灯光一棵棵仔细地观赏起来。三棵参中最大的一棵应该有七八两重；另外两棵，都应该在六七两上下。马大人让管家退下，说道："吴大人，不瞒您说，这三棵人参可是我的家传之宝。上次我家遇难时，家父都没舍得拿它打点巡抚大人。您手上拿着的那棵大的，八两三钱重，另两棵小的，一棵七两二钱，一棵七两整。这俗话说，七两参，八两宝，前年有一个汉口来的商人出价整整三千五百两，我也没有舍得卖。这样的宝物现在整个定州城也不可能再找到第四棵了，我们马家是因为行医多年，兼营药材，所以手里才能积攒下这三棵。况且我家再也没有比这更贵重的宝贝了。我知道这事非同小可，所以只有拿它来表示我的至诚，还望大人您多多成全。"

吴大人听此一说，脸上顿时乐开了花。他收下三棵人参宝贝，详详细细地将自己见吴知府的事讲了个明白。

原来自打抓了吕院判后，吴知府就没有打算马上送吕院判进京。这守株待兔的好事是可遇不可求的,吕院判就是那个几十年一遇的株,那个招财进宝的树桩子,至于兔子是谁,他当初还不知道。但他非常清楚的是,只要守住了吕院判,迟早就会有兔子撞进门来的。他唯一担心的是时间,担心兔子还没出现树桩子却要被递解进京了。所以,只要上面催得不急,他就虚与委蛇地推脱。依照吴知府的心思,他恨不得把吕院判一直羁押在定州,这样他才有把握一定能等来那只兔子。

当吴巡检找上门来说明来意后,吴知府心里偷偷地出了口长气,为这只兔子终于送上门来而窃喜不已。

吴知府知道这马家是定州府府医,且世代为医,颇有积蓄。前几天三姨太求他的那事,马家出手就是纹银一千两。由此看来,这个兔子肥得正如他所愿。所以一听明白吴巡检的来意,他立马拉下脸来,厉声喝道:"这个马府医,好大的胆子!来人,给我去把马府医抓起来!胆敢包庇钦犯,该当何罪!"

吴巡检即刻拉住了他,赶忙求情道:"大人息怒!大人息怒!这事怪不得马大人。他一个郎中,天性心软,见不得谁有难,懂得个什么?路上碰见个叫花子病了,他都会给人家瞧病,还自己掏钱给人家配药,所以人称马菩萨。像他这样的菩萨心肠又哪里经得起吕院判相求?虽说包庇钦犯是杀头的死罪,可他不是官场上的人,又哪里懂得此事的轻重?俗话说不知者不为罪,求大人您高抬贵手,饶过马府医这一回。"

"他府医不懂官场上的事情,这个自然。可是他为什么要给我惹事儿?不惹事儿什么都没有,惹出事儿了,连带你我都不得安生。你再见到马府医就给我好好教训他一顿。一个小小的医官,好好的府医他不当,把手伸那么长干吗?你给我告诉他,他要是再敢多管闲事,惹是生非,决不轻饶!"边说边把手猛地一挥,再把桌子猛地一拍。左右见状,一个个悄然退下。

趁吴巡检停顿的间隙,马大人赶紧插话道:"大人教训得对,大人教训得对。下不为例,下不为例。不过我这也是没办法,事情做到这步了,总没有中途折回去的道理。终究还得麻烦大人您成全。"

吴巡检摆摆手,接着说:"知府大人说完这些,就没有再说话。然后知府家的徐师爷进来了。"

"徐师爷?可是那位干瘦干瘦的老先生?"马大人问道。

"正是。小个子,山羊胡子,人可是精干得很。"吴巡检解释道,"徐师爷一进来,没有绕弯子,摇头晃脑慢悠悠地说到:'这人,不能放。'然后我就问为什么。知府大人说:'他吕某人现在是朝廷钦犯,这人谁也救不了。况且他是锦衣卫要抓的人,锦衣卫要抓的人,谁胆大包天,敢私下做主放了他?除非他不想要脑袋了!'"

　　然后吴巡检告诉马大人,锦衣卫抓人,甚至抓官,可以不需要皇帝钦准。六部和内阁就更管不了的。他们只对皇帝负责。朝廷三品以上的大员都对他们畏惧三分。况且锦衣卫的鹰犬遍布天下,消息极为灵通。定州离京城并不远,也就一两天的路程。锦衣卫早就知道吕院判已被抓获,前几天还在催促府里赶快押送进京。府里也已答应待下旬按惯例押送前往。说完,补充一句道:"总而言之,这时想救他,太晚了。"

　　马大人明白,此事已没有商量的余地。但听了最末一句话后,还是不死心地问道:"如果在抓他的当天就营救吕大人,能救得出吗?"

　　吴巡检瞟了马大人一眼,说道:"我这也只是一说而已。想救他,哪那么容易。即使是抓捕他的当天营救,也没有可能。知府和师爷了解过,抓他的当天,围观的人很多,好多人都看见了,再加上直接接触过人犯的捕快、兵丁、狱卒、通判、武官等等,你要想救吕院判,得同时把这些人都摆平了才成。那样下来,没有五万两银子休想。更何况锦衣卫次日就知道人被抓获,纵算你把这些人都摆平了,锦衣卫那边你能够摆平吗?"

　　马大人一听,顿时如泥委地。他明白现如今救人是没指望了,不过自己已经尽心竭力了,对吕院判总算有个交代。想到这里,就起身告辞。

　　吴巡检见了,脸上不禁露出一丝歉意。他说道:"马大人你放心,吕院判的事情,在定州自然不用说了,我们会好好照顾他,不让他吃亏;即使到京城后,我们也会托关系让锦衣卫关照关照。但是,这命能不能救,那可是……"

　　马大人一听此言,知道吴巡检还有话没有说完。连忙拱手道:"请巡检大人不吝赐教,一定给马某我指条明路。"

　　吴巡检道:"你是个明白人,还用我多说?知府大人说了,吕院判是锦衣卫要抓的人,要想吕院判不死,除非锦衣卫发话。其他人说了都是白说。"

　　马大人这才明白知府和巡检都是话里有话。他们绕了半天,所表达的意思实际上就是愿意帮这个忙,去问明锦衣卫那边不杀吕院判的价码儿。如此虽很无奈,可无论如何,营救吕院判的事情总算是有了转机。现在最大的问题是锦衣卫的递解时限,于是他急忙问道:"可马上就到下旬之初,吕大人就要被押往京城了呀?"

　　"那你回家等我准信儿,我明天一准儿给你答复。"

　　吴巡检的回答让马大人喜忧参半。他怀着满腹的忐忑,告辞回家,踏进家门时，东方已经泛出了鱼肚白。

　　第二天午正，派到吴巡检家候信的管家赵六九带回了口信："锦衣卫那边发话，交银一万两，保吕院判不死。另外，还可以用三千两银子打点太监，说不定新皇帝一开恩，把吕院判给放了也未可知。"马大人前思后想，自己即使把两处房产中的那处祖宅卖了，把药铺卖了，最多也只能变现四千两银子，而且因为事急，恐怕还得打个折，只能按三千两算。剩下一万两，哪里去弄？看来只有奔山西太原吕院判老家想法子了。于是他派管家再去吴巡检家，请巡检大人到知府那里说说情，争取再缓一缓，十天内，他卖掉祖宅和药铺，先交三千两银子；待他交出三千两银子后，再把人押往京城。另外，今天他就会去见吕院判，明天就派人去太原，两个月内，他争取让太原吕院判老家派人送来余下的那一万两银子。

　　之后，马大人再度前往押监见吕院判。他把营救的大致情况拣重要的讲了。还没等马大人把话说完，吕院判即满怀感激地拜倒在地，叩头谢恩，旋即依照马大人的意思修书一封，请马大人派人前往山西太原。分手时，吕院判再度"扑通"一声跪下道："恩公，大恩不言谢！吕某人今生无以为报，来生做牛做马，方能报答您的大恩大德！"

　　于是马大人就先派管家带着吕院判的书信前往太原府筹集银两，自己则赶在期限之前变卖家产。可怜两个医官，两个殷实的富户，两家几代人的积蓄，一夜之间，全部付诸流水。

第三章

吕太爷太原迎恩人　马菩萨他乡解困局

　　且说马大人卖了祖宅、药铺,凑齐三千两银子交给了吴巡检,然后带着仆人王初一和武本三,于腊月二十八日动身,一路晓行夜宿,紧赶慢赶,连大年三十儿和正月初一都没有停歇,恰好于正月初七赶到太原。未及入城,远远就看见一座雄伟壮丽的都城屹立于前。其规模与定制,与定州城大不一样。

　　太原为明代九边重镇之首。元末明初,它原为元朝最后一任大将王保保父子两代经营的老巢。王保保,安徽沈丘(今临泉)人。他的父亲是汉人,母亲是元末将领察罕帖木儿的姐姐。因此,王保保是元朝大将察罕帖木儿的外甥,后来又被察罕帖木儿收为养子。韩山童、刘福通率红巾军起义后,王保保起兵跟随察罕帖木儿镇压红巾军,功劳甚大,元惠宗为此给他赐了个蒙古名,叫扩廓帖木儿,后官至左丞相,统领天下兵马。在与明朝诸将的对决中,王保保一败再败,有两次几乎是全军覆没,只带十几个或几个人逃跑了,但也颇有亮色。一是在韩店大败汤和;二是在兰州城外围困于光,致使于光全军覆没;三是在洪武五年(1372年)用诱敌深入之计,在岭北将明军包了饺子,大败明朝第一名将徐达和第二代大将蓝玉,明军死伤万人。如果不是徐达和蓝玉太过强悍,率兵突出重围,徐达的中路军五万人马可能就全军覆没。

　　王保保的威名之盛连太祖皇帝也感喟不已。岭北之战后,有次朱元璋大宴众将,席间突然问道:"天下奇男子谁也?"众人都回答道:"常遇春是也。遇春将不过万人,横行无敌,真奇男子也。"太祖笑道:"遇春虽人杰,吾得而臣之。吾不能臣王保保,其人,奇男子也。"

　　继王保保和他的舅父察罕帖木儿经营太原后,1368年12月,徐达、常遇春几乎全歼王保保十万大军,太原自此重新回到了汉人手中,朱元璋的子孙们开始经营太原。

明朝建国后，朱元璋将他的二十四个儿子册封到各地为王。驻守太原的是第三子朱㭎，受封为晋王。朱元璋先派晋王的岳父大将谢成负责修城。谢成将宋代太原城向南、向北、向东三个方向扩展，形成了明代太原城的规模和格局。太原城从洪武四年（1371年）开始兴建，先修晋王宫城，继修太原府城，再南关城，再北关城，末新堡城，迄嘉靖四十四年（1565年）才堪堪修建完毕，前后历时194年，建城五座。修成后的太原城，规模大于正德年间扩建前的北京城。

明代太原城周长二十四里，高三丈五尺，城墙系用夯土浇黄米汤后外包青砖筑成，阖城共开八门。东曰宜春门、迎晖门，俗称大东门、小东门；西曰振武门、阜成门，俗称水西门、旱西门；北曰镇远门、拱极门，俗称大北门、小北门；南曰迎泽门、承恩门，俗称大南门和新南门。至20世纪中叶，留存下来的仅剩拱极门，即小北门，1949年毁于战火。现在见到的新修的拱极门系根据史料按一比一的比例重建：门楼高七十米，宽三十二米，进深十五米，四层重檐结构。它在原太原城各门中还是规模比较小的。规模更大的大北门、大东门、水西门、大南门和新南门，都更加雄伟。明代后七子、文坛领袖王世贞在《适晋纪行》中写道："太原城壮丽，其二十五睥睨辄作一楼，神京（北京）所不如也。莽苍有气概……"万历《太原府志》记载："太原八门，四隅，建大楼十二，周垣小楼九十有三，崇墉雉堞，壮丽甲天下。"

太原城的壮观，由此可见一斑。

无奈城市虽然壮观，马大人却没有心情欣赏。他来不及细看眼前的城市，刚进大南门，就拉人打听水西门街。那一带本为商业中心，繁华阜盛，"伏天光，蔽地脉"，走着走着，就看见街边有一家药铺，居然还在营业。马大人上前一打听，掌柜的就吩咐一个五十多岁的孙老汉，领着他们去吕院判家。

吕院判家就在水西门街与西米市交叉口的四神阁旁边不远处。孙老汉穿着破旧的长袍，头发灰白，戴顶旧棉帽，帽顶还露出点白棉絮。他人很瘦，但也很干练。他先问马大人贵姓，从哪里来。马大人一一回答。接着他就说："老爷您也是到吕院判家吗？"马大人回答："是的。听您的口气，好像还有别人去过他家吧？"孙老汉说："是啊，前些时刚有两个人去过，身上都佩着刀。有人说是官兵，有人说是锦衣卫。"马大人"哦"了一声。正在沉吟之际，孙老汉又说道："他们是到我们对面那家药铺问路来着。奇怪的很，怎么你们都往药铺里问路呢？"武本三接腔道："药铺是卖药的，吕老爷家是行医的。卖药的哪有不知道行医的住哪儿呢？"孙老汉回道："此说自是不假，不过吕老爷家自己也有药铺，就在新南门那边，招牌很大，叫吕氏药铺。你们如果从新南门进城，走不远就可以看到的。"武本三问道："他们家药铺生意好吗？"孙老汉道："那自然。吕大人是给皇上瞧病的，他家老太爷、二爷是给晋王府王爷瞧病的。这个谁比得了？他们药铺的生意要不好，那谁还好呢？"这时，王初一插嘴道："老爷，那您说是我家药铺的生意好呢？还是吕家药铺的生意好？"这个话题有点不着四六，马大人没有回答。武本三说："肯定是他家的生意好啦。他家是给皇帝和王爷看病的，我们老爷是府医，在定州的名头也很大。不过我们家药铺的生意也很好，是定州的头块牌子。"孙老汉一听，说道："哟，敢情我碰到了同行呀！敢问老爷您也是郎中吗？"武本三回答说："我家老爷是给知府大人看病的，可不是一般的郎中。"孙老汉一听，肃然起敬，立马停住步，回头把马大人上上下下打量了一番，躬身道："难怪老爷您生得面方口阔的，一看就是个见过世面的人物，不简单，不简单。"他这一连串的动作，还有这席话，把马大人也逗笑了。

马大人看这孙老汉还很会说话，就问道："敢问老人家，您知不知道这些时有哪些人去过吕家呢？"孙老汉回答说："这我可不知道。我只知道前几天去了两个，今天你们又去，感觉好像大家都去他家似的。""老人家您可听说些什么了？关于吕老太爷家的。""你们还不知道吗？他家出事了。老大吕院判吕大人在京城出事了，官府到处都贴了海捕文书，要捉拿吕院判父子俩，说他们跑回了太原。前些时带刀子去他们家的那两个人，我看八成是去抓人的。这事我有点儿想不明白，他嘉靖一朝几十年，我做小孩子时，他就是皇帝。现在驾崩，总不会是太医医死的吧。再说他都一把年纪了，应该不算早夭吧，可为什么还要捉郎中？天下人都知道，嘉靖皇帝信道，天天在皇宫里炼丹药，人家都说皇帝是吃丹药吃死的。马大人您说呢？"马大人笑笑，没有回答。他心里清楚，很显然，这些时大家都在往吕家涌。

进到吕家，果然如此。吕老太爷七十多岁，满头白发，胸前白须飘然，一身宽大、素净的衣服，很是整洁，简约。他人很精神，目若朗星，声若洪钟，步履轻健。世代中医世家，果然名不虚传。

吕老太爷一听家人通报，立马起身迎至门外。他一见马大人，就紧走几步，上前紧紧攥住了马大人的双手，一口一个恩公，拉他们进屋。两人相扶着进到二进厅堂，吕老太爷当即就要给马大人行大礼，被马大人一把拉住。吕老太爷再三给马大人行鞠躬礼，再三拱手作揖。两人分宾主坐下。下人端上茶来，吕老太爷说声"恩公请用茶"，这时，吕二爷从外面进来了，吕老太爷就让他给马大人下跪,叩头谢恩。马大人起身扶起了他,之后就从怀中掏出吕院判的第二封亲笔信,递给了吕老太爷。

吕院判的第一封亲笔信,早已由管家赵六九带着它先行来到了太原。赵六九还没回去,只在吕家等候老爷。现在吕老太爷看过第二封信后,就顺手把它递给了老二吕敬泽,然后又说声"请恩公用茶"。待马大人端起茶碗,他这才端茶,揭开碗盖儿,吹了吹,轻轻地抿了一口。随后将茶碗盖上,右手轻轻地向外摆了两摆,仆人们都悄无声息地退下。堂屋里就仅剩下吕老太爷、马大人和吕敬泽三人。

率先开言的吕老太爷自然是一再表示万般感激,马大人见状,即诚恳地回道:"吕老太爷还是不要客气的好。太客气了,就见外了。我既然来了,自然是真心的。既然是真心的,您就千万别把我当外人待,否则就生分了。"

吕老太爷满脸都是真诚,他说道:"您马大人是我们吕家的大恩人,我岂敢拿您当外人看待?不过我刚才说的真的不是客气话,我们全家都是发自心底的感激。这种感激不能不说出来,不说出来有违我们吕家做人的祖训,会让我良心不安的。现在既然大人这么说,我就恭敬不如从命吧。"话毕,回头看了看老二吕敬泽。

吕老太爷的目光刚一扫到脸上,吕敬泽就立马接腔道:"恩公,我们全家的感激之情真的是无以言表。依您之言,我们暂且先把它放到一边,先说如何营救我哥的事。"吕敬泽三十多岁,身体已经发福,头发有点谢顶,声音跟他父亲吕老太爷一样洪亮。他说,"我哥在定州出事后,贵府赵管家八天前就到了。但定州府的捕快到得更早。他们知会了太原府,跟太原府的公人一起到我家来索人。紧接着京城来的锦衣卫就到了。他们一共来了两个人,态度甚是蛮横,连陪同他们前来的本地锦衣卫在他们面前都是唯唯诺诺的。京城来的两个人中有一个太原籍的,名叫王思诚,家在南关外不远,是个千户。锦衣卫来了之后,定州府的捕快就回定州复命去了。三天前山西巡抚万恭也派来了太原府的兵丁。这所有的一应人等,都是前来捉拿我侄儿的。"

"看来本地官府也插手进来了。"马大人道。

"是的。官府方面是三拨人,定州的,太原府的,山西巡抚的。锦衣卫也一共来了两拨人,京城的,太原的。再就是大人您府上也来了两拨。"

"他们现在在哪里呢?"马大人问。

"定州的捕快回去了,太原府的三天两头都来。京城来的锦衣卫想住驿站没有住成,现住在太原锦衣卫,在迎泽大街那边儿。其中那个千户王思诚则回家了。他老娘得了眼疾，可能不轻。"吕敬泽回答道。

"锦衣卫还常来吗？"马大人问。

"差不多天天都要来。多数时候，是京城来的人来，本地锦衣卫也来过两次。"

马大人沉吟不语。思索片刻，转向吕老太爷道："老伯，您是怎么看的呢？"事急从权，他没有再客套谦让。

吕老太爷道："定州府的公人回去了，他们那边，就不用考虑。现在一边是太原府、山西巡抚，一边是锦衣卫。太原府的来过几次，把我家老三带走了。"

"什么，把您家老三带走了？"

"是的。我弟弟吕敬波被他们带走了。"老二吕敬泽道。

"他们凭什么带走老三呢？老三又不是嫌犯！"马大人道。

"他们来到我家后，问我那大侄子的去向，问他是不是躲在家里。我说吕连安还是在五年前回过老家的，打那次离开后，我们就再也没有见过他了。他们当然不相信，就翻箱倒柜地搜，结果没有搜到。老三年轻气盛，跟他们顶了几句嘴，就被他们抓走了。后来太原府传话来说，如果我大侄子回家，就叫把我大侄子带去，用大侄子换老三回来。"老二吕敬泽说。

"他们抓老三是没有道理的，这事与老三他没有关系呀老伯。不知道你们想过解救办法没有？"马大人看着吕老太爷道。

"办法是想过，我腆着个老脸，直接找到知府。知府说他不清楚情况，可能是下面的人没有问清楚就抓了。他说他会过问的。"吕老太爷说道。

"知府这么横插一杠子，摆明了是要落井下石，敲我们家竹杠。"老二吕敬泽说，"我求老爷子去找巡抚或晋王爷，让他们帮帮忙，老爷子不找。我家四代人都给晋王府瞧病，给巡府瞧病，要他们帮这个忙不难。"吕敬泽说道。

"二爷您稍安勿躁，吕老太爷不找巡抚和晋王是有道理的。"马大人看吕老太爷看着自己，就说，"人已经被抓去了，想不花钱，肯定回不来，钱少了也回不来。可是钱多了既花不起又不上算。你们找王爷也好，巡抚也好，他们肯定能说上话，但是，即使他们说了话，你们也还得要花钱。钱少花不了几个，可你们反倒还要欠王爷和巡抚的人情，闹不好还把知府那边给得罪了。这恐怕不是最好的办法。"

吕老太爷点点头："是这个理儿。多少不过几百两银子，犯不着花那么大的力气。三儿没罪，他们不会把他怎么着。知府与我也相熟，左不过是为银子罢了。"

"这样看来，三爷迟早能回来。送了银子，就会回来的。"马大人安慰说。

"那我这就给知府送钱去，把三弟弄回来。"吕敬泽说道。

"先不忙，他们不会为难老三的。老三现在要是回来的话，搞不好锦衣卫又会把他抓走，那岂不是又得花一笔钱了？锦衣卫比知府要黑心得多，所以现在不能急着去救老三，等锦衣卫的事情应对得差不多了，你再把银子给知府送去。"吕老太爷对老二说道，同时眼睛看着马大人。

马大人道："吕老太爷说得是！您在太原城还是极有面子的。"

"什么面子不面子，如果真有面子，别人还敢抓我的儿子孙子？不过是升斗小民，凭手艺混口饭吃，人头熟点而已。"

"吕老太爷您可别这样说。遭人欺辱并不能说明没面子，面子大也不能保证万世无虞。您看元顺帝的面子够大吧？太祖皇帝都还把他赶到荒漠去吃沙子了呢。建文帝的面子不大吗？永乐皇帝都带着大军打下了南京呢。"马大人说道。

"那倒也是。"吕老太爷道，"现在难就难在老大，再就是大孙子。"吕老太爷看着马大人道，"恩公您经见得多，还得劳烦您给拿拿主意。"

"老太爷谬赞，马某愧不敢受！大主意还得您来拿才是。我就不揣冒昧给您说道说道。"马大人分析说，"三爷的事，说起来还是因您长孙的事引发的。所以如何解决您大孙子的事才是关键。而要抓吕连安的各路人马中，最要紧的不是太原府，而是锦衣卫；锦衣卫中，京城来的锦衣卫更为关键。只要把京城来的锦衣卫说通了，太原的锦衣卫自然就不会为难咱们。而京城来的锦衣卫中，那个王思诚则是关键中的关键。如果他能够高抬贵手，哪怕睁一只眼闭一只眼，老太爷您孙子的事就比较好办了。"

吕老太爷点点头道："马大人所言极是。经您这一点拨，事情就透亮了。我也曾这么寻思来着，但难就难在如何能让那锦衣卫千户高抬贵手啊。"边说，边望着马大人，两眼里满是殷切的期望。

"要想做通王千户的工作，估计得费一番周折。只是不知道咱吕家有没有关系能搭上他，能搭上就好办了，到时再去做通他家里或他的工作。只要他不再追究您孙子，贵府就太平了一半，剩下的问题就是筹钱救院判大人，这就要单纯得多，也明朗得多了。"

吕老太爷点了点头，捻着胸前的胡须道："不瞒恩公说，这几天来我一直在搜肠刮肚地想办法，但想破脑袋也没能找到可以和王千户攀扯得上的关系。"

"我如果通过王妃让小王爷从中疏通一下，应该可以吧？小王爷的面子，他们总得卖吧？"吕敬泽插嘴道。

吕老太爷摇摇头，说："这条路走不通；就是走得通也不能走。那个千户虽然是太原人，可他是皇帝手下的，那就是京官。太祖成例，王爷勾结京官，死罪。这无异于陷王爷于不义，又焉能落好？"说着，略一沉吟，想说什么，又摇了摇头。一会儿，又犹犹豫豫地说道，"如果通过太原的锦衣卫呢，不仅要使一大堆银子，而且感觉也不太妥当……"可到底不妥当在哪里，他也没有想明白。

马大人也不知道怎么办才好。他沉吟了一会儿，摘下帽子，端起茶杯呷了几口。大家一时都陷入了沉默。良久之后，还是马大人挠了挠头，率先打破沉默道："这王千户跟太原锦衣卫的关系如何？敬泽你知道吗？"

"关系应该不错。太原锦衣卫肯定要巴结北京那边儿，他们的升降，工作的变动，都需要京城那边有人帮他们说话。王千户虽然在京城不一定能够说得上话，但至少还是可以帮他们通些消息或敲敲边鼓什么的。而对王千户来说，自己远在京城，肯定也指望着地方上能够帮他照顾一下家里。这样一来，他们的来往应该不少，关系自然就近了。"吕老太爷分析道。

"吕老太爷言之有理。只是他们之间的关系是不是特别好，还无法下定论。特别好的关系，非利即义——或者脾气相投，关系特好，或者因利结盟。从吕老太爷您的分析中可以看出，他们不可能构成利益同盟。个中缘由在于王思诚只是一个千户，他在京城锦衣卫基本说不上话。除非他能够左右指挥使，否则对于地方锦衣卫来说，千户的价值并不大。而左右指挥使对他来说应该不可能。锦衣卫指挥使最低都是正三品，千户一般就是个从七品，因此地方锦衣卫不大可能结交千户去求前途，他们的关系就只会停留在有来有往的层面上。当然，如果脾气特别对味，那另当别论。"马大人说道。

吕老太爷点点头，"恩公到底是见过大世面的，说话总能说到人心坎儿里去。"

"老太爷您过奖了。只是不知道，他们到底是不是很对脾气？"马大人问道。

"倒也没有听说他们有多么对脾气。"吕老太爷道，"老二，我让你打听的结果如何？"

吕敬泽回说："我刚打听清楚了，王千户他老娘得了眼疾后，太原锦衣卫指挥使并没有去王家，他们只派了两个人去看过王千户老娘一次，送了些东西和银两，也没有带医生给王千户老娘瞧病。"

吕老太爷点点头："这就很清楚了。如果他们关系非常好，断不会这样。"

"所以说，通过太原锦衣卫疏通关系这条路走不通。"马大人说道。

"走不通？原因何在？敢请恩公明示。"吕敬泽问。

"原因嘛，您想想看。太原锦衣卫指挥使级别比王千户高，但这事的决定权在王千户而不在太原锦衣卫指挥使。要是我们通过太原锦衣卫指挥使去疏通王千户，那我们买通王千户的时候花了多少钱，花钱后要王千户怎么做，太原锦衣卫指挥使都清清楚楚。如果王千户拿钱了，答应我们了，他就有一个把柄攥在太原锦衣卫指挥使的手中。这对王千户来说，当然是不可想象的，除非咱们同时买通指挥使。可他们既然不是一条心，没有结成利益同盟，那他们谁都不敢在对方面前拿咱们的钱；就算咱们分别给他们钱，也还是没有办法给出去。所以这条路走不通。"

吕老太爷信服地点点头："恩公高见！高见！"他突然有种豁然开朗的感觉，说道，"我这两天正琢磨这事呢，只是还没有想清楚。恩公您一语中的，真可谓一句话点醒梦中人。"他口里这么说着，心里却有些收紧，身子止不住哆嗦了一下。这条路如果再走不通的话，那可如何是好？想到这里，他不禁再度忧心忡忡起来。

马大人看在眼里，只是客气地说："您过奖了。老太爷，您也不必太过担心，'行至水穷处，坐看云起时'。我想天无绝人之路，事情总会有转机的。"话到这里，他突然想起什么似的，转头问二爷道："二爷您刚才说王千户的老娘患眼疾了？具体是咋回事？"

"只是听说病了一些时间，差不多有一个月了吧。详细的情况我还真的说不上来。"吕敬泽回道。

就在马大人发问的时候，吕老太爷眼睛倏然一亮，以至于他压根就没去听老二的应答。他一脸期待地望着马大人，眼里熠熠闪光。

马大人迎着吕老太爷的目光，接着说道："吕老太爷想必已明白在下的想法。我们绕了一大圈，没想到疏通王千户的路子就在我们脚下。天无绝人之路！天无绝人之路啊！我们有可能不用找任何人，自己就能解决。"吕老太爷点点头，等他继续说下去。"如果王千户老娘眼疾重，那么一般的医生肯定治不了，而吕老太爷是太原名医，马家世代为医尤以眼科见长。我们如果想点办法，估计不出三天，王千户就会亲自上门来请您老或二爷。如果王千户老娘眼疾不重的话，我们再另想办法。不过依在下治眼疾的经验，王千户老娘的眼疾肯定轻不了。王家不是请不起郎中的人家，再贵的药他也吃得起，延宕月余还没有治愈，岂非重症？"看吕老太爷点头同意，马大人继续道，"所以说，目前关键是弄清楚王家老太太的病情。我有个想法，不知老太爷您意下如何？"

吕老太爷问道："恩公有什么想法？请讲！请讲！"

马大人说："老太爷何不派个精明强干之人到各个药铺里去打听一下？看看王千户家这些时到药铺里抓了些什么药。知道了用药的情况，我们不就能推断出病情了吗？"

吕敬泽道："用不着到药铺里去问，派人直接到南关外去问一下就清楚了。"

吕老太爷摇摇头："还是恩公的办法好。我们一到南关去问，王千户不什么都清楚了？太原药铺也不多，我们又都熟悉，探听几个药方还是好办的。"

"那行，我这就派人去。"吕敬泽道，"问到结果后，我就到南关王千户家走一趟。"

吕老太爷道："别急，我们在家里等。记住，一定要派两个精明灵醒的人去问，叫他们问的时候小心点儿，别搞得满城风雨的。可清楚了？"

吕敬泽边起身，边应承道："爹爹交代的是，孩儿一定照办。"言毕，转身就出去了。

吕老太爷继续说："恩公，您刚才说我们如果想点办法，他们就会自动找上门来。您能不能说得再详细点？"

马大人说："这事说破了不难理解。只要王家老太太眼疾重，机会就来到了我们身边。关键是我们怎么样抓住这个机会！而要做到这一点，最难把握的是既要把吕老太爷您能看好眼病这句话告诉给他们却又不落痕迹。我觉得有个办法可以一试，老太爷您能否暗地里派个稳妥之人，到太原锦衣卫左近去，教教小孩子唱唱儿歌。歌词嘛，您看这样行不行：'吕老太爷是个宝，啥样的眼病全治好；吕家二爷可真牛，眼病有他不用愁。'"

吕老太爷听罢，长长地吁了一口气。直到此刻，他这么多天来一直缠绕着的心结才终于得以解开；悬着的那颗心，今天也终于放了下来。

"您要是担心这样做还太慢的话，还可以派人到南关一带教一教孩子们唱。我想这个，一准儿有效。"

吕老太爷听得眉头舒展，长叹一声道："恩公的确非同常人。听君一席话，胜读十年书。我吕家遇此劫难，得逢恩公，当能逢凶化吉了啊。"

第四章

王千户吕家请郎中　马神医城南显医术

　　三天之后的清晨,王思诚果然派家人来找吕老太爷。来人到得吕家,却被告知吕老太爷外出巡诊,不在家;问吕二爷,吕二爷也不在。

　　就在这天下午,王思诚亲自来到水西门街吕老太爷家。吕老太爷在大厅里接待了他。甫一介绍完毕,吕老太爷就道:"千户大人,我家不肖孙儿吕连安的确没有回来。太原府的官兵都搜过不知有多少遍了。"

　　王思诚摆摆手道:"吕老头,今天本官不是为你家钦犯吕连安而来的,他的事以后再说。今天我来请你,你现在就跟我走。"

　　"请我?您不是来抓我孙儿的?本人小民一个,岂敢劳动您王大人的尊驾?大人您要是不抓我孙儿了,无论什么事我都可以为您效劳。哪怕把我这条老命豁出去,也都在所不惜。"吕老太爷把话题岔得远远的。

　　王思诚没做声,只是定定地看着吕老太爷。吕老太爷也看着他。王思诚道:"老家伙,你可别跟我倚老卖老装糊涂。我今天来干什么,料想你也应该知道。"

　　"小老儿我可真是老糊涂了,哪敢在大人您面前卖老?小老儿今年七十多了,脑子转得慢,还真的不明白大人您所为何来。"

　　"那你就给我听好了。"王思诚将声音提高了八度,说道:"本官今天不是来找你的晦气,而是为我母亲大人的眼疾而来的。听说你吕家眼药神奇,所以特地来请你给我老娘诊治诊治。你赶快带上家什,这就跟我走。"

　　吕老太爷慌忙摇着手道:"也不知大人从何听说,可惜小老儿人老眼花,不中用了。令堂大人的疾患恐非我等所能襄助,大人您还是另请高明吧。省得耽误了令堂大人的病情,我可吃罪不起。"

"如此说来，你是要推脱了？上午你管家可是说你出去巡诊了的哟！就这小半天的功夫，你就老眼昏花了？"

"大人息怒！实不相瞒，我上午那是上晋王府应诏去了。王爷自小有个头疼脑热的都是小老儿我瞧的。现在他其实也没啥病，就是不小心多吃了点儿，肚子里有点儿积食。很寻常的病，吃副药就好的。"

"你能给晋王爷瞧病，就能给我娘瞧病！"王思诚急了，话脱口而出。

"大人您可别这么说，这话要被别人听见了，可不好。好在这里没有外人。"

"行，你不去可以，那就让你家老二跟我走。"

"老二昨天就到大同巡诊去了，一去一回怎么也得四五天。您看这样成不成，您先回家候着，他一回来我就叫他立马赶往贵府听召。"

"我看你是敬酒不吃吃罚酒。你既然如此这般给脸不要脸，那就休怪我要动粗了。"王千户一语既罢，刀已出鞘。

在这剑拔弩张的当口，马大人从屏风后出来，上前一步道："千户大人息怒！有事情好好商量，何必动这么大的肝火嘛。您堂堂一个锦衣卫千户，如此'相请'一个七十多岁的老郎中，这件事情要是传出去了，恐怕难免会有些不明事理的人，要说大人您仗势欺人呢。"马大人说话，绵里藏针。

"你是谁？这里没你说话的份。"王千户神态倨傲，正眼也没有瞧马大人一下。

"敝人姓马，是吕老太爷的外甥。"马大人不卑不亢地答道，"大人您要带走我舅舅，您总得有个说道吧？天下万事怎么也避不开个'理'字不是？"

王思诚这才偏过头来，认真地打量了马大人一眼。一瞥之下，却分明地看见马大人满脸的真诚——那清亮的目光直透腑底，让人不由得不信任。他的态度禁不住一下子就缓和了下来。顿了顿，就将先前的鲁莽收敛住，然后说道："我娘眼睛疼了一个多月，都快疼瞎了。前后延请了两个郎中都未见起色，反而日趋严重。听人说你们吕家治疗眼病医术高超，故而特来请吕老太爷去救救我娘那双眼睛。"

"大人您见多识广，有见过这样请人的么？"马大人仍然是满脸真诚地看着王思诚，不疾不徐地说道。

听到这句话，王千户略带羞惭地向吕老太爷拱手道："吕老太爷，我是急火攻心，口不择言，一想到我娘眼睛都快瞎了，就不由得我不急啊！我王某先在这里给您赔礼了。请您看在我心忧慈母的份上，体谅体谅我，别跟我一般见识。求您救救我娘。"

"大人请容我再多句嘴。我舅舅七十多岁,是黄土已经埋过脖子的人了。可如今三个儿子两个被囚:大儿子被你们锦衣卫抓了,小儿子被太原府抓了,大孙子遭通缉,逃到哪里去了我们都不知道,也不知是死是活。令堂生病您都着急成这样儿,我舅舅面临如此大劫,又岂能不忧惧在心?大人您将心比心,如果换了您,您是什么感受?大人您要我舅舅体谅您,可是谁来体谅我舅舅呢?大人您要我舅舅救您娘,可又有谁来救我舅舅呢?谁来解救我舅舅的大孙子呢?"

王思诚闻言一怔,旋即又目露清光,略加思忖后应道:"马先生,您我都是明白人,既然话都说到这个份上,咱们就干脆把话挑明了吧。我王思诚不是知恩不报的人。可我有我的职分,上面要我抓人,命令下来我就得执行。军令如山,我又焉能违拗?至于能不能抓得到人犯,那就得看天意凭运气了。在追捕人犯的事情上,我想谁都不敢打包票说自己一定能的。"

"大人您这么说,我就明白了。为表谢忱,我今天就陪舅舅一起去给令堂大人把把脉。本人略通岐黄,我们马家在眼病治疗上也略有所长,舅甥合力,也算是和令堂大人的一段天缘吧。"说罢,与吕老太爷对视了一眼。

吕老太爷吩咐下人道:"备马。"

一行人来到王千户家。王千户的老娘躺在床上呻吟,两眼肿得像一对烂桃子,眼角和眼睑缝里糊满了眼屎,根本就没法睁开。听说郎中来了,忍住疼痛说道:"还请个什么郎中哦。都请了俩,也没见好。我这么一大把年纪,差不多也该见阎王了,说不定是你那死鬼老爹在唤我去咧。"王千户的父亲早亡,兄弟姐妹几个都是她一手拉扯大的,人一上年纪,又病卧日久,还真是感觉活着倒不如死了的好。

"老姐姐好!您可千万别这么想。我看您的身子骨还硬朗得很咧!"吕老太爷道。

王思诚赶紧趋前一步,说道:"娘,这是吕老太爷。吕老太爷是人人称颂的好郎中,是服侍晋王爷的,他肯定能医好您的眼睛的。"

"就是那个'吕老太爷是个宝,啥样的眼病全治好'的吕老太爷?"王母问。

"就是我,老姐姐。"吕老太爷说道,"敢问您高寿啦?"

"七十四了。弘治五年生的。"

"那您比我小五岁。我生的前一年,孝宗登基。"

"那您是老哥哥啦。老哥哥身体可好?"

"托您的福，还好。就是左边的牙有点松，都掉了两颗了，硬的、酸的、冷的都吃不得。"

"我早都吃不得了。"

有老人聊天儿，王母很高兴。吕老太爷边说，边让她把左手伸过来，然后伸出三指，搭上脉搏，仔细地把脉；少顷又让老太太换右手切脉；切脉完毕，又让老太太伸出舌头来看舌苔。完后才说，"老姐姐，我还得看看您的眼睛，您能不能睁睁眼睛试试看？"

王母说："睁不开啦，都糊住啦。"

吕老太爷说："您用力睁，我要看看病得咋样儿了。"

王母使劲儿睁，眼皮动了一下，眼裂下，连一条线也没有出现。吕老太爷见状说道："老姐姐，我得帮您把眼睛睁开看看，会有点疼，您可得忍着点儿哦。"

王母说："您该咋办就咋办吧。我没事的。"

吕老太爷叫王思诚用干净的盆子端来一盆温水，取一条干净的毛巾浸入盆中，片刻后捞出来，拧干了敷在老太太的眼睛上。如此这般地三五个来回之后，吕老太爷伸出两指把她的眼皮轻轻地分开，只见眼睑里面肿得厉害，眼白浑浊不清，瞳孔一片灰暗；再看另一只眼睛亦复如是。于是起身对老太太说："老姐姐，我把我外甥马郎中也带来了，保险起见，让他也给您看看成不？"

"成！"王母爽快地应承道，"感情您外甥也是郎中？"

"老人家，我也是郎中。"马大人一边说，一边就坐在了王母榻前。

"那您的医术肯定也很高明吧？"

"高明可不敢说，不过我打小就跟着长辈们学医，一晃都好几十年了咧。"

"那敢情好。让你们舅甥俩费心了！"说着，老人伸出了左手。

马大人伸出三个指头，号了号脉象，沉吟片刻后说："老人家，您且放宽心吧，您这眼睛虽说拖延的时日久了点，但治愈还是没问题。"

"真的吗？"

"是的，老人家，不碍大事的。幸好还没再多耽误，如果再晚几天的话，那可就难说了。"

"我的眼睛不会瞎吧？"

"不会的，老人家。您眼睛瞎不了。您儿子孝心动天地，老天怎么会让您眼睛瞎嘛！您有这么个好个儿子，可真是好福气。"

"什么好儿子哦！不让别人在背后戳我脊梁骨就是福气了。我叫他不要穿什么锦衣裳，他偏要穿。我们小户人家，穿什么锦衣裳？还到处捉人，伤天害理啊！我这眼睛啊，说不定就是老天爷在报应咱家咧！"

"老人家，您可别这么说，您儿子可威风着呢！"马大人叫老人伸出另一只手过来，搭上脉搏，"您老的好福气啊还在后头咧。"

"什么好福气？哪有您舅舅福气好，连外甥都这么成器。"

听了这话，吕老太爷苦笑着摇了摇头，没有接腔。马大人却道："老太太，我舅福气比您差远了。"

"他福气怎么差呀？"

"我舅的大儿子，也就是我表哥，被抓了；大表侄儿也被人家锦衣卫追得到处躲，现在跑哪儿去了都还不知道呢。"

老太太一听这话，脸色骤变，闷声道："小子，你给我跪下。"她声音不高，话语之中却透出威严。王思诚听了，那双脚就站不稳，"扑通"一声就跪下了。

"小子，这些缺德事是不是你干的？"

"娘，我这不是回家看你来了吗？"

"说！你跟娘说！是不是你干的好事？"

"娘，吕家大爷是在定州那边被抓的，您儿子那时候还远在京城呢。哪里是我抓的？他大孙子……"王千户犹犹豫豫地不敢直说。

"你躲什么，跟我直说！"

"儿子这次回太原看望您，也奉命派人去了趟吕老太爷家，是因为上峰听说他孙子回太原了。"

"我说你怎么会回太原看我了？却是为这个。这造的是什么孽哟！小子，你这可是要活活气死为娘呐！"

"娘！儿子不敢。儿子回来这些天，也就只奉命去走了个过场。"

"量你也不敢！"老太太面色稍缓，头在枕头上略一偏转，向着吕老太爷那边说道，"老哥哥，您放心，我养的儿子，我自己清楚。"又正色对王千户说："吕老太爷来给为娘治眼病，他就是咱王家的恩人。儿啊，您要敢对不起娘的恩人的话，娘也就没你这个儿子了！"

"娘，您放心！儿子不敢！儿子我一定听娘的话！"王思诚一边说一边爬在地上直叩头。

老太太说："行！你可得给我记住了！"顿了顿，这才说，"起来吧。"

诊毕，他们在王千户的引领下，穿过堂屋，来到西厢房。分宾主坐下后，吕老太爷开始写药方。拟方即毕，又递给马大人过目。马大人推让说："您是长辈，晚生怎敢！"吕老太爷正色道："马家家传的绝学就是眼科，眼科是马家的专攻。治病救人何分长幼！您就不要推辞了。"马大人见吕老太爷一脸真诚，就没再推阻。他双手接过药方笺，仔细斟酌，良久之后，慎重地提起笔来，在笺尾续上一味药：牛黄。而后双手递给吕老太爷审定。吕老太爷接笺，扫了一眼，眉毛一挑，沉思一会儿，很坚定地点了点头，转手把药方递给了王思诚。

王思诚恭敬而又不无疑虑地问："吕老太爷，这药得吃多久啊？吃完后我娘的眼病是不是就痊愈了？"

吕老太爷说道："这剂汤药得连吃十五副，药方上标明了的，也就是半个月。马家的家传绝学再配上我吕家的外敷药，半月之内，令堂大人就该大愈了。"

交代完毕，二人起身告辞。王千户拿过一包银子，硬要往吕老太爷手里塞，说是出诊费，要他收下。吕老太爷坚辞不受。王千户就没再坚持，只向吕、马二人拱起手，诚恳地说道："多谢你们救了我娘，为我们王家解了烦忧；既如此，您吕家的烦心事王某我自当尽力而为，吕老太爷和马大人尽可放心！"

第二天，马大人辞别了吕老太爷，赶回定州而去。吕家则在太原紧急筹集钱款。好在吕家家底还算丰厚，加之吕老太爷是族长，族里的近亲中也还有几家颇有些资产，他们总算赶在期限之前筹足了资金。饶是如此，吕家家道也还是就此中落了好些年。

马大人一行三人，风尘仆仆地赶往定州。一同前往太原的武本三，在到达太原的第二天，就被马大人打发回定州报平安去了，所以归途上随侍在侧的，就剩下赵管家和王初一。一路上，马大人的心情甚是愉悦。王初一见主人高兴，话自然就多了起来。他闹不明白老爷是怎么救了王思诚的娘和吕家大孙子的，要赵管家给他细细地说道说道，不时还请老爷评说一下是不是那么回事。临了，王初一问道："老爷，有一事我不明白，不知当问不当问？"

马大人说："有什么不明白的，你但说无妨？"

王初一说："平素您教导我们说，'救人如救火'，为什么您在我们家，不管什么样的病人，哪怕是仇家您也救，可到了吕老太爷家，您却不这样做呢？您是真不想救还是假不想救呢？"

马大人说："这还用问吗？医者，仁之心。'救人如救火'，永远都是必须的。这次救王老太太，我是放缓了些，那是因为老爷我也有难处。我总不能看着好端端一个吕家全给毁了吧。所以我们要救王老太太，但是还得要解救吕家的危难。拖一拖，不碍大事。仁者爱人，真主也会原谅我们的。"

王初一说道："明白了，老爷。"他口里说明白了，其实心里还是似懂非懂。什么"仁者爱人"，他哪里闹得明白。安静了一会儿，管家赵六九却问道："老爷，我有一事不明，为什么您最后要给吕老太爷的药方加一味药呢？"

"这是郎中的职责。"

"那到底是您的医术高还是吕老太爷的医术高？"

"吕老太爷开了个方子，却故意丢下一味药没写，好让我去添上它。吕老太爷医术高，德行更高。"

"那他为什么要这样做呢？这对老爷您有什么好处？"

"他这是在报答我。那个病是难治，可吕家医术多高超啊？他家是给皇上和王爷看病的。他这样做，是刻意为了显得我的水平比他还高。这事传出去后，人家就会认为我马家的水平高过吕家。他这是拿他吕家的名望给我在做垫脚石啊！"

多年以后，吕老太爷在临终前与老二吕敬泽有一段对话。吕敬泽问："爹，您当年给王老太太瞧病的时候，为什么药方里要加一味牛黄？"吕老太爷回答道："那是马大人给我加上去的。"

"那您觉得马大人的医术到底如何？"

"深不可测！"

医案：

牛黄性味归经：性苦，味凉。归心、肝经。

心主火，目归肝。曾有后人评价吕老太爷的药方，主慢泻，不伤元气。

这是后话。

而在马家后人将定州眼药制成药粉和药膏之后，吕家后人所卖的中成眼药，全部遵从祖训，只从定州马家进货。所以，山西太原是马家眼药在河北定州之外打开的第二大市场。吕家后人一直称马家人为恩公，马家后人一直称吕家上辈人为舅舅。据吕家后人称，吕家本来治眼病的医术颇高，可为了报答马家，自此后不再卖自家眼药。而马家后人说，吕家眼药尽管好，可是仍然比不过马家，因为吕老太爷临终时称马大人医术深不可测，最终导致吕二爷决定吕家不再卖自己的眼药了。这就成了一段公案。吕家马家，到底谁家的医术高明，也就永远没有了结果。

外人评价说，这就是因果报应。马大人以一己之力，为救吕家，几乎散尽了家财。吕家当时无以为报，老天爷就让吕家后人持续不断地来报答马家。这就是马大人的诚心感动了上苍。马大人一人做好事，福荫子孙万代，就此被人们当做劝世的典范，且被传为永世的佳话。

第五章

吴知府设宴辞挚友　吕院判接风迎恩人

　　且说定州城内,马大人倾尽家财救非亲非故的吕院判这事,已传得尽人皆知。半年后,他在太原救王千户母亲的事,也流传开来。定州人都说他是活菩萨,每天来马家看病的人络绎不绝。如此一来,马家很快就恢复了元气。尽管祖宅没了,经营了许久的药铺也没了,但马家的日常生计倒是一如从前,外人压根就看不出有什么变故。欧阳老大飙从蕲春回来后,马大人用他进的那一船货,在新宅子旁边又开了一家小药店,生意反倒比从前还要兴隆。

　　新皇明穆宗登基后,改元隆庆,后来又循常例大赦天下。吕院判、吕连安及其家人都在赦免之列。因吕院判在太医院里医术出众,遂官复原职;吕连安也因此结束了逃难生涯,由蕲春辗转回到了京城。再6年,穆宗崩,神宗即位,是为万历。

　　万历六年(1578年),陕西流民叛乱,向西流窜到甘肃、青海一带。朝廷起兵平乱,并为此颁布诏书,面向全国征集医户,随军西征。消息传到定州,已是良医所吏目的马大人不由得心事重重。他得子甚晚,自己年事已高,儿子却还年幼。面对朝廷的召唤,他是没有选择的。而一旦真的随军西征,走多远、去多久就更由不得他了,搞不好还得把一把老骨头丢在外面。作为医官,他本人倒是早已看穿了生死,但作为一家之长,他又怎么可能不为家族和幼子担忧呢?

　　当他把自己的名字报到知府吴兴荣大人那里时,吴知府也很是替他担忧。吴大人问他还有没有别的办法。他说:"办法倒是有,比如让别的医户顶替自己去太医院应试。不过按弘治年间定下来的规矩,如果地方举荐的医户在太医院应试不合格,地方长官是要被革职查办的。"吴兴荣说:"弘治都过去这些年了,弘治以后,又经历了正德、嘉靖、隆庆三朝,这规矩也许早都不作数了吧?"马大人说:"那可不好说。有些规矩换个皇帝就改,有的却可能一直沿袭,历数代而遵循呢。"

吴大人闻言，表情更加凝重。他想了想，一咬牙说："查办就查办！有什么大不了的？宦海沉浮几十载，我也都有些厌倦了。人一上了年纪，告老还乡的念头就时常浮起。再说太医院不是还有吕大人在那里吗？定州的医户合格不合格，他肯定能说得上话的吧？"

吴知府语带激愤，马大人却平静如常，只是与往日相较，眉间多了一丝阴郁。作为世代医户，他生就一副菩萨心肠，不愿意为了一己之安而将吕大人、吴大人都牵扯进去。况且无论换其他哪个医户来代替自己，也都是罪过。谁不是爹生娘养的？谁又该去做那生死难料的随军医户呢？

心念及此，他觉得没有什么好纠结的了。于是淡然一笑道："知府大人高义，马某感念于心！只是这等事情牵绊太多，终为不美，不如听天由命吧。"吴大人见他心意已决，知道再说无益，便吩咐衙吏去安排酒宴，借推杯换盏来为马大人解愁释怀。

各位有所不知，眼前的这个吴知府并不是十一年前的那个吴知府，而是当年的那个吴检司。当年的吴知府变着法子收受马大人的化灾之财后，觉得吴检司不仅不够合拍，还有点管不住自己的那张嘴，最要命的是他知道的事情太多了，于是找了个机会，在巡府面前告了他一状，诬他乱设冤狱，把吴检司打发到太行山里去了。饶是如此，吴知府心下仍不踏实，不久后又买通太监，再把他打发到福建南平县为推官，远远地离开了自己。也合该他走背运，别人做官是越升越高，他倒是越贬越低，越贬越远。

吕大人官复原职后，对马大人感激不尽，二人常有书信往来。后来，他告诉马大人，可以通过大太监陈洪，花钱给马大人弄个一官半职，进而改变马家世代医户的身份。孰知马大人却醉心岐黄而无意仕途。也是机缘巧合，恰在此期间，吴兴荣取道定州进京，拎着些武夷山的特产来看马大人。故人相逢，不免忆及往事，遥想当年，再看眼前，两人不禁唏嘘不已。当时为了一个不相干的吕大人，他们俩一个家财散尽，一个在官场一贬再贬，就像是一对孪生的倒霉蛋。命运把原本并不熟络的两人拉到了一起。因此，马大人对吴推官自是不藏不掖。他把吕院判可通过太监陈洪买官一事，对吴推官和盘托出，说自己无心仕途，而吴推官人在官场，倒可一试。

官场的人都知道，陈洪的司礼监掌印太监宝座，是高拱高阁老推荐他坐上去的，因此只要走通了陈洪的路子，弄个一官半职自是不在话下。因此吴推官闻言大喜，没有丝毫的犹豫和扭捏，直言不讳地请马大人把自己推荐给吕大人试试。吕院判早就知道，当年救自己时，吴检司是尽了力的。毕竟是救过自己命的人，因此马大人一推荐，他当即全力相助。也合当吴检司时来运转，银子使出去不几日,原来的定州知府吴大人母丧丁忧,定州知府出缺,于是大太监陈洪将过去的吴巡检、现在的吴推官,直接安排成了定州府新任吴知府。经此一番周折,马大人和吴知府自是越走越近,二人就此成了莫逆之交。

这年的秋天,似乎比以往来得更早。中秋还没到,原野已是一片荒凉。知府吴兴荣理解马大人故土难离的心情,理解他对家乡的眷恋,特意陪同他游览定州周边的平山胜迹、唐水秋风。遥望远处的宝塔,两人默默无言。人生无常,命运难测,在朝廷的诏书面前,个人的命运是那样微不足道。马大人明白知府如此安排的初衷,心说"人不可貌相",还真是不假。这吴知府生就一张驴脸,天生就难得看到他的好脸色,却没成想他竟然也有温柔、细腻、体谅人的一面。

马大人既为宽慰自己,也为宽慰知府,展颜一笑道:"好叫知府大人宽怀,据说这次平叛,皇上要御驾亲征,获胜当在情理之中。我等随军医户,无需冲锋陷阵,亲当矢石,断不会亡命他乡的。您就等着我平安归来吧。"吴大人一脸真诚地频频颔首,道:"但愿马大人能逢凶化吉,遇难呈祥。待你胜利归来,那时本官一定在开元寺为大人接风洗尘。"

览胜归来,愁绪依旧,于是吴兴荣在续阅堂设下酒宴,陪马大人借酒遣怀。马大人医学传家,并不善饮,至多不过兴之所至,偶尔小酌两口而已。知府大人却是名副其实的海量。而今天这台酒,饮酒只是借口,借酒掏掏心窝子才是实情。酒还未过三巡,吴知府就打开了话匣子。也不知怎么的,一聊就聊到了当年吕大人定州落难。他说他怎么也还是理解不了,你与吕大人并无深交,却因一面之缘,要倾家荡产去搭救。这是为什么?马大人举杯相邀,一饮而尽后说:"吕院判是郎中,平生救命无数,彼时他的命快没了,总该有人救吧?如果我不救,他的脑袋可就要搬家了!"吴大人说:"你傻呀。"马大人说:"是傻。不过,不只是我傻,你也傻。我们把那么多钱都给到你手里,你才挣了几百两银子?最后却被一贬再贬。所以,不只是我傻,你也是个大傻蛋。"说毕,两人呵呵大笑。

吴大人傻笑着说,我们两个都是傻蛋。一会儿又说,去他妈的道理,世上哪有那么多道理可讲?好多事没道理可不一样发生了吗?马大人说,可不是吗。如此边饮酒边叙谈,不知不觉,两个人都醉了。马大人一双醉眼,直直地看着吴大人说,其实当年自己倾尽家财搭救吕大人,并非全然是自己的主意。吴大人诧异不已,瞪着马大人说:"你说不是你的主意,未必还是我的主意不成?"马大人一脸肃穆地说,就在吕院判定州落难前两日,他刚好做了一个梦,梦见故去的慈母告诫他说,人要行善,行善莫惜财,如果是行大善,那即使是散尽家财也不足惜!没成想两天之后,就碰到了吕院判相求。他不能不认为,这是母亲的在天之灵在指引和庇佑自己,也不能不感叹命运的奇诡。听完这番话,吴知府不由得头皮发紧,酒都醒了一半,既是赞叹又带感激地说,当年咱们被人说傻,而今也算是善有善报了。吕大人重回太医院咱不去说它,感情我吴某之所以有今天,说不得也还是拜令慈大人在天之灵的护佑。古人云积善之家必有余庆,马大人您这一去,管保平安无虞不说,说不定还会有意想不到的机缘,也未可知咧。

马大人清楚,这吴大人平素不善言辞,今天能够说出这番话来,当是难得之极了。自己在这定州府良医所三十余年,阅人无数却交友极稀。在定州官场就只有吴大人这一个朋友了。自己这一去,也许一年,也许三年五载,家里恐怕就只有托付给吴大人照应了。想到这里,心念一转,说道:"大人您之所以有今日,那全是自己的造化。至于说意想不到的机缘,我也不敢多想,我想的是我不在定州的这些日子里,马家的一门长幼,说不得还得麻烦仁兄您多多照拂哦!"说完饮尽杯中酒,向知府亮杯的同时,定定地望住他,似言已尽而意犹在。

听了这话,本已醺然的吴大人又有了精神,一脸严肃和恭敬地说道:"马大人您多虑了!这事还需要您马大人吩咐?兄弟我今天杯酒起誓,您走的时候家里是怎样的,回来的时候保证一点不差!无论您何时回来,只要我吴兴荣在这定州府,决不让马家地上少一寸土,房上少一片瓦。您要是信得过我,我们就满饮此杯!"边说边示意侍从斟酒。

话说到这个份上,再说什么都是多余的了,只有喝酒才是最好的表达。于是马大人执杯在手,起身再敬吴大人。二人推杯换盏,一直喝到酩酊大醉,不在话下。

世代医官的马家在定州城虽算不上豪门,但却是望族无疑了。从祖上做医官开始,虽也经历过起落波折,但数代积累银钱不论,府第可是越修越大,一代比一代出众。在定州的西大街上,马大人如今所居住的,就是一座两进深的秦砖汉瓦的大院。

雄鸡打鸣四遍,准备进京应诏的马大人,便起床收拾行囊。随身老仆早已准备好马车,人恭候在外房。热水、早饭也都已备好。马大人拾掇已毕,最后将当年那包《太医院御医用方案注》仔细地包裹起来,递给仆人放进马车。这些年来,他早已抄了一份备存,原书则准备借这次上京之机物归原主。

一切准备停当之后,他拿出一包银两,走出房门。

年迈的老仆,给地上的铜盆里倒了半壶热水,端到马老爷面前的洗脸架上。马大人看着佝背驼腰,两眼昏花的老仆,叹了一口气。

老仆听见叹息声,小心地抬起头,看了主人一眼,却见马大人将一包银子放到他面前,再次叹息道:"我要走了,何时能回来,我自己也不知道。你在我马家做了大半辈子,我不能再留你,你也该回家养老享儿孙的福去了。这五十两银子,够你回乡下置几垧地,再留点儿钱给自己养老,让儿孙伺候着,给你送终。将来遇到什么难处,就给夫人捎个信儿。我们早已拿你当自家人看了,我会给夫人交代,能帮你时,马家肯定不会袖手旁观。"

还没等马大人把话说完,老仆就老泪纵横,"扑通"一声跪在了老爷跟前。他不停地叩头谢恩:"老爷这可使不得!下人在马家讨了一辈子的口,马家一向待我不薄,我又怎敢接老爷的银子?托您的福,我这半辈子多少也攒了点积蓄,足够儿孙给我养老送终的。又哪敢让老爷来为我劳心!"

老仆这么一说,马大人的心情似乎好了许多。他边把银子往桌子上搁,边回应道:"给你你就拿着吧。这些年你为了马家也操了不少心,费了不少力,天下无不散的筵席,这就算是我对你尽的点心意吧。你的儿孙孝敬你,那是你教子有方,是你的福分。有了这些钱傍身,你的老年会更有靠,这和儿孙孝顺不矛盾的。你就不必推辞了吧。待会儿车夫送我进京后,你给夫人道个安,吃了早餐,就可以回家了!"

见老仆收起桌上的银子,就边洗脸边问了一句:"少爷起床了没有?"

老仆退后一步,回话道:"少爷鸡叫三遍就起床了,现在正在东厢的书房里读书呢!"

马大人欣慰地点点头。吃了早餐后,见天还没有放亮,不由得移步出了房。看着东厢房里亮着的灯光,便走过去。透过窗棂,看到正在书案前认真读书的儿子。怜子之情,不禁油然而生。他轻轻地推开门,默默地走到儿子身后。读书郎回头,见是父亲,连忙起身给父亲请安。

马老爷举起沉重的手膀,抚着儿子瘦弱的肩膀,让儿子坐下。他拿起儿子面前的《春秋》,叮嘱道:"为父要随皇上去打仗,做随军医卫。你是咱马家的长子,在家要听母亲的话,给姐妹和弟弟做好表率,撑起马家的门户。"

读书郎回答说:"孩儿明白,父亲大人!"

马老爷放下经书,看见旁边还有一本《黄帝内经》,顺手拿了起来。他语重心长地告诉孩子:"以后就不要再看医书了。马家做了几代医官,终无出头之日,只因是医户的身份。从你祖父开始,就要求我读圣贤书,希望马家有朝一日能出个进士状元,改变医户的户籍。你父亲我没有做到,在良医所一辈子,只做了一个吏目。老父我把希望全都寄托在你的身上,你可别让老父失望!"

读书郎眼泪汪汪,说自己一定记住父亲的话。

天刚蒙蒙亮,告别了妻儿的马大人,带着医官的行囊,上了马车。车到了城门口,守门的兵勇刚打开城门。马大人让车夫快点赶路。马车驰出了城门,沿着官道,向东北方向疾驰而去。

一路紧赶慢赶,第二天下午,马车便到了京师。他们在城南商贾集结的地区找了一家客栈。马大人吩咐车夫,将马牵到后院去喂点草料,说喂完之后,早点吃饭,赶紧休息,明天一早还要赶回定州去报个平安呢。而他本人,则打算立马赶赴太医院,去面见吕大人,一则了解这次医户应诏的日程安排和注意事项,其二也想顺便把医书还了。

到了太医院,他才知道,各地来应诏的医户还真不少,许多人前几天都到了,包括山东、河南、山西、湖广的。而太医院的考试,明天就要开始了。

在人群中,他见到一个年轻的后生,一身草青色的衣衫,面目清秀,背着药箱书籍,衣着单薄,一看便知他是个南方人。马大人关心地上前,问他是哪里人。后生告诉他,自己是蕲春来的,姓李,名叫李景贤。马大人一听,忙问道:"你是蕲春来的啊?那你可认识李时珍?"李公子道:"他是我伯父。"马大人道:"难怪你小小年纪,看起来就不一般哦。"又接着问道,"你是什么时候到的?你可知道太医院的吕大人,他也是你们蕲春人氏?"

李公子说:"平素在家时,常听父辈们说起院判大人。此次来京,伯父还专门交代,要向吕大人问好来着。可惜至今无缘得见。""既如此,那我们就不妨一起等等看,说不得今日就能见着,那也未可知。"

不知不觉间,天已渐黑。马大人正欲离去,却一眼瞥见吕院判正匆匆忙忙跨进太医院的大门。进得门来,他边走边向人群中四面张望,不时还向身边的人问询着什么。马大人见状,就边向吕院判扬起了手,边赶上前去和他打招呼。吕院判一见之下,就一把拉住了马大人的手,口中说道:"恩公,您怎么也不给我来个信,我也好到城外去接您呀?"说着,便叫跟在后面的下人,回头去叫儿子吕连安,让赶紧去前门德诚阁订个雅间儿,说他定州的恩公来了,晚上他要请恩公。马大人赶忙推辞说,破什么费呢?吕院判哪里肯听,只一把拉住他,就要往外走。马大人见此,只好说道:"我这儿还有个小兄弟,也是你们蕲州的小老乡,李时珍的侄子。"吕院判一听,就说那就叫他一块儿去。于是,马大人就招手叫上李景贤,三人一起,叫了辆马车,奔前门而去。

马车一动,吕院判就埋怨马大人,怎么也没有写封信来。马大人不得不辩解说:"还不是不想给您添乱!您那么忙,我哪忍心啦!"吕院判满腔真诚地应承道:"不管我有多忙,只要知道您哪天到,我都该到城外去接您的!您是谁?您是我吕家的救命恩人啊!"马大人忙说:"您快别这么说,什么恩人不恩人的,我只不过是尽力做了点力所能及的事情而已。"吕院判正色道:"别人怎么说我管不着,但我知道我们父子俩的命都是您救回来的!"接下去又说,"我估摸着您可能会来,所以昨天傍晚我就在太医院门口找了,寻遍了也没有寻到您,心想明天开考,您今天怎么着也得到吧?所以没等刘公公那里的事情完结,我就告假离开,没想到一到太医院门口,居然就真的找到恩公您了。"

他们一路说着,很快就到了德诚阁。

进了雅间儿,吕连安已经等在那儿了。他一见马大人,立马就长跪在地,施行大礼。吕院判也要下跪,却被马大人一把拉住道:"使不得,使不得!这岂不是要折煞我马某了?"于是作罢。

多年未见,又是恩重如山的贵宾莅临,所以免不了又是一番讲究。一番推来让去,最后吕院判坐了主位,马大人自是主宾,吕连安小字辈又有尊长在上,自觉地坐在了下首。李公子虽则年龄最幼,却也坐了马大人的下首。吕连安点了一大桌子菜,其中多半是回族清真菜肴。席间,吕院判对李公子讲了当年马大人救他们父子俩的事情,李公子听得睁大了眼睛,直感叹故事如此精彩,简直像是说书一样。吕院判说,马大人不仅菩萨心肠,更兼医术了得,马神医之称确实名下无虚。又说:"我看这天下的名医,第一当推李公子的伯父李时珍,这第二,自然就是马大人了!"马大人一听此言,立马起身坚辞道:"吕大人您太抬举我了。马某自知自己的斤两。远的不说,太医院的太医,个个都医术了得;您太原吕家就高过我马某太多。天下医术高明过我者不知凡几,您的夸奖马某实在是愧不敢受啊!"

吕院判看他急了,便不再坚持,于是转移话题,说到应诏的事。吕院判叹了一声说,这随军医户,说到底也还是一件生死难料的差役。这几年,太医院为皇室宗亲从定州府等地征召了许多医官,各边镇每年也都上书皇上索要医官、医士,现在这定州、河间、广平、大名等地的名医世家中,已经很难找到年龄合适的医户了。此次皇上御驾亲征,太医院必须给大军配齐医卫,定州府不派人是万万不行的。他本已从山东特别找了一个人来顶替定州的名额,为此还专门给刘公公打点请托。可刘公公愣是把银子给退了回来。刘公公着人传话说:"这不是银子不银子的事。山西大同、河北宣化,还有蓟州等地听说选医官,都已经派使者来了。这些人有的在兵部,有的就在太医院。还没开考咧,三个地方就都点名必须要马大人。所以啊,这件事已经不是银子不银子的事了。说不得马大人只能陪皇上上前线走一遭了。"

听到吕院判早已主动为自己做了那么多事情,马大人心中不由得充满了感激。至于结果如何,他让吕院判别往心里去。他对吕院判坦言相告,说自己出来之前,就已做好了去山西、陕西、青海乃至更远地方的准备。总之一句话,太医院该怎么安排就怎么安排,千万别因自己而给吕大人添太多的麻烦。

吕院判口中连称惭愧,说自己能力有限,请恩公不要怪罪。接着他告诉马大人,经过上下打点,已经把恩公指派到了蓟州。这蓟州离定州近,有名将戚继光在那里守着,这些年都无战事。他也向兵部打听过,兵部说这次出征,计划都还没有拟出来。不过蓟州离陕西那么远,一般情况下,应该不会从蓟州派兵去的。他能做到的就是这些了,事情不能算是完满,只能算是为恩公尽一份心意吧。

吕院判如此这般的用心,事情又安排得这样妥帖,马大人觉得用任何话语,都不足以表达感激之情。于是举杯齐额,敬酒相谢。直到这时,坐在马大人下首的李公子才插上话,无非就是伯父和父亲向吕大人表示敬意,并希望能够对晚生小乡党能有所提携等语。马大人见吕院判一边应承,一边若有所思,似乎客套中隐藏着些许的犹疑,于是从旁敲边鼓道:"吕大人,这个后生可是个好苗子啊,要是就这样被派去了边关,年纪轻轻的就死在了战场上,那未免太可惜了。您看可否将他留在太医院做见习啊?"

吕大人思索了片刻,说道:"太医院只怕留不下。他既与我是同乡,力所能及的照应那是该当的。巧在蕲春刚从河南布政司划到湖广布政司,汉口、黄州都缺医官,我可以建议遣他去黄州,专责给刘公公的司设监办理蕲州特产。要知道蕲蛇对长期住在紫禁城受风湿侵害的公公们很是管用,只可惜年供中蕲州的货太少,甲库里总是入不敷出。是以我这个建议,一报到刘公公处,几乎就是板上钉钉的事了。"

李景贤闻言大喜,赶忙起身离座,长揖到地,向吕大人谢恩。

晚宴结束时,几个人都已带了几分醉意。吕院判说本想延请恩公到吕宅下榻,以示亲近,怎奈他是考官,觉得不宜为礼节而破坏已安排妥当的大事,所以还得委屈马大人去住客栈。马大人一边称谢一边说,李公子还没找到宿处,正好可跟自己一起回客栈去,两人同住,也好作伴,有什么事情,也好有个照应。于是吕大人父子依言送马、李二人回了客栈。分手时,吕大人一再请马大人不要客气,说是在京期间,有什么不方便的,尽管吱声。又说明天开考了,作为考官恐怕难得脱身,让马大人有什么事,直接找吕连安,马大人的事,小子是不敢怠慢的。吕连安在旁,连连点头称是。于是父子二人作别,马大人让他们带上那包《太医院御医用方案注》,分手而去。

第六章

马神医南市救老妇　李公子京城认义父

话说马李二人回到屋里，一老一小觉得并不困倦，于是坐在床沿上聊开了。说起应诏戍边，李公子似乎并不害怕。他说自己是替父亲顶缺而来。老父年纪大了，身体又不好，他担心如果让老父随军，这辈子恐怕再也见不着他老人家了。自己毕竟年轻，随父行医多年，下乡看病人，上山采药，他什么苦都能吃。虽然听说这次选上的可能要去山西、甘肃，还有人说是去青海，可他觉得只要别人能承受的，他也干得下来。再者，替父戍边，既是尽忠，又能尽孝。这是忠孝两全的好事，他用不着害怕。

马大人觉得，这后生真是个难得的孝子。又联想到自己未满十三岁的儿子，想着要是他将来长大了，也能和这个后生一样懂事孝顺，那就不枉此生了。

两人越聊越投缘。马大人看李景贤衣衫单薄，就告诉他说，这北方的秋天可不比江南，一入秋就寒风刺骨的。一边说着，一边下床打开行囊，拿出一件半新的夹袄递给他。李公子赶忙起身辞谢，连说不用，又说他自己也带了一件，在包裹里还没拿出来。可马大人清楚，就算他带了一件，可京城的早晚太凉，估计明天早上，他就会扛不住的。

马大人又问李公子，为何非要做医户，为何不去考个功名，脱医籍入仕途。有个一官半职，可比做医户不知道要强到哪儿去了。李公子道："家父也是这个想法。我从小念四书五经，已有十余年，原本打算今秋去应乡试的，未曾想诏书下来，老父虽年迈仍不得脱，所以踌躇了多日，最后还是决定代父戍边。作为人子，我怎能为了应科举，而让年迈的父亲跋山涉水，去吃那份苦呢？"

马大人越听越感动。心说这孩子真是难得，要是搁在前朝，一定可以举孝廉的。他告知李公子，此番测考，并非都要去随军。若地方缺医官的，也可以被安排到地方上去。入考的名册，都在太医院，最终由太医院统一调配。吕院判就是援此例想遣他到黄州去的。既然院判都应承了的事，他应该可以放宽心。

第二天一大早，一老一少早早就起床了。吃罢早饭，马大人就打发车夫回定州去报平安，自己则与后生一同动身，前往太医院。到得太医院，却见门外已候满了人。不一会儿，太医院吏目出来宣布测试开始。并宣布说规矩是按名册顺序，每次点三人，先京师，再河北、定州府辖下各州县，山东济南各州县，山西太原府、南京应天府、河南开封府、洛阳府等等，依次排下。

如此安排下来，定州府自然比较靠前。一个时辰之后，吏目就点到了马大人。他与李公子打了个招呼，便进去了。测试他的是一位陈姓老太医。那太医坐在书案后，看了他一眼，问了他的年纪，姓名。一听他是定州府的马医官，立马就问道："您就是倾尽家财救吕院判的马医官？"马大人应承了，说自己在定州府做了三十多年的奉司正兼良医所医官。太医就说："我们都听说过您的大名，很多人都对您敬仰得很啊。"然后询问了他的身体情况，就算是通过了。至于具体去向，陈太医则没说什么，只让他在京城候两日，到发榜时就都知道了。

出了考场，却见门外等候测考的人，按不同的府县聚成一团一团的，叽叽喳喳地议论着。他正欲寻找李公子，突然背后传来一声大喝："刑杖伺候！"接着就听见一个太监的鸭公嗓子，拉长声音唱道："京师顺天府……河间县……张德发，鱼目混珠，冒充铃医，进京应诏，吃杖二十！"

叽叽喳喳的人群顿时噤声。片刻之后，又更加骚乱，一起围了过来。马大人回头，看见太医院吏目押着一个衣衫褴褛又黑又瘦的男人，刘公公紧随其后。四个杂役扛着杖棍和一条长木板凳。吏目将那男子押过来，按在板凳上，两个杂役抡起木杖，一棍一棍轮番往他屁股上招呼。众人一时围得水泄不通。

马大人知道，这肯定是医官疏通了县令，买了个懒汉来充数。心道这河间县的医官和县令，可见都是缺心眼儿的人！既然动了这个念头，就该买通太医院的考官和太监才是。否则充数的懒汉不通医术，怎么可能瞒得过太医。即使太医想放他过去，那负责督察的大小太监，又岂是骗得过的？

二十杖打完，那人已是皮开肉绽。众人见了不禁唏嘘不已。却见那刘公公站在太医院门口，高声叫喊道："看见了没有？有冒充顶替者，这就是下场！吃了板子，还要下大牢！串通共谋的官员，也难逃惩处！下面接着考，挨个儿点名，点到谁就是谁，千万别有侥幸的想法！"

熙熙攘攘的人群又逐渐恢复了平静。马大人一直在人群中寻找李景贤，却一直没能瞅见。当听到吏目点蕲春县李什么时，就听见一个后生答应着，从刘公公一侧，一闪身就钻进了太医院。

马大人一直在太医院外守到晌午，才见李公子出来。李公子见了马大人，毕恭毕敬地叫了一声："老伯，早就见您考完了，怎么还在这儿？"

马大人笑了笑："我在等你。你考过了吗？"

后生苦笑作答："过了。考我的正是吕大人。"

说罢，一老一少一同离开了太医院。李公子一边走，一边还不时回头看那刑杖之处。马大人见状，没有言语，打心眼儿里却更加喜欢这后生，觉得他心地善良，人厚道。两人走着走着，突然间大风骤起，原本明亮的天空，一下子变得浑浊起来。

到了南市大街，街上已是风沙弥漫。人们都躲进屋子里去了，整条大街上很难看得见人影。晃眼间，只瞥见大街的另一头，有个老妇拄着拐杖在沿街乞讨，手上还拿着一只破碗。正是吃午饭的时候，两人用胳膊肘护住眼睛，看见前面不远处有一个饭庄，于是顶着风，钻了进去。这时，他们听到街上传来了马车奔跑的"叭哒"、"叭哒"的声音。

刚踏进饭庄，还没稳住身形，马大人却发现跟在身后的李公子又突然折了回去。他还没弄明白是怎么回事，就听见街上传来了奔马的嘶鸣声，接着是官人的咒骂："瞎老婆子！你找死啊！"

他回身向门外张望，只见街两边的门口伸出几颗脑袋来，都在张望险些被马车撞倒的老妇。那后生正搀扶着老妇，顺着墙根往饭庄这边走。众人都在"嘀嘀咕咕"，说那瞎眼老妇真可怜，要不是这后生，这条命只怕就没了。每天来来往往的官府的车，不知撞伤了多少人。今天街上没人，那马车跑得比平日更野。

马大人找了一个位子坐下。老板娘发完了感叹，转头开始招呼客人，问马大人吃点什么？马大人接过菜牌，点了两个馒头、两碟小菜、一碟驴肉，又要了两碗面。单还没点完，李公子搀着老妇走了进来，叫了一声："老伯！"

马大人知道李公子想说什么，就指了指两边的空位，示意让老妇也坐下。隔壁左右的商户，见李公子将老妇扶进了饭庄，也前后脚跟了进来。进来之后，众口一词，一阵赞扬，说是多亏了这后生，今天救了老妇人一命。

赞声未落地，大伙接着又开始数落老妇。说总是劝她别上这条街讨饭，可她就是不听。这街上每天都有官车经过,她瞎着双眼,好几次都险些被撞。再这样下去,迟早会被撞死的。今天要不是这后生,命恐怕就没了。

听着众人的议论,马大人仔细地看了看老妇那张满是灰尘的脸,问道:"你们跟她熟吗?"

众人说,老妇就住在这南市大街的东头,从前家境还不错。男人在漠北贩卖羊皮,挣下了不少的钱财。只可叹前年她男人和儿子在贩运途中让鞑靼人给杀了,后来女儿也病死了,老妇就哭瞎了眼,以致落到现在这个样子。

听了众人的介绍,马大人伸手拂去老妇脸上脏乱的头发,扒开她的眼睑,仔细端详了良久。然后将自己肩上的衣褡取下来,放在桌上,从中取出一个小布包,小心翼翼地打开,抽出一支长长的银针。他一手按住老妇的无目穴,一手运针,准准地刺入,边捻边进。

老妇"啊"了一声,众人顿时紧张起来。李公子也吃惊地望着马大人。

马大人一面小心地捻着银针,一面按着老妇的脑门,给大家解释说:"她无依无靠,如果不治好她的眼睛,总有一天她会死在车轮下。既然她的眼睛是哭瞎的,依我祖传的针法,应该有希望让她复明。"

围观的人众听说马大人有祖传的绝技,能帮老妇治好眼睛,不由得满是惊疑地看着眼前的这一幕。有几个还窃窃私语地小声议论开了。当老板娘把凉菜、热面都端上桌时,李公子正目不转睛地看着老妇脸上的反应。马大人见状一笑,让他先安心把肚子填饱。然后自己也不再捻针了,拿起筷子开始吃饭。还说等他们吃完了,再给老妇拔针。同时又吩咐老板娘再为老妇下一碗面。

老板娘兴奋地喊道:"好咧!再下一碗热汤面!"

说话之间,一老一少吃饱了肚子。刚放下碗筷,坐在老妇对面的李公子眼睛突然一亮,叫道:"快看!她流眼泪了!"

众人丈二和尚摸不着头脑,看着老妇干涸的眼窝淌下两行热泪,不明白这后生惊叫什么。李公子告诉众人:"如果老人家有眼泪流,那就说明老伯的针灸见效了。不出十天,就能治好这眼睛。"

马大人喝了口水,然后俯身上前,慢慢地取出银针。他让老妇先吃面,说吃完了,就能睁开眼睛,看见东西了。

众人不敢相信马大人的话。因为这听起来比神医还神。就这一会儿的功夫,这老妇瞎了一年多的眼睛就能好啦?不过,不信归不信,好在很快就会有结果。大家都想看稀奇,于是就都耐住性子等候着,看老妇一口一口地将面扒进嘴里。一碗面快完了,李公子又将剩下的一个馒头递到老妇手中。老妇人接过馒头,狼吞虎咽,几口就把馒头吃了个精光,然后喘了一口气,埋头将碗里最后的那点面汤倒进嘴里,这才放下碗,开始环顾着打量四周,仿佛真的看见了面前的人影。

饭庄老板娘惊叫起来:"她睁开眼了!"

众人此时才发现,老妇确实在用糊满眼屎的双眼打量着大家。

马大人让老板娘打来一盆热水,帮老妇洗了一个脸。洗完脸,老妇果不其然,已经睁开了双眼。她仔细地打量着眼前的后生和马大人,"哇"地一声痛哭起来,跪在了二位恩人的面前。见此情景,旁观的众人无不动容。

马大人扶起老妇,劝她赶紧别再哭了。说她这双眼睛原本就是哭瞎的,要是再哭瞎了,就白费了自己一针的神功。他马家世代为医,只传下了这一针见效的神功,第二次那可就不灵了。

众人也纷纷附和,劝老妇赶快止泪,别辜负了这马神医的好心肠和真功夫。

马大人叫老板娘结账,老板娘忙不迭地说:"我本妇道人家,不识大体,今日亲眼见识了大人神奇的医术,给了这瞎眼老妇半条命,还怎敢收大人这几碗汤面的钱?权当小店代老妇谢谢大人了。"旁观众人也都是一片颂扬之声。马大人见状,不好再坚持,于是和李公子谢了老板娘,告辞而出。

两人回到客栈,李公子对马大人的医术佩服得五体投地:"老伯的医术堪比神医!即使华佗再世,也不过如此吧!"

李公子说自己也是铃医世家,从小跟着父亲学医。父亲以医术闻名,伯父更是闻名天下,可他从来也未见过这等立竿见影的效果。老伯扎的穴位自己也能看懂,可就是不明白为何有这般神效。

马大人望着纯朴的李公子,告诉他说:"虽说这一针是我马家不传人的绝技,念你我今生有缘,我便全告诉你吧!"

说罢,就从布褡里取出了针包,抽出那支银针让李公子看个究竟。李公子看了许久,也没看出什么名堂。一支普通的银针,和自己的并没有什么分别。

马大人笑了,说道:"我想让你看明白,你就能看明白;我不愿让你看明白,你就看不明白。"

说完,就取出另一根银针,让李公子比较着看。李公子依言仔细端详,才发现左手的银针不仅比右手的长而且还略粗。如果不是摆在一起仔细比较,是很难看出有什么不同的。马大人说，只要弄清楚了原因，看准了穴位，这针扎得越猛，就越能见奇效。当然真正的功夫还是在手上。

李公子茅塞顿开。他将两根针拿在手上，揣摩了很久。这支神针因略长，掩盖了它略粗的真相。如果找准了病根，拿准了穴位，一针下去，效果应该是不一样的。

因为要等告示，一老一少在客栈盘桓了两天。李公子虚心拜马大人为师，学习他的手艺。马大人则想，自己这一去戍边，何时能回还不得而知，碰上个有悟性自己又喜欢的后生并不容易。所以他也乐于将自己的手艺传给李公子。所传得人终究是幸事，能让这手艺不在自己手上失传，甚至有可能光扬光大，也是人生的至乐之一吧。

第四天早上，老少二人吃了早饭，便一同去太医院看结果。马大人认定这李公子人有灵气，且宅心仁厚，将来医术上一定会有所作为，所以他希望吕大人能把事情办成。为此，他心里特别着急，脚下的步子是一步比一步快。李公子知道老伯心里想的是什么，所以一步不落地紧随其后，一路还安抚老人不用急，说自己是有备而来，他对去黄州倒并不怎么上心，虽然那里离家乡仅一步之遥。他说与老伯相处几日，感觉情投意合，如同父子，一想到日后与老伯一个天南一个地北，一生都恐怕难有再见面的机会，心里就很是难过。因此，他反倒想最好是爷儿俩都随大军，在边镇征讨乱贼，那样的话，或许他日还有见面的机会。

二人到了太医院，外面围满了翘首以待的医人。直到午时，太医院的吏目才出来张榜。众人蜂拥而至，挤到榜前。李公子眼尖，他首先看到的是老伯，被配备到蓟州卫城作医卫，而马大人在黄州府的下面，也找到了李景贤的名字，心中的一块石头终于落了地，同时不由得在心里再次感谢起吕大人来。

看完榜单的人，大多数都垂头丧气地离去。依照惯例，被派往各边关重镇的医卫，当晚便要到太医院集合发遣，马大人当然也例外不得。而李公子明天也被要求启程回黄州。分别在即，老少爷儿俩在榜单下伫立良久，不愿离去。胸中有千言万语，却又不知该从何说起。

沉思有顷后，李公子"扑通"一声长跪在地，要认马大人做干爹。说今生今世，不管爷儿俩能否再见，老伯的情分他永不敢忘。马大人含泪相扶，算是答应了收李公子做干儿子。两人赶回客栈，马大人当即修书一封，交给李公子，并让干儿子路过定州时，去看一看兄弟和干娘，算是认个门儿。然后从针包中取出两支神奇的粗银针中的一支，无比郑重地递给干儿子，嘱咐道：

"你兄弟小你五岁，干爹一直在让他读圣贤之书，希望他将来能够考取功名。若有一天我不在了，他们母子仍然要靠行医为生，那就得靠你传他手艺了。"

父子俩虽非血亲，相处虽短，情分却深。分别之际，李公子难免痛哭流涕，悲伤之极。作为报答，李公子将祖传的偏方和自己带来的中草药都留给了干爹，说塞外苦寒，水土不服时，人极容易生病，而天寒地冻的不毛之地，药物自然极其难寻，带上这些，可备不时之需。

老人看着懂事的孩子，欣慰地点点头。两人洒泪作别。

第二天，马大人便随蓟州来人去了蓟州卫城。吕大人父子自然免不了前来相送，说了不少体己话，又送了马大人一些衣物、一条狗皮褥子，还有好些银两。吕大人特意嘱咐说，那条狗皮褥子，是特地用几只狗子冬天的皮毛缝缀而成。塞外天寒地冻，冬天用得着它。马大人接了，再次表示感谢。一直到马车出了城门，三人这才依依而别。

蓟州离京师并不太远，但跟京师相比，却是天壤之别。城内如何还没看见，城外却是一片荒凉。远远地看去，蓟州卫城就像一个孤零零的瓮城，耸立在凛烈的秋风里。这里的天气已比京城寒冷了许多，连原野上的草木，都比定州那边要矮许多。傍晚时分，寒烟笼罩着整个卫城，天越往黑里去，白雾就越浓。它们一层层地包裹着，整个城池就如同淹没在灰白色的纱帐里一般。

马大人来到卫城营寨时，天色已经完全黑了下来。一个把牌官将他带到了军营大帐，交给了值日官。值日官看了他一眼，问了他哪里人，叫什么，连吃过晚饭没有都没问一句，便让他到帐外自己找地方歇脚去。

马大人这时才意识到，从此刻开始，他就算是真的随军了。虽然肚子还是空的，但估计今晚是没机会填饱它了。他独自沿着大帐转了一圈，大致测算出了这营寨的大小。因为第一天刚到，一切都还很陌生，所以他没敢走出去太远。转圈的时候，他瞅见围着大帐有二十多个小帐篷，里面挤满了士兵。他开始盘算今晚睡在哪里。不用说，那些帐篷里是肯定没有他的位置的。他边溜达，边看，边琢磨。当他看见有人睡在马厩旁边时，心里就有了主意。

照着他人的样子，他也抱了一抱草，在马厩旁半人高的土坯下给自己找了一个地方。刚躺下，就听见离他不远处的一个步兵冲着他问："是今天刚到的吧？"

他看不清那人的脸，不知道对方有多大年纪。于是低声应承了一声："是的！天煞黑才到。"

那人见他回话,起身将地下的干草用脚往他这边拢了拢,挨着他旁边躺了下来,问道:"是医官吧?"

他回答:"是!"

于是,两人有一搭没一搭地聊了起来。他没吃饭,肚子有些饿,一时半会儿也睡不着,就陪那人聊了半宿。从闲聊中,他知道那人姓季名二,是蓟州本地人,以前是垛集军,就是当地武装起来的民军,一个月前才被改造成了营寨的步兵。其实季二的年纪也不小了,跟他差不多,都快五十了。

从季二那里,他了解了不少情况。这蓟州总兵是抗倭名将戚继光,平日里都住在蓟州城内。这蓟州卫城在城北,离蓟州城百十里,分左哨右哨,每哨大约二三千人,却连一个医官都没有。早就听说要来一个医卫,没想到今天真的来了。季二说他浑身是病,腰酸背痛,右臂抬不起来,正想找个郎中瞧一瞧。又说现在天已经黑了,今天就不麻烦马医卫了。

马大人关心地问他:"你这年纪也不小了,在这儿能干啥?"

季二告诉他,这营寨里像自己这般年纪的,只有腰刀没有火铳的,全都是杂役,总共有二三十号人,这是步兵的建制。如果是车兵或炮兵,杂役就更多了。虽说年纪大了,苦累难熬,但当兵也有当兵的好处,能混口饭吃不说,还能免徭役。从前他就在中军大帐当过车兵,后来无战事,就解甲做了垛集军。原以为再也不会随军打仗了,没想到如今又随军了。不过这次神宗御驾亲征,从山西大同走,蓟州这边应该没事。他这一辈子几乎都在随军,不过他也看开了,死生有命,富贵在天,能够不缺胳膊少腿儿地活到今天,早已经够本了。剩下的日子,多活一天,就算赚了两个半天。

季二听马医卫说他从未见过打仗,就宽慰他说,没什么大不了的,见得多了,胆子自然就大了。还说自己从擂鼓和吹号角就能听出前面是打了胜仗还是打了败仗。他提醒马大人说,最关键的是打仗时不要离骡子太远。这样一旦前线被打垮了,听到号角声不对,就来得及撂下东西,骑着骡子逃命。他就是这样,不止一次地死里逃生的。

马大人听他说得眉飞色舞的,心里苦笑着,默道,可惜我马医卫还不会骑骡子。届时即使站在骡子旁边,又该怎么逃命呢?

第二天,快到晌午时分,营寨才开伙。那些士兵似乎比马医卫还要饿得厉害。送来的一桶桶高粱杂食,不一会儿就被抢了个精光。他平日里养尊处优惯了的,何曾见过这阵仗?所以一直挨到最后,才吃上了半碗。

饭罢,他便开始忙碌起来。这两三千号士兵,什么五花八门的毛病都有。

尽管这营寨缺药,他还是得想尽办法给兵士们医治。或许是天凉湿气太重的缘故,几乎一半的士兵都闹肚子。他苦思良策,却没有想出什么好办法。好在那季二是本地人,告诉他说,草籽虽然不好消化,但把草籽炒糊了,是可以止泻的。

马医卫尽管知道那东西不太管用,但好歹也算是个方子,总比跟士兵说什么都没有要强得多。况且他知道,炒糊的草籽起码可以收湿,服用后可以让他们少跑几趟干沟。

在营寨里仅待了几天,马医卫便和士兵们混熟了。士兵见他医术高超,又是长者,所以不是叫他马爷,便称他马神医。这名声不胫而走,很快就在营寨里传开了。营寨里的掌号头官听说这刚来的医卫是个神医,心下里却不相信,这天便传号,让人把那马老头叫来一试。

正在制草药的马医卫,听说掌号头官传自己过去,立刻放下了手里的活儿,背上药箱,就去了大帐。那掌号头官坐在大帐中间,青面獠牙,一看就是个黑脸的恶煞之神。见马医卫走过去,那青面头官一言不发地看着他。

马医卫来到他跟前,不卑不亢地问了一句:"掌号头官传本医卫入帐,请问有何吩咐?"

青面头官呲着牙,冷冷地问道:"听说你这医卫医术了得? 怕不是哪里来的妖术吧?"

马医卫回话说:"回头官话,医术了得之说,实不敢当,但也绝不是妖术。本人来随军之前,是定州良医所吏目,做了三十多年的医官。"

"既然是三十多年的医官,那你就替本官瞧瞧这只胳膊。看你能不能看得出什么端倪来。"掌号头官说话间,举起左臂,摇晃了两下。

马医卫放下药箱,走近一步,然后一手抓住对方的肩,另一手托起他的左臂,前后摇晃了两下。虽然没有问对方,但一晃之下,马医卫已断定他和季二是一样的毛病,当是风寒入骨所致。于是他让对方除下铠甲,用银针沿肩膀和颈大脉五针齐下,针扎定之后,再点了一支烟泡,让青面头官吸。无奈之下,青面头官只得听人摆布,乖乖地去吸烟泡。马医卫待头官把烟泡吸完,立马便一使劲儿,将银针一支支拔出。

那青面头官一手扶着刚扎过针的肩膀,回过头来恶狠狠地问:"别的医家扎针,都是慢慢地抽出针来,你却为何要用力拔针?"

"头官明辨! 本医卫扎针后,给大人吸了烟泡,故而能疾速拔针,并无妨碍。"

"哈哈！哈哈！……"青面头官突然大笑起来，撸上肩胛，猛然说道："神医！神医！从京城回来的老姜都说你是神医，我开始还不信。今天果然名不虚传。以后就在大帐后候叫。"说完，伸手抓起桌上的腰刀，目不斜视地出了大帐。

几日下来，马医卫慢慢适应了营寨的环境。不过连续几天来，天气一直都阴沉着，朝夕寒烟弥漫，湿气凝重。空气中散发着浓重的霉变味。到了夜晚，不时有一阵阵的恶臭味飘进营寨，让人喘不过气来。他知道，那臭气是从营寨周围士兵们拉屎撒尿的干沟里飘来的。

两天后，绵绵细雨终于从天而降，与细雨相伴的是不时刮过来的一阵阵寒风。寒冷随着风雨铺天盖地而来，叫人无处躲藏。寒湿的空气浸透了一切，以至于每个人的身上都找不到一块干爽的地方。军士们的腹泻一天比一天严重，患病的士兵一日多似一日。因为阴雨，草籽也更难采集。空怀一身绝技的马医卫，却不得不一筹莫展，坐困愁城。

就在这个时候，传来了皇上要御驾亲征的消息。卫城中军奉命，亲率两千铁骑，前往大同护驾西征。临行前，中军登上点将台，将留下的步兵、火器兵一分为二，分别驻守卫城东西营寨，同时安排自己的亲信掌号头官和左哨都尉二人，负责守卫卫城。

掌号头官则给中军建议说，营中马医卫医术高明，人称马神医。中军远征千里，路途遥远，又逢秋凉，风寒流行之季节，带上马神医，一路可保身体安康。他将马医卫唤到将军跟前，让中军大人过目。

那蛇眼鹰鼻的中军仔细瞧了一下马医卫，偏着头问青面头官："他这把老骨头，能行吗？"

青面头官回道："报告中军！这老家伙精神头儿足，一顿能吃两碗杂食。"

"那就走吧！"中军示意启程，让马医卫跟上。

旗兵拔起点将台上的中军大旗，长长的号角就在迷蒙的细雨中吹响。低沉的天空下，一支两千人的铁骑，呈游蛇形向西进发。大同只不过是西征的第一站，没有人知道他们的目的地是哪里。他们现在是去大同与皇上亲率的五万人马汇合，汇合后再去哪儿就没有人知道了。那些犯上作乱的贱民和叛军，年初时在陕西，后来又流窜到了甘肃，近来听说到了青海。具体在什么地方，好像没有人清楚。更令人疑惑的是，秋肥才适合打仗，可如今已快入冬，等大军到了甘肃，冬天早就来了。只要一下雪，这仗就没法打了。

两千人马在阴雨中走了两天，来到了沙漠边上。雨却停了下来。从京师传来的消息说，皇上最终被张阁老拦了下来。本来万历皇帝一直要御驾亲征，李太后也想让年轻的皇上历练历练，见见大场面，所以开始并没有反对。张阁老也就没有表态。最后却有言官上书批龙鳞，说皇上不过十六七岁，还没有亲政，如果在战场上伤着了怎么办？张阁老就汤下面，把万历皇帝给拦了下来。同时为了给皇上台阶下，特意选派兵部侍郎率五万人马，捧着皇上的画像，代皇上前去清剿。消息说这五万人马刚刚离开京师。张阁老原本是想让兵部尚书王崇古代皇上前去征剿，不巧王崇古重病，就只好派兵部侍郎了。中军一听皇上没有出征，立马就想退兵还巢。可带消息的人又说，侍郎传令，各地的兵马继续西行，谁也不许回去。谁敢回去，以违抗军令论处。中军这才作罢。于是下令扎营，传令全军就地休息一天。

可这沙漠边上既无水又无柴，连烧水做饭都成了问题。半夜时分，又刮起了风沙。无奈之下，第二天一早，大军只得再次拔营。马不停蹄地走了整整一天，这支队伍才远离了沙漠，在一个依山傍水、草木茂盛的地方重新安顿了下来。此时，那些疲惫了三天的将士们，有的寻来干柴草架锅烧火，有的就到湖边去洗脸擦澡，驱赶疲乏。

这是自离开蓟州以来，吃上的第一顿饱饭。这三天可把大家折腾坏了，再加上许多士兵原本都在拉肚子，所以吃饱喝足后，士兵们都想找个地方好好休息一下。没有想到的是，刚刚躺下，就有探子来报，正北边出现了一哨鞑靼人马，估计有好几百人。中军推断他们不一定会往南走，因为这里是大明的境内，再说我军兵力上占优，所以就算他们来了，也不可怕。

推断归推断，中军心里还是有点犯嘀咕。虽说自隆庆五年起，鞑靼俺答汗和大明修好，但有些地方仍然时不时地发生一些小规模的冲突。尽管这里是大明的地盘，可鞑靼人四处游牧，去向难定，南下骚扰也不是没有可能，尤其是现在这个季节。若果真如此，则一场厮杀在所难免，自己的行程恐怕就会受到影响了。问两位副将的意见，他们却坚持留下。并说比起兵部侍郎来，他们已提前了三天，就算打一仗，也不至于影响他们如期到达大同。

中军无奈，只好在北面安排了三路流动哨，并令探子再探。同时传下军令，让全军戒备，收宿营地，把营盘扎在土山和小湖之间，以防鞑靼人半夜冲营。

入夜，一切都安顿好了，流动哨也派出去了。人困马乏的营地一片沉寂，只有几堆篝火在黑夜中忽明忽暗地燃烧着。因为刚刚下过雨的原因，空气显得特别湿冷。除了偶尔一两声马打响鼻之外，再也没有一点儿动静。

到了半夜，天上下起了小雨，一切都很正常。当换岗完毕，三路流动哨回来之后，中军心里才踏实了许多。所有的流动哨都宣称，一直没有看到鞑靼人的影子。想必鞑靼人已经离开这里很远了，或许他们根本就没发现，这里还有明朝的军队。

中军大人当然希望真的如部下所报。但是凭军人的直觉，他仍是感觉到不安，似乎战斗就要爆发了。可劳顿了大半夜，他也累了。在授意值下半夜的流动哨小心警戒后，他自己又到营地转了一圈，见没有什么异常情况，便身着铠甲，和衣而卧。刀子随手就放在身边，刀把伸手就能摸到。

那半夜才落下的雨，到了四更天，却又停了下来。当士兵们睡得正熟的时候，大营里突然响起了报警的牛角号声。随后，三路流动哨都奔回了营地。北方、东西两方，三面都出现了鞑靼人。

营地里立刻紧张而忙碌起来。中军、副将、参军很快就冲出了营帐，组织人马，准备迎敌。因为不知道敌军的众寡，单从三面来敌推断，敌军应该有大几千人。所以中军下令摆好阵势，严守营地，不得出击。

鞑靼人偷偷摸摸，原准备从三面合围过来劫营。却见营地里灯火通明，明军显然已经做好了准备。偷营不成，却又不愿就此善罢甘休，于是就在一箭开外的地方停下了来，踌躇不前。两军就这样僵持着，不发一言地对峙着。

那中军见敌军迟迟不敢妄动，于是跟身边的一名副将交代了两句。副将立即策马转身，带领一队人马从南面出了营地，沿着湖边向西搜索前进。走不多远，就见一股敌军，正从湖的西南面向营地包抄过来。副将当机立断，下令迎头痛击。号令响处，五百将士喊声震天，偷袭的鞑靼人闻声丧胆，哪里还敢迎战？一个个纷纷调转马头，狂奔逃命，兀自丢下了几十匹马和几十具尸体。

冲杀过去的明军，见鞑靼人四散而逃，也不再追击，鸣金收兵。与此同时，营地正面的鞑靼人，听到湖那边的号角声，知道包抄的人马未能得手，已经撤了。这时候天也快亮了，鞑靼人的三队人马，就从各自的来路撤走了。

当副将带着五百将士回到营地，中军命令赶快烧火做饭。吃了早饭，便拔营西进。说是此地不宜久留，那鞑靼人是不会死心的，迟早还会再来。

就这样，一夜都没怎么休息的官兵，吃过早饭，便再次踏上了西去的路程。这一走便又是一天。越往西走天越冷，似乎在预示未来的严寒，即将前来考验大家的意志。冬天虽然还没有来到，但将士们仿佛都已经感觉到了前面将要到来的艰难困苦。他们只盼着早一点到达目的地，借助朝廷的威严，早日荡平那些反叛的农民军。

第七章

先锋营神秘失踪迹　收容队冒死出雪原

　　三天后,这支西征的队伍,终于到达了九边重镇大同。他们在大同的卫城外扎下了营地。可是京师方面传来的消息说,吏部侍郎率领的五万人马还在半路上,大概还得三天之后才能到达大同。

　　军队驻扎下来后,马医卫又忙了起来。天气异常寒冷,那些原本就拉肚子的士兵,病情越来越严重。还有许多士兵得了风寒,许多人开始高烧、呕吐。他一个人根本照看不过来。好在季二在军中做杂役,时常给他做做帮手。除此之外,中军还派给他三个士兵,他指点他们给大家做些简单的推拿按摩,疏通经络,如此仍减缓了不少人的病痛。

　　兵部侍郎亲率的五万大军,五天后才终于赶到。卫城外,一个营地连着一个营地,漫山遍野,很是壮观。这些大营,给原野也带来了生气,天气似乎也变得不那么冷了。

　　第二天,他们这支两千人的铁骑作为先锋继续拔营西进。大军主力则将在一天后跟进。可是他们走了两天,却得到消息,大同的主力并未启程。于是他们这支人马,便走两天歇一天,等慢慢捱到了青海,那里早已是冰天雪地。他们到达的次日,就遇到了入冬的第二场大雪。原本就没有人告诉他们,最终的目的地是哪里,现在他们与大军之间的距离,又越来越远,和大军失去联系,已经两天之久了。

　　无奈之下,中军只得下令停止西行,在漫天大雪中就地扎下了营寨。不久,前面的探子回来报告说,他们已经进入了叛军的地盘。除了后面之外,前方和南北方向,都发现了乱贼在活动。这等于是说,他们这支两千人马的队伍,已是孤军深入,处在很危险的境地中了。

参军提议队伍后撤,等大军到了再度进兵。可中军心里却顾虑重重。因为这次平叛,与以往不同,兵部侍郎是带着皇上的画像代帝西征的,作为前敌先锋,他一切都得听大营主帅的指令,不敢擅自进退。因此他没采纳参军的意见,但为了防范风险,就向四面都派出了探子,以摸清叛军更详细的情况,据此判断乱贼是否发现了他们,有没有四面包围他们的迹象,然后再根据这些情报和推断,来决定行止。

天很快就黑了下来。这时候,他们已经不可能再考虑后撤之事了。他们初来乍到,不熟悉地形,又只有区区两千来人,而且还劳师袭远,在路上奔波了一个多月,兵士们忍饥受冻,战斗力大减,夜间后撤的危险性可想而知。而乱贼据说有几万之众,要是趁他们后撤之机南北夹击,那他们肯定抵挡不住。

可他们毕竟是戚继光的队伍,虽然并非嫡系的戚家军,但他们的作战经验还是相当丰富的。面对严峻的形势,中军召集将校帐前议事。中军认为,乱贼应该知道大军就在后面。这次西征,声势浩大,乱贼肯定早就探到了消息。虽然叛军知道,他们作为先锋已经到了这里,但是乱贼和他们一样,也不知道大军现在究竟到了哪里。加上大雪天限制了探子的活动范围,因此,叛军的情报一样有限。所以估计敌人必不敢贸然采取行动。退一步来说,如果万一敌人不管不顾地贸然出击,我军也还有两条路可走。第一,杀出重围后撤——因为大军在后,叛军怕中诱敌深入之计,必不敢狠追;第二,就地坚守,只要我军下定决心坚守的话,至少也可以抵挡两三天,叛军自然会担心,两三天内,大军一到,他们就必死无疑。所以在中军看来,乱党这帮乌合之众,是不敢轻易下这个赌注,来贸然进攻他们的。

说完这些,中军环顾了众将一眼,端起茶碗喝了一口,接着分析道:"从另一方面来看,我们必须重视此次平叛与以往的不同。此次平叛,皇上御像西征,更主要地是为了扬威四海,震慑乱党。不然何须兴师动众地从京师及各重镇集结了八万人马,号称十五万一路西进?我们在座的各位都是打出来的,就凭各位的见识,不难看出来吧?如果真的想围剿乱贼,两个月前用兵的话,只需一万铁骑,早就荡平了贼寇!所以,"中军说到这里,停顿了一下,然后加重语气说道,"这次西征讨伐乱党,平乱倒在其次,更多的,还是要让域内领教天国之威!若果真如此,一旦大军到得西宁,乱贼多半会闻风而逃,大军自然就班师回京。而此刻,如果叛军尚未出现,我们就不战即退,后方定会认为我们有损朝廷威严,日后追究起来,给我们安个'不听号令'的罪名,我们人人都会掉脑袋!因此,我军除了坚守此地之外,别无选择。不知众将以为如何?"说完虎目炯炯,再次环顾周遭。

听完分析,众将无不膺服。于是中军下令,全军就地坚守,各路人马深沟高垒,严阵以待,做好迎战叛军骚扰或合击的准备,等候后路大军的到来。

半夜时分,雪住风停。天地间白茫茫一片,突然变得出奇的安静。雪地的反光让黑夜如同披了层蓝纱的白昼。天上的月亮也呈现出蓝色,显得既迷人,又充满了不可预测的诡异的味道。

派出的探子先后回到了中军的营帐,报称一切正常,几个方向都没有发现乱军靠近的迹象。其中南面的叛军好像已逃得无形无踪;在西北三十里处,看到了叛军的营地,像是步兵,因为看不见什么骡马的痕迹。种种迹象,均看不出叛军有向我军开战的可能。

中军听后,一脸平静,吩咐再探。他并没有因此而掉以轻心。眼下这种处境,他不得不小心再小心。而快到黎明时分,他们遭到了小股部队的骚扰,中军派出一队轻骑,很快就把他们赶得远远地逃了。

一个诡谲而紧张的夜晚好不容易捱过去了。天亮后,太阳在雪地上照耀出一片灿烂,煞是晃眼。虽说天气仍然很冷,可冻了一夜的将士们,随着晴天的到来,心情都好了许多。到了中午,主军大本营的消息总算是传来了,听到消息的中军被吓了一大跳,大军离他们还有四天的行程。中军不由得心里暗想,昨日乱贼如果知道大军离他们如此遥远,那他们现在,只怕早已不在这个世上了。

中军再也不敢冒进,下令原地休整三天,同时向四周派出八队流动暗哨,严密监视各个方向敌军的动静。直到确切得知大军翻过了身后的那座山,相距不到四十里之后,这才下令拔营,引兵向西,缓缓进发。

又五日,他们到达了西宁。一天后大军随之到达。主军一到,兵部侍郎即传令各路统领,立即前往主军大本营接受指令。兵部侍郎端坐在帅帐一侧,皇上的御像被高高地供奉在正北面的神龛上,众将自是免不了三跪九叩,山呼万岁。礼毕,兵部侍郎颁布作战指令。他派出三路大军,从南、西、北三面进剿,并严限五日之内,将青海全境的乱贼荡平。为全歼叛军,兵部侍郎又派中军和另一支铁骑,从西南、西北两个方向全速出击,迂回包抄,堵截叛军逃遁之路,以便三路主将一举剿灭乱党。

中军领命,回到了营地,即令诸将拔寨出发。这可能是剿灭叛军的唯一一仗了。听那侍郎的口气,各路主将回师大本营之日,便是胜利班师之时。他们必须以最快的速度追击叛军,争取有所斩获。如果截住了叛贼,并与各路大军一起歼灭了他们，就是给皇上和兵部侍郎脸上增添了光彩。在兵部侍郎眼皮底下建立的功勋，哪怕只是打了一个小胜仗，可也比过去出生入死的大胜仗管用得多。现在只要有所斩获，侍郎一高兴，说不定就会有重赏。将士们千载难逢的升官发财的机会，这就到了。

在中军的鼓动下，诸将领身先士卒，全速追击。为了提高急行军速度，中军传令，全军坐在河边的冰面上滑行，这样要比走雪地快得多。

到了第三天头上，他们发现了一股叛军的踪迹，大约有四千人的样子。在他们前面大概个把时辰。中军找来向导，打开羊皮地图，寻找截击路径。通过测算，最后他留下一个副将，带领五百人马循原路尾随叛军，并一再叮嘱，不要与之交战。自己则在向导的带领下，从山的另一侧绕到叛军的前面去堵截他们。

将士们立功心切，士气高涨，一路狂奔着前去截击。当天傍晚时分，他们总算是赶在叛军前面，到达了中军指定的地点。中军下令摆开阵势，准备迎敌。不过一袋烟的功夫，就听得人马的嘈杂声从那边传来。显然，他们追踪的敌军，已经到了。

归路被截，显然出乎叛军的意料。驻足观望良久之后，见朝廷军队阵型严整，明盔亮甲，敌军就不敢硬闯，于是掉头循来路缓慢退兵。中军见状，即传令保持距离，尾随而进。原本尾追叛军的副将，见叛军原路回撤，便也边往后退，边派快马联络后军主力。

接到副将传递的消息之后，天黑露营时分，一路主将率领的一万大军快马赶到，与副将所率五百人马合兵一处。他们知道叛军已进退无路，当即下令掩杀。一路主将严令，待剿灭了这支叛军之后，队伍再安营扎寨，开锅做饭。

在两山之间开阔的雪地上，随着鼓声响起，一万多将士如潮水般涌向叛军。中军一听见鼓响，也立马命传令兵吹响了号角。一众将士早已经按捺不住了，号声甫响，即怒吼着杀向叛军。原本就已是惊弓之鸟的叛军未战先怯，一见明军两面合围，杀声震天，哪里还有多少人应战？差不多人人哭爹叫娘，个个四散奔逃。是以没费多少功夫，两支人马就将这股叛军踏平了。

打扫战场完毕，两支人马在山谷里扎下营寨，埋锅造饭，共庆胜利。第二天一早，大队人马便押着叛军俘虏，踏上了归程。

等他们两天后回到主军大本营时，另外三支人马也前后脚到达。每支队伍都或多或少地带回了战俘和战利品。侍郎亲自在大本营帅帐外迎接，然后在皇上的御像前给列位将军论功行赏，同时下令杀牛宰羊，犒劳将士。

次日,侍郎传令班师回朝。出乎中军意料的是,班师的只是侍郎带领的五万主力大军,其余的三万人马,则要留下来继续监视叛军。兵部侍郎在给皇上的捷报中说,此次西征,借皇上神明,他们剿灭了两万多叛军,剩下的叛军是散兵游勇,已不足虑。但为保长治久安,特留下三万人马,继续剿灭,以斩草除根,永绝后患。

　　直到此刻,中军才总算明白,真正的平乱,从现在起,才终于开始了。此前各路人马都夸大了平叛所剿灭的人数。比如他们自己,才剿灭了四千,却上报一万。如此不难推算出来,所谓平叛总数两万,实际上死伤的叛军也就七八千人。虽说侍郎代皇上御驾亲征已胜利结束,可实际上,真正剿灭的叛军只是很少的一部分,还有一大部分不知逃到哪里去了。消灭这些叛军的任务,就留给了那些得胜却不能还朝的人,包括他们自己。

　　想到这里,中军不免暗自嗟叹。嗟叹完毕,只好立马赶回营寨,布置军务,丝毫不敢有片刻的耽误。

　　主力班师后,留下来的三万人马便分兵三路:一路继续向西,一路向北,一路向南追击。来自蓟州的这支人马被分在了北路,依旧作为先锋在前面开路。

　　毋庸置疑,这已是一支疲惫之师。且不说现在仅剩三万人马,与数万叛军相比,在数量上已不占优势。在分兵三路后,后方没有了保障,粮草供应成了最大的问题。再加上将士们人心思归,想到同为西征军,却不能和别人一样班师还朝,心里就气不打一处来,哪里又还有心思剿匪去!

　　天气一天比一天冷了。白天多数时候还是阳光灿烂,可那阳光照在身上却没有一点热乎劲。除了正午稍微好点外,太阳略一偏西,寒气就飕飕地下来了。等到了半夜,冰天雪地如同水晶一样透明,可比水晶却冷了不止千百倍。那种刺骨的寒冷造成了大面积的冻伤。不少士兵已经无法走路,只能以马代步。可步兵的马本来就不多,要不是临出发前他们在西宁补充了一批马,那他们现在早已挪不动窝,只有等着被动挨打的份了。

　　面对如此的困境,中军只有再次召集各将校到大帐议事。在会上,参军提出了自己的想法,说是照这样下去,他们就算找到了叛军,也只能是去送死。与其如此,还不如让队伍停下来,何必非要去送死不可呢?中军则提醒他别忘了,北路主将率领着八千多人马,就在他们的后面,才相隔一天的路程,就像是他娘的督战队一样。他们除了前进,别无他途,停下来也是不行的。

　　听完他俩的意见,两位副将只好建议慢慢走,边走边等主力。这样即使遇上了叛军,打不赢也不要紧,后面有援兵的支持,料想应不至于吃太大的亏。于是中军决定全军放慢速度,边走边等。

就这样,整支人马又往北行走了五天。第五天早晨,拔寨行进不久,他们突然进入了一片平坦的开阔地带。方圆几百里,看不到一座山,也看不到树木与河谷。队伍在一望无边的雪原上停了下来。参军认为他们再也不能向前走了。穿过前方这块雪原,至少要五天,可他们已经三天没有得到后续主力的消息了,粮草也已所剩无几。如果主力没有跟上来或者偏往了其他方向,那么他们贸然进军这片雪原,就无异于送死。

中军听从了参军的意见,下令全军即刻停止前进,就地安营扎寨,同时令人前去探路。等了两天,主力部队依然既无踪影也无消息。而探路的则回来报告说,这雪原看起来非常平坦,其实要穿过去却非常困难。雪原上的雪大多有一尺多深,系久积而成,阳光和风已把它们都冻成了雪棱,又坚硬又光滑,人走在上面都容易摔跤,马踏上去,恐怕连站都站不住了。因其平坦开阔,所以雪原上的风也显得特别大。一阵风刮过来,一不留神,人就会被吹翻几个跟头。

情况既明,两位副将就提议撤兵向后。可中军毫不含糊地否决了他们的想法。中军认为,如果他们在回去的路上没有遇上主将的人马,那还好说,可要是遇上了,那麻烦就大了。主将完全可以以"抗命不尊、临阵怯逃"的罪名将他拿下,就算不当即处治他,回去参他一本,也够他喝一壶的。往最轻里说,就拿他西征的功劳去抵,恐怕也难将功折罪。

进也进不得,退也退不得,面对如此局面,参军提议改向东走。这样既可以绕过面前这片冰原,也可做返回的打算。一切都可以视将来的情况而定。

这算得上是一个折中的方案。中军沉默了许久,终于拿定主意——往东走。

然而未曾逆料的是,更糟的情况就在这时出现。因为长时间在刺眼的雪光里行走,许多士兵眼睛红肿,最后完全睁不开了。马医卫从未见过这种症状。同行的季二告诉他,这叫雪盲,是雪光长时间刺眼引起的。这种眼病,要么不出现,一旦出现,就会是一批一批的人患病,而且随着时间的推移,患病的人就会越来越多。

事情正如季二所言,眼痛的人越来越多。几天后,好些人都患上了雪盲症,队伍前行因之变得越来越困难。将士们本已虚弱不堪,现在视力出现障碍,粮草也要断了,因为饥寒导致的减员日趋严重,士气之低迷可想而知。

直到此时,中军才意识到,且不说打仗,闹不好他们连走都已经走不出这片雪原了。到了这个地步,他们想退,都已经无路可退。如果这样持续下去,留给他们的就只剩下死路一条。于是他给马医卫下了死命令,必须想尽一切办法治愈雪盲,医不好就砍脑袋。其实作为随军医官,马医卫一直在想方设法解决问题。从雪盲出现开始,他就已经在尝试着使用祖传的针灸悄悄地治疗患病的军士,通过几天的探索,他已经找到了一套针灸配合擦洗来治愈雪盲的办法,只是还不敢大胆地使用。现在情势急迫,他不得不冒险一试了。他请中军让队伍停下来,他好给大家施针灸医治,并让中军派出健康的军士,去雪下刨一种草根,用雪水煎熬后,给得了雪盲症的士兵擦洗眼睛。天可怜见,马医卫一天的针灸加擦洗,连轴转地治疗下来,几百号人中,有一半多人的眼睛复明了。中军深为嘉许,他觉得这让他看到了将队伍带出雪原的希望。

中军明白,他们已经走入绝境,队伍不能再停了,再也不用考虑任何其他的、诸如朝廷问罪的事了。如何活着走出这片纯洁无比,同时又残酷无情地夺人性命的冰雪世界,才是摆在他们面前,需要他们面对的唯一超级难题。

两位副将给他出主意,建议他们就这样向东,去寻找嘉峪关。经过几天的商议,两个副将认为,到了这里之后,他们已不可能再回到西宁,而这里离嘉峪关只会更近。只不过因为没有向导,他们对通往嘉峪关的具体道路还不甚清楚。他们强调说,尽管几天前他们没有表态,但是他们现在认为,他们只能听参军的。因为在这军营里,只有参军是秀才。秀才不出屋,能知天下事。在此情况下,听从参军的建议,只能是大军唯一的选择。除非大家不想活着回去,只要想活着回去,就得向东走——这将是这支队伍可以活着走出去的唯一希望。

中军深知,这所谓的希望,只不过是绝望中的一抹亮色,黑夜里的一线星光。但他已经没有更好的选择。如何尽可能地带更多的人活着走出去,成了他唯一的信念。于是中军采纳副将的意见,下令东行,前往嘉峪关。命令要求没有患雪盲症的将士走在前面,身体弱又患了眼疾的,则跟在队伍的后面。士兵们把已亡故战友的包裹撕成条,搓成长绳,让看不见的人都牵着绳子,一串串慢慢地往前走。作为唯一的医官,马医卫则跟在队伍的最后面,照顾冻伤的盲人,中军还派了一个什夫长,带领十个健壮的军士,给他打下手。因为病员很多,马医卫一个人是无论如何也忙不过来的。

命令下达后,队伍中出现了一阵骚动。一些士兵觉得他们看到了希望,而更多人感到的却是绝望。特别是殿后的盲人和留在后面作收容队的十来个人,他们感到自己必死无疑。马医卫也感到非常无望,他觉得自己不仅年岁大，体质差，而且还要照顾伤病的军士，所以他对自己能活着走出去，已经不再抱有任何幻想了。

队伍出发后，不出半天，前后拉开的距离便越来越大。与伤病员一起殿后的马医卫，望着前面越走越远的队伍，在无望中反而平静了下来。到了当天晚上，他们已经完全看不见前面人马的影子了。

为了让更多的伤病员活下去，马医卫劝大家不要急着赶路，而是先挑一匹弱马杀掉，吃饱肚子，然后他再给大家施针。针灸之后，再睡一个好觉，以恢复体力。他劝慰大家，实际上也是在心里宽慰自己，说只要人还活着，就有回去的希望。

第一天晚上，落在队伍最后的仅五十几号人。可到了第二天，变成了七十多号。虽然每天都有人冻死，可是落下的人却还是越来越多。马医卫发现，虽然有一部分士兵是冻死的，但更多的则是饿死的，因此他们必须杀马。只有吃饱了肚子，才能御寒，才有可能继续走下去。可他们又不能把马都杀完了，后面还有那么长的路要走，他们必须给后面的路程留下点口粮。

马现在也很弱，已经驼不了伤员。它们的作用，已经变成了大家的粮食。人在这个时候，心已经变得像铁一样坚硬。面对驼着他们跑，载着他们行走了几千里路，与他们朝夕相处，且处出了感情的这些畜生，人一样下得了狠手。可是不如此，他们还能怎么样呢？生存的残酷，凸现了人性的残忍与坚强。

因为马医卫是唯一的医官，年岁大，经验丰富，到了这个时候，大家只能都听他的。也正是因为他的鼓励，大家才看到了生的希望。接下来的两天，在他的安排下，大家感觉比前两天好多了。尽管很多人睁不开眼，但速度放慢了，又有绳子帮忙，还是能看到身边的人影。于是大家一个拉着一个，听着马医卫的呼唤，一步步努力往前，艰难地挪动着脚步。

两天后，马医卫发现，他们后面出现了狼的影子。他很清楚，那狼应该是沿路倒下的士兵的尸首引来的。这天傍晚，天上下起了鹅毛大雪，考虑到来日的路将会变得更加难走，他将大伙带到一片洼地，让大家吃饱生马肉后，就地挖了个雪窟睡觉。同时派九个眼睛好的士兵拿上火枪，分三班轮流担任警戒。如果狼群来偷袭，他们必须放枪，但不能对着狼开枪。因为他知道，跟在他们后面的，肯定不是一两只狼。如果对准狼开枪，哪怕就算打死一只狼的话，他们就将遭遇整个狼群残忍而无情的报复。

果然到了半夜，洼地四周出现了几十只狼。好在他们有几十个人，而且大家手上都有腰刀火铳，所以他还不至于太担心。他唯一强调的，就是视力未受影响的那些军士,必须警惕应对,只有这样,才能保证他们这支队伍不会被狼群偷袭。这一夜,大家都小心谨慎地按照马医卫的吩咐行事,果然狼群在周遭咆哮了半夜,也没敢发动攻击。在天亮之前,这些家伙就悄悄地溜走了。

第二天,风雪越来越大,行走也越来越困难。但马医卫仍然坚持让大家继续行军,不准停下来。他告诫大家,只要不停下来就没事儿,一停下,就有可能再也起不来了。而对眼睛好的人来说,下雪天行军,相对还要好一些。晴天雪地上的反光太强,眼睛更容易受伤。他们可是不能成为雪盲啊!特别对于马医卫而言,更是如此。他的眼睛,承载着几十号人生还的希望,所以他一定要小心保护。

然而这场大雪还是给他们带来了更大的麻烦。因为擦洗的药水更难保证,所以单纯施针对有些人已经不起作用了。而这场雪使得掉队的人越来越多,他们这支殿后的队伍总人数已经超过了一百。他每天能施针的人数是有限的,可因为擦洗的草药越来越难找,单靠针灸治好的人也越来越少了。无奈之下,他只能让眼睛好的人在每天睡觉之前,给大家一起做眼部按摩,这样至少能保证那些未患雪盲的人能够继续正常赶路。

为了解决问题,马医卫决定先停留一天。他一边给大家施针,一边让眼睛好的人去雪下挖草根,一边让大家自己给眼睛做按摩。这样一天下地,约有将近半数的人眼睛又复明了,还有一些人,疼痛的症状明显有所减轻。于是他们又继续赶路。可是因为雪太大,他们已无法在雪地里找到一个脚印或马蹄印,只能凭借昏暗的天色,判断着大致的方向。他们不知道前面的大部队现在已经到了哪里,但马医卫估计,他们离前面的人马已经很远了,大概已经隔了几天的路程。

走了几个时辰之后,他突然看到大雪纷飞的前方依稀有好几个黑影。虽然雪太大,让他看不清晰,但他知道那一定不是狼群。那些狼一直都在他们后面,等着冻死病死的人,因为每天都会有人倒下。他们如同路标,一直给狼群指引着方向。这是一个危险的信号,因为这样下去,后面的狼会愈来愈多,而他们的人总会越来越少。那些尝到了甜头的狼是轻易不会放弃他们的。

等到离那几个黑影不过一箭之地时,他才看清楚那是几个人。他感到庆幸,这说明他们的方向没有错。在这昏天雪地之间,方向变得越来越重要,也越来越难以判断。前两天还能看到前面的人扔下的东西,可在这场大雪降临之后,却什么也都看不见了。大雪掩埋了一切,包括倒下去的人。或许只有狼,才可以在厚厚的雪层下找到那些冰冻的尸体。

等走到跟前,他才发现是几个活人。他们或坐或倒伏在雪地里,不时还挣扎一下,显见得是快不行了。他伸手扶起眼前的一位,却发现居然是季二。见到马医卫后,季二绝望的两眼流下了痛苦的泪水。他嗫嚅着吐出了一句话:"帮帮我!"

马医卫用力搀起了他,扭转身躯,让身后的人帮自己一把,扶起季二等人,继续往前走。或许是因为看到这些掉队的人仍然还活着,季二他们几个渐渐地又有了点生气,在彼此的搀扶下,吃力地挣扎着前行。在这风雪弥漫的旷野,他们这一行的身影,看起来显得特别的悲壮。

从季二的口中,马医卫得知,他们这些掉队的人,连冻带饿死了七个,被狼吃掉了五个。他们其实离前面的人马应该不会太远,估计也就是三天的路程。这给了马医卫更多的信心。他告诉大家,要尽可能地往前赶。虽然他们不可能追上前面的人,但最好不要掉队得太远。

但这好不容易鼓起来的信心,却在转天更凶猛的暴风雪中再次遭到毁灭性的打击。这天早晨,刚刚出发,马医卫就感觉到颇有些异样。前些日子尽管也有风雪,但这些风雪差不多都是从背后刮来的,现在的风雪却是迎面扑来。这让他们本已跟跄的步履更加艰难。弯腰前行中,一个没留神,他肩上的褡裢被一阵迎面吹来的狂风刮走了。风太大,刮得人睁不开眼睛,他没法看清褡裢被风刮到哪个方向去了。待风小点儿再找时,褡裢早已不见了踪影。他和几个人前后找了好几个来回,却依然是一无所获。于是他们只好放弃寻找,再去追赶前面的队伍。顶风而行真是艰难,每前行一步,似乎都要让他们耗尽全部的力量。在狂风中,他开始怀疑自己是不是走错了方向,但他也只能是自我想想而已。他的脚下可不敢有片刻的停留。风不停地刮着,他们只要停下来,无需太长的时间,大家就会被这冰冷的狂风吹成一具具的冰尸。

在顽强地顶风趱足的同时,他还得不停地鼓舞大家,不要停,要顶住风雪,坚持走下去。可惜的是,这场三天三夜的狂风暴雪,没有给他们片刻喘息的机会。许多人没能挺过来,倒在了这无情的风雪中。等狂风停歇下来的时候,他发现身后的狼群,也已经不见了。或许是这场狂风吹倒的人已足够它们享用,或者是连这群野兽,也同样经不起这场暴风雪无休止的横扫。只是此刻马医卫已不可能再去多想,他们不得不停下脚步,任大雪将他们掩埋。他用自己最后的一点力气,将狗皮褥子展开,铺在了地上。然后他们全都坐在了褥子上,紧紧地挤靠在一起,再也没有丝毫的力量站立起来。这条狗皮褥子,仿如他们的诺亚方舟,载着他们这一群,不知道将要前行到何处。这场原本要荡平乱贼的战争,在自然的风暴的裹挟下,就这样彻彻底底地结束了。

当雪住天晴,金色的阳光像一柄闪亮的宝剑,从天空直插大地。无垠的雪原上,一串串蓝色的光圈,由小到大,从天而降,折射着晶莹的光华,照射着那片无垠的大地。那是一个洁白的世界,一个银装素裹的童话的世界。除了雪白的原野,雪白的山峦,雪白的深林,雪白的沟壑,什么都没有。

而就在那个雪白的寂静的世界里,那些虽被风雪埋葬但还没有真正死去的人,在明亮的飞翔的阳光中开始复苏。他们凭借着强烈的求生欲望,慢慢地,一个一个地爬出了这个雪的坟茔。虽然很多人永远地留在了这里,但那些活着的人,将继续他们的回乡之路。

他们坐在那里,在暴风雪停歇过后的平静中,在天地死一般的寂静里,他们仿佛听到了来自脚下大地深处的声音,仿佛有一股微微向上的力量,在从他们臀下的大地溢出,不断地穿透他们,支持着他们从大地上爬起身来,然后将身边的同伴,一个一个唤醒。而那种力量,正是来自苍天和大地对他们生命轻轻的呼唤,就像每一个慈爱的母亲,呼唤自己幼小的儿女归来一样。

那漫天飞翔的阳光,就如同长了翅膀的天使,用洁白的羽翼,轻拂过他们的梦境。他们就这样听到了来自遥远的故乡的召唤。

这些九死一生的人,死亡好像已经失去了对他们的威胁。他们个个似乎都变得麻木不仁。十几个人,站起身来,手拉着手,朝向前方走去。他们已经忘掉了什么是死亡,什么是饥饿,仿佛是魔鬼在驱使着他们,一直向前,永不停歇地走下去。

十几天后,他们没有看到心目中的嘉峪关,却鬼使神差地走到了兰州。人们看着这十几个衣衫褴褛的士兵,其中好多人都已失聪,或者冻掉了耳朵,或者冻掉了脚趾,永远变成了终生残疾。大家看着他们,不由得好生奇怪。两千人马的一支铁骑失踪了,十几个残疾人却走回了兰州。这听起来就像是一个传说,是那么的不真实,那么让人轻易不敢相信。

但让马医卫感到欣慰的是,他们十几个人中,没有一个是雪盲症患者。

而当他们被人带到镇守兰州的总兵大帐时,他们才知道,西征的其他各路兵马,早在半个月前就已经回兵京师了。他们只得流落街头,挂着一支竹竿,边乞讨边往东走。至于他们何时能够回到故土,没有人知道。

第八章

马金堂徐府拜先生　　徐家庄四少赏春色

　　自马大人应诏去了京师后，一晃一年过去了，妻儿在家苦苦等候，却一直没有音信。

　　这天，马家大公子马金堂，在母亲的授意下再次去定州知府，求见知府大人吴兴荣，打探消息。看着朋友的儿子，吴大人感慨万千。讨伐叛党的战争去年就结束了，自己也托人去京师问过吕大人。吕大人却只知道马大人去了青海前线，之后的情况则是一无所知。本来剿匪原没有蓟州的事，可蓟州最后还是自己派队伍参加了。吕大人感觉很亏欠马大人，不知道如何回吴大人的话。此刻，面对马金堂，吴大人无言以对，不知道该如何安抚故人的儿子。

　　当马金堂提出自己打算去京师，沿路去寻找父亲时，吴大人心如刀绞。吴大人告诉马金堂：“你还是应该留在家里读书。你是马家的长子，既要照顾母亲，还要照顾姐妹和弟弟，不能轻率地离开家。”至于寻父一事，不妨暂且搁下，他自己会托朋友再到京城去打探，还会相机托人去西宁、大同向当地的官府打探消息。他叮嘱道：“你父亲临走前将你们全家托付给我，我必须尽到照看的责任。其中最关键的是要你好好读书，将来能考取个功名，实现你父亲的愿望。作为马家的长子，振兴家门的重任就全落在你身上了。”他看马金堂在边听边思索，就语重心长地说，“你爹当年仗义疏财救了吕院判，吕大人知恩图报，要帮他谋个官职。可令尊大人觉得自己是医户出身，怕以医籍入官影响了吕大人的前程，这才向吕大人推荐了时运不济的本官，所以对于你们马家未来的振发，我吴某是责无旁贷。古人云‘万般皆下品，唯有读书高’，历朝历代莫不如此。所以只有读圣贤书，考科举出仕，才有真正的出头之日。否则马家世世代代只能做医户，改变不了随时都会应诏入伍的命运，那我又有何颜面向你父亲交代？所以贤侄你还是稍安毋躁。谨尊父命，一门心思读圣贤书，那才是正途啊。"

听罢这番话，马金堂无话可说，只好告辞。回到家里，他将知府大人的话转述给母亲，马夫人也左右为难。思来想去，最后还是嘱咐儿子好好读书。同时，她觉得如果要真想实现夫君心愿的话，就要请最好的先生，那样才能保证儿子将来有出头之日。

是年，年岁已高的吴大人决意告老还乡。他向朝廷呈上了奏本，请求致仕，但仍不忘时常关心马金堂读书。年底，他的奏本得到了皇上的恩准。临走前，他将自己的同乡、知州大人唐祥兴介绍给马金堂，委托知州大人一定要照顾好自己故友的亲眷，并说如果照料不好世侄的话，他会愧对故友。

作别定州前，吴兴荣遍请门生故吏、同僚官员，齐聚在定州名胜中山后圃。大家赏月游西溪，之后，吴大人在众春园设下酒宴。席间，吴大人将马金堂一一托付给众人。众人边吃，边吟诗作赋，细说离愁别绪，抒发人生之慨，好不伤感。

接下来的日子，以知州唐祥兴为首的州、县各级官员开始摆设酒宴，或宴请吴大人，或请他看小戏、大戏。每到一处，吴大人都不忘带上马金堂，并给马金堂推荐了一位解元出身，从山东告老还乡的徐老爷做先生。徐老爷是世代书香门第，祖上曾经出了五个解元、两个会元，还有一个状元。他本人又在曲阜做过同知，饱读诗书，学富五车。吴大人希望在这样一位名扬一方的老儒的教导下，马金堂能早一点出人头地。

各方宴罢，吴大人便启程返回老家去了。马金堂与众官员前去送行。吴大人免不了又是一番嘱咐。马金堂一一应诺，泪水沾襟。一旁的众人看在眼里，无不动容。

送走了吴大人，马金堂怏怏地返回家里。马夫人安慰了他一会儿，便开始筹备礼金，着手马金堂到城北徐府拜徐师一事。徐老爷并非一般的教书先生，如果不是看吴知府及唐知州的面子，他是万万不会收马家这个门生的。所以，马夫人就毫不吝啬地预备了一份大礼，以使礼物能够与徐老爷的身份相称。

尽管马金堂一直对考科举没有兴趣，可是见到含辛茹苦将自己抚养长大的母亲，为自己拜师准备了重金，把将来隆兴门庭的希望全都寄托在自己身上，他也就不敢再有二心。如今父亲已离家一年多，生死不明，母亲不知背后流下了多少眼泪。如果自己再不好好读书，让母亲失望，那就是他马金堂最大的不孝了。只有发奋读书，奔出前程，才能对得起远在天边的父亲，才能安慰母亲大人那颗满是伤痕的、揉碎了的心。

这天,是一个难得的好日子,风和日丽,阳光灿烂。马金堂背包负笈,仆人挑着拜师的礼物和礼金,在母亲的千叮咛万嘱咐下走出了家门。回望站在门口的母亲和弟弟、姐妹,马金堂的眼眶再一次湿润了。

虽说徐府就在城北,徐家庄与马家相隔并不遥远,可马夫人仍然一再叮嘱儿子,到了徐府后,要用心读书。一日为师,终生为父,对徐老爷要恭敬有加,待之如父。书读得好,又有礼貌,方不负先生所望。家里的事就不用他操心了。有事会捎信给他,没有接到家里的来信,轻易不要回家。仆人去了之后,就留下来伺候他;可他身为男儿,不能什么事都指望仆人,要自己学会照顾自己。

告别了母亲,马金堂带着老仆王初一出了巷子,穿过定州城,向北门走去。因为天气好,街上的行人比平日多了许多。北门口更是人来人往,贩夫走卒川流不息。主仆二人,一前一后,疾速而行,马不停蹄地奔徐家庄而去。

出了北门,眼前顿时豁然开朗。极目远望,田野里阡陌纵横。春回大地,万物复苏。大路两旁的麦地也已返青。由近到远,越远地里的颜色越绿。田野上稀稀落落的草木,也是别有一番景象,与城里大不相同。好像春天早就到了城外,可就是迟迟不愿进城。

主仆二人长期憋在城中,几时得以如此舒展?见了此番光景,自是不免心旷神怡。过了十里长亭,两人都走热了,重担在肩的王初一呼唤主人停下歇一口气,说是徐家庄并不太远,用不着太急。

马金堂走进亭子里,随之坐了下来。看着额头上热气腾腾的仆人,就让他也坐下休息。他不时回头望向身后的定州城。一方面是挂念家中的母亲、弟弟和姐妹,一方面又要听从母亲的安排,离家去实现父亲的夙愿。他感到自己肩上的担子有千斤重。但是,无论前面的路有多么艰难,他都必须走下去。他在内心一次次告诫自己,一定要发愤读书,做一个顶天立地的男子汉。

稍歇了一会儿,他便喊王初一起身赶路。他告诉王初一:"等到了徐家庄,你吃了饭,喝了水,就赶回家去。"王初一说:"夫人让我留下,让伺候您读书来着,少爷。"他听了,摇摇头道:"你不用留了。你回家去,家里就多一个帮手。"

两人又走了一程,到晌午,在路上吃了点东西,又赶了一个时辰的路,才到得徐家庄。还在庄外,马金堂便远远地看见了一处青砖高墙的院落,心想那或许就是徐府。

进得徐家庄,一打听,那处大院果然就是徐府。于是两人一前一后,向徐府大院走去。守门人见了马金堂和身后挑担子的仆人,便开口问道:"可是定州城里来的马公子?"

马金堂上前,拱手作礼,同时递上一小块碎银道:"劳驾。本人正是马金堂,还劳烦通报你家主人徐老爷,小生应前定州知府吴大人、现任知州唐大人推荐,今日特来拜徐老爷为师,行拜师之礼!"

门人没接银子,只回应道:"马公子礼重了。小的只是一个家仆而已,岂敢收公子的银子。徐老爷知道马公子今日要上门拜师,酒宴早安排好了,只等公子上门。公子里面请,小的这就禀报老爷。"

门人说完,一路小跑在前,进去禀报徐老爷去了。马金堂和王初一跨过高大的门槛,绕过照壁,见徐府大堂上果真早已做好了准备。徐府竟如此礼重,足见徐老爷很是看重拜师之事,那吴、唐两位大人的面子也确实不小。

主仆二人行至大堂阶前,那白髯飘飘的徐老爷,这时已经站在了大堂的门内迎接,并热情地说道:"马公子一路辛苦了!"

马金堂见徐老爷迎接到了大堂门口,忙三步并作两步走,上前给徐老爷跪下,满脸虔敬地说道:"徐老爷何以纡尊接待小生。晚生来迟,万万担当不起!"

徐老爷虽年近花甲,两鬓斑白,可两颊清癯,精神矍铄。他个子虽然不高,可站在那里身姿挺拔,气度不凡。他伸出手来,一面示意马公子里面请,一面说道:"如此相待,亦是老夫的本分。前日相会,你我同是知州大人唐祥兴的客人。只为给知府吴大人饯行,虽两位大人有意将马公子托付给我,我也是看两位大人的面子不得不从,可你我到现在为止,并无师生之谊,最多算是忘年之交,待之以礼,那是自然。"

马公子刚起身,听此一说,就再次跪下道:"徐老爷,您太抬举小生了。晚生从见大人第一面起,便认定大人为师。今大人如此优待,晚生如何承受得起。"

徐老爷望着虔诚地跪在脚前的马公子,抚了抚胸前长长的白髯,满意地笑了。他一手扶起马公子,看着他的眼睛说道:"依老夫的眼光,你也是一个可造之才。你既然真心要拜我为师,那我们今天就正式行个拜师礼。可是你要记住,行了拜师礼后,你我之间就得按师生的礼数相待。日后你若有什么逾礼之处,可别怪老夫不留情面。所谓师道尊严,老夫为师,自然严厉。你想清楚,拜不拜师在你,从宽从严在我。但行过拜师礼后,那就由不得你了。"

马公子再次表明,自己出门前,母亲大人一再叮嘱,一日为师,终生为父。今日自己决意拜先生为师,将来一定会恪守孝道,敬恩师如再造父母,视师兄等亲如一家。

顷刻间,大堂内外挤满了徐府的家眷和仆役。众人见老爷今天要收门生,都来看热闹。徐老爷人看起来很严厉,可家里的大人小孩儿、主仆男女,似乎并不怎么畏惧他。大家叽叽喳喳地对马公子品头论足。

在众人面前,徐老爷四平八稳地坐在了太师椅上。马公子在管家的指引下,给老爷行三叩九拜之礼。行完礼,徐老爷请马公子上酒席,拜见师娘、师叔、师婶及二师兄。一大家子好不热闹。

吃完拜师酒,马金堂想起了家仆王初一。徐总管告诉他,王初一在他吃酒时,也被安排到后院庖厨吃了饭,饭后已经让他返回定州城了。他说他要留下来照顾少爷,我说咱徐家下人多的是,马公子一旦被收为徒,就是自家人,仆人自然都会尽心服侍,叫他放心。因此他就离去了。

按徐老爷的吩咐,总管将马公子安顿到东院徐家祠堂的东厢房。那里已经打扫干净了。师母还派女仆帮他将床铺、书桌一并收拾好。之后,慈眉善目的师母亲自来祠堂,检查女仆收拾的情况,看是否安置妥当,是否还要添置些什么。师母担心他一个人晚上太孤单,就让徐家二公子晚上睡祠堂的西厢。说夜里这边没有仆人,两人好有个照应。嘱咐日后两人一起读书,要像亲兄弟一样相处。

从马公子送的拜师礼来看,师娘知道马家在定州城里也是个殷实的人家。就说这出门在外,不比家里。在家千日好,出门一时难。因此就不要存心,要把这里当家里一样。如果存心的话,那就是自己难受。如果发觉有什么不周的地方,只管言语一声,我们来办。不必拘礼。

从一进徐府开始,马公子便感到了徐府的大气,徐府上下主仆间的温情。师娘如此一说,更让马公子感动万分。尽管环境陌生,可他心里的担忧和疑虑,早已经消除了。他从小到大,从未离开自己的家。到这里来,他并非没有顾虑,只是因为心里的负担太重,不敢往细里想。现在看来,一切顾虑都是多余的。

安置停当,师娘和女仆一同离去。管家又带来徐老爷的话,说今日一路辛苦,暂时先歇下,晚饭时会让下人来通知他去用餐。自明日起,便要五更起床,熟读经书。老爷会随时过来检查、授课。至于具体时辰的安排,他可以去问徐家二公子,两人一同读书,一同休息。

那徐家二公子跟马金堂同年,只长月份,将满十五岁。他家老大前几年会试,赐同进士出身,目前在外省某县做教谕。徐二公子的个子比徐老爷高,与马金堂差不多。他长得与徐老爷极为相像。尽管因为马金堂的到来,他被迫搬进祠堂来住,心里很不情愿,但对马金堂,他倒是十分友善。他不仅主动来到马金堂的厢房看他,还问马金堂都读了哪些书,又能背多少,同时还提醒马金堂，他父亲很严厉，那可不是一句假话。若指定的经书不能一一背下来，那"毛竹片烧肉"可不是做做样子，不见皮开肉绽，是不会罢休的。说自己从小到大，挨打可不只一回两回。即使老爷在外做官，三年五载回家一趟，也从不手下留情。他让马金堂做好心理准备。

虽说徐府是一个陌生的地方，可徐府上下都很和善，这给马金堂的心里减轻了不少压力。一切安排都很妥贴。但饶是如此，到了晚上，他仍然难以入眠。一是想到母亲在家缺帮手，纵使下人都听使唤，可毕竟无法代替他这个儿子；二则想念走了一年多的父亲，不理解为何没有一点音信。他辗转反侧，难以入眠，迷迷登登地，最终还是将对亲人的思念，全都带进了梦乡，将梦从半夜做到了天将放亮。

徐家是经学世家。第二天五更，马金堂与徐二公子徐再于，便被管家叫醒，开始了一天的读书生活。二人读完了早课，天才露出了鱼肚白。吃完了早饭，徐老爷便衣衫整齐地来到了祠堂。

今天是马金堂上课的第一天。徐老爷开宗明义，滔滔不绝地讲起了"经"而优则仕，"经"而优则禄，寒门出孝子，唯有读书高等等道理，勉励马金堂与徐再于好好读书，争取早日金榜题名。

徐老爷讲完，二人便在徐老爷的监督下认认真真地读起书来。这一读便是一整天。马金堂虽然有些不适应，可见那徐家二公子也是一板一眼，不敢稍有差池，这才明白这徐府可不是浪得虚名。最起码这"板凳功"了得。那徐再于在凳子上面坐了一整天，竟然纹丝不动，就像是石锁一般地沉稳，不得不令他叹服。

直到傍晚，吃了晚饭，这一天的读经才算结束。晚饭后，那徐二公子收拾自己的经书时，不忘看上马金堂两眼。马金堂心里明白，徐二公子这是在瞧自己，看看这一天下来，他有什么反应。虽然他很疲倦，可对方这一瞧，倒也激起了他的斗志。他立马表现出精神抖擞的样子，冲徐再于哈哈一笑。他心里明白，一定要给父母争口气，不要让人家瞧不起自己。

从这一天起，马金堂开始了长达数月的起早贪黑、执经问难的读书生活。尽管从前他也读了不少书，可这徐老爷绝非一般的秀才可比。秀才们望文生义，不求甚解，可徐老爷是字字有说法，句句讲来历。四书五经皆要求他倒背如流。若不是他牢记父亲的教诲，不敢忘记母亲的叮嘱，他是难以坚持下去的。

一晃两个月就过去了，马金堂每天只知读书，除了晚饭后，有空到祠堂外面去转一下，大多数时间都是坐在祠堂里读书。天黑了，看到隔壁的徐二公子在用功，他也就挑灯夜战。直到两只眼皮打架，才灭灯休息。

这天下午，徐老爷不在，师娘带着一位妙龄女子来到了祠堂。虽说马金堂来徐府两个月了，可徐府上下到底有多少人，他并不清楚。因为他除了呆在祠堂里读书，或是到祠堂后面去散散步外，很少去徐府大院，自然不认识这女子是谁。看见徐二公子给母亲问安，那女子叫徐公子一声"二弟"，马金堂才知道，她是徐二公子的姐姐。

马金堂给师母请安之后，才明白师母的来意。原来徐大小姐已许下了人家，不久将要远嫁山东，所以陪母亲一起来看看整日用功的弟弟。从母子和姐弟间寥寥数语的问候中，马金堂感觉到徐二公子和母亲一样，对即将远嫁的姐姐，很有些舍不得，或许是有些担心。徐二公子问母亲："干吗要将姐姐嫁那么远。"母亲无奈地说："哎！这也不是为娘的意思，是你爹在曲阜同知任上就定下的事情。两年过去了，人家千里迢迢来提亲，难道我们徐家还毁约不成？"

母女俩坐了一会儿，便走了。

第二天中午，徐老爷休息的时间，那个叫瑶儿的女子又来了，这次带了一个十三四岁，身着蓝衣衫，头上扎垂髫的小女孩。那个女孩子，马金堂倒是记得曾经见过。那是他来徐府的第一天，拜师的时候，在大堂上见到的。两个女孩见了马金堂，微微启齿一笑，算是打招呼。马金堂也一笑，点点头，算是回礼。看着两人与徐二公子的亲热劲，马金堂才知道，小些的女孩子是徐二公子的小妹。兄妹见面很开心，他们话虽不多，但那种感觉却很好。姐妹两个待在祠堂里，也一直不愿意走。到徐老爷该来祠堂的时候，有仆人来告诉她们，老爷起床了，姐妹俩才悄悄离去。

这以后的日子，每到中午，徐老爷休息的时间，姐妹俩经常到祠堂来看一看，坐上一会儿。久了，马金堂才知道，那个小妹叫碧儿，十三岁，性格较姐姐活泼。姐妹俩与马金堂都没有太多的话，她们似乎仅仅是来看兄弟读书。偶尔与马金堂的目光撞到了一起，她们也会莞尔一笑。

这天，姐妹俩又来到祠堂。活泼开朗的小妹妹突然对徐二公子说："现在外面春暖花开，每天关在这祠堂里死读书，还不如出去转转，看一看外面的美景。亚圣孟子曰，尽信书不如无书。"坐在书桌前的徐再于抬起头，望着笑脸盈盈的小妹，惋惜地说："春光无限好，可也正是读书的时间。就算我有这个想法，也没有这个胆量。待会儿爹来了，岂不又要让我吃毛竹片！"

那机灵的小妹凑到兄长面前，得意地说道："二哥！你放心，今天不会让你吃竹板了。爹早上出门去定州城会朋友去了，要回也要等到天黑之后。你何不陪我们出去玩一会儿呢？姐姐可一直想出门去走一走呢。"

徐再于听了小妹这话,知道姐姐快要出嫁了,舍不得离开家。他心里何尝不念姐姐,又何尝不想放下书本带她们出去转一转?于是,他也热心地邀请马金堂一起去。这段日子,马金堂读书也够辛苦的了,是该出去放松放松了。加之徐二公子的那个小妹妹,也热情地邀请他一块儿去。于是,马金堂就放下了书本,陪他们三人一起,走出了祠堂。

正如徐家小妹所言,四月的田野,春暖花开。大地五彩缤纷,鲜花着锦。正午的阳光直射在烂漫的原野上,是那样的温暖。当他们穿过祠堂后的小路,穿过一片杏林,看到原野上那一片片金黄色的油菜花,在那一刻,马金堂感到,那绿色的大地,就像一张张铺满鲜花的大床,是如此地迷人。

两个多月前,马金堂从定州城里出来时,还不曾看见一朵野花。如今那坡坡坎坎上,小路旁,一簇簇、一处处,到处都是藤蔓伸展、红白两色花儿挤满枝蔓的野蔷薇。它们在那随处可见的杂草丛中,是那样醒目,那样热烈。这些野蔷薇看起来无所不在。它们遥相呼应,把自身镶嵌在整个旷野上,并与那一块块、一片片的菜花连接成了一个整体。这使它们看起来更加旺盛,更加充满生命力。

在马金堂的眼中,这是一个花儿疯长的季节。与那一墙之隔的祠堂,就像是两个不同的世界。他从走进眼前的这个世界开始,就感到头晕眼花。他感到徐老爷所说的那个书中自有黄金屋,书中自有颜如玉,是那么的空洞,那样的虚假。而眼前这个翠绿的原野,这个蔷薇花油菜花无所不在的原野,看起来倒更像黄金屋,更像颜如玉。它们是那么真实。他在空气中可以闻到它们的清香,可以闻到菜花的花粉味。更何况身边还有两位年轻的妙龄女子,她们有着比花儿更加迷人的身影,有着比花儿更加动人的脸庞,还有那比小河更温柔动听的声音,比太阳更灿烂迷人的笑容,比天空更深邃透亮的眼睛。这让他走在兄妹三人的身旁,没有一会儿,就不得不痴迷在这个醉人的世界里了。

在这个繁花似锦的世界里,兄妹三人除了笑声,也没有太多的言语。他们边相互招呼,边往原野的深处走去。似乎马金堂作为一个外人,并没有妨碍他们欣赏眼前的美景。彼此之间那一点陌生外人的感觉,使这个踏青,这个突然想起的出门,变得更有新鲜感,更容易让人陶醉。那炙热的阳光仿佛温暖了每一个人的心,也使他们明白了什么是幸福,什么是快乐。

置身在明媚的春光里,触景生情的徐二公子不禁吟诵起了贺知章的《咏柳》:"碧玉妆成一树高,万条垂下绿丝绦。不知细叶谁裁出,二月春风似剪刀。"吟诵完,好不惬意。

身边的碧儿却说诗虽好，可惜二月早已过去，是有一点文不对题。徐二公子听了，又随口吟诵了一首韩愈的《晚春》："草树知春不久归，百般红紫斗芳菲。杨花榆荚无才思，惟解漫天作雪飞。"

诵罢，意犹未尽。回头冲着身后的马金堂说："金堂贤弟，你每日只知读经，面对大好时光，何不也吟诵一首，就算是温习温习。"

两姐妹听了徐二公子的提议，皆言甚好。她们也期望马金堂能纵情欣赏美景，不拘礼俗。

在兄妹三人期盼的目光下，马金堂挑了《诗经·小雅》中的一首"出车"吟来："春日迟迟，卉木凄凄。仓庚喈喈，采蘩祁祁。"

四个人好不开心。只可惜诗太短，兴趣正好的徐二公子，又朗诵了一首白居易的《大林寺桃花》："人间四月芳菲尽，山寺桃花始盛开。长恨春归无觅处，不知转入此中来。"

当两只蝴蝶从小妹碧儿面前翩翩飞过时，从小就被诗书熏陶的她，再也憋不住，信口吟起一首《咏素蝶诗》："随蜂绕绿蕙，避雀隐青薇。映日忽争起，因风乍共归。出没花中见，参差叶际飞。芳华幸勿谢，嘉树欲相依。"

三个人吟诵了五首诗，细细回味起来，感觉碧儿吟咏的彭城才子、素有"神童"之誉的刘孝绰的这首咏蝶诗，最应眼前的景物。诗句不长，却很是贴切。徐二公子连连夸赞小妹读书最有灵气，将来一定可以成为一代才女，还逗她说，不知她应景中的"素蝶"是谁，"蜂"是谁，哪来的"欲相依"。

碧儿见兄长故意取笑自己，正欲争辩，一旁的瑶儿望着远处农舍屋角的桃花，喃喃自语道："久沐春曦不肯融，一生哀乐许东风。可怜满树相思色，渐释深红到浅红。"

徐二公子听了连连称好。三个人想了半天，却不知这是何人的诗作。执意问去，瑶儿却漫不经心地说："说不上是什么好诗，只不过是随口吟诵的罢了。"

原来是瑶儿的即兴之作。三人看了瑶儿良久，莫不惊叹。瑶儿的才情，可称得上是当世女子的一流。马金堂不仅打心眼儿里叹服瑶儿，更加叹服这徐家的家学传统。这才是真正的诗书传家的名门望族。平时不见姐妹吟诗作画，可一开口便非同寻常。这不得不让他感佩不已。

诗吟诵完毕，他们沿着小路、田埂一直向前走去。仿佛前方就是春天的深处。他们走得越远，跟春天的交流就越多，感官感觉到的春天就越多，内心里得到的春天也就越多。直到她们在这个春天里获得了最大的满足，直到有一个女孩儿在这个春天里流下了两行眼泪。

徐再于知道姐姐为何落泪，因为她将要去的地方很遥远，因为她不知道自己将要去的那个地方，是不是也和这里一样，有这么温暖的春天，有这样迷人的春天。她生在这里长在这里，现在却要去一个陌生的地方，嫁给一个陌生的男人，既不知道那个男人是好是坏，也不知道那个男人长得是个什么样子，还不知道将来会有怎样的命运在等待着她。所以她不时回头察看身后的马金堂，看着这个她并不了解的男子，想象着是不是所有的读书人，都像弟弟一样懂得关心人，或是像父亲收的这个关门弟子一样老实厚道。她认识的人本就不多，了解的人那就更少了，除了父母家人，她几乎不了解任何人。对陌生的东西，她有一种天然的恐惧。她多么希望未来的那个男人，能像身边的这个陌生的男人一样，纯朴本分。因为对未知的恐惧，有那么一刻，她甚至希望自己将要嫁的就是眼前的这个男人。

一片水洼，挡住了他们的去路。徐二公子上前去安抚瑶儿，小妹碧儿也想劝姐姐，可在一旁又不知说什么好，只能叽叽喳喳地扯些无关紧要的闲话来转移思绪。马金堂觉得自己就是个局外人，只能傻傻地站在一旁，不知该说什么好。

良久，瑶儿才从低落的情绪中缓过来。姐妹俩还想绕过水洼往前走。徐二公子却说他们走得已经很远了，该往回走了。于是四人慢慢地沿着来路又往回走，只是脚下的步子，比来时要慢了许多。

自从这次踏青之后，马金堂发现，小妹碧儿和他之间好像熟悉了许多。中午再来祠堂看兄长时，碧儿有时也会跟他说一两句话。待徐老爷快要来祠堂时，她便悄悄地溜回大院去了。瑶儿却渐渐地来少了。有时即使来了，也没有了过去的笑容。她的眼中多了许多忧怨和哀怨，很多时候就只默默地站在一旁看着他们读书。徐再于看在眼中，疼在心里，竭力与她攀谈，或是吟诗作赋，逗小妹碧儿帮她排遣。

这女儿的心事，自然逃不出徐母的眼睛。这日，徐二公子发现碧儿正在偷偷地看马金堂读书，他冲着出神的碧儿吟道："欲知密中意，浮光逐笑回。"被兄长看穿了心思的碧儿，撒娇地说了一声："二哥你坏，小妹不陪你玩儿了。"说完就往祠堂外走。走了一半，又回头看马金堂的反应。徐二公子火上浇油地又来了一句："回眸一笑百媚生，六宫粉黛无颜色。"再也呆不下去的碧儿，悻悻地冲到祠堂门口，却刚好与进来的徐母撞了个满怀。徐母后面跟着瑶儿。惊慌的碧儿连忙俯身给母亲请罪。徐母望着小女红扑扑的粉容，冲着儿子斥责道："再儿你是怎么做兄长的？嬉闹可要有个度。你爹让你们两个在祠堂里用功，两个姐姐都关心你，时常来看你，你却在这里没有一点正形儿,随便拿小妹开心。你哪能这样当兄长?"

徐二公子连忙走到母亲跟前,向母亲请安,并自责地说:"孩儿逗小妹玩耍,一时过了火,请母亲大人恕罪。"

徐母见儿子认错了,就缓和了些口气,说道:"再儿,你也不小了,明年就要参加乡试了。要好好用功,早日考取功名。你看人家马公子读书多用功啊!你爹常在我面前夸奖他,说他下功夫。如果有朝一日他考取了功名,而你却一无所获,你怎么向你爹交代?怎么对得起这祠堂上的列祖列宗?你虽聪明,但切忌不要聪明反被聪明误!"

徐母说到这儿,又叹了一口气,说道:"你打五岁起读经书,十年寒窗,也难为你了。可你是你爹心头的一块肉,你爹指望你也能光宗耀祖呢。为娘只说这些,你就好好用功吧!"

旁边的瑶儿听到母亲指责小弟,感觉如同在说自己一样。虽然刚才母亲曲意将自己和妹妹来打扰再于读书,说成是姐妹俩关心他,可她知道,母亲是个明白人,是故意维护她们的情面而已。所以,待母亲说完,她就给二弟解围道:"孩儿给母亲请罪,都是孩儿不好,来祠堂干扰二弟读书,惹得母亲大人生气。孩儿以后一定注意,再也不给母亲添麻烦了。"

徐母一手拉着小女,一手抚着面前长女的头发,怜惜地说道:"瑶儿此言差矣。娘知道你要出嫁了,心里放不下兄弟姐妹,想趁在家的日子,与弟弟妹妹在一起多待一会儿,何罪之有?娘明白你的心思。"

听母亲如此的明白自己的心思,瑶儿不禁淌下了委屈的泪水。这委屈不是母亲的理解所带来的委屈,而是母亲理解自己却又无法帮助解除那些烦恼、自己无法不去面对那些烦恼的委屈。母亲拭去她的眼泪,接着说:"我知道你舍不得这个家。为娘的又哪里舍得自己的亲生女儿远嫁到千里之外那个陌生的地方去呢。"说到这儿,停顿了一下,看了一眼才走过来的马金堂,道,"马公子拜你爹为师,入徐家求学,也谈不上外人。我便实话告诉你,其实现在你爹也舍不得你走。可当初应了这门婚事,我们是大户人家,诗礼传世,信义立名,岂能言而无信。当初也没想到你爹这么早就告老还乡,要是你爹还在曲阜的任上,好歹他也能照应上你。如今让你一人远嫁,爹娘实在也是放不下心啊!"

这之后,瑶儿碧儿中午时分就来得很少了。只是每天傍晚,他们两人去祠堂后面散步的时间,还能看到姐妹俩在大院后面的花园里,或读诗或嬉戏。而徐府上下也已开始为瑶儿准备嫁妆,有时也会将准备的情况告诉徐二公子。所以徐二公子见了她俩,总会关切地问上瑶儿一两句。姐弟情深,令人动容。这也时常让马金堂想起自己的姐妹、弟弟、母亲，以及那一直没有消息的父亲。

忽儿日，傍晚散步的时候，都没有见到徐家姐妹俩。第二天中午，徐二公子问前来祠堂的管家，这才知道，瑶儿因为天气忽冷忽热，病倒了。二公子问管家，家里请了郎中没有。管家说老爷已经请郎中瞧过了。郎中说受了点凉，无大碍，吃几剂药，躺几天，就会好的。

徐二公子每天心事重重。马金堂根据管家描述的情形，劝徐二公子放心。大小姐常年锁在深闺，身子弱，这春夏之交，气候变化无常，病倒了也很正常。自己是医家出身，从小就跟随父亲替别人瞧病，多少懂一点点。如果两天后，大小姐仍不见好转，就补一点鸡血，应该会好起来的。

两天后，徐二公子到大院去见母亲，问及姐姐养病的情况，母亲揪心地告诉他，并无好转的迹象。徐二公子便告诉母亲，那马金堂是医家子弟，懂医术，说如果姐姐两天不见好转，只要补一点儿鸡血，应该能好。

徐母跟徐老爷商议说，既然已经请过两个郎中了，他们都说没什么大问题，可又不见好转，不如按马公子说的试一试，补一补鸡血。

鸡血补过，两天之后，小姐的气色果真好转了，胃口也好了起来。食欲一好转，不几日自然痊愈。徐家上下都松了口气。徐二公子对这个师弟也更有好感了。徐老爷徐夫人则都在心里默念，没想到这个关门弟子，还真有一点医术。徐夫人为此还亲自来祠堂谢谢马金堂。

马金堂哪里敢接受师母的谢意？只连连说："晚生哪敢受谢。只是大小姐身体差，弱不禁风。这春夏之交，天气变化无常，以后有机会，还需多见太阳，多活动。不然闹不好还会再出差池；可如果再一反复，那就会比较麻烦了。"

堪堪过了半月，这天早上，两人读完经，刚吃完早饭，管家突然来通知徐二公子，说老爷一会儿要去趟定州城，让他一块儿去。徐二公子不明就里，问道："老爷进城何事，为何让也我一同去？"

管家回答："回二少爷，小的不甚清楚。听老爷对夫人讲，今天要见一位耋老，好像与公子明年乡试有关。"

回了公子的话，管家便转身走出了祠堂。徐二公子边收拾桌上的经书，边对马金堂说："今天你可以放自个儿假了。"马金堂明白徐二公子说的是啥意思。那就是今天老爷出门，他一个人可以放任自流了。

第九章

徐瑶儿病重废婚约　马公子情切救新人

却说马金堂听到徐老爷又要进城的消息,已经快三个月没见到母亲的他,内心确实快乐不起来。他很想念母亲,很想跟先生和徐二公子一块儿回定州去。可母亲送他出门时的叮嘱犹在耳旁。他不敢忘记母亲的嘱咐,也没有胆量把内心的想法向徐老爷讲出来,甚至连对徐二公子和盘托出这个想法也不好意思。

徐二公子一走,他沉思了片刻,便认认真真地读起书来。可不一会儿,他的思绪就总是在空中飘浮着。圣人说,父母在,不远游,可自己离家仅半日路,一样也不能回去。父母在也不能尽孝。如果有一天,父母真的不在了,那他该怎么尽孝,又怎么去做一个孝子呢?

他坐在桌前,捧着圣人的书,怎么也没法读进去。他的大脑里乱糟糟的。

太阳高照的时候,多日不见的碧儿突然来到了祠堂。还没进门,她便冲着马金堂笑,好像她今天的心情还特别好似的。马金堂放下了手里的书,正在想这是为什么,那碧儿已经来到了他的面前,移开了他前面的书,对他说:"今天是个好日子。爹又不在家,我们一起去看看风景。"

马金堂愣愣地看着碧儿,连连摆手。他可没有这么大的胆子。若是徐二公子在,领头出去游玩,他还勉强可以跟随。可让自己带头,他是绝对不会干的。不过在比他小的碧儿面前,他也不便说自己胆小怕事,而是告诉她:"老爷前日就布置了功课,今晚回来,或许就要抽查。我还没有背下来呢,怎么能出去玩呢?"

碧儿毫不客气地说:"你真笨!有多少文章背不下来?背文章可是我的看家本领。要不要我教你怎么背?"

碧儿这么一说,倒是难住了马金堂。为了掩盖自己说谎,他又说了第二条理由:"即使完成了功课,也是不能乱跑的。师父虽然不在家,可师娘在呢。瞒得了师父,又哪能瞒得了师娘呢?"

碧儿见他如此惧怕母亲,就乐呵呵地笑着对他说:"我娘说我姐体质弱,要多见阳光,多活动。这话是不是你说的?"

马金堂一时被她问住了。愣愣地回答说:"是,是我说的。"

"这不就得了? 还不赶快跟我走!"说完,拉着他的青衫,将他拽出了祠堂。

祠堂后面,瑶儿带着两个小女孩儿,正在等他俩。碧儿跑过去,将姐姐拽过来,拉到了他的面前,然后会心一笑,牵着两个小女孩的手,便往杏林外面走去。马金堂只得和瑶儿一起,跟在她们后面,沿着小路,向着田野的深处走去。

这是一个迷人的早晨,也是一个令马金堂晕眩的早晨。金色的阳光仿佛一直在天空里旋转着,缤纷的原野像是一个巨大的花园。彩蝶、黄雀,不时从他们的身边飞过。瑶儿虽然病好了,但是仍显虚弱。她的脸上还泛着虚热的红潮,人紧紧地跟随在他的身边。古人"人面桃花相映红"的名句,让他明白了,那个一面之缘的女人,为什么那样让诗人久久怀恋,不能忘记。

现在,这个弱不禁风的女子,就在他的身边,紧跟着他。而就在这一瞬间,他感觉到自己的心,正在"怦怦"乱跳。与古人不同的是,他的动情,他的眷恋,并非是过去,并非只在记忆中,而是就在此时此刻,就在眼前。这个实实在在的女子,就在他的身旁。他们挨得那么近,他看得是那样真切,既能听到她衣裙窸窸窣窣的声音,也能感觉到她那紧张的心跳和惴惴不安的喘息。她的双眸是那么的明亮,那么的热烈,同时又是那么的羞怯。他多看一眼,便会使陡升的热情难以抑制。而就在她鼓起勇气瞧他一眼的那一刻,他也正热烈地看着她。而就是这一眼,这四目相对的那一刻,仿佛已经将他点燃,将天空和这暮春的原野点燃,让鲜花美丽,让大地绽放,让石头开花。他想回避那火热的目光,可他控制不住自己的眼睛和脖颈。他想把目光移开,可他无论如何也偏转不开头颅,只能盯着她的脸蛋,盯着她那热力四射的双眸,大口大口地喘着粗气。她那双雪亮的深黑的眸子,敞开了一个女子的心扉,就是在那一刹那间,在咫尺的对视中,尽管没有语言,没有海誓山盟,她却感到自己已经将自己的心,将自己的整个人,一起都交给了这个男人。同时,她似乎也在用眼睛问对方,他要不要自己的心,自己的身体,愿不愿意接纳自己,是否就会善待自己。

谁也不会想到,有些人相识一生,却形同陌路。而有些人的一瞬间,却已经是永恒。

　　在他的两眼中,她看到了肯定的回答。她恨不能现在就把自己的心给他,然后跟着他走向前方沸腾的虚幻的世界里去。因为她即将要嫁人了,他们之间不可能有未来。可是,人的感觉就是那样奇怪,尽管她知道他们的前途渺茫,可是她仍然阻挡不了那种暴风骤雨似的猛烈的感觉从天而降。于是她就那样痴痴地看着他,他也那样细细地看着她。他们生怕有哪一丁点儿没有看到,怕就像眼前的时光一样,稍不注意,就给溜掉了。他们就这样默默地注视着。他们都知道,两人之间有一条巨大的鸿沟,只能这样默默地注视着彼此,并在对方的注视中燃烧着自己。可就是这样短短的十几分钟的注视,让两个年轻人的灵魂就那样出窍了。它们仿佛被从身边飞走的蝴蝶带走了一样。他们年轻的心,在那短短的十几分钟内,迅速地衰老,仿佛变成了一个白发苍苍的老人,历尽沧桑,历尽磨难,且没有指望。就是那十几分钟的对视,让两个充满幻想的青年男女,瞬间失魂落魄。他们灼热的目光开始暗淡,他们热情的双眼,变得令人恐怖的浑浊。他们失去了丰富的表情,脸色苍白,痛苦而又沮丧。两个鲜活的男女,在那一瞬间,因为看不到未来而迅速地萎顿下去。

　　从定州回来的徐家父子第二天才发现,就是一天的功夫,那个马金堂却仿佛成了一个白痴,目光呆滞,缄默无语。请来几位郎中都说他灵魂出窍,恐怕是魂魄被鬼勾走了。大小姐瑶儿虽然看不出来有什么病,整日也是魂不附体的样子。

　　徐家人很是痛心。他们怕马金堂莫不是思家心切。无奈之下,徐老爷只好在几天后派人将他送回了定州城。见到母亲之后,马金堂似乎好了许多,但仍然时时有些怔忡的样子。可怜的马夫人,盼了将近两年,远征的丈夫未见回来,送出去求学的儿子又变成了傻子一个。她心中的悲哀,找谁说去?没有办法,就只好每日以泪洗面。

　　两个月后,从城北的徐家庄传来消息,说是徐老爷有个女儿,还没来得及嫁出去,就病亡了。得知这个消息后,马金堂对母亲说,自己身体好多了,他想到徐家庄去探望一下先生。夫人以为儿子的病好些了,也想到过儿子这病可能与那徐家小姐有关,便同意他带着下人去一趟,去和那徐家大小姐告个别,也许以后还能再回徐家,求学用功。

　　得到母亲的许可,马金堂当天便带着仆人,乘坐马车出发了。

当他们赶到徐府时,徐府上下,很是吃惊。悲痛欲绝的徐母告诉他,打他们两个病了不久,大小姐就卧床一月,后来就一动不动了。好好的一个人,不知得了什么怪病,才两个月的功夫,怎么说没了就没了呢?山东那边来接亲的,一直在等小姐好转。直等到前日小姐咽气了,大队的人马,这才离开。老爷请了人正在敛尸,筹办丧事。马金堂请求师娘,让自己最后再看大小姐一眼。

师娘将他带到后堂。徐老爷和徐二公子正在接待赶丧的客人,见了马金堂,心中不由得多了一份酸楚。马金堂顾不上多说什么,先给先生、师兄行了大礼,然后取下祭台上的烛灯,走到大小姐的跟前。

他弯腰俯身上前,先摸了摸大小姐的额头,然后,又摸了摸她那冰凉的手和脚。尽管在众人面前,他这样做有违礼数,有些犯忌,可徐家人知道他懂医术,且已非正常人,念他曾为徐家的门生,况且小姐人已去世,便随他去了。

那马金堂摸完了手脚,又试了试鼻息,没有找到一丁点儿活着的迹象。他仍不死心,又将烛火端近小姐的脸庞,一只手举着烛火,一只手慢慢摸到小姐的脸上。他用两个手指轻轻撑开了眼睑,埋下头仔细地看了很久。看完了一只眼睛,又将手移动到另一只眼睛上,照例审视了半天。然后又凑近小姐的手和脚,用鼻子使劲地嗅着。大家都茫然不解地望着他,不知道他要干什么。

直到这个时候,他才转身告诉徐家人,小姐并没有死,至少到目前为此,她还有生还的希望。在场的宾客与主人乍听此言,无不惊讶万分。徐老爷甚至怀疑他是不是怔忡病又犯了,心想他这是犯病后的胡言乱语。但看他的样子,却又不像。于是就没有打断他,想看他接下来怎么说。

如果说刚进来时马金堂还有些痴呆、有点梦游的状态的话,那么此时此刻,他已十分清醒。他明白无误地告诉大家,眼睛就是一个人灵魂的外泄。虽然大小姐现在全身上下冰凉,可他刚才仔细瞧了大小姐的眼睛,她的瞳仁尽管是闭合的,可仍然有瞳光。这说明大小姐还活着。她的眼睛告诉他,她并没有走。大家不妨想一想,现在正是盛夏,大小姐都已经断气两天了,可她身上还没有一点的异味。他刚才嗅过,大小姐身上的气味与活着的人没有任何差别,哪里还有一丁点儿死人的味道。如果大小姐真的死了,那么即使今天没有异味,明天就一定会有异味。

后堂里立刻炸开了锅,众人都不相信他所说的话。那些正忙于敛尸办丧的尸户,一时不知道该怎么办才好。徐老爷迈着沉重的步子来到他的面前,告诉他说,已经来过好几个大夫了,他们都说小姐走了。金堂你如何让大家相信你所说的这些呢?

马金堂十分肯定地说:"先生您不必多虑。明天是大小姐的第三天,如果大小姐走了,明天身体铁定会有异味;如果大小姐没走,明天身上也不会有气味。大家信与不信,过了明天,一切就都很清楚了。而且在我看来,大小姐千真万确没有走。如果老爷愿意给我机会,我一定会让大小姐苏醒过来。"

众人议论纷纷。这马上就要入敛下葬的人了,如何就能活来。这真是闻所未闻的事。马金堂认真地说,其实这种情况过去就有过,《尚书》和《葬经》中都有记载。虽然他不能保证大小姐何时能醒,但他肯定大小姐一定会醒过来。古人因不确信诈死的人会苏醒,便在下葬时,给棺材留下一个透气的小孔,并留下食物,点燃长明灯。如果那灯提前灭了,就证明下葬的人醒过来了。

大小姐不吃不喝一个多月,如果真的死了,怎么会一切都完好呢?大小姐到现在为止,身体还没有僵。他刚才用手上上下下都捏了,一切完好,而且皮肤还有弹性。这足以说明大小姐还活着。

众人非议不止,徐老爷将信将疑。徐母听说女儿还活着,坚决不同意继续办丧事,死活也要等个明白。过了明天,如果身体开始变味,那就发丧,只要瑶儿没有变味,一日不变味,就一日不发丧。徐二公子似乎比别人更理解马金堂,他对徐老爷建议说,等几日就等几日。

徐老爷想想,几天就几天吧。尽管众人建议,就照古人那样,下葬后,给大小姐留个孔,可徐老爷还是不忍心,就决定暂时先停下丧事,过几天再说。他已经感觉到了,女儿的病或与自己的许婚有关,但是得了这么个怪病,他的确感到匪夷所思。于是他点了点头,说先不发丧,等几天再说。

马金堂争取到了这个机会,便又恳请师娘让自己留下来照料大小姐。六神无主的徐家只能同意他留下,他也再次看到了救活瑶儿的希望。他每天守在瑶儿身边给她做按摩,并且每天早上,和碧儿、徐家的下人一道,去田野里采集鲜花上的露水,给小姐洗脸洗脚,供小姐湿润嘴唇。两天后,小姐没有醒来,但身上也没有任何异味,身上的皮肤也还有弹性,徐家听从马金堂的意见,不再谈下葬的事。十日后,瑶儿仍然没有醒,但仍然还是老样子。马金堂告诉师父师母,如果他们愿意,他想将大小姐接回自己家去医治,直到她完全醒来。他一定会尽心尽力,等到大小姐醒来的那一天。

徐家嫁女儿没有嫁出去,给大小姐送葬又没送到地头。丧事进行了一半，人却仍然躺在家里，正是进退两难。现在马金堂为了救活大小姐，愿意将人接到家里去，可即使如此，即使徐家答应了，那家里也不能拆灵堂。这样的话，徐家如何结束这漫长的治丧呢？家里总是摆着个灵堂，终归不是个事儿呀。

人没有结果，不敢拆灵堂。拆了灵堂的话，如果万一还是死了，且不是一个人要办两次丧事？这太不吉利了吧。

马金堂说，这不是丧事不丧事的事情。他说他家是世代医户，在家里治疗大小姐，条件要好得多，方便得多。在徐家尽管也可以治，但是条件受限，不方便，要药没药，要针没针。这对大小姐的病情恢复十分不利。他说现在的关键不是人死还是人活的问题，因为十二天都过去了，大小姐身上的皮肤还有弹性，人还没有变味，瞳仁里还有光。他说现在要考虑的是怎么让大小姐尽快恢复过来的问题。那么到他家去，肯定比在徐家要方便得多。他家有很多医书，学习之余，只要有时间，他就可以查阅各种医典，以便治疗大小姐的病。对大小姐来说，因为她总是躺着，因此到他家应该就跟在自己家里一样，没有什么差别。而他马家上下，肯定会尽心竭力照顾好大小姐的。只有这样，大小姐才会好得快，而且，这个病拖得越久，救活的希望也就越小。

这最后一句打动了徐母。剩下的问题是，将一个死活不明的人接回马家，马家人即使口头上同意，心头上的疙瘩也难以解开。徐家人左商量右商量，最后终于想出了一个两全其美的办法。

徐母想出的办法是，让马金堂回去和母亲商量，将昏迷不醒的大小姐娶回家。徐家不仅陪上丰厚的嫁妆，还陪上二小姐。如果大的死了，她是马家的人，自然在马家办丧事，小女便可以做为填房扶正。如果他马家救活了大小姐，那小女就给他做妾。这样徐家撤了丧事，婚事也办完了，做为地方望族，也保全了应有的面子。否则，这丧事只办了一半，实在很难堪。而且对马家来说，娶回一个死活不明的人，面子上的确有点难堪，可是有二小姐一同陪嫁，马家至少也娶了徐府的一位千金小姐，这也不至于辱没了马家。况且，做了徐家的女婿后，徐家就更是可以顺顺当当地教马金堂读经，以便将来的科举考试。如此的话，马母应该能够答应。

马金堂听了师娘的意思，立即赶回家，说服了母亲。马夫人见儿子现在又有了精神，看起来像一个正常人，心里明白，儿子的病，说不定就与这位徐大小姐有关。她问明自己的儿子，他到底有没有可能救活徐大小姐，儿子肯定地说，自己虽然没有十足的把握，可是八成的把握还是有的。虽说这事办得有些荒唐,可毕竟是救人一命,胜造七级浮屠,况且还白拣了一位徐二小姐呢?于是马母也就依了他。马家立即请媒人去徐家提亲。问期,纳吉,纳聘,明媒正娶,这才是正经人家的做派。

徐家没想到马家答应得这么爽快,还一天不曾耽误,正儿八经地请牙婆上门提亲,就打心眼儿里感激马家明事理。那徐母也清楚,马家只怕是因为马金堂这痴儿,真心实意地迷上了大小姐,那也是无可奈何之事。徐家既然承诺将小女当陪嫁,那也一点儿不能含糊。只是这样做,就让碧儿受了天大的委屈。可徐母知道,小女儿本就喜欢马金堂,她也喜欢姐姐。徐母也问过碧儿,如果瑶儿活过来了,她就得做小,问碧儿心里到底怎么想。碧儿说只要能救姐姐一命,纵算到时做小,她心甘情愿。徐母说那你到时可别怪为娘对你不好啊,碧儿说这是我自愿的,哪会怪娘呢?

徐家收了媒人的聘礼后,满口承诺了这桩婚事。媒人一走,徐母当即跟马金堂讲,说自己的小女儿虽然一同嫁过去,一旦瑶儿醒来,她就得当妾,可她毕竟是大户人家的千金小姐,对她也要像对待正房一样,最是不能把她当妾来待,不能让碧儿受了半点儿委屈。马金堂满口应承,说岳母大人您放心,我怎么会亏待碧儿呢。不仅是我,我们家里上上下下都不会亏待她的。我今天跟你们表个态,在我马家,瑶儿什么待遇,碧儿一定也是什么待遇,不会有关点儿差别。我爹在外面生死未明,这个家就是我做主,我说了算。

夫人便去后院,再次跟小女协商。碧儿还是那句话,为了救她姐一条命,什么委屈她都可以承受。何况马家哥哥说对她跟对待姐姐一样呢?马金堂为人厚道,又是读书之人,她没有什么不满意的。就算不是为了姐姐,只要是父母答应了,她也愿意去马家,何况还可以救姐姐一命呢?做小又怎么样呢?不做小又怎么样呢?横竖是女孩子都得嫁人,横竖人都是这样过一生。她愿意跟马家哥哥过一生。她这样一说,反倒让徐夫人心生怜悯。多么懂事的女儿,那么小,那么乖巧。同时,徐夫人明白,这小女儿如此敢爱敢恨,更让她心痛。于是她告诉碧儿,马家就在城南,离家里挺近的,家里随时都可以照应到她。马金堂这孩子年龄虽然不大,但人很实诚,他说出来的话,承诺的事情,相信他能做得到。说完,母女两个相对无言,四目相望,眼泪不知不觉地就流了下来。

说办就办。两天后是吉日,马金堂带着迎亲的队伍,吹吹打打地将徐家大小姐和二小姐接回了家。虽然瑶儿是个植物人,无声无息,可马母看到明目皓齿,如花似玉的碧儿,也是满怀欣喜。儿子娶回了媳妇儿,做母亲的终是了却了一桩心事，家里人气也旺了许多。只是不知老爷他哪一天能够回来，也不知他在外面，是死是活。

新婚第一夜，碧儿既紧张又兴奋。兴奋的是今晚将跟马家哥哥在一起了，紧张的是她不知道会发生什么事。尽管临上花轿前，母亲将压箱底的货拿出来给她看了，告诉她，从今晚开始，她就是马家的人了，那马金堂夜里要做什么，她都必须依着他，他毕竟是她的男人。可是到现在为止，她还是有些不大明白。

那些东西她看了，不禁心惊肉跳。母亲不仅告诉她什么是鱼水之欢，更教给她为妇之道，告诉她如何做好人家的媳妇，如何伺候婆婆，更叮嘱她一定要照顾好姐姐。虽然说，只有姐姐走了，她才是真正的妻，若将来瑶儿好了，她便只是妾，可她俩毕竟是一个娘肚子里出来的亲姐妹，从此以后，娘就把瑶儿交给她了。也正是因为有了她，爹娘才放心让瑶儿去。她姐妹俩都是娘的心头肉，委屈了谁，做娘的心里都不好受。

她将临别时的话，牢牢地记在了心里。当马金堂送走了宾客，回到房里，她坐在床边，心里"怦怦"直跳。她听见他关上了房门，慢慢走到她跟前，轻轻地揭去了她的红盖头。在摇曳的烛光下，她两颊发烧，一股热血直往上涌。可他只说了一句："你今天累了，早点休息吧。明天还要起早床呢。"

说完，他便侧身坐到床沿，掀开了躺在床上的瑶儿头上的盖头，然后看着一点儿动静都没有的瑶儿，回头对她说："早点睡吧！"

碧儿照他的吩咐，宽衣脱鞋，躺在了床里。马金堂却一直坐在床边，一言不发。直到半夜，他才解衣，在床边躺下。

从第二天开始，碧儿每天要陪他走很远的路，去城外采集鲜花上的露水，回来还要伺候瑶儿，帮她按摩。好在婆婆挺照顾她的，其他的活儿尽量不让她干。第三天，到了回门的日子，因为马金堂要照顾瑶儿，吃了早饭，便帮碧儿备好了车，让仆人送她一个人回娘家。她一心往家里赶，见了父母兄长，给他们介绍了婆家的情况，一一回答了母亲的询问，就开始惦记起姐姐和他来。母亲对马金堂跟她同房却不曾要她的身子，很是感动。告诉她，金堂是个好男人，是一个值得托付终生的人。他说带瑶儿回去是为了帮瑶儿治病，他说到做到，是一个真正的正人君子。虽说碧儿现在就可以把身子给他，可她毕竟还小，还未满十五岁。过一两年，到了及笄之年同房，那才更好。

碧儿急于回婆家。第二天吃了早饭，母亲就将她送到大门外。马车早已经等在那里了。当母亲再一次落泪时，碧儿却安慰母亲："定州城离这里很近,只要有一辆马车,我随时都可以回来看望你们"。她突然发现,出嫁没有什么大不了的,相反还更轻松更自由也更快乐。

当她回到城里时,天已过了晌午。马金堂在房里照看着瑶儿,婆婆则在等候着她回来。她一下车,婆婆便问她吃了午饭没有,要不要吃点儿东西,说你说出来,我这就去下厨,一会儿就会做好的。

碧儿回话说不用了,让婆婆早一点午休。看着婆婆回到自己的房间,她才回到大房里去。进屋时,她看见马金堂正在摆弄瑶儿的玉足。他是那么的专注,以至于她走到床边,他才抬起头,问了一句:"一路可顺当?爹娘可好?"

当她回话说爹娘和二兄一切都好时,马金堂点点头,又转头捧起了瑶儿的双脚。碧儿感到有点儿受了冷落。正要说话,却发现他先用左脸挨了挨瑶儿的右脚底板。碧儿不知他在干啥,却总感到他的举止有点儿异常。可他没有理会碧儿异样的神情,又用嘴唇挨了挨瑶儿的足背,这才扭过头来,对碧儿说:

"好像瑶儿的身体有了温度。"

听他如此一说,碧儿才明白,他刚才的举止并非是冷落自己。于是就连忙上前,摸了摸瑶儿的手臂,又摸了摸她的脚,并没有感觉出什么。或许是他过于心切,总觉得瑶儿马上会苏醒吧。看他对瑶儿如此痴情,碧儿觉得自己也没算白嫁给他。这世上,大概找不到第二个对女人这么好的男人了,更不可能找到对她姐妹都这么好的男人了。每天,他不仅坚持给瑶儿用花露洗脸洗脚,不停地帮她湿润口唇,担心她口渴,还坚持和碧儿一起给她按摩身子。瑶儿是何时修来这样的福?还是他前生就是她的牛马,到了今世,还要来服侍她,以还前世的孽债?可自己在他眼里,到底处于什么地位呢?想到这里,她还是禁不住有些心酸。

晚上,碧儿还在想这个问题,还沉浸在不着边际的想象中。这时,门外传来了女仆的敲门声。她开了门,才知到是婆婆让下人送来了洗用的水。

金堂已洗过了,她洗完后,便更衣休息。她照例躺在了床里侧,看金堂还在摆弄瑶儿,她有一种说不出来的滋味儿。同时,她也不止一次地想过,如果没有他,她是否还有胆量和冷冰的瑶儿睡在同一张床上,她会不会害怕。可是有了金堂,这一切都显得很自然了。

前两天,他还提醒她,晚上若挤在一张床上睡不好觉,她可以去后房睡。婆婆为她们姐妹俩准备了两间房。他因为夜里要照顾瑶儿,所以需要睡在这里。

但是，碧儿想挤在这里，她担心自己一个人会更睡不着。

这个晚上，碧儿一直没有睡实沉。她看见金堂一直将瑶儿摆弄个不停，一会摸摸她的脸，一会去听听她的心跳；刚摸了她的手，又去摸她的头，再去摸她的脚。不时还将她的纤纤玉手把玩个半天。过会儿再用嘴唇去试试她手背上的温度。他对她像着了魔似的，仿佛她身上有个什么东西，一直牵绊着他的神经，牵动着他的喜怒哀乐。似乎他那样一动，瑶儿她马上就能醒过来似的。

过了好一会儿，他以为碧儿睡着了，又轻轻地握住碧儿的手和脚，与瑶儿的手脚做比较。

到了下半夜，碧儿见他还没有休息的意思，担心会累坏了他的身子，只好睁开眼，让他赶快睡，说明天还要早起呢。说完，便又睡去。

刚到五更天，和衣而卧的马金堂便起床了。他感到有一种莫名的兴奋。他悄悄地打开房门，刚准备出去，已经醒来的碧儿就叫住了他，让他等一会儿，自己也要同他一块去。她要跟他分些担子，不能将一切都压在他的肩膀上。

收拾整齐后，他们和两个仆人就出了门。到了南门，等了一会儿，那城门才开。他们急急忙忙地往城外赶。这个季节，气温高，只要日上三竿，那露水就干了。所以他们得抓紧时间到野外，将野花上的露水一滴滴摇到瓦钵儿里。她非常乐意干这个活儿。在这样寂静无人的早上，在那野外的草地上、灌木间，他们两人边采集露水，边留心不要相隔得太远。只有在这个时候，她才觉得，他时刻在关心着她，他才像是她的男人。这比待在同一个屋顶下，躺在同一张床上，距离更近。也只有在这个时候，他才会拉起她的手或抓住她的胳膊，带她经过一个水洼，或是跨过一条小沟。那让她感觉到，他们更像是一对小夫妻。

他们边采集，边关心对方的瓦钵里露水有多少。感觉差不多了，两人才相视一笑，叫上那边的仆人，准备回城。这种感觉，让她觉得很美。看到额头上已浸出汗水的碧儿，金堂往往会关心地帮她擦掉汗水，说她的汗水有一股香味儿，很好闻。碧儿听了，既感到羞涩，同时心里又觉着甜美。

也就是这一天，两人回家刚吃了早饭，一位绿衫青冠的年轻铃医找上了门。那青年问下人道："这里可是定州良医所医官马大人的家？"

下人说："正是！"

对方又问："马大人可在家？"

下人回答："不在，前年应诏去了京师，就断了音讯。"

对方接着问："那府上可都有些什么人？"

下人问："你找谁？有何事容小的去禀报夫人。"

来者如实相告，说自己是蕲春人氏，与马大人一样，祖上也是世代做医官的医户。前年同去京师应诏，被马大人收为干儿子。当时本来要路过定州，前来看望干娘和弟弟妹妹，谁知后来伯父云游到了京城，当时伯父年岁太大，要人照顾，他就让人把干爹的信捎回了定州，自己随伯父去了泰山、黄山。今交岁贡上京师，甚是挂念干爹马大人，特绕道定州，前来探望。

下人听说是老爷的故人，立刻回大堂向夫人禀报。夫人早就知道这个干儿子的，就让下人马上请他进来。她想从干儿子那里，或许能够探听到老爷点儿什么消息。

马金堂闻讯，也赶到了前堂。他和忐忑不安的母亲，一起听完了李公子的讲叙，心里更加思念父亲。李公子则在道明了原委之后，当堂给夫人下跪，恳请夫人认了他这个干儿子。至于干爹，他也至今没有音信。他说自己此次去京师，一定想方设法，打探到干爹的消息。想当初，如果不是干爹帮自己托了太医院吕院判，自己也许和干爹一样去了西北，那也就不会有今天这般安逸了。所以自己无论如何，也要找到干爹。说到此，泪水沾襟，好不伤心。

李公子的话，也勾起了夫人心中的悲痛。马家人痛哭流涕，好不悲伤。哭罢，夫人让下人赶快做饭，并热情挽留李公子住上几日，再去京师。

李公子应诺暂且住下。不过他要先去客栈一趟。他的跟班和押车的下人，还在客栈里等他的消息。他去去就来。

待李公子从客栈转回头来，夫人已经备齐了酒席。夫人自然不会饮酒，就让儿子马金堂暂且将房里的事交给碧儿，由他来陪他的异姓兄长。当李公子听说家里有病人，忙问是怎么回事儿。马金堂说兄长你也不是外人，我也就不用隐瞒了。于是边给兄长斟酒，边毫无保留地将妻子的病因病症，原原本本地告诉了李公子。李公子听说弟妹不饮不食，全身毫无反应，已卧床了三个多月，甚是惊讶。他当即放下酒杯，让兄弟这就带他前去察看病情。

尽管马金堂对兄长没抱什么希望，但还是依从了他，将李公子引到了自己的内室。他说徐家已请过几个大夫，自己也是从小就看着父亲给病人瞧病，这几天感觉她比刚来时好些了，可仍是没有什么动静。只怕华佗再世也无可奈何。他仅仅对自己慢慢照料内人还有点信心，至于她什么时候能够好起来，他一点把握也没有。

虽是白天，房间里还是比较暗。马金堂举灯在前，李公子紧随其后。碧儿见有客人进入内室，连忙闪身躲到一边去了。马金堂挑起帷帐，李公子看见床上面容姣好，却没有一丝声息的弟妹，惊叹不已。不过，从她栩栩如生有红是白的面孔，李公子感到或许有救。他试了试她的鼻息，又摁了摁她的额头，感觉一切都还好。一会儿，又把了把脉，却没有发现有什么特别的动静。

于是，他撩起长袖，取出随身携带的银针，在手、足、脐、肩，直到天顶上，一一扎上长针，最后取出了一支粗针，扎在了她的天目穴上。马金堂从他的手势和针法上，看出那还是马家特有的针法。但他没敢言声。一旁的母亲此刻也摒住了呼吸。刹那间，内室的空气，仿佛都凝固了一样。时间，在一点一点地，悄悄地溜走。

大约过了半个时辰，那在床上躺了三个多月，毫无声息的瑶儿，手脚却仿佛弹了一下。远远在一旁偷看的碧儿，却听到姐姐发出了一声轻微的叹息。在场的人都感到好像奇迹已经发生了。马金堂紧张地晃动起身子。

李公子给身后的人做了一个手势，让他们别动，别出声。然后，压低声音告诉大家，她并没有醒来。只是因为她胸口憋了一口气，他刚才的扎针帮她松了那口气，所以她发出了声音。现在最关键的是他拔针。他会依扎针的顺序将银针一根根拔出。如果拔完最后那根，她还没有睁开眼睛，那他就无能为力了。眼睛是灵魂的出入口，她如果有救，能活回来，拔完针后，她的第一反应必然是先睁开眼。

众人又一次紧张起来。每双眼睛都盯着李公子。片刻，当他俯身伸手取银针时，大家的目光都落在了他的手上。只见他轻捻银针，稍做进针，随即猛然抽出。随着他高扬的、捏针的手轻轻放下，那面容鲜活的瑶儿，却没有任何反应。一根针，两根针，三根针，都没有反应。到了拔最后那根粗针时，李公子深吸一口气，让自己沉静下来。他轻轻地闭上了眼睛，凝神调息，然后让自己放松，入静，顺其自然。好一会儿，他的内心充满宁静，充满了阳光和喜悦，而他手上的感觉变得尤其灵敏。于是，他让自己右手拇指和食指轻轻捏住了针，缓慢而坚定地捻动，一时向左旋，一时向右旋。最后时刻，他全身松动，而将那千钧之力都用到了那两根手指上，只一停止捻针，即倾尽全身之力于两指，用力向外一拔。此时，大家仿佛都看到了那瑶儿的身体随着拔针的动作颤动了一下，她的眼皮也有一个激灵似的颤抖，于是，大家就看到了她的那双眼睛正在缓缓地、微微地向上睁开。瑶儿活过来了！激动不已的马金堂，止不住地上前，握紧了瑶儿的手。一汪泪水顿时溢出了瑶儿的眼眶。她似乎明白了过去发生的事，望着窗帘上贴满的大红喜字，脸上露出一丝笑容。过去发生了什么，她什么都不知道。但只要马金堂在她面前，无论身在何处，她都高兴。马金堂、碧儿都喜极而泣，一个多月的细心照看，两人一个多月的用心，总算没有白费。

马家母子将李公子当救命恩人，夫人让马金堂和碧儿赶快给兄长下跪。李公子忙不迭地说："干娘！使不得，使不得！孩儿今天使的这本就是干爹传授的针法，它原本就是马家的技艺。现在用在马家人身上，哪能让兄弟行此大礼？"于是，夫人立马就让仆人去城北徐家报喜，说一旦瑶儿好些了，就让他们回娘家去住一住。

几天后，瑶儿便能进食下床。一切看起来是那么的神奇，马母高兴得不知如何是好，只好盛情地款待李公子。李公子则说："干爹教我马家针法时，曾有交代，如果有一天，老人家不能平安归来，让我一定要把医家的本领传授给金堂兄弟，以备兄弟将来考不上功名，也有一门养家糊口的手艺。要说救弟妹，那也是干爹传我马家神奇的针法，是马家的银针救了弟妹。"

再住几日，李公子决定起程去京师，一为交差，二为打探义父的消息。说一旦有了干爹的消息，他就会捎信来。金堂则在家给瑶儿调理了半月，眼见得瑶儿恢复如常，这才带着两个娇妻，雇上一辆大车，备足礼物，去徐家庄拜见岳父岳母大人。

一路上，碧儿看着会说会笑，又有了喜怒哀乐的姐姐，心里是那么的快乐。瑶儿看着为自己做陪嫁的妹妹，也是那么的感动。她告诉相公和妹妹，自己是因为要出嫁给急的，没想到急成这样了。如今终于逃过了一劫。姐妹情深，无法用语言表达。她虽然躺了三个多月，可身边发生的事，她并非完全不清楚。只是恍若在梦中一样，不能和大家说话，也无法从梦中醒来。她紧紧地抓住碧儿的手，姐妹俩想到日后将共侍一夫，心里更觉情意深长。

到了徐家，徐府上下看着躺着嫁出去的瑶儿，这时自己下车，迈进了徐府，还和碧儿手拉着手，都觉得不可思议。

姐妹俩快到父母正房时，二老已经迎出了门。姐妹俩忙跪下，给父母请安，接着给闻讯而来的徐再于请安。两位老人激动得老泪纵横。叹曰："老天开眼啦！好人还是有好报。我们不仅有了两个好女儿，还有了一个好女婿！"他们连忙扶起一双女儿，同时更觉得金堂这孩子，万金难得，打着灯笼也没处找。

马金堂接着给岳父母下跪请安，问两老近来可好。两位老人连连道：

"好！好！好！"徐老爷一边回应，一边扶起了马金堂，说道："金堂，岳父岳母都感谢你啊。"口里说着称赞的话，满脸是笑。徐夫人的脸上更是笑开了花。

徐老爷让下人传话，马上摆宴席。徐府上下几十号人，都来看热闹。明日通知四方的亲朋好友，徐府要重新摆喜宴，大宴宾客亲朋，安顿贤婿和女儿在徐府多住几日。家里上上下下，一时好不热闹。

后三日，徐府自然热闹非凡。徐家既然将两个女儿都嫁给了马家，如今姐妹安好无恙，作为岳父，感激归感激，可徐老爷对女婿还是会有要求的。说从今往后，贤婿虽然不在自己身边，可没有了包袱的马金堂更要好好读书，争取考取功名，切莫一事无成，辜负了两位如花美眷。他徐家世代为朝廷效忠，出仕是最起码的要求。他马金堂只有博取了功名，有个一官半职，才对得住徐家二位温良贤淑的千金小姐。徐门虽不是个个出相入将，却也是非富即贵，决不会有贫寒之士，更不会成为贩夫走卒。

徐母在内室，也是耳提面命地告诫两个女儿，既然嫁了一夫，婆家也并非是揭不开锅的人家，姐妹俩就应该督促丈夫每日用功。以她们姐妹的才能，教出一个举人进士来，应该不成问题。切不可任由那迷恋美色的丈夫，贪图床第之欢、鱼水之乐，毁了将来的锦绣前程。

这些都是马金堂万万不曾想到的。

第十章

曹圣人求偶耍淫威　大小姐赴死显至诚

瑶儿、碧儿随夫回到城里后，便按照父母的旨意，每日除了伺候婆婆，便一心一意督促丈夫用功。那马金堂是一个地地道道的孝子贤孙，他对考不考取功名倒并不是特别在意，可是面对自己的父母、岳父母，还有两位娇妻美眷都指着他挣回功名、改换门庭时，他也就只有走科举这条路了。在两位夫人的敦促下，他每日起早贪黑，发愤努力，将那四书五经圣人圣言读得有声有色。母亲和两位夫人看在眼里，喜在心头。说金堂只要这样读下去，马家总会有个盼头的。

为了便于丈夫向父兄请教，瑶儿和碧儿经常轮流陪金堂回徐家庄，留下另一个在家服侍婆婆。马母见两个媳妇儿知书达理，又善持家，就打心眼儿里喜欢她们，也暗自庆幸，多亏自己当初答应了儿子，为救徐家大小姐，将阎王老爷讨去了半条命的瑶儿娶回了家。苍天有眼，得到这样两个大户人家出身的好儿媳，这是祖上修来的福。日后马家一定会人丁兴旺，五子登科。这是一个好兆头。有了这个好兆头，她坚信老爷在外面即使遇到了磨难，也一定能逢凶化吉，遇难呈祥，峰回路转，回到定州。

这天晚上，瑶儿赶在婆婆休息前去请安。她与婆婆商议说，自己想第二天陪夫君回娘家向父兄请教，大概要呆上三五日。夫人见媳妇儿一门心思放在金堂求学上，自然非常高兴，于是对瑶儿说，既然是为了金堂用功回娘家，就尽可以多呆上些时日。有碧儿在自己身边，你们大可以放宽心，不必总是担心家里。

瑶儿见婆婆答应了，便请婆婆早点歇息。自己转身退出。

瑶儿走后，夫人思绪万千，困意全无。想起那徐家是地地道道的大户人家,两个儿媳妇儿前几次回娘家,都没给亲家准备什么特别的礼物。这次既然又要回娘家,还打算多呆几日,那就理当给亲家公亲家母带件像样的礼物。想到这里,就立马起身,从衣柜里翻出了两块上好的绸缎,又拿出一棵上好的人参,怕明日早上起晚了耽误事,见前院的灯还亮着,就转身给送了过去。刚走到那边门口,却听见姐妹俩说话的声音,驻足一听,却是那碧儿正在说:"子曰:'学而不思则罔,思而不学则殆。'望夫君每日入睡前,把前日所读之书都能温习一遍。"

小的话音刚落,就听见大的接腔道:"圣人曰:'劳心者治人,劳力者治于人。'望夫君以那佛殿借读的刘勰为楷模,不负我姐妹二人陪夫夜读的一番苦心。"

金堂却分明想早点儿睡觉,回敬说:"无日十有九也,读圣贤书非为一时。君为臣纲,父为子纲,夫为妻纲。现在是我说话算数。"

听到这里,夫人便推门而入,假装严厉地走了过去,对儿子说道:"堂儿!何故不明事理?"

夫妻三人见母亲大人走进来,立刻唤了声"母亲!"然后,已更衣的姐妹俩恭立一旁,等着夫人的训话。

马夫人见状,这才明白,原来是小夫妻逗乐。于是将绸缎和人参递给瑶儿,告知是自己为他们回娘家准备的礼物。说完,让金堂跟自己走。金堂偷偷地瞟了一眼受惊的两姐妹,跟她们挤挤眼睛,然后就跟随母亲,去了后院。

进屋后,马夫人心平气和地开始教导儿子说:"富贵家人重,贫贱妻妾欺。那瑶儿碧儿是大户人家的千金小姐,嫁到咱马家,就是你的福分。有什么事,你要谦让着点儿,不可任性。为娘让你读书,虽不要你头悬梁锥刺股,但你切莫辜负了两位千金的一番美意。古人苏秦可做你的榜样,出身卑微,一心上进,终出将入相,佩六国相印。志存高远,这才是男人之志,为夫之道。"

金堂唯唯诺诺,竭力应承母亲。夫人一再叮咛,明日去岳丈家,一定要潜心治学,别让徐家人失望。

夫人知道那准备就寝的姐妹还在等他,说完就让他下去:"早点休息去吧!"

第二天,心里总是惦记着父母的瑶儿,早早地就让下人预备了早饭,不等婆婆起床,便和丈夫一道乘马车出了定州城。光阴似箭,转眼已是金秋,朝霞将五彩的金辉投映在晴朗的天空上,天空中的彩霞又倒映在路边的水塘里。徐徐的微风带着秋熟的清香,一阵阵扑鼻而来。在这条走过多次的官道上,她每走一次，都有不同的感受。而今天，更让她感到，这回娘家的感觉真好。

一路上，她不时地挑起车窗的帘子，张望到了哪个地段。当她发现身边的丈夫看穿了她急于见爹娘的心思时，就不好意思地躲进了丈夫的怀里。金堂向车前努努嘴，示意车夫在前。她伸手掀开车帘，见车夫正一心一意赶车，就对车夫说了一声："师傅，别赶太快了哈。"然后，又得意地依偎在丈夫的怀里。她打心眼儿里觉得这是她最美好的时光。在婆家，她不仅担心婆婆看出她太过儿女情长，那个还不完全懂得儿女私情的碧儿，也妨碍她撒娇。回到娘家，在父母的眼皮底下，她也不敢太忘形。只有在这难觅行人踪影的路上，只有在这无人搅扰的车厢里，才有真正属于他俩的二人世界。她可以在他的怀里撒娇，也可以假装嗔怒，还可以随心所欲地表达她的感觉，无需任何顾忌。正因为如此，她觉得这沿途的风光特别美，这野外的景色总也看不够。那巅簸不止摇晃不停的车身，像是有一股神奇的力量，摇出了她的爱，颠出了她的情，将她与他揉在了一起。这让她兴奋，让她激动不已。

在父母眼里，她是一个才女。在外人眼中，她是一个大家闺秀。可在她自己的心目中，她与那千百年来的传说一样，是一个百转千回的多情的女子，是一个需要男人疼需要男人爱的女人。每日在人前，她要装出一副稳重的淑女的样子，把那个痴情而又多愁善感的自己藏在心底，藏在人们看不见的端庄之下。她知道，只有那个不曾为人们所认识的她，才是真实的自己。而只有在这个叫做马金堂的男人面前，她那个真实的自己才会完全地展露无遗。

当车夫告诉他们徐家庄快到了时，她才从他的怀抱中挣扎着坐直了身子。金堂挑起车帘，果然，徐家庄就在前面了。美妙的行程对她来说，总是太过短暂。

对于出入皆鸿儒，往来无白丁的徐府而言，女儿女婿今天回来得正是时候。此时，徐老爷为了二儿子的前程，正在府上宴请当朝大儒，鸿胪寺博士、太常寺卿、太子太傅曹玉珠。

徐老爷一面谦恭地将徐再于引荐给曹大人，一面拿出二公子的八股文章，请曹大人指教。那狗头红面，白须白发的曹圣人，摇头晃脑，拿着二公子的文章，不停地称赞道："儒子可教！儒子可教！不愧是经书传家的世家子弟，前途无量！"

徐老爷见曹圣人如此称赞，奉承道："既然曹圣人认为犬子可教，可否收小儿为门生，指点条出仕的捷径？"

曹大人听了这话，装模作样地说："这可是儒生的终生大事，捷径应该还是有的。只是如此大事，非遽然之间寻思得出来。你且容我三思。"

徐老爷一听此言，便心知肚明。于是立刻让下人奉上早已准备好的金银元宝，口称一点薄礼，不成敬意，他日让小儿去曹府正式拜师，定有重金奉上。

曹圣人瞟了一眼送到桌上的元宝，频频颔首，说道："徐大人可是多礼了。以公子的才学，将来金榜题名是迟早的事。况且明年秋试尚早，究竟是不是本人作主考官，那还两说啦。"

徐老爷竭力恭维道："曹大人既为太子太傅，官阶正一品，又是文渊阁大学士，当今圣人，儒生领袖，当朝谁人能比？就算不是主考官，那考题不出大人之手，还会另有人选？"

曹圣人"呵呵"地笑了，道："尽管高阁老信任本官，可是出题之事，八字还没有一撇。况且太祖定下来的规矩，不可随便更改的。只是徐大人虽远离官场，却对京师翰林院太常寺之事洞察秋毫，看来我今天不收下这份礼物，徐大人只怕会说本官不尽情理。那我就暂且收下了。"

徐老爷立刻让徐二公子和他一道，敬曹圣人一杯，同时把女婿马金堂介绍给曹圣人。酒宴散后，徐老爷热情邀请曹圣人去祠堂指点公子的书法，并请曹圣人留下墨宝供犬子临摹欣赏。

曹圣人欣然应允。在点评了徐二公子的书法后，挥毫写下"继往绝学"四个大字。徐家父子自然是大加称颂。通体舒泰的曹圣人刚准备放下狼毫，忽然瞟见了祠堂厢壁上贴着的那幅《咏春桃》诗。诗文字迹娟秀，下面还有几枝绽放的桃花，一侧的落款是瑶诗碧作。于是，他那支笔就停在了半空中，嘴里问道："徐大人，这《咏春桃》的诗画是何人所作？"徐老爷清楚，曹圣人这是明知故问。无论是谁，只从题字便能明白八九分——这瑶与碧一定是徐府藏在深闺的女子。否则，在这徐家祠堂，徐二公子的读书之所，何来女子的字画？

听了曹圣人的问话，徐二公子即如实相告。曹圣人听说诗画作者之一的瑶儿刚好在家，便有违礼数地试问道："这幅字画，诗中有画，画中有诗，可谓诗书画皆一品的佳作。老朽敢请徐大人，能否请出女公子，使老朽得以一睹风采？"

徐老爷听了有些不快，谦辞道："曹圣人过奖了。不过是弄瓦之辈无聊时的涂鸦而已。"

谁知曹圣人继之道："天下文章，最妙是前秦苏若兰之回文诗《璇玑图》。无论正反，横竖左右斜读，也无论是三言、四言、五言、六言、七言，无一不可成诗。一首《璇玑图》，据称有数千种读法，岂非出自弄瓦之手？《咏春桃》虽然不比《璇玑图》，可也是难得一见的好诗。如此奇女子，自宋代李清照以降，即无再现。几百年才出一人，如今深藏徐府，叫老朽遇上了，自然要开开眼的。"

见曹圣人如此坚持，徐老爷只好说道："她们平时是不见生人的。今天是个特殊的日子，要见小女，也不难。在下这就让人传来见圣人。"

正在与母亲讲婆家之事的瑶儿，忽闻父亲传自己去祠堂，却不知所为何事。等到了才知道，是唤她去见曹圣人。那曹圣人见到云髻高挽，蛾眉螓首，齿白唇红，丰姿绰约的已为人妇的瑶儿，惊讶地看了良久，才失态地说："字如其人！诗如其人！画如其人！果真是一代佳人！"

瑶儿见曹圣人那苍髯老贼失态的样子，便觉着他没怀好心思。她对父亲说，如果没有他事，自己便要见母亲大人去了。

徐老爷知道女儿不适合待在这个场合，便准了女儿之请。瑶儿走后，曹圣人仍意犹未尽地看着《咏春桃》诗，心旷神怡。他对身边的徐老爷说道："今日承徐大人之邀，来贵府一叙，酒好，礼重，人有才！当真不虚此行！"

"哪里！哪里！承蒙曹圣人抬爱，过奖了！"徐老爷当他是客气话，却也一脸的受宠若惊。

这个道貌岸然，号称得孔孟之道真传，已过古稀之年的老色鬼，在离开徐府之前，竟然毫不遮掩地说出了自己的心思。他告诉徐老爷，今日一见徐大人的爱女，非常仰慕令爱的才情。府上恰好新近丧妻，只可惜令爱已嫁，自己错失了结识这个绝代佳人的机缘。

此言一出，令徐老爷很是错愕。可曹圣人他哪里得罪得起，于是敷衍道："蒙曹圣人抬爱。只怪小女早嫁，没那个好福气。"

老贼竟然回应说："徐老先生此言差也！老夫真心仰慕，终生遗憾！"

说罢，上车走了。

徐老爷心里既窝火，又难过，却没有应对之策。实在憋得难受，晚上就跟夫人商议，问夫人如何是好。徐老夫人听说已过七旬的曹圣人看上了瑶儿，也是又惊又气又怕又无可奈何。她骂了一句老不正经，就摇头直叹气。且别说那曹圣人三妻四妾少不了，单论瑶儿已嫁为人妇，这事如何说起？

夫妻俩议论来议论去，一夜未能成眠。第二天一早，徐老爷便去了定州，求见了知州大人唐祥兴，才算弄清楚了那曹圣人的情况。曹家虽有三妻四妾，但多数已经过世，去年原配夫人也过世了，现在只有一妾。他妻子的位置倒真是空着的。可按当朝的规定，二品大员非侯非王，只能娶一妻三妾，多一人则有违礼制，若有人举报是要砍头坐牢的。一品也只多一人。曹家如果细究起来，应该是有违礼制。可民不告，官不究，天下太平，一个当朝一品大员的私事，又有谁愿意去管闲事呢？

尽管夫人打心眼儿里不愿意将好端端的已嫁人的女儿，再许给曹圣人那个糟老头子，可老爷说，这事不能不处理好。处理不好的话，得罪了曹圣人，那再儿的前程可不就完了吗？徐老爷思前想后，最终决定，此事让徐夫人先想办法，去探探瑶儿的口气。先试图做做瑶儿的工作，如果瑶儿同意了，此事就成功了一大半。徐老夫人直骂老头子瞎了眼了，是个老糊涂蛋。"去年让她嫁给山东兖州知府的公子她都不嫁，害得女儿到阎王面前走了一遭。好端端的一个公子她都不嫁，还会嫁给那个糟老头子？你做梦去吧。"骂归骂，可二儿子的前程她也不能不考虑。思前想后，她不知道该怎么开这个口，就说让老头子去说。徐老爷瞪了她一眼："女儿是你养的。女儿的事，你为娘的不说，天下哪有让爹去说的道理？"

没办法，这恶人还得徐夫人自己来做。

第二天，徐夫人与瑶儿聊天，便故意把话题引到女婿身上，想看看他们小夫妻的感情，看能不能从这里找到点机会。但是令她失望的是，小夫妻俩感情很好。不仅他们的感情很好，而且瑶儿与妹妹的感情也比原先更好，因为是碧儿为瑶儿在做牺牲。再则，马金堂与碧儿的关系也挺好的，他们两个也很亲密。只是碧儿还小，还没有圆房。最后，徐夫人把话题引到了科举，想看看马金堂是不是块读书的料，是不是有点厌学。瑶儿说，夫君尽管不是特别喜欢读书，可他并不讨厌进学。他明年就会去考定州府的秀才，考完后还会参加秋闱，考完了乡试，如果中了，就会再去考会试。她相信，夫君尽管老实了一点儿，可他那么用功，应该可以考上。最后，瑶儿兴奋地告诉徐夫人，自己已经有了金堂的孩子，母亲大人很快就要当外婆了。

徐夫人听罢此言，就再也不好往下说什么了。按照常理，女儿有喜了，做母亲的应该高兴得嘴巴都合不拢才对，可是瑶儿这话让她听来，却一点儿都高兴不起来。她勉强地笑了笑，话到嘴边，还是咽了回去。小夫妻孩子都有了，这话谁能开得了口呀？

当天夜里，徐夫人把白天娘儿俩的话，原原本本地对徐老爷讲了一遍。最后她说，女儿既然都怀上孩子了，那无论如何也不能再动这个念头的。只是徐老爷并没有理会这些。他捻着胡须，一步一顿地在房间里踱了好几圈，双手一拍道："有了！你明天就跟她谈碧儿。谈碧儿做小，瑶儿心里就会觉得有亏欠。到那时，再跟她谈嫁给曹圣人的事。"

徐夫人道："我才不谈呢。要谈你自己谈去！"

徐老爷回答说："嫁曹圣人的事不用你谈。你只要跟她谈完碧儿的事，其他的都交给我了。"

第二天早上，瑶儿照例去给母亲请安。徐夫人的丫鬟迎儿正在给夫人梳头，于是瑶儿就站在一边，帮她递簪子、面饰什么的。那迎儿与大小姐长得有几分相像，看着没什么话语，可心里有数。她给夫人梳洗罢，徐夫人让她去请老爷过来。小丫头正愁怎么避一避呢，一听夫人如此吩咐，立马就答应着跑出去了。

徐夫人让瑶儿坐下说话。瑶儿坐下了，却见母亲一副欲言又止的样子，于是体贴地问道："母亲可是有什么话要跟孩儿说？"

徐夫人叹了一口气道："为娘的是有话要跟你说。不过，不是为你。"

瑶儿问道："那母亲是为谁呢？"

"为你妹妹。"徐夫人望了瑶儿一眼，想看看她有什么反应。

瑶儿却说："娘是否是想知道，碧儿与相公的感情如何？"

徐夫人摇了摇头。这个问题，昨天母女俩已经谈过了。

瑶儿说道："娘多虑了。相公虽然与瑶儿亲些，那是我们原本就好的。碧儿现在没有与相公圆房，那是因为她太小了。我跟我婆婆商议过，待碧儿一满十六岁，就让她跟相公圆房。再说，尽管碧儿还小，可相公对她总是以礼相待的。"

徐夫人还是摇了摇头，看着女儿，叹了一口气，道："我要说的，不是你婆婆和相公。"

瑶儿一听，恍然大悟道："娘，您莫不是觉得亏欠了碧儿？"

徐夫人点点头，道："再怎么说，我们徐家都是数得着的大户人家。碧儿是我们徐家的千金小姐，和你是一样的。以前在家的时候，因为她比你小，小时候又总是闹病，所以为娘花在她身上的心思比花在你身上的还要多。你们姐妹俩娘都疼，娘希望你们两个都好。但现在你做了妻，碧儿却是妾，尽管你说是碧儿小没有圆房，可为娘的却看得分明，堂儿对碧儿是以礼相待，对你才是恩爱有加。你们小两口那个亲热劲儿，你当为娘的看不出来？可堂儿对碧儿呢，那不叫恩爱，那只能叫做客客气气。堂儿对碧儿，与跟对你的亲热相比，那可是天上和地下呢。你身在其中，哪能知道？"

"娘，没事儿。"瑶儿安慰母亲道："碧儿这不是还小吗？等他们一圆房了，保管就没事儿了。"

可徐夫人还是摇了摇头:"你当为娘的傻呀。当初要嫁你去山东,可自打你们两个见面后,就都变傻了,你还到鬼门关上去走了一遭。你当初那样儿,还不是为了堂儿?你都那样半死不活了,可堂儿还是啥都不顾地要你。分明是堂儿心中只有你嘛,还哪里有碧儿的位置?"

见母亲大人这样说,瑶儿不知道该怎么接话。两人良久没有言语。尽管她深信金堂会对碧儿一辈子都很好,可她知道,这种好和那种刻骨铭心的爱相较,确实有很大的差别。

"你想想,为娘的怎么不会为碧儿觉得委屈呢?如果碧儿能和你一样,有个夫人的名分,即使金堂只爱你不爱她,为娘心里也好受点。可是碧儿现在连这个名分也没有,这叫为娘的心里怎么好受?"

瑶儿想了想,说道:"娘,那就让碧儿做妻,我做妾。反正我们姐妹俩已经嫁给相公了,即使我做妾,我也愿意。"

徐夫人笑道:"这是哪里的傻话?哪里有姐姐做妾妹妹做妻的道理?这话要是传出去了,我们徐家在定州又有什么脸面?"

"那您说怎么办嘛?"瑶儿问母亲道。

"怎么办?有办法。"这时,门外传来父亲大人的声音。母女俩都往房门口看去,见徐老爷正踱进房里来。他走到瑶儿跟前,说:"你再改嫁不就是了。你到别的地方去当夫人,让你妹妹在马家当夫人。我们家两个女儿,在两个人家都当夫人,那不就行了?"

徐夫人本想慢点说,没想到老爷就这样毫无保留地将话倒了出来,自己拼命使眼色,拦都拦不住。

瑶儿一听到这些,当即就懵了。她怎么也想不到父亲会这样说。她用异常陌生的眼光,不解地看着父亲,不知道说什么好。

对瑶儿而言,自打知道自己嫁给马金堂后,她怎么都不能想象,自己会离开马金堂。马金堂就是她的命,离开马金堂,那就是要她的命。要她自己离开马金堂,那是绝对不可能的。这不仅仅是一个女人的名声问题。除非让马金堂给她一纸休书。可她知道,那马金堂这辈子无论如何也不会给她写休书的;就算马金堂给她写了休书,她也不会离开马家,她只会一头撞死在马家。反正她生是马家的人,死是马家的鬼。她只认准这个。于是她说道:"谁愿嫁谁嫁,反正我不离开我相公。"

"你不为你自己考虑,怎么也得为你妹妹考虑一下吧?碧儿那可是你的亲妹妹。"徐老爷道。

"我可以为碧儿考虑，我可以不当正房。"瑶儿说道，"但打死我我也不离开相公。"

见她坚决不让步的样子，徐老爷说道："孔融四岁尚且知道让梨，你都十六岁了，怎么还不知道为妹妹考虑一下呢？你妹妹当初为了救你，知道自己陪嫁过去是做妾，她还是同意陪嫁。你这个做姐姐的，怎么连妹妹也不如呢？你这样，可是太让老父我失望了！"

瑶儿没想到父亲会这样说。于是，她再次申辩道："我怎么不知道让步了。我说了，我不做夫人了，让碧儿做。这还不行吗？"

"你做妾就行了？你不也是我们徐府的千金小姐？徐府的千金给人做妾，无论你还是碧儿，无论你们哪一个做妾，都是我们徐府的颜面扫地。"徐夫人见父女俩顶上牛了，不得不从旁帮老爷劝解。

"我做妾徐家颜面受损，可你们让我再嫁，女儿的脸往哪儿搁？"

"那你怎么就不想想自己亲妹妹一辈子的脸往那儿搁呀？她被当做陪嫁嫁了过去，丈夫不爱她爱她姐姐，一辈子还要当偏房。你怎么不为你妹妹想想呢？她好心好意嫁过去，最后却是这样的结果。你看着你妹妹，于心何忍？你的良心呢？你的良心哪里去了？"徐老爷步步紧逼。

瑶儿的眼泪止不住地流淌下了来。她看着父亲和母亲，说道："好！好！我改嫁！改嫁！你们只要让相公给我写一纸休书，我立马就离开马家再嫁他人。"

徐母没有想到会是这样的结果。她心里不能不为瑶儿担心，于是惴惴不安地道："儿啊，爹娘的苦心你又不是不懂？不是实在没法，哪有父母逼迫女儿改嫁的道理？你可千万不要想不开啊！"

"放心，只要有我相公的休书，我不会寻短见的！"瑶儿说完，连看都没再看她爹娘一眼，就掩面而出，头也不回地走了。

瑶儿这边总算是说破了，可要让马金堂给她写休书，那谈何容易！老爷夫人踌躇半晌，也未得其法。显然，让他们自己去说，那肯定不合适。而纵观徐家上下，最让马金堂言听计从的人当然是瑶儿。但瑶儿哪里会跟马金堂提起这个呢？今天之举，已让瑶儿心隔天涯，其他的话，她哪里能够听得进去？无奈之下，徐老爷只好还是劳驾夫人出马。毕竟母女要更好沟通一些。

第二天，瑶儿再也没来给母亲请安。徐夫人自己去找瑶儿，进了瑶儿房间，瑶儿勉强站了起来，却一言不发，甚至连眼皮都没有再抬一下。徐夫人只好先开口，打破了那种沉默和尴尬。这种局面之下，再拐弯抹角，已然不合适,夫人于是直言相告,让瑶儿去劝马金堂,为了碧儿考虑,给她写休书。瑶儿一声不吭地听着,满眼的泪水,哗啦哗啦地往外流个不停,却始终没有一句话。

徐夫人坐了半天,一个人叨唠了半天,却没有半个字的回答。她知道女儿的脾气,自觉没趣,只好退出。

儿子的仕途就是徐家的未来,徐老爷自然不会半途而废。转天徐夫人再去,结果依然如旧。

指望瑶儿劝马金堂,看来是不可能的了。徐老爷思来想去,觉得徐家上下还能劝动马金堂的,只有再儿了。事不宜迟,徐老爷立马叫人去祠堂,把二公子喊了过来。

孰料徐二公子一听让他去劝马金堂给瑶儿写休书,这个从来不敢顶嘴,从来都不敢在徐老爷面前说个不字的孝顺儿子,这次却毫不犹豫地一口回绝了。他直截了当地对父母说:"纵算我考不取功名,这样的话我也不会去说,何况我考不考的取功名还另说呢?俗话说,宁拆十座庙,不拆一桩婚。马家能够娶到我两个妹妹,那是马家几辈子积的德,也是徐家两姐妹的福分。他马大人为了搭救一个毫不相干的人能把家产都赔进去,那才是了不起之人。咱们家这样做,那能算什么?劝马金堂之事,你们休再向我提起。反正我说不出口。你们谁要说,谁自己说去;你们就是打死我,我也不会去的。"说完,连告别都没有,摔门就走了。

徐老爷追出去说道:"好你个不孝之子,爹娘这样做,还不都是为了你吗?"

岂料二公子立即回嘴道:"您无需如此为我。您也别为了自己的名声而如此!"徐老爷一听,随手抓起个东西就扔了过去。二儿子一看,拔腿就跑得不见了踪影。

接下来的几天里,徐夫人天天都去祠堂,到二儿子的书房里去开导他,谁知那小子却是个榆木疙瘩,一点儿也不开窍。最后,他甚至对他母亲说,要是再逼他,他这就告诉金堂去。徐夫人听后,失望之极,知道徐再于是彻底指望不上了,只好起身离去。

见到徐老爷后,她把情况给徐老爷讲了,然后反过来劝老爷作罢。瑶儿尽管松口了,可马金堂的休书到哪里去弄呢?所有能想到的路子都走不通,既然如此,不作罢又能咋办?

听夫人这么一说,徐老爷倒是有了主意。他心头一喜,对夫人说道:"要马金堂的休书,倒也不是完全没有可能。"然后他凑近夫人的耳朵,如此这般地说了一番。

第二天，徐夫人拿着马金堂的休书来找瑶儿。瑶儿还是不说话，只是一个劲儿地流眼泪。她一见到马金堂的休书，就拿眼睛死盯着母亲，直把徐夫人看得浑身发毛。然后，她把那休书上上下下仔仔细细地看了个遍，随即对母亲说，叫马金堂来。

徐夫人说："叫马金堂干吗？你不是说了，只要见到马金堂的休书，你立即改嫁吗？"

瑶儿说道："叫马金堂来，我要他亲口告诉我！"

徐夫人一听，知道这事纸包不住火。马金堂在徐家读书，什么样的字没写过？徐老爷看他的字也看得多了，他那里现成就有一大堆。因此照着马金堂的字临个休书，自然不是什么难事。可瑶儿那么聪明，她自信和马金堂的姻缘没有尽，情分依然在，所以尽管母亲拿来了一纸休书，她又哪里肯信？

徐夫人就说道："瑶儿，你别说气话了。娘知道你心里难受，可是金堂他回家了呀。"

"那就派人去把他接来，让他亲口对我讲！"

"这样的事，怎么好让他亲口说呢？你也不是不知道，那金堂人虽然老实，可面子薄得很，这样的话，他怎么好意思当着你的面讲呢？"

"他不好当着我的面讲，就叫他当着我的面写！"瑶儿毫不松口道。

就在此时，早已在门外站立多时的徐老爷只好走进来。他厉声斥责道："瑶儿你到底要怎么样？你说有休书你就改嫁，现在休书都来了，你还要闹到什么时候才是个完？"

瑶儿毫不让步地说道："我没有闹，是你们在闹！别让我说出好听的来?!"

"你有什么好听的？你说！为父的我听着！"徐老爷训斥道。眼看就要有结果了，他岂能放弃。

"你想听吗？一旦我说出来，我们父女的情分就没有了！"瑶儿有点退缩地说道。

"你还竟敢威胁老父！"徐老爷毫不松口，步步紧逼。女儿的反抗让他更加恼怒，因为愧疚而压下去的火气也不觉就上来了。

"瑶儿！你怎能这样跟你爹说话？真是越大越没有规矩了。"徐夫人怕他们闹僵，就忙着劝和打圆场。

"那是我在威胁您吗？是你们在糊弄我。您当我不知道呢。我早就料到你们会来这一招。你们当初为了把我这个快死了的人弄出去，让碧儿陪嫁，现如今他马家把我救活了，你们后悔了，为了二弟的前程，又要把我嫁给那个糟老头子。你们当我不知道呢？你们什么事情干不出来？"

徐老爷一听，知道瑶儿猜出了结果。可是他更知道瑶儿她还念及父母情分，因此她才没有把那一层窗户纸捅破。他看着直流眼泪的大女儿，觉得她还不至于把这层窗户纸捅破。现今他已是穷途末路，后退显然是不可能的了。于是他把心一横，高声喊道："来人！把大小姐的房间锁了！我就不信她还翻天了。不是说有休书就改嫁吗？休书现在已经有了，那就让她关在房子里想吧。什么时候想通了，什么时候就改嫁！"说完，一摔门帘子，人就走了。徐夫人看了瑶儿一眼，黯然地说道："闺女啊，你可冤枉爹娘了。当初嫁你出去，包括让碧儿陪嫁，那可不是为了把快死了的你弄出去，而是为了救你啊！"她无可奈何地摇摇头，转身跟着老爷，慢慢地往外走。

还没走到门口，忽听得身后"咚"的一声闷响。徐夫人忙回过头来，只见女儿已躺在了柱子旁边，头上鲜血直流。柱子上、地上都是鲜血。徐夫人忙一手捂住出血口，口中发出撕心裂肺的哭喊："快来人啊！快来人啊！"有个仆人赶过来，她大喊道："快叫郎中啊！快叫郎中啊！"话一出口，又改口喊道："姑爷！姑爷！快去祠堂喊姑爷！"下人一听，慌忙飞一样地奔祠堂而去。

片刻，马金堂就上气不接下气地跑来了。看到满脸是血的瑶儿，他稍一诧异，就立马救人。按照徐府的规矩，金堂来徐家求学，每天吃住都在祠堂，是为不至分心。他这几天正奇怪怎么不见瑶儿呢，没成想再见到瑶儿时，她竟然是这幅模样。他给瑶儿止住了血，把头包扎好，然后再要来一杯热糖水，掰开瑶儿的嘴，亲手给她一点点地灌下去，再使劲地掐住人中穴。如此一番折腾之后，瑶儿呻吟一声，醒转过来。直到此刻，马金堂才长舒了一口气，眼中泪花闪现。他再吩咐下人，打来一盆温水，化点盐在里面，把毛巾打湿了，再为瑶儿把脸上的血迹一点点地擦洗干净。众人这才上前，七手八脚地把瑶儿抬到睡榻上放安稳。安顿好了瑶儿，马金堂这才想要弄个明白。他拿询问的眼光一一地去打量众人，可大家的眼睛一接触到他的目光就纷纷避开，不敢与他对视，包括他的岳母。大家看瑶儿醒了，安顿好了，估计不会再有什么大问题，就纷纷转身离去。

醒来的瑶儿虚弱不堪，亏得马金堂熟知医理，应对得当，所以总算没有大碍。只是没料到这一番折腾下来，惊动了胎气，瑶儿两天后就小产了。徐家请来了接生婆，同时还请来了郎中。中医的规矩，除非迫不得已，是不给自己的亲人瞧病的。这正是所谓"事不关己关己则乱"。马金堂心里无比地难受，却又是满腹的狐疑,而无处求解。岳父岳母他不敢去问,而瑶儿如此虚弱不堪,他就更不忍心问了。但他相信,总有一天他会知道缘故的。

直到徐二公子来看妹妹,马金堂才从二公子的口中知道了个大概。骤闻原委,难免气急攻心。他怎么也想象不出,会有这等事情发生在自己身上。现在事情到了这步田地,他已是无计可施,却又绝不想任人摆布。于是待瑶儿稍有好转,他就带着她,雇了趟车,赶回城里,发誓再也不来徐家庄。他生性实诚,不和人斗气,可老实人一旦较起真来,却是任谁也拦不住,哪怕头撞南墙,也不会回头。

第十一章

李景贤西宁救义父　吕院判北京报旧恩

　　女儿女婿走了,儿子也跟他闹翻了,徐老爷这次可真是机关算尽,大败收场。他在官场这么多年,吆五喝六、欺上瞒下惯了,手下也习惯于看他的脸色行事。他没想到这次,女儿、女婿、儿子全都和他对着干。于是他每天拉长个脸,像谁欠了他一屁股债似的。仆人见了他就躲。徐夫人没法躲,可也只是见天地叹气。

　　这天徐夫人又一个人在那里叹息,老管家进来了。他禀报说,太太贴身大丫头迎儿的爷爷死了,她们家穷得揭不开锅,没钱下葬,问太太如何处置。徐夫人说,照惯例支十两银子就成。管家说,这次依惯例恐怕不行。迎儿是太太的贴身大丫头,她爷爷、父母都曾在徐家干过,现如今她们家也没半分田地,无处安葬老人。徐夫人听了,就说,你们找个阴阳先生先看一看,在徐家靠北山那边找一块地安葬她爷爷,也算是做点好事,给儿孙积点阴德。只是别把风水好的地方占了就是。正说着,迎儿眼泪汪汪地进来了。管家把太太赏地埋葬她爷爷的事告诉了她,迎儿当即跪下,给太太叩头谢恩。徐夫人叫她起身,准她三天假,让她回家帮忙葬爷爷去。迎儿叩谢完毕,起身走了。

　　徐夫人叹口气道:"可怜的孩子。"叹完之后,又想徐家的烦心事,人就心绪不宁。老管家却还是不走,一副欲言又止的样子。徐夫人回头发现他还在,就问道:"你……还有事吗?"

　　"老夫人明察,下人确实有事,却不知当讲不当讲?"

　　"你讲吧。"

　　"回太太的话,那迎儿丫头,大家都说和大小姐长得有几分相像……"

　　"你这话是什么意思?"

"回太太的话,奴才可不敢辱没咱家大小姐,奴才只是为太太的心事着急……"

"唔?那你的意思是?"

老管家说:"既然迎儿跟咱家大小姐长得像,何不把迎儿嫁给那曹圣人呢?迎儿是咱们本家,而且和少爷小姐还是一辈儿的呢。"

徐夫人听了,摇了摇头。她说:"迎儿虽是小户人家的女儿,可谁家的女儿不都是爹疼娘爱的?凭什么她就该嫁那么远呢?再说,我也是一天都离不开迎儿的。"

管家就说,那迎儿家也没有什么人。爷爷死了,就只有老实巴交的父母了。迎儿的父母,三拳头也打不出一个屁来,老实得可怜。太太您只要多赏银子,旁人是没有谁敢多话的。迎儿她父母那边,就算您不给银子,他们也断没有不同意的。只要迎儿的父母同意了,这事不就成了?

夫人还是一个劲地摇头,说不能再造孽。

可就在此时,徐老爷进来了。他听到说什么迎儿、赏银什么的,就问是怎么回事。管家只好把刚才的话对老爷再讲了一遍。

徐老爷闻言大喜,笑逐颜开地点头道:"咋早没想到呢!早想到就好了。"又转头吩咐管家道,"再给她家添十两银子,让把丧事办得风风光光的。之后,我再认迎儿做义女。"

管家领命而去,派人给迎儿爷爷操办了丧事。迎儿父母赶过来给老爷太太磕头,又去给管家磕头。他们刚要起身,管家就说道:"这次给你们家办丧事,可是老爷太太的恩典。钱是老爷太太出的,地是老爷太太赏的,人也是咱徐府安排的。老爷和太太,对你们可是有大恩大德的呢。"

迎儿父母磕头如捣蒜,除了说一句"感谢老爷太太大恩大德"之外,什么话也不会说。

管家不再拐弯抹角,直截了当地说道:"老爷太太喜欢你们家迎儿,这是你们的福分。咱们家大小姐、二小姐都嫁了,老爷太太说迎儿长得像大小姐,要收迎儿做义女。你们可有什么想法?"

迎儿父母除了磕头还是磕头,口里念叨来念叨去还是那句话:"感谢老爷太太恩典!感谢老爷太太恩典!"

管家见状,就说道:"你们可算是交上好运了。老爷太太说了,认迎儿作义女不白认,还给你钱,二十两银子。老爷太太还说了,将来还要给迎儿找一户好人家,风风光光地嫁出去。要找就找在京城当大官儿的,那样聘礼就是好几十两银子，可以买好几垧地呢。这样的好事，寻常人家可是打着灯笼也找不到的，你们两个老实人，可真是时来运转了呢！"

两人还是直磕头，满口"感谢老爷太太恩典"。

事情至此，就算是定下来了。管家扶起迎儿的父母，又跟他们重复了一遍，问他们愿不愿意。两个老实巴交的人，哪里见过这么多银子，直高兴得嘴都合不拢。于是管家就说，你们回家后，就把这个意思跟迎儿讲明白。听清楚了吗？两人直点头，口里还是那句"感谢老爷太太恩典"。

迎儿回来后，先给徐夫人请安。小丫头一如往常，低着头，含着笑，一语不发。徐夫人问起她爷爷的丧事，她还是笑着没有言语。扯了一会儿闲话，夫人就直入正题。她说老爷和自己看中了迎儿，要认迎儿做义女，问迎儿愿不愿意。迎儿还是低头不语，还是一脸的笑。徐夫人见状，就只有把话讲明了。她说："老爷在京城有个当大官的熟人，新近死了夫人。他现在只有一个偏房，老爷和太太想把迎儿风风光光地嫁过去，先做妾，如果迎儿将那个大官伺候得好的话，将来就可要扶正了。一旦扶正，那可就是一品诰命夫人，很多女人一辈子做梦都想不到的事，你可是一步登天了。咱家老爷做了知府那么多年，到老才是个从四品，我对外也只能勉强称个四品夫人。你想想，京城离定州又不远，日后你若是风风光光地回咱徐家庄，那可是没有人不羡慕你的。"

迎儿仍然笑着，仍然低头，仍然无语。

徐夫人认为迎儿是害羞，就道："小姑娘家家的，在找婆家这事上，脸皮薄，害害臊也是正常的。"顿了一会儿，再说道，"你不说，那就是默认了啊。"

迎儿还是笑着，低头，无语，一点反应也没有。徐夫人就只当她是默认了。

几天后，他们让管家把迎儿的父母接来，当面认迎儿做了义女。徐老爷随即给曹圣人修书一封，首先告罪，说上次请曹圣人来敝庄，自己没有照顾好，还望海涵。又说上次曹圣人叹惜无缘与小女结成秦晋之好，那是小女没那个福分，早已成为了人妇。今次机缘巧合，在下收得一义女，如今年方十八，生得与小女有七分相像。而那眉眼间的神态，相像更有八九分。如果圣人不嫌弃，就送给圣人为妾，还请笑纳云云。曹圣人览信后，高兴得咧嘴直笑，立马给徐老爷回信。半月后，徐家先用车，到京城后改用小轿，把迎儿抬进了曹府。迎儿仍是笑着，低头，不语。等到进了曹府的那个晚上，曹圣人给她揭开盖头，手持蜡烛瞧她的神态，赞叹她的确与那天见过的徐家大小姐颇为神似。当他满脸酒气地涎着脸凑上来要亲近她时，迎儿当即一把将他推开，手指曹圣人，让他离远点儿。那曹圣人怎会理会？他再次醉醺醺地扑向迎儿，迎儿就此猛地起身，一头撞在那柜角上。一条如鲜花般开放的年轻生命，就此气绝身亡。曹圣人受惊不浅，却又不知原委。他哪里会想到这么个不言不语的、到曹府后只说过一句话的小丫头片子，内里却是如此刚烈。人吓得半死，好半天才返过神来。一场喜事只刚刚开了个头，转眼间就变成了丧事。曹家前晌刚贴上去的大红喜字，浆糊都还未干，这会儿又不得不手忙脚乱地撕下，再又慌慌张张地办理发丧了。

迎儿的死讯传到定州后，马金堂更是倍受打击。他原本只是愤懑不已，这下可是彻底绝望了。这么些年来，父母教诲，亲朋劝说，还有娇妻美眷的殷切期望，早已在他内心建造起了一座科举的高塔。现在，这座高塔在残酷的现实面前轰然倒塌。他外表平静，内心却是翻江倒海，山崩地裂。他每天阴沉个脸，哪里也不去，谁人也不理——他算是彻头彻尾地看清了那帮读书人的嘴脸。他怎么也想不通，为什么那些人为了自己的名声，可以置女儿的幸福于不顾，逼女儿改嫁；为什么要对曹狗头那种假道学曲意逢迎，低眉顺目，低三下四；为了巴结曹狗头那个假道学，他的岳丈可是付出了惨重的代价，亲女儿撞墙未死，丫鬟撞墙毙命，连带他马家的骨血也遭殃不保。他从内心深处深感自己和他们不是一路人。他家世代为医，世世代代救人无数，怎能和那帮为了一己之私就去害人性命的假道学为伍！为此，他打定主意，今生不再以博取功名为念。只是为了报答父母及妻妾的厚望，也为了证明自己的实力，第二年他还是去考了一个秀才，然后毅然决然地背起了家传的药箱，坚决彻底地告别了科举。对于马家，这似乎是个悲哀，但对于中国中医药而言，历史早已证明，他当年的那个举措，却是天大的福音。

时光荏苒，忽一日，马大人所收的螟蛉义子李景贤，再次来到了马家。他这次是特意来传递马大人的消息的。马夫人、金堂和他的弟弟，还有金堂的两位妻子，听李公子说完之后，都高兴得嘴里不停地念叨安拉保佑、感谢真主。原来李公子打探到马大人还在西宁某个军营里当差，而且消息确凿。

李公子说，自己上次去京师交了岁贡后，并不曾返乡。为了打听干爹的消息，他仿效伯父李时珍当年的做法，由宣府、大同，一路向甘肃、西宁而行，遍访名医。他沿着干爹当年随军的路线寻找，终于在兰州卫城打听到了干爹的消息。

据兰州卫城的官兵说，前年冬天，确有蓟州两千铁骑经过。在主力部队班师回京后，作为先锋的蓟州中军，又率人马由西宁出发，去哈密方向追剿叛军残部，途中遭遇罕见的大雪，全军几乎被吞没殆尽，只剩得十几个残疾官兵活着走出了雪地，其中就有一位姓马的、年纪很大的随军医官。他们在兰州盘桓了数日,往东走了一程,据说又被前往西宁督师的蓟州卫城守备吴成雄吴大人征召去了西宁卫城。

这个传递消息的人,曾经当过吴成雄的参军。所以李公子相信,消息确凿无疑。于是他就立刻赶回定州,给马家报信。现在他总算把信送到了。接下来他打算歇上两日,然后再次动身,去西宁寻访义父本人。他计划由固原、太原经陕西、甘肃去西宁。马金堂听了义兄的想法,就想随他一同前往。可李公子劝他别去,说家里更需要他。还说既然已经知道干爹的下落,那就不必太着急,自己一个人前去探访就够了。"我想学习伯父李时珍,再编一本医书。这样一边寻找干爹,一边游历天下,寻人与访医两不误,可算是一举两得。"

听到老爷的消息后,老夫人那在半空中悬了多年的心总算是落下了一大半。多少个不眠之夜,她为此而揪心,而祈祷。真主保佑,老爷总算是有着落了。她听李公子说,那吴成雄大人是前蓟州卫城的头官,跟老爷还有过一些交情,或许能对老爷有所关照。这让她心中稍感安慰。于是她让李公子一定尽力找到老爷,并让瑶儿碧儿给他多多预备点盘缠和衣物,以备意外之需。

李公子只在定州歇息了两日,就再次出发,前往西宁。马金堂满怀感激和期待地陪着他,一直将他送到固原驿站,这才依依不舍地返回到定州。

李公子一路向西,风餐露宿,沿途遍访名医,到得西宁,已是两个月后。他的运气还算不错,刚到西宁卫城,就得知去格尔木督军的吴大人也恰好返回。多亏了老夫人给准备的银两,他上下打点,疏通关节,功夫不负苦心人,他总算是见到了在吴督军帐下干活的马大人。

可两人相见,李公子还是差点没认出干爹来。眼前的马大人,白发零乱,骨瘦如柴,脸上沟壑纵横,似乎一阵大风就能将他吹倒。他跟跟跄跄地走过来,两眼漠然地瞪视着李公子,脸上没有一点儿表情。两只眼窝深陷,像是两个望不见底的黑洞。

李公子上前,叫了一声"干爹"。马大人愣了一下,似乎认出了他,但是依然既无言语,也无表情。

李公子一把抱住马大人,再次叫了声干爹,声嘶力竭地喊道:"干爹,我是李景贤呀!是您传授过马家针法的李景贤!您怎么不认得我了呀,干爹?"李公子一面叫一面使劲儿摇,声音已经哽咽。马大人这才又仔细地看着李公子,仍旧是一言未发。好一会儿,两行浑浊的泪水从他那两只深陷的眼窝中慢慢地流淌出来。

随后,李公子把别后的情况跟义父说了个大概,包括马家的变化。马大人仍是木然地听着,自始至终,没有一句话。也不知他是否听了进去。李公子见此情状,觉得这次无论如何得把义父带回去,不然他那把老骨头,很可能就将埋葬在西域了。

身在军旅,李公子不能久留。临分别之际,他告诉干爹,他会想方设法带干爹回定州。此前,他会一直留在西宁,就住在军营附近。

只是在听到"回定州"时,马大人那一直都漠然着的瞳孔里才闪现出一丝亮光。只是这亮光也是那么短暂,几乎就是一闪而逝。

接下来的几天,李公子一直都在军营外流连。要想带马大人离开这里,他必须得面见吴成雄大人;而要想面见吴大人,除了守候在军营外,他别无他法。到第三天头上,李公子终于看见一个大官儿模样的人出帐,他想那或许就是吴成雄大人,何不一试。于是就冒死上前,说有要事求见吴大人。

在挨了卫兵的一顿棍杖之后,那军官问他为什么挡道。当听说是义子千里寻亲时,那人不禁暗暗地吃了一惊。他说道:"念你有这份孝心,老子告诉你,老子就是吴成雄。"可听眼前这傻小子说,他居然想从军营里把人带回去。于是吴大人就轻轻地一笑,说:"军营是你想走就走的?那岂不是天方夜谭了?再说,即使那马医官如今是行尸走肉般的废人一个,可该他干的活,他还是得干,哪能随便就放他回家?"

李公子忍痛向吴大人求告说:"只要不让我干爹客死他乡,我愿意顶替他留在军中;或者用钱款顶替军籍。只要吴大人你开出价码来,我一定会想尽办法,去筹足银两。"

听到这个年轻人如此说,那吴督军就笑了。他不日即将率师回蓟州,随军医官自然由太医院充实。既如此,与其让李公子做医官,还不如弄点钱财实在。于是便道:"也不用你来这军营了。既然你说出这话,想必太医院里你也有熟人。只要你让太医院随便弄个医户来充数,然后再拿两千两银子来,我就放人。只是,你如何让我相信你说的是实话?"

李公子从地上爬起来,拍掉衣襟上的灰土,从怀中取出银票。他告诉吴大人,自己身上只有八百两,为表诚意先全数奉上。欠下的一千二百两,他马上回定州筹办,到时一并送到。

吴督军接过银票,扫了一眼,见是真的,就爽快地说道:"那好!就依你所说。他马医官在定州也算是个有头有脸的人物。人你且先带走,余下的银子,我会安排人去府上取。只是太医院那边,你还得去打通关节。"李公子喜不自胜,满口应承说没有问题。

于是吴督军让卫士传马医官，当面给马大人道喜，贺义子接他回家。说日后他们应该还有见面之时，届时，切莫记恨在军中所吃的苦。为国效力，人人有责，自己作为督军也不例外。他又让卫兵把他的金疮药拿些来，给李公子敷上。还让军需官给两人备足干粮，说这冰天雪地，没有吃的，只怕他们到不了定州。

李公子忍着身上的疼痛，谢过督军吴大人，带着干爹踏上了返乡之路。这一路上，自然没少忍饥挨饿。有时为了节约点钱粮，他甚至还要去讨饭。到了固原城，他们带的干粮全都吃光了，天公又不作美，鹅毛大雪随风而降。漫天雪舞之中，回家的路途却不知道是在哪个天边。万般无奈之下，李公子自己做了个幌子，上写"药到病除，纹银十两"八个大字，忍饥挨饿，沿街高诵。在固原城里晃荡了两天之后，终于有一个大户人家闻声而来，请他诊病。两服药下去，就已是药到病除。主家心甘情愿地奉上十两银子，又听说他这是千里救义父，深感其诚，再帮他们备足了干粮。父子两个，就这样历尽千辛万苦，回到了定州。

堪堪年关就在眼前，一场铺天盖地的大雪，笼罩了整个定州城。这场雪从头天晚上一直下到第三天早上，这才停歇。绵绵不绝的大雪，给马家平添了更多的忧愁。自打那李公子西行之后，三个多月过去了，马家上上下下无不每天翘首西望，希望看到李公子领着马大人回来。可是他们盼来的一直都是失望。日子越是往后，他们就越是焦灼。年关前这漫天而来的大雪，无疑使这份焦灼趋近了顶点。大家都觉得快要坚持不下去了。只不过为了不使老夫人难过，所有的人都绷住了劲儿，不敢稍露声色。

掌灯时分，刚伺候完婆婆的碧儿回到房里，便给丈夫点上了蜡烛，然后静静地坐在一旁，陪丈夫看医书。徐家庄风波之后，马金堂一直都郁郁寡欢。瑶儿、碧儿从生活等各个方面，都更加关心、体贴丈夫。看他每天沉默不语、失魂落魄的样子，她们也都心痛不已。姐妹俩希望他能振作起来。她们害怕丈夫会沉沦。他是马家的顶梁柱，因此，他不能塌。马金堂说他不想再走科举之路，她们也终于明白了丈夫的心迹，于是就没有再劝他去读四书五经。她们俩甚至私底下去劝慰婆婆说，金堂不想当官，那就不要再逼他了，让他按照自己的兴趣去做事，想做什么就做什么。金堂如果回到马家先辈们的治病救人之路，又何尝不是好事？她们知道自己父亲的做法已深深地伤害了丈夫，于是就竭力用女人的柔情去温暖他，呵护他，支撑着他，不让他倒下。姐妹俩就这样以丈夫为中心，每天坚持着。她们相信丈夫的潦倒只会是一时，总有一天，他那精气神儿还会再回来的。

而就在此时,外面突然传来了欢天喜地的惊呼声:"老爷回来了!太太,太太!老爷回来了!"碧儿先是一愣,还没等她反应过来,就见金堂"噌"的从椅子上蹿了起来。她这才醒转过来,知道是自己那未曾见面的公公回来了。

李公子和老爷的归来,给马家带来了天大的惊喜。一家人喜极而泣,抱头痛哭。看到形销骨立的老爷,太太和马金堂一次又一次地落下了心痛的泪水。马大人看着眼前的家人,以及第一次见面的两个儿媳,生的气息,终于开始一点点地从他枯涸已久的心田里重新萌生。

在李公子的帮助下,马金堂安顿好了身体极度虚弱的父亲。从这日起,一度消沉的马金堂终于开始振作了起来。他们不得不再度把药店出让,以筹措为马大人赎身的银两。为了尽快妥善处理好一切,他们兵分两路,马金堂留在定州筹措银两,照料父亲,给父亲治病;李公子前往京城太医院找吕院判,烦请吕大人找医官替代马大人,前往吴督军帐下补缺听调。

一切计议停当,第二天一大早,李公子便带着管家赵六九一同上京城。马老夫人给了他五百两银票,嘱他办妥事情为要。钱不够花了就赶紧来信,实在不行了,还可以先找吕院判暂借。没想到老夫人的这番嘱咐,却还真的没白说。

找到吕院判后,李公子便将马大人的情况一五一十地讲了。之后就请吕院判帮忙,安排个医官去蓟州吴督军帐下。吕院判听完马大人的周折,不免心中难过,感慨万千。他告诉李公子,此事太医院还不敢擅专,还得要找兵部和管事太监。因为事涉随军,按常规办下来,大概要三千五百两银子。其中五百两用于买通地方官找个医官充数;另外三千两,一千两送给太医院院使,一千两送给联系兵部的管事太监,还有一千两则送给兵部。李公子当即拿出随身携带的五百两银票递给吕院判,说剩下的三千两,恐怕马家一时拿不出来。马家交那两千两银子,尚且要卖药铺,因此能否先请吕院判帮忙想想办法,看能否先缓一缓,容他回定州或蓟州去想办法。吕院判正色道:"李公子如此见外,置我吕某人的脸面于何地?想我吕某人这条命都是恩公救的,当初他为了救我们父子俩把家产都搭进去了,现在恩公有难,我岂能袖手旁观!银子的事情你们就不用再费心了,我吕某人虽说不富裕,但凑齐三千两银子也还是有把握的。"李公子还要跟他客气,吕院判哪里还容他多言,直接就把话挑明了:"李公子和马大人情同父子,你自然知道马大人于我们吕家可是恩重如山!恩公的事就是我的事。银子的事请勿再多言!我吕某人一力承担便是了。"李公子见吕大人如此真挚,就没敢再坚持,于是赶紧起身,执晚辈之礼,跪谢院判大人,跟在一旁的赵管家一同长跪,叩首谢恩。事毕,二人匆匆而别,回定州给马家细说端详。

却说定州这边,马金堂一边悉心为父亲调理身子,一边联系售卖药店筹集钱款。马家的药店在定州有口皆碑,所以消息一传出去,就有买主前来商洽,很快药店就改了姓,而马家也总算还清了欠账。药店没了之后,平时的进项也就没有了。为了一家的生计,马金堂只有挂牌行医。行医之余,他一边向父求教,一边每日研习那套《太医院御医用方案注》,考科举的事,就此被彻底地抛到了一边。

一切,仿佛又都回到了从前。

李公子从北京回来后,在马家一直待到过完元宵节,眼见干爹的身体开始恢复,这才赶回蕲州。临行前,马大人从病榻上爬起来,将他抄下的那套《太医院御医用方案注》的前半部分,送给干儿子回家去抄写研习,并嘱咐他,要他来年岁贡时,一定要来定州看自己,顺便用前面的抄本换回剩下的那些。这样一来,两兄弟就都不耽误研习了。之后,马家一家人依依不舍地送别了李公子,两个医家的世代感情,自此牢不可破。

时光飞逝,转眼叶黄。这年秋天岁贡时节,李公子依约来到定州马家归还宝典。那时马大人的身体已经好多了。可人老体弱,再加上当年西域的那一番磨难伤及了根本,所以难免大不如前。好在经历了生死之后,老人甚是豁达,他说幸亏自己有了这么一个干儿子,才得以安度晚年。眼见得这辈子也差不多了,能多活一日便是一日。他让干儿子别再牵挂自己,要趁年轻赶紧做大事,学好医术救济苍生。然后就把自己这些时又抄了一份的《太医院御医用方案注》后半部分送给了干儿子。

此时碧儿已经怀孕。瑶儿在马金堂的调理下好不容易又怀上了一个,生下后,是个男孩儿,取名马兆仁。马金堂的志趣既已不在科举上,两位老人也就没有再勉强他。他们已经看透了这个世道,把功名利禄全都看谈了。特别是马大人,惯看人生浮沉,历尽世间沧桑,让他对官场的一切,不再抱有任何幻想。他态度上的这个大转变,无疑给了马金堂以彻底的自由。马金堂可以由着自己的兴趣发展,除了每天悉心研读父亲的医书,不时还跟父亲讨论一番;一边给四面八方前来求医问药的乡亲们看病,一边将从《皇帝内经》、《神农本草》开始的历代医书,系统地梳理了一遍。其医疗水平和技艺就此直线提升,很快就成为了定州城的名医。

一晃两年过去,马家的日子尽管过得平平淡淡,但碧儿又给马金堂生下了一个女儿,马家添丁进口,日子倒也过得红红火火。马金堂凭借当年在徐府读

《易经》、《道德经》打下的功底,终于彻底悟透了中国古典医书的哲学渊源和阴阳五行的数理基础,更是悟透了中医辨证施治的精髓。对《易经》和《道德经》的了悟,使他能够将中国深厚的古典哲学应用到中医药之中,最终成为超越那个时代众多医家的医学大家。由对经书的大彻大悟而至医疗水平的突飞猛进并臻于至善,的确是当初希望马金堂走科举之路的那些人所未曾想到的。

这一年,朝廷又开始征召医官戍边打仗。为了不让儿子重走自己过去的老路,总觉着自己来日无多的马老爷,让马金堂赶紧筹措银两,去疏通官府。此时的知府是唐祥兴,马金堂前去求见唐大人,唐大人笑逐颜开,满口应承。他让马金堂安心回家,说此番只在定州解决。定州又不只你马家一个医户,让其他医户直接去就是了,只要不选到你马家,那就连顶替都不用。既如此,马金堂告别知府,安安心心地回到了家。

古人云:“不为良相,当为良医。”马老爷的心中始终都怀着光大马家门楣的愿望。现在见儿子无心仕途,知道马家就只剩下做良医一条路了。既然知府都已经发话,马家安居乐业总算是有了保障。此时不奋,还待何时?马老爷和金堂都觉得是时候了,该他们上场,发扬祖业,光大家学。

马金堂也曾想和义兄一样游历天下,遍访名医,但面对日益年迈的父母,他知道那只是不切实际的奢望。为此他权衡再三,觉得他们应该在定州闹市再开一家店子。除了正常的诊病配药外,还为那些无钱买药的穷人免费提供药物。这样一来,就既可以照顾一家老小,又能满足父亲为天下人谋福祉的夙愿,还能从诊病配药的实践中提高医术。他知道见多识广对一个医者的重要性,知道遍访名医是增长见识的捷径,同时更认为,多见识病症,多与疑难杂症打交道,多给病人治病,又何尝不是增长见识的最佳途径呢!

马老爷对儿子的想法深表赞同,他觉得,此次开店应与以前不同。马家世代医户,虽治百病,但最擅长的还是眼疾,那可是马家数代人的家传绝学。虽说现在马金堂声名远播,上门求医问药的人日盛一日,但如果想自创名号,还是应以马家最擅长的眼疗来命名才好。这么多年来,除了祖传秘方外,马家父子俩在眼疾治疗方面又积累下了不少经验,再加上马老爷当年流落西域时寻得的一些治疗眼疾的奇方,还有研习《太医院御医用方案注》所获的心得,特别是历代太医用药力求安全慎重的特点,在融会贯通这些的基础上,他们马家所研制出来的治疗眼部疾患的药物,其功效可谓是独步天下。父子俩经过几次三番的探讨,最终一致决定,将他们的新店命名为“定州眼药”店。

第十二章

定州眼药面世定州　徐家二姐治理徐家

万历十年，1582年秋天，一家名为"定州眼药"的店铺不声不响地在定州北街的闹市开张了。店老板是一个年轻的后生，姓马，名金堂。四围的乡邻纷纷前来道贺。这定州历来是晋冀鲁豫一带的大集市，各路中草药商贩云集于此，众多医户也因之在此落脚。同行们见几代医官出身的马家再次开门行医，仅治眼疾而非包治百病，不与大家争饭吃，所以也都前来贺喜。

数十年间，方圆百里之内，受惠于马家眼药的乡亲不在少数，所以"定州眼药"店甫一开张，就有不少患者慕名而来，小店的生意相当不错。马金堂和碧儿把主要精力都放在了小店的打理上，家里的事都交给了瑶儿照看。这种日子尽管平平淡淡，过起来却也有滋有味。一家三个孩子，六个大人，加上几个仆人，都指着这个药店挣钱来贴补家用。他们做的是实实在在的事，过的是踏踏实实的日子，比起那在名利场里蝇营狗苟的科举之路来，无疑是更自在也更惬意。

闲暇时间，马金堂便在店里整理医书中古人记载的药方，按大方脉、妇科、伤寒、小方脉、口齿、咽喉、疮疡等分门别类。他从小就在家学中熏陶，深知医药典籍中错讹漏脱者不在少数。神农尝百草知药性，若没有亲自尝过的药，下方时只能比照多个古方，试探着用。医圣张仲景当年给人看病，也是尝试着开方，有效的方子则留下，确认无效则弃之。当然，比之前人，他还是有诸多优势的，至少他可以去向父亲大人请教，还有诸多医典可供学习、查阅。可即使如此，他也仍然有为难之时。收治的患者多了，总会碰到些从未见过的疑难杂症，还有就是患者的个体差异给诊治带来了很大的影响。比如有些药在某个病人身上有效，而用在其他患同样病症的患者身上却又效果不彰；

同样的症候出现在不同的病人身上，有时需要开不同的药方；而有时病人的症候不同，开方时却可以用同样的方子。这就是中医所讲求的辩证施治。因此对于医家而言，道在山林，学在民间。收集名家的偏方、秘方以及民间的各种单方、验方，就显得非常重要了。这些名家验方最大的好处，就是能开阔医家的眼界，丰富医家的经验。马金堂深谙此道，所以诊病开方之余，几乎把所有的闲暇都用来收集整理这些验方了。

碧儿见他整天忙着抄个不停，心中难免痛惜，好在自己也识文断字，所以只要有可能，她都会帮他抄抄。可是医学毕竟深奥，非简单的识文断字即可明白。抄写的时候，碰到不明白的字句，碧儿就请教相公，同时还会以外行的口吻提出些疑问或发表点见解。他山之石，可以攻玉。这些从外行的角度发表的见解，有时恰恰能引发马金堂的思索。那些局中人因为思维定势被禁锢了的、根本不可能闪现的思想火花，就这样不时会让马金堂给捕捉到。对碧儿所提问题的回答，有助于马金堂融会贯通前人零碎的思想，进而形成自己的观点、思路，甚至于思想。

这日，碧儿正在抄录《皇帝内经·幸问·腹中论》，忽见文中有"鸡矢醴"、"裤裆灰散"、"人中黄"、"人中白"、"类清"、"金汁"等，就不解地问道："夫君，这男子与妇人裤裆剪下烧成灰，亦或人的屎尿，果真可做药来治病？"

马金堂笑了，耐心地解释道："《皇帝内经》一直被医家奉为圣典，当做圣旨，其实谬误甚多。读这样的书，不能只是局限于它讲了什么，而要理解它的思想，特别是从易理、《道德经》和五行相生相克的角度来理解作者藏于文字背后的思想，而不能只看文字。医家讲究亲尝药效，鸡矢醴乃指鸡屎泡酒做药用，治鼓胀，可是何人又曾亲尝？既没有亲尝，说的再多，又有何用？用裤裆烧灰做药，亦不过是方家奇谈罢了。吾曾见李公子搜得一方，偷富人家之灯，置于不孕妇人床下，可得胎珠。这且不是败坏风俗，教人作贼不是？是故，朱子说：'尽信书，不若不信书。'再如《史记·扁鹊仓公列传》所载，长桑君授方扁鹊后，'扁鹊以其言饮药，三十日，视见垣一方人，以此视病，尽见五脏症结，特以诊脉为名耳'。说扁鹊按照长桑君所授，用'上池水'服其'禁方，怀中药'三十天，始能'望而知之'，看清人的五脏六腑，犹如神仙一般。这种功能，我看只要是人，就不可能做到。谁能看清楚人的五脏六腑？而且不用号脉，号脉仅仅只是装假做做样子？这自然是夸大其词，言过其实。身为医家，深知看病之难。我每逢问诊，总是把脉再三，唯恐有误，深知脉象之复杂，稍有差池即会铸成大错。所以对于所有妄称望而知之的神人，我是绝不会相信的。"

"哎，照你这样说，那这世界上就没有神医啦？比如扁鹊，他是不是神仙呢？"

"有没有神仙我不知道，我只知道孔子对鬼神敬而远之，子不语怪力乱神。就是说神仙的事可能都不靠谱儿。其实我知道，我们每个行医之人，都希望自己一觉醒来，就具有治疗天下所有疾病的神力。可那是不切实际的梦想，它永远也不会变成现实。我所知道的现实就是，我们只有每天努力努力再努力，每天都进步一点点，十年二十年后，积小胜成大胜，才有可能成为一个好郎中。但好郎中仍然不是神。而只要我们是人，就会有人的缺点和不足。神是无所不能的，而世上总会有我们治不好的病。可尽管如此，我们作为医者，面对病人的伤痛，永远也不能放弃医家的努力。"

碧儿听丈夫如此一说，心里对他陡增敬意。她欣慰地看着马金堂，觉得丈夫天生就是一块做郎中的料。当初他在徐家读经书，那么用功，却难见成效。现在习医，却是这样地如鱼得水。他对医理的见解，总是那么敏锐，那么深刻。药铺开张才没多久，他已深通医者之道，更已获得了几乎所有病人的信任和尊敬。换了他人，在他这个年纪，恐怕最多也只能打打下手，可他却已四平八稳地独自开店坐堂了。可见人和人之间的差别，比我们想象的要大得多。碧儿这样想着，眼神中就难免流露出赞许和欣喜。马金堂看着她神态的变化，猜出她在想什么，于是笑道："痴看啥呢？不认识我了怎么的？"

碧儿道："是啊，不认识你了啊！以前我只知道我相公是个好郎中，现在才知道你为什么会成为个好郎中。"说着，她理了理一缕散下来的头发，说，"你刚才说的这个永远不放弃努力的道理，让我从根本上明白了你为什么能做得那么好。你这样想，我就觉得我们马家的'定州眼药'店一定能够越做越大。"

"是的，做为医户，就是要不放弃努力。只要不放弃努力，就始终会有希望在。即使那些病到时也仍然治不好，可后面的人却能在我的基础上，再配制出新的药方去治好它们。所以我们不懈的研究和努力，它一定是有价值的。"

碧儿点点头，说道："相公你说得真好！就是这么个理儿！只是我还有点弄不明白，这些有问题的方子，你明知它有错讹，却还要去抄录它，是何用意呢？"

金堂答道："用意有二。第一个是提醒所有的后来者，只要从医就必须小心从事。试想连《皇帝内经》这类集大成的典籍都会出错,何况我们呢?而医者就是活人死人的人,一个疏忽就能害人性命,一旦出错代价太大,所以千万马虎不得。"说着,他端起茶杯,喝了口茶。

"那这第二呢?"

"第二,就是可作无用之用。医无全医,有时候安抚病人、免除病人的恐慌情绪,对病情的好转,也是有帮助的。疾有始,亦有终,大抵病人他日可自愈,此时虽然药无用,亦可安其心。"

这就是安慰剂的意思。碧儿听罢,顿时笑了起来:"原来你们郎中竟是如此医人之病的呀。"

金堂笑着说道:"当然有时也免不了安慰安慰病人。"想了一想,接着说道,"其实世上的所有事情,都是内行糊弄外行。你想一想,为什么要开安慰剂?因为病人病了,他不知道自己的病很快就会好的,他心里着急。此时来找郎中,本来就是希望郎中能够为他做点什么。郎中如果说,您请回吧,您这病不用治了,那病人岂不是要跳起脚来敲郎中的脑袋?所以聪明的郎中就不会说您请回,而只会开点没啥用也没啥害处的药,糊弄一下病人,安慰安慰他,好像自己为治疗疾病做过努力。几天后,病好了,郎中知道,那不是药的作用,但病人不知道,他以为是药的作用。这就是内行糊弄外行。只是作为医者,那是善意的糊弄。"

说罢,站起身,从旁边的架子上抽出《易经》,接着说道:"当然,这样的时候并不多。安慰之道,理出《内经》,再出《伤寒论》。但仍没超出《易经》。现如今,不少读书人,出仕无门,便拜良医,实为拿人命当儿戏。故庸医无道者居多,且皆儒门弟子。医的核心乃是养气。'气养不在治,治者亡羊补牢也。'"

他们就这样每天开门、打烊地过着自己的日子,碧儿每天来店里,瑶儿每天在家伺候公婆,还兼和仆人一起管几个孩子。时间过得飞快,一晃七八年过去了(其间碧儿又得了一个千金)。这年秋天,徐府忽然有仆人来报,说老夫人病了,想念两位女儿和外孙,希望两位夫人回家探视探视。

许久以来,因逼瑶儿再嫁一事,碧儿一直忌谈徐家庄。她们担心勾起金堂的心结。去年二兄徐再于会试及第,家人捎信来,她们也只是让仆人送了些贺礼去,自己也不曾回去过。可如今是母亲病了。母亲毕竟已是六十多岁的人了,人老思亲,况在病中!自己和瑶儿即使再顾及马金堂的感受,可也不能不念及母亲的生养之恩。这么长时间以来,姐妹俩为了金堂,也都没有回娘家,连孩子们都羡慕别人有姥爷、姥姥、舅舅、舅妈,几次三番地问她们,姐妹俩都没法给出满意的回答。其实她们内心又何曾舒坦过？

父母当初就算做得再错，可无论如何终究是自己的父母。现在母亲病了，碧儿不想再说什么了。她当即向马金堂提出，想和姐姐带几个孩子一起，回娘家去探望母亲。

都是人生父母养的，马金堂虽然发过誓再也不去徐家庄，可毕竟那么多年都过去了。现在岳母病了，徐家派人来接姐妹俩回去，他自然不该阻拦。姐妹俩都早已经是孩子他妈，徐家再也不可能弄出什么新花样。于是，他点点头，说了句"给爹妈多买点儿礼物，早去早回"，就没再说什么了。碧儿本来希望金堂也能够一起回去，一听这话，知道夫君还在记恨徐家。她心里不禁有点失望。

碧儿找账房先生支了十两银子，然后到北街好几家店铺里去买了一大堆东西。有给大人的，有给小孩儿的。东西置买齐全了，看看不缺什么，这才大包小包地拎着赶回家去。回到家里，先让仆人去向先生告个假，把在公学里读书的兆仁接回来，然后姐妹俩换了衣服，给三个孩子也换上，吃完午饭，就去跟公公婆婆告别。公公年岁大了，有些耳聋目昏，见她们俩要带上三个孩子一同回徐家庄，似乎放不下心。他挣扎着从炕上爬起来，拉着长孙的手，摸摸孙女的头，挨个儿看着他们，眼里满是依依不舍。碧儿于是干脆放下孩子，让两老挨个儿亲了个够。

跟公公婆婆告别后，姐妹俩带着三个小孩儿上了车。天已经有些晚了，她只有吩咐车夫跑快点儿。

孩子们从没去过姥姥家，一路上都兴奋得止不住地叫唤。出城后，见到久违的原野，碧儿的心情一下子就舒畅起来。当年自己多次走过这条路，那时她还是个不谙世事的少女，一个大户人家的千金。如今重走这条路，她转眼已是两个孩子的母亲。尽管现在才二十多岁，正是女人一生的黄金年龄，可时过境迁，当年一心一意考功名的金堂，阴差阳错，子承父业做了医家；她也早已没有了当年的幻想，有的只是实实在在的生活。她和瑶儿虽未能大富大贵，可日子也还算过得和和美美。两人每天相夫教子，自得其乐。她们自己还是很知足的，只是不知道见了爹娘，两位老人是否也能接受这个现实。

孩子们在马车里问一路，吵一路，还没到徐家庄，就把瑶儿碧儿的头给吵昏了。直至到了庄前，碧儿才让他们安静了下来。她对孩子们说，到了外婆家，第一件最为要紧的事就是要有礼貌，举止要得体，要像个大户人家的孩子那样稳重。见了人要笑，不要乱跑，乱动，谁不听话，就让车夫先把他送回去。

孩子们一听小妈说得这么严重，纷纷点头同意。

车到家门口，刚一停下，碧儿便下了车。两个孩子跟在她身后，一路小跑着跨进了大门。她没等瑶儿，也不管府上的下人，就直奔母亲的房间。瑶儿则支应着，徐府的仆人把车子上的东西都搬下来，径直送到徐老夫人的房间里去。

躺卧在床的老夫人听到女儿叫了一声"娘"，再一看是小女儿回来了，激动得一把就把碧儿抱住，口里叫着："我的好闺女，娘总算把你给盼回来了。为娘的可是想死你们了。"一边说着，一边一把鼻涕一把泪地把碧儿看了又看，同时还往门外望。看过碧儿，再一个一个地看外甥，一边看一边抱在怀里抚摸他们的头和脸。这时候瑶儿进来了，于是又放开孩子，和瑶儿抱在了一起，娘儿仨好一顿痛哭。哭完了，又拉着兆仁的手看了又看。看三个孩子一个比一个长得高，这才露出欣慰的笑容。问道：

"这些年你们过得可好？"

听娘问起这话，瑶儿忙叫丫鬟把孩子们带出去玩儿。孩子们一出去，娘儿仨的话匣子就打开了。

瑶儿告诉娘，自己和碧儿过得挺好的。自那年公公从西宁回来后，自己在家的主要任务，就是伺候公婆。两位老人身体原本还好，只是公公因为戍边，身体要差一些。他现在有些耳聋眼花，但大体上还过得去。公公一年总有几次要躺在床上，只是还不算太麻烦。家里本来就有仆人，自己做的只是些端茶倒水尽儿媳妇本分的事。徐老夫人看瑶儿太瘦，问是怎么了。瑶儿说这些年来总是这样。碧儿看娘问起这个，忙给她使眼色，可徐夫人老眼昏花，哪里看得清楚。因此说着说着，瑶儿就打住了。

其实瑶儿这瘦，就是上次回娘家怄气落下的。那次冲突之后，瑶儿回到定州，就大病一场，一病就是好几月。本来流产就对她打击够大的，再一病，身子从此就弱不禁风。瑶儿心气很高，要强得很，尽管平时话语不多，但是娘家出了这样的事情，她心里觉得对不起相公，更觉得没有脸在婆家再待下去。可是不呆在婆家又能去哪里呢？何况她又是那么深地爱着相公！因此没人的时候，她经常会一个人偷偷地流泪。到后来马金堂与徐家断了往来，她们姐妹俩就更不提回娘家的话。尤其是瑶儿，她表示坚决不回徐家庄。这次如果不是马金堂叫她来，她也不会来的。但是在内心深处，她没有哪一天断过对娘家的思念。私底下，她总是说女人命苦。娘家，婆家，都是女人的家，女人哪个家都割舍不下。如果两家关系好，那是女人的福，如果两家关系不好，女人夹在中间,那种感觉,比死了都难受。

好在还有碧儿的安慰,后来又生了孩子,这样瑶儿才总算挺了过来。但挺过来的瑶儿从此变成了一个沉默寡言的人。她觉得娘家亏欠了丈夫,因此只要是婆家人的话,谁说的她都听;好听的,难听的,她都听着。她每天只默默地承受着,默默地伺候着公婆。同时,只要是马家的人,谁的过她都往自己身上揽,轻的,重的,她都受着。仿佛只有如此,她才能减轻心中的罪过,才能赎清她们徐家的罪孽。

碧儿觉得她活得太沉重,所以总劝她不要这样。那又不是她的错,与她有什么相关呢?父母是有错,但那是父母的错,我们不用为父母的错而惩罚自己。可瑶儿不这么认为。她觉得只要是徐家的罪过,无论是谁的,都与她有关。当初她要不喜欢上马金堂,就不会有那场病;那样的话,她早就是知府家的儿媳妇了,也就不会有马金堂救自己那一出,碧儿和自己也就不会嫁给马金堂,更不会有逼自己改嫁而伤害马金堂的事了。夫君恨岳父母全都因自己而起,父母伤害夫君也同样是因她而起。这让她如何承受得了?何况她原本就是一个要强,而且心高的人呢?碧儿觉得瑶儿本不应该背负如此沉重的枷锁,应该把它放下来,轻松生活。如果能那样,她的身体就会好起来。可是瑶儿却是怎么也放不下来。

现在母亲提起这些,瑶儿一下子就陷入了沉默。于是碧儿赶紧接过话头,告诉母亲,说她们两个过得都很好。瑶儿生了兆仁,这孩子乖巧,又懂事,又听话。自己生了两个女儿,生了孩子之后,身体越来越好了。自从马家在北街开了定州眼药店、金堂开门坐诊之后,她每天都跟金堂一起到店里帮忙照料。母亲问她,那么一个大家闺秀,坐在店里,岂不是要抛头露面?她告诉母亲说,店里有前脸儿,还有后脸儿。后面有两大间房,自己主要是在后脸儿,偶尔有事,才去前堂。徐夫人听了,这才放心。

瑶儿这时也已缓过神来。她告诉母亲,碧儿提出去店里帮忙,那是因为看自己的身子弱,心疼姐姐,才把在家侍奉公婆的轻活儿留给自己。不过她每天这么跟金堂早出晚归,两个人的关系也越来越好,母亲大人的担忧大可不必。碧儿听瑶儿这样说,对着母亲疑问的眼神点了点头,同时告诉徐夫人说,那金堂是个好人。当初对自己有些不理不睬的,可自打姐姐那件事情之后,他对自己倒像好些了。生了孩子之后,他的态度更是有了天大的转变。现在,他们每天同进同出,早出晚归,两人反倒觉得像是离不开了似的。

徐夫人听了,叹了口气。她对瑶儿说,当初是爹娘做的不对,害了你了。

为娘心里不安呐。瑶儿一听,眼泪一下子就涌出来了,忙拥着娘道:"娘,您老快别这么说!"话没说完,却噎住了。徐老夫人也一把把她抱住,说道:"儿呀,哪有为娘的不心疼儿的呀?娘那样做,早就觉得对不住你呀!这些年,娘一直想跟你说说心里话,可一直没找到机会。上次本来你二哥中进士,想叫你来,想跟你说这个心里话,可是你没有来。娘知道你心里恨娘。今天娘把你叫来,就是要把这藏在心里的话全都讲出来,告诉你娘后悔当初做错了,请你不要记恨娘。往后,娘就是死了,也可以瞑目了!"听母亲这样说,瑶儿不由得把她抱得更紧,口中说道:"娘!您这是说啥呀!娘!您可千万别这么说!娘没有错,全都是女儿我不对!女儿我从来也没有怨过娘,哪能让娘您给我赔礼呢?女儿我惹娘您不高兴了,我没有来看您老人家,这全是我的错!今天我就是来请娘您原谅我的!"瑶儿这么说,碧儿慌忙给徐老夫人跪下:"娘,这不是您的错,是我们的错。碧儿不孝,今天我们姐妹俩带着孩子来看您老人家,就是来请您原谅我们的!"

母女三人再次抱头痛哭,心中那结了多年的疙瘩,终于解开了。

徐夫人问瑶儿,马金堂是不是有些冷落了瑶儿。瑶儿摇了摇头。他们在一起的时间是要少些,可她知道,在一起的时候,两人之间过去的那种感觉还在。碧儿说,要说呢,瑶儿和马金堂的关系的确比从前要差点,但他们之间的那种感情的确还存在。差点的原因,还在于瑶儿的身体。从前是青年男女两情相悦,婚后毕竟是一大家子人在一起过日子。金堂毕竟还年轻力壮,他倒是对我讲过,如果总是跟瑶儿在一起,太儿女情长,他怕瑶儿吃不消。他跟瑶儿在一起的时间少点,倒是对瑶儿的身体更好。他对瑶儿可是怜香惜玉。徐夫人听碧儿这么说,就拿眼睛望向瑶儿。见瑶儿点了点头,也就没再说什么。

瑶儿和碧儿问怎么没看到父亲,还有二哥的家眷是否也在家?如果在家,想见一见。徐夫人摇摇头,说徐再于中进士后,先在京城翰林院做编修,后来又与曹圣人的孙女结了婚,在京城有处宅子。碧儿忙问,这演的是哪一出?当初曹圣人娶迎儿做妾,现在是二哥娶她孙女做媳妇。这不是乱了辈分吗?徐夫人讲,迎儿都不在了,哪里还乱什么辈分?碧儿忙问,那迎儿撞死在他曹圣人家,他该不会怨恨咱徐家吧?徐夫人说,他自然怨恨了。只是后来你爹花了两千两银子,买了定州城唱曲儿的头牌送给他做妾,再送他一千两银子,他才没事儿。后来你二哥考科举,他既没当主考官,那考题也不是他出的,因此你二哥考中一甲前十名,那是你二哥的本事。自打你二哥进了翰林院,他就让人请你二哥去他家,要和咱家结亲。又修书一封,还派管家亲自把信给你爹送来,我们才派人去曹府提亲,你二哥这才成为他曹家的孙女婿。

　　说到这里,母女三人不禁感叹万分。真的是三十年河东,三十年河西。曹圣人当初那么嚣张,没想到自打徐二公子进了翰林院,这两家的形势顿时逆转。由此看来,科举的确可以改变人,改变双方的力量对比。只是徐夫人有点不明白,他儿子再怎么说,那也只是个小小的翰林,平时只干些抄抄写写的活儿,那曹大人毕竟是一品大员,怎么会回过头去对再儿那么好呢?碧儿就说,这翰林小虽是小,可太子的老师,太师,太傅,还有侍读,侍讲什么的,往往都从翰林中产生。人一做了翰林,最后往往就容易当上太子的老师,一旦当了太师,太子一继位,那太子的老师可就要入阁了。要是做了内阁首辅,那天下的事,可就得由他来裁决了。像首辅张居正、张四维、申时行,还有张居正之前的高拱,都是翰林出身。

　　这么一说,徐夫人似乎明白了。

　　碧儿看母女说了这半天,还不见父亲来,忙问爹爹在哪里。老夫人告知,徐老爷带着管家出门到佃户家收租去了,明天才回。想到父亲这么大年纪,还要出门做事,碧儿鼻子不免一阵发酸,止不住眼泪又在眼眶里打转。

　　徐夫人告诉她们,自从徐再于跟曹小姐结亲后,她们的叔婶也去了京师,捐了一个闲职,在京城附近买了座宅院。徐府上下几十口,老的老少的少,没人可以指望。这收租的事,老爷也得参与。虽然有管家和仆人帮衬着,不算亲力亲为,但那也实属无奈之举。

　　姐妹俩没想到,二公子仕途如此顺利,父亲却也没有落得享清福。大哥外放做地方官,远在四川,父母不愿意去。二哥虽是京官,贵为翰林,却跟家里隔得远。现在很多事都得父亲出面。快七十岁的老人,哪里受得了?早知如此,何必当初。夫君金堂虽无一官半职,白天开铺子,晚上回家孝敬父母,一家人将公婆伺候得妥贴周全,日子过得又何尝不如爹娘?如此看来,也算是有所失,必有所得。

　　于是碧儿问:"只要二哥仕途好,我们姐妹俩也就放心了。这些年什么都好,只是挂念爹娘身体。不知母亲得的是什么病?可曾请过医生?"

　　徐老夫人说:"并无大碍。只为人老,常不愿动弹,知道你们生娘的气,不愿回家,今带信让你们回,就是想看看你们,看看外甥。娘的身子好着呢,只是一个小感冒。娘想或许死前能见你们姐妹一眼,没想到老天开眼,让你们姐妹都回来了。"说着,眼睛又红了。两姐妹忙劝母亲不要伤感,说既然都回来了,就是好事了,好事伤哪门子心呐?徐夫人说,我这哪里是伤感?我这是高兴，见到你们两个都好，还有添了那几个小宝贝，我高兴都来不及了呢，哪里还会伤心？不过碧儿因为每天跟金堂在药店里，倒懂得一些粗浅的医学常识。她说母亲的身体虽然不用担心，但是，现在年纪大了，也大意不得。老年人一般都不怕眼前的病，而担心因为眼前的病，引发其他的病。因为人年纪大了，身体机能差，有时病拖久了，引发其他的病，那可就不好办了。于是她就让人喊来小管家，叫快去请郎中来给老夫人瞧病。说只要病看好了，我们到时有赏，病看不好，你和你爹都老了，就别在我徐府做了。小管家一听，慌了，忙叫人去请郎中。心里说道，二小姐怎么变得这泼辣了。当年还是个小姑娘，如今这哪是当初能比的。碧儿一眼看穿了他的心思，变色道："家里只有两个老的。我娘病了，你们也不请郎中，你们早就想翻天了不是？如今我回来了，如果再像当初那样只是做个娇小姐，当好好先生，你们不把我徐家拆了卖了，我就不姓徐了。你告诉大家，今后谁再偷懒耍滑，别让二小姐我知道，知道了，一顿板子，立马赶出去。看看他们一个个几十年的老脸，到时往哪儿搁？"

小管家立马把下人都召集到一块儿，让大家都打起精神，勤快着点儿。说如今那二小姐可不比当初。两姐妹嫁到定州十来年，大小姐现在是个活菩萨，二小姐现在是个捉鬼的阎王，谁不努力做事，一旦被二小姐知道了，一顿鞭子，赶出徐家大院，到时他可管不了。下人们一听，都知道这几天少不得起早贪黑一点，只要把这个二小姐糊弄回定州了，那家里就什么都好办了。

两个女儿回来，老夫人精神也就好了许多。于是下床，指挥仆役张灯结彩，摆起家宴。母女三人难得聚首，该让徐府上上下下都热闹一番才是。

开了席，老夫人、瑶儿、碧儿，还有三个孩子一一入席，凑成一桌。老夫人一向疼爱碧儿，从小到大数她最聪慧，最惹人喜欢，家里缺少她便不热闹。这回姐妹俩又带回了三个孩子，让徐府上下人气顿时旺了许多。她就让姐妹俩在家里多住些日子，明日老爷回来了，再摆酒宴。她一定要让俩闺女感觉到家里的好处，爹娘的温暖。

席间，瑶儿言语比从前更少了。瑶儿打小话语就不太多，喜欢舞文弄墨，是个多愁善感的才女，现在的话语更少了，人也更瘦了。那些听过小管家训话的仆人，一看瑶儿如此，倒觉得这大小姐竟有些让人怜。二小姐是个惹不得，大小姐是个随便惹。只是有这个二小姐跟她在一起，她一样就是个惹不得。于是众人就将那玩闹偷懒之心，都收敛了起来，好生伺候着这一家老小。

第二天，徐老爷和管家等人回来了，家里再摆家宴，又是一番热闹。第三天,碧儿让瑶儿带着两个大点儿的孩子先回,毕竟兆仁在读书,家里公公婆婆面前没人,离不开瑶儿。她准备在父亲眼前再呆两天,然后再回定州城。那些听说她们要回去而松了一口气的仆人,少不得又打起精神。心想你总有一天要离开,我们总会把你这个活阎王熬回去。

第四天是碧儿准备离开徐府的日子。这天卯时已过,一个叫做王本五的下人还没有来应差。碧儿叫管家拿来名册,让众人集合,然后一个一个点名。点到王本五,没人吱声儿。碧儿再点了一遍,还是没人。于是就拉下了脸,叫小管家带人,去把王本五"请"来。小管家带着两个仆人,到了王本五家,他还在床上睡觉。于是就把他架了过来,衣服还没有穿齐整。定州的秋天,早上还是有点冷的。那王本五没有穿外衣,下身只穿了个大裤衩,冻得有些发抖。见了二小姐,他慌忙跪倒在地,哆哆嗦嗦地说,请二小姐开恩,小的知错了。那碧儿叫管家拿了套衣服给他穿上。众人正奇怪着呢,心想这二小姐怎么也变成活菩萨了。没想到衣服一穿好,她立马拉下脸来,说道:"我本是嫁出去的姑娘,俗话说,嫁出去的女儿,泼出去的水,徐府的事呢,原本不该我管,我本来也不想管。无奈两位兄长在外,鞭长莫及,我们两姊妹呢,又嫁在定州城。家里只剩下爹娘两个老的,再就是你们几十号人。要说这家里事多也多,每天总有那么些事。可要说这家里事少也少,你们来与不来,也没有人管,好像也不会少个什么。既然如此,那么看来大家都不想干了。如果有不想干的,早吱应一声儿,我虽然嫁出去了,这个家我还能做得了主,只要你们提出来,二小姐我一并同意。天下三只脚的鸡找不到,两只脚的人到处都是。"然后提高了嗓门儿道,"你们有谁不想干了?"嘴里说着,眼睛一个人一个人地看过去。

众人没有说话。碧儿就问管家,想不想干。管家说,回二小姐,想干。于是问小管家,想不想干,小管家说哪有不想干的道理?于是指点着,一一问众人。都答想干。再问王本五,王本五浑身颤抖着,说想干。碧儿就说,我看你哪里想干,你不是想睡觉吗?王本五回道:"回二小姐话,小的老母病了,照顾老母,昨儿个晚上三更才睡。今天早上睡迷糊了,所以起晚了。请二小姐恕罪!"碧儿说:"还在撒谎!你当我是十几岁的孩子呢。"王本五就说:"小的的确没有撒谎,小的老母确实是病了,不信你问管家,我昨天跟他说过了。"管家忙说:"回二小姐,王本五昨晚的确跟我说过,他老母病了,要照顾。"碧儿杏眼圆瞪道:"你是起晚了吗?我看你是根本没有起来吧!你要是起晚了,还只穿个大裤衩子吗?这不是睁着眼睛说瞎话儿是什么?"说着,将手上的杯子重重地往前面的几案上一放，道，"给我拖出去，打二十大板！着革去本月粮米，赶出徐府！"王本五一听，慌忙给二小姐直叩头，直叫："二小姐，开恩啦！开恩啦！二小姐！"老管家一听，慌忙跪下道："二小姐，念他初犯，念他老母有病在身，请二小姐手下留情！"众人一听，齐刷刷跪下道："请二小姐手下留情！"碧儿道："呵呵，你们心还蛮齐的哈。做事怎么没这么齐心？我给他留情，谁给我留情？他母亲病了和他睡懒觉，那是两码事。你们别跟我往一处扯。"说着，转过头来，对管家道，"他母亲病是真的，他是个孝子，念他母亲病了要他照顾，今天我就卖你个人情，二十大板免了，本月粮米也不用革了。"然后拉下了脸，斩钉截铁地说道，"立即赶出徐府！再有人来求情，与他一样处理！"众人一听，再也没有谁敢吱声儿。王本五被赶，还得给她磕头，谢谢二小姐宽宏大量。碧儿听了，就对王本五说道："你出去吧。"待王本五出去了，回头对各位仆人道："我知道你们放鸭子放惯了，家里大哥二哥在外，叔叔婶婶在京城，老爷太太年纪大了，好糊弄不是？那么我就告诉你们，好日子今天就到头了。今后谁再敢犯事儿，只管来就是了。我倒要看看是你们的饭碗重要，还是偷懒耍滑重要。"于是叫大家一起听着，把自己重新制定的规矩讲了一遍，还把昨晚就写好了的约法十章，叫管家张贴出来。说咱现在可说好了，管家的任务就是管理大家，对管家的管理，由老爷、太太进行。她会每月来徐家庄几次，什么时候来，不知道，什么时候走，也不知道，反正不定期来，不定期走，查到谁就是谁，绝不留情面。谁要是觉得自己的老脸值钱，谁要是老脸没个地方搁，只管冲她来就是了。说完，起身，告别爹娘，抱起最小的孩子，上了车，回定州城去了。然后只要药店里不忙，她就隔三差五地回一趟娘家。自此徐府上下倒是兢兢业业，直把个徐府管理得井井有条。

第十三章

杨红升嫁入马家门　妻滕妾商议尊卑序

却说碧儿每日随金堂打理店子,已成人的小叔马金玉,也到铺子里去帮忙,跟兄长学医。瑶儿和弟媳则在家伺候公婆,督促孩子们读书。金堂考虑到瑶儿体质弱,就请来一位老秀才,每天上门来给孩子们讲半天《三字经》、《幼学童蒙》等,这样也可能让瑶儿轻松一截。

既是开门行医,找上门来医病的自然是各色人等都有。对于穷人,马金堂总是格外关照,往往只收半价。有时即使对方一文没有,他也照样给病人瞧病,临了还要送上几副药。定州一带,很快远近都知道,那北街有一个菩萨心肠的马郎中,名气大,医术高,对待穷人好,于是定州眼药店的名声就越来越响,越传越远。

这一天傍晚,碧儿正准备让小叔子关门打烊,突然来了一个气喘吁吁的老翁,披头散发,全身上下都是破衣烂衫,脚上连双鞋都没有,一看便知是个穷人。正在清理药柜的马金堂,见他疾步如飞,不像是病人,忙问他有何事。那老翁"扑通"一声跪在他面前,说老伴病倒多日,本以为可以拖几日挨过去,谁知今天中午突然发作,口说胡话,求马郎中发发慈悲,上门去救救他老伴。

马金堂扶起老翁,问他家在哪里。老翁如实相告,他家在城南,离定州城约有两个多时辰的路。马金堂又问了老妇的病症,说不知自己是否瞧得了,况且这路途遥远,到了他家,肯定是后半夜,又不知是否能雇上去乡下的车。于是就有点犹豫。

谁知老翁告诉他,自己不仅没有雇车的银两,就连抓药的钱也都没有。他再次跪下,求郎中救一救自己的老伴儿。说他这也是没办法。郎中若是不答应,他便不起来。

这可让马金堂感到为难。碧儿和小叔子站在一旁，也不知如何是好。太阳已经落山，路又远，又没车，半夜不知能否赶回。碧儿也是担心夜里回不来，不安全，就一个劲儿地劝老翁起来。可那老翁就是跪在地上不动。无奈，马金堂只好答应随他走一趟。于是扶起老翁，收拾好药箱，便跟碧儿和弟弟告辞，让他们早点回去。说自己去去就回，晚上也不用等他。

　　马金堂过去也不止一次出过城，不过走这么远的路，还是头一遭。出了城，天也就黑了下来。他深一脚浅一脚地跟着老翁，感觉那夜路越走越长，最后连脚下的路都看不见了。那老翁越走越快。也不知走了多远，估计已近子夜时分，老翁终于在一间黑乎乎的土屋前停下了脚步，告诉他，到了。

　　老翁钻进了土屋，马金堂便听到长短不一的"嗯—嗯"的急呼声。老翁点燃了豆油灯，转身请他进去。马金堂在外面听到老妇急促的声息，知道她阳气还在，估计坚持两日不会有问题，于是就进了屋。微弱的灯光下，老妇蜷缩在地炕的一角。土屋里除了一张破旧的木案外，什么都没有。墙角落铺得有草，那就算是地炕。

　　马金堂放下药箱。老翁将老妇深埋的头扒过来，给他看。说今天一早便觉得不好，午时开始胡言乱语，现在只怕是胡言乱语的劲儿都没了。

　　马金堂虽然看不清乱发下面那张脸，但从那猩红色的颈项，感觉是狂燥热病发作。于是替她把了脉。尽管脉象有点乱，却也不会一时要命。那老妇又出现欲再次发作的迹象，扳手蹬脚，却因过度虚弱，体力耗尽，只"嗯"了几声，便又平息了下来。

　　马金堂给她扎了几针，放松了她全身的筋骨；又扎了她的虎穴，让她两手松拳；又扎了一针天地穴，让她彻底安定了下来。最后，他给老翁开了化瘀去热的药，让老翁即刻跟随他到定州去抓药，同时告诉他，每副药熬煎三次，每次让她将药喝尽，三日后，即可好转。

　　老翁看着亦已平静下来的老妇，终于感到得救了。他再三谢过马金堂，说马郎中的大恩大德，永世不忘。他又从瓦钵儿里给马金堂盛了点野菜粥。那味道和猪食差不多，吃进去就让他想吐。可他晚饭也没顾得上吃，肚子实在是饿了，因此强忍住喝了半碗。那老翁还要再给他添点儿，他知道老翁跟他一样，也没吃晚饭，就实在不忍心再吃，只让老翁吃了。

　　老翁想让他留宿，准备给他在土屋的另一角铺点儿草，权且对付一夜。可他惦记着家，就拒绝了。于是两人便离开老翁家。快到定州城，天已经快亮了，他实在走不动，就让老翁先进城，到他家药店里去抓药。说他想在城外歇息一下。老翁找到定州眼药店,抓了药,又"扑通"一声给马金玉跪下,再三谢过,这才回了家。

却说马金堂别过老翁,停下来后,就一屁股坐在地上。一会儿,又躺了下来,这才发现露水很重。但他实在不想起来,人就枕在那药箱上。大约过了半个时辰,突然听到野地里传来了两个男人的说话声。他侧转头,看见两个男人扛着个东西正往他这边来。离他三四丈远,两人将那东西扔在了那边的空地上。休息了片刻,便听得其中一人对另一人说:"时间不早了,还是早一点儿进城,天一亮就把东西弄出来。"

说完,两人起身,从来的方向返回去了。

马金堂吓出一身冷汗。看样子,这是两个强人,那扔在地上的一定是强人的赃物。他本想躲远一点儿,突然发现那地上的东西是个活物。抬起头,见那两个强人已经消失在前面的蒿草中,于是便爬过去,想看个究竟。

那东西又挣扎了几下,他才看清楚,原来地上躺着的是一个手脚都被捆住的女人。他又吓了一跳。多一事不如少一事。他本想离去,那捆在地上的女人似乎感觉到了他,"唔、唔"地冲他嚷着。看着对方痛苦地挣扎的样子,他又起了恻隐之心。

他返身走过去,人蹲下来,帮她拔出塞在嘴里的汗巾,又解开了蒙住眼睛的丝带,这才发现是个年轻的女子。那女人喘过一口气,求救道:"求求相公,救救小女子。"

马金堂扶起对方,惊异地问道:"敢问姑娘,这是为何?"

那女子呜咽着哭诉道:"小女乃广平府人,去年随父到了定州,做瓷器买卖。咱家在东市买下了一所宅院。不料年初,父亲病死在去镇江的途中。原房主欺小女孤苦无助,要收回房子,说房子只是租,并不曾卖,还勾结强人将咱绑到这里,准备拿走东西后,再来处置咱。那两个强人现在正回咱家去取东西。"

听女子说到这里,马金堂立刻帮她解开了绳索,让她赶快逃命,或是去官府告发东家勾结强人。说恐怕过不了多久,强人便会转来。

那女子却说:"官匪历来是一家。现在咱家马上就要被强人洗劫一空,天一亮,强人早就跑了。咱孤身一人,在这定州,纵算逃脱了强人之手,又如何去告那房东?又哪里去找证人,证明是他勾结来的强人?"

女子如此一说,马金堂才幡然醒悟。官府衙门八字开,有理无钱莫进来。她一个弱女子,又告得了谁?于是他只好岔开话题,问她做何打算。

小女子说自己年幼丧母,镇江是她的老家,可是亦无亲人。如今一无所有,房子也让人占了。她自是走投无路,哪有什么打算。

这里终不是久留之地,强人说来就来。马金堂劝她说,城门马上就要开了,要不还是先进城去,先回家看一看,看看还留下了什么没有,再做打算。女子想想,只能如此。于是两人起身,速速离去。

两人刚走到城门外,大门已经开了。马金堂不知那强人是如何将她弄出城的。那女子告诉她,强人爬城墙。先一人上去,再一人捆上她,吊她上去,再将她从城上用绳子放到外面来。马金堂叹服说,这强人本领真大,竟可将人偷出城。进了城,去了东市,回到女子家中一看,里面已经空无一物。估计待一会儿,那原来的房主就会前来占房。无处可去的她只得求马金堂带自己回他家。她说她听说过马郎中,说自己情愿到他府上去做仆人,或是将来择一户好点的人家,将自己卖了去,也强于被那伙强盗劫了去。强盗劫了她,闹不好还是要被卖,与其给强人卖,还不如让他这个好心人去卖。

马金堂一听,心就软了下来。说自己断然不会做出那样的事情来。既然如此,且先与自己回去,再从长计议。

一直在为马金堂担心的姐妹俩,一夜没合眼。天亮后,听到敲门声,忙去开门。迎进院里的却是一男一女两个人。瑶儿没说什么,碧儿脸上已有不悦之色。

进了大堂,那女子便给瑶儿碧儿跪下,说明原委,求夫人收下自己,作个身边的使唤丫头。碧儿这才消了气。见那女子生得十分伶俐,觉得留下她来,自己也就多了个帮手。当即问瑶儿,见没有意见,就答应去跟婆婆说,收留下她。至于她在家里做什么,那以后再说。直到此时,马金堂才知道,那女子姓杨,名叫杨红升。

瑶儿立刻吩咐下人开伙做饭。饭后,便将红升安顿下来,让金堂好好休息。出城折腾了一夜,又是惊又是怕的,只得好好休息,先补个觉再说。

午后,瑶儿便带已收拾齐整的杨红升去见公婆。那老夫人见了干净利落的杨红升,十分欢喜。瑶儿悄悄告诉老太太,碧儿离开的时候,跟她说过,想给金堂纳房妾,不如让杨红升给金堂做妾。婆婆听了很开心,忙称赞她们姐妹俩到底是大家闺秀,知书达理,明事理。又问杨红升愿不愿意。那杨红升的脸都臊得红透了,忙低头,转过身去。老夫人知她同意了,就说,现在要添新人了,那么她们之间相处,还得有个礼法,妻妾有序。日后也不会只是她们姐妹俩的事情了,因此要有个规矩。只有定下名分,才能夫妻和睦,家族安宁。这对日渐家大口阔的马家，非常重要。家里以后还会再添人丁，碧儿也不宜总在外面抛头露面，那样太不合礼数。瑶儿是大家闺秀，读书明事理，对这些要详加考虑。

老夫人说得虽然含蓄，瑶儿是个明白人，当然明白老夫人的意思。尽管婆婆让自己当家作主，可在老夫人的眼中，碧儿才是她马家最为重要的儿媳妇。因为她们出嫁时，碧儿是个活蹦乱跳的人，她则生死未定，她婆婆是冲着碧儿才同意娶她的。况且瑶儿只生了一个孩子，没再生育，身体也不好，而碧儿生了两个女儿，最近又怀上了一个。好在碧儿是自己的亲妹妹，当初是为救她来到马家的。因此，即使碧儿当了妻，自己做了妾，她也不会不高兴。金堂这些年来，也不给她们定名分，实则是怕伤了她们两个的心。现在婆婆让她定名分，名义上是让马金堂纳妾，实为提醒她要有礼数，不能逾越妻妾的本分。她当然明白这个道理。

下午，马金堂起了床。碧儿牵挂着夫君，早早地就从北街回家了。待金堂洗漱完毕，吃饭的时候，姐妹俩便带杨红升一块去见金堂，告知老夫人的吩咐，让碧儿与金堂商议，定下各自的名分，以免外人非议。

碧儿自是处处将姐姐放在前面，说道："这又有什么好商议的。虽说夫为妻纲，可夫君宠我姐妹，哪样事不都是由我姐妹做主的？长幼有序，姐姐自然是妻，妹妹是妾。妹随姐嫁自古便有，也合今天的礼法。难道还有让妹作正室姐作侧室之礼？"

瑶儿则以为，这是婆婆的意思。碧儿是马家三媒六聘明谋正娶的妻，自己随碧儿嫁过来，在礼法上自然是绝不可为妻的，否则马家且会授人以笑柄。至于她们姐妹情深，夫君对二人宠爱有加，那是关上门后的事，对外则不可乱纲常，违礼数，自然要定下尊卑顺序。且以后碧儿作为正妻是万万不可再去北街店铺的，这一切皆为马家在外的名声所系。

碧儿见此，只得说："既然如此，那碧儿对外暂称妻，在家中实际上还是作媵妾，以姐姐和夫君为重。若有不周之处，还望姐姐原谅。"

瑶儿又再三请金堂表态，认了这个名分。姐妹俩既如此协议，他自然无异议。只是让杨红升作姬妾或婢佣皆不合适。杨是良家女子，完全可以嫁作人妻。只不过现在遇到劫难，父亡，家产为强人所夺；自己虽带她回家，实为暂且收容；日后可帮她找个媒人，说一个好人家嫁出去，也算是将好事做到底。而他自己并无纳妾之意，更不会趁人之危，强人所难。

马金堂还在推辞，一旁的碧儿见杨红升从进门开始便低头无语，对瑶儿又敬畏有加，便知对方内心早有捐妾身之意。于是从旁侧击说："夫君虽无此意，可你俩在野外相识，且有救命之恩，今杨姑娘命犯孤魔，在世上无亲无靠，纳了她，也好让她有个容身之所，否则她已成年，又非妾非佣，在马家且能长久？"

瑶儿也认为碧儿说得在理。让她不明不白地住在马家，反而生非议，不如正式纳了她，也让里甲村社，无从置喙。这才是长久之计。否则，马家如何安顿她，又何时能将她嫁出去？她也是良家女子，遇到如今这种情况，只怕嫁一个大户人家做妻室很难，若下嫁到上无片瓦，下无立锥之地的佃户，只怕她也吃不了那份苦。一旦嫁了个酒鬼赌徒，兴许还会被夫家典卖到别人家去做玩物。历经坎坷，吃尽苦头，到头来还不如被马家收留，纳她为妾，图个安生。

马金堂苦思冥想，良久，乃说道："这事我也在考虑，知道办妥不易。马上就要到秋季岁贡，估计我那蕲春的兄长，今年一定会来。这些年他遍访全国医家，不辞艰辛，可能至今未娶，那正好可以将杨姑娘许配给他。如此一来，杨姑娘既有了去处，我也为兄长的事业尽一份心，出一份力，且不是两好合一好！"

瑶儿问："若是兄长已娶了妻室，则又如何？"

马金堂道："也可以让他纳杨姑娘为妾。杨姑娘商贾出身，从下江随父来北方，还在广平呆过，也算是见过世面。她正可为兄长的事业出一把力。"

话说到这里，杨红升再也忍不住了。她说如今天下不太平，礼崩乐坏，人心不古。妾奴贱不如畜，典妻租妾，逼良为娼，十之有半数。自己之所以一直未嫁，原是为了寻一个好人家。如今流落至此，行事仓促，万一不慎嫁给一个不良之夫，万般踩躏，反倒不好。今日自进了马家之门，见姐妹贤德，共侍一夫，相敬如宾，互相礼让，而夫君温良敦厚，不悭吝，不贪恋女色，夫妻恩爱备至，是可托付终生之人。自己就算不能做姬妾，做个奴婢也是心甘情愿。只为能留在马家，总比到别人家伺候刁蛮难缠的恶婆蛮夫强上十倍，哪有另择人家之理。她心酸地跪在两位妻妾之前，望她们能收容自己做妾庶、婢女皆可，而不是客居马家待日他嫁。自己一定会尽心尽责，伺候好二位夫人和各位，任劳任怨，做牛做马一辈子。

瑶儿和碧儿没想到这杨红升这般明事，还这般果敢，胆大。她们自然理解她的担忧。身为女子，即使出身豪门大户，一旦流离失所，那一生也就是命运多蹇，难保平安。何况她是一个父母双亡的孤女，就更没有办法掌握自己的命运。

既如此，两人便扶起杨红升，一起恳求夫君留下。当然不是做奴婢，而是纳她为妾。不久后，若李公子果真来定州，让她也看上一眼，如认可，马金堂再将她转赠给兄长做妾不迟。若无意，那就留下伺候金堂。依她的能力，将来帮助打理铺子，应该没有问题。总会强似她们抚琴作画、吟诗作赋的姐妹俩。

　　如此这般，马金堂终于折中依了姐妹俩，暂时收留杨红升做佣人，日后可去店铺里打下手，免得事事让碧儿亲力亲为。

　　碧儿见金堂松了口，满怀欣喜。可瑶儿想得更多更深。她说道："红升早已年过二八，绮年玉貌，又是商户出身，便少礼数约束。人之有大欲存焉，作佣人身份既低下，又无与夫君同床共寝的机会，且不熬煞她了。我姐妹共侍一夫，妻不妻，妾不妾，已嫌夫纲不振人言可畏，故而还望夫君正式纳了她，不给外人空隙可乘，也不妨碍夫君将其赠与兄长。成不成还需看红升的态度。"

　　碧儿最后替夫君定夺，并行契文，立下妻滕妾三位之名分，藏之箧笥。择日为红升行纳妾之礼。红升再次谢恩二位夫人。

　　当夜，瑶儿便让红升替下内室的奴婢，给夫妻侍寝。妻妾之道，最忌猜疑。让那杨红升看了个透彻，既有名分，便行名分之实。只有如此，三人才能齐心协力帮夫助夫，让夫君一心一意做好生意，不分二心。

　　旬月有余，在瑶儿的操持下，正式纳了红升。邻里街坊无不羡慕。说这马家的妻妾姐妹，深明大义，贤达淑惠。大家认定马家将来一定会生意兴隆，人丁兴旺。马大人马夫人看在眼里，更是喜笑颜开。

　　商户出身的杨红升，到了马家不久，便让马家看到了她做生意的才能。因为马金堂经常要出诊，她便协助马金堂，将那些常用的药方都分包好。有人上门问了病情，便可直接取药。而作为马家治眼疾招牌药的那个外用方子，杨红升则帮助丈夫将药制成药粉，病人可以直接使用。这样不仅方便病人，还能确保马家的药方不流失，不外传。马家既不用担心有人抓了药回去，不会制作，更不用担心其他医家托人抓药偷秘方。研成粉末后的外用眼药，只怕神仙也无法弄清楚到底其中有哪些药材。这治眼疾的秘方，不仅有宫廷的配方，还有祖传下来的验方，以及当代寻来的奇方。作为世代医户，既靠行医谋生，杜绝了仕途之念，那就应该想方设法，保住治眼疾的方子，不予外传。这样才能传之久远，马家的子孙后代也就能够靠这秘方挣钱活命。

　　马金堂见红升颇有经商头脑，店上的生意也越来越好，几个人都忙不过来，不由得深信她一定会造福马家。这说明瑶儿和碧儿姐妹俩没看错人，自己纳她做妾算是纳对了。

为此，马金堂不得不扩大了店面。他让赵六九的孙儿赵两钱到店里来干活儿，又接连添了两个人手，于是，定州眼药店便成为了北街上最大的一家店铺。

马金堂每日在前堂忙，杨红升差使伙计在店后忙得不亦乐乎。细心的杨红升，还发现许多有钱的主子，经常拿着别人家的方子到店里来抓药，且多是滋阴壮阳大补之药。这些药贵却不容易进货。她便与金堂商议，对这样的客人，不宜廉价销售。他们每日都要免费地给穷人贴钱送药，生意越好就送得越多；送得多了利润就薄了，没有利润，经营是很难长久维系的。因此，她觉得贴补出去的药钱，应该从这些大户人家的用药上挣回来。马金堂说，如果这样，那岂不有违"货真价实，童叟无欺"做生意的古训了吗？杨红升道："那很简单呐，你是行医之人，你可以给他们拿拿脉，再根据各人的情况，把他们药方里不利于身体健康的、功能不合适的药增减一两味，我们再把药给他们制成丸药，卖丸药不就成了？但是我家增减一两味药后的药方，我们不给他们。今年货难进，我们借此可以加点价，再借调方和做丸药的机会加点价，这就很公道了。既有利于他们的身体，也有利于我们的生意呀。"

马金堂还在犹豫，杨红升就说，他们是有钱人，他们对药价贵几钱银子，并不会很在意的。他们到我马家来抓药，看中的是我马家进的都是好货，用的都是正药。既然我马家的药好，那就该比别人家的贵点，这才是正理。

这红升可够精明的。马金堂当然明白她说得有理，就答应按她说的办。于是，每当富贵人家公子派人来抓壮阳药，马金堂便说明现有药方中某一两味药可能对对方身体不好，不如让对方来药店，先给他们号号脉，然后另拟新方，再制成丸药后送给公子。这一项举措，就让店里经营利润大增，他们再也不用担心给穷人送眼药送不起了。

第二年秋天，李公子进京纳完岁贡，果然又来定州看望干爹。李公子看到马金堂接过了父亲的手艺，开店行医，生意十分红火，很是高兴。马金堂也没有忘记自己曾经说过的话。他让瑶儿在家安排酒宴款待兄长，并特意让红升从店里回来陪李公子喝酒。

听说红升是打理生意的一把好手，李公子赞美有加，恭喜兄弟，纳了这么一个能干的姬妾。马金堂则关心兄长家室。兄长告诉他，现有一妻一妾。这就是自己这两年没来看望干爹的缘故。他羡慕地说，马金堂不仅有两妻一妾，且每个妻妾的容貌才干，更胜常人一头。马金堂则开玩笑地说："兄弟我送一妾给兄长如何?"

一旁的杨红升知道丈夫说的是自己,急得在桌下使劲儿地踩了丈夫一脚。马金堂猝不及防,不禁失声地叫了声"哎哟"。李公子看在眼里,哈哈大笑。他端起酒杯,一饮而尽,然后回绝道:"老弟的心意,为兄我心领了。君子成人之美。红升妹妹对兄弟情深似海,做兄长的成全你们都来不及,哪能做这等无理之事?"

李公子告诉马金堂,自己这些年走遍了中原的名山大川,寻访了诸多名医,也收集了好些奇方。伯父李时珍的《本草纲目》已经刊行快三年了,他把好些药方也给了伯父,有的已见于《本草纲目》。今见干爹兄弟一切都好,自己也就放心了。因为家室拖累,日后来定州的机会定会少些。马兄弟如有兴趣,也可以拿去一些药方,那样或许对马家有些帮助。马金堂说自己现在一切都好,让兄长回家后,把那些药方抄一份寄来,自己在这里先行谢过。一旁的杨红升突然插话说:"我听人说,蕲州乃风物宝地,盛产药材,尤以治风寒的蕲蛇闻名。我家药店生意虽好,实为货源不足,不知兄长可否提供帮助,也好让我们每年都能采购一些南方药材回来。"

李公子听后,更加佩服这妾了不得,觉得她比自己的兄弟有生意头脑多了。当即说:"没问题,兄弟要办什么货品,要怎样的等级,尽管说来,我回去就办。"

马金堂告诉杨红升,自己家里原先开过两个药店。早年生意好的时候,每年走运河沿长江到蕲州采购药材。前些年一则药店刚开张,太忙,二则实在不愿劳驾兄长。现在缺货是实情。既然兄长热心相助,他便决定让自己的兄弟,带几个人随兄长一同去蕲州。一来去采办药材,二来想让兄弟开开眼界,见见世面。有兄长在那头,自己也大可放心。

第二天,李公子便告别了干爹,马金堂为兄弟和随行伙计打理好了出门的钱物,便将他们送出了城。金堂千叮咛万嘱咐,让兄弟在外一定要听兄长的话,摸熟去南方办货的门道儿。有李公子在蕲州帮衬着,对马家开一家定州最大的药店非常重要。况且跟兄长在一起,还可以学到很多东西。马金玉连连应诺。

送走了兄弟二人,马金堂回到家,准备带红升一起去店里,却见她们妻妾三人在房里忙得不可开交。她们正焚乳香没药。碧儿坐在床边,正在给瑶儿做示范,教她摩目、浴目、熨目,告诉她如何惜目、护目。几个孩子都围在门口,看见马金堂回来,就呼啦啦地跑回书堂里去了。

瑶儿听说丈夫回来了，连忙让碧儿赶快把东西收起来。三人那慌慌张张的样子，让他感到很好笑。看着近来脸色渐渐变得红润的瑶儿，马金堂感到宽慰了许多。他进房后，不解地问三人，干吗将东西都藏起来。

碧儿豁达地说："这几日瑶儿心情不错，滕妾为她焚香养目。今日红升也在家，正好一起帮忙。不料夫君突然回家，让瑶儿有些难堪。"

马金堂怡然地说道："这有何难堪？难到瑶儿养目不是为了给我看不成？"

瑶儿听了，遮着朦胧的双眼，上前给夫君请罪："都是妾身不好，自觉面容憔悴，难合夫君的心意。又闻碧儿说这乳香、龙脑香之类的东西，焚烧熏目，可养心明眸，所以试了一下。不曾想会惹夫君生气。"

马金堂关心地说："我何曾生气？夫眼者，六神之主也。妻心高气盛，而命有不足，抑郁伤身。如今稍有恢复，不日便可见美目顾盼兮，尽养也。"他告诉瑶儿，拇指上有三个相邻接地穴道分别是明眼、凤眼、大空骨，常按常捏可助明目。说完，便先去店铺，让红升忙完后再去店里。

马金堂出门之后，碧儿连忙让红升赶快也跟过去。护目养目不过是闲暇之时好玩儿的事，切不可耽误开店做生意。瑶儿更是多谢红升妹妹，说她平时处处关心别人，吃苦受累的事，总是自己担着。红升则说："这都是为妾份内的事。"

瑶儿则说道："妹妹此言差矣。瑶儿虽非妾身，实质与妹妹一样，哪敢让妹妹伺候。况且妹妹是干净的身子进的马家，虽为妾，担的责任也是为马家传宗接代，生儿育女。除了伺候夫君和公婆，万无伺候他人的道理。虽你与我姐妹相处不长，可妹妹是怎样的人，我姐妹还是看得明白的。现在夫君将全部心思都用在生意上，将来还需要仰仗妹妹你助夫君一臂之力，切不可看贱自己。"

瑶儿如此抬举自己，红升不禁有些不安。她不过是商户出身，无根无柢，如浮萍一般，怎比得二位姐姐朱门大户，经传世家？能帮夫君打理生意，也不及姐姐们相夫教子，操持好夫家。自己不过是尽其所能而为之罢了。

红升，识大体，明事理，让姐妹俩动容。碧儿就说到那李公子的事。说先前夫君纳红升为妾，初衷就是待日后兄长来定州，转赠给兄长，还兄长的一片情意。昨天设宴，姐妹俩在帘后，一直在观察李公子与红升是否合适。那李公子看来对红升印象不错，可惜的是她没有那层意思。她脚下的小动作，台面上说的话，都落在了姐妹俩的眼中。妹妹既然无意另择夫家，想一心一意陪姐妹俩共侍一夫，她姐妹俩自然该深明大义，决不另眼看待妹妹。金堂虽然已经纳红升为妾，可是还没有圆房。如今妹妹既然决无二心，她们姐妹自然当考虑让夫君为妹妹尽为夫之道，但不知妹妹心里怎么想。论家规，媵妾不可以与夫同宿天明，妻妾也不可每日与夫同床共枕，只能二日一小聚，五日共枕眠。妹妹若愿与姐妹俩同进共出，心无芥蒂，则每隔两天便有与夫君小聚的机会，若羞于与姐妹同聚，则每隔四日亦有一次单独服侍夫君的机会。二例各有利弊，同聚难尽心性，分聚易生芥蒂。既是姐妹三人的事，她们自然与妹妹共同商议，决不专断。

至此，红升才真正明白了姐妹俩的意思。难怪她一直少有与夫君亲热的机会。原来姐妹俩自有考虑。她自然清楚，这床笫间的事虽难启齿，却是妻妾关系能否相互和睦的关键。自己从未曾想博得夫君专宠，当然愿同姐妹共进出，更容易与姐妹联络感情，更多与夫君同床的机会。姐妹们既然如此好商议，她岂能辜负姐妹俩的一番好意。

三人商定好侍寝的安排之后，红升才坐着马车去了北街。

进了铺子，只见刚给病人把过脉的金堂，正在给病人讲解古人论眼疾。开头仍是那句"夫眼者，六神之主也，身者，四大所成也。地水火风，阴阳气候，以成人身八尺。火大增长称谓眼有珠，喻若鱼之被煮。此事不然，夫鱼畜水陆之有目者，悉皆是水，无有别珠，直以汤火煎煮，水凝结变自成珠；但看生鱼未被煮炙，岂有珠义；直置死鱼，水已凝浓，论其活者，水亦轻薄。"然后给病人开了青皮、芒硝等活血行郁、清肝明目、滋补肝肾的方子。

看着忙碌的夫君，想着刚才姐妹俩的话，她心里感到无比温暖。她这也是第一次找到了做女人的感觉。有了感觉，生活才会变得有意义，才会有目标，才会有归属感。除此之外，她不可能还有其他的要求。打这以后，她更加尽心尽责地帮助夫君打理店铺，彻底地安下了心来。

这一日，红升正在店后督促伙计煎药，突然听到前面传来了啼哭声。仔细一听，才知道是邻家的郎中医死了人，被人告了官，把人给捕走了。他家妻子哭哭啼啼，求上门来，要借一百两银子。

晚上回到家，红升问白天借银两的事是如何处置的。马金堂告曰，让那妇人取走了一百两。否则，她丈夫定会吃官司，不免牢狱之灾。

因为瑶儿姐妹俩都在场，红升不便多说。她叹息道："我听得人说，这郎中医死人的事，经常发生。我们也是开门行医，如果每次别人医死了人，都向咱们借钱帮忙，只是咱这店铺还开得下去吗？"

马金堂听了无语。碧儿忙问是怎么回事儿，马金堂便把白天的事情说了一遍。瑶儿见夫君面有难色，赶紧小心翼翼地接过话头道："这自然是不成的。人道同行是冤家，咱们还是小心点好，能帮时，则帮一下。"

红升见瑶儿还是帮夫君说话，自己也转弯说："是得帮的，我并不曾怪夫君。只是我常见到病人拿着别人开的方子到咱店里来抓药，方子上常有狗屎、马粪之类。别说是病人，就算是好人吃了那东西，定要吃出病来，不死人才怪呢。"

马金堂无可奈何地解释说，现在行医的人虽多，真正的医家却很少，多是一些没能进仕的秀才举人。他们只把这郎中当做混饭吃的手段。儒生没饭吃便来吃医家的饭，哪有几个真正的医户？儒生害人也不是从本朝才开始的，那都多少代了。

红升提醒说："在商言商，做生意最忌书生气。我并不介意这一百两银子有去无回，而是担心开了先例，日后求上门的人更多，生意就没法做了。"

果不其然，不多日，又有一老妪哭上门，为的是老翁被郎中医死了。那无籍的郎中四处游走，见死了人，当晚便跑了。马金堂又支了十两银子给老妇，让她回家给老翁下葬。

红升每天回去，把这些坏消息报给瑶儿姐妹。那姐妹都是读诗书长大的，只是默默地听着，并没有什么特别的办法。碧儿有心要管管，可看瑶儿那态度，加上自己现在又不在店铺，只好作罢。红升则以为既然他们都是读书人，就应该像官府一样，写个告示，表明定州眼药店是做生意的地方，并无借贷之责。望请免开尊口。

瑶儿碧儿面面相觑，似乎从未见过这样的文章。不过想来想去，还是觉得有些道理。事在变，道也在变，既然从商，就不宜羞于说钱。最后还是碧儿想出了办法，再有医户医死了人，如来借钱，就要求提供抵押物。被医死了的来求帮助，支钱不超过二两银子，特殊情况另说。可是马金堂却我行我素，一点也没有听进去。

第十四章

大夫人欣喜再怀胎　马金堂无奈还纳妾

　　光阴似箭,一晃又是几年过去了,如愿以偿的杨红升,已给马家添下一女。碧儿更高兴,她终于添了一个儿子。可那北街上的马家眼药店,生意虽然红火,名气虽大,却并没有挣到多少银子。一方面家大口阔,一方面上门借贷的人太多,只有借没有还,再加上许多看病抓药没钱给的,那银子进得快,出得也快。早已历练出来的兄弟马金玉,见此情景,就决定跟兄长分家。

　　因为爹娘都不在了,马金堂只好同意兄弟分家的请求。他将城南的老宅院给了兄弟,带着妻妾,搬到北街新租的院子里去。瑶儿碧儿将这些年来在乡下置下的田产,也分给小叔子一半。住在租来的院子里,无论夫妻关系多么好,那感觉确实不怎么样。

　　尽管瑶儿明白,红升妹妹讲的话有道理,可夫君依然如故,做妻妾的也不便干预太多。而杨红升似乎从孩子身上找到了乐趣,再也不提生意上的事了。店面上有夫君和伙计打理,她只管每天店里的进项和支出,晚上再如数转交给夫人瑶儿。虽然家里人比从前少了,可毕竟是租的房子,用度却比以前大。红升知道夫人和碧儿只会教子读书,虽能管家,却不会理财;反正一家人吃住都在一起,要有大家都有,要没有便都没有,她姐妹俩也不会亏待谁,故而她就轻轻松松地过自己的日子,不再去想越俎代疱,操那么多的闲心。

　　也就是这一年,身体越来越好的瑶儿又怀上了一个。红升听到消息后,连忙到大院去给丈夫道喜。碧儿得知姐姐有了身孕,更是格外高兴。她太了解姐姐的心事了。这些年瑶儿做梦都想再给马家添上一丁,现在终于得偿所愿。碧儿和红升知道瑶儿身子弱,两个人就对她关心备至。为了保住身子,碧儿劝她以后就不要再管教孩子们读书的事了,包括当家的事情,让她别再操心。这些年,自丢下店铺那边的事后,碧儿是整日吃睡,没干什么活儿。如今公婆不在了,更是每日闲得难受。这家里全靠姐姐和红升在支应着,她倒是养得又白又胖的。要是再让瑶儿为家里操心,她心里如何过意得去。

现在,瑶儿终于又怀了一个孩子,作为妹妹,她自然替姐姐高兴。她到马家后,生了三个孩子,虽然只有一个儿子,可她毕竟没有生育的压力。瑶儿只有一个孩子,再生一个,自然就对马家多一份交代。同时,她觉得姐姐比她大,还能怀孕,那她自己也许还有为马家添丁的可能。

瑶儿则说,这几年三个人都养肥了,自己身上也有不少的肉。红升说:"话虽这么说,夫人还是要多保重身子。这肚子里有了孩子,可不是什么小事。万一有个什么闪失,那可就麻烦了。金堂这些年一直不愿再纳妾,多半都是为姐姐您考虑的。我说句大实话,姐姐千万莫怪——这只怕是姐姐您给马家添丁的最后机会呢。还是小心着点儿的好。"

红升这话,让瑶儿心里十分受用。自红升有了孩子后,老夫人就有给金堂再纳妾的意思。只是金堂不愿意。多亏了他没有再纳妾,否则自己哪里还会有这肚子里的孩子?现在自己又有了身孕,她就觉着应该多少遂了婆婆的一些心愿。红升说她这肚子里的孩子或许是自己给马家最后添丁的机会,若是弄璋之喜还好,若将来添的是一个女儿,她便觉着有些对不住婆婆。老夫人那么信任自己,早早就交出契簿让自己当家,所以,她觉得自己一切都应当为马家的利益着想。想来想去,她觉得还是要给马金堂再娶一个妾为好。不仅仅是为添丁进口,他马家本来就是穆斯林,本可以娶四个老婆,再加上马金堂本来就是有头有脸的人物,却只有她们妻妾三人,怎么也说不过去。而她们妻妾三人,情真意切,这些年共侍夫君,没有一丝嫌隙,所以,她才同两个妹妹商量这事。

夫人既然这么说了,碧儿自然无异议。就红升的私心而言,她肯定不想多要妻妾,因为她生的是女儿。但是,既然瑶儿这么说,碧儿也不反对,那她就不好反对了。红升还稍稍有些担心,现在的开支用度这么大,纳妾自然会多出一笔开支,如果新人将来与大家相处得好,也没有枉费夫人的一番心意,如果处得不好,并非是一个善主,可不平白给大家增烦恼了吗?

不过这些还是定了下来。碧儿管家里的日常事务,兼管孩子们读书,但不理财;财由红升掌管。碧儿和瑶儿拿出自己的体己钱,连同契簿一起交给红升,由红升打理。姐妹俩心里明白,红升虽是妾身,可是块理财的料。瑶儿现在又有了身孕,日后更是管不了这些;碧儿早就想让马金堂收下手,但是也找不到好办法。现在把红升推到前面去,将来只怕好处多多。这几年来,红升每日报店里的账,毫厘无误。让她掌管钱财,全家上下都很放心。

受宠若惊的红升连连说:"两位夫人!这使不得!我知道,大夫人现在需要将养身子,这契簿账本只需拿在手上就行,费不了多少心。什么事怎么办划算,妾自然会弄清楚,再给二位夫人讲明白。账簿虽小,但它代表在家里的夫人的地位,由红升掌管,那太不合适了。"

红升坚持不受,瑶儿只好让碧儿先收着。待年底金堂去乡下收了田租,以后再寻机会转给红升。说只要姐妹们心往一处想,谁当家其实都一样。说完了这两件事,瑶儿又吩咐碧儿,让下人去西院帮自己重新收拾一间屋子。她担心晚上和金堂在一起,动了胎气;怕一旦见了她们与金堂缠绵,难免起心动性,那于肚子里的胎儿不利。以后,就让碧儿和红升留在这大房里服侍金堂,她自己就去西院那边住。

碧儿知道姐姐做这个决定不容易。哪个女人在这个时候不希望丈夫守在身边?就算不与丈夫温存,夜里醒来的时候,只要能看见丈夫在身边,那也是好的。可她知道,姐姐不过是想给她们做个表率,希望她们学会一切都应该以大局为重,同时,也希望她和红升日后也能给新人做个榜样。

大夫人的这一举动,是红升所不曾料想到的。在这几年中,她虽只生了一个孩子,可平日照样有机会与夫君亲热。现在夫人主动给她们让床位,这让她好生感动。她觉得,今生能够遇上这样事事谦让的夫人,那是自己这个婢妾的福分。

因着夫人的话,两天后,红升便托人带信,请牙婆上门,告知夫人准备给丈夫纳妾。那牙婆听说马家夫人主动给夫家纳妾,为之一百个叫好。说这世上只怕少有夫人这般识大体明事理的女流之辈,自己一定留心,争取在年底之前,帮马家在定州寻一个懂诗书有教养的良家女子。相信以马家的门第和在地方上积德行善的名声,这事一定会比较顺利。

红升见牙婆答应得非常爽快,就让管家给牙婆取上二两银子和一匹蓝绸,算是先期的酬金。说事成之后,另有酬劳。

那牙婆见红升如此慷慨,又将红升和两位夫人恭维了一番。她向红升保证,自己一定要给马家说一个温良恭俭让,让马家上上下下都满意的小妾,如果二位夫人和三娘到时不满意,只管打她这张嘴。

这牙婆虽然长得尖嘴猴腮,两只小眼睛闪闪发亮,两片薄嘴唇像刀子一样,又快又利落,可看她那猴儿精的模样,红升相信她肯定能够办得到。于是就谢了牙婆，坐等她的好消息。

　　果不其然，两天后，这王姓的牙婆便再次来到了定州眼药店的后院。她告知杨红升，托她寻的婢妾，她已经寻着了。是定州府一个乐户人家的小女，年仅十四岁，生得那叫一个俏模样。人虽小，却伶牙俐齿。她家因父亡而家破，现在随母亲替人帮工。那妇人为女儿着想，只想要寻一个殷实的、待人好的人家，不要彩礼，也没有其他条件。听说是世代医官马家马大爷纳妾，那是一百个愿意。

　　夫人原本说是年底办事，红升没料到这牙婆比自己还性急，没两天的功夫，就有了准信儿。她告知牙婆，这事不用太急，可以捱到年底再办。况且这女孩是乐户出身，虽说是自己出头应承着，可这事最终还需要两位夫人点头。自己担心那女孩的出身，只怕在夫人那里难以通过。这马家虽不是什么豪门大户，可也是有名望的人家，对出身自然会有些讲究。所以，还望牙婆多费心，重新寻一个好人家的女子。

　　牙婆又将那小女子夸奖了一番，见红升依旧这般态度，才悻悻而去。红升让管家给她抓了一把铜钱，算是付给她的辛劳费。

　　没过两日，那牙婆再次登门。不等红升唤仆人给她端来茶水，牙婆便眉飞色舞地给红升介绍起来，说这次包她和二位夫人中意。对方是一大户人家的千金小姐，其祖父为前朝的礼部尚书，后来家道中落。今年因流民作乱，烧了她家的房子，抢了她家的钱财和地契，这位小姐只携两个老仆和一个丫环到定州来投亲娘舅。她娘舅也正为此犯愁，如何给外甥女找一个好归宿，也是托人带信让牙婆去府上说事。天下当真就有这么巧的事，那位小姐的亲人都为强人所害，流落至此，自然没有过去的身份，否则别说是纳妾，就算是正室，只要不是官宦之家，对方都不一定能中意。

　　当牙婆将这边的情况给对方做了介绍之后，那边的娘舅立刻做主，答应了这门亲事。他们让那小姐出来见过牙婆，亲口问了马家的情况，那小姐也允了。

　　红升听了半天，还没听说那女子今年多大，身体如何，长得俊还是不俊。牙婆这才意识到，自己太激动，最关键的还没说到。于是告诉红升，那女子姓倪，芳龄十八，虽然看起身子有点儿弱，可生得花容月貌，赛过天仙。就听她轻言细语的说话，便知是个温顺有教养的女子。并且她还要将那丫环一同带过来，将来做通房大丫头。实际上，马家等于不花一文钱，一下子纳了两个妾。那可是赚大发了。

听起来是挺符合要求的。红升只是担心对方的身体不太好。牙婆告诉她，大户人家养在深闺中的小姐，自己见多了，都只像花儿，不见太阳，没几个身体好的。只要性情好，有了男人的滋润，身体立马就会好起来。再加上你们马家本来就是郎中，您还担心她的身体干吗？马家如今是儿女满堂，就算真的想再要几个孩子，只要调理得当，那倪姓的小姐，再加上个丫鬟，将来生他十个八个，只怕都不为多。

红升谢过牙婆，又让管家给牙婆取了些铜钱，叫她稍息片刻。自己这就去给二位夫人通报，回头再给牙婆作答。

红升见了碧儿和瑶儿，将牙婆的话给二位夫人细说了一遍。听闻是官宦人家出来的千金小姐，瑶儿和碧儿都没啥可说的。这事就这样定了。至于迎娶的时间，可往后拖一拖。最多出了旬日，金堂便会带管家去乡下收租子。收完租子，方好办事。

听完二位夫人的意见，红升回到药店后院，告知牙婆两位夫人的意思。牙婆却说："那小姐并没有什么请求，既不用吹吹打打，也不用八抬大轿，只要马家早点用轿子去抬人就行。如今这年月，外甥女住在娘舅家，肯定不是长久之计。为对方着想，那小姐肯定是希望轿子去得越早越好。又不是什么正室，那纳采请期问吉的礼俗也是多余的。还望三娘将这层意思转告给二位夫人。"

红升说会尽快给她准信儿，那牙婆才磨磨蹭蹭地告辞出去。红升便再次回到家里，将牙婆的意思转述给二位夫人。碧儿皱了皱眉头，最终却说道："那就依了她吧！"

瑶儿也点了点头，说："你们两个拿主意就是了。"

隔日，红升又托人捎信，请牙婆上门，给她说了夫人的意思。牙婆笑逐颜开："这事自然是越快越好！"接着，她再次提及那个乐户。说如今这年月，人贱不如牲口，三娘在这马家既然可以当家、说事，何不让那两位夫人同意将那乐户的小女也一并接回家，那样既可以伺候几位夫人作下人之用，也可以让男人图个新鲜，将来用不着了，还可以转赠他人。如果上心的话，将来还能典雇出去，收一点儿银两。说这可是天上掉馅儿饼的好事，银子又不会咬手，何乐而不为？对方愿不愿嫁，她自己说了算，可是一旦嫁到了婆家，那身子便由不得她了。从里到外想，这事没有不划算的。如果不是您马家这样的好人家，其他人纵算找上门来，我也不会把这样的好事介绍给他们的。

红升自然清楚，牙婆说得有道理。而且那小女孩儿的心思，只怕也没有这样深。只是她很清楚，如若让那女子进了家门，那菩萨心肠的马金堂还有姐妹俩，如何能做得出那样狠心的事？于是，她便一口回绝了牙婆，说以后不用再提这件事了。

原本说是收了租子以后办事的，结果那边比这边更急，碧儿便让红升出面，早点办完算了。尽管现在开支很大，对方说可以从简，可碧儿想马家也是讲究颜面的人家，怕太寒碜了让人笑话。当年自己姐妹一块儿来马家，行事仓促，红升进门更是悄无声息，这次应该大张旗鼓，把事情办得热闹一点儿。那倪家虽然家道中落，可毕竟也是大户人家，那小姐也是知书达理的千金之身，又不要彩礼，所以一定要把事情办得像模像样，要对得住人家。

碧儿让管家请人将整个东西大院都修葺了一遍。尤其是新人的房间，里里外外粉饰一新。夫人一心一意想把妻妾和睦的样子做给街坊邻里看，她们自然要把这意思落到实处。之后，三姐妹一哄而上，轮番做通马金堂的工作。最后，还是碧儿一席话让马金堂无言。她说，按理说，她和红升都不会赞成马金堂娶妾，因为娶妾越多，她们越难得到宠爱。可是，就是从他马金堂的角度考虑，她们最终都赞成了，因为到现在为止，金堂只有两个儿子，大儿子特老实，小儿子也不太聪明。如果金堂不娶亲，万一将来只有这两个儿子，怎么对得起死去的老太爷和老太太？这话让马金堂无言以对。于是，妻妾三人把迎娶的日子都定了，他想不干，也不行。

到了纳妾的那天，鞭炮齐鸣，锣鼓喧天。迎亲的队伍吹吹打打地将新人迎到了府上，整个北街的邻里乡亲都前来祝贺。大门外更是被那些穷人家的孩子、叫花子围得个水泄不通。居然还有人在门外玩起了杂耍，好不热闹。来者没有不夸奖这马家厚道的。马家对一个小妾尚且如此重礼，真的好生令人羡慕。

还有一些妇孺嚷嚷着要看新人。那牙婆也是一个厉害的主儿，见迎亲礼办得如此热闹，她自是喜不自胜。一边让丫鬟护好小姐，一边去驱赶那些起哄的人，并自鸣得意地告诉众人，这新人貌若天仙，书画皆通，是一个对得住任何人的美人胚子。来客听了，更是里三层外三层地围在大堂门前，不肯离去。

一拜天地，二拜高堂。可马家的高堂都不在了。那些邻里听说是二位夫人做主给金堂纳妾，都认为应该拜两位夫人。世上难寻这般有贤德的夫人，理应受拜。于是牙婆又让红升和女仆一道，恭请二位夫人上座。那瑶儿碧儿是大户人家的千金小姐，明白这礼数乱不得，可哪里抵得过众人又是拉又是扯的。推托不下，只得受新人一拜。众宾客又是一片喧哗。

自马金堂赁下这东西二进大院之后，瑶儿一向足不出户，碧儿邻里也很少见到。每天早晚，只听得院里孩子们琅琅的读书声。今见两位夫人容貌端庄，气质高雅，雍容大度，仪态不俗，众人无不惊叹。难怪能做出这等令天下人都赞叹的事，原来这对姐妹如同菩萨降世。随着宾客们告辞离开，两位夫人的美名就此传遍了定州城。

傍晚，送走了客人，心生欢喜的马金堂去后院谢过二位夫人。他知道这新人进门，全奈二位夫人的主张。二位夫人见丈夫在这新人进门的当天，心里还惦记着她们，也是心生感激。当年纳红升为妾，她们便担心妻妾都生活在一个屋檐下，有时候难免会磕磕碰碰。好在那红升既听话，又明白事理。她们相处几年，倒是亲如姐妹。现在多了一位新人，乃前朝尚书家的千金小姐，彼此又一点儿都不了解。因此妻妾四人以后能否相处得好，她们心中并没有十足的把握。

马金堂来给二位夫人请安，让心生不安的瑶儿，很是过意不去。她反过来给夫君请安，再三说："夫为妻纲，夫君以后可不能再这样重礼了。这要是在外人面前露了形迹，且不叫人说马家乾坤颠倒，让人笑掉大牙。我们姐妹既嫁夫君，妻妾的身子性命也就全是夫家的。为妻为妾，便是一日不敢不为夫君思虑。夫君每日在外打理生意，行善积德，这定州百里之内无人不知，无人不晓。做妻妾的只盼跟着夫君，逢凶化吉，借夫君的福祉，求得一生平安。你既为一家之主，只管管好铺子里的事情就行了，在家里，哪能这样对我们姐妹礼遇有加？"

马金堂听了，感激涕零。也是老天有眼，让自己找了这么好的两位夫人。今日自己既在众人面前拜了二位夫人的高堂，自己这一生定当对二位百般敬重，一切行事定当以二位夫人为重，决不敢有半点差池。他再次要给二位夫人行大礼。他还没动，姐妹俩见夫君真心实意，并无半点虚假，便双双跪在夫君面前。三人抱在一起，哭成一团。

哭毕，瑶儿请夫君起身，并告诉他，她们俩已经商议好了，虽然红升当年进门时，仅仅是在床头侍寝，可这新人乃豪门千金之身，只怕受不得这委屈，日后也恐难与大家共被同眠。况且她还带来了一个通房的贴身丫鬟，就算众妻妾愿意同寝，也没有这么大的房间。所以，以后妻妾们还是分房就寝。妻妾同房，本是有违礼数，此事只宜关起门来行事，不宜使外人知晓。如今家大业大，人多口杂，家中的事难免会被外人打探到。故她主张废除旧制，彰显礼数。

今日是夫君迎娶新人的日子,为了他和新人着想,也算是新婚三日无大小,瑶儿碧儿便准许他与新人同床共寝三日。说以后一定要按礼法,妻妾有别,隔日侍寝。望夫君能自行节欲,有了新人也不要贪图床笫之欢。此刻新人一定还在焦急地等他入洞房,就请夫君快点过去,好好陪陪那新人。

再说那新人倪锦儿,自打入了洞房,心里一直忐忑不安。她只能怪自己命苦,从小到大娇生惯养,忽一日流民起事,烧了整个家族,家财被洗劫一空,幸亏老仆人将她藏在花园秘道里,才捡得一条性命,落得现在孤苦伶仃一人。那娘舅也是心狠,见到她家衰落了,生怕背上她这个包袱,没几日就找了个人家,将她推出门了事。临行前还叮嘱她,到了别人家里,既然是妾身,一言一行都要看别人的眼色行事。还说这马家也是定州的大户人家,且乐善好施,名声在外,两位夫人也是城北读书人家出身的小姐,温良敦厚,礼仪持家,断然不会亏待她。要她平日做事一定要中规中矩,恪守本分,切莫让人闲言碎语,坏了名声。还说要记住从今往后,她就是马家的婢妾,再也不是什么千金小姐了,眼里一定要有活,人要勤快,把夫人夫君都伺候好。想到这些,她就浑身发抖。自己生来就是小姐,哪里会做什么针头线脑的活儿,更何况日后还要伺候别人。越想就越觉得委屈,越想越觉得自己可怜,只怕将来是上天无路,入地无门,只能任人宰割。想着想着,这泪水就止不住地流了下来。那丫鬟也跟着哭得个泪人儿一般,只是一遍又一遍地劝小姐且放宽心,不管命生得如何,现在只有随遇而安了。她还不时要留心门外,担心有人闯进来。新人一进门便哭,主人会不高兴的。就算看在这大喜日子的份上,不会言语,可他终归要记在日后的账上。

丫鬟劝慰小姐,说虽然刚来半日,不过依她看,那新姑爷可称得上是仪表堂堂。二位夫人虽然看起来严肃,可那样子只怕是做给外人看的。她们生得还是菩萨面相。既然是深宅大院里的千金,断不会无缘无故地排斥小姐。如果小姐日后能谨慎行事,应该不会有事的。

到了掌灯时分,女仆送来了晚餐,让她们吃饭。同时告知主人一会儿便来。惶惶不安的倪锦儿,自然吃不下东西。贴身丫鬟劝说她半天,又尝了两口饭菜,告诉她饭是细粮,菜肴的味道也很不错,是小姐喜欢的口味。可倪锦儿仍是无语地摇了摇头。她的盖头还没揭呢。知道丫鬟早已经饿坏了,她就让丫鬟先吃。

想到日后,她柔肠寸断。可眼前的这一关,她还得要过。因为那牙婆告诉她,这小妾的头一夜,要么是去夫人的大房,给丈夫和夫人侍寝,要么男人来房里,行了房事就走。这一切得看夫人怎么安排。难就难在这第一次。过了这一夜以后,习惯了,也就好过了。天下所有的女人都命苦,而不单单只是她一个。做夫人的,虽然位尊权重,可在房事上却要让着姬妾。不如此何能服众?所以夫人也不是那么好当的。做妾也有做妾的好处,只要伺候好了男人,做好了份内的事,万事不用操心,只享自己的福就成了。有多少家道中落的人家的女子,都落得倚门卖笑,能嫁进清白人家做妾,那是做梦都求之不得的好事了。

不一会儿,送饭的女仆便进房收拾餐具。她一出门,就听见粗重的脚步声从外面进到了房间。倪锦儿想,只怕是夫君来了吧。于是就听见丫鬟给姑爷请安,说新姑爷好。

马金堂先给新人揭了盖头。正准备说话,一见这柳眉细腰的新人那凄凄惶惶的样子,就顿生怜爱之心。他告诉她,说只要进了马家门,就尽以可放宽心。夫人和姬妾都是明事理之人,菩萨心肠,以后遇事,只要多靠二位夫人出头就行了。知道她是大户人家的千金小姐,家里也不指望她能帮上什么忙,二位夫人断不会把她当奴婢使唤。有通房丫鬟在身边,虽然说不上衣来伸手饭来张口,可只要照顾好自己,那就可以了。

忧虑了一天的倪锦儿,听了夫君的这番话,紧张的心情稍稍缓解了许多。心想如果两位夫人不是故意欺瞒自己,那将来的日子也就不会太难过。可一时又想,这会不会是夫君为了宽慰自己,故意编出这么些无影儿的话来呢。可如果命该如此,那她就只能抬头望天,一声长叹了。

既然新姑爷说到了这里,她也就告诉他,嫁鸡随鸡,嫁狗随狗。今生今世就这样的命,自己也就认了。她只有一事相求夫君,自己今日进马家,虽没带万贯家财进门,可也算是璞玉之身,兰香之体,就算是自己将来伺候夫君、夫人有什么不周的地方,也万万不可当有一天自己成了残花败柳,夫君再将自己当做礼物转送他人,甚或卖入烟花柳巷,典入他人之家。自己从小饱读诗书,早已认定从一而终,洁身自好,若非如此,不若早早了结自己的性命,何故要留在这世上受那般折磨呢。

听此言,马金堂悲由心生。就问道:"佳人今日进门,何出此言?"

倪锦儿道:"如今世道流离,世风日下,人人苟且偷生。一旦温饱有余,便贪图享受,妻妾成群;他日灾难降临,财尽人散,为求己生,岂有不卖妻妾之理?"

马金堂没料想这新人纤体柔枝,看似弱不禁风,却是一个性情刚烈,自有主见的女子。他的内心顿生由衷的感佩。只可惜自己是一个医户子弟,读书不专,与仕途无缘,今世也做不得什么大事业。可纳她做妾,实在是委屈了她。

他只好对天起誓道:"今生今世,我马金堂只怕无缘让小姐大富大贵。可既与小姐有今日之缘,日后定不忘相敬如宾,有福同享,有难同当,胼手抵足,相持偕老,不负小姐二八年华。"

望着眼前低眉顺目的这个男人,心气甚高的倪锦儿似乎忘了自己身居何处。她感叹道:"妾身以色事夫,今风华正茂,延年有月,博得夫君相濡以沫白头偕老的誓言。待将来人老珠黄,色衰爱弛,怎敢相信夫君今夜的话?况且夫君妻妾成群,我自幼读经书,便知古书有道,齐人有一妻一妾,尚不能一碗水端平,厚此薄彼。吾又闻,夫君二妻一妾,堂上堂下侍夫兢兢业业,情同姐妹,皆是天下难寻的贤妻良母,可为天下良妇之楷模,可夫君只为婢妾年轻美貌,今夜照样令她们独守空房。妾斗胆问夫君,当年迎娶三位妻妾进门,夫君可曾也有过今日对妾起誓的诺言?"

在倪锦儿的诘问下,瞠目结舌的马金堂汗颜地承认,为讨夫人欢心,当年确曾立过誓,今日她不提及,自己差一点全忘。

失望的倪锦儿最后叹息道:"女人命苦!若苍天有眼,就该让婢妾早一天离开这尘世。何故非让妾身重蹈覆辙,他日再做怨妇?"

听新人怨天无道,悲天悯人的马金堂,只是空欢喜一场。他讷讷地起身,离开了洞房。那空旷的大院里,寂静无声。仰眼望,繁星满天,一眨一眨地闪亮着,恍如怨妇的泪眼。那云雾缭绕的月亮,将稀薄的月光洒在院子里,朦朦胧胧的,犹如梦境一般。

马金堂就在院子里站着望天,一时不知该如何是好。于是信步走出户外,看那白天的繁华现已落尽的街道,此时空无一人,就像女子年老色衰,遭人遗弃了一般。冬夜的月亮,在天空中闪烁着清亮的光辉,让人心里顿生安慰。他想起月宫中的嫦娥,此时也一定如残花败柳,寂寞非常。而自己呢,虽然两妻两妾,今夜却也是独身一人,无处可去。想到此,他不禁悲从心生。天下女子的命运,咋都这么苦呢?自己这一辈子,能够为她们做些什么呢?可天下女子何其多,自己即使想做又哪里能做得过来呢?想来想去,他觉得自己只能对身边这几个女人好,只有如此,才能不负她们跟随了自己一生。

半夜时分,上上下下的人都已休息,马金堂转回了家门。除了新房,院子里没有一丝灯火。他想回大房,又担心惊动了下人。走到后院,才发现瑶儿独处的屋子里还亮着灯。他踩着自己月下的淡影，来到门前，轻轻地敲了两下。

女仆打着灯笼开了门，见是老爷，连忙转身进屋，告诉夫人，老爷来了。

夫君半夜来自己的房里，瑶儿很是意外。见他衣冠工整如旧，更让她纳闷，这大喜的日子怎么还没休息？再细瞧他那满脸的悲伤，不禁关切地问道："怎么了？"

马金堂不无惆怅地将新人责问自己的话讲了一遍。一个妾婢居然刁难新郎，更是出乎瑶儿的意外。她让女仆赶紧伺候老爷休息。现在已是夜深，有什么事，明日再说。

望着已有身孕的夫人，马金堂浮想连翩。往日的事情又一幕幕浮现在眼前。他不由自主地靠近了瑶儿，搂着她臃肿的身子，更是感慨万千地说起当年讲过的誓言。这一晃便是十几年了，瑶儿未曾想到，夫君今晚还会提起当年的海誓山盟。于是她就起身，低声安慰丈夫道，她这一生很满足，更没想到自己到了这个年纪，还有机会怀上他的孩子。夫君至今仍能以夫妻之礼相待他们姐妹俩，自己当感激一生，别说替他纳一两个妾，就算多纳几个又如何呢？如今有钱的人家，做老爷的谁不是妻妾成群。只是苦了妹妹碧儿，虽说也称夫人，但到底还不是真的夫人。希望他以后有机会多跟碧儿亲近。做妻妾的没有不希望丈夫多疼爱自己的，自己作为当家的夫人，在妻妾之间，只可能尽量做得公道一点。但真正要让妻妾们安分守己，那还得靠他在人伦大礼上能平分秋色。只有尽到了为夫之道，让妻妾们都得到满足，大家才会对她这个掌管内室的夫人心悦诚服。

至于那新人不肯就范一事，瑶儿请他放心。那只不过是新人觉得受了委屈，一时气不平，保管过两日就好。作为夫人，她，碧儿，明天就可以替他去开导对方。

听了夫人一席话，马金堂心绪渐平，于是再说了一会儿话，便翻身睡去。

第十五章

桃花夫人命葬桃花　本草仙翁纵论本草

第二天，吃了早饭，夫君刚出门，红升便带着新人来给瑶儿请安。

红升先让新人给夫人行礼，然后，自己再给瑶儿行礼。瑶儿让红升先带新人去见碧儿，说待会儿回头一起来坐坐。红升回话说，刚才她们在前院儿碰到了二夫人，已经去过她房里了。

于是，瑶儿便请两位妹妹坐，让丫鬟去把二夫人请来。碧儿来了后，瑶儿让她坐下，然后眼看着新人，说道："不是一家人，不进一家门，既进了马家门，就注定了我们姐妹的缘分，注定我们要伺候同一个男人。在一起有什么难处，就要说出来跟大家商量。我这人没什么主见，但也不妨多听听大家的想法，有什么不周全的地方，还望二位妹妹多担待一些才是。"

红升连忙说："夫人言重了。妾身在马家多年，却一直不曾谢谢二位夫人的关照，今天就先谢过了。我哪会挑肥拣瘦，还说夫人的不是？"

瑶儿一听，知道她可能还有别的话要说。就说道："我知道红升妹妹能干。马家这上下几十口人，最不能少的就是妹妹你。去年我说让妹妹掌管这个家，妹妹死也不从，最后推到碧儿头上。依我看，以后这家还是让妹妹来当。我心里清楚，过去妹妹推辞，定是有话没有说明。今天妹妹不妨挑明了，我要是能做主，就全依了妹妹。"

夫人既然把话说到这个份上，红升也就直说了。她以为马家开店行医，既是做好事，也是以此为生计，挣钱是天经地义的。如今开店，是救济别人的时候多，收回银子的时候少，入不敷出。每年靠乡下的租子过日子，长此以往，怎么支撑得下去？况且如今天下不太平，四处都有强人犯上作乱，保不齐哪一天灾祸就降临到自己的头上。现在家大口阔，每日用度只增不减，今日不攒下家财,如果灾荒和乱世来了,到时靠什么渡过?这几十口人,张嘴就要吃饭,又不是那画上的人儿,每天只知道笑,咧着嘴不吃一口。

碧儿接口道:"这个问题不解决好,马家总有一天会家道中落的。这不是一件小事,事关马家今后长远的立足。马家如果解决了这个问题,可以代代不衰,如果解决不了,再撑恐怕也撑不了多久。"瑶儿听此一说,忙问她账上到底有多少钱?碧儿就说,自己管账,跟红升妹妹谈过多次,总是忧心忡忡。现在马家开店,表面上红红火火,可账上的银子,也就不到两千两在周转,每年的利润,也就二三百两。现在全家老少一年的开支,没有三五百两,下不了地,靠的全是地租收入。如果碰上那连年的灾荒,地租收不上来,那么靠这药店,是支撑不了全家的。

瑶儿自然明白这个道理。可马家从祖上到儿孙就是这么个做派,她们都是妇道人家,又如何去干涉自己男人的事情。

碧儿说,那年都定下规矩了,医户来借钱,要有抵押物。被医死了的来求助,一般一两,多不过二两银子。只是金堂他不听。

瑶儿说,她们作为妻妾的,只能寻着机会,去慢慢扭转丈夫的想法,不能太急。急了事情只会往坏处走。碧儿听她这么说,也就没有再说什么。于是瑶儿就想了想说,至于当家的事呢,我看这样,就由红升妹妹和碧儿商量着定。红升妹妹管钱,碧儿管人,红升妹妹管外,碧儿管内。家里人员和金钱上的进进出出,你们两个一商量,就可以定下来。

那坐在一旁的倪锦儿,刚才还在为自己昨日赶走了新郎,担心过不了夫人这道关,却听得众人在为夫君乐善好施而犯愁,只字没提昨夜的事,也就松了口气。看来这马家的事,样样与众不同。妻妾之间互相尊重,也非寻常人家可比。她们三人对自己的脸色也比娘舅要好看得多。由此看来,那牙婆倒也没有诓骗自己。

从夫人那里回来后,倪锦儿心里轻松了许多。丫鬟一会儿到院子前后转一转,一会儿回房里陪她说话解闷儿。时光过得飞快,不觉一天便过去了。到了夜晚掌灯时分,也不见那马金堂再来。一连三天,都是如此。

与三位妻妾见过几面后,倪锦儿感觉越来越宽心,也越来越自在。这天下午,闲着没事,便到大房去见红升姐姐。她从丫环的嘴里知道,这些时,两位夫人每天都在东院督促孩子们背书。她进屋时,见红升姐姐正在看店铺的账本,见到她后,立刻放下。行了见面礼,红升便乐呵呵地请她坐,让丫鬟给她端上茶来。

落定，倪锦儿首先谢谢红升姐姐的关照。说自己年幼不懂事，以后有什么过失，还望姐姐担待些。她打心里敬佩姐姐和二位夫人的贤淑，说自己也算是读过书的人，依她看，姐姐和二位夫人之间相互敬重，如此关系，所见不多。妻妾和睦，足可垂范天下。

　　红升听得这大户人家千金小姐的溢美之辞，谦逊地说："妹妹过奖了，折煞姐姐了。姐姐没读过多少书，眼界没法同妹妹比。不过我却有自知之明，今天马家妻妾关系和睦，全仰仗两位夫人的贤德。这才是你我今生的福分。"

　　话说到这里，红升才问及倪锦儿，既然已嫁到了马家，何故不让夫君上床，难道真的是怪罪夫君？纳妾只是那早已过逝的公婆的意思，夫人也是念及当初公婆的宽宏大度，待她这个媳妇不薄，又担心外人说姐妹俩霸占夫君，才主动帮夫君纳妾，圆那死去婆婆的心愿。其实哪个女人会愿意自己的夫君纳妾？这也是人言可畏。要得到世人的认可，必得有所牺牲。所以说，要做好夫人，那也不容易。

　　倪锦儿不解地问："红升姐姐，夫人自己为何不住正房，却住在后院的偏室。"红升告诉她，那是因为她们与夫君的感情很深。从前她们妻妾三人共处一室，没有分房，夫人正是担心夫君的心思总在她身上，冷落了众人，才借故自己有了身孕，需要远离房事，故而一人独处偏室，那也是用心良苦。

　　倪锦儿听了，感觉那瑶儿倒真的是异于常人。马金堂也是，这人还是很念旧情，对妻妾都挺好的。想一想，自己能嫁到这样的人家，虽说谈不上什么福分，倒也可以平平安安地过一生。只是她们妻妾众多，要想独得一份感情，那倒是不可能了。于是感叹道："妹妹与姐姐一样，打进了马家的门，便是马家的人。哪有不愿夫君上床的道理？只是觉得如果夫君只贪图享乐，见异思迁，今日与她如胶似膝，明日芳华褪尽，便遭人遗弃，为何还要贪恋比纸还薄的欢情？倒不如从来就不曾有过的好。"

　　红升不能接受倪锦儿的说法，就问道："难道在妹妹眼中，夫君是这般模样？将来岂不是要让你我受苦？"

　　倪锦儿笑着道："夫君天性纯良，宅心仁厚，你我当不会如此命苦。"沉思片刻，又补充道，"姐姐和两位夫人在我之前进的马家，这也就罢了，我只是不希望夫君将来再纳妾。他再纳妾的话，与词曲中薄情寡义的郎君有何区别？"

　　红升望着倪锦儿，不禁心生怜悯。她叮嘱道："这话藏在心里可以，万万不可传到夫人的耳朵里。"见倪锦儿一脸诧异，就说道："实话告诉你，我也是两位夫人做主给夫君娶进门儿的。"听了这话，倪锦儿更是惊异万分。

打这之后，倪锦儿有空，便时常到红升姐姐那里，陪她聊聊天儿解解闷儿，或帮她整理一下账本。感觉两人的关系越走越近。加上她们都没有家，都无依无靠，除了这个家，哪里都不能去，故此又多了一份同病相怜的感觉。红升则有时在家，有时在店里，直到年关将近，也还是不得轻松。

这几天晚上，金堂总是径直去夫人的后院。孕期的瑶儿每天都能与丈夫共枕同眠，自然是求之不得。温存之余，她又时常叹息，女人命苦。在家随父，出嫁随夫，不管父母多么疼爱自己，最后还是要将自己作礼物送人。就算一个女人命好，最终嫁给了疼爱自己的男人，可还是要与众妻妾分享那个男人的爱。即使是大权在握的正室，也不能独占自己的男人，否则世人必不能容。所谓识大体顾大局，不过是将自己的男人推到别人的怀里罢了。这世间，又有多少妇人看着自己的男人与他人肌肤相亲，能无动于衷？若对方是一个有教养的女子，行事有所节制，那也不好受。若对方是一个天生的尤物，风情万种，声如莺语细浪，色若勾魂妖精，驭之如临天渊，或如枯井汲水，纵算绝了红尘之恋，也会心如刀绞，倍受伤害。女人之命苦，当不足与天下人言说。

金堂听了，自是对她更多疼爱。她只好劝夫君要多节制一些，早点休息。说明日冬至，天一亮，他们就将下乡了。

第二天，马金堂带着管家去收租，瑶儿便决定借着这个机会，去趟曲阳北岳庙还愿。夫君这一趟出门，没有十天半月回不来。那新人和红升闲得无事，肯定想出门去看看热闹。大家一年四季都关在深宅大院里，想必早都憋坏了。婆婆去世多年，她也一直没有出门儿，故而也想借此机会，帮婆婆还愿。

瑶儿让女仆传出话去，全院上下立刻热闹了起来。碧儿估计天黑以后，才能回来，就让下人去雇了两辆大车，又让仆人准备了一天的食物。她、红升、倪锦儿忙不迭地开始重新梳妆，个个都想把自己打扮得漂漂亮亮的。碧儿让女仆去催了三遍，一个个才慌慌忙忙地出了房间。已经到了门口，那倪锦儿还在问丫鬟，自己头上的云鬓，可曾有一丝零乱？

爱美之心，人皆有之。那丫环一面照应着主子，一面还在摸着自己头上的发簪。忙了半天，主仆六人才上了车。瑶儿同碧儿姐妹俩同乘一车走在前面，红升倪锦儿同丫环女仆乘一辆车跟在后面。两个女仆似乎比女主人还高兴，一路上叽叽喳喳，说笑不停。

出了南门，红升望着城外那一片荒芜的杂草地，不胜感慨。那正是自己当年获救的地方。想起往事，不寒而栗。如今自己掌管着一大家子的生计，膝下虽只有一个女儿，可家里也算得上是儿女成行。真的是此一时彼一时，如同天上地下一般。倪锦儿不由得问她，为何被眼前的景色所触动。红升便对她说起自己的过去，如何被劫，如何被救。两人的命运，何其相似。倪锦儿听后，又想起自己的身世，不得不动容。

这一段路程，更加深了她们彼此之间的了解。她们一路看景色，一路聊天。车子下午才到了北岳庙。

大家都是第一次来。且这冬至节前后，庙里人很多，十分热闹。瑶儿带她们逛完了寺院，自己就去还愿做道场。碧儿则带着大家去看宝塔，再到寺院周边去转转。

瑶儿还完了愿，做完了道场，与女仆一直等到很晚，碧儿和红升、倪锦儿才意犹未尽地回到了寺庙。时间已经不早了，瑶儿担心路上不安全，便向主持讨了一间在后院的禅房，大家将息一晚，明日再走。

两个丫鬟听说今日她们要住在寺院，更是兴奋不已。两人不停地忙着伺侯主人，穿梭于禅房与后院的柴房之间，一遍又一遍地打来热水，倒出凉水。丫鬟给夫人洗身子时，倪锦儿才看清夫人有身孕的身子。料想夫人今次来做道场，大概是求母子平安，再给马家添个男丁。望着两位夫人肌肤似雪，体态丰盈，这才意识到她们也都是富贵人家出身的千金小姐，不比自己命贱。

那碧儿发现倪锦儿一直在打量她姐妹俩，就难为情地捏着自己的臂膀说道："想当年，我们姐妹也和妹妹一样，纤手细足，只知吟诗作画。如今做了商人妇，除了相夫教子，只知吃了睡，睡了吃，这身上就多了一圈又一圈的肉，一个个看起来都是矮矬子，肥胖子，肉墩子。真真羡慕妹妹今日婀娜多姿，如春风拂柳。"说着，摸着倪锦儿的手臂，还学着她走路的姿式。大家一看，全都笑了。红升指点着两夫人和自己道："当真我们三个，一个矮矬子，一个肥胖子，一个肉墩子。"于是大家又一阵哄笑。

倪锦儿连忙回敬碧儿："两位姐姐生得闭月羞花之貌，沉鱼落雁之容，口吐兰馨，皆为天姿国色的丰腴美人。燕瘦环肥，不过是各有所爱罢了。像我这般孱弱的身子，哪里值得姐姐艳羡？自古红颜多薄命，我这身子骨儿，哪有两位姐姐那么好的命呢。"大家听了，又是一番感叹。

既是第一次在外留宿，瑶儿十分谨慎。洗漱完毕之后，就让大家早点休息。尽管有人嫌这嫌那的，可有她们两个在，也就只是嘀咕一句两句罢了。六个人挤在大通铺上，这对倪锦儿来讲是头一遭，很是新鲜。她兴奋得话语不断。瑶儿让丫鬟闩了门，熄了灯，说今天辛苦了一天，明日还需早起赶路。碧儿说既然出了门，明日也不急，她们可以多走两个地方，迁延两日，并无关系。瑶儿说道:"明天再说吧!"于是就叫大家躺下,不再作声。

至半夜,主仆六人睡得正熟,突然被一阵嘈杂的叫喊声吵醒。大家不知发生的什么事。胆怯的倪锦儿让丫鬟下去点灯,碧儿立刻制止了她,让大家不要出声儿。这时响声越来越大,吼声、骂声、尖叫声乱作一团。红升估摸着,寺庙里闯进了强人,听那女眷的惊叫声,无疑与她们一样,是在寺庙里留宿的香客。听她这么说,大家更是惊恐不已。碧儿一边护着姐姐,一边叫红升护着倪锦儿,让大家别说话,别出声儿。而就在那当口,一阵脚步声,从禅房前往那边冲了过去,又听得那边两间客房被强人踢开。在一阵急促的哭叫声中,又有两间客房被强人劫持一空。其中有一间就在对过的前院,叫喊声、呼救声,撕心裂肺。她们主仆六人,趴在炕上,手脚哆嗦,个个都被吓破了胆。

半响,那些强人才退去,主持带着小沙弥前来敲门。夫人让女仆去开门,她们才从主持那里得知,其他留宿的香客都被洗劫一空,还有一个少妇给强人劫走了。她们是唯一幸免于难的。大概是因为她们休息得早,禅房与僧房连在一起,门开在僧房那边,里面又没有灯光,强人没有注意到罢。

强人一来,那送她们来的车把式早就不知道跑哪儿去了。寺院主持就劝她们赶紧走,他担心强人还会再来。可这半夜去哪里雇车,又怎么回去呢?主持说他可以让小沙弥去帮她们雇车。惊恐不定的主仆们,把眼光都看着瑶儿,瑶儿一时拿不定主意。碧儿想了想,说不用走,现在走也走不掉。她说那帮强人闯进寺庙,将财色洗劫一空,肯定以为庙里再没有香客了。既然那会儿没有搜到她们,那她们就是安全的。她们的禅间与僧房连在一起,都在后院,因此上逃过一劫。而出事的香客都住在前院。那帮强人既然已经走了,就不会回头。强人怕官,庙里被抢了,肯定会报官,强人如果回来的话,那岂不是要见官了?她这么一说,瑶儿觉得十分在理,就决定让大家留下来,天亮再走。于是大家哆哆嗦嗦地挤在炕上,什么话也不敢再说,一直坐到天亮。

那主持告诉她们的情况,本是避重就轻。那伙强人不仅劫了财,掳走了女眷,还砍伤了两个香客,奸淫了对过院儿里的一对母女。那边发生的事,她们这边都听得很真切。想到刚才发生的一幕,心惊胆颤的倪锦儿,浑身上下瑟缩发抖。好在红升胆大,两位夫人有主心骨,她好不容易才终于盼来了天亮。

天刚亮,碧儿、红升便带着女仆去见主持,托他雇了两辆车。车来之后,便收拾东西,匆匆离开了寺院。昨夜,大家本想还玩一玩儿,现在谁也不提游玩的事,一心只想回家。

受此惊吓，瑶儿一回到家便流产了。碧儿、红升、倪锦儿几个人一直守在她身边。看着稳婆给她清理血红肉白的下身，倪锦儿恐惧到了极点，当场便昏厥了过去。家里顿时乱作一团。碧儿当即让人把倪锦儿抬回了东院，让红升跟过去照顾她，她自己则照顾瑶儿。她让瑶儿放心，只要有她在，这个家里一定不会有事儿。她和红升一定能够支撑起这个家，等老爷回来。

稳婆走后，瑶儿很是伤感。她觉得这可能是她能怀上的最后一个孩子了。早先那个流产了，后来又流产了几个，好不容易生下个兆仁之后，就是多年没再怀孕。现在又怀上了，哪能想到竟然又流产了。碧儿替她擦干了眼泪，安慰道："姐姐可不能哭，不能哭呀！这月子里哭，到老可是要落下病根的。"看瑶儿不能释怀，就说道，"留得青山在，不怕没柴烧。姐姐你可别伤心了，你这次既然怀上了，那就还会再次怀上。女人的身子呀，就像那土地，今年种粮结籽了，明年还能再种。依我看，只要把你养得白白胖胖的，到时就可以再怀一个。"

就这样，碧儿和红升支撑着马家，直到金堂回来。

马金堂回来后，见了病倒的瑶儿，跪在床前痛哭。瑶儿流着泪，对夫君说是自己对不起他。希望夫君以后有事多听碧儿和红升妹妹的建议，把这个家料理得好好的。

没几日，街上便风传，固原城快被一伙强人攻破了。有些豪门大户开始南迁。红升也动了心。可夫人病卧在床，与夫人感情甚好的夫君，肯定不愿走。

又过了几日，城里风传，那伙强人攻下了固原，隔天又有人传言，攻下固原的不是那伙强人，而是从陕西那边流窜过来的土匪，他们攻下固原后，向西北去了张家口。张家口被他们围了个水泄不通。另外还有人传言，这定州城外也在闹贼匪，官府已经接到了通报，城南有好几个庄子的大户人家被抢了。瑶儿躺在床上，听到北边闹土匪，城南也闹土匪，更加担心起自己娘家的安全。尽管爹娘早已不在，可徐家庄那么有名，万一土匪跑到了徐家庄，那可怎么办？而马金堂却一点动静也没有。瑶儿便让仆人传话，让碧儿和红升妹妹来见自己，想问问她们，现在该怎么办。

红升直言相告，现在只有南迁方可逃过一劫。守在定州，断不会再有北岳庙那样的好运。只是马金堂每日在调理夫人的身子，不便动身，那一路上颠沛流离之苦，姐姐这身子断然也支撑不住。碧儿告诉她，城北徐家庄应该不会有事儿。那里现在只有几所空宅子，几个老仆在那儿守着。父母大人都已仙逝，两个哥哥在外为官，财产随两个哥哥走了。强人纵算到了徐家庄，面对空房子，他们又能怎么样呢？

傍晚，马金堂来床前给夫人喂药，瑶儿噙着泪水，告诉夫君，从今日开始，自己再也不饮汤药了。他要么下药，让她吃了归西去，要么明日带上全家老小，去南方逃难。

马金堂呜咽不已。说今生今世，既得到夫人这等贤良之妇，不求同年同月同日生，但求同年同月同日死。悲戚之声，令全院上下老小动容。

翌日，马金堂雇上四辆马车，带上妻妾儿女，少许仆人，留下管家杂役人等，准备离去。临行前，叫人传来倪锦儿，说道："常言道，夫妻本是同林鸟，大难临头各自飞。你我虽有夫妻之名，并无夫妻之实。今番逃难，亦不知何日能还。我为你准备了银两，再给你一个仆人，你主仆三人，自寻生路去吧！"

倪锦儿一听，知道自己往日错了。不禁悲痛欲绝，跪在夫君面前，求夫君原谅。瑶儿强打精神，携碧儿、红升妹妹一同为倪锦儿求情，说她既进了马家的门，就是马家的人，怎可扔下她不管？看着一家人都哭成了泪人儿，马金堂只得带上她们，一同出发。

在家千般好，出门一时难。马金堂带着一家老小，主仆二十口人，挤乘四辆马车，一路颠簸，出了定州城。路上的辛苦自不待言。过了开封，马金堂还没拿定主意，该往那里走。碧儿和红升提醒他，那蕲州既然有他换命的兄长，如今国难家毁，何不去蕲州投靠李公子。

马金堂听了，才打定主意，奔蕲州而去。一路上不时遇到其他难民，大家都跟他们一样，只管逃难。好不容易进了一家客栈，里面也是拥挤不堪。有时一家二十口人，也只能挤在一间客房里。店主却只管涨价，房价是平日的三倍以上。钱越来越不够用。再这样下去，他们就没办法生存了。直到此时，他才意识到钱的重要。

好在红升精打细算，变着法儿给他省钱。他们还没走出河南，就从路人那里得知，定州城已破，盗匪烧杀抢掠，无恶不作。此时，夫人已是奄奄一息，马金堂更是对她器重有加，奉夫人的话为圣旨。

快到湖北地界，一个前不着村后不着店的地方，马金堂见夫人再也支撑不下去了，只得在荒郊野外歇下了脚。而南下的冷空气也追到了这里。马金堂让仆人在湖边，用树枝和茅草搭了一个窝棚，将马车围在西北两面，然后燃起了篝火，既作取暖之用，也可以给夫人煮一点热粥，煎点汤药。

白天，碧儿负责照看夫人，红升和倪锦儿则带着丫环女仆，去四周拣拾枯枝干草,到了晚上,终难抵挡阵阵寒风。一家人蜷缩在窝棚里瑟瑟发抖。这样的艰难,所有的人都不曾想到。

两天后,一息尚存的瑶儿,一手拉着碧儿,一手拉着兆仁,给夫君做最后的交代。她这一生,最爱的人就是自己的夫君,最放心不下的便是儿子兆仁。她希望马金堂能将孩子抚养成人。如果不是自己先他而去,她一定会让孩子好好读书,将来考取功名。现在看来是做不到了,这是她终生的遗憾。她唯一对不住的人就是碧儿,希望自己走后,马金堂能将妹妹正式扶正,将他对自己的那份感情,倾注在碧儿和两个妹妹身上。

说完这句,她一口气上不来,就把孩子和碧儿的手,递在马金堂手里,然后咽下最后一口气。马金堂失声痛哭,一家老小,哭声震天。北风一阵紧似一阵,漫天的雪花,终于飘飘洒洒地落下。天地间,渐渐披上了一层薄纱,大地一片白,仿佛这个女人的心灵一样纯净。马金堂明白,自己今生今世,再也不会遇到这么纯净的好女人了,而大地的那片干净,仿佛就是瑶儿的一生,纯洁,明澈,它就是瑶儿一生的赞歌。那夜,山山水水都裹上了银妆,天地仿佛也在为这个死去的女子披麻戴孝。

瑶儿一生喜欢桃花,喜欢画桃花,咏桃花。痛不欲生的马金堂,让仆人找来几个农人,在几株野桃树下,挖下一个坟茔,做上了标记,草葬了夫人。然后在这漫天大雪中,一步一回头,重新赶车上路。

原本话语就不多的马金堂,从此变得更加沉默。那脸色竟有几分吓人。碧儿也不敢跟他多说话。大家六神无主。只有红升一路上不时提醒碧儿,与他靠近点儿。或许只有她,才能取代夫人在金堂心目中的位置,重新温暖他那颗冰凉的心。

几天后,他们终于达到了蕲州。几经打听,终于找到了李公子的府上。马金堂携全家而来,让这位兄长喜出望外。他立马让下人打扫房间,安顿大家住下,为他们准备晚餐。

吃饭时,李公子才明白了兄弟举家南迁的原因。流民起事,哪年都有,只是没想到今年攻下了州县,规模如此之大。当得知兄弟又经历了丧妻之痛,李公子更是唏嘘不已。

蕲州乃千年古城,夏商及西周属九州中的扬州,春秋及秦,属九江郡,汉始在蕲置侯国,封陈浮为蕲春侯。明英宗正统十年,荆王朱瞻纲自江西建昌迁蕲,建荆王府于蕲州城。蕲州东有横岗山,西有三角山,自古便有蕲阳八景、玄妙观、西湖、四祖正觉禅寺、昭化寺、仙人台等,人杰地灵,有吴头楚尾之称，是古代长江中下游的物资集散地，名副其实的鱼米之乡，且地方风俗与那定州大不一样。

马金堂痛失爱妻，每日萎靡不振。身为兄长的李公子，只得每日陪他四处游玩，帮他排遣心中的积郁。或带他去赶庙会，听小曲儿，或看戏，让他通过戏里的故事，明白人生无常的道理。李公子希望他将一切都看得淡点，说那出家人，四大皆空，每月还吃斋念佛，何况他妻妾满堂，儿女成群，更得好好活下去。

尽管如此，马金堂还是日渐消沉，一蹶不振，渐渐爱上了杯中物，每日以酒浇愁。那明代无论是官府衙门，还是市井商贾，嗜酒之风盛行。勾栏瓦肆，青楼艺馆，特别兴旺，自然也不会介意多一个酒徒。虽说碧儿、红升看在眼里，痛在心里，可背井离乡，漂泊在外，又没有正经事情可干，她们自然理解他心中的那份苦痛，也就随他去了。好在喝闷酒，也不生事。醉了可以蒙头大睡。只是醒了以后，那份痛比先前更添了十分。

这颠沛流离的生活，唯一的好处，就是让大家开阔了眼界。倪锦儿在丫环的撺掇下，时常向碧儿请示，要到外面去转一转。赶集、看戏、听小曲儿、吃东西，尤其是蕲州的各种小吃，与北方也大不相同。

因为是寄住在别人家，碧儿知道这上上下下都因李公子前些日子带大家出去散心，而玩花了心。她自己也没心思再教孩子们读书，于是就随了大家。自己有时也会陪她们出去转转，有时让红升带上孩子，一起出去玩儿一下。于是乎，大家都觉解放了。

大家出去玩儿，碧儿也不好太吝啬，每天多少都会给一点儿碎银，好让大家尽尽兴。看到倪锦儿和孩子们都玩得挺开心，这倒让红升想起了自己的童年，想起了镇江。那倪锦儿毕竟识文断字，知道镇江扬州是个好地方，听得红升说起儿时吃的玩的，羡慕不已，说要是有机会的话，一定要去姐姐老家看一看。

红升则说："我们在这蕲州，终究不是长久之计。兄长再好，可终是别人的家。夫人手上的银两，也不会支撑得太久。如果去我老家镇江，让夫人拿出银两，再想办法凑一点钱，做我杨家的本行，经营定州的瓷器，那是可以做得长久的。"

倪锦儿觉得有道理。坐吃山空，况且夫人手里并没有多少银两。虽说每日吃的是李家的饭，可一些零碎的开支，断不能少。这蕲州顺江而下就是镇江，有舟楫之便，非车马可比。从这日起，她便有了去镇江的想法。

而马金堂醉生梦死地折腾了一个多月后，在碧儿的耐心劝慰下，终于慢慢地清醒了过来。这一大家子都在看着他这个主人，不能再这样下去了，也不能再借住在兄长家里老打秋风。于是，他向兄长提出，要回定州。

　　可定州早就破城了，且没有收复的消息，如何回得去？春节马上就到了，兄长让他们无论如何，等过了年，天气转暖了再走。

　　就这样，在兄长苦苦的劝阻下，他们在蕲州捱到了开春。其间，李公子带着马金堂，前去拜见了伯父李时珍。白胡子白发的李时珍，一身长袍，脸色苍白，两眼却异常明亮。他跟马金堂谈到了吕院判，谈到了金堂的父亲马大人。知道马大人不在了，他唏嘘了半天。之后，马金堂就医药上的事情，天天向他老人家请教，并将自己拟定的八宝眼药方呈示药圣，请他指点。李时珍则给金堂看了自己《本草纲目》的手稿，他无比遗憾地说，可惜他早已经完稿了，不然定州马氏的八宝眼药方，一定可以在里面大放光彩，做重点介绍。马金堂则表示，向老前辈呈上这个药方，主要是想请他指教。《本草纲目》这套药学巨著，虽未出版，却正在刊行，它是中华文化有史以来最伟大的药学著作。如果能上这一巨著，对马家而言，是他们莫大的荣幸；可是，他们定州马家从医几百年，以眼科见长，自己在父亲的指导下拟定了这个八宝眼药方，主要还是想为作为历代医户的家人留下一个可以在任何时代都能活命的方子；这是他家的一点私心，请药圣理解。白发飘然的李时珍表示理解；对八宝药方，他给出了两个字的评价，"完美"，说如果这个药方有点点缺陷的话，则一定是制作工艺。他推断，根据这个药方来制药，制作工艺一定很复杂；如果要想达到最好的药效，一定要反复试探、摸索、比较不同的工序对药效的不同影响，以找到最能体现药效的全部工序和工艺流程。马金堂听了，大吃一惊，说药圣的评价一针见血，他正受困于此。回去以后，将会把每道工序和制作工艺设计好，这是他前些时正在做的事情，只要再上花几个月，应该能够顺利完成的。

　　与药圣的交流，让马金堂大开眼界。但见过药圣之后，有天夜里，他与李公子谈到药圣时，说药圣活不长了。他长年的奔波劳累，伤了他的五脏。因此，药圣的眼睛虽然明亮，但目光已散，而且脸色苍白，缺少血色。李公子说，他们也知道，但是没有办法。这人有天命，人再怎么着，那天命也不可违。

　　因为倪锦儿跟夫人碧儿说起红升姐姐有意回镇江，并想在那儿做瓷器买卖的打算，于是，碧儿建议夫君听从红升的建议，一家人奔赴镇江。

　　不过事情远不如她们想象的那么简单。开春后，马金堂告别了兄长，雇了一只小船，一家大小，沿江而下，第一天便遇到了江风。小船摇晃得厉害，一家老少，除了红升，个个都呕吐起来。大家都昏厥不已，尤其是倪锦儿和夫人。见此状，马金堂只能弃舟改车，重新上岸。刚进入安徽地界，找了一家客栈，那店主人听说他们是定州逃难来的，便告诉他们，定州已经收复了，好几天前他们店里就住过一个定州逃难来的客商，都赶回定州去了。

马金堂不知消息真假，仍决定第二天回定州。由此往东走一日，便离定州远一日。他宁愿相信这传言是真的。

官军击退土匪和流民，对大家来说，这自然是个好消息。休息了一夜之后，他们再次踏上了返乡之路。也就是从这一天开始，淫雨霏霏，昼夜不停，预示着回乡之路的艰难。考虑到车资不足，他们仅雇了两辆车，路线选择从安徽，斜插河南，到瑶儿的坟前，再折回河北。天气是风雨不停，道路又泥泞不堪，车是越走越慢。大家每天上车后，就直哆嗦。每到客栈，马金堂便给大家煎药，为了早一点回到定州，他们路上也不敢停留。五日后，他们出了安徽地界，进入了河南。

或许是老天有眼，或许是瑶儿在天之灵的保佑，一进入河南，那风也停了，雨也住了。咳嗽了几天的大人和孩子，终于都有了好转。太阳从高高的云层中，照射出一片片耀眼的光芒，照亮了云雾笼罩下的天空。原野上，那些低矮的植物挂着一串串的水珠。大地返青，展露出春天挡不住的生机，枯黄的草丛中，也冒出了一株株新生的绿芽。

马金堂再次来到了瑶儿的坟墓前。他沿着湖边的草丛，一直走向山根，在那几株含苞待放的桃树下，找到了瑶儿安息之所。他跪在那儿痛哭了一场。一家十九口，在他的带领下，泣不成声。望着将永远留在这里的妻子，马金堂似乎有着流不完的泪水。他知道，他们这一走，不知何年何月，才会来到这里。哭完之后，他和兆仁一起，给坟上培了一遍土，然后将马车牵过来，烧火做饭。他准备在这里，待上一夜。痛苦可以使一颗心沉沦，也可以使一个人振作。他望着沉默的碧儿，望着无语的兆仁，在心里暗暗发誓，一定要照顾好他们，一定要对得起死去的妻子，让她能够永远安息。

翌日，在马金堂声嘶力竭的哭喊中，那晴了两天的阴霾天，又下起了绵绵细雨。雨水和泪水一起，湿透了他的衣衫。哭过之后，他才带着家人，重新踏上了返乡之路。这场逃难仿佛注定他有流不尽的眼泪，直到他再次返回到故乡。

第十六章

杨红升巧舌说弟媳 红喜女忠心救红升

回到定州后,他们才知道,那土匪是从西边来的。有人说是山西,有人说是宁夏,也有人说是陕西。他们攻下定州后,官军来了,于是他们抢掳了财物就跑。家里的仆人亦是跑的跑,散的散,只有小管家和守门人还在。家里值钱的财物已被强人洗劫一空,好在店子还在,两个下人每天守着个店子,有人来买药,则开门营业。

那院子的主人,听说他们回来了,就找上了门。房主人的财产在这次劫难中也被抢劫一空,故而提出将这大院卖给马家,换些银两以为救急。好在房子没有损坏,马金堂回到南城老宅,挖出父亲死前埋在宅下的银子,凑了些金银细软,典下了院子,以便做长远打算。他让小管家下乡,到佃户那里,以半年的租子抵一年的租子,看是否可以再收点租子回来,以便渡过今年的难关,或者是寻一个有钱的主儿,将田地卖去一半。

几天后,管家带回一个孙老爷来,说已经谈妥价格,可以卖掉马家的一半田产。马金堂与孙老爷订完契约,刚签完字划了押,便有一个女子,哭诉上门,求马老爷行行好,买下自己,以便她回去安葬死了五天已经发臭的母亲。无可奈何的马金堂只得奉送了银子,让她回去葬母,至于卖身为奴,马家现在吃饭都有困难,多一张嘴,只怕养不活。因此,只是让她快点回去。

碧儿见夫君还是像过去一样兼济天下苍生,只好请马金堂到后院,让他想一想姐姐当初是怎么吩咐的。现在家里田产卖了一半,租子已经不能养活全家,老底子也已经耗尽了,妻妾的首饰都典卖了,再这样下去,不用一年,就非饿肚子不可。瑶儿认定他心软,不能掌财,所以,死前才让红升掌管家里的财产。碧儿请他记住瑶儿说过的话,以后凡是涉及马家的财产,都由红升做主。马金堂只得将财权交给了红升,答应日后凡是涉及钱财的事,红升说了算。

那小女子安葬了自己的母亲,就进马府,以身抵债。马金堂让她自己去寻生路,红升与碧儿商议,现在府上正缺人手,还是留下她,可以充作帮手,早一点把院子收拾干净,早一点让店铺见天营业。只要有店铺在,好歹每日都有些进账。碧儿觉得红升说的在理,就留下了那女子。

二十天后,马金堂的弟媳熊氏回到定州,让下人来报,说金堂的弟弟已死于土匪的屠刀之下,早已下葬。她们才回来,已在家里设了灵堂。马金堂只好带着小管家前去吊丧。红升让碧儿叫两个仆人去传话,让弟媳来见嫂子。

那马金堂回到了老宅,见了弟媳,给兄弟烧了香,然后让兄弟家的仆人带路,去城外上坟。刚回来时,为挖取埋在地底下的金银,他回过老宅一趟,当时弟弟一家未回。没想到今天回来,已经和弟弟天各一方了。父母死的时候,让他照顾好弟弟,他去南方逃难前,问过弟弟去不去,弟弟说弟媳坚决要往西,去她娘家。结果他不好再坚持,谁想到这一西行,金玉人就没了呢?他感到心里很痛很痛,瑶儿,还有弟弟,两个亲人都没了。他感到没法向父母交代。

碧儿派去传话的仆人到了。熊氏不知嫂子传唤自己有何事,便脱下了孝服,摘下了孝布,只穿一身黑衣上门。见了碧儿,便一把鼻涕一把泪地哭起来。碧儿想起了瑶儿,也止不住地流眼泪。红升亦跟着流下了眼泪。流完了泪,碧儿按照红升的意思,问熊氏道:

"你现在是孤寡一人,带着一儿一女,将来有什么打算?"

熊氏回话道:"我本妇道人家,今夫君刚去,哪有什么主见?今后一切,还需兄嫂多关照才是。况且两个孩子毕竟是马家的亲骨肉。"

杨红升见她如此一说,便道:"夫君当初同意分家,将一半家产分与兄弟,那是看在都是马家血脉的份上,方才这样做。细想一下,分家这些年,哥嫂待你们都不薄,逃难前还问你们去不去南方。结果你坚持说要去你娘家。现在兄弟死了,哥哥嫂子都很痛心,按大明的律条和河北的风俗,你若将来改嫁,是不可以带走马家的财产,不改嫁,你又年轻,只怕熬不住。不如按照旧俗,夫死从兄,这样你母子三人将来也有一个好去处,你哥哥也好光明正大地照顾你。"

那熊氏自然明白,二位嫂子担心马家的财产流入外姓之手。但她不明白这是前朝就有的规矩,因此一时还转不过弯来。于是红升又提醒道:

"夫亡从兄,这是最顺当的事了。打大明朝开国以来,从弟、从父、从侄、从外甥者皆有。你还担心你哥嫂亏待了你和侄儿侄女不成?"

熊氏回去之后,想了几日,又请了娘家的兄弟来商议。他弟弟想把家财转到娘家名下，但是哥哥不同意。他说马家在州府都有关系，按照大明律条，这房子和田产都不可能转到娘家名下。一旦马家告官，只能是马家赢。他觉得还是改嫁马家的兄长是最好的选择。嫁给马金堂，熊氏手中的钱，就可以名正言顺地接济他们。而定州上下都知道，马金堂是大善人一个，不会亏待他们的；况且马家还有眼药店，有了药店，就不愁吃穿。他说，只是有一个条件要提，就是如果今后下辈儿兄弟分家，这边的房产和田产，应该归马金堂弟弟和熊氏的独子所有，女儿出嫁时，嫁妆要跟夫人两个女儿的嫁妆一样。嫂子必须答应这个条件才行。

碧儿和红升一商议，觉得他们提的条件合情合理，于是就答应了。同时还商定，七七四十九日忌满，就纳熊氏到这边来。

如是，碧儿和红升出面，做马金堂的工作，主张将弟媳纳为小妾。马金堂开始不同意，但架不住她们两个三天两头没完没了的唠叨。尤其是红升，你一个理由说过去，她一百个理由顶回来。马金堂被她们两个说烦了，就不做声了。那倪锦儿原本也反对马金堂纳妾，不过形势比人强，看着这马家一半的财产，看着如今每天要干的没有，只能喝稀的，想着那被典当出去的首饰，她也就不再坚持了。

杨红升前前后后忙了一个月，修整好了院子，终于将弟媳熊氏抬进了门。然后她再接再厉，让马金堂疏通了定州府的关系，一纸状子将那年强占她家房产的李四八告上了定州府，夺回了自家的房产，终于报了一箭之仇。她家的房契，她一直藏得紧紧的，这些年来，连马金堂她都没有告诉。有了房契，进得官府，自然就赢得了官司。只是那帮抢了她家财产的强盗，现在已经无法抓到，她深感惋惜。她本想要官府再审李四八，让他供出那帮强盗的下落。碧儿就劝她，得饶人处且饶人，说即使抓到了那帮强盗，现在你还能追回杨家的财产吗？于是红升就前去探监，见到李四八，说道："我本一妇道人家，本只想安安分分地过一辈子。可当初你害得我家破人亡，今天我终于夺回了房产。现在，我可以继续让官府追查那批强盗劫走的我家财产的下落。"那李四八被官府用过刑，浑身上下，没几处好的。一听红升这么说，吓得直哆嗦。红升待他哆嗦了好一阵儿，就说道："姑奶奶念及你我当初街里街坊的，今天就算做个好人，免了，不予追究了。但是，我可告诉你，以后你若再害人，可别怪姑奶奶我不客气了。"李四八一听，磕头如捣蒜，嘴里直说道："谢姑奶奶恩典！谢姑奶奶恩典！今后有什么用得着我李四八的地方，请姑奶奶尽管吩咐。"

不久，铺子的生意也恢复了正常。只用了两个多月，马家的家产反而有所增加,大家又回到了从前有序的生活。与过去不同的是,杨红升虽然依旧是妾,可现在,她觉得自己更像是一个主人。不仅仅是因为碧儿将操持家政的大权交给了她,而是因为这新的秩序,处处体现了她的意志,她的愿望。夫人越来越倚重她,还有那倪锦儿和刚进门儿的熊氏,更是什么事都找她商量,通过她将自己的想法转述给夫人。

这一年的春季,雨水好像特别多。杨红升修整完院子之后,雨便开始下个不停。病人也似乎特别多,加之城里有许多灭户和无钱下葬的死人,在昏暗的雨季,整个定州城显得特别的阴森恐怖。尤其是电闪雷鸣的时候,那轰隆隆的雷声,噼里啪啦的闪电,仿佛是在召唤着那些死尸。

那倪锦儿白天尚且怕得要死,晚上和丫环两人,更是胆战心惊,彻夜不眠。到了白天,人又昏昏沉沉,心神不定,即使是睡一会儿午觉,不是梦见那在河南湖北交界处死去的瑶儿,便是梦见回到定州时沿街看到的尸体。恶梦总是一次又一次地将她惊醒。

无奈,她只要有空,便到红升那里去打发时间,诉说自己失眠的痛苦。杨红升只得对她说,那是因为她没有怀过孩子,火气低的缘故。一旦有了孩子,便会好的。她、夫人,还有熊氏,每天不也是一个人关在自己的房子里吗?红升还劝她有空的话,给那死去的夫人烧个香,也给众多的孤魂野鬼烧点儿纸,那样就不会有什么事儿了。说这老是梦见夫人,莫不是夫人临终前一直惦记着她,对她放心不下,也未可知。红升感叹说,年前逃亡的日子,草眠露宿,饥饱无定,她都过来了,现在绣围锦帐,衣食无忧,还有什么不快活的?

倪锦儿则抱怨道:"自古道,婚姻论财,夷虏之道。我原本想许得个好女婿,并不看重那彩礼。谁又曾想那土匪之乱毁了咱的一生。如今虽嫁得个好人,却贱为婢妾,即使有机会与夫家同床共枕,却也不能一觉到天明。哪有甚么快活可言。"

红升惊讶,她竟有这等想法。这哪像是饱读诗书的千金小姐嘴里说出的话?分明是违逆之妇所言。

那倪锦儿看她一脸愕然的样子,又说道:"姐姐你听我讲,那古人有诗为证,'在天愿作比翼鸟,在地愿为连理枝','天长地久有尽时,此恨绵绵无绝期'。人人皆求天荒地老事,可惜如愿者能有几人?锦儿不信姐姐就能满足眼下这日子?"

红升无怨无悔地回道:"咱红升出身商户,今生有幸,能进马家门,又遇上夫人和妹妹这么好的人,情同姐妹,又有什么不满足的呢?"

倪锦儿不听,说道:"今人有云:'曾向书窗同笔砚,故人今作新人。洞房花烛十分春。汗沾蝴蝶粉,身惹麝香尘。媵雨尤云浑未惯,枕边眉黛羞颦。

轻怜痛惜莫辞频。愿郎从此始，日近日相亲。'姐姐还不明白么？"

红升前面倒没怎么听懂，后面两句"愿郎从此始，日近日相亲"，她倒是听得十分明白。只是这些，她倪锦儿怎地就能说出口？便问道："依妹妹所想，又能怎样？"

那倪锦儿直言不讳地说："既五日才有一宿，又何故半夜走人，凉了咱家的心。"

倪锦儿言的是做妾之苦。同为妾身的红升，又何尝不是如此感受？要怨只能怨命，还有这家规，苦坏了多少女人？而倪锦儿则以为，既然让姐姐当家，姐姐何不就此改了这规矩。

红升道："那前人订下的规矩，岂是随便就能改的？况且作为妇道人家，又如何启齿，如何开口谈这床笫之间的事呢？"

倪锦儿回答："有甚不可？姐姐既能理解这事，那夫人也是女人，又怎么不能体会？那碧儿夫人对姐姐哪一样不是言听计从的？"

说虽如此，但红升终究觉得自己羞于在人前谈起此事。可她还是将锦儿的话记在心里。

不几日，红升循例去夫人那里报告近来的家庭收支情况。碧儿相信她，也不多问。报告完了，红升只是与她闲扯倪锦儿，说倪锦儿曾梦见夫人瑶儿，两人闲下无事，常在一起念诗。瑶儿对锦儿说，她们姐妹一场，生不得同衾，死不能同穴，可惜了。红升问夫人，这种梦很奇怪，当怎么解？是否是姐妹一场，真情不散云云。

那碧儿是何等聪明之人，只听一句，便明白倪锦儿想干什么。问道："她究竟想怎么来着？为何偏要假托于诗，或许是自觉妾身委屈了她？"

红升道："那也不是。听其言，好像，似乎是觉得半夜更衣又起，多少有些冷落。"

碧儿再问："那依你之见，她如何才能满意？"

红升不敢直说，吞吞吐吐地回答道："婢妾不敢妄言。"

碧儿说道："妹妹平时是怎样一个爽快人，今天却为何吞吞吐吐的？说吧，你我情同手足，但说无妨。"

红升见夫人态度诚恳，一脸温和，便戏言那倪锦儿虽然是读过书的人，居然想到要改家训半夜回房这一条，要一枕到天明。

碧儿一听，倒也没有多想，大度地说："既然如今是你我二人做主，这家训也不是不可以改，只是对外须谨慎。好事不出门，坏事传千里。"

红升连忙回答说："婢妾明白夫人的意思。"

碧儿自然明白，有姐姐以前的榜样在那儿，自己如今不说要做得比姐姐好,至少不能比姐姐差,这样才能服众。那倪锦儿希望与夫君温存之余,能让夫君留在身边过夜,也是人之常情,她自然能理解。这个,她不想拦了。再说,孩子们渐渐大了,她也不需要夫君的专宠了。于是,就让红升去把倪锦儿和熊氏传过来。

那红升欣喜万分地去唤倪锦儿与熊氏来。她们一到,夫人也就明白无误地告诉大家,从今天起,她宣布改了那条规矩,但什么时候实施新规,还得要慎重一点,因为人多口杂,一旦传到外面去了,他们马家的面子不好看。如果以后有变故的话,也不是不可以恢复的。宣布完毕,红升即给夫人跪下,倪锦儿和熊氏也跟随跪下,三谢夫人的恩典。

碧儿见此,就让她们三个先下去。说以后有什么事,可以多跟红升商量,也可以直接来找自己。妻妾同心,才能旺夫行大运。在这一点上,她们四个人想法应该一致,而不能有丝毫的二心。

婢妾三人,在红升的带领下,连连说道:"谢夫人,婢妾心里明白。"出来后,红升提醒她们,说夫人今日既然允诺改家规,那是降了自己的身份以抬举婢妾,大家日后一定要知恩图报,更加敬重夫人,切莫得寸进尺,让夫人的好心好意付诸流水。

晚上,夫君来就寝,碧儿又给他说起了白天的事。马金堂无语。碧儿知道,自从姐姐过逝,自己在夫君眼中日渐重要,感情亦是一日深似一日。只有自己顾全大家,才能全家和和美美。那也是夫君的心愿。

小雨昼夜下个不停。第二天,那无事可干的倪锦儿,突然心血来潮,来找夫人,说自己可以帮她一起教孩子们读书。碧儿求之不得。不过没几日,倪锦儿便说这西院里有一股怪味儿。

其实碧儿也闻到了。不过,她断定这味道并不是来自院子里。这个时节的风雨,有时往南飘,有时往北飘,风向不定,因此说不准这怪味儿来自哪里。没几日,大院里的人都闻到了,连那边药店里的人也都说有味道。可大家一直没有弄清楚这味道到底来自哪里。

直到持续近一个月的雨终于停下来之后,气温一天天升高,即使没有风,那腐臭味也越来越浓,总也摆脱不掉,此时,大家才意识到这是什么味道。看病的人一天天多起来,马金堂更是应接不暇。

为了驱除异味,红升安排下人在院子中间及四角,每日焚烧干艾、菖蒲等辛香浓烈的药材,碧儿则让女仆给倪锦儿、熊氏送去线香及上好的沉香。尽管如此,大家仍感到那腐臭气味无处不在,令人窒息。也是因为这恶臭,孩子们开始坐不住，不愿读书。倪锦儿和夫人亦无计可施。渐渐地，每一个人都变得浮躁起来。

夏季真正到来时，瘟疫开始大面积爆发。起先是听说有人病死了，再过了几天，天天都会听到城里死人的消息。马金堂很早就让家人煎制汤药，让大家隔天就要喝一次，以预防传染上瘟疫。

可城里的情况，一天比一天严重。倒下去的人也越来越多。前两天还好端端的邻居，说倒就倒下了，再吃药似乎已经晚了，没几天就没救了。病人死得那么快，这也是马金堂从来不曾见过的。

最初，定州府各衙门还派人张贴告示，告知黎民百姓要注意防止瘟疫，并派衙役上街，收尸运到城外去埋葬。可没有一个月，那些衙役病的病死的死，各衙门门庭冷落，再也看不到一个人了。

马金堂还以为，瘟疫只不过是在城里流行，乡下会好一点儿，还让红升做好准备，到乡下去避瘟疫。可不久就听上门看病的人说，城外的情况也一样。乡下也死了很多人，还有一些乡绅都躲到城里来了。如此看来，他们是无处可躲了。家家户户都紧闭了大门，企图将瘟疫拒之门外。恐慌的气氛笼罩着全城。外面的行人越来越少，除了呻吟的病人，很少有人敢外出。

为了保险起见，马金堂不仅坚持让大家喝汤药，还将铺子里做事的杂役与后院分隔开来。随着邻居相继有人死去，气氛越来越紧张，每一个人的神经都绷得紧紧的。前后院子都显得死气沉沉的，没有人敢大声讲话。好像死亡离人们越来越近，大家做事都轻手轻脚，生怕惊动了死神。

这一日，一后生家中老父突然病倒了，他来请马郎中去救他父亲。马金堂随他前去。他的父亲躺在床上，满脸泛着红潮。马金堂看了一眼，便知病已至深。于是给对方开了丹皮、鹅不食、泽泻等几味清热泻火的药，告诉其子，病已至深，现在吃药，恐为时已晚。不过，可以先吃点清热解毒的药试一下。若老人能坚持到将药吃完，或许有救。

结果，那老人没有坚持到将药吃完便去了。接下来又遇到两个病人，大致情况也差不多。都是好端端的人，病来即倒，走得也特别快，无有超出半个月者。

这天，京师布政使司范大人府上总管家，派人上门求医。马金堂到了范府，才知道范家千斤小姐病倒在床。马金堂心里很清楚，为这豪门大户看病，当十分小心，万一出现什么意外，可是要吃官司的。况且这次瘟疫来得迅猛，马家并无治疗瘟疫的特效方剂。因此，他告知总管家，这病并非自己所长。且听那闺中范小姐的咳嗽声便知，小姐病倒，已非一日，只怕自己能力有限，有劲儿使得不是地方,那样闹不好的话,就把小姐的病给耽搁了。

　　范家夫人救女心切,慌忙从房中走出来,竭力挽留。总管家亦如实相告,已经为小姐请过多个医家了。小姐的病日甚一日,也是听闻他马府医的大名才请他来就诊。请马郎中万万不可推却,有什么差池,自当不会诿过于他。

　　听了这话,马金堂才取出平日专为夫人、小姐备下的红索,让对方系在小姐的手腕上,以便自己把脉。那夫人见了,倒很实在,说孩儿都病成了这样,请他就不要讲那些礼数了。医家看病讲的是望闻问切,这连面都不见,就凭着三丈的红线,如何把得准小姐的病情?

　　马金堂谢过夫人道:"这也是医家不得已而为之。"

　　马金堂随夫人进了闺房。那奄奄一息的女子面色苍白,躺在锦帷之中。这第一眼让他心里踏实了许多。至少小姐的病与外面盛行的瘟疫有别。他让丫鬟搬来两个凳子,方便搁药箱,然后坐在床边,给小姐把脉。尽管脉象很弱,但均匀平稳。然后,他欠身看了小姐的舌苔和眼睑,问管家先前的郎中都给小姐吃了哪些药?

　　管家立刻将前面的药方取来,一一给他过目。从那些药方上,马金堂看出,先前的医家开的都是清热、解毒的泻药,或是大补的方子。小姐这般虚弱,实在不宜大补,更不宜用泻药。于是就决定略施以夏枯草解渴调味,再以鸡血藤、野菊花与白米煮粥,每日两餐,其他补品药品一概断掉,料想不日就应该会有好转。再吩咐管家,取上好的沉香,日夜薰闺房,不得有任何活物进屋。

　　两日后,马金堂再次来到范府。见小姐的气色虽不见好转,但脉象开始有了动力。又五日,面颊上有了红晕。那老夫人见他几乎没有施药,却手到病除,让小姐的身体慢慢康复,乃口称神医,谢以重金。

　　马金堂则告诫范夫人和总管家,如今外面瘟疫横行,来势凶猛,如果染上,即不可治。乃不见有什么奇效方剂。真正医家的本事,并非治病,实为防病。若想保范府上下平安,当焚烧菖蒲、艾草、山茱萸等辛辣之物,以净空气,食桑叶、谷精草以佐主食,可防瘟病侵害。除此别无他法。

　　夫人和总管谢之再三,差下人驾车,送神医回府。

　　春上多雨,盛夏高温湿热,使这一年的瘟疫一发而不可收拾。由固原、定州大量抛尸野外引发的这场瘟疫,迅速演变成整个北方地区瘟疫的大流行,并逐渐向南方发展,直到天堑长江,才将这场瘟疫阻止在了江北。

　　而这场瘟疫的中心定州地区自然是尸横遍野,惨不忍睹。那定州城里,人人自危,马金堂亦是坐困愁城。早先倒下的,多是贩夫走卒和乡下佃户等穷人,很快,瘟疫就进了大户人家,吞噬着更多人的生命。每一个倒下去的人,都是对活人的威胁。大量商铺关门歇业,定州城萧条得如同一座巨大的等死的棺材。

为了防止瘟疫进门,定州眼药店亦不得不关张歇市。也就在这个时候,当家的红升也病倒了,这让大院里的主仆紧张不已。躺在床上的她,想到外面到处都在死人,现在马上就要轮到自己了,更是伤心不已。除了那个为葬母卖身进府的女仆红喜和马金堂,家里的下人都在回避她,都不敢进她的房。马金堂仍是每天来看她的病情,女仆红喜就在她面前晃来晃去。仿佛她已经成了一个瘟神。

为了方便照顾她,那红喜还搬进了她的房里,与她同吃同睡。马金堂见了,很是感动,每次下药,分量都会多一点。让她在喂夫人药时,自己也要喝,增强抵抗力。杨红升对她更是另眼相待。她不仅善解人意,而且人特机灵。二夫人躺在那里想干什么,她立马都会明白。

尽管红升每天躺在床上,可那红喜每天早上都不忘给二夫人梳头洗脸,将红升收拾得干干净净。这一点让杨红升特别感激。因为自己病得不成人样儿,虽然不用出门见人,可夫君早晚都会来看她。她最担心的就是他会嫌弃自己,只有将自己收拾得整整齐齐的,她才有信心见他。

这天早上一醒来,红喜便起身帮她梳洗。可她却感到自己的病情越来越重,突然有许多话要讲,一时又不知从何说起。她总觉得,自己快要死了。那红喜则劝她想开一点儿。说事情不会如她想象的那么糟。况且,老爷每天都亲自为她煎药。既然老爷能替别人瞧病,也一定能帮她将病治好。红升见了她眼里那真诚的眼神,虽不全信她的话,可心里也有一丝安慰。

平时,这红喜在院里打杂,红升很少关注到她。现在,她代女仆来照料自己,红升发现她不仅机巧,而且还会安抚人,再细看五官,也是眉清目秀,不免又多了几分好感。再问其卖身葬母一事,才知道她原来就是早先那牙婆说的那个乐户。当时正是红升觉得不妥,才搁下了这桩事,娶了倪锦儿。问明白了这些,红升就觉得,自己有些对不住她。

再问她为何偏要卖身马家,原来这红喜还挺有心计。虽是卖身,她也要挑一个好人家。她母女当初得知,马家看不起她是个乐户出身,其母就亲自上北街暗访。她们从邻里那儿得知,这是一户地道的人家,于日又去托那牙婆。那牙婆才如实相告,说自己也曾想方设法说服马家,诸如那丫头只要进了门,日后即使典卖到别人家,也有利可图等。可马家绝非贪图算计之辈,故未能说动。

于是母女就认定了马家。那倪锦儿进马家时,她母女还曾来此看热闹,在门口玩儿杂耍。当看到倪锦儿进门的气派,她娘就说,马家这样对待小妾,将来就是做仆人,也要来马家。没想到她娘今年死了,所以,她就一心要卖身马家。担心到了别处,被买主从东家转卖到西家,最后就越卖越贱。

红升听了这些,很是感动。中午又听说府中一杂役病倒,红升更是心事重重,惶惶不可终日。她就让红喜给夫人带话,说自己临终,想见夫人一面。

下午,夫人便带着红升的女儿来看她。那个孩子看到红升的样子,只有默默地流眼泪。红升见过孩子,便让她离开。她眼泪汪汪地谢谢夫人带孩子来看她。她知道,马金堂除了红喜,不让任何人进这屋。现在见了夫人,她死也瞑目。不过,她告知夫人,自己有两件事情求。

碧儿说:"你我相处多年,情同姐妹。现在你有病,有什么舍不下的,只管开口。我一定会想方设法成全你的心愿。"

红升说:"夫人对每一个孩子,都视同己出,我对夫人断没什么不放心的。我只是希望夫人在我死后,仍跟我在世一样,别让他人轻贱了我的孩子。"碧儿点点头,说只要我在这个家,我一定一碗水端平,别人不可能看轻你的孩子。这个说完,杨红升就说道:"我希望我走后,夫人同意让红喜顶替我,让金堂纳她为妾。"

这个请求令碧儿深感意外。于是,红升将红喜与马家未尽之缘讲了一遍。说这红喜既是有心人,日后一定能为马家带来好运。夫人则回应说:"你既有这份心,日后我一定不会将她当下人看。至于纳妾一事,我虽能做主,只是担心倪锦儿那边不高兴。我料定她没有你我的肚量,只怕引来妻妾不和。"

红升自然能够理解夫人这番话。说倪锦儿那头,自己临终之前,当会见她一面,求她允了这事。于是夫人点头说,只要倪锦儿不反对,这事就能成。红升、红喜谢过夫人,就请她离开。碧儿还看着红升的眼睛,想跟她说些什么,红升就让红喜请夫人走。碧儿只得离去。自此,那红喜对红升更是忠心,日夜守候在她身边,对她照顾得无微不至。

一旬有余,那病倒的杂役居然在红升之前走了。马金堂请人,将他埋在了城外荒野。红升不仅没死,精神倒比从前好了许多。如此反复了两次,时好时坏,似乎每个人都以为她活不久了,马金堂亦开始为她准备后事。只有那红喜相信她会没事,一定会好起来。

因为长时间服汤药,她闻到那药味就想呕吐。整个房间里都弥漫着那令她头晕的药味。碧儿得知后,让红喜拿来上好的冰片、沉香、樟木,天天焚烧,以驱除房里的药味。可无论如何，她身上的味道去不掉。头发上、衣服里，都有药味，即使红喜给她刚换上干净的衣物，她流出的冷汗依然是浓浓的药味。便溺的赃物，也全是药味。她自己都觉得自己脏。

可红喜任劳任怨，随时帮她清洗身子，帮她擦汗。红喜成了她的精神支柱。没有红喜，她便觉得自己支撑不住了。在她强烈的要求下，马金堂终于为她停了药，并告诉她，最危险的时刻已经过去。既然她能坚持到现在，那她就不会死了。只是这有毒的药，伤了她的身子，日后需要慢慢调理。

秋天到来的时候，她终于看到了活下去的希望。尽管四肢仍然软弱无力，可精神再次好了起来，人也变得清醒多了。红喜更是开心，不仅每日守在她身边，陪她说话，高兴的时候，还为她唱小曲儿，玩杂耍给她看。红喜从小跟在母亲身边，到将军府，到大户人家去祝寿唱乐，去过蕲州、开封、固原、大同等许多地方，也学会了很多杂耍，每样都令红升感到十分惊奇，更生喜爱。红升不仅年长红喜许多，个子也比红喜高大。最明显的是那双手脚，样样比红喜大许多。再细瞧红喜那小巧的五官，小胳膊、小腿儿，红升越看越喜欢，越发将她当做妹妹看待。两人的感情一日好过一日，真的胜过了一家人。

红升的病情在好转，瘟疫还在肆虐，可饥荒紧接着大面积爆发了。去年冬季，西北来的土匪、流民不仅抢走了北方地区的粮食，掳走了诸多劳力，还到处杀人放火，导致开春后田地大面积撂荒。接下来是漫长的雨季和瘟疫流行，到秋收时节，许多人家颗粒无收。可以充饥的东西越来越少，北方数省的饥荒，日益严重。而这个秋天似乎来得特别早，秋雨一场接一场，更加重了这场饥荒带来的灾难。

大量流民的出现，让那还没有过去的瘟疫显得特别恐怖。州府衙门也意识到了事态的严重。四处逃窜的流民，不仅会让瘟疫再次爆发，还有可能激起民变。地方将情况奏报到京师，皇帝一年四季不上朝，朝廷上下也是一片混乱。民变、叛乱年年都有，谁还顾得上这些人的死活！

州府衙门无奈，只好有求于地方乡绅大户，希望大家拿出一点钱，一点粮来，救济流民，将他们划定的区域安顿下来。一是为了控制瘟疫，二是防止万一发生民变，出现杀人放火抢劫大户人家的事。这事就由知府大人出头，巡抚大人坐镇，乡绅大户和定州的富商们纷纷表态，愿意出钱，出粮，出力。马金堂自然带头表态，受命在北街设一粥棚，救济流民。

第十七章

北街赈灾巧施药粥　三娘看雪无奈冬天

　　马金堂回到家,便与碧儿商议这设粥棚的事。碧儿说最好能跟红升一起商议。红升是商家女子,对社会上的事情,比自己了解,多听听她的,没什么坏处。于是,马金堂和碧儿又来到红升的房里,却见那红喜披头散发赤足,在床上给二夫人表演盘叠身体的柔术。见老爷夫人进屋,红喜慌忙翻转身来。红升正要起身迎接,被马金堂快步上前拦住。红升坚持要坐起来,红喜马上将被褥垫在她的身后,让她靠着身子,方便说话,然后搬过两张椅子,让老爷和夫人就坐。

　　于是马金堂将今日知府大人邀请地方乡绅、大户、豪门、商贾救济流民的事说了一遍,说想跟她商议一下,该如何处置。

　　碧儿说道:"马家今日既领了官府的命,自然容不得咱们讨价还价。咱家现在尽管不宽裕,可也不能抗命。况且这开棚赈灾,也是义举,自当想方设法,筹些钱粮,在指定的日子施粥。若粮食不够,只能花银子到别的大户人家那里去买粮。"说到这里,她就用眼睛看着红升,希望听听她怎么把这个变成现实。

　　红升咳嗽了一下,接道:"这事儿,先要银子。只能先拿咱家的银子,买粮,开起来。"她中气不足,只能拣短的说。歇了口气,她接着道,"咱家的银子,不够。我赢回来的房子,还可以卖,要么跟人换粮食。"看她说得上气不接下气,红喜就去给她捶背。"咱马家的老宅,实在不行,典当。熊氏,有约在先,只能当。"

　　碧儿听她这么一说,就明白了。她接口道:"红升妹妹说得很好,我听明白了。现在我来说,你休息。如果我说得不对,你再来更正我,好吗?"红升就看着她。

172

碧儿说:"那咱们家现在要做的事,一是把手上的钱拿出来,去买些米,到开棚的日子,先开起来;二是把红升妹妹打官司赢来的那套房子尽快卖出去,或者把它卖给有粮的大户人家,换成粮食;三是可以把城南的老宅典当或抵押出去,这样就可以解决银子的问题。但问题的关键,可能还是粮食。这么大的饥荒,粮价肯定会涨,粮食肯定难买。可无论如何,价再高,这个时候也得买。"红升听了,点点头。

像是老天故意要刁难大家,马金堂为开粥棚赈灾,四处去求人买粮,风雨却越来越大。有粮的商家,都在囤集居奇,大家都知道粮价将猛涨,准备把粮食压到明年夏粮入仓前再卖。而那些大地主,要么以自家也要开设粥棚为由拒绝,要么推说自己也在到处想办法买粮,自己手上拿的也都是银子,府上并无余粮。马金堂与现任知府并无特别的交情,担心粥棚若开不好,官府降罪下来,那可是吃不了兜着走。他爹当年曾一再嘱咐过他,与官府打交道,要特别小心。那些人多是笑面虎,吃人不吐骨头,说翻脸就翻脸。无论做什么事,官府总是把任务或规矩放在前,图谋你的财产放在后,而且是说来就来。

于是他冒着大雨,走了一户又一户,几乎个个都是这样答复他。有个乡绅是他父亲生前的老朋友,知道他马家菩萨心肠,体谅他筹粮赈灾,同意卖给他一些粮食,但那也得一个月之后,远水解不了近渴,而且数量与开设粥棚所需,相差甚远。那人告诉他,虽然官府指令商贾望族开锅济灾,其实官府手上也有粮食,设粥棚赈灾的人家,可用银两去官府购粮,以利流通。地方这么大的灾荒,朝廷肯定拨下了足额的赈灾钱粮,可那些发国难财的官吏,却在那里高价倒卖粮食。这官场之人,自古都是狼心狗肺,自然要借此机会,剐地方商贾、大户、士绅们一层皮。

马金堂这才明白,为何如今兑粮这么难。那些大户都知道官府的把戏,现在抓住粮食在手,就是抓住了全家的命根子。自己若不按时开棚赈灾,那灾祸就离自己不远了。

马金堂回到家中,将这些情况告诉了碧儿和红升。红升为他支招儿,许多人家囤粮,是为备不时之需,并无商贾挣大钱的算计。如今官府和商贾一样,都算计着用手里的粮食多生一些钱来,他马家自然兑不起。他们的粮食,只能找那些士绅大户去解决。她告诉马金堂,此番再去别人家,不要言及兑粮,而是用银锭作担保借粮。今借一石粗粮,至明年夏粮上市,还一石细粮。这样既保证了那些大户人家不用担心粮荒,又保证了他们在这一出一进中,将陈年的粗粮换成新打的细粮。如此,应该可以借到粮食。碧儿则说,她听公公说过,当年他在太原,借给王千户母亲看病,让王千户放吕院判儿子一马的事,说现在疫病流行,老爷你可以到原来被你救过命的大户人家去试试,说不定会有很好的效果。再则,如果再有大户人家到你这儿来求医,咱们是否可以涨点儿问诊费,咱不要他银子,让他们拿粮食来抵。

在此之前,马金堂很清楚,这次赈灾,闹不好也就会成为马家的一场劫难。一旦被官府算计,马家必将倾家荡产。现在有了红升和碧儿的主意,他连忙出门去兑粮食。一路上,他想明白了,还可以用两处院子做抵押,以保两日后能按时开棚施粥。他接连拜访了一大群父亲以前相熟的士绅人家,虽没换到粮食,可较之前日,都有所松动。他似乎看到了一线希望。

第二天,他还没出门,衙役便跑上门来,催问设粥棚一事,说如不能按期赈灾,一律押解官府问责。马金堂让衙役带话给知府大人,说自己这就去想办法筹粮,尽量按时开棚赈灾,不会无故迁延。事情迫在眉睫,他冒着瓢泼大雨,这就出门了。

忙了半天,去了三户人家,依然没有任何着落。城里的流民似乎越来越多,还听说昨夜就有盲流抢劫了两户人家。官府已带兵勇,抓了不少人。那知府衙门和巡抚衙门的班房里,已经关满了人,再也无法收押人犯。他坐在马车中,望着外面似乎永不停歇的大雨,走过了一条又一条的街。没有足够的粮食,明天便无法开棚,大难就离自己不远了。看着那挨家挨户紧闭的大门,他的心底不由得透出丝丝的凉意。一个冷战从他的后背而起,直打上了头顶。

就在此时,马车经过范大人的府邸,就是前些日子请他上门为小姐看病的京师布政使司的那个范大人。他想起碧儿说过的话,心里一动,立刻让车夫停车,抱着试一试的心理,冒雨下车,敲响了范府的朱红大门。

良久,里面传来问话,问敲门的是何人。他回应是前些日子上门为小姐瞧病的北街马郎中。等了一会儿,那看门人叫来范府总管家,才将大门开了一条缝儿。

马金堂见了总管家,就像见到了救星。忙说道:"我马郎中今日有难,不知总管家大人能否听我一叙?"

那总管家望着满身湿透的马金堂,打量了片刻,终于请他去大堂说话。两人穿过前院,入了大堂,马金堂撸去头上的雨水,给总管家施以大礼。管家让人给他拿来毛巾,让他不必多礼,问有什么事情,请讲。

于是,马金堂将知府指令自己开锅赈灾,而他马家又没有现粮,银两也不足,为了赈灾、购粮四处碰壁的事情说了一遍。明日期限即到,自己无路可走,方冒昧敲门,请求管家大人在这生死攸关之时拉自己一把,帮自己渡过眼下的这一关。

总管听了,并无表示。只是让他在大堂稍息片刻,随即去了后院。马金堂忐忑不安地等候在大堂。约摸过了一刻钟,那总管才回来,身后跟着女仆,扶着范府夫人一同出现。

马金堂立即起身,给夫人请安。范夫人听马金堂再说了一遍,念及他曾救小姐一命,有恩于范家,答应借粮给他。她说:"要说咱范府,粮食也不多,主要是预防灾年之用的,从来不借也不卖。但是念及神医您救过小姐一命,我们可以给您,但只能是借。只是不知马神医您是怎么个借法。"马金堂听了,忙跪下给夫人叩首,谢夫人在生死关头借粮相救。他说自己可以用银锭或两处宅子作担保,今年借陈年粗粮,明年仲夏以细粮偿还,借多少还多少。老夫人受了跪拜礼,待他起身,便留下马金堂,转身离去。

夫人点头同意,总管家才与马金堂仔细商量这借粮之事。现在外面混乱,到处是流民,这粮食露面亦不安全。遂商定,马金堂先将银锭派人送到府上,每日半夜,去范府后街提粮。切不可走漏了风声,招来强人祸害。

到此,马金堂终于如释重负。他谢过总管家,走出范府,乘车回家。

黄昏时分,马金堂才回到家。此时,他已在外奔波了一天,饥肠辘辘,人也淋成了落汤鸡。红升再也躺不住了。她振作精神起床,让红喜赶快伺候老爷洗浴、更衣。说在这关键时刻,切莫让老爷病了,又吩咐下人赶快给老爷煮姜汤。

碧儿听说老爷回来了,人也跑过来,知道借到粮了,心里的一块石头这才落地。她立刻叫来管家,让他把明天的事情都安排好。粮食借到了,明天的事,最好别让老爷操心。红升一听夫人这么说,就吆喝道,如果这些事都指望老爷一个人去做,岂不是要把老爷累死。然后,她让红喜扶着,冒雨去了厨房,煮了一锅粥,给仆人和管家做样子。说明日开粥棚,就照这个样子去煮。那流民太多,粥太稠,有多少米都不够。又与管家合计好,头一天大概要煮多少锅,哪个发粥,哪些人看着,如何做到不重复派粥,中间如何别惹出乱子。

之后,红升把大家都叫到老爷那里,让老爷训话。老爷累了,也不想说什么。碧儿想了想,就说道:"今天叫大家来,是要先给大家讲清楚,明天就要开粥棚了,大家得打起精神,不能松懈半点儿。要像打仗一样,帮咱马家渡过这道难关。为什么这么说呢?因为这是官府安排下来的事,咱是民,民不与官斗。大家知道,老爷这些时一直都在外面跑,外面下那么大的雨,老爷一天也没有停歇,就是为了筹粮,为了完成官府定下的赈灾任务。老爷都这么重视设粥棚的事,大家更得要重视,千万不能大意。官府定下来的事情,咱如果完成不好,那会是什么结果呢?家破人亡。因此,这件事,第一要紧的,是大家都要重视,千万要打起精神,跟马家一条心,共渡难关。第二要紧的,是对流民不能没有同情心,但也不能没有原则地乱同情。这件事情,主要体现在发粥上。每次发粥,一瓢下去,舀多少,不能大意。发多了,是乱同情,咱马府底子薄,闹不好人没有救着,咱家没钱了,抵了房子还不够。那样的话,官府还没有动咱家,咱家自己就把自己给弄死了。但是,你发少了,流民活不了,那也不成。现在对他们来说,有了粥就有了命,咱们是救他们的命。咱们如果发少了,他们活不了了,闹不好就会找咱们拼命,那也不成。但咱们心里一定要清楚,咱们是为救他们的命,而不是他们想吃多少给多少。然后第三呢,现在一定不能出乱子,出了乱子,官府还是要过问的。官府一插手,闹不好没事儿倒弄得有事儿,咱马家可没那么多钱财去对付官家。"最后,她宣布,红升妹妹恐怕还得打起精神,跟小管家一起来管好此事。红升要多注意点自己的身体,明后天一过,有什么事,都可以交给小管家,别让这雨天淋坏了身子,再加重她的病情。红喜要跟紧点儿,要把红升照顾好。小管家在马家多年,忠心耿耿,可以放心。有什么事,红升可以自己决断,发粥的事,由她总管,拜托给她了。红升表示,请老爷夫人放心。家里上上下下都表示,一定记住夫人的话,把粥发好,和马家共渡难关。

红升回到自己的房里。喝了姜汤,换了干净衣裳的马金堂,坐在床上打喷嚏,满面红光。红升估计他无大碍,想到明天开棚赈灾,不无顾虑地说道:"老爷,咱还是有些担心。"马金堂忙问担心什么?红升说道:"答应开棚发粥的并非只咱一家,依我看,这明日还会有大雨,如果那些答应设粥棚的人家借此拖延,仅是咱们一家先开棚,全城的流民闻讯而来,闹不好还会生出乱子。"

听她如此说,想到那成千上万的流民,马金堂又生出几分担忧。就说道:"依你看,该如何是好?"

杨红升想了半天,亦不知如何是好。正愁着,忽然看到夫君床头那没喝完的姜汤,就有了主意。说道:

"依婢妾之见,明天开棚,先以帮灾民驱寒为名,先供姜汤。先以姜汤稳住大家,如果官府来检查,我已开设粥棚,官府无话可说。流民如问,告诉他们,先发姜汤,后发粥。发完姜汤后,若有人也发粥了,我亦供粥;若无人发粥,我也当暂缓。这样既不会引起骚乱,也不至当冤大头。"

马金堂听了,不住地点头。这当是缓和流民爆棚的好方法。

第二天，马家北街的粥棚按时开锅。尽管天上还在下着小雨，闻讯而来的灾民仍如潮水般地涌来。幸亏红升预备了姜汤，官府也派来了兵勇维持秩序。饥饿的人群躁动不已。杨红升见此，让红喜掌勺，她亲任现场指挥。尽管只是姜汤，这粥棚仍是好开不好收。人群几次出现挤棚的现象，差点儿酿成了骚乱。

正在此时，李四八带着十几个男人来了。他一来到，就直接对红升说，他带人帮忙来了，请红升姐姐吩咐，有什么要他们做的。红升知道，他这是还人情来了。李四八是个小混混，尽管倚强欺弱，但为人还很仗义。红升就让他们帮忙维持秩序，告诉他，不可添乱。李四八说，请姐姐放心，保证没有问题。乱象开始稳定下来。没拖多久，听说有人开始供粥，于是马家的粥棚也开了。巡抚大人带着官兵来检查，见没有出乱子，也就放心而去。

但城外的情形更糟，一些饥饿的盲流开始抢劫大户。巡抚大人闻讯，带官兵前去镇压。整个定州，一片混乱。

多亏了那机敏能干的红喜打帮手，杨红升才好不容易坚持到天黑。她指挥下人，把东西收拾好，这才回到大院，人已精疲力竭。明天还要继续，她安排杂役吃了点东西，嘱咐大家早点休息，又留下几个人，准备晚上随老爷一起去借粮。一切安排妥当，已经很晚了。

碧儿让她去休息，让红喜也休息，然后和倪锦儿、熊氏一起，准备明天的东西。到点了，碧儿又把马金堂等人叫起来，让他们去借粮。然后直到马金堂回家休息了，她们才休息。小管家尽管比谁都辛苦，但是今天已经没有办法了。

第二天，城里的空气格外紧张，因为城外已经出现了暴民。巡抚一面派官兵前去弹压，一面让知府严格控制各个粥棚救济点，要保证每个灾民都能喝上粥，以免激起更大的民变。朝廷都拨下了救济粮款，一旦激起大的民变，知府、巡抚即使不被杀头，也会被革职查办。因此，知府让兵丁封锁各个城门，严禁城内城外灾民任意流动。

几天下来，腰酸背疼的杨红升再次病倒，马金堂看在眼里，疼在心头。晚上，他不仅给她煎药，还帮她按摩。杨红升知道他比自己还要累，让他别为自己操心。说只要有红喜照顾，他尽可以放宽心。叫他不用担心自己会死，上次病成那样，也都活过来了。这次是累倒了，躺两天，估计就会好的。她要马金堂多多保重自己，因为他是全家的顶梁柱。他若累倒了，那全家可就完了。

红升先让红喜伺候老爷洗漱，然后叫她给老爷捶背，按摩，使他全身放松。之后碧儿来了，看老爷太累，就让他转到大房休息。自己和倪锦儿、熊氏再次准备明天的东西。另外，碧儿叫小管家今晚好好休息，看药店里一个叫做徐九三的伙计很精明强干，就让他今晚替换管家，到时跟着老爷去借粮。她想试一试，如果合适，就让徐九三和小管家两人互相换着，以便相互有个替手。

熊氏听说杨红升又病倒了，就主动提出，自己明天去顶替杨红升。碧儿听了，很是高兴。这个时候，正需要人手，多一个人，多一份力。但是她还是有点不放心，就嘱咐徐九三，第二天得帮帮熊氏。第二天早上，她让杨红升好好休息，让红喜去帮熊氏打下手。红升也认为这个安排挺合理，说红喜机灵，身体好，会做事，是个好帮手。

安排完红喜后，碧儿跟倪锦儿商量道："锦儿妹妹，姐姐找你商量个事儿，你看成吗？"

倪锦儿忙问道："什么事儿呀？有什么你尽管吩咐，还商量个啥？"

碧儿于是说："这几天你能不能不管孩子读书了？"

倪锦儿问道："为什么？还有什么别的事吗？"

碧儿说："红升都病成那样了，你是否能照顾一下她。要说你是个大户人家的千金小姐，本不该让你来照顾杨红升，可是家里大家都忙，又实在抽不出人来。红升现在是家里的顶梁柱，她不能倒下。论理你和红升妹妹在家里是一样的，姐姐本不该这么安排，可现在姐姐实在没有办法，姐姐现在只能想到你了。就算你帮姐姐你这个忙，暂且照顾红升妹妹几天，如何？"

倪锦儿说道："其实，就我本意来讲，我是想照顾红升姐姐来着。就凭我俩的关系，哪怕照顾她十天半月都不为多。可是夫人你清楚，我从小都是被人照顾着长大的，哪会照顾别人呢？要不就让我的丫鬟同时照顾红升和我吧？你看怎么样？"

碧儿一听，觉得挺好的。于是同意。

杨红升见此，内心也很感动，忙说道："因为我的病，都给大家添乱了。我这就养好自己，过两天就再次冲到前面去！"

碧儿说道："你先别谈什么冲不冲的，只管休息好就是了。如今这世道，外面这么乱，也只有你能抛头露面。熊氏看将来能不能助你一臂之力。我管管家里，锦儿妹妹照顾孩子读书还成，那外面的事儿，我们两个是不成了。"

开粥棚之苦，杨红升是深有体会。她担心熊氏顶不住，歇了两天，体力稍好一点，又去替下了熊氏。那熊氏亦是明理之人，歇了一天，又去为她顶两天。就这样，你顶一天，她替两天，直到灾民潮过去，一波一波被官兵驱逐遣散，她们才将息下来，总算熬过了这一关。

尽管马金堂同意让杨红升打理家财,可是,在救济的过程中,他发现,既然自己把杨红升治好了,那么说不定就有可能救治更多的人。于是他仍是坚持尽量用一些便宜而有用的药材,加到粥里,这样熬成药粥,给大家喝。只要流民不往城里涌了,他就派佣人到外面去割些菖蒲、艾蒿等药材和蒿草,天天在粥棚周边薰。马家先是用姜汤,后来靠熬药粥,给大家送去健康和温暖。后来巡抚大人在答谢宴上,在感谢定州众大户、商家、士绅开设粥棚时,首先谈的就是马府医一家巧施药粥,救济流民之事。这在定州成为一时的美谈。

　　施粥结束,累了一个多月的马金堂,终于病倒。而这场瘟疫,也随着流民的纷纷返乡而宣告结束。整整一个秋天,马金堂都没有怎么好。主要原因,还是元气大伤,不仅劳心,还很劳力。

　　中医的特点,自己医术再高,也不会给自己看病。马家前前后后请了好几个郎中,可马金堂的病时好时坏,好久都没有好断根。就这样,好不好,坏不坏地拖着,一直拖进了冬天。

　　冬季的严寒彻底止住了流行的瘟疫。一场大雪之后,一切又都归于平静,仿佛这世界上什么都没有发生过一样。大雪掩盖了贫穷和饥饿,也掩盖了大地的肮脏。它把一个粉白晶莹的世界,呈现在大家的面前,仿佛是要洗刷人间的灾难和罪恶,仿佛是要给苦难的大地和沧桑的人世以安慰,它就把那种激难后的大美,摆放在人们的面前,无论你要还是不要,它都展示给你。而在这个寒冬,各家各户还是紧闭着门窗,抵御着严寒的袭击。缺衣少食的穷人,又将面临着一场灾难。没有人会在意这个隆冬会有多少人被冻死、饿死。死人的事,就是最常见的事。历朝历代都是如此,人们都已经习惯了这一切。

　　只是大雪它掩盖不了人们心灵的创伤。整个秋冬,马金堂一直躺在病榻上,妻妾四人,每日轮流守候在他的身边。吃得饱肚子,不等于能抵御寒冷的威胁。令碧儿最伤心的事,是这个冬天,她失去了自己唯一的儿子。或许是因为见过太多死人的缘故,或许是因为丈夫还在重病中,她只能默默地流泪。在默默地流下了冰冷的泪水之后,便将那瘦小而冰凉的尸骨,双手抱着,送到城外。她做了一个母亲最后能够做的唯一的事情,亲手将她唯一的儿子埋葬。

　　活着对每一个人来讲,都是一件残酷的事。那熊氏自改嫁给兄长,没有同过几次房,便开始过着冷清的日子。每天除了轮流去伺候夫君,便是守着自己的两个孩子。夫人亲生儿子的离去,也给她的心头增添了一层阴影,她盼望马金堂的病能早一天好起来。不过就算好起来,又能如何,几个妻妾他又能顾得上谁?况且他对自己也不冷不热,这样的日子,她又能有什么盼头?

两个孩子还小，也难以理解她的心情。每天，只有女仆可以陪她说说话。为了在这个大家庭里站住脚，为了在家中有足够的份量，也许她还需要有一个孩子，这或许是她唯一可以期盼的事。除此之外，她还能怎么着？

　　唯一值得庆幸的是，碧儿还算是一个很理性的夫人。她人还是比较精明强干，在各位妻妾之间，尽量一碗水端平。她们四人之间，还没有什么磕磕绊绊的事情。她的孩子好歹也是马家的骨肉，只是作为夫亡从兄的妾，在这亲亲尊尊长长的家庭秩序中，她的儿子并非嫡传，她自然也不会有什么特殊的地位。即使孩子以后长大成人，如果不成器，那也就是一个安慰而已。仅靠他们，她怎么可能改变自己那可悲的命运。

　　妻妾命运两重天，或许她就命该如此。

　　熊氏觉得日子不好过，那倪锦儿的日子又好在哪里？每天守着空房，除了那贴身丫鬟在眼前晃来晃去，她连一个说知心话的人都没有。她可不是普通人，她曾是豪门大户的千金小姐。如今到了这个份上，她也不得不改变自己。至少，那丫鬟再也不是从前那卑贱的丫鬟，不幸的命运改变着她与丫鬟之间的关系。她也试图让自己去了解身边的每一个人。为此，她尽了自己最大的努力。可她仍然觉得她和大家之间的差异那么大。尽管生活对她来说是这样苦，可她奇怪的是，自己的身体竟比以前结实了，体质更好了。她在向现实生活低头的同时，并没有放弃对荣华富贵的向往，也没有忘记已经逝去的奢华的生活，仍在幻想着有朝一日还能回到那似乎遥不可及的过去。

　　可是生活在变化，命运不可捉摸。她是在父母的宠爱中长大，她需要有人宠爱的生活。时光在流逝，她也在一天天变得麻木。矜持、高贵对她已没有了任何意义。前面等待着她的很可能就是缺衣少食的生活。如今那马金堂又病倒了，她有一种强烈的漂泊感，在这动荡的世界里，不知以后又会漂向哪里。去年那逃难的生活，她仍记忆犹新。她都不知道，自己那时是怎样挺过来的。她不认为是自己太脆弱，而觉得是这个世界太脆弱。仿佛这个世界上的一切，都会随时破裂了似的。

　　正是因为如此，她发现身边这唯一的丫鬟，对她来讲，已经变得越来越重要。她越来越依赖对方。从前丫鬟不过是在看她的脸色行事，可现在，无论她做什么，都要听从丫鬟的建议。那丫鬟会不时地提醒她，该去给夫人请安了，见了夫人该怎么说，该怎样照顾丈夫，还有，该在大家面前做些什么，等等，等等。

　　这不是她想要的生活，但她又不得不去这么做，不得不默默地接受这一切。她不知道为什么,命运为何会是这样,自己为什么会是这样,命运为什么最终却要嘲弄她。她知道夫人也是读过诗书的人,她不清楚的是,为什么她们姐妹俩能坦然地面对这一切,为什么她们会接受这样的生活且死而无怨。而反观她自己,她似乎永远都不会接受这样的生活,她注定要做一名倍感孤寂的怨妇。

在这漫长的冬季里,她时常一个人坐在窗前苦思冥想。她所想象的生活,仿佛就在世界的那一头,而且一天比一天遥不可及。她不想说也不想动,只是一个劲儿地想,这天底下是否只有一个像她这样的人,或是在那遥远的不知名的人家,也有一个女子与她一样,坐在窗前,在面对着这白茫茫的天地,想着同样的事。那女子注定了与她一样孤苦伶仃,注定了与她一样对现在和未来无能为力的生存。

那总是在找事做的丫鬟,似乎知道她每天都在想些啥,不时会冒出一句:"在想那过去的事?"或是:"小姐是不是觉得自己命太苦?"也不用等她回答,人家便会说:"也许这就是老天爷的安排。"

除非该她去伺候老爷,或是夫人那边有事,那丫鬟通常都不会去打扰她。见她坐得太久,或给她送一只暖手壶,或是给她递一杯热茶,然后就在不远处边干活儿,边看着她,猜测她在想些什么。还不止一次地提醒她:"也许那二夫人说得对,你要是能给老爷生下个孩子,……"话没说完,又是一声叹息。

这天,她正在窗前发呆,面无表情地望着那纷纷扬扬的雪花,夫人突然冒着大雪到她这边来。惊诧的丫鬟,立刻帮夫人拍去肩上的雪。倪锦儿顿时从走神中警醒,给夫人碧儿请安。问夫人突然上门,是有何急事要吩咐。

夫人说:"没什么急事。只是两日没见到妹妹了,来看一看妹妹都在干些什么,如何打发时间。"

望着夫人那张永远温和的脸,倪锦儿总也猜不透那张脸后面藏着的是什么? 是悲凉? 还是冷漠? 夫君病重且又新近丧子,她也就是皱了皱眉头。即使是抑制不住内心的痛苦,她也会露出一张苦笑着的脸。倪锦儿不知道夫人的头脑里想些什么,无论什么挫折和打击,无论什么困难和痛苦,她似乎永远是无动于衷。她就像一尊活菩萨,既有着菩萨的慈悲胸襟,亦有着菩萨一般平静且可敬的尊容。只要看到她这张脸,似乎就能给你胆量。任何事情都可以求她,任何事情都可以对她开口。她似乎不会拒绝任何人,没有喝斥没有责难,只有大度的宽容。

碧儿关心地问了几句倪锦儿的生活,担心自己的考虑欠周。说这时很苦,你这里短少什么,尽管吱言一声。然后,便对她说:"你身子不太好,亦要多保重。金堂那边的事,你可以少费点儿心,那红升和熊氏做事泼辣,能吃苦,她们知道你做不得粗活,以后晚上,你就不用去伺候金堂了。白天没事,经常过去看一看。"

倪锦儿明白,肯定是因为她们觉得自己照顾夫君不周,夫人心善,不愿直说。于是欠下身子,内疚地回应道:"都是婢妾不好,没有照料好夫君,让夫人和姐姐们费心了。"

夫人则说:"妹妹不用深想,她们两个,也是一番好意。"

倪锦儿只能默默地流泪。夫人安慰了她好一会儿,这才离去。那丫鬟叹息道:"这不等于伺候老爷的机会又都没了?"

又过了两日,雪止了。白天依旧一片昏暗。那雪好似随时都会落下。丫鬟提醒她,也许该去看一看大家,给夫人请个安。她坐在那儿还没有回转过来,夫人又找上门来了。主仆二人慌不迭地给夫人请安,问夫人好!

碧儿回话:"都好!"

然后,碧儿告诉她,今日来见妹妹,有一事相商。金堂病体延月有余,只是仍不见好转,大家都怕万一有个不是。红升妹妹提议,既如此,何不给夫君纳妾冲喜,或许不日就会有转机。夫人知道倪锦儿是最反感夫君纳妾一事的,故而特地前来商议。

倪锦儿紧锁着眉头,回话说:"既然是为了挽救夫君一命,婢妾又有何话可说?夫人尽按二位姐姐的话办就是了。"

夫人说:"我就知道妹妹是通情达理之人,只是以后,少不得还有委屈妹妹的时候,我也想借此,驱赶孩子夭折的晦气。"

夫人走后,那丫鬟又叹息道:"唉!愁煞人也。"

倪锦儿再次流下了两行冰凉的泪水。窗外又开始飘雪了,她的双眼总是盯着那雪花飞舞的天穹,不知望向何处。

两日后,夫人便开始忙开了。锦儿的丫鬟早上从前院回来,告诉锦儿,夫人已指使下人在收拾房间,晚上回房便告诉她,那房间已经收拾好了,庖厨的下人也在做准备。

第二天,丫鬟去前院回来,又告诉她:"老爷要纳的妾是二夫人房里的女仆红喜,听说这几日,老爷就要移到新房里去养病。"

虽说没有吹吹打打,也没有客人来道贺,夫人还是把事情办得有模有样。第三天便安排那红喜和老爷圆了房,傍晚还让女仆来带话,让院儿里上上下下都去前院儿贺喜。

倪锦儿来到前院儿,见熊氏正跟二夫人道喜,说是房里的丫鬟进身为妾,主人也沾着喜气,况且红喜这名字挺吉利的,是个好兆头。倪锦儿进房后,先给躺在床上的夫君道喜,再给新人红喜道喜。既然熊氏说二夫人也沾喜,她又恭喜红升姐姐,最后还要恭喜夫人,说从今后又多了一个妹妹。

那菩萨一般的碧儿,面带微笑地回敬她:"同喜!"

一会儿,又说,这红喜机敏乖巧,将来做事肯定更加卖力。对面的熊氏接过话说:"是的!是的!一定如姐姐所言。"

二夫人红升,则端着主人的架子,对新人说:"还不快谢夫人和姐姐们成全?"

小巧玲珑的红喜,立刻上前一步,再退半步,对夫人道:"婢妾给夫人有礼了!婢妾今生今世,一定不忘夫人的大恩大德!"说罢,又冲着熊氏和倪锦儿道:"小妹给二位姐姐行礼了,祝二位姐姐安康。"

门外的杂役、仆人鱼贯而入,恭喜新人入新房。礼毕,夫人指示道:"可以摆宴席了。今天是个大喜的日子,大家可都要吃好!"

无论怎么说,对倪锦儿来讲,这都是一个心灰意冷的季节。在这寒冷的腊月里,她唯一能做的事,唯一感兴趣的事,就是看雪。看天上飘雪,看那屋脊上的雪,看那院子里的雪,看那高高大大的槐树上的雪。除了看雪,她不知道自己还能做些什么。

她不知那老天爷是怎么在想,自纳了那红喜之后,金堂的病情果然一天好似一天。那二夫人见了谁都是笑盈盈的,把这一切都归功于新人带来的喜气,这是老天的意思。倪锦儿却觉得那老天,似乎总是和自己过不去。只有夫人永远是那么平静,倪锦儿仿佛又见到了从前的那个已经死去了的瑶儿夫人。

每天早晚,西院里又传来了孩子们的朗朗读书声,"父慈,子孝,兄良,弟悌,夫义,妇听,长惠,……"

夫人每重读一遍,孩子们便跟着重复一遍。

倪锦儿在窗前,每天都能听到这读书声。她一天天地听着,冬日一天天地在慢慢过去,春天一天天地在慢慢走近。她既没有哀愁也没有欢喜,只是过了一天,又过了一天。

第十八章

夫人安慰大儿兆仁　四娘领受夫君恩泽

开春后，天气一天天暖和起来，蛰伏了一个冬季的马金堂，身体逐渐恢复。他开始慢慢在前后院里走动走动。卧床了一个秋冬，他感到变化很大。杨红升要他静心养好身体，别管院里院外的事。她正在张罗铺子上的事，且又招了一个杂役。从来都不管家里生计的马金堂，这时倒感到家大口阔，压力很大。

待他脱掉冬季的貂皮大衣时，便开始帮红升清理铺子。红升则让红喜陪他去夫人的后院，去看孩子们读书，也散散心，或是去倪锦儿和熊氏那里谈谈话，坐一坐。说铺子里的事，不用他操心。

这红升是个精明的人，为了给夫君减轻负担，也是为了避免马金堂大手大脚随意施舍，她把主要精力都用在制作眼药膏上。她想把眼药粉改成眼药膏。如果只抓药，或对大家出售定州闻名的马家眼药膏，那马金堂便可以不用到铺子里来坐诊，而由自己在前面掌管店子。那样的话，一切都可以由自己掌控，不至亏本开店，劳心劳力还颇为费神。

夫人自然明白红升如此安排的良苦用心，于是以婢妾能干来安抚夫君，让马金堂一心一意将息他那操劳过度累垮了的身体。再让那仆役弄些花鸟鱼虫之类，让他闲时消遣。养身之道在养心，多一份闲情逸致，就多一份轻松闲适，这对他自然有好处。

马金堂这一闲下来，前院后院立刻充满了生机。想到春节时，因为他卧病在床，从年前到年后家里都没有热闹过，也没办什么年货，于是碧儿让管家重新置办了年货，开起了油锅，炒起了炒货，让上上下下也都高兴一回。那后院里读着《三字经》、《千字文》的稚子们，闻到前院飘来的油锅香、炒货香，便

184

再也坐不住了,不住地嗅着鼻子,想知道这香味儿是从哪里来的。看在眼里的夫人,知道这香味儿对孩子们的诱惑有多大,只得放下书本,打开学堂的门,放孩子们去院子里玩耍。解放了的孩子们,像黄雀一样,一个个迅速跃出学堂,寻着那香味儿,向庖厨那边奔去,最后只剩下老大兆儿和她两个人。

夫人望着手里捧着经书仍不愿放下的兆仁,心情特别沉重。自姐姐去逝后,这孩子似乎成熟了很多。什么事都不用大人说,每日只是自觉地读书练字。大人让他干啥就干啥,没有一句多余的话。夫人不由得多生了几分怜爱。她越是关心,这孩子似乎越是乖巧听话。碧儿似乎能感觉到他心里在想些什么,仿佛两人的心已经相通,她不需要说些什么,只需要轻轻地摸一下他的小脑袋,抚一抚他的肩,他就会明白她想对他说什么,那时候,他竟然就会流下泪来。

每次碧儿看见他落单一个人,她都会不自觉地走近他,伸出那支爱抚的手臂,搂一搂他,让他感受到她的关心,她的爱抚,希望他能在默默无语中,感受到她的深情的母爱。瑶儿的孩子,在她心目中,和自己的儿子一样,不会有丝毫的区别。当她慢慢走到他面前时,看见他的眼眶又红了,于是就搂住了他的肩膀,在他身边坐下。碧儿一边将他往怀里揽,一边对他说:

"孩子!我知道你又在想你娘了。你应该知道,你的亲娘是我的亲姐姐,她将你托付给我,我就是你娘。在娘的心目中,你的分量最重,因为你是老大,最懂事,最听话,将来你就是马家的顶梁柱。我知道,你是不会让你爹失望的。"

说完,她就这样一直搂着兆儿。两人坐了很久,再也没有说一句话。在默默之中,俩人仿佛在用心交流,互相感觉对方在说些什么。两颗心因此而越靠越近。

两人还沉浸在心的交谈之中,马金堂无心地走到了书堂门前,看着这一对母子安静地坐在一起,似乎明白他们在干什么。他轻轻地跨过门槛,挪动着沉重的步子,走了过去。碧儿发现马金堂之后,才起身对兆儿说:

"去吧!"

然后,碧儿问夫君好。马金堂望着兆儿离去的背影,感到自己的眼眶也快湿润了。他心存感念地说道:

"夫人辛苦了!这么多孩子还要让夫人操心。"

碧儿望着心思沉重的丈夫,恬淡地回道:"夫君言重了。相夫教子,是为妻应尽的本分。我无力为夫君打理生意,这后院的事,自无开脱之理。蒙夫君不曾嫌弃，为妇感激不尽。不知夫君刚从哪里来？"

马金堂回答："刚去了那边店里，这才过来。"

碧儿听了，还是劝慰他，那铺子有红升照应着，他尽可以放心，就让她去打理。红升颇有才能，像她这般能干的女流之辈，在定州只怕找不到第二个。看马金堂似乎还有别的事，就问他到这书堂里来，不知何事。

马金堂直言不讳："无事，无多考虑，只是信步走来，想看看夫人在干吗！"

碧儿听了马金堂没事，来这后院只是想看看自己在干什么，心里既甜美，脸上却在发烧。自从去年病倒，他就一直住在红升和红喜的房里，他俩很少有亲近的机会。在大家面前，她还要端出夫人做表率的样子，内心的难受，只有她自己知道。哪个女人不想与丈夫亲近？哪个女人不想在丈夫面前撒个娇，博取丈夫的爱怜？可她现在是夫人，她必须为姬妾们做出榜样。她不可以近则不敬，远则怨，为千夫所指。做女人难，为妻更难。她的这种难处，满腹苦水，更难为他人所理解。

她望着夫君头上的保和冠，和身上外护袖镶锦绣的袄子，看它们成色虽然不差，却已是穿了多年的衣物，于是情不自禁地上前，伸手正了正头冠，再抚平衣襟，内心仿佛有千言万语，想对夫君说。可就在这时，书堂外传来了细碎的脚步声。还没等她退后，那身着浅绿色沙帛辫线袄子，下穿葛布彩条裙，襟上还佩饰着一半玉扣的熊氏，捧着一盘炒货，已撞进了门槛。见碧儿和夫君靠得很近，想退却也来不及了。熊氏只得低下头，报告夫人：

"庖厨炒货已出锅。我看夫人还没到，就送些给夫人尝一尝。"

碧儿一时不太好意思，就假作理自己耳鬓的发丝，向后退了半步。她请熊氏进来。说夫君刚好来这里，三人可一同品尝。

这熊氏虽不是什么名门闺秀，却也是定州知根知底的清白人家的女子。虽说是夫亡改嫁进门，属夫亡从兄，可带来的也是马家的骨肉，还有半数的家产。因此，她在家中地位虽不高，可也不自卑。在这近一年的时间里，她也算是吃透了夫人的脾性，所以，当夫人让她留下，三人一起尝尝炒货时，她也是满怀欣喜。自己平日缺的就是和夫人联络感情的机会，况且今天还有金堂在呢。于是，她给夫人和丈夫行了礼，奉上炒货，请二位先尝，然后，恭敬地立在一旁。夫人见了，让她别太多礼，坐下来，大家一起尝。她要的就是这句话，因为在她眼中，只有这夫人既是大家闺秀，又早于自己，是正儿八经地八抬大轿嫁进马家的，而那倪氏虽也出自名门，却是落难之后，无路可走，且是光着身子嫁进来的，并无什么陪嫁。这就大不相同。

所以，夫人让她坐下一同品尝，她心里虽然很高兴，但她仍是端着托盘，站在夫人身边，并不曾坐下，只是腾出一只手，一面自己尝，一面托着盘子问夫人味道如何。见夫人说味道不错，她才逢迎着说，这山货看起来不赖，炒得也是恰到好处。看到两人吃完手里的，便不停地捧上，并观察两人的脸色。见他们今日的心情似乎都不错，她的话也比平日多了起来，说夫人是天下难寻的好人，真正的菩萨心肠，处处都为大家着想，把别人的事挂在心上，处处都是姐妹们难以效仿得了的表率。夫人有什么好事总忘不了大家，自己却是处处都很节省。咱进门也都快一年了，只见夫人花钱为丈夫纳妾，却从没见她给自己添一件新衣裳。活儿都自己干了，却让小妾们也都闲着。

熊氏故意在金堂面前，将夫人赞美一番，以博得夫人的好感。那金堂听了熊氏这番话，自然十分感激夫人深明大义。只担心自己这一生对不住夫人，有愧于夫人，于是又不禁唏嘘感叹了一番。

见夫君如此看重自己，一向谦逊的碧儿，更是觉得自己受之有愧。她说自己能力有限，帮不上夫君什么忙，可她知道家和万事兴，好在有一个能干的红升，能帮夫君挑些担子。碧儿说到这里，自然忘不了将站在自己身边的熊氏夸奖一番，说她明白事理，进退有度。

金堂却说道："红升自然不错，可是夫人你是小事放手，大事清楚。家里大的事情还是你掌管着，大的事理，你心中有数。"马金堂自然知道，碧儿与瑶儿不同。瑶儿是真的菩萨心肠，心软，听不得别人说句话。碧儿平时很松，可每到关键处，她拿得起，放得下，该狠时狠得下来，该软时也软得了，拿捏得十分到位。只要不是铺子上的事，家里的事情，她三下五除二，清清楚楚。

碧儿见丈夫这么说自己，不禁有些受宠若惊。她说自己小女子一个，见识少，没经见过大的阵仗，只能赶着鸭子上架，走一步，算一步。只要家里不出什么大事，她就阿弥陀佛了。

熊氏就说："姐姐你可是太谦逊了。谁不知道你做事是绵里藏针。早就听说那年你回娘家，只几句话，就把那一群闹得鸡飞狗跳的下人管得服服贴贴。谁都知道夫人你当家是一把好手。就说去年开粥棚吧，开棚之前，你就说要找那些老爷给他们看过病、救过命的人家借粮，事情没开始，姐姐你就算出来了。后来果不其然，就是那些人家，救了咱马家的急。所以说，夫人你就是个诸葛亮，只是你平时不做声不做气的，大家还不知道罢了。红升姐姐能干是能干，可她的舞台，是你给搭的。你不给她搭台，她再大的本事，也唱不了戏。她是孙猴子，会七十二变，可你是如来佛，她怎么跳，也跳不出你的手心。"

金堂就说:"你看,你看,我说的没错吧。大家看得很清楚的。"

熊氏越说,碧儿越觉得这熊氏忠心厚道。于是就夸熊氏明事理,懂分寸,为人厚道,不争不抢。两人越说越契合,话也越来越多。马金堂见此,就让二位妻妾们聊。他站起身来,说炒货也尝了,想到前院去看看。碧儿知道熊氏肯定希望夫君在这里多呆一会儿,就说道:"今天难得大家这样开心地在一起,你何必那样急呢,且陪咱们姐妹再坐一会儿。"于是金堂又坐下来,说道:"我是想让你们姐妹俩能说说体己话,这样你们就更亲近一些。"

夫人就说,没事儿,我们天天在一起,还怕找不到时间。熊氏见此,借机将话题转到红升和红喜身上,说她们俩白天要打理铺子,晚上还要伺候金堂,也够辛苦的。这话倒提醒了碧儿。去年秋天以来,金堂一直由红升和红喜照顾,那熊氏还有倪锦儿和自己一样,连亲近的机会都没有。大家都生活在一个院子里,每天晚上,看到前院红升窗前温暖的灯光,不知她们熬过了多少个不眠之夜。

于是,碧儿就对夫君说:"现在你身体好多了,天气也暖和了,以后就不用每天在前院歇夜。待会儿我就让熊氏去通知红升,晚饭后,将中院大房收拾好,还是像从前一样,让熊氏、红升她们几个,轮流伺候你吧。也让那红升多歇点儿,把精力放在打理店铺的生意上。"

夫人既然如此安排,马金堂自然应允道:"我明白夫人的意思,今儿就依夫人的。你们坐会儿,那我就先走了。"

碧儿并没有说今天由谁先开始伺候丈夫。熊氏送金堂出门后,仍没有走的意思,静候在夫人身边,等着碧儿进一步明示。

看着金堂离去的背影,怅然若失的碧儿坐了很久,才意识到熊氏还没有走。她凝视了对方一眼,想了片刻,才说道:"你去吧!"

她说完,熊氏身子动了一动,却又犹犹豫豫地回转身来,她才明白熊氏不走的原因。于是安排熊氏从今晚开始,每五日排一个人,轮流伺候夫君。熊氏一听,心里乐滋滋的,于是告别夫人,高高兴兴地走了。

碧儿便一个人坐在书堂,失神地想了很多。过了好一会儿,她又似乎忘记了自己在想些什么。刚刚过去的这个冬天,给她留下的,除了担忧不安,就是痛苦的回忆。失去的儿子成了她挥之不去的痛。她不愿回头想,也不愿想将来,并时常因此而发呆。如今,这已成了她的习惯。只要是她一个人,她就不知不觉地发起呆来。

每日,她的生活就是这半个院子,她不愿意去前院。她既不想对大家指手划脚,也不想知道她们都在干些什么。她所想的,只是如何才能让众人信服,自己如何行事,如何安顿好每一个人,让她们尽到自己的本分。正因为如此,她才独自带着女仆安顿在这后院里,抑制着本能的想法,让自己平静下来,习惯清心寡欲的生活。那个聪明能干能谋善断处事利落的碧儿似乎在一点点地远离自己,她越来越感觉到自己在变成一个自己都不认识的人,而且,她还必须要这样做。

碧儿还在出神,女仆小梅匆匆忙忙地来到了书堂,向碧儿请示,那熊氏已将中院大房布置妥了,请示夫人,是否将夫人的铺盖用品都搬到大房里去。

女仆说完,她心里似乎好受了许多,人亦变得清醒起来。看来熊氏确实是一个有心人,并不曾忘记她这个夫人。她只是怪这女仆太笨,跟了自己多年,这种事居然还要问。那熊氏既能摆正自己的位置,也知道如何推崇主妇,可见是一个少见的心里透亮之人。

碧儿没有回答女仆的问话,而是让女仆去给熊氏帮忙。女仆见了熊氏,仍不明白夫人是什么意思。熊氏已然明白,她就带着夫人的女仆和自己的女仆一起,将夫人的用品,统统搬回了大房。将房间收拾整齐之后,才让女仆去通知夫人,一切都收拾好了,请夫人来过目,不知夫人是否满意。

夫人来了之后,看到熊氏将屋子里收拾得有条有理,所有东西都按从前的模样,拾掇得整整齐齐,自然没有话说。她就将那熊氏褒奖了一番,再差使女仆去请老爷来看一看。女仆一会儿回来说,老爷正在前院看少爷们玩耍,不得闲。

就这功夫儿,倪锦儿闻讯夫人搬回了大房,带着丫鬟前来道贺、请安。主仆一进门,夫人便看见倪锦儿穿着三领窄袖的翠绿色的纻丝背心,草绿色的凤尾裙,裙裾上是红色、黄色和紫色的鸟饰纹,特别鲜艳夺目。头上的髻式也颇有讲究,银簪上有一颗硕大的贝珠,额上系着一个遮眉勒的兜子,肩上还塔着一件只有九品命妇才有资格使用的绣缠校花纹的霞披,胸前垂挂的是一个古玉的瑞兽坠子。她站在熊氏身边,立刻将熊氏比化了。到底是大户人家的千金小姐,那身份的高下,一眼便能看出。

夫人回了两句,心里却不是个滋味儿。这几年,生活蹉跎,她似乎早已忘了如何打扮自己。今日见了熊氏,倪锦儿,一个比一个上心,一个比一个会打扮,只得口不由心地将两人的衣着饰品夸奖了一番。

那倪锦儿却推脱说,今日闲来无事,并无心打扮自己。无奈丫鬟无聊,非让她按在家做小姐时的模样梳妆打扮。这也使她想起了许多从前的事，并不因为这个扮相而心情变好，反而平白无故地生出了许多的感伤。

夫人自是理解她这份感伤背后的潜台词。以她往昔豪门大户的身份，若不是遇土匪流民之祸，父母双亡，大概也看不上这马家的门庭。更让她伤心的，恐怕还是进门都两年了，可她的身子还是没有一点儿反应。

于是，夫人留她坐一会儿，陪她叙一叙，聊一聊，说相信终有一天，她也会怀上金堂的孩子。也许有了孩子以后，日子会好过一些。就像那红升妹妹和熊氏，她们每日干着各自的活儿，看着孩子们一天天长大，心里自当充实许多。

熊氏见夫人陪倪氏闲聊，便与夫人告辞，带着女仆先走了。夫人让她去庖厨，通知下人，添两个好菜，待会儿她们姐妹三人一起用餐。前些日子，因金堂病倒，大家过得都太清苦，现在该改善改善了。她叮嘱熊氏，别忘了让庖厨给前院的红升、红喜也加一个好菜。

夫人留自己在大房用餐，熊氏自然求之不得。不过，她清醒夫人并非是冲自己来的。当是夫人念倪氏出自大户人家，看不得她做出那受苦的样子。所以，虽然同侍一夫，同吃一锅饭，而人却并不一样，差别大得很。在夫人眼里，这倪氏与她，及前院的两个，还是有区别的。

当她从庖厨传话回来，见夫人和倪氏聊得正投缘，也不愿打扰。她先吩咐自己的女仆去庖厨候着，一俟饭菜做好，便马上送来，又吩咐夫人的女仆小梅去通知老爷，说夫人准备了酒菜，晚上请老爷到大房用餐。还教导她们说，眼里要有活儿，别主人不吱声儿，就傻站在一边。

那倪锦儿见熊氏训导两个女仆，便让自己的丫鬟也一同去庖厨。夫人则让熊氏也歇下来，坐着一块儿说说话。

这是一个令人愉快的日子，冬天沉闷的生活，仿佛到这一天，就结束了。院子里上上下下的人，似乎都觉察到了这种变化。主人的脸上有了笑容，下人做事，也有了笑声。人们说话的声音也大了起来，孩子们也变得快乐起来。他们在前后院子里跑来跑去，也更加活泼、欢快。

晚餐时分，红升听说夫人和两位妹妹都在大房陪金堂吃饭饮酒，就亲自带着红喜，送来了两份松花蕊和葛粉。她告诉夫人，这是抓药的人没钱，用这东西换的。虽然不是什么好食物，但还是可以换换口味。

果然，除了熊氏说自己以前因为家里没有粮食吃过这东西外，夫人和倪氏都不曾尝过。吃过后，都说味道不错。

在夫人的建议下，夫君马金堂也尝了两口。夫人又建议熊氏和红升陪夫君饮两盅,说自己和锦儿妹妹都不善饮酒,只怕难以让金堂尽兴。酒兴正浓的时候,红喜主动给老爷敬了三杯酒。她端起杯子,一饮而尽。众人都说很是豪爽,倪锦儿说,大有醉里挑灯看剑之风。红喜说她们当年到大户人家唱曲儿,没有不会饮酒的。之后,她给老爷唱了一个曲儿,还表演了一个柔术,将碗顶在头上,再用两只尖尖的小脚,移到脚尖顶着。大家都高兴得直拍手。

这么多年来,从来没有一天像今晚这样热闹。看着妻妾和睦相处,马金堂喝了个痛快,很快就满脸通红。夫人借此又将红升和红喜赞许了一番,说去年冬天多亏她俩细心照料,金堂的身体才恢复得这么快。又当着大家的面,重申从今日起,大家以后五日一值,轮流伺候夫君夜寝。虽说自己将每个人都当姐妹看,但妻妾多,规矩总是要讲的,没有规矩不成方圆。况且,倪锦儿,还有红喜都还年轻,都还不曾怀上金堂的孩子,熊氏或许日后还要生,她作为夫人,必须一碗水端平,才能让大家信服。妾侍夫不得通宵达旦,这规矩以前废了,现在继续,为的是人多口杂,以免外人闲言碎语。这一大家子的,小心才能使得万年船。

红升带头,大家纷纷表态,一切唯夫人之命是从,决不会忘了夫人的恩德。

晚餐一直吃到掌灯之后。按夫人的安排,众人离去后,熊氏留下伺候金堂洗脸洗脚。待她自己洗完身子上床,那酒喝多了的金堂,已酣然大睡。她静静地躺在一旁,久久不能入睡。虽说与往日相比,身边的女仆换作了丈夫,可今夜与往日并无区别。只是看着这个男人一觉睡到大天光,她知道,睡在后厢的夫人,和她一样,同样没有睡觉。

第二天,女仆进来伺候两人起床,那马金堂看着一旁唉声叹气的熊氏,才知道自己昨晚喝多了酒,误了事。于是歉意地看着熊氏,说道:

"都是我不好,昨日喝酒误事。"

熊氏什么也没说,伺候他洗漱。吃完早饭,她回到自己的房里,补睡了一觉。

下午,待精神好起来,便打开箱子,从自己的藏货里选了一块最好的绫纱,等到夫人从书堂回到大房后,就亲自给夫人送了过去。

她没说夫君昨夜没碰自己,而是说看到倪氏昨天披着美仑美奂的霞帔,忽然想起自己有一块上好的绫纱,自觉夫人用上一定合适,故今天取来孝敬夫人,请夫人一定莫推辞。既然夫人将自己当做妹妹看,收下这绫纱,就是应该的了。

夫人何尝不明白熊氏的意思。她没有推辞,便收下绫纱,嘱咐熊氏,今天的事，就算是个例外。现在家境大不如前，家里也拮据，没有什么好东西可以回赠。自己这个夫人也没能力照顾好妹妹们，能让大家吃饱肚子，就算不易。妹妹这些藏货，以后还是留着自己用吧。说罢，又谢了熊氏。

到了傍晚，掌灯时分，用过晚餐的熊氏还在犯愁，那夫人的女仆小梅便敲响了门。熊氏不等女仆动身，急巴巴地自己去开门。小梅站在门外，告诉她，夫人让她今晚去大房，为老爷侍寝，说完便扭头走了。

熊氏望着小梅离去的身影，心中悬着的石头终于落了地。她让身后的女仆，赶快去庖厨预备热水，送到大房去。

熊氏去了大房，夫人和金堂相对而坐，正在商议扫墓祭祖的事。她差去庖厨的女仆却一直没有回来。熊氏给夫人老爷请安之后，便去了庖厨，想看个究竟。

到了庖厨才看到，红升和红喜两人都在忙活。明日是寒食节，要禁火，她们正在和庖厨一起，准备明日的火烧，还要将火烧做成咸的和甜的两种，上面粘上芝麻，以便大人小孩儿都吃得有味。火灶占了，女仆就在那儿帮忙，等着烧热水。

那红升见了熊氏，很是欢喜。熊氏原本就是马家二房的媳妇儿，是夫人的身份，现在尽管也在做妾，可到底还是不太一样的。红升本来就是与谁都谈得来，在纳熊氏的事情上，就与熊氏谈得还比较投机。只是最近忙着铺子里的事，很少有功夫与熊氏闲聊。现在见了熊氏，便热心地问她在干吗？这下庖厨打水的事，怎会让她亲自来跑一趟。

熊氏的女仆已等了那么久，见红升这样问，就插嘴道："是夫人让小梅通知，今晚让我家主人照顾老爷夜寝。"红升听了，连忙让庖厨暂且放着，先给妹妹熊氏烧水。说伺候老爷的事为大，这一大家子人，老的老小的小，今晚这火烧还不知要做到什么时候。

熊氏听出了红升话中的话。尽管她也想谦让，可那红升说的是大实话。昨晚她已经错过了，今晚可就再也耗不起了。因此，她也不好计较什么，只能掩藏起情绪，谢过红升。那红升也是一个豁达之人，烧水的功夫，也不曾停下手里的活儿，只说这庖厨从不曾像今晚这样热闹过。又说其实不问老小，人人都喜欢热闹。过两天老爷要安排扫墓，祭奠先人，大家倒可借此机会，到城外去游玩一番。

红喜就问："这才三月出头，那野外无瓜无果，粮食也没长起来，有什么好看的？"

红升则问她："你这妹子到底想看啥？古人都说，'少年分日作遨游，不用清明兼上巳'，那城外好事可多了呢。那些平日不露面的大户人家的小姐，关门读书头戴巾冠的相公，还有那河边被褉的野汉，你想看什么就看什么。"

红喜一面用面饼粘案上的芝麻，一边笑着说道："平日还真不知道姐姐会吟诗，就算相公小姐都去城外春游，又有什么可看的？我就不知你说的被褉是甚么意思。"

一旁等热水的熊氏打趣道："看来妹妹说不爱看那相公小姐是实情。原来妹妹更钟情那被褉的野汉。"

当红升告诉红喜，被褉就是那些壮年男子，在上巳节到河边裸浴，以便洗去一年的晦气时，红喜才明白熊氏是在戏弄自己。她就对熊氏回嘴道："难怪你知道，原来你是看过的。"熊氏就说："我哪里知道？你们红升姐姐比我知道得清楚。"红升就骂道："红喜你个死蹄子。你骂她就骂她，把我也带进去了干吗？"于是三个人又是一阵笑。

笑过了，红喜就问："三月天气那么凉，难道真有人去那刚开冻的河里洗澡？"

熊氏说，自己小时候，这习俗好像有。只是如今好像不太盛行了。不过，如果过两天老爷安排大家去城外上坟踏青，或许有机会让妹妹开开眼，看一看那一丝不挂的野汉。

三人有说有笑，好不开心。热水烧好了，红升说明日她们闲着，店铺不开张，让熊氏有空去前院，姐妹们在一起聊一聊。

熊氏应了一声，和女仆打上水，便端着热水，告辞而去。

熊氏将水端到大房，夫人和夫君已在等候。她一边伺候夫君，一边给夫人解释，因为红升姐姐和和红喜妹妹在庖厨，准备明日寒食节的火烧，所以耽误了烧水。夫人"嗯"了一声，表示知道了，之后，她就没再说什么。

熊氏服侍夫君洗了脸和脚，担心女仆手脚笨，不能让夫人满意，待金堂上了床，又亲自去给女仆做示范，教她如何伺候夫人洗下身，如何帮夫人抠脚丫。她小心翼翼地伺候着。她很清楚，夫人可不像红升姐姐那么随意，不仅特别讲究用水，而且既讲周全，又讲干净利落。若不满意，她便会自己动手。更让熊氏不理解的是，夫人至今仍拒绝在夫君面前用水，与那待字闺中的小姐无异。

她在帷帐后，帮夫人洗了身子，又认认真真帮夫人搓洗每一个脚趾，然后，将脚底脚面一个脚丫一个脚丫地擦干净。看到夫人脸上流露出满意的神色,这才让女仆撤了水盆作罢。

待她收拾完自己更衣上床,那金堂似乎又要入睡了。见夫君两眼朦朦胧胧地睁着,她便有意识地往他身边挤了挤。因为夫人就躺在那帷帐后面,她就不便叫醒金堂。

好在挤了两次之后,金堂终于清醒过来,转过身,侧着身子看着她,也不知该说些什么。金堂愣愣地看了半天,她也只是愣愣地看着。夫人的后厢与他们仅隔三层帷帐,两人说些什么,她那边不仅能听得清清楚楚,就算是干些什么,那边也能看出个轮廓。这就是做妾的卑贱。一年到头与丈夫同不了十次八次床,就算是同房的时候,也在夫人的眼皮底下,别说想翻出什么花样,即使是出了淫声浪语,那夫人也会以咳嗽之声相警告,哪有什么翻江倒海腾云驾雾之事?那样的感受,除了做夫人,恐怕只有那青楼女子,才有这福分。

夫人给了自己两次机会,熊氏自然不敢多耽搁房事的时间。看到金堂正在默默地看视自己,她轻手轻脚脱下了被褥里的小圆领内衣,将颈部露在被子外。那是告诉他,可以行房事了。下面的衣物,当由他动手脱去。

那马金堂明白了她的意思,轻手轻脚上了她的身。对熊氏来讲,春宵一刻值千金,对马金堂而言,他只不过是例行公事,尽一个丈夫对妾必须尽的责任。何况夫人就在帷帐后,他不便动作太夸张,她也不敢声势太大,只是小心地迎合着。直到他劲头已过,这春宵就算结束了。

她知道,这一切的过程,都在那夫人的眼里。所以房事完后,她不敢多耽搁。稍息了片刻,看着金堂快要入睡,便起身穿衣,悄悄下床,蹑手蹑脚开门,出大房间。再回头看了床头灯下的夫君一眼,就听见夫人轻轻地咳嗽了一声。那是夫人告诉她,自己知道她已经起床出门。此时,她才放心地掩上门,穿过前廊,悄悄地回到自己的房间。

第十九章

上巳节三娘放风筝　西正街碧儿训皂吏

　　男女之事,就是这么奇妙。那熊氏一向怕冷,此时正是乍暖还寒的季节,初春的夜晚,春寒料峭。可她回到房里,一点都没有冷的感觉,反而觉得身子暖暖和和的。半年多了,今晚终于可以睡一个踏实觉了。躺在自己床上,她思绪万千,只怪自己命不好。那原配死在了土匪、流民的刀下,要不自己何至于此。半年难得与丈夫同床共枕一回,这一回也就是那么短的一小会儿。想在丈夫怀里多睡一会儿,又担心听到夫人的咳嗽声。那无疑是说自己贪图床笫之欢,让夫人瞧不起。虽说兴致未了,也只得匆匆离去。

　　不过还好,这天晚上,她睡了个自然醒。待她起床时,早饭已经吃过了。女仆将两个火烧放在桌子上,水也是凉的。看来庖厨今天真的不会烧火了。

　　待她洗漱完,吃了一个火烧出门,看见金堂和下人正在院子的台阶旁边插柳。走过东院倪氏的房间,那倪氏正和丫鬟在房里糊风筝。似乎人人都在过上巳节。倪氏留她坐一会儿,她见主仆俩忙个不停,自己也插不上手,便信步出了后院。

　　熊氏本想去给夫人请安,却听得书堂里书声朗朗:“迟迟暮春日,天气柔且嘉。元吉隆初己,濯秽游黄河。”孩子们朗诵一遍,夫人就开始讲古诗的含义。熊氏见此,也不便前去打扰。想到红升姐姐昨日曾让她有空去闲聊,今日她们正闲着,便去了前院。

　　当熊氏来到前院,却见红升与红喜二人正在屋里边吃茶,边品尝炒货。见到熊氏,两人连忙请她屋里坐,一块吃茶尝鲜。她们刚才还在念叨着熊氏,没想到这一会儿的功夫,人便到了。

　　待熊氏坐下,那红升便开始对她品头论足起来,说她这些天,总是将身上收拾得整整齐齐，又是穿金，又是戴银，让自己和红喜羡慕不已。现在，熊氏的身子比谁都养得好。大家同吃一锅饭，就是不知为何独她一人养得这么好，只怕夫人都会羡慕她。红喜说让她把经验讲出来，让大家也沾沾光。

熊氏谦卑地说："奴家是憨吃傻睡横长肉。长得这一身肉，让二位姐妹见笑了。哪里有什么好法子？倒是姐姐一眼看去，便知是个大户人家的主子，妹妹也生得有红是白，水灵灵的。奴家哪里敢和二位攀比。"

三个人你一句过来，我一句过去，好不热闹。熊氏说完了，红升又接起昨夜庖厨没说完的话，说金堂决定全家去扫墓，下人正在准备。到时候红喜妹妹就有机会去瞅那相公野汉，说不准就会被人看上，招惹汉子上门。那红喜人虽年轻，这白天却不敢开完笑，一本正经地说，红升你身为姐姐，却总说这些不正经的事。

大白天的，熊氏也有些胆小。听了这些，本能地往门外看了一眼，提醒红升道："这种瞎话，姐姐可不能随意说。若让下人听到，传到夫人那里，可不得了。"

红升听后，放下手中的炒货，品了一口茶，道："这不是拿妹妹开心吗？这做妾的，除了拿汉子开开心，坐在一起，还能说些什么？敢说的都是无心之人，不说的，恐怕多是闷鸡子啄白米。"

熊氏不以为然地说："我看这家里，只怕找不到一个有贼心的人，更别说贼胆了。"

红喜附和道："我看也确实如此。你看那夫人，一年四季，足不出户，那倪姐也是个千金小姐的样子，一会儿念诗啊，一会儿又是写字的。今儿一早，我去给夫人请安，从她门前过，便听她在教那丫鬟念什么：'清明寒食好，春园百卉开'，过了一会儿，又念什么，'乌啼鹊噪昏乔木，清明寒食谁家哭'，一点都不像出嫁了的人。"

听得红喜吟那诗句，红升感慨地说："其实大家都不容易。依我看，夫人也好不到哪里，心里苦着呢！"

见大家无语，她又接着道："我总觉得，如今的人，不比从前了，心都活了许多。从前哪见女人抛头露面？昨日我随小管家去城北，讨别人欠下的药账，夫人小姐街面随处可见。这风气早就变了。我还听上门的病人说，这街尾的那家绸缎庄的老板，去年因为生意不好，抬进门两年的妾，都跟着人家跑了。"

熊氏从盘里捡了一只花生，剥进嘴里，感叹道："还是姐姐在店面上应酬，见多识广，知道的新鲜事多。我们在后院是万万不知道这些的。我只给姐姐提个醒，若是让夫君知道你满脑子装的都是这些乱七八糟的事，小心夫君把你典给别人为奴，那你可就没有好福享了。"

红升回敬道："我哪里像妹妹整日享清福？你没见铺里铺外，都是我一个人在忙。就冲这一点，我相信夫君如果典妾，也绝不会典我。我怕他只会典你。红喜妹妹年轻，只怕他舍不得。倪氏又是千金的身子，顶合男人的口味。"

熊氏听了，顿时就吓得变了脸："他想典我，哪那么容易？我可是有娘家的人，不是说典就可以典出去的。咱可还是带着家产进的门，两个孩子，都是马家的骨肉。"

红升见熊氏吓坏了，立马笑了起来，说道："瞧！妹妹当真了吧。这不是与你闹着玩儿来的吗？谁还敢真说这话？万一今后真有这种事情发生，我还敢当面说起呢。"

一旁的红喜也说道："姐姐您这玩笑开大了，都把人吓着了。以后可切莫开这样的玩笑。"

红升又转过话头来说："就是没有这个担心，才说着玩儿来着。"

然后她说，她们姐妹几个，福虽不一定比别人享得多，可断然是不会吃这份苦的。自己当年投身马家，就是相中了夫君的人品，那红喜偏要卖身进门，也是冲着夫君可以托付终生来着。如不然，自己当初也不会主张夫君纳熊氏为妾，拖她下火坑。她杨红升是个有良心的人，夫君从前娶夫人姐妹俩时，曾对天起誓，终生不纳妾，可夫人宅心仁厚，因她们没有更好的去处，才让金堂收留了她们。就为这，她们也该死心蹋地侍奉夫人夫君一辈子，甘为人奴。

三个女人唠了一天，到下人来通知女仆去庖厨端火烧当晚餐时，这才散去。

这是一个春光明媚的好日子，定州城男女老少，纷纷四出踏青，提酤挈盒，轮毂相望。马金堂带着妻妾儿女，直奔城南郊外，寻着那马家的祖墓，焚香、烧纸钱、献贡果，祭扫毕，四周的人家在坟前，各携纸鸢，施放较胜。

倪氏的丫鬟，取出风筝给孩子们放飞。红喜发现那纸鸢上各自写了许多字，问红升姐是何故。红升给她解释说，民间有旧俗，寒食放断鹞，放风筝飞走，可以带走自己的秽气。倪锦儿将自己的心病，自己担心的灾病都写在纸鸢上，待会儿纸鸢放高时，就剪断细线，让纸鸢随风飘逝，自己的疾病、秽气也都被风筝带走了。

丫鬟带着孩子们，一个个将风筝放起来。夫人和倪锦儿站在坟前，仰望天空。风筝越飞越高,最后都快只剩下一个点了,倪锦儿就让丫鬟开始剪断轴线。孩子们看到一个又一个纸鸢随风飞去,可不干了,非要留两个,丫鬟无奈,只能投夫人。夫人让兆儿带头,将风筝放掉,说要除秽气。倪锦儿也答应大家,说回去后,再给他们每人扎一只,而且每只风筝上还有彩画,且没有那不吉利的黑字。他们这才高兴地蹦着跳着放掉了风筝。

看着四野的扫墓人,夫人也不急于回家。金堂有事,就让管家带着两个男仆,跟着他,先行离去。她则带着大家,慢慢走,慢慢看。既然出了门,就让大家都散散心,尤其是孩子们,整日关在院子里读书,一定憋坏了。

于是,马金堂几个人先去了。大家走出了坟丘,回头却发现熊氏一个人仍在坟地里。夫人知道她是在给前夫烧纸钱,就让熊氏的两个孩子跟过去,去给他们那死去的父亲磕个头。再唤前面的人走慢点儿,等一等,别将他们落在这里。

面对这晴空绿野,碧儿有一种久违的感觉。去年的这个时候,他们还在逃难返乡的路上。今天,她自然想到了瑶儿。刚才她烧纸钱的时候,就给瑶儿单独烧了一堆。瑶儿她一个人,如今被永远留在了那个遥远的地方。碧儿真想去那坟上培点新土,烧点纸钱,可那里太遥远、太遥远了,她甚至不知道自己这辈子是否还有机会,再去姐姐坟前看一眼。她觉得,应该将瑶儿的坟迁回定州,可现在家里并不宽裕,所以,她一直也不好跟金堂开口提这事。若要去办这件事,也只有金堂去,且不说他现在身体还没有完全康复,就算有一天好了,这一大家子人,岂能一天没有他。

熊氏烧完了纸,出了坟地,孩子们却又围着扫墓人烧的纸马纸羊,不肯离去。碧儿知道,这都是孩子们缺少娱乐活动的缘故。读书生活太单调,自己从前在家中还有六艺、荡秋千等活动,如今的生活多灾多难,孩子玩耍的东西都没有了,确实苦坏了孩子。于是,她就吩咐小梅和倪锦儿的丫鬟,回去后也想想法子,让孩子们弄个蹴鞠、秋千什么的,活动一下身体,让他们也有点娱乐。

在院里憋了整整一个冬季,走在这旷野里,看到的一切,都是那么新鲜。孩子们更是对所有的东西都觉得那么好玩儿。一棵绿油油的草,一朵黄灿灿的花,还有那路上散落的冥币,路边没有焚烧完毕的纸糊的仕女,刀枪剑戟,都让他们感觉到新奇和快乐。

红喜看到那各式各样的祭品,便一个一个地猜测着墓主的身份。将军、士兵、商贾、官吏,说这坟地与城里住的人差不多,什么人都有。那倪锦儿却怪她这般打比城里人,完全是乱了礼数和章法。夫人说,这比喻是不恰当,但也是实情。话糙理不糙。无论是达官贵人,还是贩夫走卒,哪家不死人?谁又不是终有一天,都会在这坟茔之地找个安身之所?

那熊氏看到一座大墓前,排放着四五个婢女仕女,突然冒出一句:"这里埋葬的一定是个有钱的老爷,想必生前都有许多人伺候,享尽了世间的福。"

红升却说:"依我看,不见得。或许是那老爷好色,儿孙能体谅,故投其所好,送来仕女婢妾,满足他的心愿。"

红升语出惊人,众人禁不住都笑了。熊氏憋着眼,偷偷地观察夫人的反应,见她也笑了,于是自己也咧嘴一笑。夫人边走边眺望四周的原野,叹息道:"高祖皇帝颁布有《大明律》,对皇亲国戚,官吏士商人等的娶妻纳妾有明文的等级规定。如今朝纲不振,世风日下,所有的刑律大诰都成了摆设。"

红喜一时起兴,口无遮拦地问道:"请问夫人,若依那大诰,我们老爷可以娶几妻几妾?"

这一问,让夫人目瞪口呆,一时语塞。红升一看夫人的脸色,连忙帮红喜打圆场,说道:"老爷医官世家,按礼数可娶一妻三妾。除了我、倪锦儿妹妹和熊氏,你是那格外的妾。有一天你若惹得夫人不高兴了,就让夫君将你典为奴家。谁让你胡言乱语来着。"

红喜明白自己问错了话,就不好意思地看着夫人。夫人没有生气,环视了众婢妾一眼,接着说道:"马家并非是豪门大户,既不会金屋藏娇,也不会强占民女,只是体谅众姐妹的处境,给姐妹们一个安身之所。若将来姐妹中间有人有好的去处,做姐姐的断然不会为难大家,金堂也会给予理解。谁让咱们姐妹一场来着?咱姐妹们虽无缘大富大贵,可也算是前生有缘。"

红升当然听出找一个容身的地方,应该指的是自己和红喜,不会金屋藏娇,想必是夫人在旁敲侧击那倪锦儿。可见夫人虽心地善良,但说话可是有理有据。于是,就用肘子推了一下身边的红喜,两人当即给夫人请过,说都是做婢妾的不好,惹得姐姐生气。她们今生既进了马家的门,活着就是马家的人,死了便是马家的鬼。亲亲尊尊长幼有序,将夫人夫君伺候好,是她们的本分。断不会异想天开,另择人家,只求夫人能体谅自己平日的不是。

那熊氏倪氏见红升红喜都请了罪,也连忙向夫人请过,望夫人能宽怀大度,多体谅婢妾的不是。说奴家一定自始自终孝敬夫人。

夫人没想到,自己随便一句话,就让大家给误解了。忙请众人起身,说自己说的是心里话,为的是替妹妹们着想,并无二意。

这也算是祭扫中的一个插曲。因为天气特别好，时间特别早，大家都想踏踏青，在这野外散散心。红升就提出，她们不必急于进城，可以往西去，绕道西门进城，众人都说："甚好！"

夫人便依了大家的意思。孩子们听说可以在城外多玩儿几个时辰，一个个欢呼雀跃，一路跑在前面。红升让他们走直路，抄近路，他们却偏拣那崎岖不平的坡坡坎坎走。而她们没有办法，只得跟在后面。

红升红喜都是性情开朗之人，刚刚向夫人请了过，见孩子们越玩儿越兴奋，两人也就跟在后面凑兴。那熊氏不过是一个俗人，没什么心性，见别人乐，自己也乐。只有那倪锦儿，原本就是难得开心，才出城来宽宽心，没想到那红喜失言，害得自己也跟着请罪。于是又愁上心头，郁郁寡欢。望着那路上的行人，远处的定州城，想到那深宅大院枯燥的日子，不由自主地吟了一首《春愁》。

"自有春愁正断魂，不堪芳草思王孙。落花寂寂黄昏雨，深院无人独倚门。"吟罢，一声叹息。

一旁的碧儿，自然明白她愁的是什么，也能理会她此时的心境。就故意挑她的刺儿说："妹妹吟的这首韦庄的《春愁》，确是好诗。不过，不合眼下的景致。我这也有一首咏春的诗，不知妹妹是否愿意听来着？"

倪锦儿不知夫人要吟什么人的诗。这咏春的诗，她从古至今没有不通晓的，因此自然愿意听夫人吟上一首。于是，碧儿给她吟了瑶儿的那首《咏桃花》。那倪锦儿看着城脚下的柳树，远处的桃花，再品味这诗中的句子，尤其是"渐释深红到浅红"一句，既合眼前的景，又解自己的心情，却是自己从未见过的诗，故十分惊异。她惊诧地望着夫人，不解地问道：

"姐姐这诗为何说到妹妹的心坎儿里去了，可妹妹为何不知那作诗者乃是何人？"

"诗好就可以了。那作者却不甚有名，又何必介意她是谁呢？"说完，碧儿抬眼默视那远处的桃花，再一次想到了瑶儿。仿佛那释红的桃花，就是瑶儿的化身。不知不觉，泪水又湿润了眼眶。

就是这首诗，让倪锦儿发觉，夫人有着一颗深藏不露的心。她更惊叹夫人的才思。夫人早已看穿了自己的心思，却从不言语，难怪在众婢妾面前不威而仪，无言而信。可她又不明白，夫人为何此时自己又噙着泪水伤感起来。她不知是否是因她而起。

于是她低头，给夫人请过，说都怪自己的不是。

夫人摇着头道:"不关你的事,只为姐姐想起了过去的事。你再吟一首诗圣的《丽春》吧!

倪锦儿听了,轻轻吟道:"百草竞春华,丽春应最胜。少须好颜色,多漫枝条剩。纷纷桃李枝,处处总能移。如何贵此重,却怕有人知。"

等她吟罢这首《丽春》,发现夫人又回到了从前的样子,眼眶中的泪水也不见了。这时,碧儿停下了脚步,转身对她说:

"女人正如这丽春,花期如桃李。移之则槁,却似怕人知者。"

这一刻,倪锦儿才明白,夫人是以《丽春》教谕自己。夫人见她已有所悟,接着说:"既然必得从一而终,又何必每日自怨自艾。我说任姐妹们自寻出路,也并非是一句空话,又不知妹妹能往何处去。三从四德,一女不可二嫁,这是女人的命。"

两人话说了一半,那走远的丫鬟小梅又折回头来,催她们快点儿走。前面的人,已经走得很远了。

在丫鬟的催促下,两人加快了步子。可这春色就在身边,野外的空气又特别清新,碧儿和倪锦儿一样,都想多留恋一会儿,不愿匆匆而来匆匆而去。那土坡、田畴、水洼、蒿草、柳树,以及桃花、野草,每一样都是那么地迷人。

两人快到了西门,才加快了脚步。刚进城门,小梅又急匆匆地折回来,告诉她们,红喜被登徒子截住了。倪锦儿心里"咯噔"一声,心想可是出事了。

夫人和倪锦儿赶到正大街上,果然看见一个身着云缎圆领袍官服,头戴忠静冠的鼠目羊须的八品级的官吏,正拦着红喜动手动脚。夫人问小梅到底是为何事,小梅才告知,兆儿与一帮孩子,莽撞乱跑,不小心撞上了那官人。那官人竟让跟班杂役来教训他们,红喜便出面制止。不料这官人竟看上了红喜,纠缠不休。

此时,围观者越来越多,那贼眉鼠眼的官吏胆子也越来越大。而围观者中,有两个身穿直裰、曳撒、头戴方巾的书生模样的男子,见夫人和倪锦儿跟红喜她们是一伙的,却没有一个男人,就跟着众人起哄。他们一脸的轻佻,打量着这一群妻妾小娘子。这可吓坏了倪锦儿。

就在大家都感到孤立无援之时,那官人越发猖狂,竟动手去摸红喜的脸蛋儿。碧儿突然从人群中站了出来,大喝一声:

"住手!休得无礼!"

那官人吃了一惊,手僵在空中,人退了一步。他上下打量着碧儿,问道:"你又是何人!"

碧儿盯着那官人，怒叱道："你问我是谁，我还没问你呢。光天化日之下，朗朗乾坤之中，你一个当朝八品命官，竟敢当街调戏良家妇女，干这等伤风败俗之事，实是我朝官员中的败类。按太祖《大诰》，你当被罚俸充军。我兄是当朝吏部员外郎，你一个不入流的小官，竟敢欺辱我妹妹，当真是贼胆包天，岂有此理！"

那官人看眼前这女子谈吐不俗，一身正气，凛然不可侵犯，顿时疑惑着不知进退，也不知那碧儿说的是真是假。见他没有做声，他手下的一个二杆子就冲到红喜面前，口中污言秽语道："小娘子，咱老爷今儿个看中了你，看中了你就是你的福分。"说着，动手把红喜往官员那儿推。

碧儿大喝一声住手，他装作没有听见似的，口中念念有词地说："我就推你了，怎么着？我还要推你，怎么着？"

碧儿杏眼圆睁，上去道："天下竟有这等不识抬举之人！给你脸你还不要脸，掌嘴！"抬手就是一耳光。那二杆子看着眼前的冰美人，一下子就被打蒙了。碧儿说道："真是欺人太甚！打你都脏了我的手！"回头对丫鬟说道，"快回家备车，我这就回娘家去，让娘家人写信告诉我哥。"然后转头对那傻了眼的官吏说道，"你叫什么名字？"那官吏一看碧儿问他的名字，再瞧一眼碧儿身后那身着九品命妇霞披的倪锦儿，顿时醒转过来，忙不迭地跟碧儿道歉说："脱错！脱错！还望夫人息怒，饶恕在下冒犯之罪。"他立即给碧儿鞠躬。回头对那二杆子的衙役道："还不快跪下给夫人磕头！"那二杆子一听，立马就跪在碧儿面前，磕头如捣蒜，说自己有眼不识泰山，请求饶恕。

碧儿说了声，罢，罢，就转身离去。那官员见没事儿了，就灰溜溜地钻出人群，带着杂役，一溜烟儿地走了。围观的人众，随之一哄而散。

熊氏被吓坏了的，红升也终于喘出了一口气。红升正想跟碧儿说什么，碧儿摆摆手，催大家快快回家，别在这大街上丢人现眼。

经过这场虚惊，大家也就不再贪玩儿了。任是街上人来人往，也无心张望。夫人叮嘱大家，回去别提这事。说金堂是一个怕事之人，别让他老是担忧。

自此以后，婢妾们对夫人更是敬重有加，连红升都佩服夫人的胆识。那倪锦儿也就慢慢地跟夫人走近，不时听听她的教诲。她竟发现她们之间有许多相似，日子一久，两人也就无话不说。

这一日，孩子们下课，倪锦儿让丫鬟带少爷们去玩秋千，她就陪夫人说说闲话。夫人又将倪锦儿身上那三十四摺的玉裙，和胸前的珠、玉、杂珮夸奖了一番,说妹妹的风格与众不同,眼光与众不同。最后,她将话题转到了做妾的本分上,说现在家里妻妾众多,倪锦儿进门在熊氏和红喜之先,若要想在这里呆上一辈子,母以子贵,还须早日怀上金堂的孩子。现在她还年轻,大家看在金堂的份上,不会挤兑她,到将来人老珠黄,若不能给马家添上一儿半女,她虽排在熊氏和红喜之前,但对她的尊重又从何说起。又说,我知妹妹你从来都要强,与其以后受挫折,不如现在为明日打算。人要有后眼,要学会早做打算,不然将来追悔莫及。况且就妇人而言,孩子比大人更紧要。倪锦儿一听,谢过夫人,点头称是。

夏粮打下来之后,马金堂还上了去年的欠粮,觉得身上的担子轻多了。到了秋天,手上便有了余粮。这期间,多亏了红升,不仅将店铺打理得井井有条,还帮着夫人精打细算过日子。又过了十几年,他们将那北街药店后的院子也盘了下来,一家人搬进了新家。北街那原先的旧院子,有时也过去住一住。也许是新搬家的缘故,夫人、熊氏、红喜、红升先后都怀上了孩子,唯独倪锦儿没有。夫人都替她着急,她自己也着急,可她的肚子就是没有一点儿动静。

这些年来风调雨顺。三年好年成,就足以余下一年的粮;十几年风调雨顺,马家的日子就好过得多。也就是这一年,北方出现了大旱,秋天勉强将粮食打下来,进入冬季,就能感到旱情的凶猛。首先是得眼病的人多了,干眼、沙眼、麦粒肿、红烂眼,十分普遍。这往往是旱灾的前兆。而且这个冬季也格外反常,以往旱灾是前一年涝,或秋冬雨雪特别大,来年春雨贵如油,可这一年冬日少雪,开春也不见一滴雨。旱灾就这样来了,一来就挡不住,严重异常。

旱灾又加剧了眼病的爆发,马家的眼药膏供不应求。马金堂看旱灾来了,家境又殷实,就又萌发了济世救民的愿望。鉴于过去马家曾遇到的危机,这次,杨红升与夫君订下了一个协议,马金堂每年只能拿店铺利润的百分之二十去做善事,这样就能保证他济世救民的愿望,能长久地做下去。

因为需要救济的人太多,看着灾情一天比一天严重,到了秋天,红升不得不同意再拿出百分之二十的利润做救济。红升知道,这样下去,马金堂还会向她开口,届时她又无法拒绝,因而,她提议让马金堂动动脑筋,看看如何加工炮制更多更廉价的各种方剂,满足贫民的需要。为此,马金堂又忙碌了起来。

碧儿一看这架势,就有种不安的感觉。她总觉得会发生什么大事。如今,自己又怀上了孩子,她唯一没了的心愿,便是瑶儿的坟一直没有迁回定州。于是，她就与金堂商量，想在自己临盆前，了去掉这个心愿。她知道金堂忙，没时间去，就说那兆儿都那么大了，她打算带着兆儿一起去。

马金堂不放心她一个人带着兆儿去。熊氏、红喜和她一样，都有了身孕，肯定是去不了，就建议她带上红升一块儿去。红升尽管也有身孕，可她人很能干，这些年经营店铺，跟各种人打交道，也算是锻炼出来了，况且体质又好，带上红升，有什么事就可以帮她一把。还说如果有可能的话，再让红升去一趟蕲州，看一看他的兄长，顺便进一点南方的药材回来。那倪锦儿听说她们要去将原夫人的墓迁回来，自己待在家里没事，也要陪她们一块儿去。就这样，三个人带着马兆仁，还有几个下人，就出发了。

出了定州，面前就是一个干枯的满是黄土的原野。红升不住地回头看那定州城。倪氏不理解她，这南去往返一趟也就一个多月，不知她有啥舍不得的。红升无奈地说："不是什么舍不得，也不是怕受这份苦，我是放心不下那店铺。"

碧儿当然明白，现在灾民多，金堂让红升来陪自己，一是替她安排个帮手，其二就是为了支走掌握店铺的红升，以便他好独自做主赈救灾民。以前是周转不灵，需要她红升精打细算管经营，现在仓廪足，生意好，红升箍在他身边，就显得碍事了。

所以，她对红升说："这只怪你太能干。"

随着马车越跑越快，那车后扬起了滚滚的黄尘。很快，她们便看不见定州城了。她们这两辆小小的马车，就这样驶进了那个满是灰尘的黄色世界。

红升走后，马金堂将马家的各种眼药方子，根据这年的流行眼病，或加或减，或捣或熬，制成多种廉价的方剂，再制成药粉、膏药或中成药，或卖或送，半卖半送，提供给平民使用。而使用者的口碑，则将马家定州眼药店的名声，传遍了那古老而开阔的燕赵大地。

第二十章

徐瑶儿移葬定州外　大灾荒再袭长江北

却说碧儿一行几人，出定州，沿官道南下，虽然路比从前好走了许多，可沿途拖家带口的灾民，也比当年多出了不少。由于旱灾，他们看到的官道两边，到处都是荒芜的田地。兆仁坐在车上，竟能抓到平时很少见的蚂蚱。他告诉三娘倪锦儿，那就是蝗虫，旱灾年份，特别多。倪锦儿笑笑，没有说话。

因为缺水，沿途很少见到绿色。除了一些高大的乔木，那些低矮的灌木、杂草，基本上都是枯黄的。一路上的灰尘，就不用说了。碧儿考虑一行人多，便没有带女仆；每天晚上到客栈歇脚，服侍夫人便成了红升的事。那倪锦儿因感情上对夫人有所依赖，也放下了身段，总是帮忙给红升打下手。如此，也拉近了三人之间的距离。况且三人晚上也是挤在一间客房里，既方便说话，又互相有个照应。几个下人照顾着少爷，倒也没有太多的事儿。他们三日出河北，十日出河南，约摸半个月，便到了当初埋瑶儿的地方。

碧儿在那荒野中，找到了瑶儿的坟堆。十几年了，这里已经发生了很大的变化。几株桃树长大了许多，那坟头却几乎看不见了。

碧儿与红升商议请人起坟，红升说既然已经找到坟了，就不用着急了。临行前，金堂曾交代，若有可能，让她去一趟蕲州，办理点儿药材。这些年，店铺的生意越做越大，可定州贩卖药材的人，却不如以前多了。她想让夫人和倪锦儿妹妹在这里等几日，她跟两个下人去蕲州办货，速去速回，届时再请人起坟，一同回定州。

倪锦儿也认同，并说："那蕲州是个好地方，市面繁华，茶楼酒肆，唱戏的，打杂耍的，好生让人想念。"

碧儿理解倪氏想故地重游的心情，反正有的是多余的时间，索性就让大家一起去。红升还担心夫人有身孕，别太辛苦，碧儿却说："这么远的路都过来了，也不在乎多这三五日的路。况且，你不是也有身孕吗？"

倪氏连忙说："正是，这路越来越好走，有山有水，也没那讨厌的扬尘。"

到了河南湖北交界处，旱灾的影子确实不见了。眼前都是青山绿水，人的心情也好了许多。于是，红升让车夫停下车，让大家欣赏会儿景色，再接着南行。

马车慢悠悠地在路上行了几日，过了凤凰山，便到了蕲州城下。她们进城后，先找了一家歇脚的客栈，这才去李景贤的府邸。李景贤见了弟媳们，很是惊讶。碧儿向他说明了此行的目的，李景贤立刻吩咐家人摆宴，招待大家，并让她们在蕲州好生玩上两日，办货以及起坟一事，他自会替她们安排好。

李景贤听说北方在闹旱灾，眼疾流行，而义弟马金堂，菩萨心肠，又是义诊，又是接济灾民，便给她们购置了大量的黄连、薄荷、牛黄、梅片等清热解毒药，还有用于治眼疾的柴胡、桑叶、板蓝根等大宗货，又给她们办理了一些杜仲，以及上好的野蜂蜜等治疗传染性红眼病的特效药材。

碧儿带着红升、倪锦儿在蕲州城里消遣了两日，重游了四祖正觉禅寺，以及位于蕲州城北缺齿山南麓的昭化寺。兆仁没有什么去处，也跟着一块游览。昭化寺建于明宪宗成化初年，由在蕲州建王府的荆王捐金，和尚智明主持就庵建寺修造而成。寺庙规模宏大，一进四重，占地五十余亩，内供佛像百余座。殿内石雕香案和石柱石梁上，雕刻的龙、凤、花、鸟栩栩如生。寺庙佛像及所有梁柱均由石料制成，技艺精湛，无比壮观。和上次相比，这些年重修了正殿，先后建起了大雄宝殿、三圣殿、观音殿、斋堂和僧房。重修后的昭化寺，终日香火缭绕，香客络绎不绝。倪氏见此，很是开心。

李景贤将一切都办妥了，然后安排了家丁，雇上车，拖上棺木，跟她们一同前往河南地界。他将她们一直送到蕲州城外的大路上，一再嘱咐家丁，待坟起完以后，再返回蕲州；路上一定要小心，一定要照顾好夫人们。

临别，夫人让兆仁认李景贤为干爹，兆仁就叫他干爹。夫人说，只叫干爹怎么成呢？得下跪。兆仁一听，就地跪下，给干爹磕了一个头，就准备起来。倪锦儿急了，说道："兆仁你可别做书呆子啊。怎么能只磕一个头呢？得磕三个。"于是他就磕了三个头，李景贤这才把他扶起。红升让他一定要记住这条道，说马家世代为医，马家的子孙将不断会有人踏上这条路。只有药材好，这药方子才灵。蕲州作为南方药材的集散地，地接南北，水连东西，是办药材的理想之地。夫人没有多说什么,倪锦儿却摇了摇头。她觉得二娘红升那么个精明的人,怎么会跟兆仁说这个,那说了也是白说。

回程的路总是要比去时快,第三天中午,他们便到了目的地。李家仆役帮她们找到当地人,谈好了起坟的价格,然后让她们去客栈早点休息。

第二天一早,天刚蒙蒙亮,碧儿便到了坟前,开始哭坟。红升、倪锦儿更是伤心不已,她们一面陪夫人哭,又一面劝夫人,不要哭伤了身子,可要顾及腹中胎儿。令人奇怪的是,她们哭了三遍之后,那天上居然落下了几滴雨,如同眼泪一般。当李家仆役让请来的当地人动手起坟时,小雨也止住了。

在场的人,无不说这是老天有灵,同情夫人姐妹情深,为夫人的真情所打动。众人起了坟,将尸骨重新敛好。望着只剩一堆白骨的瑶儿,碧儿更是伤心不已。她再次泪如泉涌,痛哭流涕,此时天上竟也阴了下来。

众人都劝夫人别哭了,这老天可不是轻易显灵的。要显灵就不会有好事,别吓着了大家。夫人这才止住了眼泪。

当瑶儿的尸骨重新入殓后,众人护送着运灵柩的车,出了荒地。上了官道,李家仆役便同夫人告辞,请夫人多多保重。夫人让红升妹妹拿出几两银子,给他们沿途买点茶水。并让他们带话给主人,谢谢兄长的盛情款待,说路上一切顺利,她们回定州后,金堂会修书再谢兄长。

也就是这一会儿的功夫,那天上的乌云飘散得干干净净,接下来又是一个万里无云的晴天。大家更是相信,那早上的阴雨天,皆是为夫人所感动。

车行不到半日,青山绿水便没了踪影,眼前又是一个昏黄的世界。正午,毒日当头,车内热得像火炉一般。自后面多了一辆运送灵柩的车,夫人的心情便再也没有好过。越往北走,太阳似乎也越大,至第三天,那太阳便长了毛,灰尘也越来越大。沿途干涸的水洼、河流,泥地都裂开了嘴,如同在河底、洼地上张开了一张张大网,令人感到莫名的恐惧。只是兆仁那书呆子浑然不知这意味着什么,看到越来越多的飞到车上的蝗虫,觉得有趣。而沿路几乎不见商客,逃荒的灾民,倒是络绎不绝。

晌午过后,驿路的东面,突然升起了黄色的烟雾。不一会儿,那烟雾由黄色变成了黑色。当烟雾越来越高越来越浓,遮蔽了半个天空,仿佛变成了满天乌云时,金光万道的天空,立刻暗淡了下来。

倪锦儿看到那黑云慢慢地飘过来,还以为要下雨了。夫人告诉她,那云离她们还远,一时半会儿到不了这里。黑云在东南边,她们往北走,眼下又没有风,所以,她们不会淋雨。夫人说,其实旱成这样,要是能下场雨,淋湿了也是值得的。倪氏也说，看着这干旱的原野，还是下点雨好。况且她们有车，也能挡雨。

约莫过了两个时辰，北边刮来一点风。可那乌云却逆风而上，本来向西去了，这时却拐了个弯，向北直追马车而来。那风似乎也转了向，由北风变成了东南风。再过一会儿，红升睁大了眼睛，一脸的恐慌和绝望。看着那片黑云和不断飞上马车的蝗虫，大家这才意识到，那是遮天蔽日的蝗虫。

顷刻间，蝗虫带着振翅的响声，如暴雨般从天而降。马车上、马上瞬间都爬满了厚厚的一层，好些都从马车的缝隙中钻了进来。倪锦儿和夫人哪里见过这阵势？夫人还保持着矜持，倪锦儿却早已经手忙脚乱，吓得直叫唤。红升尽管还好，可也傻眼了。只有兆仁没什么反应。他掀开帘子，看着窗外这铺天盖地的蝗虫，有些不知所措。帘子一掀开，无数的蝗虫纷纷飞了进来，好些都爬在他头上、脖子上，他也不管。倪锦儿吓得直往夫人身后躲，手舞足蹈地大叫。红升直叫兆仁关上帘子，他这才关上。然后他就自顾自地捉头上、身上的蚂蚱。红升只好起身，把车子里的蚂蚱一只只用脚踩死。

好在这蝗虫不咬人。她们惊恐过后，也就平静了下来。那拉着大车的马，对不断撞到头上、鼻孔里的蝗虫，不时地打着响鼻，表示着不耐烦的样子。马走得时快时慢，兆仁捉完了身上的蚂蚱，就念起诗来："来时遮天蔽地，去后赤地千里。短腿长腿加翅膀，能爬会跳还会飞。"

红升和倪氏听了，不禁失声而笑。夫人看着他，有点儿失望地说道："兆仁呀，娘看你还是去写你的八股文算了。你这意思，娘都明白，只是不太像诗。诗既要工整，又要平仄押韵。要不，就让三娘念一首给你听听？"

兆仁说好，然后就看着对面的倪氏。倪锦儿见夫人点了自己，就镇定了下来。她笑一笑，略思片刻，便吟道："妖蝗底事势猖狂，鼓翅翩翩向北方。作队几层亭午暗，集郊盈尺众芳戕。西成欲断三秋望，南亩空担积岁忙。搔首仰天徒浩叹，不知何计转休祥。"

夫人见兆仁很是惊奇地望着倪氏，低头问道："三娘的诗学是不是很好？"

兆仁点点头，说三娘念的诗果然很好。夫人又说："那为娘也给你念一首。"说罢，就吟道："'新禾未熟飞蝗至，青苗食尽余枯茎。捕蝗归来守空屋，囊无寸帛瓶无粟。'这是唐人的《屯田词》，说的是蝗虫泛滥，农家十室九空。你不是读过《诗经》吗？《小雅·大田》有云：'去其螟螣，及其蟊贼，无害我田稚'。《大雅·桑柔》有：'降此蟊贼，稼穑卒痒'，说的都是这蝗虫危害稼禾，是农人的灾难。以后你就别念诗了，把八股文写好，那也是一门大学问。"

兆仁就说："娘和三娘都是有学问的人。"

夫人就说道："兆仁也是有学问的人。只是兆仁的学问跟你娘和三娘的学问不一样罢。"

红升接过夫人的话说："我们家兆仁的学问是八股文，你娘和三娘的学问是诗书。你娘和三娘都是诗书传家的大户人家的千金小姐，你大舅二舅，如今都在朝廷做官。兆仁明年就可以去参加乡试，一旦中举，过几年再参加会试，就可以金榜题名了。那咱马家在北街可是鼎鼎大名，你也就不用吃苦行医做生意了。有道是，一人得道，鸡犬升天，说不定二娘我那时也可以沾你的光了。"

兆仁一听，就高兴了，说道："我回家就好好读书，明年乡试，我就考个解元。会试，我就考个会元。"

夫人一听，不禁有些伤心。这些年来，兆仁是马金堂唯一的儿子，瑶儿死后，他一心钻到书堆里，成天在那里写八股文，一心要给马家考出个状元来，谁知最后竟成了这个样子。她和三娘倪锦儿给他教了那么多的诗书，他如今竟然都忘记了。从十五岁开考，考了这么多年，现在都快三十岁了，他也只是考了个生员，完全不接徐家的代。郎中他更做不了。由此看来，马家实在是不能指望他了。

这些年，马家人丁不旺。他马家几代人做了那么多的好事，救了那么多的人，怎么就不行了呢？这下一辈中，只有兆仁和熊氏带过来的儿子兆义两个男子，现在都已结婚。兆仁是个书呆子，熊氏带过来的那个儿子兆义，老实巴交的，胆小得放个屁都怕砸了脚后跟。这人丁不旺，让碧儿怎么也想不明白。好在现在妻妾四人都怀上了，特别是她自己，今年都四十三岁了，没想到还能怀上，而且打自怀上后，身体就特别地好，特别能吃，特别能做。这一路上这么颠簸，她居然一点儿事也没有。她期望自己能给马家生个儿子，那也是了却她自己一生的心愿。

红升一看夫人没有声响，也不好多说话。过了一会儿，她就说道："夫人别担心，今年你和我们四个都怀上了，我看是个好兆头。特别是夫人你，打自怀孕后，人倒像年轻了十岁，一准儿是个胖小子。而且，我身体也奇好无比，一准儿也是个小子。"

夫人一听，欣慰地笑了。看来上苍可能在考验马家。马家的希望，应该就在她们妻妾四人的肚子里。

车厢外的蝗虫渐渐地少了。大批蝗虫过去后，天也快黑了。夫人让车夫留意点,说走了三天,都辛苦了,如遇到客栈,就早点歇脚。

第二天,他们来到了开封。十几天后,马车终于到了定州城外。夫人让红升带着两个下人,押着那车药材,先进城去给老爷报信。自己和倪锦儿、兆仁,还有一个仆役,则在城外等金堂的消息。

于是,红升带着两个下人,押着满车的药材,先进了城。在店铺里给灾民看病的马金堂,见红升回来,很是吃惊。他生怕夫人她们出了什么事。红升将夫人的安排告诉了他,马金堂悬着的心,这才落了地。他立刻安排仆役跟他去城外迎接灵柩,并直接将灵柩送到了墓地,请来葬师作法,为瑶儿超度。

马府上下人等,披麻戴孝,一起出动,悲天恸地为瑶儿哭了一天一夜,最终才将灵柩下葬。

将瑶儿的坟迁回定州,碧儿前前后后折腾了将近一个月。原本就有身孕在身,因悲伤过度,她终于累倒了。马金堂每天是前院后院、家里店里两头忙,好在有红升、红喜相帮,他也就挺住了。

可上门看病的穷人越来越多。这就是灾年的景象。福无双至,祸不单行,天干地燥,饥肠不安,许多灾民肝虚气浮,头眩眼花,红眼病患者就越来越多。缺乏饮用的水,流民更不讲卫生,长期不洗脸,导致各种眼疾一再出现。

为了对付更多的病人,马金堂让红升带着下人,在前院架锅烧火,用石决明,配上刚采购回来的黄连、车前子等药材,用玉米粉替代蜜蜡,大量制作决明丸方剂。这药清热解毒,它几乎对各种眼疾都有疗效。金堂专门安排人在店铺里,给求医者发放。

如此一来,前店后堂的眼膏制作坊,就变成了前店后院的大制作坊。店里每日忙个不停。夫人在床上躺了半个月,虽不曾出门,可前边店铺里的事,她还是清楚的。红升打回来以后,就再也没有在她面前提过金堂的事,也没有给她报过一次店铺里的账。这意味着自她们回定州,红升就再也没有管过账。她知道为打理这店铺,这么多年来,红升没少下功夫,精打细算,还出门讨账。只有金堂他要济世安民,他才不去理会这些。

金堂这样下去,她们那些努力算是全白费了。所以,当红升来看望碧儿,碧儿反倒安慰她,想开一点儿,好人必有好报。她们做妻妾的,也就是嫁鸡随鸡,嫁狗随狗。

红升则以为,按这老黄历,三年风调雨顺之后,必有三年灾害。何况是这么多年的风调雨顺?这才是头一年旱灾。如此下去,她只怕坚持不到第三年。今年这旱灾，夏粮还能收一点儿。定州并非所有的地方都让蝗虫过了。若明年再是这么旱下去，肯定颗粒无收。到时别说从佃户那里收不上来粮食，怕只怕佃户还会上门来借粮，更怕官府再让他们开棚赈灾。马家过去既有让佃户提前纳粮的请求，到时若佃户上门来借粮，那也是理所当然的事。

红升的担忧不无道理，可她又有什么办法呢？她只能安抚红升，而红升则坐在她的床边，一句话也不说。碧儿见此，就自言自语似的说道："我就不怕，只要我肚子里有儿，我就不怕马家过不了这个坎儿！"

红升一听，回头向夫人望去。只见她眼望前方，目光坚定，神态坦然。红升顺着她的眼睛向前看去，只见前面是一堵墙。而夫人的目光已经越过了这堵墙，她似乎看到了马家的未来。红升见夫人如此坦然，她倒变得有些疑惑。想了想，又觉得夫人说得很对，在马家，儿子是最重要的。马家现有的两个儿子，看起来都不中用，那么希望就在她们四个怀孕妻妾的肚子里。只要她们生的是儿子，这马家就不愁没有未来。

这是一个灾年。庆幸的是，夫人、红喜、红升、熊氏四人，年底顺次生下了三男一女。夫人的孩子最大，取名马兆礼。他是怀了十二个月才生下来的。本来十月怀胎，他应该在九月份出生，结果没想到他却赖在娘肚子里不出来，一直拖到了冬月。红喜生的是姑娘取名英滋，红升也是个儿子，取名马兆智，熊氏生的儿子最小，取名马兆信。家里一连添了三男一女，这让马金堂的老脸乐开了花。每天，他的腰杆子挺得更直了，笑声更响亮了，走路的步子迈得更大了，睡觉时的鼾声也更响了。夫人更是满心欢喜，满怀希望。她打十三岁嫁到马家，一晃三十年过去了，她前几年生了两个女儿，后来生的那个小子，却在那年闹瘟疫时死了，这次却奇迹般地生了个大胖小子，虎头虎脑的，一看就非同一般。她现在没有别的想法，只想把这个孩子养大成人，同时，把马家的那三个孩子也都养得壮壮的。

也正如红升所言，这只是旱灾的第一年，从这年起，北方开始了陆陆续续三年的旱灾。而两年之后的第三年，既是旱灾最严重的一年，也是天灾人祸并发的一年。

连续三年的大旱，此时的北方，已是一片焦土。黄河断流，湖泊枯竭，深井难找，浅井已干。整个大地就像一只烧锅的底，晴天已经成了可怕的日子，太阳成了一只毒龙，仿佛随时都会跳进定州城，将它烧成一个巨大的定州窑，将人们烧烤成定州窑里那些躲不开的器皿。天上的白云，就像白羊和白兔来到这烧锅一样的大地上，只一会儿，就仿佛被大地灼伤了一般，立马逃之夭夭。高高的蓝色的天空，与人们脚下浑黄的土地相互映衬——蓝天已经变成了一种恐怖。

每到中午，空气仿佛燃烧了起来。一阵又一阵的热浪，从旷野涌进城里，将城里扫荡了一遍之后，又扑向了城外。那些歪歪倒倒的行人，一会儿都不见了。偶尔出现一只丧家犬，也如土狼般伸着长长的舌头，寻找着任何一丝蔽荫的地块。

或许是饥馑的缘故，绝望的人群放弃了努力。尽管流行的眼疾并没有过去，可到马家定州眼药店里来治眼疾的人，不见多，倒反见少了。这让马金堂感觉到不太正常，但是他也不知道原因是什么。白天，他忙着铺子里的事，没有时间想；晚上回家，家里又是四个哺育期的孩子和五个妻妾，够他忙的。他哪里有时间去细想那么多？

到了秋天，气温虽然降下来，可旱情一点儿也没有缓解。城外饿死的人越来越多，饿莩千里，尸骨载道。更可怕的事情，接着便发生了，那些上门来看病的人告诉他们，城外那些饿狗，现在都成了野狗。它们成群结队，在官道两边的原野上四处流窜，啃食那些饿死的人。现在见了活人，都虎视眈眈，对人已经完全没有了畏惧。道人无不躲避，有的甚至还避之不及。这样看来，它们追逐活人，是迟早要发生的事。人们已经恐惧到了极点。

夫人在后院听到了这个消息，更是恐怖不已。碧儿叮嘱红升，在店里一定要看好老爷，他们每次出门，不能少于三人，手里一定要拿好家伙。她也一样。他们不得随意出门，更不可到乡下去出诊。若遇到那吃尸体吃红了眼的野狗，可不是闹着玩儿的。

红升则以为，那些衙门里的官吏，只怕比这红眼的野狗更可怕。前两年，是奉旨征灾粮，巧取豪夺吃大户。今年，已经征了两次粮了，马家的粮仓已经见底了。这灾情仍没有一丝好转的迹象。入秋已经快一个月了，天上也不见落下一滴雨，如果官府又像当初那样，让大户开粥棚赈灾，这家里没有粮食，该如何是好？挨到年底，他们只怕过不过这一劫。那官家除了打大户人家的主意，不定还会出什么妖蛾子。

红升的担忧，并非多余。没过多久，就听到官府请大户去衙门议灾的消息。所谓议灾，就是要放大户的血，让大户捐银两。听到这些坏消息，夫人也是一筹莫展。

红升每来大房给夫人请安，报的都是坏消息。城里的空气亦是越来越紧张。再次征大户的钱粮,那是迟早的事。大家都紧张得像是惊弓之鸟。很快,红升带来更令人惊悚的消息,是近来城里的灾民突然减少。城里人都在盛传,那些流民,到了城外,就被野狗填了肚子。大家说只见人出城,不见人进城。

没两日,知府大人请仕绅商贾望族议灾的碟谏,果然送上了门。据说,许多地方的灾民已经发生了骚乱,开始洗劫大户人家。马金堂接到碟谏,拿在手里发愁。那一年赈灾,自己手里无粮,是靠抵押借粮,渡过了难关。如今大旱持续三年,一般大户人家也都没有粮食。依目前的情形,明年的夏粮闹不好就是颗粒无收,到开春也不知否会有好转。这种情况,就算有银两,也难借到粮。况且,定州眼药店救济灾民已有三年之久,打从红升手里接过这店铺,他们每年都在倒贴,根本没有进过银两。现在又到哪里去筹措银两呢?

第二十一章

马金堂开门纳流民　杨红升挖坑埋圣水

却说定州府下贴请各大户赈灾，马金堂接贴在手，只在店铺里发愁。那红升将这消息告诉了夫人，妻妾们就在大房里开始犯愁。现在，除了大家手上还有一些金银细软，只怕没有什么可以抵押借款的了。红升对借贷的行市最是熟悉，官府虽明文规定，民间借款，年息不允许超过本金，可行市上哪只是这个数？若真的想借到款，至少是本金二倍以上的年息，才有可能找到愿意放贷的主儿。如今这灾年，市面上都缺银子，只怕利息又要翻倍了。

这样的借贷，那是将自己的脖子套上绳索。只要三五个月，保证借一个，死一家。

看到大家都在为化解眼前的劫难犯愁，熊氏就如实相告，自己还有一笔银子，家里有一部分，还有一笔存在钱庄。那是她在那边儿就积攒了多年的私房钱，本担心改嫁后，不会有好日子过，故留了这笔钱，是为了给自己留个退路。她进门这些年，样样事都看在眼里。夫人、夫君，还有姐妹们，待自己不薄。如今遇到这个难关，她自当拿出这笔银子，与大家同舟共济，也不枉姐妹一场。

夫人很是感动，只怨自己平日对熊氏关心太少，却不曾想到，熊氏如此识大体，顾大局。想到这儿，她不免心酸，眼里止不住流下了眼泪。现在，家里虽然没有粮食，有了这银两，就可以再盘算第二步该怎么办。她让红升到前面去，请夫君过来，看看下一步该如何动作。

多少年来，总是一心一意救助穷人的马金堂，此时正在坐困愁城，不知如何是好。听到红升来说银两的事已经有了着落，请他过去商议筹粮，马金堂顿时欣喜若狂。天无绝人之路。于是，他兴冲冲地赶到了中堂。

夫人见马金堂满脸喜色,也不好扫他的兴。她只是摇了摇头,说熊氏拿出了多年押箱底的私房钱,以救全家。议灾一事,也算是有了一线希望。但愿是柳暗花明。只是这一大家子,上下几十口,总是遇上这样走投无路的事,让人提心吊胆,坐卧不安。这也不是第一次。当年正是出于这样的考虑,让红升代他掌管店面,恰逢风调雨顺,过了几年像模像样的日子。乐善好施固然是美德,可如果我们自身都过不下去,像现在这样,吃了上顿愁下顿,过了上半年没有下半年,这善事又如何得善报呢?今日多亏了熊氏是个有心人,存了一笔私房钱,否则,他们如何渡得过眼前的这道难关?

　　马金堂唯唯诺诺,夫人也不想让他难堪,只是希望他能明白,天晴防天雨,遇上好年份,也要想到灾年。红升当年就有这个预言,而今不幸让她言中了。

　　金堂自然理解妻妾们的心情,就说这家里的事,日后还是由夫人做主,一切听从夫人的安排。眼下且商议一下筹粮的事。筹到了粮,明日去知府议灾,与官府周旋,心里也就有了个底。夫人说,这次筹粮,可能与上次不同,毕竟大旱三年,粮肯定要难筹得多。闹不好,只能指望官府了,到了那个时候,不死也要蜕一层皮。

　　马金堂辞了夫人,立马让下人雇车,还想去布政使司家,求助那范府老夫人。马车七弯八拐,走了几条街,终于到了仓门石道范府门前。在这大旱的年份,那范府门前的石阶缝里,居然还长了几棵杂草。

　　他下了车,轻轻地敲了几下门。院里无人应。又重重地敲了几下,里面才传出有人咳喘的声音。片刻,门打开了一条缝儿,开门的正是范府的老管家。这些年不见,那管家也老了许多。当他认出是马金堂后,惊异地问道:"马神医,多年不见。今日敲门,有何贵干?"

　　马金堂恭恭敬敬地给老管家行过礼,然后将自己打算再次用锭银担保借粮一事,告知了对方。

　　老管家重新打量了他一遍,叹息道:"神医有所不知,夫人几年前就过世了,小姐也已出嫁。如今范府,除了几个老仆守着,早已空无一人,哪有粮食可借?"

　　原来如此。马金堂只好叹息着告辞而出。老管家出门,拱手相送。马金堂这才看见,对方早已腰弯背驼,老态毕现。真没想到,才十几年的功夫,人就这样儿了。变化,可真是快呀!

　　管家送他上车,请他慢走。马金堂想起碧儿的话,不禁怅然若失。他不知道,离开范府,还能去哪里。下人问了他几次,他也拿不定主意。又不能就这样空手回去,于是下人只得漫无目的地赶着车,在城里转悠。从东门转到北门,然后又转到了西门。他还在想到底该如何是好,突然听到有马车从一旁冲了过去。他来不及张望,又两辆车冲了过去。

这时,他才看到前面乱哄哄的。待他乘车过去,仔细一问,才有人告诉他,那固原昨日流民暴乱,不仅抢劫了当地的大户,连官府都给烧了。定州的巡抚大人、知府大人,已带兵前去堵截。

许多人担心,官兵挡不住流民,已经开始逃难。官家的人都往京师逃,商贾们皆往南边逃。大多数人家都在观望,看今日官兵前去截乱的结果。

如此看来,明日议灾一事,只怕议不了。既然如此,马金堂也就不着急,他吩咐车夫赶紧驾车回家。

回到家中,马金堂将听到流民暴乱的消息告诉了夫人。这粮食即使一时筹不到,应该也没关系。官兵既然前去弹压,赈灾一事,一时半会儿估计也办不了。夫人听了他的话,也不知是好事还是坏事。红升就说,也许她们也该出去躲避一下。问题是她们四个都在哺乳,孩子这么小,又是旱灾最严重的时候,这一大家子,几十口人,出了门怎么办?闹不好,路上连口水都没有喝的,人不饿死,也得渴死。人家都可以去逃难,只怕他们走不了。

那倪锦儿则以为,既然逃难的仅是少数人家,这北街也没见一户人家有动静,应该没有什么大事。红升也希望没什么大事。她知道,夫人她们无论如何是走不了的,于是她就不再提那逃难的事了。

大家紧张了一天。第二天,马金堂让伙计徐九三出去打听消息,回来说官府那边没什么动静。第三天,又有消息说暴民给官兵驱散了,没成气候,于是大家又放松了下来。而那官府,再也没有派衙役前来通知议灾。马金堂一展愁眉,大房里的妻妾们,脸上又有了笑容。

这天,马金堂在店里闲得无聊,回到家,见中堂很是热闹,便进去看个究竟。却正遇到红升给夫人讲医妇帮孩子取名的笑话:

"有贩卖药材者,离家数载,其妻已生下四子。一日夫归,问众子何来,妻曰:'为你出外多年,我朝暮思君,结想成胎,故命名俱暗藏深意:长是你乍离家室,宿舟沙畔,故名宿砂;次是你远乡做客,我在家志念,故名远志;三是料你置货完备,合当归家,故唤当归;四是连年盼你不到,今该返回故乡,故唤茴香。'夫闻之,大笑曰:'依你这等说来,我再在外几年,家里竟开得一片山药铺了。'"

红升讲完，众人先是惊谔无语。红升不解。片刻，大家又一起捧腹，身子俯的，仰的，转过身的都有，却都捂住了嘴。红升更是一头雾水。再回头，看见金堂木然地站在身后。红升讪笑着说："那是说别人家，你还当是你呀？"众人听了，这才畅快地笑出声来。

倪锦儿笑罢，直起身子说道："我也来给你们讲一个笑话。有一夫夜不假寐，去求教某医，这医家只开了半夏、薏米两味药。见病者将信将疑，遂沉着地说道：'至关重要的还在后头呢，服药之后，定将药杯翻覆几上，这样便能安睡。'旁人请教其中的奥秘，医家解释道，《灵枢·邪客篇》说：'目不瞑者，饮以半夏汤一剂，其病新发者，覆杯则卧。'这不是明摆着吗？旁人笑道：《灵枢》'覆杯则卧'这句是用来形容药效神速的啊！"

倪锦儿说完了笑话，妻妾们才给夫君请安。夫人请金堂稍息片刻，红升借机说，前面还有活儿等她去，说完拔腿就跑。众人见她离去，又是一阵笑声。马金堂亦发觉，自己不该来这中堂。见大家余兴未了，便对妻妾解释道："不为良相，即为良医，实为儒生骗人钱财的说辞。今世之医家，以童生秀才出身居多，并不真正懂医道。术业有专攻，非世家，无代代相传秘方验方，皆不足为医。世人又有传诸如名医神医者，更是媚惑之言。将《黄帝内经》奉为圭臬之儒生，更是一派妖言。吾辈之医道，实为随唐之季，由西域天竺国传入，与神农尝百草也并无关系。医者意也，善于用意，经年积累即为良医，否则，为庸医，遗害无穷。"

夫君既然一本正经说医道，妻妾们也止住言笑，拿出认真对待的态度。马金堂接着说："唐人孙思邈，深知医道之难，有云：'学者必须博极医源，精勤不倦'，'寻思妙理，留意钻研'。又云：'省病诊疾，至意深心，详察形候，丝毫勿失，处判针药，无得参差，虽曰病宜速效，要须临事不惑，唯当审谛覃思。'方能不废江河万古流。当朝许多医书，皆为前人伪托之作，不亲历亲为，不足为凭。"

夫人听后，归结说："我夫君实为医术可比张仲景的好医家，只是不擅稻粮之谋。金无足赤，人无完人，悲乎？乐乎？"回头见熊氏及红喜皆举头茫然，接着说道，"在我看来，不喜亦不悲。我们只要照顾好家里就可以了。因为积善之家，虽福未至，必有余庆；积恶之人，虽祸未至，必有余殃。"

倪锦儿接过去说道："夫人所言极是，正所谓祸兮福所倚，福兮祸所伏。我们只要保持平常心就是了。"

傍晚时分，忽闻雷声轰鸣。众人皆翘首望外，以为天变有雨，暗自庆幸。

忽然外面叫喊声一片，出门再望，忽见城中火光冲天。

片刻，那红升匆匆而来，惊呼："乱了！出大乱子了！"

再闻那狂呼乱叫的声音，大家才意识到，是暴乱的流民进城了。马金堂立刻让下人将院子的前后门关好，整个院子上下顿时就全乱了。一家人都很惶恐。男女老少一时都没了主见，不知该如何是好？

很快，天完全黑了下来，外面变得越来越乱。大火烧了不止一处，好像都是官府衙门，是冲着官兵们去的。隔壁左右的邻居，也有人收拾了东西，驾上车准备逃难。显然已经晚了。这些暴民连官府都敢烧，城里的大户，肯定在劫难逃。全家上下，都望着老爷。

此时，马金堂也不知该如何是好。前些日子，还觉得这城里没多少人，现在听外面嘈杂的声音，知道这人是越来越多。何处一下冒出这么多人来？看来那些逃出去的人，不少都加入了暴动的队伍。最紧张的是熊氏，她怀里抱着孩子，挨在马金堂身边，不住地问："前日还说那出城的灾民，都让野狗给吃了，何以突然冒出这些人来？"

没有人能回答她的问题。大家关心的是，现在该怎么办。那熊氏见无人理睬，又说道："要不，咱们也逃吧！总不能这样等死啊！"

红升看了金堂一眼，见他没反应，就靠近熊氏，拉住她的胳膊，让她别害怕，总会有办法的。一向有主见的夫人，看着这一家大小，一时也没了主见。她望了望夫君，又望了望倪氏和红喜，让她们两人也表个态，是赞同现在就逃难，还是等金堂慢慢拿主意。

两人互相看了一眼，表示还是等金堂拿主意。她们做妾的，又能有什么主见。

夫人说，既然如此，是福不是祸，是祸躲不过。慌也没用。现在外面兵荒马乱的，到处都是活不下去的人。既然活不下去了，就什么事情都做得出来；出去，往城外逃荒，被他们逮到了，就是个死。现在城里到处都是他们的人，想出去，哪那么容易？既然出去是个死，还不如就在家里。在家里说不定要被抄家，但那也不一定；即使被抄家，那也没有办法；他要抄，就让他抄；抄家总比被他们杀死强。既然如此，那就跟平时一样，该吃吃，该睡睡。天塌下来，有个子高的人顶着。

夫人如此一说，大家才不做声。只是熊氏心里像有个猫子在抓，但她强作镇定，什么也不敢讲。

这功夫儿，院外的嘈杂声越来越大。大人的叫骂声，小儿的哭喊声，连成了一片。天越黑，那火光就越发明亮。还是红升胆子大，她打开前门，去外面看了一下，立马回头，对大家说：

"听人说，那些灾民已经开始四处抢劫了。见什么抢什么，还死了人了。"

马金堂仍然是一句话也不说。夫人知道，他没有什么好办法。过了一会儿，她让红升带上徐九三，再出门去打听一下。红升听了，又转身出了门。

过了没多久，红升又转回来，气喘吁吁地告诉大家："不好了，那些暴民已经到了北街，那边已经在砸门。"

这时，马金堂才开口："咱们别关门，随他们进来。"

红升听了这话，感到莫名其妙。难道就这般开门揖盗，让别人进来抢？她又看了看夫人，夫人却抱着孩子，没有任何反应，一脸天塌下来就任它塌去的神情。她犹豫了片刻，才回到院里，让下人重新打开了大门。

就在这时，潮水般的暴民，明火执仗地涌进了北街。疯狂的灾民沿街大砸大抢商户，很快就到了马家大门口。红升与徐九三望着这些破衣烂衫失去了理智的灾民，目瞪口呆，不知所措。几个纠纠武夫领头，在两只火把的引导下，一起涌进了院子，直奔中堂。马家大小，二十多口人，除了红喜怀里的婴儿在吵嚷之中哭叫起来，没有一个人说话。

几个头人，将马家上上下下的人等打量了一番，接着就有暴民喊道："动手吧！还等什么！"

喊完，人群立刻骚动起来。就在这千钧一发之际，马金堂开口，对暴民说道："我马金堂，一生积德行善，为穷人治病，不收分文，家里无有一粒存粮，众人若看中什么，尽可取走，只是别伤我的家人。"

这户人家，灯火通明，主动开门迎接。主人还说这等话，让这伙暴徒也觉得意外。一个急于抢劫的暴民，挤在桌边，不小心打碎了夫人尝鲜的一只碗。碗中的葛粉粥，溅了一地。众人刚准备动手，领头的一人说道：

"慢！"

人群中，又有一人凑到领头人身边，小声说道："这老爷，便是闻名河北的马神医，马大善人。"

众人开始讨论起来。这马神医妻妾成群，看似豪门大户，长年布施，妻妾们居然吃葛粉这等灾民才吃的食物。于是那头人举起杖棍，高声说道："大家听着，这里作罢，咱们再换一户人家。开路！"

头人说完，众人起哄，"欧！欧！欧！欧！"调头往外涌。

马家人提到胸口的心，终于放了下来。四个婴儿，一起尖声哭叫。

等暴徒们离去,出了一身冷汗的马金堂,才终于松了一口气。他双脚一软,站在旁边的倪锦儿眼明手快,立刻上前扶住了他,红升和小管家也上前扶住,让他退后,坐在椅子上歇息一下。待他坐下,倪锦儿就说道:"我就相信,善人有善报。老爷一生行善,老天有眼,今日便保了马家一家大小的平安。"

　　熊氏、红喜边哄着怀里的孩子,边在夫人面前恭维金堂,多亏了老爷善人的美名,方能遇难呈祥,逢凶化吉。这比去那庙里烧香拜佛,管事得多。

　　这时,马金堂才让红升去叫下人把门关好。估计这潮水般的流民过去之后,再不会有什么事了。待红升关上大门,回到中堂之后,马金堂对妻妾们说:

　　"今日,马家免去了一灾,从今往后,咱马家便定下一个规矩:只要咱马家不败落,这店铺支撑一日,就要救济一日穷人。当初,爹让我开这店子,也是为着悬壶济世,并非为着敛财,尤其不能挣黑心钱。"

　　妻妾们皆表示认同。那夫人将一旁的兆仁、兆义拉到面前,对他们说道:"你们是马家的儿子,望你们能记住你爹今天说的话,也好将你爹神医的美名,世世代代传下去。"

　　兆仁木然地看着,好一会儿,才点点头。那兆义低着个脑袋,身子还在哆嗦,点头如啄米道:"好!好!"。碧儿看他们两个不中用,就对怀抱中的儿子兆礼说:"我儿兆礼,你可记住你爹的话啊,等你长大了,一定要把你爹的美名世世代代传下去。"谁知那小子应声大喊道:"好!我传!我传!"说着,他就去拉小梅怀中的兆智,结果兆智也大声喊道:"我传!我传!"见他们两个这么说,那兆信也喊着说:"我传!我传!"

　　暴乱的民众,在定州城里骚乱了一天一夜,城里的士商大贾豪绅大户十室九空。直到流民离去,也没看到一个官兵前来。几日后,才见官府贴出追剿流民暴乱的告示。南城门外还挂着一排被斩的暴民的首级。

　　劫后的定州,一片萧条的景象。虽然已是深秋季节,西北风起,却不见落下一滴雨。持续的大风,使整个北方温度越来越低,即使头顶阳光灿烂,人们也感觉不到一点温暖。好像这个秋天的太阳与以往大不相同,它不再是光明和温暖的象征,而是一个没有温度的红鸟。

　　转眼就到冬至。俗话说,冬至大如年,可是持续的干旱和连续多年的歉收,让过去繁华的景象就这样一去不复返。在这个物资极度匮乏的时刻,市面上的商铺全都冷冷清清,马家的药铺门前,也难觅行人的踪影。马家人开始考虑关门歇业。马金堂却说,不能关门,无论如何,再艰难也要把店铺支撑下去。

　　热在三伏,冷在三九,进九之后,天气一日比日冷了。歇下来没事可做,马金堂开始和倪锦儿一起,每天陪孩子们玩儿。倪锦儿自己没有孩子,又喜欢小孩儿,就总是把那三个小子一个姑娘引到她房子里玩儿,要么给那个姑娘扎上满头的小辫子,要么教他们唱儿歌,背古诗。红升却开始忙忙碌碌,照顾起大家的饮食起居。或许是因为经受过暴民的冲击,那熊氏以及红喜,仿佛与夫人之间的关系近了许多。两人每天总是不忘抱着孩子,去大房给夫人请安,然后一起在大房里与夫人唠嗑儿,有时红升不在,还给红升的儿子哺乳。红升更是今日给她们送冬枣,明日给她们送扒糕,总是想方设法,给她们弄点儿打牙祭的东西。

　　这一日,三人一起刚给孩子哺完乳,红升又给她们端去了重阳糕。夫人好生惊喜。如今这么困难,问她哪里弄来的这些东西。要搁在往年,大概谁也不会稀罕这东西。可如今是灾年,弄到这些东西可不容易。

　　红升一面让大家尝,一面说,这些都是重阳节准备的。因为是大荒年,她虽然让庖厨准备了很多,但没敢声张。夫人又问道:"可曾给老爷和倪氏送去?"

　　红升回话说:"送了,是让倪氏的丫鬟送去的。"

　　熊氏、红喜吃着这重阳糕,都一个劲儿地说好吃。红升则说:"只要大家喜欢,我就心满意足了。"

　　红升告诉夫人,晚餐她还让庖厨预备了猪肠焖子,砖烙豆腐。这都是现在市面上看不到的好东西。夫人又问她是怎么弄到这些东西的。她说他们这条北街的街尾,有一户人家,是屠户出身,现在为逃避官府审编铺户,没有开店铺了。官衙的税赋太重,这个时候,额外的税收和徭役,比以前多了很多。所以,他们偷偷地干这营生。前些日子,他们对面的茶栈婆子,将他们介绍给了红升。只要有银子,有粗粮,要什么东西,他们天黑后,便送什么东西上门。红升还跟他们要了松醪酒。大家都喜欢这个。这些年官府管得松,私酒泛滥,很多人情愿不吃不穿,都要饮这松醪酒。他们答应明晚就送些上门。这都是私底下的买卖,不能让官府知道。一旦他们知道了,可不得了。

　　夫人感叹道,还是红升能干。时下灾难重重,生活维艰,更少不得红升这样会来事的人。别人现在拿着银子都找不到粮食,红升是神通广大,样样不缺。有她在,大家也可以安心过日子了。那熊氏也说,既有这本领,那她们就不用为生计犯愁了,自己手上的银子,红升姐姐可以多拿点儿去,把这些东西多弄点儿回来。这大冬天，关上门，有酒有肉，虽遇荒年，日子可望胜过以往。只是这事不宜对金堂说起，只需供他吃喝，免得他见了穷人，于心不忍，又施舍给别人了。

妻妾在一起商量隐瞒夫君，这种事在夫人看来是大逆不道。可眼下这样的处境，也只能如此。她提醒大家，这事只管心里明白就是了，无需声张。但也不能刻意对金堂隐瞒。一切都顺其自然吧。有了夫人的表态，大家心里就有了底，以后再也不议论此事。

红升从大房里出来时，看见马金堂又带着仆人在院子里挖地窖。红升知道他闲不住，就过去问他，为了制眼膏、药膏，今年已经挖了很多地窖。现在又挖地窖干吗？

马金堂告诉她，他想趁现在闲暇时间比较多，制作一批太乙晶目瞳化液。他听自己的爹说，这太乙晶目瞳化液，既是治疗眼疾的好药，也是护眼养眼明目清火的好药水。过去人们不知道是怎么制作的，都称其为神水。其实制它倒并不复杂。因为无论是煎制的眼药，还是熬制或醪酒泡制的眼药，因其火性仍然较重，都影响了疗效。况且，它们不能直接涂抹在瞳仁上，这就使疗效大打折扣。而这太乙晶目瞳化液，虽然使用的还是原来的方子，可是要埋在几尺深的地下一个甲子，而并非是藏在地窖里。经过六十年的埋藏，所有煎制好的药汤或炮制好的药液，已经完全除火软化，不仅没有了火性，而且还会生化出晶莹透明的药性，成为神奇的药水，还可直接用在瞳仁上。它其实是密封在瓦瓮里的眼药水与地下水、地气、夜露等相化生的产物，与那野外鲜花上的露水一样珍贵。只是它具有药效，所以叫它太乙晶目瞳化液。

就是说，它是为眼而化生的童水，最早的水，所以，就称它为太乙晶目瞳化液。马家作为世代医家，应该把这个秘方传下去。况且这十多年，马家治眼疾的方子又有了改变，效果更好了。因此，他决意制作一批埋下去，而且要每个干支埋一次，以确保子孙后代都能用神水为患者治眼疾。那样的话，马家的眼药，肯定是天下第一了。

红升听了，惊奇不已。原来家里还有这样神奇的秘方，有了它，每一代人，都可以不停地炮制药膏埋藏，后代人就可以享之不尽。这可是百年大计，保管能让子子孙孙世代相传，生生不息。

红升又问金堂，为什么马家的眼药能够成为定州第一，而且世人还说它是天下第一。金堂告诉她，这马家的眼药，来源复杂。它既有马家世代相传的秘方，还有父亲从西域那边搜寻过来的药方，更有他和蕲州李公子遍访天下名医寻得的大批验方,同时最为难得的,是他们融汇了宫廷秘方中的眼药思想的精华。民间医生再好,毕竟只是民间,眼界有限,而宫廷看病用药,那里暗藏着中医用药的精华思想。善于领会者,自然能够受益无穷。杨红升说我们马家怎么能学到皇家的东西?难道是太爷向吕院判学的吗?马金堂说,当年父亲大人救吕连安时,吕连安身无长物,就把一包《太医院御医用方案注》送给了父亲大人。马家就此得到了别人怎么也不可能得到的皇家行医用药的详细记载,从中悟出了皇家用药的精华思想,这是让马家医术得以提升的关键之所在。红升说,难怪老爷您没事总是拿着那套书在看呢,原来它竟然是那样好的东西呀。

于是金堂就指挥仆人挖好了坑,第二天,红升便主动去制药作坊,帮马金堂指导下人制作眼药膏。她真不敢相信,这一锅又一锅,捏不出一滴水的药膏,通过埋藏几十年后,会生化出许多从未见过光的露水来。而这露水,就是治疗眼疾的神水。

虽然她知道自己看不到将来挖出瓦瓮的那一天,但她想到,这是给子孙后代留下的神药,就如同是给后人埋下一笔巨大的财富一样,她就越干越起劲。在干活的过程中,她还不时地问马金堂,夏枯草、板蓝根,还有防风、桂枝,这些看似柴草一样的东西,怎么会有神奇的疗效。

马金堂停下手里的活儿,站起身来告诉她:"药材药材,原本多是一些随处可见的东西。用它来治病,它就变成了好药;没有良医,它就是烧火的柴草。这就是良医的本领。"

看到马金堂那摇头晃脑自鸣得意的样子,红升心里也是美滋滋的。商贾只会低收高出地贩货,并不曾新生出个什么东西来,其获利,人皆说是奸商所得。良医也不产货,却能化腐朽为神奇,所以赢得了世人的尊敬。区别仅此而已。

红升在作坊里,帮马金堂做完了眼药膏,又兴奋不已地到大房去告诉大家,今天要埋藏神药。又在夫人面前发表了一番感慨,将良医与商贾做了一番比较。倪氏听了她的一番话,就不屑一顾地说道:"商人重利轻离别,怎能将医家与商贾等贩夫走卒相提并论?"

倪氏这么一说,又伤了商家出身的红升的心。她脸上的喜悦之色一扫而光。夫人立刻明白了原因,就说过去红升是商家不假,可现在她早就是医家了。咱们红升的本领可大着呢,这医家的上上下下,里里外外,哪样不是她在张罗?红升一听,脸色就缓和了。于是夫人就笑红升肚量别这么小。自己说来没关系，别人说来立刻就不高兴。若不是她自己先拿商贾与医家做比较，锦儿妹妹又怎么会有这般说辞。况且都是姐妹，有时无心地说出一句两句，如果有些不中听的话，你也不要太在意，别往心里去就是了。

红升马上意识到，是自己太过敏感。就自嘲地说道："原来都是婢妾自己的不是，还是夫人看得明白。"

埋藏神药是一件大事，红升说完，大家都起身，抱着孩子去看夫君埋瓮。红升又照马金堂的吩咐，去叫下人把那三个小子抱来，让他们看好，这是马家埋下的宝贝。红升要让他们亲眼看着这药瓮埋下。将来或许只有他们才有机会，将这埋下去的药瓮一个个起出来，重见天日。全院的大人小孩儿，都挤在四周看热闹，一个个都是兴奋不已。

待一切都封存之后，马金堂又让倪氏去准备笔墨纸砚，将坑藏的时间、位置，都一一记录下来，交与夫人，与契薄文书等一起收藏。

第二十二章

因打架夫人教小子　为出气钱母讨说法

却说夫人碧儿打自怀孕之后，这心情好似晴空万里，一天好似一天。孩子生下了地，她一听稳婆说恭喜夫人是个男孩儿，就高兴得晕了过去。可孩子一天天大了，令她高兴的事是越来越少，烦恼的事情却越来越多。至于原因，就是那小子太调皮捣蛋，没有哪一刻不让她操碎了心。

马兆礼在娘肚子里呆了十二个月，他一生下来就比别的孩子大，一生下来先天身体就好。因此，他从来不病，连声咳嗽也没有过。这大冬天的，大人缩在家里都不敢出门，他趁大人不注意，踢掉鞋袜，光着脚丫子就跑到院子里去玩儿雪。还叫兆智和兆信也都脱掉鞋子袜子，光着脚跟他一起玩儿雪。他们进了雪堆，小脚一会儿就冻得通红。三个小家伙的六只小脚在雪地里冻得直跳，口里冰得直叫。他就看得直笑，还引得那两个也笑个不停。笑声让夫人的丫鬟小梅听到了，她大叫一声："我的个小祖宗啊！"就跑过去抱他进屋。鞋子袜子都还没来得及给他穿，然后再去抱那两个。待她去抱那两个时，那兆礼又趁她不注意，拉开门就跑到雪地里去了。小梅再去抱他，那两个也学着了，她前脚出门，他们后脚就溜了出去。小梅一个人招架不住，就大叫二娘红升和四娘熊氏的丫鬟。她们人还没到，兆智和兆信就开始咳嗽，一会儿工夫，就清鼻涕直流。

夫人听到小梅的喊声，知道肯定又是兆礼闯祸了，忙不迭地跑出来一看，果不其然。她大叫一声，什么也顾不得，提起裙子就冲了过去，抱起兆礼，回头把他按在凳子上，照着他的屁股，那巴掌就下来了。小梅一见这样，连忙跑过来拉住夫人的手，跪在地上向夫人求饶，说是自己没有照顾好三少爷。夫人就对她说，跟你说过多少次了，叫你把三少爷看紧点儿看紧点儿，他的跟前一刻也离不开人,你就是不听。小梅就说,是老爷吩咐,叫到前院儿去给二娘送了个东西。夫人听了,就说道,以后不管是谁吩咐什么事,你要么不答应,让别的下人去做,你如果答应了,你去做那些事的时候,也得把三少爷带着。他要是闯祸了,我就问你,他惹出了事儿,账就记在你头上。小梅见夫人如此说,只得连连磕头求饶。

其实夫人打兆礼,那也是急的。她哪敢真打? 她四十多岁才生下这个孩子,到马家三十多年,只生了两个儿子。大儿子在那场灾难中死了,这是她的小儿子,心肝宝贝儿贴心肉。她知道,自己这辈子,命中注定,只能有这一个儿子了。正因为如此,她把她全部的母爱,都给了兆礼。家里上下都知道,她宠着兆礼,捧着兆礼,因此她打兆礼的屁股,哪敢下重手? 正因为如此,兆礼那浑小子也根本就没有感觉。看娘把他按在板凳上打屁股,他还觉得好玩儿,趴在板凳上直乐呵。

但对小梅来说,夫人打兆礼屁股,意味着她犯了天大的错。因此,她只有跪下来,请求夫人开恩,饶过自己这一回。

夫人看着她,脸上并没有松和下来。只是让她起身去传小管家赵两钱,叫他们去请外面的郎中给四少爷和五少爷瞧病。说孩子还小,拖不得,一拖小毛病就拖成了大毛病。

结果郎中来了,给兆智和兆信瞧了病后,各开了三副药。兆信吃了一副药后就好了,那兆智根本就不吃药。二娘红升没有办法,就给药里放米糖,搅和好了后再给他喝。他仍不喝。红升只好和丫鬟一起,把他的手脚都捉住,掰开嘴,用匙子直往嘴里灌。那兆智身子弱些,左右直扳,又是踢,又是叫,还直哭。只几下就把剩下的药给打翻在地,喝下去的药也吐了一地。红升心疼得眼泪直流,就让小管家赵两钱到前面铺子里去把徐九三喊过来,让他们把药做成一颗颗的小丸药,裹上糖衣,再给兆智吃。就这样,三副药吃完,兆智也没有好。再加了七副药,吃了十天,他的咳嗽这才好下地。

夫人很清楚,二娘红升和四娘熊氏尽管不会对兆礼有想法,可是她们心里多少会有些不舒服,毕竟此事因兆礼而起。于是,郎中来过之后,夫人就打发小梅过去一一问候,看郎中怎么说,开了些什么药,碍不碍事,几天能好。同时,她还拿出二两银子私房钱,让小梅告诉红升,说叫庖厨从今天开始,给四少爷和五少爷每餐加两个好菜。红升和熊氏听了,慌忙跑到夫人那儿去请罪,说丫鬟没有看紧,小孩子们闹出点儿名堂,伤风吹嗽了,小事一桩,夫人这又是请郎中,又是问候,又是加菜的,叫她们心里不安。再说即使加菜,哪能还要夫人您掏钱呢？夫人说没事儿，我看着兆智和兆信就喜欢，现在他们病了，我这做大娘的给他们加两个菜，那是应该。红升和熊氏还想推辞，夫人说你们这是何苦来着？红升见推辞不过，就说道："那干脆这样，夫人你出了二两银子，我和熊氏、红喜各出一两，我们用这五两银子，每天中午和晚上，给夫人这边加两个菜，再给我、三娘、四娘、五娘各加一个菜，钱用完为止，如何？"于是夫人就说好。

这边问题还没有解决，那边又出事儿了。原来那五娘红喜上街时，碰到街边有一个卖小瓷人儿的小贩，卖的都是些烧制的瓷娃娃，还都是女孩儿，穿着花衣裳，戴着花头巾。五娘很是喜欢，就买了一个，回家给自己的女儿英滋玩儿。因为它是女孩子玩儿的，不好给那三个小子买。可是五娘又觉得不妥，于是找呀找的，终于找到了一个做泥人儿的，就给那三个小子买了一只泥猴儿，一只泥公鸡，一只泥狗，然后回家，给他们一人一个。第二天，那兆智见英滋手中是一个漂漂亮亮的女孩子，而自己手中则是只泥做的公鸡，就不要那公鸡了，他要瓷娃娃。英滋不给，兆智就去抢，一抢到手就跑。英滋就哭。兆信见了兆智手中的瓷娃娃，也不要他自己手中的小狗儿，就去抢那瓷娃娃。兆智生得身子弱，抢英滋的东西绰绰有余，可兆信一出手，他就没戏了。瓷娃娃被抢不说，他手中的那只公鸡，一时也不知被扔到哪里去了。他急了，就去跟兆信动手，被兆信一掌推到地上，坐在那里哇哇大哭。兆礼一看，不干了。你都把他们弄哭了，那哪行呀？他就跑过去，从兆信手中抢过了瓷娃娃，然后跑去交给英滋。跑着跑着，被一个土坷剌绊倒在地，手中的瓷娃娃摔碎了。

兆信手中的瓷娃娃被抢后，他一下子就哭了。看兆礼摔倒在地，就连忙跑过去，骑在兆礼身上，伸手就去打兆礼。那兆智就去打兆信，英滋这时不打兆智了，转而去打兆礼，四个人打做了一团。兆礼一扭身就掀翻了兆信，一屁股坐在兆信身上，然后抓住英滋的手，不让她打，英滋就踢。兆礼见英滋越踢越起劲儿，就一把把英滋拉倒在地，跟兆信滚在了一起。于是他再把他们两个都压住。那兆智打兆信，一不小心就打着了兆礼，兆礼也抓住兆智，一使劲儿，就把兆智扔在了地上。然后他又把兆智拉过来，跟那两个码在了一起。之后他一个人趴上去，压在他们三个身上。看见他们哭，他一边开心地笑着，还一边跟他们挤眼睛，再用一根手指在脸上刮着，羞臊他们。那三个被压在下面，还被他羞臊，就哇哇地哭得更响了。

四个人手中的玩具，早都摔碎了。那兆礼手中的泥猴儿也没有了，他也不管，只管看着他们三个乐。

这事闹大了。那三个孩子没有专人看着,小梅本来是专门看兆礼的,可是她内急,刚去更衣,谁知偏偏就发生了这事儿。于是二娘、四娘、五娘的丫鬟出现了,她们都埋怨小梅,接着是夫人出现了。她先让丫鬟们哄好那三个孩子,然后让小梅说说是怎么回事。小梅哪里说得清楚。她急得直哭,"扑通"一声就跪下,说自己方便去了。夫人见此,就只有让她起来。

　　夫人就问兆礼,为什么欺负弟弟妹妹?兆礼一时也说不清楚。那三个就想趁机告兆礼的状,三张小嘴你说你的,我说我的,哪里听得清楚。夫人观察了一会儿,就不动声色地说,四小姐最乖,就让咱家四小姐先说。英滋就说,兆智弟弟抢她的小瓷人儿,兆礼哥哥把她的小瓷儿摔碎了。夫人就问,是兆智弟弟先抢的,还是兆礼哥哥先摔的?英滋就说,是兆智弟弟先抢的。源头就找到了。

　　然后夫人就问兆智,为什么要抢姐姐的小瓷儿?兆智就说,英滋姐姐的小瓷儿好玩儿,漂亮,他的小公鸡不好玩儿,不漂亮。他要抢了去,将来好做媳妇儿。夫人一听,差点笑出了声儿,气倒是消了一半。于是就问,那你为什么哭呢?兆智就说,兆信弟弟抢我的小瓷人儿,兆礼哥哥把它摔碎了。于是夫人就问,是兆信弟弟先抢的,还是兆礼哥哥先摔的?兆智就说,是兆信弟弟先抢的。

　　夫人就问兆信,为什么要抢小瓷人儿。兆信就说,兆智哥哥不要他的小公鸡,要小瓷儿,我也要小瓷儿。然后夫人又问他为什么哭。他就说,兆礼哥哥抢了我的小瓷人儿,还把它摔碎了。他还打我。夫人一听,大致明白了。就转过身来,绷着脸问兆礼,为什么要抢兆信的小瓷人儿。兆礼说,那是英滋妹妹的,我抢了送给英滋妹妹。结果摔倒了,碎了。

　　夫人一听,知道他是好心。就问道,那你为什么要欺负弟弟妹妹?兆礼就说,兆信先打我,我就打他。夫人就问兆信,是不是你先动手的,兆信就不做声。夫人就说,大娘不怪你,如果是你先动手,你就点点头。然后兆信低下头,犹豫了一会儿,点点头,嘴里嘟囔道,是兆礼哥哥先抢了我的小瓷儿。

　　然后夫人再问兆礼说,那你为什么要欺负妹妹?兆礼说,妹妹她打我。夫人就问英滋,是你先打兆礼哥哥的吗?英滋也只好低下头。夫人如法炮制,说英滋是个好姑娘,大娘不怪你,你说,如果是你先打的哥哥,你就说是。于是英滋就点了点头,说兆礼哥哥把我的小瓷人儿摔碎了。

　　然后夫人再问兆礼,为什么要欺负兆智?兆礼也说是兆智打他。夫人就转头问兆智,是你先打兆礼的吗?兆智说,我没打他,我打兆信,兆信抢了我的媳妇儿。夫人再次转头问兆礼,兆智弟弟说他没打你,你为什么说他打你了呢?兆礼还是说兆智打他。夫人想了想,就转头再问兆智。你打兆信的时候,兆信在哪里?兆智说,在兆礼哥哥的屁股下面。于是夫人立刻就明白了。她问兆智,是不是你打兆信弟弟,不小心打着兆礼哥哥了。兆智听了,就低下了头,说,是的。

事情终于弄清楚了。

然后夫人就说道:"你们四个听着,大娘要给你们讲讲道理。"

她首先转向兆智,说道:"大娘先要说的是兆智。兆智你不该抢姐姐的小瓷儿。这小瓷儿是五娘买给姐姐玩儿的,是女孩子玩儿的东西。你如果想玩儿了,可以跟姐姐要,姐姐自然会给你玩儿的。姐姐如果不给你玩儿,你告诉我们,我们让姐姐给你玩儿。你抢姐姐的东西,那是你有错在先。抢是多不好的行为呀?只有坏人才抢,只有坏孩子才抢。兆智你说你是想做好孩子还是坏孩子呢?"

兆智就说道:"想做好孩子。"

夫人说道:"我就知道兆智是个好孩子。以后想要什么了,跟你娘或大娘要,跟人家借也成,可千万不要抢。听到了吗?"

兆智说:"听到了,大娘。"

夫人又转向兆信,问兆信道:"那你说你知道自己错在哪里吗?"

兆信说:"不知道。"

夫人听了,就问道:"你抢了东西没有?"

兆信说:"抢了。"

"抢东西对不对?"

"不对。"

"以后再抢不抢东西?"

"不抢了。"

"能不能抢?"

"不能。"

"好。大娘我知道兆信是个好孩子,以后千万不能抢东西了,听到了吗?你要东西,可以跟大人要;咱们家里没有,还可以跟人家借,但是千万不能抢东西,听到了没有?"

"听到了。"

于是夫人又转问兆礼道:"兆礼,你知道自己错在哪里吗?"

兆礼看着她,没有做声。

"你是不是认为你没有错?"

"是。"

"为什么没有错？"

"我是给妹妹抢的。"

夫人就说道："兆礼，为娘今天要告诉你。那小瓷儿是妹妹的，你想抢回来还给妹妹，你的心是好的。因为你想为你妹妹主持公道。"她看着马兆礼的眼睛，说道："但是你的做法不对。你不能抢。你看街上那些抢东西的，被人抓住了，就要挨打，人人喊打。为娘的告诉你，抢东西不对，兆礼你听明白了吗？"

"听明白了，娘。"小兆礼眨巴眨巴眼睛，问道："我不抢，那该怎么办？"

夫人一听，心里一惊。儿子那么小，难道他竟然还在思考解决问题的办法？想到这里，她的内心不禁有些感动。她觉得自己有责任，保护好儿子那颗幼小而稚嫩的心。于是，她就说道："你可以跟他讲道理呀。当然现在兆礼还小，还不会讲道理，但你一定先要试着跟他讲道理。如果道理讲不通，还可以去找大人，让大人来解决。大人一来，就不会每个人都去抢了；大人再把东西从弟弟手中拿过来，还给妹妹，那也就不会把小瓷人儿打碎呀。你说是不是？"

小兆礼全神贯注地看着娘的眼睛，很认真地点了点头。说道："知道了，娘。"

夫人看着儿子，不禁有些心疼。她看着那几个孩子，觉得这话还没有说完。于是就说道："兆礼，为娘告诉你，你今天还做错了一件事。"

兆礼看着娘，说道："娘，我错在哪里？"

夫人说道："你不该打弟弟妹妹。"

"是弟弟妹妹先打我的。"兆礼看着娘的眼睛，争辩着说。

夫人也看着他的眼睛，说道："道理娘一会儿再跟你讲。"说着，她转过头去，面对那三个孩子道："你们几个今天都先打了三哥，不管是什么原因，你们先打人，这就不对。你们想想，为什么不对？"

英滋和兆信都说，因为先打人了，打人就不对。夫人鼓励了他们一番，之后转向兆智。兆智的嘴嗫嚅了几下，看到夫人的眼睛，嘴巴就不动了。夫人就说："大娘知道兆智一向聪明，一定有好的想法，兆智你说说看，为什么不能打人？"

兆智就说道："因为兆礼是我们的哥哥。"

夫人一听，就说道："兆智说得太好了，太对了。大娘真的要表扬你。为什么你们不能打兆礼，因为兆礼是你们的哥哥。那么兆礼呢？你知道自己今天动手打人，为什么不对吗？"

兆礼道："知道了，娘。"

"那为什么不对？你说出来给娘听听？"

"因为他们是弟弟妹妹。"

"对。因为他们是弟弟妹妹,所以你就不能打他们。因为我们是一家人,一家人怎么能打一家人呢?今天大娘要告诉你们,因为我们都是一家人,所以我们要相互帮助;因为我们都是一家人,所以当外人欺负到弟弟妹妹了,兆礼你这个做哥哥的就该挺身而出,保护弟弟妹妹。如果有人欺负到兆礼了,兆智、兆信、英滋你们三个也一定要帮助兆礼哥哥。明白了吗?"

四个孩子齐声说道:"明白了!"

之后,夫人让几个孩子相互道了歉,让丫鬟带着那三个出去了。他们一走,夫人一把抱起小兆礼,故意做出要打他的吓人的手势。谁知兆礼一点也不怕,抱着夫人的脖子,就去亲她的脸。夫人也终于忍不住了,照着兆礼的脸就狠狠地亲了两口,嘴里说道:"你这个小脑袋是怎么想的?你这个小脑袋是怎么想的?"她这一亲,就亲得兆礼"咯咯"直笑。

问题到此,才算圆满解决。

五娘红喜一弄清楚此事引起的波澜时,忙跑来向夫人道歉。说自己买东西没买好,引得孩子们打起架来。夫人说,这事跟你没关系。红喜仍是过意不去,说自己明天就到街上去再买些玩具回来,无论买什么,一人买一个,四个孩子,就买四件一样的东西。夫人见红喜坚持,就说,那你干脆拿两百个铜板,交给小梅,我自己也拿三百个铜板,凑成五百钱,让小梅交给前面的伙计徐九三,让他们去买。见了合适的玩具,一样买四套就是了。东西买回来后,夫人让小梅带着兆礼,拿着东西,给二娘、四娘、五娘都送过去,再把过程详详细细地给她们讲了一遍。其实她们早已经很清楚了。夫人之所以要这么做,主要是让大家明白她是一碗水端平的。

之后的事情接踵而至。马家药铺的隔壁是个杂货铺,与马家一样,也是前店后院的格局。这开春后,有一天那杂货铺的王大娘就带着她的二儿子到马家来找四娘借鞋上的花样儿。她脚上的绣花鞋都旧了,想绣一双新的,可是没有好看的花样儿。那天在街上碰到了熊氏,见她脚上的新鞋花样儿不错,就问四娘花样儿是在哪里买到的。四娘回答说,有天在大街上碰到个专门铰弓鞋花样儿的婆子,当时买的。王大娘问还能买得到吗?四娘说,那婆子像游方僧,走东家串西家,走到哪儿,铰到哪儿,因此上,恐怕一时半会儿碰不到的。王大娘说,可惜了的。四娘就问,莫不是你也想就这个样子做一双不成?王大娘说,是呀,可惜弄不到花样儿。四娘就说,我那儿还有,你想要的话,赶明儿找个时间到我那厢房里拿去。王大娘就谢谢她。四娘说,就一个花样儿，也不是什么值钱的玩意儿，还谢什么谢的。

于是王大娘就带着她家的二小子炳文来了。进了四娘的那个厢房，四娘跟她说闲话儿的时候，两个孩子就玩到了一起。炳文跟兆信差不多大，两人玩着玩着，炳文就说要兆信跟他回家，找他炳义哥哥玩儿，说他炳义哥哥会玩很多游戏。兆信就要跟他走。四娘说丫鬟不在，等丫鬟回来后再一起去。王大娘说，都是街里街坊的，这隔壁到隔壁，有什么不放心的？没事儿，说她那两个儿子能干着呢，保证能带好你家五公子。四娘见王大娘这样说，就不再阻拦。两个小子来到前院儿，刚好碰到兆智从三娘的西厢房里跑出来，要去撒尿。兆信说他们要去找炳义哥哥玩儿，说炳义哥哥会玩好多好多游戏，问兆智去不去。兆智就说去，让他们把兆礼也喊上。那兆礼和英滋正在三娘的房子里跟她读诗，小梅也跟在那儿。三娘记起昨日自己上街，买了一些春饼，都是用荠菜做的馅儿，很好吃，就叫小梅给夫人送些去尝尝鲜。小梅说，夫人说过，她的事情就是看好兆礼，夫人让她一刻也不要离开兆礼。三娘就说，兆礼在我这儿，我只教他背诗，你还有什么不放心的？于是小梅看了看三娘，只好拿着春饼就走了。

那兆信兆智就在外面大声喊兆礼。兆礼听后，起身就往外跑。三娘想拉他，他却已经跑出了西厢房。英滋也跟着跑了出来。三娘只好追出来喊道，兆礼你们上哪儿去？兆礼说，我不知道。兆信就指着炳文说，到他家找炳义哥哥玩儿去。

那三娘本就不主张约束孩子，见他们只是要去隔壁玩儿，也就没有在意，只说道："去吧。"

小梅回来以后，看到三娘西厢房里空空如野，就大惊失色地问三娘道："兆礼呢，兆礼去哪儿了？"

三娘说道："你看你小梅，怎么这么没出息呢？咋一会儿不见了兆礼，便没命了似的？"她嘴里这么说着，心里其实是对小梅的态度不满。跟三娘问个话儿，怎么连个招呼也不打。

小梅哪里管得了那么多。她只是说道："三娘，您也不是不知道，那兆礼一会儿没人看着，非出事儿不可。"边说边转身向门外跑去。三娘站在那里，扬手指着她道："哎，小梅！小梅！夫人对春饼怎么说？她喜欢吗？"话没有问完，小梅早就跑出了中院。

小梅一冲进隔壁的院子，就发现架已经打完了。炳义炳文两兄弟被兆礼按在地上叠了罗汉，大的在下，小的在上。兆礼骑在他们身上，很有节奏地晃荡着。兆信也跟着骑了上去。那兆智用脚去踢炳文的屁股，见小梅来了，就慌忙躲开，站在一边儿。炳文先是大叫，继而大哭；炳义被压在最底下，灰头土脸的，大哭大叫，眼泪把脸上弄得黑一道白一道的，像个唱戏的大花脸。

小梅跑过去，一把把兆礼和兆信拉开，再牵起炳文和炳义，拍打着他们身上的尘土。她一边拍，一边没完没了地埋怨兆礼，说要告诉夫人去，小心夫人罚他。那炳文和炳义两兄弟听了，就趁机告状，说兆礼打他们。钱家的丫鬟这时也从外面回来了，见此情状，就直数落小梅，说她们家的两个小子，平时怎么怎么听话，怎么怎么乖，怎么怎么懂事，从来都不跟别人家的孩子吵架，打架更是没有的事。怎么你们家的孩子一来，这就打架了？而且都还打到我们家里来了？这还了得？那两个孩子见自家的丫鬟来了，哭的声音更大，更嘹亮，也更伤心。丫鬟就用手去擦着他们的小脸，抚摸着他们的单身头发和额头，让他们别哭。

小梅听对方这样说，就气不打一处来。她一边数落着兆礼，一边还击，说你怎么这么说我们家的孩子？你刚刚进来，问都没有问清楚。哪有你这样护短的？你问问看，看到底哪个先动手？到底谁先欺负谁？她知道，兆礼这孩子调皮是调皮，可他不会先动手的。他的劲儿大，动起手来不吃亏。这个她心里有数。因此，她就理直气壮地质问对方。

对方丫鬟就问炳义，是不是他们先动手打你的，炳义说是。那丫鬟就说，看看吧，这不是你们先动手来着？小梅就问兆礼，到底哪个先动手打人的？兆礼就说，是他们先动手打妹妹的。小梅就说，明明是你们先动手打人的，怎么就怪到我们头上来了？两个丫鬟就吵起来了。

丫鬟们吵个没完，又扯不清楚，又都知道此事只怕瞒不住了，那钱家的丫鬟就问他们两兄弟道："你娘呢？你娘在哪儿？"兄弟俩怕她到娘面前去告状，就都不敢说。兆信就说，在我娘那儿。钱家的丫鬟就对小梅说，我不跟你吵，我找大娘去。小梅就还嘴道，谁愿意跟你吵呀，就算跟你吵十年，那也扯不清楚，明白人都被吵成一个糊涂人。

钱家的丫鬟气势汹汹地拉着两个孩子，闯进了马家的大院。小梅紧攥着兆礼的手，带着另外三个孩子，也气鼓鼓地跟了进去。她们一进四娘的厢房，那王大娘一见自己两个儿子的样子，看着他们脸上的灰尘和道道泪痕，就大声问道："这是怎么了？"再看马家那四个孩子，脸上都干干净净的，没有一个哭，她就对着钱家的丫鬟指桑骂槐道："叫你照看孩子，叫你照看孩子，你是怎么看的？你看看他们两个，都被人欺负成这样儿了。你看看他们的脸。"然后,她又转向自己的两个儿子道:"你们两个这是怎么啦?只知道像个傻瓜一样地直哭。人家打你,你还手呀?你们的手干吗去了?都跑到南京出差看风景去了呀?"然后,她用手指重重地戳了一下炳义的脑门儿,骂道,"最没有用的就是你,你比他们大两岁,也被人家打了?"

那四娘是个胆小之人,见此情景,一时不知该如何应对。她慌忙拉过兆信的手,悄悄地问他打了人家没有。兆信说,他也打了。四娘一听,一巴掌就打在他头上,说谁叫你惹祸呀?那兆信立时就"哇哇"地大哭。王家的两兄弟见了,心里就稍舒坦一些,但脸上却哭得更起劲儿了。

二娘红升听到哭声以后,慌忙赶了过来。见四娘动手打了兆信,就话里有话地说:"四娘想管教孩子,我原本不想说些什么。因为在马家,我与四娘是一样的。可是马家的规矩,我不得不说。我原本也不能管教孩子,只是夫人相信我,让我在这个家里当半个家。可是要论管教孩子,马家只有夫人才有资格,更别说打了。五儿虽说是你生的,可他怎么说也是个少爷,还轮不到你打你骂的。"

熊氏见红升的话说得如此之重,一时被吓着了。但她清楚红升这话的意思,就低头回应道:"二娘教训得是。"那王大娘知道红升在马家说话算数,又是个能干人,不是个善茬儿,她那不打一处来的气,顿时就被吓跑了一大半儿。她慌忙给红升陪上笑脸,口里道:"二娘这是哪里的话?为娘的管教自己的孩子,走到哪里都说得过去的。"她本想接上二娘的话茬儿,说说话,谁知这话一到了口里,就变成这样儿了。

红升回敬道:"王大娘,这是在我马家。我马家的规矩马家定,马家有什么事情,对外有老爷,对内上有夫人,下有我杨二娘。"

那王大娘见红升如此一说,顿时就知道自己说错话了,态度也软和了下来。她转身拉起炳文炳义的手,就要往外走。红升说:"王大娘,既然你们娘儿几个上我马府问罪来了,我怎么也得给您个说法吧,哪能让您这么不明不白地就走了呢?您今天这样走了,明天外面的人怎么评说这件事那可不好说。别人不说小孩子吵嘴打架是小事,只会说我马家不明事理,说我马家的孩子打了您钱家的孩子,我杨红升还把你们轰出了门,那岂不成了我马家仗势欺人了?因此您现在就走,这不成吧?"

第二十三章

二娘教子钱母羞愧　兆礼使坏小梅挨批

却说王大娘见红升如此说话，只得停下了脚步。二娘就让小梅领路，请王大娘前去中堂说话。主客落坐，二娘就让小梅给王大娘上茶，随后开口道："王大娘，小孩子吵架、打架，论理该找夫人管教才是。只是男孩子小时候都调皮捣蛋，打架本是小事一桩，我们若总拿这些小事去劳烦夫人，惹夫人生气，夫人会说我们不懂事。王大娘您看是不是这么个理儿？"

王大娘一看红升这话绵里藏针，人又有理性，她的气也就消去了不少。于是说道："那倒也是，小孩子打架是常有的事情。只是今天是您家的孩子打着了我家的孩子，要是哪天我家的孩子打着了您家的孩子，又不知您杨二娘是个什么说法。"

二娘一听，就说道："刚才我说了，今天肯定要给您个说法。既然如此，就不会只有这么几句话。王大娘您请稍等，看我怎么处理。"

说完，她让小梅先讲。小梅去晚了，就只讲后面的结果。红升就挥挥手说："我要知道事情的起因。"然后她就问王大娘的丫鬟，那丫鬟也只看到了结果。红升看大人讲不清楚，就跟王大娘说："王大娘您看，他们打架，起因我们做大人的都没有看到，那我只好问小孩子了？这英滋是女孩儿，男孩子一般比较调皮，而我们马家怎么说在定州也是有头有脸的，马家的女孩子家教是很严的，她们说话不会撒谎。您看我们就问四小姐英滋如何？"

王大娘点点头。然后红升就转向英滋道："大家都说我们家的四小姐英滋最乖，最听大人的话，也是最聪明的女孩子。是吧？"英滋见二娘这么夸她，脸上就一脸的高兴。然后二娘就问她道，"英滋你说说看，打架之前，你们在干吗？"

英滋就说:"我们在做游戏。"

"做什么游戏呢?"

"玩儿老鹰抓小鸡。"

"啊,这个游戏是挺好玩儿的,我们小时候都玩过。"红升看着王大娘,然后把头转向那群孩子道,"你们说,英滋说得对吗?"

几个孩子回答道:"对。"

红升就说:"咱们家的四小姐英滋就是聪明,人小,能干,又会说话。你们看,她把事情讲得清清楚楚的是吧。"说到这儿,又转向英滋道,"英滋,你告诉二娘,谁是老鹰?"

受到表扬的英滋立即说道:"兆礼哥哥。"

"那谁当鸡妈妈呢?"

"炳义哥哥。"

"那你们其他几个都是小鸡对吧? 英滋你告诉二娘,你们几只小鸡谁在前,谁在后? 谁拉着炳义哥哥的衣服?"

英滋就说,兆智弟弟拉着炳义哥哥的衣服,后面是兆信弟弟,再后面是炳文哥哥,我拉着炳文哥哥的衣服。

红升就说道:"四小姐英滋讲得真清楚,可真是不简单。"然后她转向那几个小子道,"你们告诉二娘,是这样吗?"那几个都点点头。红升就转向王大娘道,"您看,英滋说得清楚吗?"王大娘点点头,显然她相信了英滋的话。

红升接着说道:"四小姐你既然这么聪明,打架的过程你应该也看到了吧?"英滋就说,看到了。红升就说,"英滋你别慌,你慢点儿说,告诉二娘,是怎么打起架来的?"

英滋就说,他们正在玩儿游戏,兆礼哥哥的老鹰来了,炳义哥哥的鸡妈妈就去护小鸡。后来兆礼哥哥跑得特别快,炳义哥哥没有护住,兆礼哥哥就冲上去,抓住了炳文哥哥。炳文哥哥就倒了,她也倒了。炳文哥哥压在她身上。兆礼哥哥就上去把炳文哥哥扒到一边,扶起了她。结果炳文哥哥又把她绊倒了,她就坐到炳文哥哥身上去了。炳文哥哥就照着她打了几拳。

说到这儿,红升就插话道:"英滋你先停下。你可真棒,讲得真不错。"然后她转向炳文道,"大家都说炳文是个好孩子,又从不说假话。我们也相信炳文是个说真话的好孩子。"

炳文一见大人这样夸他,心里很高兴,就说道:"我不说假话。"

红升说:"是的,我们的小炳文就是实诚,值得表扬。"然后她看着炳文的眼睛道,"炳文你能告诉二娘,英滋妹妹讲得对吗?"

炳文点了点头。其他几个男孩子也都点头。

红升环视大家一圈,跟王大娘对视了一眼,就对大家说道:"我说吧,咱们家的四小姐可真了不起,你们看她讲了后,炳文哥哥都说她讲得对,大家都说她讲得对。"之后,她又转向英滋道,"我们英滋可真是个好闺女儿,二娘真的没有白疼你。"然后望着英滋,鼓励她继续说下去。

英滋就说,兆礼哥哥见炳文哥哥打她,就冲上去打炳文哥哥。然后炳义哥哥就去打兆礼哥哥。然后兆礼哥哥把炳义哥哥按倒在地,炳文哥哥又来打兆礼哥哥,兆礼哥哥又把炳文哥哥按倒在炳义哥哥身上,然后他就骑了上去。

红升就转过头来,对着钱家的两个儿子说道:"炳文是个好孩子,从来不说假话。这话大家都承认。不过炳义比炳文大,因此炳义就更是个好孩子。这做哥哥的肯定比弟弟还要讲真话,不然怎么做弟弟妹妹的表率呢?"然后她看着炳义道,"炳义,你说这话对不对?"

炳义点了点头。然后红升就说:"炳义你说英滋妹妹讲得对吗?"

炳义点了点头,说道:"英滋妹妹说得对。"

然后红升就转向兆智和兆信道:"兆信,你告诉二娘,这打架没你什么事儿吧?怎么听说你也参加了?你告诉二娘是怎么回事?"

那兆信就说道:"他们打兆礼哥哥,我去帮兆礼哥哥。"

然后她转向兆智道:"兆智,你告诉为娘,你怎么也打了?"

兆智就道:"我也想帮兆礼哥哥打他们,没有打着。"

事情到这里,就很清楚了。红升就转过头,对王大娘说道:"王大娘您看,事情都清楚了。孩子们打架是常有的,有时打赢了,有时打输了。炳文动手在先,我们呢,也不计较了。炳义大兆礼两岁,他帮炳文,这本来就很正常,因此兆智、兆信帮兆礼,这也很正常。只是炳义帮忙,被兆礼按倒在地,你们家两个打兆礼,吃了点小亏。您如果要我赔礼的话呢?我在这里给王大娘您赔个不是。"

那王大娘一听这话,顿时觉得礼亏。本来就是她儿子先动手,又是两个打一个,那炳义还大兆礼两岁。他们打输了,这能怪谁呀?听红升这么一说,她就说道:"二娘您这是哪里的话?孩子们打架是常有的事。今天是我家丫鬟不懂事,把他们俩带到贵府上来了。我本来早就进了府上,是跟四娘商量些事儿。这俗话说呢,一个巴掌拍不响,孩子们小,都不懂事,男孩子调皮捣蛋,原本正常。我家孩子先动的手,原本该我给您和夫人道歉才对。今反倒您先道歉,这从何说起?"说到这儿,她转向炳义和炳文道:"你们两个,都是哥哥,那兆礼是弟弟。你们怎么能打兆礼弟弟呢?炳文你怎么能打英滋妹妹呢?他们是弟弟妹妹,在外面如果受到了别人的欺负,你们两个还应该帮他们才对,怎么能动手打他们呢?听到了没有。"那两个就说,听到了。

然后红升就说:"王大娘,本来应该请您再坐一会儿,只是我还有事要跟夫人商量,就不陪您了,请四娘陪您再坐一会儿。你们聊。以后您有空,请常来玩儿。两个儿子,炳义与炳文,你们常过来跟弟弟们玩儿哈。"王大娘见此,就起身告辞。红升拉着兆礼的手,回头见夫人去了。

夫人见前面闹哄哄的,小梅又不在身边,就叫另外一个丫鬟跑过来探视了两次。因为都在说话,红升当时没说什么。这一处理完毕,就来见夫人,把那过程给夫人讲了一遍。待红升讲完,夫人对兆礼说道:"那炳文哥哥打英滋妹妹,你怎么能去打炳文哥哥呢?"

兆礼道:"我要保护英滋妹妹。"

夫人一听,就说道:"你想保护英滋妹妹,这个想法很好。可那是对外人。外面不熟悉的人欺负弟弟妹妹了,你应该保护他们。"

兆礼就嘟囔道:"他们就是外人。"

夫人就说道:"兆礼,今天你是为保护妹妹打的架,为娘的不怪你。但是呀,为娘的要告诉你一个道理。"顿了一会儿,夫人说道,"我们做人呀,要讲道理。尽管炳文和炳义跟我们家的人来比,他们是要疏远一些,但他们还是我们的街坊。这街里街坊的,都跟我们的亲戚朋友差不多。因此,我们不能把街坊当外人待。他们跟那些我们不认识的陌生的外人相比,是有区别的。当街坊打你弟弟妹妹时,你不能冲上去打他们,因为你再打的话,就把事情越闹越大了。你应该怎么办呢?你不能打,又要保护你弟弟妹妹,你说,你应该怎么办?"

兆礼想了想,说道:"我把他们拉开。"

夫人说道:"我儿说得很好。你把他们拉开,这样事情就可以平息,你还手去打,事情就会越闹越大。所以,不能打,要拉。但是有的时候,你拉了,对方就认为你动了手,很容易引起别人误会。所以,有的时候,你也可以不拉,你隔在中间就行了,把他们挡开。"

兆礼看着娘,点点头:"我记住了,娘。"

夫人随之就说道:"兆礼,娘告诉你呀,这人之间呀,关系很多。比如我们家里人,这关系最亲。然后就是街坊,左邻右舍,我们认识的人,亲戚朋友,这也是我们的熟人。跟家里人相比,他们没有家里人亲,但是他们也是我们比较亲的人。对这些比较亲的人，我们不能开口就骂，出手就打，要讲道理。他们欺负你弟弟妹妹了，你不要计较，扯开就算了。除非他们欺负得特别严重，比如拿棍子打你的弟弟妹妹，那样才能奋起还击。听明白了吗？然后呢，还有完全陌生的人，还有敌人，对不同的人，我们的态度不一样。到你大了，你就会慢慢明白的。"

然后兆礼就说："那我什么时候长大呢？娘。"夫人说："到你不让为娘操心了，你就长大了。"于是兆礼就跑过去，抱着娘的腰，说道："那我明天就不让娘操心，我明天就长大了。"

红升一看，就笑着说道："夫人您看这兆礼，说起话来像个大人，让人听了心里觉着舒服。可这话分明还是孩子话。是孩子话，听了却让人觉得心里舒坦，要我说呀，兆礼这孩子，将来只怕是咱家孩子中最会讲话的。"

夫人就说道："他这呀，就叫做说人话，做混事。小男孩儿呀，小时候都是这样。直到让为娘的操碎了心，他就长大了，明事理了。那时天下的娘也都老了。这女人呀，就是这个命。为儿女操心前操心后，到他们大了，女人就老了，动不得了。"

红升就道："夫人哪里看得出半点老相呢？您看起来，充其量就三十五六岁。"

夫人道："二娘你也别哄我高兴。我自己的事，自己还不明白？也罢，我也老了，家里的事，孩子的事，睁一只眼闭一只眼吧。只要我兆礼长大，我这一辈子，就什么任务都完成了，什么都不缺，什么都不怕了。"

不过，事情还没有完。过了几天后，那兆礼、兆智兄弟俩，又鼓捣出了新鲜的花样。要说原因呢，还在于小梅。

夫人给小梅的任务，就是跟在兆礼后面看着他，别让他闯祸。这小梅呢，只怕夫人责怪，因此兆礼有什么事儿，她都喜欢讲给夫人听，今天是兆礼说什么坏话了，明天是兆礼做什么错事了。小梅给夫人讲过之后，兆礼就得挨批受罚，他自然把这账记在小梅身上。于是兆礼就想找机会整一整小梅。

他让英滋去把兆智和兆信喊来，说他有话要跟他们说。可小梅总是跟在他们身边，让他找不到机会。他那个小脑袋里想了一想，就找到应对小梅的办法了。

兆礼随即就带着大家来到书房，拿起一本书，几个孩子凑在一起看。他们总起来也就认识那么百十来个字，哪里能够看书？于是兆礼就喊来小梅，让她教他们认字。还说，如果教不会，那小梅就得听他们的。小梅哪里认识字？你就算把她的名字拿到她眼前，她也一个都不认识。于是兆礼就说，那你就得听我的话。小梅哪里肯听？说你肯定又想捣蛋了。兆礼就说，是的，我今天就是跟要你捣蛋，你今天就得听我们的。小梅说，你捣蛋我就告诉夫人去。兆礼一听这话，就说，你告诉我娘去，我也告诉我娘去。我就说我们几个到书房看书，你不让我们看书。然后看着兆智说，兆智你说是不是？兆智就跟着说是。又说，兆信你说是不是，兆信也跟着说是。然后他又问英滋是不是这样儿？英滋犹豫了一会儿，说是。

小梅一看这样儿，一时就愣在那里了。她没有想明白，兆礼这小子的那个小脑袋是怎么长的？他怎么就想出了这么一出呢？仔细想想，如果她不听他们的，那么今天她非挨夫人的训不可。因此，她只有说："你说吧，你要我干什么？"

于是兆礼就说，你把这本书拿到前面去，去请教三娘，让三娘教会你这首诗怎么读，教会了后，你再来教我们。

小梅让他这段时间别闯祸，兆礼答应了以后，她只好拿着书找三娘去了。三娘感到奇怪，怎么这小梅也来问诗。就问小梅是怎么回事儿，小梅就说是她自己想学首诗，故而来跟三娘请教的。三娘就满腹疑问地看着她，又不好拒绝，只有一个字一个字地教她。到把她教会了，上午就过去了一大半。

小梅走后，兆礼就跟他们说出了自己的想法。他说小梅太讨厌了，总在他娘面前告他的状，他就想治治她，叫他们一起跟他想主意。说到这儿，他就极不信任地看着英滋，脸上是一脸的怀疑。英滋一看他那眼神，就说你那样看着我干什么？兆礼就说，你出去，我们不让你参加。英滋说为什么？兆礼就说，你知道了，你会当叛徒的。只要我娘一问，或者二娘夸你几句，你就会把什么都说出来。英滋看他这样说，就可怜兮兮地说，兆礼哥哥，你别让我走。于是兆礼就看着兆智和兆信，他们两个也都说英滋你走开。英滋一看这样，就说道："你们不让我参加，我就告诉大娘去。"兆礼就说："你去告诉我娘，那我就再也不跟你玩儿了，兆智和兆信也不跟你玩儿。"说着，他又看着兆智和兆信，兆智和兆信也说不再跟英滋玩儿。

英滋一看这样，只有软下来。就说，那好，我对谁也不说。兆礼就让她发誓，说除非你发誓了，我们才相信你。英滋就只好发了誓。

于是兆礼就问他们，看看有什么办法治小梅。

兆信就说，你就告诉你娘，就说小梅不让我们看书，这不就得了？英滋也说，这个办法好。你看你一说，那小梅不就听我们的话了？

兆礼想了想，就说，这个办法是拿来吓唬她，让她听我们话的。要治她，得想个别的办法。我们先用别的办法治她一下,以后她如果不听我们的,我们就说告诉我娘,说她不让我们看书。

兆信说,那你说还有什么好办法?我可想不出来。兆礼就说,你想呀?不想哪里会有好办法?

英滋就说,我看这样,那故事里不是有绊马索吗?我们哪天也弄个绳子绊她一下。把她绊倒了,我们就跑。

兆礼摇摇头说,这一绊呀,就算我们跑了,她肯定知道就是我们干的。那她又会去告诉我娘,那我娘可就得训我了。

兆信就说,那你说怎么办吧?你赶快想个好办法呀。

兆礼说,我这不是在想来着吗?

就在这时,那一直没有说话的兆智说道:"我有个好办法。"于是他们就催他,让他快点讲出来。

兆智就说道:"待会儿小梅姐姐来了,你就站在椅子上玩儿。一会儿就假装从椅子上摔下来,然后就假装脚摔跛了,跛到大娘那儿去。那大娘肯定就得训小梅了。"

三个儿子都说这是个好办法。可是英滋却说,那如果真把脚摔跛了呢?兆礼就说:"你笨呀,选个矮点儿的凳子不就行了?"

英滋还不放心,说如果大娘请郎中来看,你的脚又没跛,那怎么办?

兆礼就说道:"没跛就没跛。刚才跛了,后来好了呗。"

小梅好不容易从三娘那儿学会了那首诗,回到书房,刚一进门,就看到兆礼站在一个矮椅子上蹦蹦跳跳的。她一下子就吓得大叫,口里喊道:"我的个小祖宗呀,你咋又爬那么高了呢?你快给我下来。"她刚一跨进书房的门,就听"扑通"一声,那兆礼就摔在地上了。然后兆礼就假装大哭,声音十分嘹亮。那兆信和兆智就忍不住地在那儿笑。兆礼忙翻过身去,跟他们使眼色。他们却笑得更响。小梅忙跑过来,扶起兆礼,兆礼马上装作站不稳地又要倒地。小梅于是扶住他,大惊失色地直问道:"三少爷你怎么了?三少爷你怎么了?"那兆信就说:"兆礼他把脚摔坏了。"小梅一听,眼泪"哗哗"地就出来了。她慌忙低头去看他的脚。

就在这当儿,夫人出现了。小梅一看,只好"扑通"一声跪在了地上,说夫人饶命。夫人问怎么了,小梅说她才进书房,看到三少爷在椅子上蹦蹦跳跳的,她忙叫三少爷下来,三少爷还在蹦,结果就摔下来了,把腿摔了。夫人就忙去看兆礼的腿,问摔了哪条腿,兆礼说是左腿,兆信说是右腿。两条腿都看了，没有发现什么异常。夫人就牵着兆礼的手，让他走几步看看，结果兆礼就跛着个腿走起来，还疼得直做相。夫人一看，这气就不打一处来。但她还是忍着，问小梅干什么去了。小梅说她刚进门。夫人就说，你别跟我装傻充楞，我是问你进门前干什么去了？小梅只好说，她找三娘去了。夫人再问，你找三娘干什么？小梅就说，找三娘问字。少爷们有几个字不认识，让我去找三娘问是什么字？那兆智插嘴道："她找三娘学诗。她说她要学背一首诗，就找三娘去学了半天。"

那小梅一听，吓得直哆嗦，只好给夫人磕头求饶。夫人再也忍不住了，口里说道："我叫你带个孩子，叫你把兆礼看好，结果把兆礼腿摔了。你呢倒好，跑去跟三娘学背诗。你是个丫鬟，你背个什么诗？照顾好少爷才是你份内的事。你份内的事情如果做不好，那就只有换人。你如果不想在我马家做事，你也可以走。"

小梅一听，直磕头道："太太你饶了我吧，小梅我知错了。我再也不敢了。求太太你饶了我吧。"

兆礼一看这样，就摇着娘的手，抬头看着她道："娘，不怪小梅姐，是我自己摔下来的。我这也快好了。"说着，他再走了几步，的确不怎么跛了。小梅听他这么说，就感激地看着他，却见兆礼正拿眼睛盯着自己呢。小梅于是说："谢谢三少爷！"夫人忙说："谢什么谢。我告诉你，你要是再干不好，我就让你走人。"小梅于是再次给夫人磕头，谢谢夫人饶了她这一回。

好一会儿，夫人走了，小梅抱着兆礼，准备离开书房。兆礼挣扎着下来，撒腿就跑。小梅忙说："三少爷，你怎么了？你的腿……"兆礼于是停下，又很严重地跛着右脚，走了几步；一会儿右脚好了，就跛着左脚，再走了几步。然后和那几个小家伙相互一对视，再回头看着小梅，四个人一齐做了个鬼脸，大笑着，飞也似地跑开了。直到此时，小梅才知道，自己上了他们的当了。

治过小梅后，小梅再就很少乱告兆礼的状。因此，他们就变得自由多了。每天，他们几个孩子在一块儿，玩儿得不亦乐乎。那兆礼其实是身体太好，精力太旺盛，他之所以瞎闹腾，完全是因为他精力太多了，没有地方发泄，因此就不停地蹦来跳去，折腾来折腾去。只要有他在，就一定会折腾出不少事情来的。这样的话，小梅就没有少挨夫人的骂。小梅不告状了，每当她挨夫人训的时候，兆礼就对他娘说不怪小梅姐，是他自己太淘气。正因为这一点，小梅就对他特别好，夫人也觉得兆礼这孩子特别懂事，每次也就不追究那小梅了。如此，他们倒真的争取到了一个很自由很宽松的成长环境，每天在游戏中健康成长。

这天，老爷和夫人正在大房里说事儿，那兆礼捉了只蚂蚱，一阵风似的从外面冲进来。他拿了个布袋，就又火急火燎地要往外冲。夫人问他干什么？他说他们在院子里，捉了好几只蚂蚱、知了、螳螂，要回来拿布袋子去装药，要给它们瞧病治病。那夫人一听又是这些事，就说声别淘气了，然后就不管了。老爷听了，就说，兆礼既然对瞧病有兴趣，那我就跟过去看看。夫人说，那有什么看头？老爷却说："我都快老了，我去看一看，看看他们哪个小子将来可以跟着我当郎中。"

老爷于是起身，来到前院，就见兆礼和他们那三个在一起，正蹲在大槐树底下玩儿。他当郎中，给兆信手中的知了看病。兆信说："郎中，这个人叫知了，他病了。""郎中"就说："坐下，慢慢说，别急，别急。"他眯缝着眼睛，摇头晃脑地说。"是什么病，哪里不舒服？""郎中，知了他咳嗽。""我让病人说，又不是让你说。乖，乖，你哪里不舒服了，就跟郎中我说，我给你看病。"于是兆信就憋着个嗓子，说道："马郎中，我咳嗽。""流清鼻涕吗？""不流。""头疼吗？""不疼。""嗓子疼吗？""不疼。""好，把左手伸出来，马郎中来给你号号脉。"于是兆信把知了左边的脚拉出一只，给兆礼号脉。兆礼说："这么小的手怎么号脉？拿大手。"兆信就说："这知了哪里有大手呀？""把你的手伸过来不就成了？"兆信只好伸出自己的左手。兆礼伸出三个指头，放在兆信左手腕关节后面一寸左右的地方，按了一会儿，说道："恭喜你，是喜脉。"他这一说，几个孩子都咯咯地笑了。兆智还了一句："兆信要生孩子了。"金堂听此一说，禁不住也笑了。兆礼对那几个孩子说："笑什么笑？我说是喜脉就是喜脉。"兆信说："我是兆信，哪里会有喜脉呢？"兆礼提醒道："我现在看的是知了的手，不是你的手，明白吗？"兆信一下子明白了过来，就说道："郎中，那你再给我的右手把把脉，看我到底是不是喜脉。"于是他伸出了右手，兆礼又给他的右手把了把脉，仍是摇头晃脑，一会儿就说道："是喜脉。你这心脉跳得特别有力，像打鼓似的，哪有女人的心脉跳得这么有力，必是怀孕无疑。"顿了一顿，又说道，"来，把你的舌头伸出来让我瞧瞧，我要看看你的舌苔。"于是兆信就把舌头伸了出来，然后问："郎中，我到底怎么了？"兆礼就说："别吵别吵，再让我看看你的眼睛。"然后他就用手去翻开兆信的眼皮，先看左眼，再看右眼。看完以后，就说道："有点火。"兆信一听，就问道："马郎中，那你看我该吃点儿什么药？"兆礼就叫兆智拿纸笔来，兆智假装拿来纸笔，兆礼就说，我说，你写。随后就说道："川贝母、枇杷叶、水半夏、桔梗、薄荷脑、陈皮、北沙参、五味子、忍冬花、苦杏仁儿。"儿子这一说,那马金堂听得大吃一惊。这几岁的孩子,他哪里知道这个方子?莫非是在药店里玩儿,自己给别人拟方的时候,他听了去?吃惊之余,他没有多说什么,且看他如何演。结果那兆智把方子写好了,就交给了兆信。兆信就问:"郎中,我这知了是喜脉,你给他开的是什么方子呀?""是治咳嗽的方子。""可我们家知了是喜脉,你应该开保胎的方子才对呀?"兆礼就说道:"你们是喜脉,但你们是来看咳嗽的,又不是来保胎的,所以要用这川贝枇杷膏的方子。"兆信一听,才想起自己是看咳嗽的病来着。之后,他就到兆智站立的柜台那儿,交了钱,兆智给他抓药。抓好了药之后,兆智再到英滋所在的后院,把那中药熬成药膏,再交给兆信,这病才看完。接着是兆智带着自己手中的一只蚂蚱装病人来看病,说是头疼,兆礼要给他开颅,兆智就不答应,说谁见郎中开颅来着?兆礼就说,老爷说了的,古书上有记载,华佗给人看病,开颅来着。兆智问,开颅后,疼怎么办?兆礼就说,针灸可以止痛。兆智就问扎哪里?兆礼说,扎屁股。兆智说,谁说扎屁股?头疼应该扎头,他们大人都是扎头。兆礼就说,他们大人扎头,我们小孩儿扎屁股。兆智问为什么?兆礼就说,我们是小孩儿,为什么要跟大人一样呢?我们真给病人看病的时候扎头,自己玩儿的时候就扎屁股。那几个小孩子一听,止不住笑了。于是他们一致同意扎屁股。于是,兆信按着兆智,英滋就给他屁股上扎针,兆礼就用手做刀子,给兆智开颅。还问道:"疼不疼?"谁知那兆智竟然道:"马郎中,我疼,疼死我了。"于是兆礼就假装拿过针,再给他头上左右太阳穴、风池穴、风府穴、百会穴上各扎一针,兆智仍然喊疼。于是兆礼就用手重重地在他屁股上再戳上一针,再问兆智你疼不疼,那兆智就只有一边呲牙咧嘴地咬着牙,一边说不疼了。

　　马金堂见了,知道自己的这三个儿子,就数兆礼最聪明。那兆智也聪明,但他还是得听兆礼的。估计他玩儿不过兆礼。至于兆信,看样子他最听兆礼的话,兆礼要他往东他往东,要他往西他往西。由此看来,兆礼他天生就是个孩子头儿,只要有他在,这几个孩子就会有快乐。

　　只是他不明白,兆礼是从哪里知道那么些医药上的事情呢?他看着自己的四个孩子,觉得他们正在一天天长大。俗话说,小孩儿只愁生不愁养,这句话一点儿也没有错。由此看来,他再也不能忽视孩子们了。玉不琢,不成器,人不学,不知义。是的,今年就该送他们进学堂了。

第二十四章

先生辞馆学生淘气　举人授课孺子顽皮

秋凉过后,夫人的两个女儿、二娘红升的女儿、熊氏的女儿,姐妹四个约好了一起回娘家,同时带来了外甥子、外甥女。熊氏的女儿就嫁在定州城内,对方是一个商户,做瓷器生意,姓韩。红升的女儿、夫人的两个女儿,都嫁在城外,一家姓周,一家姓安,一家姓白。那三家都有几百上千垧地,安家还在京城开了一家绸缎庄。马家的女儿和外甥回来后,小兆礼每天带着他们一大群孩子跑进跑出,家里一下子闹腾得几乎人仰马翻。于是老爷就和夫人商议,要不要再给孩子们请个先生。

家里本来有个先生,在前院的西厢房里教兆仁和兆义八股文。那兆仁都三十好几了,兆义也快三十岁,两人媳妇儿都娶了好些年,科举考试参加了好多次,可兆仁也只考了个秀才,兆义更惨,连个秀才也没有考上。他们两个生的都是女儿,大的十三四岁,小的十一二岁,二娘红升都给她们找好了婆家,准备一过及笄之年就出嫁。

夫人说,其实孩子们早都可以上学了,只是她担心兆礼这孩子太调皮,因此想等他大点儿,懂事点儿再上学不迟。老爷说,孩子已经不小了,他三岁的时候就已经跟着老师在学阿拉伯文,只是大些了,才读的诗书和六经。于是夫人就说道:"那干脆就跟先生说一下,让他收下这几个孩子。反正他教那兆仁和兆义,教一个也是教,教十个也是教。"

于是老爷就到前院去找那位姓周的老先生,让他收下四个孩子。说好了,女儿英滋不学八股文,只认认字,读读诗书;其他三个男孩儿,四书五经都读,诗书也要读;束脩加一倍。孩子们选择个吉日来拜过孔子和先生,就来上学。那周老先生听了,自然高兴。

三日后是个吉日，四个孩子拜过孔子和先生，就开始规规矩矩地坐着读书。那几个外甥还没有回去，他们时不时地来到前院玩儿。那兆礼第一天还牢记着老爷和夫人的嘱咐，规规矩矩地坐了一天。第二天，看那几个孩子又来到了前院儿，趁先生不注意，他就跑出了学堂。他跑了，兆信就跟着跑了出来。兆信跑了，那兆智哪里坐得住，也立马就跑出来了。可怜那英滋坐在学堂里，心思也早已不在书上了。

　　周老先生一看三个学生都跑了，只好让兆仁、兆义和英滋坐在学堂里好好读书，他就跑到院里去找他们三个。找到后，把他们拉了回来，先站在座位边，给他们讲道理。说这做学生的，要讲规矩，没有规矩不成方圆。既然进了学堂，拜了孔子和先生，那就得按学堂的规矩来。那三个孩子呢，你讲道理，他们都听着。周老先生看他们态度还好，就说道，姑念你们是初犯，也念你们还小，今天就不打你们了，若再犯错误，那先生手中的这根戒尺可不管你们是大是小，它可不认人了。

　　之后，他就抽查《三字经》前小半段，结果兆礼和兆智都已经会了，英滋也会了，兆信所会不多。于是先生就拿出戒尺，打了兆信的手板心。打完，先生就批评兆信道："你们还跑出去玩儿？玩儿什么？背都不会背。当学生的，先生布置要背诵的东西，你们都背不了，那算什么学生？你们还当自己蛮聪明不成？"先生说这话，本来是要批评兆信的，可是一想到那两个今天也跑出去了，虽然会背了，可也不能惯坏了他们，于是就夹枪带棒地把他们两个一块儿也都批评了。

　　那兆智知道自己也挨了批，心里就老大不平。他在底下侧过头，跟兆礼做鬼脸。兆礼稳住自己，没有做声。先生一看兆智那样子，就说道："有人可能觉得自己会背了，就以为自己有什么了不起的。要我说呀，这叫做不知天高地厚。"说着，他看着兆智道："孔子在陈、蔡之间遭受困厄，七天不能生火做饭，野菜汤里没有一粒米屑，脸色疲惫，可是还在屋里不停地弹琴唱歌。颜回在室外择菜，子路和子贡相互谈论：'先生两次被赶出鲁国，在卫国遭受铲削足迹的污辱，在宋国受到砍掉大树的羞辱，在商、周后裔居住的地方弄得走投无路，如今在陈、蔡之间又陷入如此困厄的境地；图谋杀害先生的没有被治罪，凌辱先生的没有禁阻，可是先生还不停地弹琴吟唱，不曾中断过乐声，君子不懂得羞辱竟达到这样的地步吗？'颜回没有办法回答，进入内室告诉了孔子。孔子推开琴弦长长地叹息说：'子路和子贡，真是见识浅薄的人。叫他们进来，我有话对他们说。'子路和子贡进到屋里。子路说：'像现在这样的处境真可以说是走投无路了！'孔子说：'这是什么话！君子通达于道叫做一以贯通，不能通达于道叫做走投无路。如今我信守仁义之道而遭逢乱世带来的祸患，怎么能说成是走投无路！所以说，善于反省就不会不通达于道，面临危难就不会丧失德行，严寒已经到来，霜雪降临大地，我这才真正看到了松柏仍是那么郁郁葱葱。陈、蔡之间的困厄，对于我来说恐怕还是一件幸事啊！'孔子说完后安详地拿过琴来，随着琴声阵阵歌咏，子路兴奋而又勇武地拿着盾牌跳起舞来。子贡说：'吾不知天之高也，地之下也。'"

说完，他的眼睛转向兆礼道："前几天你们都拜了孔圣人，今天我给你们讲这个孔圣人的故事，你们可能不懂，那无所谓。我只是说，那些以为自己会背了就可以到处乱跑的人，就像故事里的子贡一样，不知道天高地厚。什么叫做不知天高地厚，这就叫做不知天高地厚。"

先生前面的话，已经让兆礼心里难受了，到他转而盯着自己讲这些话时，兆礼再也受不了啦。他站起来道："先生，您让我们背的书，我们会背了。您批评兆信，那是因为他不会背，可您批评他的时候，已经在骂我们了。然后您又批评兆智，还是在骂我，说我们不知天高地厚。骂完了兆智，先生转而看着我，再骂我像子贡一样不知天高地厚。这样算来，今天先生就骂了我三遍。只是先生这样骂人，我不接受。"

周老先生没有想到，这么个小孩子，才进学堂两天，就敢挑战自己的权威。他问道："你为何不接受？"

"您布置我今天背的，我已经背会了。既然如此，那我今天再在学堂里坐着，还能学到什么新东西呢？既然学不到新东西，那我再坐在学堂里，岂不是多余？因此要说错，那也是先生您错在先；我们到学堂里来是学东西的，我们跑出去，只是因为我们今天已经学不到东西了。我们来学东西而学不到，这不正是先生您的错吗？"

周老先生绝对没有想到，这么小的一个孩子，他一本正经地讲起话来，那么有条理不说，而且还讲得丝丝入扣，清清楚楚，有理有据有节。于是，他不得不对这个孩子另眼相看。他像不认识眼前的这个孩子似的，只是上上下下地打量着他。过了好一会儿，才反应过来，接下话头道："你是不是觉得先生我教不了你了？你是不是觉得自己特别聪明？那么好，今天我就教你《三字经》，我把《三字经》全文读三遍，三遍读完，我不再读了，今天结束，就抽查你，看你会不会背，不会背就要打板子。"

谁知周老先生一遍读完，正准备读第二遍，那兆礼就站了起来，说自己想背背试试。周老先生尽管还生着气，可他仍是惊愕地瞪大了眼睛，说道："你背吧，背错了，背漏了，可都得受罚。"兆礼就二话不说地背起来。只一会儿功夫，就全部背完，且一字不差。

兆礼一背完，周老先生想了想，就知道这马家家学渊源深厚。那夫人是城北徐家的大家闺秀，两个舅舅都是进士出身，其中一个还点了翰林，那三娘的父亲曾经是世宗朝的尚书，夫人和三娘在家都饱读诗书。因此这样的家庭教出来的孩子，尽管刚刚上学，可背个《三字经》、《千字文》，那是很正常的。于是他就看着兆礼道："你家里人教了你《三字经》，你会背，那原也没有什么。"

谁知兆礼却说道："家里没人教我。"

"没人教你怎么会背？"

"我会背，不就是先生您才教我的吗？"

这话让周先生听起来很不高兴。你才多大的孩子？才教你，你就会背？于是他就说道："我说是你家里人教的，你说没教？说是我才教的，何以见得？"

兆礼不假思索地说道："先生刚才不就教了我吗？"看先生一脸不相信的样子，就背诵道：

万章问曰："舜往于田，号泣于旻天，何为其号泣也？"

孟子曰："怨慕也。"

万章曰："'父母爱之，喜而不忘；父母恶之，劳而不怨。'然则舜怨乎？"

……

孟子曰："否，不然；好事者为之也。百里奚，虞人也。晋人以垂棘之璧与屈产之乘假道于虞以伐虢。宫之奇谏，百里奚不谏。知虞公之不可谏而去之秦，年已七十矣；曾不知以食牛干秦缪公之为汙也，可谓智乎？不可谏而不谏，可谓不智乎？知虞公之将亡而先去之，不可谓不智也。时举于秦，知缪公之可与有行也而相之，可谓不智乎？相秦而显其君于天下，可传于后世，不贤而能之乎？自鬻以成其君，乡党自好者不为，而谓贤者为之乎？"

周老先生大惊，忙问道："这是《孟子·万章》，你怎么会背？"

"刚才先生趴在桌子上睡觉，兆仁哥哥背了它来着。因此我也会背。"

周老先生大为惊异，看来这孩子过目不忘，过耳成诵。他的口大张着，半天合不拢嘴。好一会儿，才回过神来，面对眼前的僵局，老先生一时不知该怎么办才好。按说呢，学生这么聪明，过目不忘，他该夸奖、该高兴才对。可今天才是上学的第二天，这学生上学不满两天，就让先生下不来台，后面的日子还长着呢？那他怎么能够教得下去？想来想去，他觉得只有一个办法才能解决,那就是辞馆。这样的孩子,用不了多久,他就要洋相百出。既然如此,他还不如走人,而且宜早不宜迟,越早越主动。

想到这里,他就离开了学堂,直接到前店去找马老爷。金堂见先生来了,很是奇怪。这先生在家里教了那么多年书,从来都没有到店铺上去找过他。他于是起身,跟先生打招呼。先生看店里人还不少,就说请马郎中借一步说话。金堂看他疑虑重重的样子,就带他到二进中堂落坐,道:"周老先生,您有何事,请尽管吩咐。"

周老先生说道:"马郎中,岂敢哪。论理呢,我该恭喜你。只是呀……"他犹豫着,一时不知该从何处说起。

金堂见他说要恭喜自己,又见他忧心忡忡、满脸的不高兴,一时丈二和尚摸不着头脑。如果他真的要恭喜自己,他应该高兴才对,可是他却满脸疑虑。既然他忧心忡忡,那为何又说要恭喜自己呢?周老先生的这种表情,让马金堂捉摸不透。于是他就说道:"周老先生有什么话,您请尽管说;有什么事,您请尽管吩咐。"

那周老先生沉吟了一会儿,就说道:"我为什么要恭喜马郎中呢?只是因为我收了个好学生。学生太聪明了,是个神童,过目不忘,过耳成诵。而作为先生的我呢,才疏学浅,恐怕教不了他。因此,今天我来找马郎中您,不为别的,只为辞馆。"

那金堂一听,不知道他所说何人。想想只能是那大少爷和二少爷。可是他们两个,一个只考取了秀才,一个连秀才也没有考取,怎么可能过目不忘呢?想一想,他就觉得不对。显然不应该是那两个大的。可如果不是那两个大的,又会是谁呢。那几个小的昨天才进的学,显然更不会是他们了。于是,金堂就说道:"周老先生,您也别生气。想我那犬子兆仁,从小读书用功,从来也没有惹过哪位先生生气。您教他这么些年,也没有听说他惹您生气过。而次子兆义,虽说不是我的亲骨肉,可我把他看得比我的骨肉还要亲。他毕竟是我那死去了的弟弟的血脉。那兆义从来胆小,就是借他个胆,他也不敢惹先生您不高兴。那两个孩子都不是特别聪明,我们也不指望他们能中个举人、进士的。您教他们,有什么不高兴的呢?"

金堂这话,让周老先生听了不太舒服。他虽然是个秀才,可在教马家两个学生之前,也是教出过几个举人的。于是他就说道:"马老爷,要说我周某人呢,这一辈子的心病就是没有中举,没有考中进士。但是在教贵府两个公子之前,我周某多少还是有点儿名望的。万历二十五年,万历三十一年,万历三十四年，万历三十七年，我都有学生中举。正因为如此，贵府后来才请我来教二位公子，如今也教了七八年了。尽管贵府两个公子都没有中举，可是贵府大公子毕竟是在我手中中的秀才。"他先用这个来说出自己心中的不满，接下来道，"我今天辞馆，也并非是因为兆仁和兆义。"

金堂一听，自然就明白了。就说道："看来是兆礼惹您不高兴了，是吧？只是他昨天才进的学。这孩子还小，还不懂事，人又淘气。您大人有大量，不必跟他较真儿，多担待着点儿就是了。"

那周老先生听金堂这么一说，就说道："我并不是跟他较真儿，也不是不高兴，也不是生他的气。马老爷您也很清楚，我一说，您就猜到了是那兆礼。只是像他这样儿的学生，今生我没有见过。因此，尽管在下我教出过四个举人，但是说真的，在他面前，我知道自己才疏学浅，教不了他。您呢，就另请高明吧。"

那金堂知道兆礼淘气，只是没有想到，才上学，这孩子怎么就惹得先生要辞馆不教了呢？于是他就说道："周老先生还说自己不跟他较真儿，您看您都想辞馆走人，这不是较真儿是什么？犬子有什么得罪了您老的地方，我这里先给您老赔礼道歉。"说着，他拱手作揖，道，"他才进学，哪里懂得什么？正因为他少不更事，我们才要请老先生您来教他嘛。您这一走，我们这做家长的愿望岂不是又要落空？再说，前几天不是跟您老都说好了的吗？"

周老先生说道："那天是那天，那天没有见到您家三公子。这我用不着说假话，您家三公子呢，他是个神童，过目不忘，而在下只是个秀才，尽管他今天让我下不了台，可那是他的真本事。我寻思再这么教下去，只要教个十天半月，或教个三年两载，我恐怕连回去的颜面都没有了。现在走，我还有颜面在，到时不是我来辞馆，而是你们来赶我走，那时我还有何颜面？与其到时被你们赶走，不如现在我自己走。"

马金堂就信誓旦旦地说，只要先生您不走，我马家怎么会赶先生走呢？又提出给先生增加束脩，先生还是不同意。再问先生到底是怎么回事儿，他也不说。看来他是打定主意要离开的。既然如此，那马金堂就不多说了，只好喊账房先生和管家来，付清了给先生的欠账，外带给了先生二两碎银，五斤卤牛肉。当天下午，吃过午饭后，先生就离开了马家。

先生走后，金堂叫管家把大少爷二少爷喊来，问他们兆礼怎么让先生下不了台，到底是怎么得罪先生的。那兆仁是个书呆子，兆义又怕老爷，两人说了半天，总算讲清楚了是怎么一回事儿。这事情清楚了，老爷却不知道是喜还是忧。想了想，他就来到夫人的大房，同时让管家去喊二娘三娘，叫到大房去商量事情。

夫人、二娘和三娘听了后，都很是惊讶。看来这兆礼年纪虽小，将来读书，只怕比个举业还难。问题不仅仅在将来，眼前可怎么办？明年又将是乡试之年，那兆仁和兆义不能没有先生。尽管大家都对他们不做指望，可是万一他们有幸能考中呢？红升说："读书的事，我不在行，因此我说不好。我只听着就是了。老爷夫人怎么说，我怎么做。"夫人说："二娘你想不操心也不行，兆智不也在里面吗？依我看，就先由你找人去，最好找个举人，先把人弄来再说。多出点钱就多出点钱，咱们也不是出不起钱的人家。"三娘说道："那兆礼就不是个一般的孩子，正因为如此，我才真的很喜欢他。依我说，我们就按夫人说的办，不过呢，在先生请过来之前，我先到学堂里去教他们几个。那兆仁和兆义，他们的八股文我教不了，只能靠他们兄弟俩自己了。至于那四个小的，我就教他们认字，背书，写字，诗词歌赋，经史子集，能教多少是多少。再说我们这样的人家，也不一定非要他们考功名不可。那兆仁和兆义都摆在前面呢，别闹不好把个好好的孩子都给弄丢了。如果孩子有造化，将来考个一官半职的，那咱们求之不得。那样的话，再好的老师，咱们也给他请。可如果孩子不想走科举之路，那我们何必费那么大个劲儿干什么？"

　　夫人本来还想说点科举之事，可听三娘这么一说，话到嘴边，也就咽了回去。他知道金堂不喜欢科举，现在先生都走了，再说多了，也无益处。

　　第二天，二娘红升便到处托人打听，想找个老先生，延请到家里来当西席。结果找了好久，都没有找到。很奇怪，那兆礼的名声居然已经传出去了。有的先生一听到是他马家，竟然都摇头，说他们家有个神童，问起先生的罪来一套套的。这她倒没有想到。红升觉得，兆礼这并不算是干坏事。他只是个孩子，只是因为先生认真，他就跟着先生认真了一下子而已。既然如此，那又能算得了什么呢？

　　三娘倪锦儿到学堂去了以后，她就见识了那兆礼的真功夫。开始，她教兆礼《三字经》、《千字文》、《百家姓》、《千家诗》、《幼学琼林》，除了要求会背之外，还要求会认字，会讲，会写。结果只用四天时间，除了写他没有过关外，其余的全都过关。任何东西，只讲一遍，他都记得清清楚楚。那兆智也聪明，四天背会了《三字经》和《千字文》。英滋背会了《三字经》，《千字文》磕磕巴巴也背得下来。只有那兆信，只会背《三字经》，至于讲解，从何谈起。问题是那兆礼会了以后，他一刻也闲不住。于是三娘倪锦儿就只有让他去练习描红，因为要把这些字写对，写好，那不是一时半会儿的事情。可他总有个累的时候呀。手写酸了，就得歇息一会儿。可就是歇息的那一会儿，兆礼就会去带着兆智、兆信惹事儿。不是跟他们讲小话儿，就是跟他们在下面玩儿小动作，有时甚至还跑出去。过了几天，他们竟然玩儿了个大动作。那兆礼先在描红纸上写了"我是小狗"四个字，然后画了一只小狗，再在旁边写上两个字"汪汪"，然后趁兆义用心读书的时候，他和兆智凑上去，腻着兆义不走。兆信就把那玩意儿贴到了兆义的背后。于是那天上午上课，他们几个就一直在底下笑个不停。三娘好生奇怪，又不知道到底是何原因。问他们，他们也不说。三娘就不便追究也不想追究。直到中午吃饭，三娘才发现他们的勾当。她当然知道是谁干的。于是就把兆礼叫到外面去，跟他心平气和、轻言细语地闲聊了半天。用常人的眼光看，这哪里是教育。最后三娘说，你们如果要玩儿，可以在课余的时候到院子里去玩儿，而且自己今后每天都会专门安排一些时间让他们玩儿，但不能这么开哥哥的玩笑。兆礼见三娘并没有责怪也没有惩罚自己的意思，见她如此开明，就说以后尽量少捣蛋。可他毕竟还小，哪里管得住自己？大概一个月后，他又画了一只乌龟，贴在了老大兆仁的背上。他还理直气壮地说兆仁太慢，这么大了，还是个秀才，就像只乌龟一样慢。三娘只得又把他叫出去，跟他轻言细语地聊了半天，跟他讨论如何待人以礼，如何尊重别人，特别是怎样做才不会伤害自己亲人或别人的感情。

三年后，二娘红升终于找到了一位先生，是固原的一个汪姓的举人，他愿意上门到马家来教学生。那位举人考了大半辈子科举，十八岁就中了举，可考到三十六岁，还没有考中进士，于是他就到吏部报了个到，然后就坐等空缺，等了两年，终于等来了个缺额，到湖广江陵县当学政。干了五六年，也没有挣到什么钱，四十多岁了，才辞官回乡。红升花了高价钱，终于把他请了来。老爷和夫人都是喜不自胜。

先生一来，那三娘倪锦儿自然就不再教孩子们了。红升与那汪举人说好了，汪举人此来，重点是要教兆仁和兆义，因为兆仁要参加乡试，兆义要参加院试考秀才，而且时间都不多了。至于那四个小的，先教他们一些基本的东西，只要求会读会认会写会背会讲就行了。其实那后面的五会，要求一点儿也不低。

汪先生到来之前的那个晚上，夫人和老爷专门跟兆礼讲，家里要来个新先生，要他在学堂里不要再惹祸，也不要淘气，不要惹先生生气，上课时要规规矩矩地坐在那儿，不要左顾右盼东张西望影响别人，大哥二哥都要考举人考秀才了，你不要影响他们，要让他们安心读书，以便将来能有一个好的前程。兆礼都一一答应了。

谈完以后，兆礼就去自己的房间休息。夫人对老爷说，但愿这次，兆礼能够管的时间长一些。老爷就说,但愿吧。一会儿又说,其实兆礼这孩子还是懂事的。只是他的心思还是在玩儿,还没有醒。男孩子一般都要醒得晚些。一旦醒了,能管得住自己了,那就不一样了。

结果这次,兆义仍然没有考中秀才。到八月份乡试过后,榜一贴出来,兆仁依然名落孙山,垂头丧气地回了家。北街的那一头,一家姓孙的人家,儿子考举人考了五次,这次好不容易考中了,府里和街坊们敲锣打鼓地前来报喜。报喜的队伍打从马家定州眼药店前经过,其中有两个府学里的官吏,骑着高头大马,还有一大群人,吹喇叭的吹喇叭,举牌子的举牌子,他们呜哩哇啦咚咚锵锵好不热闹地走过。一听到这声音,那兆礼跟兆智、兆信互相一对视,然后他就跟先生说要去解手。先生同意了,他就跑出了学堂。兆礼刚走一会儿,那兆智就捂着肚子,做痛苦状,还眼泪直流。英滋就问兆智怎么了,兆智说肚子疼得受不了。英滋就喊先生。先生一听,也让他去了。兆智捂着肚子出了学堂,一离开先生的视线,撒腿就往外边跑去。兆信见兆智走了,也告诉先生,说要小解。他这一句话,就把那两个都给卖了。那汪老先生又不是傻瓜,一看兆信又是要解手,马上就知道他们是在玩儿猫腻。只是那两个已经出去了,暂时没有办法。这个岂能再让他跑了?就说道:"不行。"兆信还说自己是真的憋不住了,汪老先生就说:"你憋得住憋不住,都跟我憋着。你当我汪某傻呢?怎么外面锣鼓一响,你们三个解手的解手,肚子疼的肚子疼。早没有事,晚没有事,偏偏这时就有事了?"

兆信哪里坐得住?他们三个里面,就数兆信头脑最简单。兆礼要打什么人,或要干什么坏事儿,总是让兆信先上。兆礼一发话,兆信一准儿就行动。现在那两个都跑出去了,他哪里管先生怎么说。一瞅见先生不注意了,找了个机会,一溜烟儿就跑出了学堂。待先生发现了,他早已经跑得不见了踪影。三个孩子就这样放了鸭子。

见到兆智和兆信来了,兆礼就问他们怎么出来的。兆智就说是装肚子疼,先生准了。兆信说是要解手,先生不准,他跑出来的。兆礼听了,就说道:"兆信你咋这么笨呢?你这岂不是把我们两个都卖了。"兆信只有老老实实地说,我没有想到。然后把先生的话也告诉了兆礼和兆智。于是兆礼就说道:"本来我已经想好了怎么回去的,你这一说,我的法子也不管用了。"兆智和兆信就问他原本想好的应对办法是什么?他说,很简单,我就跟先生说,我出来解完手,碰到三娘了,想起昨儿晚上看书,看到有篇文章中有个问题,咱搞不懂,现在记起来了,就问三娘。我跟三娘讨论了好久,然后跟着背会了那篇文章。我们跟三娘学了几年,背了多少文章? 只要拿篇难点的背一遍,那不就混过去了。

兆信说,那现在先生发现咱们三个在玩儿猫腻,你说咱办吧?

兆智说道:"咱们人也出来了,玩儿也玩儿了,先生也知道了,如果现在回去,一样挨训。"

于是兆礼就说道:"既然这样,那干脆就一不做,二不休,咱们就玩儿个痛快。"

于是三个人把那压抑了半年之久的玩心,淘气之心,来了个彻底的总爆发。他们自己放了自己的假,一直跟着报喜的队伍,看见他们进了新科举人孙老爷家的门,然后孙家打赏,然后他们牵出了穿戴一新的孙老爷,给他戴上大红花,让他像个新郎倌儿似的骑上了高头大马,开始在北街上游街。前面的人鸣锣开道,还举着好几个牌子,后面还跟着一匹马,一大队人。游街完毕,回来后,亲戚朋友认识不认识的各色人等带着贺礼都前来贺喜。他们一直看到孙家请亲戚朋友等恭贺的人们吃宴席时,这才回家。

吃过午饭后,兆信问兆礼,下午怎么办? 怎么瞒过先生? 兆礼说:"不瞒。"因为现在瞒也瞒不过,再撒谎,越撒谎越蠢,越被动。不如照直说。兆信说:"那先生打板子怎么办?"兆礼就说道:"打板子就打板子。今天再怎么打板子,咱们只有受着。"兆信就说道:"总得想点儿办法呀?"兆礼就说道:"现在没有办法。因为先生知道我们看热闹去了,而且我们两个还是欺骗他跑出来的,你是没有经过他允许就跑出来的。如此,先生肯定很生气。如果我们再跟他编瞎话儿,先生只会更生气。他越是生气,打起板子来就越是厉害。所以,要想不让先生生气,只有跟先生说实话,那样先生或许就会打轻点儿。"兆信还想说什么,兆智接着道:"是这个道理。不过呢,还有个办法可以让先生不那么严厉地责怪我们。"兆信问什么办法,兆智道:"就说我们看了孙举人中举报喜后,特别受教育。我们今后一定要跟先生好好学习,将来也要去中个举人。"

下午上课,一进学堂,汪老先生就让他们三个站住。然后一一审视着他们,说道:"你们三个呢,人小,心不小。"他指着兆礼道,"你,早就听说你的大名了,都传得挺远的啊,今天算是让我见识了。你说,你去解手,怎么解到现在才回来?"兆礼正要回答,他指着兆智道,"你,肚子疼,还疼得眼泪直流,装得很像嘛? 现在还疼吗? 怎么不疼了?"然后又指着兆信道,"你,我说不让你去,你说跑就跑了。现在怎么回来啦? 你跑呀? 有本事现在就跑,永远也不要回这个学堂!"看他们都没有话,他又说道:"怎么不说话了? 难道哑巴了不成?"

兆礼就回答道:"先生好。本来是解手来着,解完手后,正要回学堂,就看见街那头的孙老爷中了举人,好多人报喜来着。我就跟着去看了一下,谁成想看了后深受教育，看了就不知道回来了。"

"你都玩儿得不想回来了，还深受教育？天方夜谭吧。你能深受什么教育？深受好玩儿的教育，深受淘气的教育吧？"

"先生此言差矣。"兆礼道，"学生看过之后，深感今天没有白看。"

"先生还差矣？你还嫌闹不得够是吧？那你倒说说看，我倒要看看，你逃课了，还有何道理？"

"先生，今天看过孙老爷中举报喜之后，真的对学生触动挺大。"于是兆礼就滔滔不绝地道："您看那报喜的人，一大队一大队的，听说有胡同儿里的，有里弄里的，有知州里的，还有府里的。有的吹喇叭，有的敲锣鼓，有的举牌子，有的骑大马，好不风光。最风光的，是那个孙老爷，他穿着新衣服，骑着高头大马，众人都围着他游街。游了两圈街才让他回来。多风光呀，这才是光宗耀祖！连咱们街坊邻里都觉得脸上有光。因此，看过之后，学生才知道中举是多么风光的事情，学生深感男儿此生，当像孙老爷那样，进学，中举。男儿本自重横行，如此不负男儿身。"

那汪老先生一听，就觉得这孩子尽管错了，可他的话倒还是中听。看他后面那几句话，虽然不是誓言，却与誓言并无二致。于是就转而问兆智道："你呢？你说说看。"

兆智就说道："回先生的话，上午学生肚子疼，找我娘要了些药吃，后来看见报喜的队伍走过去，我也跟过去看了。后来肚子慢慢就不疼了。"

"是本来就不疼的吧？我暂且不追究你，说说，看了后有何感想？"

"回先生的话，上午看过之后，学生深感过去做错了。"

"怎么做错了？你说。"

"学生过去不好好读书，太蠢了。"

"为什么太蠢？"

"你看那孙举人，多风光，多让人羡慕！看了后才知道，真的是万般皆下品，唯有读书高。因此，学生今后一定要努力进学，要学出个样子来，像先生和孙老爷那样，考秀才，中举人，光宗耀祖。"

先生觉得这话呢，也还中听。尽管逃课了，毕竟有所收获。况且还把自己当做他将来学习的榜样，这让他听来很舒服。于是他转向兆信道："你也说说吧。"

兆信道："先生，上午我真的要解手，看你不同意，我忍不住，怕尿裤裆里了，就跑出去了。后来看到报喜的队伍，也跟着去看了。"

"你看了，你有何感想？"

"先生，我看了后，觉得读书真好。读书可以考秀才，中举人，当进士，中状元。那孙老爷中了个举人如此风光，他要是中了个进士，那该是如何？就像先生，先生当年考了秀才，中了举人，如果再考一考，中个进士，那可就是天下一等一的人了。我将来一定要当秀才，中举人，考进士，中状元。"

　　那兆信本是他们三个人中头脑最简单的，也是最缺心眼儿的一个。兆智看他连瞎话儿都不会编，哪壶不开提哪壶，就直拉他的衣襟。可是已经来不及了。兆信哪里知道他拉衣襟是啥意思呀？他本来想拍个马屁，谁知一不小心就拍到了马腿上。那汪老先生开始听他说，脸色还不错，后来听他说中进士，脸色就越来越难看了。那兆信还说先生如果也中了进士，这不是骂他吗？况且兆智还拉他的衣服，什么意思嘛？

　　兆信这话说的不打紧，那汪老先生看他们三个说话的口气如此一致，就知道他们是在编瞎话儿，而且那兆信还在编瞎话儿骂他。于是他就觉得，如果他们是诚心悔过，是诚心想读书，那他是可以饶过他们的。但是，看他们现在一心在编瞎话儿哄他，而且那兆信居然还编瞎话儿骂他，于是，他就气不打一处来，只好新账旧账一起算了。于是他说道："你们三个听好了。你们如果诚心向学，纵算你们逃一上午的课，如果真的认识到自己的错误，认识到读书进学的好处，那先生我原本也是可以原谅你们的。只是先生不能原谅的是，你们三个轮番着编瞎话儿欺骗先生。上午，你们三个人同时逃课，下午，你们三个众口一词，几乎说着一样儿的话，可见是商量好了来说瞎话儿欺骗先生的。先生读了几十年的书，什么花样儿没有见过？"说完，让他们把手伸出来，用戒尺在兆礼、兆智手上重重打了十下，在兆信手上打了二十下。三个人的手，当时就肿了。兆信、兆智都被打哭了，兆礼咬牙坚持着，一声不吭。

　　打完了，那汪老先生想想还气，就说道："你们那两个大的，一个是书呆子，一个是个窝囊废；三个小的，一个缺心眼儿，两个虽然聪明，可是不务正业。你们骂我没有考中进士，要我看哪，先生我毕竟还中过举，可是你们呢，我看连个举人也中不上。"

　　兆礼一听这话，就怒气冲冲地看着先生，一下午没有说话。先生没有理会他，布置完各自下午要学习的内容，就把头趴在桌子上睡觉了。

第二十五章

三兄弟气走汪先生　马兆礼立下铃医志

　　晚上,夫人看到了兆礼的手,满是心疼地劝他道:"叫你少淘气少淘气你不听,你看看,都打成这样儿了吧。"那兆礼也不说话,只是定定地看着什么地方,一脸不服气的样子。

　　晚上睡觉前,他把兆智和兆信喊到了他的房间,哥仨越说越气,觉得那汪老头儿这样儿骂他们,非要教训他一下不可。尤其他骂他们五兄弟那话,太侮辱人了。可是怎么个教训法呢? 又不能像过去那样胡来。胡来告到老爷那里去了,他们也不在理呀。

　　兆信就说,给他身上贴乌龟,或者贴小狗。反正他姓汪,小狗"汪汪",正合适。兆礼说那是小孩子的玩儿法,这次要玩儿,得要玩儿个高明的。但到底什么是高明的,他也不知道。三个人商量来商量去,也找不到合适的报仇方法。于是兆礼就说,想不出来,那就先睡觉。今天想不出来,明天接着再想。

　　三天后,兆礼终于想到了一个解决问题的办法,那就是向汪老头儿请教问题,把他难倒。汪老头儿他被难倒了,那时他们就可以嘲弄他了。您不是笑我们没用吗? 您有用,您怎么被我们难倒了? 怎么,您也有今天? 这样一问,可解气啦。如此报得一剑之仇,多痛快呀。

　　兆智也觉得这是一个好办法。他觉得这个办法最大的好处是,问那汪老头儿问题,他不会不答,而且,汪老头儿还会认为他们是在发愤读书。这是最容易麻痹他的地方。

　　可是,找什么问题问先生呢?

　　兆礼就说,到书上去找。结果当天,他们就到书房里去,三个人分头找书,一本本地看起来。为了完成他的复仇大志,兆礼每天就这么读书,一目十行地读,从四书五经开始,一路读了过去。兆智也读了好些。兆信读书,经史子集,他怎么也读不进去,最后就去读宋元话本。

三个人就这样读了三个月,讨论了好多次,提出了好些问题,最后都不满意。最终兆智提出,让他们各自想三天,兆礼提四个问题,兆智和兆信各提三个问题,三天后再商议。兆信不答应,说他最多只能提一个问题。于是就决定兆礼五个问题,兆智四个问题,兆信一个问题。

三天后,他们各自拿出了问题,可面对那些问题,他们心里又没有底。但是再想也想不出什么更好的问题,于是决定第二天先就这么提上去再说。都三个多月了,不能再等了。

第二天,他们向先生请教,说他们这几个月都发愤了,天天读圣贤书,有些问题不明白,请先生赐教。汪老先生很是奇怪,但既然他们说请教问题,他是先生,总得给学生传道授业解惑吧。于是就让他们问。三个人一一提出了十个问题,那汪老先生竟口若悬河地一一回答了,而且居然都对。

当天晚上,三个人又聚在兆礼的房间里,商量此事怎么办。兆信都想打退堂鼓,说先生什么都知道,他们怎么能够从学问上斗倒先生呢?兆礼警告他,此事没有退路,他们只能进不能退。于是决定大家再读三个月的书,三个月后再问。

又过了三个月,他们再提了十个问题,还是被先生一一回答了出来。

汪老头儿污辱他们的事情,都过去半年了。他们读了半年的书,两次共提了二十个问题,可还是被那汪老头儿轻飘飘地解决了。看来他们是没有希望的了。那兆信早都不想干了,兆智也有点灰心丧气。只有兆礼还不甘心。他相信汪老头儿一定有他的弱点,只是他们没有抓住罢了。于是他就说道:"我还想再试一次,如果再试一次,还不能把他难倒,那我们就作罢。"

兆信说:"都试了两次了,两次都没有用。看来那汪老先生真的是厉害,我们难不倒他的。"

"谁说的?如果汪老头儿什么都知道,那他为什么没有考中进士呢?他没有考中进士,就表明他不可能什么都知道。他一定有他的弱点,我们如果找到了他的弱点,那我们就一定能够把他难倒。"

这句话启发了兆智。他说道:"是的。我们要找就找他的弱点进攻。"

"那你们说他的弱点是什么呢?"兆信问道。

"对了,我知道了。"那兆智一拍脑袋,高兴地说道,"那兵法上讲,打仗要以己之长,攻彼之短。我们错就错在以己之短,攻彼之长。"他看兆礼兴致勃勃地听着，就说道："我们前半年读书，主要是读的经史子集，而且以经为主，每次提问，十三经及唐诗宋词的问题占了一大半。这正碰着了那汪老头儿的长处。他读了几十年的书，总是跟这些东西打交道，我们自然问不倒他。"

兆智如此一讲，兆礼马上就明白了。他说道："有办法了，有办法了。我们要提问，就要提他很少涉及的那些书上的问题。如此说来，这个问题就变得简单了。我们可以设想，经、史两个方面的问题，问了也是白问。那么我们只要将子和集两部中的偏门，拿来问他，他一准儿回答不出来。"

于是三个人商定好，先把书房里的杂书翻阅一遍，如果不够，就跟二娘要钱，或者再拿出各自的零花钱，让人到外面去搜集那些杂书。总之，一个原则，越偏越好。

就这样，三个人又把家中书房里的杂书都读了，再让徐九三从市面上买回来一大堆书。三个人都看得不亦乐乎。刚好又遇着了院试，三个孩子都参加了，那兆礼和兆智都考上了，这年他们才十二岁。三个十二岁的孩子与好些一大把胡子的人一起参加县学考试，其中两个小孩子还考中了秀才，这让马家很是高兴了一阵，在定州的名头也传得更响了。那汪老先生也因此觉得，自己当初是否是冤枉了兆礼和兆智这两个孩子。可是，师道尊严，说过的话他又没法收回去。

考试结束后不久，三个人又再次聚到了一起，交流各自的问题。结果大家把问题凑起来后，兆礼一看，就说要不了那么多问题。他从大家提出的问题中选了三个，然后再补充了几个经史子方面的简单问题，说明天就可以去问先生了。

第二天，三个孩子再次簇拥着先生问问题。他们先问那几个简单的经史问题和诸子百家的问题，结果汪老先生自然都回答出来了。他们就说他们太佩服老先生了。说他们问过他那么多的问题，老先生都回答得那么漂亮，真的太不简单了。他们称颂汪老先生知识渊博，才高八斗，学富五车。特别是兆礼和兆智二人，说他们才中秀才，问的事情先生都知道，可见举人水平之高。那兆信称赞先生上知天文，下知地理，中知人事。

汪老先生就说道："其实我们不要小看秀才，秀才不出屋，能知天下事。是故，那东林党人顾宪成才有名言，'风声雨声读书声声声入耳，家事国事天下事事事关心'，如今这幅对联就挂在无锡的东林书院。这秀才不出屋就能知天下事，更别说举人了。做先生其实是一样的，要肚子里有货，做先生如果肚子里没货，那先生如何做得下去。尽管不能说上知天文，下知地理，中知人事,可是,任何一个教书先生,都得能回答问题,不能一问三不知。不然,那岂不是误人子弟?"

兆礼见那汪老头儿上钩了,就问道:"先生,学生还有一事不明,想请教先生。"那汪老先生就说道:"有什么问题,请讲。"

于是兆礼就说道:"晋人张华有《博物志》。书中载有:'崇丘山有鸟,一足,一翼,一目,相得而飞,名曰虻,见得吉良,乘之寿千岁。'宋人乐史有本《太平寰宇记》,他在一本《寰宇记事本末》中说,此鸟与庄子所志之鲲鹏,本为同根。只是不知为什么虻'见得吉良,乘之寿千岁',而庄子所志的鲲鹏却无此神力。要说这庄子的鲲鹏抟扶摇直上九万里,比虻厉害得多。弟子还要问,这历史上到底有谁见到过这种虻?"汪老头儿一听,头都大了,只好支支吾吾地嗫嚅着,说来说去还是庄子的鲲鹏如何如何。

那兆智见此,就接着问道:"汪老先生,学生也有一个问题不明白。"于是汪老头儿就转过眼来看着他。兆智不等先生发话,就说道:"学生前几天看唐人李淳风和袁天罡所著的《推背图》,里面有言:'鸟无足,山有月,旭初升,人都哭。'不明白是何意?这《推背图》是推断唐代以后历朝历代将要发生的历史大事件的,只是不知道这十二字,应验了历史上的哪件大事?"这兆智怕汪老头儿要滑头,就故意指出《推背图》的预言性质。这个问题看似简单,实在非常之难,那只读经书的汪老先生,哪里知道?

看汪老先生无言以对,兆信也上前说道:"先生,学生也有一问题不明,想问先生。"然后不等先生准允,就说道:"学生前几天看晋人葛洪的《肘后备急方·治寒热病诸药》,其中有道:'青蒿一握,以水二升渍,绞取汁,尽服之。'而看另一个版本,则写的是'以热水二升渍',到底哪个版本的内容为对呢?"

汪老先生到这时才明白,来者不善。他们这是有意刁难自己,要出自己的洋相。

见他沉默着,那兆信就说道:"汪老先生,您这样子,是不是肚子里没货?是不是一问三不知?是不是误人子弟?"说罢,他掏出自己一个人准备好了的画,贴在老先生的背后。那上面画的不是别的,正是"汪汪!汪汪!"

汪老先生哪能受得了这个气,就此辞馆走人。只是在走之前,老先生仍是嘴上不饶人地说道:"别看你们现在风风光光,十二岁考中秀才。可我还是那句话,古今多少少年天才,最终却是一事无成。你们也不会例外。汪某人我毕竟还中过举,可是你们呢,我看连个举人也中不上。"

兆礼听此一说,就回敬道:"我这辈子肯定中不了举人,因为我压根儿就不会去考。但是既然您这么说，我们三个，总得要有一个人去奔仕途吧。不然怎么对得起您老人家这番话呢？依我看，咱们就让兆智去做这件事吧。我倒要看看，我们马家到底会不会出一个举人。"

先生又被气走了，兆礼心里并没有想得太多。可是最伤心的却是夫人。兆礼十二岁考中秀才，这给了她很大的希望，她真的希望兆礼就此能走上科举之路。当初姐妹俩本来也是要金堂走科举之路的，谁知最后阴差阳错，他竟然回到了铃医本行。她们徐家祖祖辈辈都走的是这条路，现在马家好不容易出了两个能读书的人，却又一而再再而三地把先生给气走了。她心里好不容易升腾起来的希望，不能因此而被浇灭。所以，她心有不甘。

当她得知汪老先生临走所说的话时，更是气不打一处来。她连忙让丫鬟喊小管家赵两钱，让他把那三个混账的叫来，然后就让赵两钱把他们都关在各自的房间里，说先关三天，面壁思过。如果不是因为男儿膝下有黄金，那他们肯定得被罚跪。

这是夫人第一次生这么大的气。夫人要关他们三个，谁也不敢给他们说话。那兆礼在先生走时所说的话，很多人都知道，但谁也不敢告诉夫人。三天后，夫人让丫鬟喊来老爷、二娘、三娘和四娘，大家一起商量给孩子再请先生的事儿。

夫人说："依我说，给这五个孩子请先生的事情，不能耽搁。那兆仁尽管有些书呆子气，可人本分，实诚，肯下功夫，说不定哪天就中了。兆义也下功夫，也有希望。兆礼和兆智，只要他们把心思用在考试上，哪怕只用一半儿的心思，他们肯定会考中的。兆信那孩子也不错，以后就让他跟着老爷当郎中。可即使当郎中，也得要好好读书，书读不好，郎中也未必就能够当好。"她知道老爷不喜欢科举，因此不说科举而说考试。同时，她怕四娘会有什么不快，就看着四娘安慰道："家里这么大一家子人，这当郎中和开药铺的事，一样是大事。全家都指靠着他呢。"

夫人说完，二娘红升接话道："我还是那句话，做生意我在行，读书的事，我一窍不通。既然夫人发话了，请先生的事儿，我这就去张罗，我别的倒没有什么，怕只怕这先生呀不好请。再则，先生没请来之前，还是得请三娘再辛苦一下，每天教教几个小点儿的孩子读读书。"

三娘一听二娘点了她的将，就说道："教孩子读书，我没有问题，只是科举之事，我一个女流之辈，纵算书读得再多，那也是只听楼梯响，不见人下来。八股文我见过，但没有做过，这赶鸭子上架，一般应付还成，要求高了，那不实际。孩子们四书五经早都烂熟于心，难就难在这八股文。"她见夫人这么心切，只能先把丑话说在前头。"当然，我可以多教他们诗词歌赋，诸子百家，还有历朝历代励精图治之事，这样有两个好处，一是至少可以让他们妙笔生花，将来即使参加科举考试，那文字也是好的；二是即使将来他们不考，也能立大志，干大事，方不负男儿一生。"

老爷这辈子最是听不得"科举"二字，听三娘如此一说，立马说好。他说道："我看三娘这样教育孩子，很好。马家虽然没出几个读书人，说是诗书传家，可能有点儿过，但字都还是识得几个的。咱不要求孩子封侯拜相，但是要求孩子成人，能成才的也要成才。至于孩子能成个什么才，那既要看造化，看孩子是不是那块料，同时也还要看孩子自己做何选择。就拿兆仁来说吧，这孩子应该不是科举的料，他这一辈子，成才可能有难度，但是成人，那是没有问题的。他待人实诚，而且从不害人，更不会做对不起家庭和社会的事，这就够了。他又一心向学，因此尽管我不喜欢科举，但我从来也都不反对他考科举。至于兆礼和兆智，这两个孩子如果一心一意考科举，他们应该会比兆仁要顺利得多。但那要看他们愿不愿意。如果他们不想走科举之路，那我看也不要勉强。因为就凭这两个孩子的那个聪明劲儿，他们做任何事情，我觉得都能成才。成才于他们不是问题，可关键是要让他们成人。他们能够成人了，那就一定能够成才。而在我看来，这两个孩子，还有兆义、兆信，天性纯良，成人不会有任何问题。"

老爷很少这么长篇大论地谈家里的事情。他既然这么说了，夫人也不好反对。她让三娘第二天便去学堂，同时让二娘红升再去张罗请先生，而且最好是请举人或进士出身的。钱多点儿就多点儿，再多的钱，咱也要请。

第二天，三娘便再次来到了学堂。她一来，那三个小子便喜不自胜。他们就喜欢三娘那种教书方法。三娘一不给他们限定内容，二很少给他们讲八股，三呢，任何一件事情，三娘知道就知道，不知道就不知道；知道的，一到了她的口中，便会将前因后果娓娓道来，如沐春风。她上课不拘形式，不拘内容。每天都是学生先问，然后学生们自己一个个地先争论，先解答，学生们解答完了，她再讲，如行云流水般地将那些问题的前前后后一一道来。孩子们的阅读是自由的，她从不拘束孩子，只让他们随着自己的心性发展，跟着自己的兴趣读书，而一旦他们在阅读中有什么新的发现或体会时，她总是给予极大的鼓励，并及时跟他们探讨，促使他们更进一步思考。正因如此，特别是兆礼和兆智，见了三娘来学堂就特别高兴。这种感觉，三娘也能体会得到。她给予兆礼和兆智的,不仅仅是先生所教的知识,更有一份母爱。

正是在三娘的悉心呵护下,兆礼和兆智把家里的藏书全都读了个遍,同时还从街上搜罗了很多很多的杂书,包括心学,李贽的《焚书》《续焚书》《藏书》等,公安学派三袁的著作,东林党人的著作,以至书房里都堆不下。他们有时候兄弟三个讨论,有时候与三娘讨论,有时候读到医学或哲学书,也与老爷讨论。三娘惊叹的,不仅是兆礼的阅读量,更是他阅读的深度。兆礼本来就过目不忘,读任何一本书,他对书本的解释都是详细到每一个字。有一个字不通,他都要与人讨论,有一处心得,也要与人讨论。正因如此,三娘特别喜欢兆礼。而兆礼读得最多的,还是医学、药学和哲学著作,因此,他跟老爷探讨得最多。这也让老爷深感欣慰。

三个月后,夫人问二娘红升请先生的事情。那红升只能摇头,说早就托人四处打听,高价请教书先生了,但找了好些家,可那些先生一听说是马家,都纷纷拒绝。就这样夫人隔段时间问一次,二娘隔段时间摇一次头,直到两年后,夫人才把兆礼找来,直接问他愿不愿意考科举。兆礼告诉夫人,他早就定下来了,这辈子不再考科举了,就是在汪老先生走的时候下定决心的。夫人问他,先生都走两年了,你的想法是否还会有变化。兆礼说没有。夫人问他,那你这辈子到底想干什么?兆礼答道,跟老爷学医,把马家的医术传遍天下。夫人再问他,会不会有变。他答道,不会有变。

夫人问着问着,眼泪不知不觉地就流了下来。她说道:"娘老了,管不了你了。"说完,回过头去,目光黯淡了下来,眼里满是伤心和痛惜。

兆礼见夫人这样,立即跪下道:"娘,孩儿不孝,惹你伤心了。"他知道夫人想让他走科举之路,但是他打心眼儿里讨厌科举。见夫人如此伤心,只好安慰道:"娘,我们哥仨都商量好了,让兆智去考科举。兆智尽管不是您的孩子,可与孩儿我不是一样吗?不总是咱家的吗?兆智这两年都下了很大的功夫,将来一定可以考取的。我和兆信接老爷的手,做医做药。我已经想好了,到我接手了,就把店面再扩大一倍。我就要把咱们马家眼药的名号传遍天下,把马兆礼的名声传遍天下。兆信可以专管从全国各地进货的事,保证做到样样是真货,这样我们兄弟两个分管两摊子,一定能够把马家的名号打得越来越响。到那时兆智再中个举人、进士什么的,我们马家就既有人做官,又有人经商,马家的医药还能救济苍生,这是多么好的事情呀。"

夫人见不得他说这些,越听越伤心。于是就摆手让他离去。兆礼知道今天说得再多也没有用,就起身告辞了。隔了好些天,见夫人心情还不错,就对夫人说,那天,他还有话没有说完,希望夫人让他说完。于是夫人应允,他就说道:"娘,您要我读圣贤书,这儿子能够理解。只是儿子想让您也理解我一下。儿子认为,自己所做的事情,与孔孟之道,并无二致。"

夫人听此一说,就说道:"你又要强词夺理了。"

"娘,儿子并不是强词夺理。孔子说:'朝闻道,夕死可矣。'这道,有做人之道,有做事之道。这是普通的道,它存在于普通的人群之中,因此是人道。在这些之外,是宇宙人间那循环往复生生不息的自然之道,那就是大道。而连通大道与人道的,正是医道。医要上接天道和大道,下应人道,因此,这医道是所有道中最难的道。因为医不好,就死人,死人就是上损天道,下害人道。因此,古人才说,医者仁之心,做医做药,就是救人,救民,爱民,就是循天道,行人道,也就是循大道,行难行之道。孔子尚且说'朝闻道,夕死可矣',可见闻道之难。而儿子在这些年中,把家中的医书都仔仔细细地读了,详详细细地揣摩了好多遍,儿子自认为已经快要摸到了医道,如果儿子将来从医的话,经过努力,至少是可以闻到医道,做出一番成就的。因此,儿子认为,自己的做法,首先是符合孔子的要求。孟子曰:'穷则独善其身,达则兼济天下。'我们马家几代人虽不富裕,可因为行医,都在兼济周遭的黎民百姓。正因为这样,那年流民抢劫定州城,老爷开着大门都没有事。儿子的愿望,就是要把马家的祖业发扬光大,那样就能救济更多的人,行更多的善。如此,我们不用独善其身,就能直接兼济天下了。这不仅是按孟子的要求去做的,甚至比孟子的要求还要高。诸葛孔明有道:'不为良相,便为良医。'可见良相是第一选择,良医是第二选择,是可以替代良相的。而良相只有一个,考科举,即使中了进士,可要做良相,那也是很难的。做不做良相,不由自己说了算,可要做良医,自己便可以说了就算。再说我马家世代为医,家学深厚,加上孩儿聪明好学,要做良医,就不是难事。因此这个选择,也符合诸葛孔明的遗训。再则,夫人从孩儿小的时候便一直教导孩儿要立大志,做大事。孩儿认为,我马家现在的产业还小,因此马家现在对社会的影响还不大。但是,孩儿立志要把马家的产业做大起来,这样就能更为深远地影响社会,使更多的黎明百姓受益于马家的医药事业。这不是大事是什么?我认为,它符合夫人对孩儿从小的教训,就是立大志,做大事。况且古人云,穷不过三代,富不过三代,马家从老爷开定州眼药店算起,到我就是两代了。我的想法,就是要把马家的定州眼药店做成一个牌子,做成一个响亮的名号,让天下人一听到这个牌子,就知道我们马家眼药是好药。以后只要是有咱们中国人的地方,凡是治眼病的,一提起眼药,就首先想到咱们马家。如果儿子做到了这个,那么我们马家就不是三代的富贵,而是可以让咱马家的子孙,世世代代都富贵下去。这对马家来说,不是最大的大事吗?"

夫人听了,知道孩子的选择也不错。可是她心里还是难以接受。她只是摇了摇头,叹口气道:"儿大不由娘。罢!罢!"

马兆礼见此,只好起身离去。之后,他劝动老爷,再去做夫人的工作。老爷很支持他,就直接跟夫人讲了马家世代富贵的事情,说这件事,并不是小事,对马家可是天大的事,一点儿都不能小瞧。于是夫人便不再做声了。

过了些时间,夫人便再次让丫鬟喊来叫老爷、红升、三娘和四娘来,商量延请先生的事情。她说她想了想,这六个孩子,还是分成两块:一块是考科举的,包括兆仁、兆义和兆智三个人。一块是不考科举的,有兆礼、兆信和英滋三人。后面三个由三娘教,前面那三个,就到外面去请先生。她说这些年之所以请先生困难,是因为兆礼带着那两个小的一起捣蛋,故而这先生就不好请了。现在把兆礼分开,再请先生,应该不会有那么难。为了马家计,这先生还是要请。

夫人如此一说,老爷没有意见。二娘红升和三娘倪锦儿也没有意见。四娘更是从来都不发表意见。她两个儿子,一个读书考科举,一个将来跟老爷管店子里的事,她哪边都没有落下。

夫人又让管家把兆礼叫来,对他说了家里的读书安排,然后又说,既然你不考科举了,娘也不勉强你。但是,娘有个要求,你爹都虚岁六十了,娘也离六十岁没几年了,可娘还没有抱上孙子。你也不小了,十四岁了,因此,娘要二娘给你张罗说个媳妇儿,希望你不要反对。兆礼听了,就说道:"反对我不会反对,只是你们所说之人,在你们同意前,我要先看看长的是个啥模样儿。"夫人说:"这怎么可能,从来都没有这样儿的。如果别人是深闺里的小姐,怎么可能让你先见到?"兆礼就说道:"娘,您还不知道您儿子鬼点子多吗?只要您同意我这想法就成。不管是谁家的小姐,只要咱诚心想见,就一定能够见到。"

夫人想想,没说什么,就同意了。

于是二娘红升就去张罗。她找来个魏姓的牙婆,将马家三少爷要娶媳妇的事拜托给对方,说夫人急着要抱孙子,让对方帮着寻一个好人家的女子。话一说完,那牙婆便喧嚣起来,说不出三天,便给回话。只是红升跟这牙婆说,如果看好了,对方家里答应了,再来回话;但这事儿尽管急,也不是那急成什么似的。毕竟是夫人的儿子，自家做这决定，不会那么快，总得需要些时间。再急也没有用。

牙婆说："像马家这样的大户人家，自然不会像小户人家那样快的。"这个她自然理解。

其实红升说这话是有用意的，因为三少爷说过，无论对方是什么样的人家，他先要看人。人没有见到，这事儿就没那么简单。既然如此，这婆亲之事，不是想快就能快起来的。

说罢，她随手抓给了牙婆一些赏钱。牙婆见她如此大方，高兴得嘴都合不拢，满口含笑地离她而去。

第二十六章

租斗鸡悟透生意经　吟诗赋结交大公子

那兆礼、兆信跟兆智分开后，跟着三娘再读了一年的书。两人满十五岁后，便跟着马老爷到店里学习，兆礼跟老爷打下手，兆信从学徒做起，每天照应柜台。两人也都忙得不亦乐乎。

这三兄弟一分开，二娘很快就请到了一位举人来当先生。兆智在崇祯四年二十一岁时中了举，崇祯十五年（1642 年）明亡前两年中了进士。此是后话。

却说那魏姓牙婆得信后，便多方寻找，果然不出三天，便寻得一位小姐。于是牙婆又来到马家，见了二娘红升，便告知有好消息。二娘看她走路一摇三摆的样子，便知对方是有了回音。再看那牙婆乐开了花的脸，心里就更加有了底。

红升看那牙婆按捺不住的表情，就说先别急。她请牙婆厅堂上坐，让女仆先给牙婆上茶，说先用茶，再慢慢儿说。那牙婆哪里抑制得住？她不等女仆端上茶来，便对二娘说道："前日，我答应给府上的三公子说一个好人家的女儿，我可不食言。今日上门来，与二夫人说的就是这事。我知道在这马家，就二夫人当家。"

牙婆的两片嘴唇，真的比刀子还快。她先将红升奉承了一番，待侍女端上茶水，喝了口茶，便滔滔不绝地讲开了。说如今这定州，虽说人多户众，可能够配得上马家三公子的好女子却并不多。她就凭自己对城里城外十里八乡地头的烂熟，只跑了两天，便打听到了一户，是从前的官绅人家，姓王，有一待字闺中的小女，闺名王依琪，芳龄十五岁。她虽然并不识得人家，还是厚着脸皮前去敲门。起先，那王大官人的夫人并不乐意，她那小女可是从小在蜜罐儿里泡大的小姐，可架不住她花言巧语，天女散花般地一说。王夫人听说她是为北街的马神医的三公子做媒，就同意两家大人先接触接触。她还亲眼见过那娇滴滴的如花似玉的王小姐，那模样儿，可比折子戏中的崔莺莺、杜丽娘有过之而无不及，漂亮得很，赛过天仙。她一看，便相中了那位王小姐。对方想安排两家大人见面，无非是想了解了解三公子。

红升一听，便知道牙婆是啥意思。于是她就说道："要说我家三少爷，小时候淘气是淘气了一点儿，可他那是聪明。先生教的东西，别人在那里学得死去活来的还学不会，他过目不忘，闲得没有办法，只好用淘气来打发时间。我家的确是走了两位先生，但那是他们教得不好，他们自己觉得水平不够，才羞愧负疚而走的。三少爷十二岁就中了秀才，这样的人，你在定州也找不出几个。听说自打太祖皇帝以来，两百多年间，也才出了三少爷和我儿子两个。如今三少爷一心向学，天下的书，只要是能找得到的，他无书不读。"她这么说，顺带着把自己的儿子也夸奖了一番。

说完这些，二娘这才说出自己的本意。说那王家要么就同意，要么就不同意，哪里还用双方的大人先见面，说他们这是不尊重马家。那牙婆说，如要对方改口，她必须再去王家一趟。结果第二天，牙婆又来了，说王家是官宦之家，口气很坚决。他们说，此事只可能马家先答应王家再缓一步，决没有女方先答应男方再等等看的道理。红升听了，只好软了下来。因为兆礼有言在先。她只好又给牙婆抓了一把赏钱，说此事先不慌，稳一稳再说。

于是她就给夫人和兆礼回了话。兆礼一听是城西王家，就说声知道了，转身就要走。夫人当即嘱咐道："我可跟你说好了，你淘气可以，但不能捣乱，不能把这件事情给搅黄了。"兆礼答应道："知道了。"

但他还是把事情给搅黄了。

兆礼先找个时间跟兆信去王家大院转了一圈儿。那王家的宅院倒比马家更显气派。不过兆礼对房子没有兴趣，他只是对那府上的王小姐长的啥模样儿兴趣甚浓。

但那王家大门紧闭，要见府上小姐岂是易事？两人一商量，觉得还是要先混进府里去。混不进府里，就没有机会，混得进府里，就有机会。

要混进府里去，就只有找熟人。可家里跟王家熟的，只有老爷。只是老爷哪是他随便就能问的？

于是他只有回去。当晚便找来兆智，让兆智给他出出主意。

兆智说，此事只有一个办法，先在家里找个能干的仆人，让他先帮着去打听打听,看看那王小姐府上有些什么人,那些人各是什么性格。如果能够跟她府上的人套上关系,那么此事就有成的可能。

兆礼听了,就说道:"你娘最熟悉咱家的仆人,你这就去问你娘。"于是兆智就去问他娘,家里仆人数谁最能干。二娘红升告诉他,徐九三很能干。兆智说那徐九三年纪大了,他问年轻点儿的。红升就告诉他,跟着小管家的郑六子也不错,在外面混得开。然后她问兆智,你问这个干什么?兆智就说,只是问问。二娘说,你这哪里只是问问?兆智就说,娘,咱以后告诉您。

兆礼就找来郑六子,让他上城西王府去打听打听情况。郑六子问城西哪个王府,说咱这定州城没有王府呀?兆礼就说不是那王爷的"王府",而是那曾经做过大同宣抚使的城西的王家。于是郑六子就告辞而去。

第二天,郑六子来回兆礼,说那王家有老爷、夫人,老爷还有两房姨太太。那小姐是夫人生的。夫人有两个儿子,大的十九岁,小的十七岁。说那大公子就喜欢玩儿,斗鸡走马,偷鸡摸狗,唱小曲儿,什么都干。但他喜欢附庸风雅,写得几首歪诗,便经常到那勾栏酒肆里去,出大价钱,喊那头牌歌女给他唱曲儿。

兆礼一听,就知道有办法了。他让郑六子再去打听,问清王大公子的行踪,再来回话。说完,他随手抓了点碎银子,递给郑六子。郑六子哪里敢要,说三公子用他就是瞧得起他,他就算跑断了腿那也愿意。兆礼只有作罢。

第二天,他便跟三娘告了假,让郑六子带着他和兆信,去找那定州养斗鸡最有名的张大嘴租斗鸡。张大嘴说,他养斗鸡,从来都只卖不租。兆礼告诉他,自己要跟别人斗一场斗鸡,而且只斗一场,家里自然不能养,只能租。张大嘴就说,那我没有办法,爱莫能助呀,三公子。于是兆礼就问张大嘴,你最贵的斗鸡卖多少钱一只?张大嘴说,六两银子。兆礼就说道:"这样,我花二两银子租你最好的斗鸡斗一场,如果败了,那是我运气不好,算我输,那二两银子归你。如果我赢了,我再给你二两银子,做为你斗鸡胜利的奖赏;然后再花六两银子买你那只斗鸡如何?"那张大嘴说:"三公子您不是不买斗鸡吗?"兆礼就说道:"我自己是不买。可是如果我赢了,我就要把那只斗鸡买下来送我朋友,这总可以吧?"张大嘴一算,就算是败了,自己也能稳稳当当挣二两银子,可如果胜了,那他就可以挣十两银子。一只斗鸡他开价才六两,如果对方还价,四两就可以卖给他。这样,自己岂不是赚大发了吗?于是他就满口答应。说这定州的斗鸡,卖得最好的就数他张大嘴,定州所有玩儿斗鸡的人,他都认识;那些有名的鸡,他也都知道。他说自己这两年训了只好斗鸡,肯定能胜过定州其他人手里所有的斗鸡。然后他问跟谁斗,兆礼回答道:"人你别管,你只管赢。赢了就有你大赚的,赢了就有你笑的那一天。"于是张大嘴就说:"爷你放心,有银子为什么不挣?难道银子还会咬手吗?"

就在他说话那当儿,郑六子直给他使眼色。到他们离开后,兆礼才谢过郑六子,说道:"六子你给我使眼色,我当然明白你的意思。但你要清楚,我来这里,不在乎花多少钱,而在乎要他最好的斗鸡。如果我们买斗鸡,他自然不会把最好的斗鸡拿出来,而只是把次货当做好货卖给我。这不是他人不好,而是因为我们不懂斗鸡,他就可以欺你我外行。那样的话,你我斗鸡必无胜算。要有胜算,就一定要他拿出定州最好的斗鸡。要他拿出最好的斗鸡,只有让他盈大利才成。我这样做,租,他可以稳挣二两银子,赢了,一只斗鸡能挣了十两银子。有这样的好事儿,你说他会不会把最好的斗鸡租给我?我租到斗鸡后,就跟那王大公子赌十两银子。我斗赢了他,那钱还用我自己出吗?"

那郑六子一听,顿时佩服得五体投地。直说道:"三爷小小年纪,要说从没做过生意,可怎么对这生意门儿清呀?恨不得比那许多大人都精明得多。"

谁知那兆礼说道:"我哪会做生意呀。我只是猜人心罢了。人同此心,心同此理。知道别人怎么想,就知道自己后面该怎么去做了。"

郑六子却说道:"三爷这不做生意,却比那些做生意的还分得清。您要是真把这事儿办成了,一分钱不花不说,无论这边的王大嘴,还是那边的王大爷,都觉得三爷您大方爽快,好打交道。那您岂不是大赚了吗?"

"哈哈,生意原来是这样做呀?那我以后就这样做药店的生意去好了。"

"生意说白了是低买高卖。可是呢,这只是普通人的生意经。很多人做不好生意,只是因为他们只知道低买高卖,而不知道还有更多的东西。这买有买的诀窍,卖有卖的方法。只要您卖得出去,就算花再高的买价也不为过。比如三爷您这次租斗鸡,我给您使眼色,就是说您的进价高了;可您能够找到下家,那进价高点也是合理的。但这有一个前提,就是您进货和卖东西的时候,既要替自己着想,更要替别人着想。您替别人把什么都想好了,别人自然就来买您的东西;您不为客人着想,客人自然就不会来买您的东西;那您自然就挣不到钱了。"

"看来这做生意,也还得要懂人心。这个道理我可算是明白了。"

三天后,兆礼和兆信再次告假,让郑六子带着,来到定州南街的云翠茶楼。那里今天上午有一场斗鸡。两人选择靠西的窗边儿坐下,郑六子在他们的背后站着。刚坐没一会儿,便见一个十七八岁的公子哥儿来了,暗红绸子的长袍,深蓝色撒花大褂儿,手里提溜着根鞭子,撇着个嘴,端着个架子,一摇一晃地走过来。那两眼的余光还在往那左右两边瞟。他后面跟个仆人,名叫花子,怀里抱着一只斗鸡。郑六子拉拉兆礼,兆礼知道那就是王大爷王大公子。

王大公子一来,那早已等候在此的一个穿着破衣烂衫的秃子站了起来,拱手道:"王大爷,何故来迟?"

那王大公子手也不拱,只随便说道:"昨儿个找了个唱小曲儿的,折腾了半夜,谁知人家不卖,白折腾了半宿。今儿个起晚了。"那秃子一听,就说道:"只是我冯秃子生错了人家,咱要是生在你们这样的人家,才不怕她不卖呢?谁让咱二爷厉害呀?咱一亮出来,就要她乖乖就范。"

众人听了,一齐哄笑。那王大公子就起哄道:"哥儿几个,听见了没有,还不快脱他裤子,让爷也见识见识他二爷长的个啥模样儿!"

王大公子这么一说,旁边儿就有人真的要动手了。那冯秃子见状,只好告饶:"王大爷饶命!王大爷饶命!可别让我冯秃子再丢人现眼了。咱不为别的,只是逗大家开开心罢。"

众人开过玩笑,寒暄了一会儿,斗鸡便正式始。按照王大公子定的规矩,他王大公子如果输了,输银一两;如果赢了,那冯秃子有两个选择,要么输银一两,要么输铜钱五百,再让他王大公子当马骑一次,绕斗鸡场一周。

双方把钱都押到中人手中。

那冯秃子直接把他的斗鸡放入场中。他的斗鸡叫红顶天,那脖子上、腿上的毛没有几根,可从鸡冠到脖子,都是红彤彤的。而王大公子的斗鸡则叫白凤。身上的毛雪白,在那白得似雪的羽毛下,隐隐露出浑身的红肉,红得像火。它两脚上的皮,都像那鲤鱼鳞。那白凤看上去蔫不拉叽的,旁观者都认为它只会输,那些跟随着押钱的,基本上都押到了红顶天身上。兆礼也要押,郑六子叫他押红顶天,可兆礼就押白凤,还大声嚷嚷道:"谁说押红顶天来着?押红顶天有啥意思?有王大公子在这儿,哥儿今儿个就押白凤。输了不就是一两银子吗?"边说边向王大公子那边看着,见王大公子转过头来,就向他拱拱手。王大公子也拱拱手,算是谢过。

谁知当花子放下那白凤时,当中人把白凤的两个翅膀往上一撸,它顿时就像是来了精神似的。中人把它的头转向红顶天,它看了一眼,精神又一振。但只是一会儿,它又像霜打的茄子,蔫儿了。于是大家都笑。王大公子道:"笑什么笑?爷爷这白凤,它就这德性。可它通人性。只要有鸡一啄它,它就来劲儿。卖斗鸡的说了，只有那痛苦方能刺激起这畜生的斗志，越是疼痛得厉害，它斗志越旺。一会儿你们看就是了。"他说这话，是看着楼板说的，脑袋还在那里摇来晃去，只用余光看着众人。这一解释，却惹来了更多的哄笑。见大家笑，他就说道："现在不怕你们笑，一会儿老子就让你们哭。"旁边一歪嘴说道："王大爷，又不是您斗，是鸡斗，您让咱们哭，那您的鸡干啥去？"另一个接嘴道："你看它那熊样儿，我看王大爷您还是认输算了。"他这一说，大家就笑得更响。王大公子一听，也笑了，顺嘴说道："谁输谁赢，还远着呢。"

　　当中人把两只鸡搅合到一起，再松开手时，红顶天一下子就用它那尖利的带一点点弯钩的喙，直接就啄上了白凤的背。冯秃子就拊掌笑道："我说吧，咱们的红顶天就是好样儿的！"那白凤扯着嗓子嚎叫了一声，让看的人心头一紧。只见它身子往下蹲，想躲开，可是又被红顶天按住了。可只有一会儿，那红顶天就松开了口。白凤趁机转过身来，对着红顶天。这声惨叫，让它彻底醒转过来。只见它两翅欲展未展，头高高昂起，脖子伸得老直，双目炯炯有神，两腿像钉在地上一样。见那红顶天靠近，它将头略一低，双脚立即高高跳起，红顶天也高高跳起，哪里有它跳得高。就在即将落地的那一瞬，它一喙就牢牢地啄在了红顶天的脖子上。

　　一会儿，它又松开了口。那王大公子见啄上了，就用手上的鞭子把儿直敲面前的木几道："啄得好！啄得好！"见松口了，又一拳砸在自己的大腿上，一脸惋惜。可是这一拳砸得太重，疼得他自己都歪着嘴嗷嗷直叫。

　　红顶天受此一啄，就紧紧地靠上了白凤。两只鸡脖子根儿抵着脖子根儿，在那里直转圈儿。转了半天，红顶天又啄白凤的背，白凤就再也不叫了，只跟它转圈儿。这时，两边的人都大叫道："啄呀！啄呀！"再一会儿，那红顶天的头就弄到白凤的翅膀下面，被埋住了。中人只得把它的头拿出来，再让它们打。

　　那红顶天和白凤依然在转圈儿。有好一会儿，那白凤翅膀一拍就站住了脚。它转身面对着红顶天，低下头，双脚也下蹲着，像个被压缩的弹簧一样。那红顶天向它走来，身子站得高高的，脖子伸得直直的，就要居高临下地啄下来。说时迟，那时快，白凤张开翅膀，双脚高高跳起，它那尖尖的喙不偏不倚正好啄上了红顶天的眼睛。红顶天一声惨叫，顿时败下阵来。整个局面的变化，竟然就只是这短短的一瞬。

　　那王大公子哈哈大笑。他站起身，将手中的鞭子连连抽在案几上，声音"啪啪"作响，打得他周边的那些看客双手抬起来，本能地去护住脸，一个个向外歪着身子,偏着头,肩膀和手臂还一耸一耸的,生怕他失手抽在了自己的身上。那王大公子也不管这些,只管骂道:"好你个秃子,你这么一只瘟鸡子,竟然也敢叫红顶天?还敢挑战爷爷的白凤?什么红顶天,红个述!下回爷爷承让,我看就赌你媳妇儿算了。让你媳妇儿给你戴顶绿帽子,叫绿顶天得了。"众人哈哈大笑。那冯秃子就说道:"王大爷,您赢也赢了,骂也骂了,我看那五百钱就赏我算了。我回家给我媳妇儿买块儿布,免得她没有好衣服穿,给我戴绿帽子。"王大公子就骂道:"你他娘的想耍赖,没门儿。快快给大爷我下来,先让爷爷我今儿个好好地骑回马。"

那冯秃子正要起身下去,兆礼立即起身,对着王大公子一拱手道:"王大公子,且慢。"

王大公子一看,这人是押自己赢的,而且长得气度不凡,仪表不俗,就拱了拱手道:"这位爷,有何见教?"

兆礼说道:"王大公子,见教岂敢?只是在下有一请求,公子把这位老哥当马骑,太让他颜面扫地了。在下想替这位老哥出银钱一两,烦请您把他的五百钱退还给他,另外也别把他当马骑了。在下没别的意思,只是想与公子和这位老哥交个朋友,权当初次相见自我引荐之礼。"

那王大公子道:"区区五百钱,在大爷我眼里那还叫钱吗?大爷我好乐,赌钱只图个乐子。既然是图个乐子,那么看在老弟您刚才押我赢的份儿上,这五百钱我就免了。但是骑他绕场一周,这个却只多不少。"

马兆礼见他如此,就拱手道:"多谢公子承让。"于是那冯秃子就转身谢过兆礼,抬脚就跳进斗鸡场内。王大公子"啪啪"地抽打着斗鸡场周边的石块,跳了进去,骑着冯秃子绕场一周。他口里大笑着,手中的鞭子使劲儿地抽打着地面,激起淡淡的烟雾似的尘土。一圈满了,他还要郑秃子再走几步,这才高高兴兴地下来,口里骂骂咧咧道:"郑秃子你个狗日的,你竟敢找本大爷斗鸡。爷爷我是谁呀?说出来吓死你。今天就让你见识本大爷的厉害了吧?下次你再来跟爷爷我斗鸡,看爷爷不把你娘的裤子给扒下来,我还不姓王。实话告诉你,在定州斗鸡,本大爷怕过谁?"

见此一说,兆礼就接口道:"王大公子,您的鸡好是好,只是……"

王大公子见又是他,就说道:"咋啦?有话快说,有屁快放。"

兆礼道:"您的斗鸡,身白似雪,身量似砣。它两腿粗壮有力,脖子挺直而粗,扑咬凶猛,打斗厉害,的确是一只身经百战的少见的名鸡。"王大公子看他这样夸赞,以为他真的懂斗鸡,就高兴得喜不自胜。可是兆礼话锋一转,说道:"只是它有一项不足,而那项不足,却足以致命。"

那王大公子道:"哪项不足?"

"它飞得不高。"

"这位爷,敢问您是?"

"在下马兆礼,定州北街定州眼药店三公子。"马兆礼拱拱手道。"这位是我五弟马兆信。"

王大公子也拱拱手:"知道了。两位可是十二岁就考中秀才、气走先生的。"

"秀才是不才和四弟马兆智,这位是五弟。气走先生,是咱们三个一起干的。"

"马三公子,要论文章,我王某自愧不如。不过要谈斗鸡,您这是屁话。这斗鸡还需要飞得高吗?"王大公子很不以为然地说道,"您在哪里见过斗鸡在天上飞的?"说完,他转过身去,想想又转回头,接着说道:"老弟您养鸡吗?如果养鸡,您对斗鸡又了解多少? 如果不养鸡,您又哪来那么多的歪论?"

"兄弟我有一只神鸡,足可以将王大公子的鸡比下去。"马兆礼见时机成熟,就发起了挑战。

"哈哈,好哇。老子正闲得骨头都发痒,巴不得天天都有鸡斗呢。怎么样,那咱们就设上一局,斗上一斗?"

"行呀。三日后,就在此处,如何?"

"此处就此处。赌多大? 咱们两个,总不至于像今天这样赌一两银子吧?"

"十两如何?"

"十两就十两。"

三天以后,郑六子抱着一只名叫老鹰的鸡,跟随马兆礼和马兆信来到了云翠茶楼。老鹰和白凤一开打,只几个回合,那老鹰就飞上了白凤的背,双脚像钩子似的死死抓住了白凤的身子,带点钩状的前喙牢牢地啄住了白凤的红冠,好半天不松口。直到把那白凤啄得鲜血直流,败下阵来。

王大公子一见,那手中的鞭子便把面前的几案抽得山响,把好几个茶杯都打碎了。仆人花子慌忙跳下斗鸡场,把白凤给他抱过来。他右手把白凤抱在胸前,左手抚摸着白凤的头,右脸去跟白凤挨了又挨。那白凤双目微闭,既是痛苦又很无奈。王大公子怜惜着道:"咱的凤儿,你这是怎么了? 怎么了?"挨完脸,又仔细地查看白凤冠上的伤口,小心地翻弄着鸡背上的毛,回头大骂那个卖鸡的张大嘴道:"张大嘴那个狗娘养的,他哄老子说这是全定州最好的斗鸡？我看他娘的尽扯蛋。"然后回头，对花子说道，"你给我记住了，回头老子就找他算账去。"那仆人花子道："大少爷，您都买了大半年了，哪有大半年后再去找别人算账的？"他一听，气不打一处来，抬脚就朝花子的屁股踢去，道："你个狗日的，你到底帮哪边说话呀你！你找抽了不是！"

马兆礼这时站了起来，拱手道："王大公子，谢谢承让啊。您看我这只老鹰如何？"

王大公子道："好是好，哥哥我今天败了，赶明儿再去寻一只好的，跟您血战到底。您等着哈。"

"别介呀，还用得着寻什么好的呀？这不就有现成儿的吗？"马兆礼指着老鹰道。

"马老弟的意思是，想卖给我？您说多少钱吧？只要您开个价儿，多贵我都买。"

"还买什么呀？既然老兄您喜欢，我成全您，送您就是了！"

那王大公子一听，立马笑道："兄弟，够意思！哥哥我喜欢您这性格！哥哥我就不客气了。"然后让仆人花子收下，回头道，"走，哥哥我请您喝酒去！"

于是几人上了楼，找了个雅间儿，王大公子要了一大桌子菜，烫了几壶好酒，这就吃起来。杯一碰，酒一喝，话一说，人一骂，两人就无话不谈。那兆礼道："大哥，这光喝干酒，也没啥意思。不如叫个唱曲儿的来解解闷儿如何？"那王大公子道："爷正说要等一会儿，等酒喝好了，再找人来唱咧。既然兄弟您开口了，那把她们叫过来就是了。"

兆礼就说道："让她们早点儿来，她们先唱，咱们先喝。待喝得差不多了，咱们再现场填词，让她们唱，岂不雅兴？"那王大公子一听，大悦，道："老弟一看就不一般，最是个雅人，哥喜欢。"

于是，他就扯开喉咙，大呼小二，让赶快去找个漂亮的唱曲儿的来。那小二说，王大爷还找什么，店里不是有现成的吗？那王大公子就说道："什么现成的？你们那几个唱曲儿的，都他娘的唱得比哭还难听，一个个长得跟老母猪似的，唱起来像野猫子叫春，睡着的人都要被她们吓醒了。老子也不是个公猪，老子要是那公猪，都不敢跟她们配种。你给爷爷我听着，这是大爷我的两个兄弟，马家的三公子和五公子，大爷我今天请他们听曲儿，你就找那全城长得最漂亮，曲儿也唱得最好的来伺候着。一会儿爷爷我高兴了，爷爷赏你。"

那小二说道："回王大爷，昨儿个店里刚来了个好的。十五岁，还没有见过客人。人长得俊，像画儿里的人，那曲儿也唱的，就像是仙女儿唱的一样。

小二我可不敢哄大爷您呐。"

王大公子一听，就说道："那还不赶快把她叫过来，让大爷我瞧瞧。"

小二转身离去。一会儿，就领着个浓妆艳抹的女子来了，怀抱月琴，腰身款款，只是满身的脂粉香，都压过了酒味。王大公子见了，正要开骂，那女子却道："几位官人稍歇，奴家胭脂先来见过官人，小姐待会儿就来。"他才知道来的不是小姐，而是陪侍。再等一会儿，见外面有位妙龄少女，如弱柳扶风一般走来。只一进门，那流目四顾，顿时就让王大公子傻眼了。他忙说道："好！好！就是你！就是你！"

那女子先道万福，走到那边，报完名号，就坐了下来。于是胭脂姑娘就问道："敢问几位大官人，你们想听啥曲儿？"

王大公子就道："再报遍名号！随便唱！随便唱！"

于是陪侍就说道："小姐芳名双双，奴家名叫胭脂。"那王大公子一听，就说道："双双这名字好！好！成双成对！吉利！"

于是双双就轻启朱唇，唱了一首《鹊桥仙·夜闻杜鹃》，道是：

"茅檐人静，蓬窗灯暗，春晚连江风雨。林莺巢燕总无声，但月夜、常啼杜宇。

催成清泪，惊残孤梦，又拣深枝飞去。故山犹自不堪听，况半世、飘然羁旅。"

唱毕，王大公子连声叫好，又让她再唱。一连唱了三首，那王大公子酒也喝得差不多了，就让店小二拿纸笔来，说要献丑。

于是那小二拿来了笔墨纸砚，兆礼就起身给他磨墨。那王大公子拿腔作势地踱步，摇头晃脑，左顾右盼，又抓耳挠腮，想了半天，终于凑成了四句。道是：

"香烟一缕睡沉沉，长空夜月孤鸿鸣。

多少人生无限恨，不如怜取眼前人。"

写罢，忙问兆礼如何。兆礼说好。"多少人生无限恨，不如怜取眼前人"，怜香惜玉之心，跃然纸上，很是应景。那兆信心直口快，说道："后两句尚可，只是前两句不通。"王大公子自觉也不通，只是听兆信这么一讲，就要他说到底哪里不通。那兆礼看着兆信道："王大哥这么快就写出来了，有点小缺点也在所难免，白璧微瑕，何况还有后面那两句呢？咱大哥有诗才，不简单！"

胭脂姑娘这时说道："王大官人写得好是好，只是前面两句确实不通。前面既说睡沉沉，后面又为何要写长空夜月，还有孤鸿鸣呢？既然睡沉沉了，哪里又知道外面的事呢?"

王大公子一听,连连点头。说没想到你个小丫头都这么懂诗,那你家小姐可是了得。当时只管平仄押韵,哪顾得了许多。说着提起了笔,可无处下手。越想越想不出来,一时急得抓耳挠腮。

马兆礼一看,就说有了。王大公子递过笔,兆礼提笔将头两句改成:"香烟一缕夜沉沉,又数钟声转一轮。"随后说道:"这样就通了,尽管不是很应景儿,可是大哥您这诗颇有大家风范。"

那王大公子一听说自己的诗颇有大家风范,忙说是吗?再一细看,大为赞赏,说老弟改得好,改得好。马兆礼说:"哪里是改得好?关键是后两句太好了,您都说到美人儿心坎儿里去了。"说罢,便叫那双双依词度曲,试唱一遍。

只一会儿,那双双姑娘就依依呀呀地唱了起来。歌声婉转清丽。她很是喜欢这首诗,尽管那王大公子一看就是个附庸风雅之人,可他那两句诗,还是让她心里感觉到温暖。况且那个瘦高个儿的马三公子,他倒是真的儒雅,风度翩翩,满腹文章。前面那一改,只动几字,一首不着四六的诗就成了佳品,真可谓高下立现。于是她唱的时候,就用真心去唱。她歌的真情,倒真的把大家都感动了。

王大公子一看,就要马兆礼也来一首。马兆礼推辞不过,略一沉思,就提笔写道:

"清平乐·和王大公子诗有感,祝兄美梦成真

幡然一痛,滋味君应懂。不忍相思成种种,一枕黄粱同共。

任它甘苦轮回,如形如影相随,怜取柔声悄悄,携看淡月微微。"

那王大公子看了,立即叹道:"妙!妙!"胭脂姑娘就打趣道:"听您说得这么好,王大官人,您要是把这清平乐解他一解,我也就来和您一和。"王大公子看她如此,只好说道:"爷爷我只是喜欢,凑个趣儿。咱粗人也细一回,免得我娘总说我不读书。你也别来笑话爷,你要喜欢爷呢,就别说这些没用的,就来跟咱亲个嘴儿。"胭脂姑娘听了,说道:"大官人好是好,只是像个公子哥儿。"王大公子一听,哈哈大笑:"什么像个公子哥儿,大爷我本来就是个公子哥儿。你不就是说大爷我肚子里没货吗?爷爷今儿个要陪二位马公子,哪天我得闲儿了,咱也好好写,写它一堆,让你也知道爷爷还曾读过几本书。"

马兆礼一心要让王大公子佩服,于是一不做,二不休,提笔又写上一首《绿城烟雨·情归何处》:

"雾笼南湖,烟锁雨夜,临窗空对欢笑。清琴一曲随风消。声渐远,幽篁

向隅，空慨叹，天意神妙。丝弦断，夜阑听雨，寂寞清箫。闲敲棋子，依稀惆怅，梦里雨还飘。更哪堪挥手，魂断廊桥。千帆过，斜晖默默，休欲语，拍栏浅笑。回眸望，那人却在，关山万里遥。"

马兆礼写完，王大公子喜不自胜，直搓手道："兄弟真神人也。为兄不得不另眼相待，刮目相看。"他知道马兆礼十二岁中秀才，只想是那八股文做得好，哪里想到他的诗词歌赋如此了得。那双双看罢，只说道："王大官人写得好，马三公子写的，最妙。"说罢，就再次自度曲目，唱了起来。

如是十日，马兆礼每天跟着那王大公子斗鸡走马，遂成为无话不谈的朋友。十日后，马兆礼正式向王大公子提出见他妹妹。他说，您觉得我这人咋样？王大公子说老弟很好呀，很合我的胃口。兆礼就说，做您弟弟如何？王大公子一听，就说好呀，那咱们现在就结拜。马兆礼说，不是跟您结拜弟兄，而是想看有没有可能做您妹夫。王大公子当时就质问他是怎么一回事？马兆礼不再好隐瞒，就把实情告诉了他，说外面都传您妹妹漂亮，我想见见；如果真的漂亮，那我就做定您妹夫了。

王大公子当即就骂道："兆礼你这狗崽子，你瞒了大爷我这么久，这是咋说的？自古都是父母之命，媒妁之言，哪有你他妈的这样自个儿去瞧的？大爷我实话告诉你，老子那个妹妹，换个天仙也未必有她漂亮。"于是兆礼就越发想见，越发下劲求他帮忙。王大公子拗不过，骂道："兆礼你这狗日的，这干的是个啥事儿？老子不帮你吧，老子对不起朋友。老子帮了你吧，老子对不起妹妹。你他妈的做什么不成，干吗一定要做我妹夫？不过你小子好是好，只怕合老子的胃口，未必合老子妹妹的胃口。既如此，那老子可就说好了，只帮一次，无有后招。"还交待你见面后，无论如何，也不能跟我妹说是老子帮的忙。那样的话，老子非死不可。

第二十七章

四公子求见王大爷　双双女再唱痴情词

马兆礼第二天便来到王大公子家。王大公子带着他躲进了花园,坐在一棵大杏花树的背后。不一会儿,公子便说天气晴好,春光明媚,想请妹妹去花园赏花散心,也想向妹妹学学诗词歌赋。说老这样闷在屋里,闹不好就会闷出病来的。那依琪小姐没有多想,当时就同意了。于是王大公子在前,小姐在后,丫鬟妙香紧跟着,三人相随来到了花园。

那王大公子如此粗俗的一个人,在外面骂骂咧咧,可到了他妹妹跟前,竟变得异常安静。他对妹妹百般宠爱,百般小心。快到那棵大杏花树下时,仆人花子来喊王大公子,说老爷叫他有事。王大公子一听,慌忙离开了妹妹,说道:"妹妹你多玩儿一会儿,我去见过父亲,再来陪妹妹你玩儿。"那王小姐还说,要他小心点,仔细父亲问他书。他连忙答应着,叉开两腿,立时就跑了出去。

马兆礼听到两个女子的说笑声,离大杏花树越来越近,于是回过头去,朝树后远远一望。这一看,他人就不由自主地站了起来,一下子摒住了呼吸。他看着那依琪小姐,竟然忘记了回避,而只是傻呆呆地站立在那里。

那依琪小姐正和丫鬟妙香朝这边缓步走来。她高挑身材,纤腰,碎步,一身鹅黄色的衣裙,在绿草如茵中,如梦一般地走来。她的长发披在背后,有一绺顺左颊温顺地飘下,发梢抵达左肩。那右边也有对称的一小绺,这时被微风吹到右肩外。她有两绺头发顺两耳夹处绕到脑后,在脑后合拢,编了根辫子,再从前额中间呈新月形绕过,绕到右后面去了。因此两只耳朵上边的头发,就不松不紧地向上微微耸起。左右两边,还各编了根小辫子。左侧后的那根,稍稍硬挺地微微呈蛇形弯曲,到耳垂后,就扭到背后去了。右边的那根，很自然地下垂，再呈弧形地顺至背后。三根辫子上，每隔几寸远，都缀了三颗红宝珠，而中间那根辫子最中间的那颗红宝石，就正在她的天目处。左右两边还各有一支蓝色的碧玉翠云卡，头顶偏左边，还有两朵蔷薇花样的银发簪。

她的脸是鹅蛋脸，只是到下巴尖尖，略略调皮地往前一翘。五官端正，轮廓清晰而柔和。鼻直而略小，隆准略下。一字长眉，稍向上斜，如空中飞雁展开的两翅。大杏眼，眼珠乌黑发亮，却又略显迷离。朱唇微翘，上嘴唇略薄而俏皮，下嘴唇略厚而莹润。唇稍向下，和着那微翘却又不失柔和的下颚尖，更让她显得俏丽，文雅，脱俗。她的脸白而干净，头饰多而不繁，一股清雅之气，全写在那张脸上。马兆礼感觉到那女孩儿就像是一盆待放的幽兰，而自己在她面前，顿时就像那污泥浊水一般。

何况她那眼睛，即使不看着你，也像是有无限的话要说一般呢。

马兆礼呆呆地站立着，眼睛一眨不眨，直到那两个女孩儿看到了他。

看到杏花树下有个陌生的男子，依琪一愣，顿时就停住了脚步。妙香则跑到她前面来，先护住小姐。依琪侧过身，用衣袖遮住了脸。那妙香直问马兆礼道：“你是谁？怎么在我家花园里。”

“小生马兆礼，在这花园里恭候依琪小姐。”马兆礼脸涨得通红，说完这句话，才长长地吁了一口气。这口气把他憋得。

“哪个马兆礼？”这是小姐的声音。

“定州北街定州眼药店三公子马兆礼。”马兆礼无可回避地答道。

那依琪小姐听说如此，不禁将衣袖稍稍往下一挪，就多看了他几眼。那几眼，更让马兆礼感到她脱俗的文气。人世间美女很多，但是那满面文气的美女却很少见。而眼前这位小姐，那种清雅的文气，写满了她的脸。

“马公子大名鼎鼎。可您是怎么进到我家花园的？”

马兆礼没说。那依琪接着问道：“我只问您一句，您可是我大哥的朋友？”

马兆礼无可回避，点了点头。

依琪不再多言，转身就走。那妙香见小姐一走，也就紧跟着依琪离开了花园。出花园门时，还回头狠狠地瞪了马兆礼一眼。

马兆礼就在那里傻站着，直到王大公子和花子跑进了花园。他们让马兆礼快走，说着，就带马兆礼左弯右拐，穿花过树，穿墙过院，一溜烟儿地从后门离开了王家。

王大公子一把马兆礼送出后门，即慌忙拱手道：“兄弟，哥哥不能再送你了。你可得保重哈!"那马兆礼见他拱手,也拱手,却没有什么话说。那王大公子好生奇怪,可也顾不得那么些了,只慌忙对花子说道:"老子要出去躲几天,你快回去给老子我挡挡吧。"说着就往城南走。那花子忙问道:"大少爷,太太如果问起来,我怎么说?"王大公子说道:"如果太太问起老子,你就跟太太说老子我到乡下催收去年那些租户欠下的租子去了。"边说边向城南走去。刚走几步,又回头道:"花子,家里一定要帮老子支应着啊。"那花子却说:"大少爷您又不是不知道,您惹出这么大的事儿,我哪能支应得开?"王大公子就说道:"再难你也给老子挺住。如果你小子支应不好,回头看老子我不揭了你的皮。"

马兆礼离开王家后,心里一直还在想着依琪小姐的影子,连家是怎么回的,他都不知道。他只按照脑袋里那些依依稀稀的路,七转八转地,不知怎么就回到了家。仆人问他,他也不知道对方是谁,也不答话。下人觉得奇怪,却也不好多问,只感到他人一下子就像是傻了似的。

好一会儿,兆信见到他,问去了王家没有。他看了兆信一眼,点了点头。兆信又问他,那王家小姐到底如何,问他满不满意,他又点点头。兆信感觉无比奇怪,才出去一会儿了,这到底是怎么了? 就再问他,那王家小姐美不美?他就点点头,说,美。再问他漂亮不漂亮? 他又点点头,说,漂亮。再问他到底想不想让家里去跟王家提亲,他就说,好。

马兆信感到很奇怪。这兆礼口中说好,脸上却没有一点儿表情,既看不出喜,也看不出悲。要说表情满是悲伤,那他怎么又说好呢? 说好分明表示他同意了嘛。既然同意了,怎么又没有一点儿高兴劲儿呢? 他们从小到大,玩在一块儿,长在一起,他可从来也没有见过马兆礼这个样子的。

于是兆信就守在兆礼身边,喊来郑六子,让他去学堂,把四公子喊出来。就说老爷找兆智有事儿,叫跟先生告个假。那郑六子出去一会儿,就把兆智带来了。

兆智一见兆礼成这个样子了,忙问这是怎么了? 兆信就说,我也不知道他怎么了,他去了一趟王家,回来就成这样儿了。兆智忙问兆礼回来后可说过什么。那兆信道,我问他对王小姐满意不满意,他说满意。再问他要不要去提亲,他点头,说好。可他就是一点儿表情也没有。

兆智一听,就知道是怎么回事儿了。就说兆礼这傻瓜,见了那王小姐,一门心思全在人家王小姐身上,现在还在想着那王小姐呢。说他这八成就是那失心疯。

于是兄弟两个到书房里去找医书，翻了半天，也没有翻到什么治失心病的。兆信问这可怎么办？兆智说，他的心思全在那王小姐身上，只要把他的心思从王小姐身上引开，心思一回来，他人就好了。

　　可怎么弄回来呢？兄弟两个想了半天，也没有想出个辙。没办法，他们只有去找二娘红升。二娘见多识广，看她有没有办法。结果二娘见了后，给他掐了半天人中，没有用。再掐了半天虎口，也没有用。二娘哪见过兆礼这个样子的呀？一下子就急得眼泪直流。她说大家先不要告诉夫人，我这就去找老爷。

　　老爷来了，一看就说兆礼这是得了失心疯，忙问是怎么回事儿。兆信没有办法，只有把兆礼见王小姐的事情说了。说回来就成了这个样子。老爷一听，说他这是痰迷心窍，让赶快去请郎中，且告诉红升，说兆礼是夫人的命，暂时先不要告诉夫人。

　　郎中请来后，给兆礼扎了针灸，且开了药。红升让拿到铺子上去，给他做成了丸药，然后叫来丫鬟，让好好照顾三少爷，每天给他按时吃药。说今天到时候扯个理由给夫人搪塞过去，看明天能不能好些。明天如果能好些，那就可以蒙过夫人，如果明后天还是那样儿，那可就不好办了，到那时或许只有一条路，就是找魏牙婆赶快说成这门亲事。只要亲事成了，新媳妇儿娶进了门儿，他这病一准儿就好。

　　可屋漏偏逢连夜雨。第二天，魏牙婆就找上了门儿，说王家那边不同意这门亲事。二娘红升问是什么原因，魏牙婆说，那王家说了，马家好是好，可三少爷斗鸡走马，一个纨绔子弟，能有什么出息？她说她跟王家夫人说过好多遍，说马三少爷如果是个纨绔子弟，他怎么可能十二岁就中秀才呢？说咱们定州城自古以来，这十二岁考中秀才的就马家两位公子。他们要是纨绔子弟，那咱定州就没有好人了。可那王家说，自古天才少年多的是，可是有几个成气候的？说三公子如果不是纨绔子弟，怎么跟他家大公子是好朋友？况且他还一再做出那么越礼之事，偷偷跑进王家花园里去见人家小姐？

　　红升一听如此之说，忙给了魏牙婆一锭银子，说此事一不要外传，二呢你回去再跟王府说合，一定要把王小姐说进我马家，我家三公子喜欢上了人家王小姐。只要说进了马家的门儿，到时多少彩礼咱马家都送，你要十两百两银子的赏钱，我二娘都赏。魏牙婆一听，就来了劲，忙起身要走。二娘让丫鬟招呼她稍等会儿。自己就去偏厅，让仆人把兆信找了来，问他到底是怎么回事儿？说王家都说了，三公子如果不是纨绔子弟，怎么跟王大公子是那么好的朋友。她要兆信说，兆信不说。于是红升就说，你不告诉二娘，那二娘就只有把王家的话讲给大娘听，看你还有什么脸见大娘？兆信一听，只好把他们之间的那些事一五一十地告诉了二娘。只是隐去了兆智出点子一事，都推说是马兆礼自己的主意。反正他人聪明，大家都知道他鬼主意多。

红升让兆信走后，这才转回头去见魏牙婆。说她跟大娘说了，大娘吩咐一定要说成这门亲事，多少钱都出。如果魏牙婆说成了这桩姻缘，她魏牙婆就是马家的大恩人，到时别说是十两八两银子的谢媒钱，就是八十两，八百两，他马家也出。那魏牙婆一听如此，立马起身告辞。说，我哪怕磨破了三双鞋子，哪怕说破了嘴皮子，哪怕拆了它十座庙，也一定要把这桩婚事说成。我只是冲着马家这么贤德的人家去的，大娘贤德，知书达理，二娘聪明能干，会来事儿。钱不钱，那有什么打紧？

俗话说，重赏之下，必有勇夫。那魏牙婆果真一天三番五次地去王家，坐在王家不走。可是王家死活不答应。无论魏牙婆怎么说，他们都咬定那马兆礼是个公子哥儿。最后王夫人退一步说，如果马家一定要跟王家结亲，他王家可以做出让步，只要不是那个三公子，其他如四公子、哪怕五公子都成。

媒婆再次来马家回复二娘，二娘说这是哪里话？这王小姐是说给夫人的独子的，怎么可以再转说给四公子五公子？说给四公子五公子，她怎么对夫人交待？再说这人是三公子瞧中的，如果说给了别人，怎么给三公子交待？于是她就让魏牙婆再回过头去说。

当天，马兆礼只略略有点儿好转。二娘红升想再瞒夫人是瞒不住了，因此就准备晚饭时去跟夫人提起这事。况且那说媒一事，如果说成了，自然是好事，如果没有说成，到时也瞒不住。可如果到那时再告诉夫人，那这家里岂不就要闹翻天了？既然如此，还不如现在就说。因此，她打定主意，今天不准备再瞒夫人了。

结果到黄昏的时候，红升吩咐兆信带着兆礼去见老爷夫人，例行晨昏定省之礼。兄弟俩见了老爷夫人，兆信在前面做，兆礼在后面跟着做，兆信说些什么，兆礼也说些什么。那夫人开始觉得奇怪，后来叫兆礼走近，问是怎么回事儿？兆礼说没事儿，娘。夫人看着他的眼睛说，娘看你就有事儿。你们到底有什么事情瞒着我了？兆礼也说，你们到底有什么事情瞒着咱娘了？夫人再看他那呆滞、木然的眼神，眼泪一下子就滚落了出来。口中大喊道："我的儿呀！你这是怎么了！你要是不好了，娘我也不活了哇！"哭一会儿，就大骂道："你们都是怎么了？平时不都是挺能讲的吗？怎么一个个都哑巴了？"看大家不说,就指着兆信的鼻子,问到底是怎么一回事?兆信哪里敢讲?夫人就说道:"你不讲是吧,你不讲我总有办法让你讲。"忙叫管家来,说要掌嘴。说反正你们把我儿子都弄成这样儿了,我还哪里顾得了你们?你们今天如果不说,我就把你们一个个打死。

老爷见闹出这么大的风波,就说道:"夫人,不关他们的事。"夫人说:"怎么不关他们的事?不都是他们,天天挑唆兆礼干这事干那事,结果人都傻成这个样子了?"老爷说:"那是兆礼自己的错。他跑到王家花园里去见王小姐,被人家王小姐发现了,岂不失礼?他见了王小姐后,就成了这个样子。"

夫人一听,顿时就傻了。好一会儿,她才喘过一口气,大哭了起来:"哎哟我的天哪!我的儿呀!这可怎么办呐!"然后她转向老爷道:"都是你!都怪你!把儿子弄成了这个样子!"马老爷说:"儿子成了这个样子,怎么又怪我?"夫人就说道:"当年你见了我姐,一见了面,人就变成了这个样子!兆礼呀,你怎么不接娘的代要接你爹的代呀!这还不怪你怪谁!"马老爷只好苦笑着,摇了摇头。

二娘红升这时进来了。她忙给老爷打圆场,说请了郎中,郎中看了,说不碍事儿,养些时,吃些药,再扎扎针灸,会好的。说她已经让魏牙婆再次去王家提亲了,要魏牙婆下死功夫,一定要把这门亲事说成。说再多的彩礼,再多的聘礼,咱马家都出;再多的谢媒钱,咱马家也出。夫人一听,这才止住了哭,说这样办才好,就该这么办。咱们马家,就是卖了房子卖了地,就是不再开药铺了,也要把这桩婚事说成。于是这场风波才暂告平息。

却说那二娘红升一直在等魏牙婆的信儿,却是左等不来,右等也不来。于是她就让小管家找人去把魏牙婆叫来。魏牙婆来了后,说她这些天,白天她天天都坐在人家王家,饭都在王家吃的,只有晚上才回自己家里去。说二娘您托咐给我办的事儿,我不上心那哪儿成呀?他王家一天不答应,我就一天不出来。还说这几天,已经有另外两个牙婆找上了王家,要给王家小姐提亲,都被她给骂走了。说她们那嘴像是石头,哪里说得过她魏某人这张嘴?说只是王家暂时还没有答应,但她估计,再过些时,她一定会说得王家回心转意的。

红升见此,只能再给她一锭银子,让她好好使劲儿,说都说好了的,只要能成,什么都好办。那魏牙婆就说道:"我一定用心,一定下功夫,一定要把二娘您交待的事情办好了。"此后一个来月,二娘红升三番几次差人叫来魏牙婆,催她下功夫说合,可魏牙婆每次都说王家只是暂时还没有答应,估计再给她一些时间,她应该可以把王家说得心回意转的。

一个月后,马兆礼的神志已经清醒了一些。尽管他脑筋里想的还是依琪,可是他对周边事情的关注,比当初到底还是好了一些。他每天没有别的事情,只是把他上次跟王大公子在一起写的那两首诗词,在纸上写了又写。一会儿写成大字,一会儿写成蝇头小楷,一会隶书,一会儿篆书,一会儿行书,一会儿草书。下面落款,都是题赠依琪小姐。

后来,他又写了两首。却是:

江城子

曾经花前暗相倾,忆音容,笑语萦。翘首东风,唯有暮云横。顾望怀愁情销后,心易警,梦难行。

纵将心事付琴笙,苦含情,有谁明?独立寒风,无语对白云。唯问此心何所寄,君不见,是孤程。

钗头凤

尘缘渺,相聚少。影孤心碎词难表。花庭静,疏篱影。愁坠残红,思来秋冷。醒,醒,醒。

情难了,天知晓。南湖垂柳月儿巧。风吹送,浪潮涌,咫尺天涯,我心谁懂。梦,梦,梦。

他把这两首词也写成各种式样,然后挑了幅蝇头小楷,跟兆信说,他想见见王小姐,说想把自己写的那几首诗词送给王小姐。这么久没见到王小姐了,很想见见。

兆信只有把兆智又喊过来。兆智想了想,说这事要想办成,只有找人家王大哥帮忙才成。于是就吩咐兆信去找。兆信说,要我跟在你们后面跑跑腿儿还成,你要我单独去找王大哥,恐怕他不会买账。说此事还真的得你兆智出马才成。

那兆智想了想,就说道,也成。不过你去把那郑六子找来,让他去找王大公子的仆人花子,只要找着了花子,就能找着王大公子。最好能定个晚上,等他在哪里玩儿得高兴了,我们就去会会他。

于是兆信就把郑六子找来,告诉了他四少爷的吩咐,让他一定办好。郑六子说五少爷您放心,保证没有问题。当天回来,就告诉五少爷,说四天后王大公子才回来,在云翠茶楼请双双姑娘唱曲儿。

于是四天后的晚上,兄弟俩带着郑六子,闯进了王大公子的雅间儿。他正在和胭脂姑娘喝花酒。那双双姑娘只在那儿唱曲儿。兆智和兆信一进来,那胭脂姑娘理了理有点乱的衣衫,从王大公子的怀里挣脱了出来。王大公子一回头,先是一愣,继之一喜,对着那兆信举起手中的杯子道:"马家兄弟,怎么连个招呼也不打您就闯老子的包间,坏老子的好事?要不看你三兄弟的面子,老子我非剁了您不可。"

那兆智和兆信忙拱起手,道:"得罪了。"兆信忙介绍道:"王大哥,这位是我四兄兆智,马家四少爷。"

兆智忙道:"本来要通报大哥您的,只是事情太急,只得闯进来。请大哥恕罪。"然后走近桌前,倒了三杯酒,一仰脖子,一饮而尽。"擅闯大哥包间儿,我自罚三杯。大哥如果还要罚,我认了。"

那王大公子道:"大哥哪能只罚您酒?还有那五少爷,也得罚。"于是兆信也自罚三杯。

王大公子就说道:"这还差不多。你们马家三个公子,为人豪爽,大爷我喜欢。"又用食指一下一下地点着兆智道:"你他娘的就是跟我马三兄弟一起中秀才的那位?"兆智点了点头,道,正是在下。那王大公子就说:"对了,咱那兄弟马兆礼怎么没来呀?他人哪儿去了?"

兆智接着道:"回兄长的话,我们兄弟俩正为三哥马兆礼而来。"

"我那兄弟怎么了?你说。"他指着兆智道。

于是兆智就说道:"三哥病了。自见了大哥您妹妹以后,当时就得了失心病,回家就病了。现在一个多月,也没见好。只是三哥想要再见大哥您妹妹一面,故此我们只有前来求大哥您,一定要帮小弟这个忙。"

那王大公子摇了摇头道:"不可以。这都还一而再再而三了呢。大爷我上次帮咱马三兄弟,叫他别说是大爷我帮的,别把大爷我卖了,结果他偏把大爷我给卖了。害得老子跑到城外田庄那个鸟不生蛋、鸡巴不长毛的地方躲了一个多月,好容易才躲过这一劫,不然我爹非揭了我的皮不可。老子这才回来,饭没吃一口热饭,酒没喝一顿痛快酒,再帮那小子,爷爷我那妹子岂不是要杀了咱?"

事已至此,兆智也没有别的办法,只有硬着头皮往前冲。他说道:"兄弟我今天是特地来求大哥您救我三哥的。大哥一个多月没见我三哥,您真的想不到我三哥如今的样子了。"

"我那兄弟现今如何?"

"大哥,不瞒您说,我三哥整天痴痴呆呆的,完全是废人一个,哪有什么用?就这一个多月的时间,好端端的一个人,咱变成那样儿了呢?"

"他那样儿是他自找的。老子说叫他不要见我妹,他一定要见。老子说叫他不要把老子卖了,他偏要把老子卖了,搞得老子在外面躲了一个多月。要我说,他这能怪谁?他这叫活该。"

兆智说道:"大哥,您这话就说得不中听了。兄弟都病成那样儿了,您做大哥的能说出这话?要我说呀,这事要怪就怪大哥您呐。"

那王大公子说道:"关大爷我屁事。"

兆智就道:"怎么不关大哥您的事?这事,大哥您妹那边,她什么性子,大哥您清楚,我三哥他不清楚。我三哥什么性子,大哥您知道,大哥您妹不知道。我三哥见了大哥您妹,当时就傻了。是大哥您前面没有给我三哥交待清楚,交待我三哥可以见您妹,而不能让您妹见着了他,这才导致我哥见了您妹,您妹也见着了我哥,这才导致大哥您跑到外面躲了一个多月,导致我三哥弄出这么个不清不楚的病来着。大哥您要么让我三哥不见您妹,要么让他见着您妹而您妹却见不着他,那不就什么事儿都没有了?再说我三哥都叫大哥您哥了,大哥您安排他们见面,那边是您妹妹,这边是您兄弟,兄弟出了事情,不怪大哥您怪谁?"

"哈哈哈哈。这位小兄弟嘴皮子利索,强辞夺理,还不讨人厌。好样儿的,不输于你三哥!"

"我三哥的病,全因大哥您妹而起。是您妹妹害得我三哥得了这个病,整天像丢了魂儿似的。这俗话说,解铃还需系铃人。要治好我三哥的病,只有大哥您妹。我们现在来见大哥,是求您帮我三哥的忙,也是帮大哥您兄弟的忙,求大哥您让他们见一面,见了面,就能治好我三哥的病。"

"大爷我为什么要帮?总得给我个理由吧?"

"大哥您帮了我三哥,那么全定州之人就知道大哥您是个讲义气之人,是个对得起兄弟之人。那么大哥您的美名就能传遍这定州城,您在这定州的地界儿上,就是个江湖上的少年英雄,要风得风,要雨得雨,兄弟们都会是您的跟班儿,定州各乡各村各街各户的老少爷们儿都服您,这还不够吗?"

"大爷我现在不就是要风得风,要雨得雨吗?大爷我要这定州城墙上的一块砖,咱那些兄弟还不都得跟咱拆去呀?"

"可大哥您看看,您现在有几个真兄弟?就您今天喝花酒,除了您的仆人花子,也没见几个真兄弟跟着大哥您呀。现在您王家有钱有势,大家跟着您吃五喝六的,可那只是一帮狐朋狗友跟着您寻乐子而已。一旦大哥您王家失势了,别说我兆智骂您,大哥您再看您有几个真朋友?"

"这么说，你们两个认我这个兄弟？"

"只要大哥您帮了我三哥这一回，那我们两个今后就都听大哥您的。"

那王大公子盯着兆智的眼睛看了又看，说道："你们今天有求于大爷我了，就对我好话说尽，明天大爷我有事儿了，你们早就忘了今天说过的话。谁能相信你们的承诺。这个时候，你们的承诺能值多少钱一斤？"

兆智见此，就举起手中的酒杯，当即摔得粉碎。他说道："大哥如果不信，兆智赌咒发誓，今后如有反悔，就如这个杯子一样，粉身碎骨，不得好死！"

那王大公子笑道："大爷我天天在外面赌咒发誓来着，可那有什么用？现在定州城天天有人骂大爷我死盼大爷我死，可那又有什么用？兄弟，你们太嫩了，您当大爷我是那三岁的小孩子呢，还吃这一套？"

兆智见他软硬不吃，一时就没有办法，只好双膝跪下。兆信也随之跪下。兆智说道："大哥，我今天带来了我三哥写给您妹的两首词，我们帮我三哥，只因他对您妹一片痴情，一会儿您看了他写的词，您就知道了。这俗话说，男儿膝下有黄金，我马兆智上跪天，下跪地，中跪父母和先生，再也没有跪过其他任何人。现在我们给大哥您跪下了。我们跪大哥您不是因为别的，确确实实，我三哥已经没有人样儿了，完全是废人一个。他才十四岁，他这一辈子还长着呢。大哥您就忍心看您那兄弟一辈子废了吗？我们兄弟从小一起长大，虽然不是一母所生，可比那许多亲兄弟还要亲。我三哥现在半条命都没有了，再这样拖下去，恐怕性命难保。他从前是何等少年英雄，何等聪明机智，可是现在，那哪能叫个人哪？我三哥的心为大哥您妹所伤，我三哥的命也已为大哥您妹所伤，我们兄弟两个的心也为三哥而伤。三哥那么好玩儿的一个人，他如果真废了，我们活着还有个什么劲儿？人心都是肉长的，就算大哥的心是个石头，我们现在也给您捂热了吧。如果大哥觉得我们给您下跪还不够，您说怎样够，我们就怎么做。我们现在就是钻您的裤裆也成；就算您说钻您的裤裆不够，让我们钻这小姐的裤裆也成。我马兆智不求大哥您别的，只求您让我三哥见您妹一面。一面足矣。"

"一面如果治不好呢？"

"治不好不怪大哥您，我们也决不再求见大哥您妹第二面。"

"既然如此，那你们现在就给老子站起来，把这壶里的酒全都喝了。老子豁出去了，老子倒也要看看你们是不是一条好汉。"

两人仰头把壶里的酒喝得一滴不剩。酒一喝完，身子就倒了。

那王大公子对郑六子说："妈的，老子看这两小子对我那兄弟是真情，老子这才答应的。您狗日的先把他们两个送回去,回头告诉他们,说等我的准信儿。对了,先把我兄弟新写给我妹的那两首词递给我。"郑六子从兆智身上搜出了那两首词,递给了王大公子,然后就叫了一辆车,把他们两个弄回了家。

王大公子当即展开,自己看了两遍,居然流出了一滴清泪。他把眼泪擦干,随手递给了双双姑娘。那双双看过,发出一声叹息,只好款启朱唇,把那闲愁种种,就这么随了那琴弦的拨弄,轻轻地唱了出来。

几天后的夜晚,花子跑来告诉兆智,说他大爷说了,再进他家花园是不成的。可他们想尽了千方百计,只有明年正月十五看花灯和三月三日那天小姐才出门。马三爷如果等得起,那就等明年正月十五。兆智说这哪行?那么长时间,那我三哥的命岂不就要完了吗?于是他想了想,就跟着花子去了。他对王大公子说,五月端午要赛龙舟,您王大公子带上家眷,搞一次女扮男装,岂不好玩儿?然后两人如此如此地说道了一番。

第二十八章

王依琪情动风雨夜　三公子心碎唐河边

　　端午节这天,定州各街乡在城北的唐河上赛龙舟。城西王家大公子二公子带着一大帮仆人,还有女扮男装的姬妾和依琪小姐等人,雇了六辆大车,浩浩荡荡地出了北门,向城外的唐河而去。王家女眷对这次女扮男装出游,很是兴奋了一阵儿。她们一个个都压低了嗓音说话,人可是拿腔拿调,神采飞扬,更兼端着架子,横着走路,弄得车子里是一路低低的笑声——她们还不敢放声大笑,只能压低了嗓子,捂住了嘴笑。她们平时很少出门,今天出游,既能吃到路边卖的各式各样的粽子,还能见到一路的胜景,还能看到比赛的盛况,还有那各色人等,这要搁在以往,哪有可能。幸亏王大公子想出了这个法子,让大家可以看看那初夏时节定州城外的风光。这是多么令人难以置信的好事呀!所以这一路上,大家都难以平复那种躁动的心情。

　　比赛场面自是热闹非凡。二十几只龙舟在河面上竞飞。船上鼓声隆隆,岸上呼声阵阵。最后是城北的唐城庄获得了头名,比那中了状元还要高兴。

　　中午吃饭,一行人来到唐城庄头好再来酒家,选择靠西南角儿的两张桌子坐了。而邻桌上坐了三个青年男子,那正是马家三兄弟。他们已经吃完,人还没走,正等在这儿。

　　王家人把菜点了,这菜还得一会儿才能上来。于是那王大公子就转向依琪说,他看得一处好景致,正想去看看景儿,写写诗,又怕写不好,不知能否请小弟一行,前去试试身手。因为是女扮男装,在外面,他只有叫依琪小弟。那依琪点了点头,就跟着他去了。妙香见依琪去了,也跟在后面。

　　兆智待他们离开后,马上就带着兆礼和兆信跟了上去。到了村口一个池塘边儿,那里有一棵大枫树,还有一排垂柳。丝瓜架、刀豆架顺着一根草绳牵到那棵大枫树上。这个时节,丝瓜已经开了好些黄花,刀豆开着紫红色的花,像是那蝴蝶并翅站立的样子。而枫叶正旺,碧绿碧绿的,闪闪发亮,像是清水浇过了一般。水面平静得没有一丝波纹,倒映着蓝天、白云、枫树、柳树,也倒映着丝瓜架、刀豆架。

这里的景致,果然别是一番风味。

那王大公子把依琪和妙香带到这儿,忽然说让她们等等,他要去方便一下。那依琪站在枫树下,眼看着池塘边的景色,正想寻几句诗,却没有料想到这背后居然有人叫她"依琪小姐"。

她一回头,却是一个似曾相识的男子,傻呆呆地站在她的身后,一脸傻笑。那正在看风景的妙香,听见有人喊小姐,立即回过头来,却见一个呆子似的男子,正在跟小姐说话。于是她就冲了过去,护在了依琪的身前。

马兆礼道:"依琪小姐不用害怕。小生马兆礼,见过依琪小姐。"说着,他拱起手,仍然呆呆地站立在那里。

依琪这才记了起来,这个马兆礼,曾经在王家后花园里见过。那天隔得要远一些,今天隔得如此之近,自是看得格外分明。只是这人一脸呆相,二目无光,身形拘束,四肢迟钝,一看就不像个大方之人,他怎么可能十二岁就中了秀才呢?再细看他也不像个能够害人之人,因此也就不再那么戒备他了。于是她隔着丫鬟,把眼睛看着左前方,侧面面对着马兆礼,只用余光看着他,说道:"马公子有何见教?"

马兆礼被兆智拉到了这里,听说前面那个身材高挑,脸色白净,一身青年男子装扮的人就是王依琪小姐时,眼睛就定定地没有离开过她的后脑勺。直到她回头来看自己时,才看清楚真的是她。于是他就傻笑着。这会儿听她这样问话,就想起了此番前来的任务,于是说道:

"依琪小姐,小生马兆礼自见过小姐之后,朝思暮想。今次只是想见见小姐,以慰相思之苦。"

那马兆礼这时的心智,与个小孩子差不多。自打患了失心疯以后,这心智就像是离开了他的身子一样。他只知道自己怎么想,就怎么说,只想把心里那本来就不多的话,能够说出来。

王依琪小姐一听他这么说,就面有愠色。她站在妙香身后说道:"马公子,您别白费心思了,我们不是一条路上的人。像您这样每天打听定州哪些人家有漂亮女子的富家子弟,在定州又不是一个两个。您请走吧。"

马兆礼一听她这样说,总还算明白她误会自己了。于是就说道:"王小姐,小生日里梦里念叨着你,可是,可是……"他一时不知道该说些什么。又想起自己写的诗,想起今天是要来送诗的,于是就从袖子里掏出藏了多时的诗笺道:"依琪小姐,小生马兆礼思念小姐时,就写了这几首诗词。小姐看了,就知道我的心……"说着他走近了一点,递了过去。他本想说就知道我的人如何,可王小姐打断了他,说道:"承蒙公子错爱,您自己留着吧。"

此时,马兆礼已经走到了妙香的身边。他把诗笺递到了王小姐的跟前。那王小姐一转身,手一不小心就碰到了马兆礼的手,把诗笺带到地上去了。那马兆礼看了,人顿时呆立着,就什么也不知道了。丫鬟妙香蹲下身去,把诗笺拣了起来,说小姐,你看看吧。王依琪理也不理,只自顾自地往前走去。妙香手拿着诗笺,只有跟着小姐走了。

那兆智和兆信躲在后面,见此情景,忙上去扶住马兆礼。兆智对着依琪的背影大声说道:"我三哥为你弄得一身是病,王小姐你怎么能这样对他?看看他的诗你又能咋的了?我三哥的人天下难寻,你又能了解他多少?"看人走远了,就跟兆信一起,扶着木头一般的马兆礼道:"三哥,不要理这女人。咱们回家。"

那妙香紧跟在小姐身后,她发现兆智讲话时,小姐的身子只是微微一颤,依然头也不回地走了。

端午节过后,二娘红升让小管家再次把魏牙婆找来,催问她说媒的结果。那魏牙婆一见到二娘,就伸手打自己的脸说,我说了大半辈子的媒,做了大半辈子的好事,二夫人,今天我这张老脸可没地方搁。红升听了,心"咯噔"了一下。魏牙婆道:"本来节前那王夫人还有点儿松口的迹象,可是这端午节一过,不知道什么原因,他王家竟坚决不跟马家结亲。节前我去王家,他们还不撵我,这节后我再去王家,他们就往外撵我了。原以为他们是不是答应人家了,可他们说没有,就是不想跟马家结亲。"然后,她拿出这些时红升赏她的那些银子道,"二夫人您赏我的银子,我只用了二两,其他的都在这里,我先还给您。无功不受禄,剩下的我以后给您补上。这门亲事,我没有说成,别的不怪,只怪我自己没本事。"

红升哪里肯收。她心中百般不解,心想这王家是怎么了? 她说,那银子就算了吧,反正以后马家还要经常麻烦你。但凡以后马家要你办的事,你跑勤点儿就是了。"那魏牙婆高兴地又收好了银子,说道:"这二夫人就是个爽快之人。凡是您吩咐的事情,我哪有不勤快的? 就是跑断了腿,我也要跑。"

二娘红升就问她那王家到底是因为什么不愿意跟马家结亲,魏牙婆说怪就怪在不知道是什么原因。她说她问了王夫人，王夫人所说的话跟以前一样。只是为什么这一样的原因，节前节后，王家的态度却是天壤之别呢？

于是红升就去回夫人的话，说魏牙婆回话，那王家坚决不同意，而且已开始往外赶魏牙婆了。夫人一听，就说道："你去跟魏牙婆说，就说让她隔三差五地去一趟王家。如有必要，让她找找熟人，看能不能绕弯子找到个能够跟王府说得上话的人，再去跟他家说说看。"只是夫人这次却失算了。尽管她思路对头，可那魏牙婆是个三教九流之人，什么身份？像王家这样的官宦之家，她哪里攀扯得上？二娘红升也想想办法解决此事，可她跟魏牙婆一样，也是一筹莫展。

端午节过后，大约过了半个来月，魏牙婆又来到马家，进门就有点儿抖抖索索的。见了二娘红升，她腆着个老脸，侧着身子给二娘道万福。她低着头，极不好意思地说："二夫人，我魏牙婆做媒一辈子，从来没有失过一次手。但是这次我对不住马家了。我都没脸上马家的门儿，如果这地上有条缝儿，我都恨不得钻到地缝儿里头去。"

二娘红升听了，心中一凉。忙问是怎么了。魏牙婆说："那王家小姐，已经许配人家了。就是定州城东北外的陈家。那陈家大公子，十七八岁，也是个秀才。他曾说不考上秀才不成亲，去年考上了秀才，今年这才成亲。听说他家在这定州也还有铺子。"

二娘听了这话，手中的水杯当时就掉到地上去了。水洒了一身。魏牙婆忙过来给她擦衣服。可她哪里顾得上？她只是担心，这事如何跟夫人说起。

想了好久，她也只能先跟老爷商量。老爷说，此事不能先提，只能等夫人问起了再说。红升说到时候老爷您可要在旁边呀。老爷就说好。

几天后，夫人再问起此事，老爷刚好不在身边。那二娘红升就赶紧给丫鬟递眼色。丫鬟一退出去，就让男仆赶快跑去喊老爷来。老爷来了，红升正在挨夫人训，说办了这么长时间，这件事情都办不好，你的能干哪里去了？那马老爷一听，忙接话道："这事怪二娘可冤枉了她。那王家一直不松口，我们又不能自己去说，只能托那魏牙婆。魏牙婆端午节前还天天去他家，谁知节后他们就往外赶魏牙婆了。二娘她又能怎么办？"夫人一听，只能心疼那马兆礼。她坐在那里，谁也不理，只是默默地流了一下午的眼泪。红升也陪着她流泪。她和老爷看着，劝也不敢劝，离又不能离开。主人、仆人，一大堆人只有站着或坐在那里，整整一下午，再也没有说一句话。

黄昏的时候，红升见夫人情绪稍稍好些，就说道："这天下的好女人多的是，咱马家菩萨一样的心肠，夫人何愁三公子找不到好媳妇儿？待他身体稍好些，我就再找人去给他提亲。一定要找个比那王家小姐好一百倍的回来，气死那王家小姐。咱们兆礼是个人尖儿，她不找咱家兆礼，那是她没那个福气。"

端午节后，马兆礼打从外面回来，人就变得跟个木头一样。二娘红升一眼发觉他不大对劲儿，就问兆智和兆信，三少爷这到底是怎么回事儿。那兆智先哄她说这病有反复，很正常，瞒了几天，就再也瞒不过去。他架不住二娘步步紧逼，只好把实情说了。二娘一听，当即就骂他俩，说你们做什么事不好，偏要把兆礼带去见那王家小姐。这是能带的事情吗？要是让夫人知道了，非要你们的命不可。可是事情既然已经出了，再骂人也没有用。于是她一面喊人赶快去叫郎中，一面就又去找老爷，把兆礼的事跟老爷说了，说这两天如果带兆礼到夫人那里去，最好老爷您带。夫人如果问起，您就说这病有反复，过些时就会好的。于是老爷就答应了，同时对二娘说，以后这样的事情，千万不能再安排了。二娘自然答应回头去嘱咐兆信、兆智兄弟俩。

二娘就抓紧给兆礼治病。可是他人呢，却总不见好。半年后，年关将至，那马老爷想到也许可以把儿子送到蕲州去找李景贤李大爷给治治，后来托人问信，结果是李大爷已死。而他马家当年的那两根粗针，一根被马大人掉在了西征的雪地，另一根在李大爷手中，结果他在外面游历时，也一不小心给弄丢了。马家再也没有打过一支粗针。一般的银针，又没有那个效果。因此，开年后，马老爷想儿子都十五岁了，这一天到晚在家里想那个王小姐也不是个事儿，不如干脆跟着自己在店堂里抄抄医书，或写写药方，那样也还有事做，可以让他分分心，对他的身体也许更好。结果就让他跟去了。没想到干了不到两月，那马兆礼身体吃不消，就只有暂时先歇了下来。

却说秋凉后，那王府里的丫鬟炒香，有一次在后花园里那棵杏花树下玩儿，突然想起春季见那马三公子的情形。又记起了那马三公子曾给小姐写过一些诗，自己给小姐看，小姐不看，被自己带回来后，放到柜子的角落里去了。于是就回房里打开柜子，取出诗稿，再回到那棵杏花树下，好奇地打开诗稿，想看看如今它成啥样子了，看自己能否从中看出点儿什么名堂来。结果看了半天，也没看出个究竟。但她觉得，那马三公子，虽然人长得傻，虽说无礼，但也确实是个重情之人。听人说自见过小姐之后，他人竟然就变成那个样子了，想想，就觉得这人生也太无常了。正想着，却听到"呔"的一声，原来是大公子的仆人花子进园来喊她。见她一个人坐在杏花树下，就想吓她一跳。结果真的把她吓着了。花子说太太要他传话，叫妙香下午到太太那儿去。妙香问他干什么，他说他不知道，太太没说。妙香就说，花子你怎么了，像个鬼一样一声不响地游过来荡过去，也不打声招呼，倒真把人吓了一跳。可别把她也吓傻了，像那个什么马三公子似的，变成傻人一个。她这一说，那花子就感叹道："人家马三公子那么一个潇洒少年郎，现在却变成了个木头，太可惜了。谁能想到呢，才几个月的时间，听说命都快没了。"妙香听得心里一颤，就说道："难道那马三公子原来竟是个风流倜傥的人物不成。"谁知花子却说道："妙香你不知道，那马家仁义礼智信五个，老大是个书呆子，老二是个胆小鬼，老四是个智多星，老五是打冲锋的，只有那老三才是他们的头儿。他是个人精，天不怕地不怕，又会读书，又会玩儿，脑子里鬼主意又多，那人可了不得。读书过目不忘，十二岁就中秀才，那么些公子哥、读书人都说他风流倜傥，玉树临风，好一个潇洒少年郎。"

"我就不信，他还配说是人精。我见他第一眼的时候，他就是个呆子。"

"你见他才几次？充其量两三次吧，那能知道他多少？"

"我就是在这棵树下见到他的。那个时候，他就是个呆子。"

"那我告诉你吧，那马兆礼在你见到他之前，我和大少爷早就认识他了。而且要依我看，他见咱大少爷，可不是冲着大少爷去的，人家那是痴情，是冲着咱家小姐去的。要我说呀，他跟咱大少爷可不是一路人。"

"你不是说他打小就喜欢玩儿吗？那他岂不也是个在外面混的？"

"妙香你不懂，这玩儿和玩儿是不一样的。那三少爷虽说和咱大少爷经常在一起玩儿，可咱大少爷那是真玩儿，人家三少爷却未必。"

"何以见得呢？"妙香问道。

"我听很多公子讲，这自古以来，就有很多文人墨客都喜欢玩儿，但他们是真玩儿还是假玩儿，只要看看他们的诗词歌赋就知道了。那些公子讲，诗词歌赋能见出真心。他马三公子虽然也玩儿，可他的诗词，在咱们定州城的勾栏瓦肆，早都传疯了。人人都说他写得好。当初他做那诗的时候，我还在场呢，那唱曲儿的双双姑娘佩服他都佩服得不得了。"

妙香一听，忙说，我手里拿的就是他写给小姐的诗呢。于是她再次展开，问花子会不会读。花子说，我哪儿识字呀。然后他接着讲了上次双双姑娘对马三公子诗词的评价，说那双双姑娘本来也是官宦人家的小姐，据说她家老爷原本就是个从二品的大官儿，所以连她的丫鬟都是识字的。那双双姑娘当时就对马三公子佩服得五体投地，而且就是她，把马三公子的诗传得定州无人不知,无人不晓的。

那妙香一听,就觉得这马兆礼真的像个谜团一样,让人理不出个头绪。那几首诗在她手中,这时就像是一块大磁铁似的,牢牢地吸引住了她。她想了一想,对花子说,你把这诗拿出去找人再抄一份,把那些落款去掉,别出现马兆礼和我家小姐的名字。我想给小姐看看,看看马兆礼的诗到底写得如何。那花子道,我自己都还忙不过来呢,哪有时间做你指派的事呀。妙香就说,你敢,你要是不找人抄好了给我送来,我这就告诉大公子去,说你在背后骂他。花子只好答应说,别、别,姑奶奶,我去不就得了。妙香说,早这样儿,不就什么事都没有了?

当花子把抄好的诗再拿回来送给妙香以后,妙香就拿着诗稿,兴冲冲地去找小姐。她告诉依琪小姐,说有几首诗词,在定州城里传得满城皆知,大公子找人抄了来,想请小姐帮忙看看,让小姐评评。于是,她就把找人重抄的那些诗词,递给了小姐。

依琪小姐把诗稿接在手中,展开后,仔细看了一遍,道:"好诗!"又掩卷想了想,说道,"端的是好诗,好词。要说这作者,看来是个男子,可他竟有女儿似的心肠。端的是如兰似雪,干干净净,锦绣般的心灵。"

妙香听此一说,方知那花子所说的话不假。忙说道:"小姐,能被小姐你称赞的诗,一定是好诗,难怪传得定州城里尽人皆知。只是小姐你如何能从那诗中看得出人家是锦绣般的心灵呢?"

"妙香,你是不识字,因此不懂诗。这文字呀,最是奇妙。古人写出来,写在纸上,印在书上,我们现在看到它,虽然远隔几百年几千年,却是对写作者当时的心情,看得清清楚楚。文字传情,鸿雁传书,古已有之。言为心声,文字它最大的魔力,就是展露作者的心,让我们不在现场的人,把那写作者之心,能够看得清清楚楚。"

"小姐,你的意思就是说,一个人有什么样的心,有什么样的情,写出来就有什么样的文字。回过头去说,一个人有什么样的文字,那他就有什么样的心,是这样吗? 小姐。"

"当然不完全是这样,但也差不多吧。想不到我们妙香倒学得很快。"

"呵呵,小姐,我妙香本来就不傻嘛。学得快那不是应该的吗? 只是小姐,现在满定州都传这几首诗词,都说这些诗词好,可妙香我不识字,小姐你能不能读给我听听呀。"

"你还反了你,倒还指使起我来了呢?"

"妙香哪敢指使小姐呀。这么好的诗词就在我眼前,我是实在想知道写的是个啥。可妙香我又不识字,请小姐你就可怜可怜妙香,读给我听听吧。"

"真是拿你没有办法。"依琪于是展开诗稿,给妙香细读起来。每读一首,还细细地跟她解释一回。四首读完,她问妙香道:"读完了,你有什么感觉?"

"小姐,我感觉那个年轻的公子,他可能爱上了一位千金小姐,可打从见过之后,就一直在思念那小姐呢。我想他把心都想破了,那人都可能像那个马兆礼一样,成了个呆子呢。不知小姐觉得妙香说的对与不对。"

小姐一听她提起马兆礼,身子又是一抖。但她仍然没有言语。自己已经说了婆家,只是不知那写诗的公子是个啥样的人物。她只知道未来的夫君中了个秀才,可是他也能做得如此诗词吗? 如果他能做得如此诗词,就算只能做得了一半,自己也不枉此一生。

黄昏的时候,天上下起了小雨。秋凉随了这小雨,一点点地降落了下来。庭院寂寂,桐叶被雨水打翻,被秋风吹走,在秋雨中不时从树上掉落,打着旋儿似的飘飞下来,一片一片地落在了地上。花园里的落叶,已经铺了薄薄的一层。小径上满是黄黄的树叶。这秋风一来,秋雨一下,秋叶一落,就让人生出无限的思绪。晚饭后,那依琪小姐一个人回到绣房,将房门打开,一串串珠帘垂下。她只呆呆地坐在门边,看着花园那边的秋雨飘飘洒洒地落下。她目不转睛地看着那里,一直看到了天黑。妙香回来,看到小姐也不点灯,一个人坐在房门前发呆,就连忙掌灯,给小姐披上了一件衣服,再关好门,让小姐坐进了房间。

第二天,雨下得更大,天更凉。两人在绣房里,除了晨昏定省,哪里也去不了。她们在雨中玩了会儿翻叉,觉着无趣,又解九连环,还是觉着无趣,只好又看着外面昏暗的天空,打发着这漫长的时光。黄昏的时候,妙香让小姐去吃饭,小姐说懒得去吃,叫她自己先去吃,吃完后带些过来。于是妙香去了。回来的时候,听小姐在呜呜咽咽地吹箫。那秋凉就随了箫声,一点点地落满了绣楼,落满了庭院。上得楼来,只见小姐站在窗前,看着窗外,那如流水一样的箫声,就从窗口一点点地流进了花园,溢满了定州城的这个风雨之夜。

第三天依然下雨。小姐又是一天没有出门,晚饭依然不想下楼去吃。黄昏的时候,当妙香吃过晚饭后回来,却见小姐依然没有点灯。她人站在窗前,手里拿着妙香给小姐的那些诗稿。看妙香进来,小姐就低下了头,轻轻地用手帕去擦拭眼睛。妙香见了,忙给小姐点上了灯。她想了好一会儿,一转身进得了里间，从箱子角落里拿出了马兆礼写给依琪的诗稿，递给了小姐。

小姐只一展开，看了一眼，眼中的泪水夺眶而出。她只在那里默默地流泪。两人一夜无话。睡觉前，妙香静静地伺候小姐洗漱完毕，伺候小姐睡下，然后她只脱了外面的衣服，和衣而卧。秋凉随着这三天的秋雨浸透了绣房，罗衾真的是不耐五更的寒冷。这天晚上，小姐并没有叫她，可妙香她却并没有睡着。她只听见小姐在那边的大床上翻了一夜。五更过了，妙香才听到小姐那边没有声音，于是她也就在那密密集集的雨声里睡了过去。冷冷的秋雨，就这样打进了她的梦里，也打湿了她的心。那个呆子一样的病人，从此就让妙香她放心不下。第二天，她起来收拾床铺，发现小姐的枕头上，早已湿了一大片。

堪堪那年关已近，小姐的人就这样懒懒地过了一个秋冬。妙香就总是从花子那里打听到马兆礼的消息，回来再告诉小姐。依琪小姐每次只是默默地听着，什么话也不讲，有时一呆就是一天。而那个呆子，如今已经病了九个月，他竟然一病不起了。

当得知马兆礼一病不起的消息后，依琪让妙香找来大公子。她告诉哥哥，让他去告诉马兆礼，就说自己已经找了婆家，这开年就将出嫁，让他死了那份心。王大公子听了，有点不相信自己的耳朵。他定定地看着自己的妹妹，当看明白她是说真的，不是说假话之后，他说他这就去找马家的人。

他让花子去找兆信。兆信知道后，说找他没有用，要找就找兆智。他们又找来兆智，说依琪小姐说，她已经找了婆家，这开年就将出嫁，让你三哥马兆礼快快死了那份心。兆智说，要说你去说，我们找人把兆礼给你抬出来，你自己跟他说。那王大公子就说，你们两个狗日的，当初是怎么跟老子我起誓的来着，你们再重复一遍。那两个重复了，王大公子就说，现在让你们狗日的做这点儿小事都不做，一个个都是狼心狗肺的东西。那兆智说道："大哥，这哪里是小事儿？您有所不知，这话如果我们兄弟两个讲了，闹不好要死人的。那样的话，我马家就完蛋了。不是兄弟我们不听大哥您的话，而是我们不能讲，这讲不得的呀。"

这话一讲完，那王大公子就不说话了。他说，既然你们不能讲，那我岂能讲？兆礼是谁？他是咱兄弟。老子要是讲了，老子那兄弟要是死了，那大爷我这辈子还活个什么活？

于是他回来告诉依琪，说他不能说，他要是说了，闹不好要死人。依琪一听，就只有哭。她一哭，王大公子就没有办法，只有答应再回头去讲。但当他真的来到马家，真的面对躺在病床上的马兆礼时，那已经溜到了口边的话，他又硬是咽了回去。于是他一不做，二不休，跑到外面躲到年前才回来。

年关一过，那王家就开始忙碌王小姐的婚事。王小姐每日以泪洗面，再次叫来王大公子。王大公子见妹妹这个样子，只有答应去说。可一来到兆礼的病床前，当他看到兆礼那蜡黄的没有一丝血色的脸，和那缓慢而艰难地睁开的眼皮时，他哪里讲得出来。于是他只有再次一跑了之。到了三月初二，看看第二日就是妹妹的婚期了，他这才回到家里。老爷和夫人看见了他，把他一顿好骂。说妹妹明天就要出嫁了，你死到哪里去了这么长时间？还不快去看看你妹妹。

王大公子只有再次来见妹妹。那依琪只掉眼泪，死活不理他。于是他好说歹说，反复赔礼道歉，最后给妹妹下跪，那依琪才总算看了他一眼。她说她明天就要嫁了，那马公子现在如何？王大公子说他才回来，不知如何。忙叫花子去打听情况。傍晚，花子才回来，说马兆礼没见好转，但也没有病得更厉害。王大公子问，他如果再去说那些话，会不会死人？花子说，那恐怕不行。

依琪说，你去把他弄来，我要见他一面。那王大公子说道："你明天就要嫁人了，今天还要见那马三公子，这话要是传出去了，你今后还有什么脸见人？你傻呀。"依琪想见，王大公子不让。两人扯了半天，扯不下地。那依琪眼泪哗哗地流。她说道："那马三公子的病因我而起，我明天出嫁，如果出嫁前见不到他，不能跟他说出心里想说的话，我这辈子生不如死。况且如果他因我而死了，那我这后半辈子怎么过？所以无论如何，我必须见他。"

王大公子听妹妹这么说，就只有去找兆智。兆智在屋子里走来走去，沉吟了半天，说道："既然如此，那只有明天了。明天在你妹妹出嫁的途中，城外十里凉亭，我们带着我三哥就等在那里。"王大公子说："在出嫁的路上见面，他娘的也亏得你真个想得出。不行，要见就今天晚上见，你把我那兄弟给我弄出来就行。"兆智道："现在哪里出得去？我三哥病成这样儿了，今晚我们只要把他弄出房门，家里仆人早就告诉夫人去了，他哪里出得了这个大门。"王大公子说："那明天你怎么能够把他弄出去呀？"兆智说，明天是三月三，我们说带三哥出去看看春天的景色。这春天来了，看看景，踏踏青，对三哥的病有好处，至少也可以调节一下他的心情。只要我们多带仆人，再多出钱让郎中也跟着，那夫人肯定会同意他出门的。只有夫人同意了，我三哥才能够出得去这个门儿。

于是当晚，兆信就去找郎中，给了他一锭银子，请他明天跟随出城一趟。

第二天一大早,郎中来了。太阳出来后,兄弟三个,带着郑六子等几个仆人和郎中,坐上车,到城外十里凉亭处等候。

这是一年中最美好的春天。春回大地,万象更新,繁花似锦。天空中霞光万道。那定州城外,随处可见的桃花、李花、杏花、梨花、苹果花和油菜花、月季花,把这个春天渲染得异常绚烂。特别是那满地金黄的油菜花,它们像漫天的彩云一般,降落在了这片广袤的原野上,将这古老的燕赵大地妆点得如同金光灿灿的祥云一般。彩蝶纷飞,莺歌燕舞,鹧鸪声一阵接一阵地传来,让人心中的情思一阵接一阵地涌动。

那定州城外的唐河,从北边的山脚下,拐了个大弯之后,向南边流了过来。在这亭子的西北角方向不远处,再向西南拐弯,到亭子的西南边不远,再度遇到山的阻挠,顺着山脚,先向东北,再向东,再向东南拐了过去。唐河就在这一带形成了一个大大的水湾。亭子就在河边不远,而河对面是一片开阔的平地。东北边满是桃花,中间一条小河在对面汇入唐河,而小河那边都是修竹,竹园的再那边,就是一片梨花。这时红的,绿的,白的,全部都汇入人们的眼帘。视线在这里变得异常开阔。而河这边的山上,到处开满了各色野花。春天的感觉,在这里变得异常地集中,异常地热闹。

这里是定州春天的一景,名叫桃林春色。

巳正时分,迎亲的队伍吹吹打打地来了。他们从西南边那个山坳的缺口,缓缓而来,逶迤而来。队伍前面是吹吹打打的,吹吹打打的后面,就是花轿。花轿后面,是娘家送亲的人群。再后面是搬嫁妆的队伍。到了凉亭,兆智让大家先到亭外避一避,说给他们让个道儿。那王大公子一声令下,迎亲的队伍全都放下身上的担子,坐在那里休息。王大公子就说道:“送君千里,终须一别。我王某人代家父谢谢大家了。大家都累了,那就让新郎倌儿带着你们陈家的人下河去洗把脸,再上来喝口茶水,休息一下再走。大家说好不好!”于是众人说好。王大公子接着道:“我们王家的人给大伙看着呢,大家赶快去洗把脸吧。待大家休息完了,咱们娘家的人就得回去了,你们陈家的人就得过河去,咱们得就此别过了。”

那新郎倌儿一听,就带着大家下河去了。此处近桥头,离那河边还有三五十丈远。那些吹奏的,抬轿的,抬嫁妆的,都纷纷下河,凉亭这边只剩下王家的人。那王大公子慌忙向兆智招手,兆智就和兆信架着兆礼,来到花轿前。王大公子一声咳嗽,那依琪小姐就掀起轿帘一角,再用右手把脸上的盖头撩开,现出整张脸孔。只见她一身红衣,头上是如乌云一般的秀发,四周都是红布,红轿子,红轿帘,红绸子,红盖头,红披风。连那头饰也都是鲜艳夺目的红色。而她的脸上,这时像照着一层冰凉的月光,清寒似雪。她只是那么轻咬着嘴唇,怔怔地看着马兆礼,双目迷离,泪痕点点,心中有万语千言,可是嘴里却没有一句话,甚至哪怕是一个字。王依琪那么无声地看着马兆礼,眼睛一眨都不眨。可那马兆礼早已认不出轿子里的人了,他只是傻傻地站在那儿笑,看着依琪笑。他已经没有人形,头发干枯、凌乱,目光呆滞、空茫,形如枯木,面似死灰。生命似乎已经离他而去,他甚至连站都站不稳。那兆智和兆信背过身去,他只有勉勉强强地靠在他那两个兄弟的身上。

依琪小姐见了,泪水就往外涌。于是她只好扭过头去。一会儿再转过脸来,呆呆地望着马兆礼,一句话也讲不出来。

两人就这么看着,再也没有一句话。

洗脸的人开始往这边走了,那王大公子慌忙咳嗽一声。兆智听见后,就只有和兆信架着马兆礼离开。那马兆礼见他们拖着他走,就只傻呆呆地扭过头去,眼睛一眨也不眨地看着轿子里的人。那依琪的泪眼,也跟着不转睛地看着马兆礼。到他们离开凉亭三五丈之远,他们这才停住。兆智这时再回头,那轿帘已经落了下来,只看到红红的轿子和红红的帘布,还有那轿边的红穗,在风中飘摆。

迎亲的人纷纷上岸。来到凉亭,大家喝完了茶,王大公子就跟新郎倌儿告别。随着鼓乐声再起,八个轿夫抬起了轿子,后面的人抬起了嫁妆,娘家人回头,婆家人开始往桥上走。他们这就要过河了。

兆智和兆信架着马兆礼,回到凉亭,站在亭口向桥上看去。那马兆礼看着前方,只呆呆地笑。而就在轿子上桥的那一刻,兆智发现,那后面上边的轿帘被掀开了一个小口子。王小姐惨白的脸,和那眼中的泪光,正如无声的告别,响在了他的心头。可那个傻瓜似的马兆礼,却是什么也听不到,什么也看不见。

而就在这个时候,一阵东风吹来,可以看到河那边桃树的花瓣被纷纷吹落进水里。往唐河里看去,河上漂满了春天的花瓣。兆智禁不住想起两句诗:"水流花落两无情",还有一句,"流水落花春去也"。想到此,他扭转了头,忙用衣袖去擦拭眼睛。

迎亲的后队走过了桥,那王家送亲的人也都离开凉亭爬上了山。马家三兄弟正要离开,可就在这个时候,那妙香竟然不知从哪里钻了出来。她来到马兆礼面前,把诗笺递还给他道:"马三公子,这是您的诗笺,妙香今天代小姐还您。"那兆智看她这样，忙对她大声说道："妙香小姐，拜托你别这样好吗？你这可是要我三哥的命呐！"那妙香道："我家小姐都出嫁了，这诗笺小姐不能收。"她正这样说着的时候，谁知那呆子马兆礼见她上上下下都穿着一身红衣服，脸上也是雪一般地白，竟不知从哪里生出了一股子力气，牢牢地抓住她的双手道："依琪小姐，小生马兆礼，为小姐你弄得一身都是病。"他那浑浊的两眼，不知怎么竟然冒出了一点清亮的光芒。他抓住妙香的手，把它紧紧地按在自己的胸口上，嘴里喃喃着道："依琪小姐，我为你伤心，伤身，伤命。你摸摸我的心，我的心早已经破碎了。你听，你听呀，你能听到我的心它碎裂的声音吗？它正在一瓣儿一瓣儿地因你而开裂。"

那妙香听此一言，立马就傻呆呆地站在了那里。兆智和兆信只有回过头，暗暗地落泪。好一会儿，妙香才回过神来。她用力抽出了双手，指着身后的轿子，对马兆礼道："马三公子，我是妙香，我不是依琪小姐，我只是个丫鬟。那刚刚过桥，坐在轿子里的那位才是我家依琪小姐。她现在已经嫁人了。您醒醒吧！马三公子！忘掉我家小姐吧！您得把自己的身体养好，可得要好好地活呀！马三公子！依琪小姐嫁了！妙香走了！您好自为之，好好保重吧！"说完，也不看那马兆礼一眼，头一低，一转身，一口气就跑过了桥去。

而微风一阵阵吹来，河那边也传来了一阵阵的鼓乐声。迎亲的队伍在向远方走去，在那远处的天边，山脚下，愈来愈只剩下一条细线。鼓乐声更加欢快，更加热闹，只是它越来越小，终于只剩下点点的音符，传到天上去，再随东风点点飘到这边的凉亭，似有若无。直到转过山去之后，就什么也听不到了。

那时只有一阵阵的花香传来，还有一阵阵温暖的春风，在这样热闹而美好的唐河边，在这样的人间三月，它们扑面而来。而那鹧鸪声则在春风中传得更远："行不得也哥哥！行不得也哥哥！"

第二十九章

周至柔缘定三公子　老夫人情嘱痴儿媳

却说从唐河边回来之后,马兆礼的身体仍没见好,可也没有再坏下去。可能是春天来了,人的生命力也开始有所回升吧。兆智回来后,把这事告诉了他娘红升,红升听得眼泪涟涟。她觉得那王家的丫鬟说得对,别看人是个丫鬟,可她说话在理儿。这三少爷如果要好,只有把那王小姐忘记。他要是老惦记着那王小姐,那他就没希望好过来的。

于是,她先去跟老爷商量,说要给兆礼找一个媳妇儿。媳妇儿来了后,毕竟有人关心,有人嘘寒问暖,有人照顾,这样三公子就会好得快些。媳妇儿毕竟是女人,小夫妻在一起,总有些新鲜的东西,说不定就能把三公子的心思吸引到她身上去。兆礼已经病了一年,这病不能再拖了,再拖下去,对他的身体越来越不利。况且让他娶个媳妇儿冲冲喜,有益无害。

老爷同意了,然后他就去夫人那里。一会儿二娘红升也去夫人的大房,还让把三娘倪锦儿也喊上。人到齐后,红升就提出给兆礼再寻一门亲事,夫人听了,点头同意。问三娘倪锦儿的意见,三娘说,要找就找那种真的全身心地疼兆礼的女人,找那种喜欢上了一个人就什么都不顾,只是傻傻地爱着自己男人的女人。这种女人不能心眼儿太小,心眼儿太小,万一兆礼病的时间长,那可不好办。兆礼从小到大,三娘在他身上倾注了很多的心血,因此夫人很重视她的意见。最后夫人拍板,这次要找,不管对方的门第,什么都不讲,只要性格好,模样儿周正,就像三娘所说的那样,能够一心一意地照顾好三少爷,只有这样的人,才能进我马家的门。

第二天,二娘就喊来魏牙婆,对她说,夫人说了,要给三公子再寻一门亲事。这次不要求是大户人家的小姐,当然也不能是那种穷得揭不开锅的。只要是模样儿周正,特别是会心疼人,能一心一意照顾好咱三少爷就可以了。同时嘱咐那魏牙婆,不管是谁家的女子,在跟对方家里说通之前,魏牙婆她必须好好地先去看看那女子。只有人好,心好,会心疼人的女子,才可能跟三公子他过得长久。还说,你魏牙婆上次没有把事情办好,这次希望你不要辜负了夫人的一片心意。

那魏牙婆说道:"我老婆子这次一定戴罪立功,我要把我这张老脸给挣回来。"

再说那定州城南,离北街也就三五条街,有一户人家,是个做茶叶生意的商户。姓周,人称周老板。周老板有两个儿子,大的十七八岁,小的十三四岁,都跟着周老板一起做茶叶生意,还有一个女儿,在家跟着夫人做女红,年纪十六岁,些须认得几个字。那周老板本来也是做小本生意,他没有多少文化根底,现在更没有多少家产。他原本希望自己的儿子能中个秀才举人什么的,无奈儿子不是读书的那块料。女儿虽然聪明,喜欢读书,可是姑娘养大了是人家的人,因此他也不主张让姑娘多读书。于是女儿跟着哥哥上了几年私学,也就回家了。

周姑娘名叫周至柔,打小就在父母对马兆礼的夸赞和批评声中长大。她本来长马兆礼一岁,可是打小家里批评谁或表扬谁,那马兆礼多数时候就是好榜样,偶尔也会是坏榜样。比如打架了,比如把先生气走了,这时的马兆礼都是坏榜样。可更多的时候,那马兆礼却是她和她哥哥的好榜样。父母在教训她哥哥时会说,你看人家马兆礼背《三字经》,一天就背会了;你看人家马兆礼四天学会了《三字经》、《千字文》、《千家诗》、《幼学须知》、《百家姓》,而且还会讲。你看人家马兆礼都学到《中庸》了,还能给先生讲。你比他大两三岁,怎么还比不过人家?你看人家马兆礼都中秀才了,十二岁考中秀才,咱这定州府除了他们兄弟俩,还没有第三个,云云。因此那马兆礼在至柔姑娘的心目中,即使调皮,也从来都是个好形象。可他哥哥却恨死那个狗屁马兆礼了。

却说马兆礼的诗词传得定州尽人皆知后,至柔姑娘也让他哥哥把那些诗词抄了来,仔仔细细地看了。看完后,她还收藏了起来,一有空,就从化妆盒里拿出来,再慢慢地咂摸一回。心里觉得好像那诗和词都是马兆礼写给她的一般。

这天,牙婆来跟她娘提亲,说这定州东城有一个好人家,那家公子十七岁,还没有娶亲。他们家有几处生意,城外田产几大片。像这样的好人家,人家公子有次从咱家门前过,刚好看到咱家小姐,一眼就看中咱家小姐了,因此上让我来提亲。她娘姓蒋,本想应承下来,不想却被那至柔姑娘听到了。她当即走过去,说道:"我不嫁,我就跟着爹娘在家,哪里也不嫁。"

蒋大娘说她说傻话。这姑娘长大了,哪有不嫁人的道理?女人这一辈子,到了就只有出嫁一条路。谁知她却不接腔,只是道:"我就喜欢呆在家里。我不嫁。谁答应了谁嫁。"

蒋大娘料想这女儿大了,莫不是有什么心上人不成。于是待牙婆走后,就到后面绣房里去问女儿。女儿只低着头,不吱一声。蒋大娘于是就知道,这女儿有心上人了。她让女儿告诉她,那男子是谁。周姑娘不说。她又猜了半天,猜了一圈的人,也没有猜中。最后她说,你如果不告诉娘,下次牙婆来,如果遇着你爹爹在家,一下子就答应了,到时娘也不好反对,那就只有把你嫁给别人了。

至柔姑娘犹豫再三,细声细气地说道:"马三公子。"

马三公子的事情,定州城尽人皆知。他喜欢那西城的王小姐,可王小姐已经嫁人了。他已经病了这么久,现在完全是废人一个,闹不好命都不保。女儿想嫁给他,那怎么成?于是蒋大娘坚决反对。可那至柔姑娘却只认一个死理儿,说他马家就是郎中,马老爷当年把那么个死人似的徐大小姐都救活了,现在这马三公子打小身体那么棒,那马老爷一定能够把他治好。还说,除非马三公子,其他任何人她都不嫁。

她娘说,你不嫁,我们拖也要把你拖得心回意转。咱们拖到马三公子娶亲了,看你嫁与不嫁。

谁知那至柔姑娘却说,如果马三公子娶亲了,那她甘愿到马家去做小。她娘一听,立即哭声震天道:"老天爷呀,我咱养了这么个不成器的闺女呀?你到马家去做小,你把我周家的脸往哪儿搁呀!"一会又说,"你要去做小,娘就去死。"

谁知那至柔姑娘却道:"你要去死了,我就到庵子里去做姑子。"

那蒋大娘怎么也想不明白,这从小百依百顺,长到这么大,也没有对自己说个不字的女儿,今天怎么了,竟像是吃了铳药似的,自己说个什么,她就反对什么。自己说往东,她坚决要往西。于是就说道:"老娘这是哪辈子欠了你的哟,让你现在还来折磨你老娘。你一个姑娘家家的,不听父母之命,媒妁之言,自己在家里说给自己找男人,这话要是传出去,咱周家的脸往哪儿搁哟。"

谁知那丫头却道:"我一不偷二不抢,我想嫁个自己喜欢的人,况且他没有婚,我没有嫁,只要外面的人不知道,丢什么脸?"

晚上，周老爷从外面回来，夫人在睡觉前就跟他诉起了苦。谁知周老爷听了，却说道："这事很好呀。夫人你想想，那马三公子，是徐夫人唯一的儿子，虽说只是个三少爷，可马家老大老二都不中用，这老三虽然不是老大，却跟老大是一样的。况且我姑娘倒真有眼力见儿的，那马三公子他倒真是个人物。他马家那么大的产业，这事如果真要说成了，那咱周家不就靠上棵大树了吗？那徐夫人肯定会把马家的产业都让三公子掌管。他一旦掌管了马家的药店，咱们两家一联姻，就又是药，又是茶叶的，这岂不是赚大发了？"

　　夫人一听，觉得老爷说得倒是在理。只是那三公子的身体，如何是好？

　　谁知周老爷说道："那三少爷现在年轻，将来总会好的。况且他马家医术那么高超，怎么会有事呢？"

　　这个担心消除以后，蒋大娘就说："可是我闺女这门亲事要自己定，这自古以来，都是父母之命，媒妁之言，咱家这样，岂不是有违古训？"

　　那周老爷一心要说成这门亲事，就说道："你怎么这么个死脑筋呀？那树是死的，人是活的，我们个大活人难道还要被尿憋死不成？只要我们同意了，再找个牙婆来做媒，那不就是父母之命媒妁之言了吗？"

　　夫人又说："这多丢脸呀？要是被人知道了，是自己的女儿死活要嫁人家马家，那咱周家的脸可往哪儿搁呀？"

　　谁知那周老爷说道："这事只有你知我知和我那宝贝姑娘知道。只要不让外人知道，那还丢什么脸呀？再说，只要结成了这门亲事，咱周家有了个好姑爷，纵算人家都知道了，那也不丢人呀？"

　　周夫人一听，顿时觉得，是呀，这事也不是不可以的呀。她竟然一下子又想通了。

　　于是她说，只是这事怎么好跟人家说起呢，我总不能干等着人家牙婆上门来吧。那要等到什么时候去了？可我要是自己去跟牙婆说，怎么开这个口呀？

　　谁知那周老爷说道："其实这事也好办。你妹妹跟那个姓魏的牙婆不是街坊吗？她每次来，还总说起那个魏牙婆呢？只是咱家给大儿子说媒，以前都没找过魏牙婆。这次就让你妹妹出马，跟那魏牙婆打两次马吊不就行了吗？"

　　这天下午，那魏婆子正在家里，却听门外有人喊，原来是隔壁蒋三娘让丫鬟来喊她去打马吊。她一个牙婆，自然总有自己的社交圈子，这一天到晚，多数时间都是在那马吊桌上。这两天，她刚接到马家二夫人要她说媒的任务，自然要打听谁家有好姑娘。于是就锁好门,屁颠屁颠儿地就跑去了。

刚打了一圈,蒋三娘就问魏老婆子:"你这个张牙舞爪的魏老婆子,每天跑了东家跑西家,搞得咱们几天都见不到你的影子。今天又死到哪里去了?"

那魏老婆子说道:"咱跑怎么了? 咱跑东家走西家,那是给人家做好事。"

"你那做的是个什么好事? 成天价儿的给张大爷拉皮条,给李二爷召雏妓,坏事干了一大堆,还天天吃香的喝辣的。都六七十岁了,别人早都死了,你也不死,还天天笑呵呵地满世界跑,也不嫌累得慌。"

"那能怪我吗? 一个愿打,一个愿挨。我也没有拉着他们的手去干那些事。他们要是不愿意,我一个老婆子,我拉得动他们吗? 他们愿意,他们才自己去干那些坏事,干完了,还得要给我钱。我吃香的喝辣的,那只是为了自己的肚子,忙前忙后,忙脚忙头,到了只是顾一张嘴。"

这时魏老婆子的对家说道:"这魏老婆子也不总是干坏事呀,比如帮那些没有儿子的人家弄个儿子什么的。"

魏老婆子一听,脸色顿时变得有些难看。正待发作,那蒋三娘接话道:"可是魏老婆子也确实干过很多好事,比如帮张家长李家短的说媒什么的。"

魏老婆子的脸色顿时缓和多了,接过话道:"这话还中听。咱魏老婆子别的好事没做过什么,但这辈子说成媒的人家无数。纵算我死了,到了阎王殿,就凭我说成的这么多媒,那阎王爷也得赦免我的罪过。"

"你想得美。你以为地狱是你家开的? 阎王爷他会听你的?"对家说道。

"地狱不是我家开的,可也不是你家开的。这俗话说,宁拆十座庙,不拆一桩婚。一桩婚至少可以抵十座庙吧。我魏老婆子这辈子说成了多少桩婚? 建成了多少座庙? 那阎王爷总得也信如来佛吧? 他只要信如来佛,我就什么都不怕。再说人死了,两眼一闭,什么都不知道,还管他天堂还是地狱的。"

"哎,魏婆子,你最近在干什么好事?"魏婆子下手的人问道。

"我最近在找人家,看哪家有好闺女,要给人说亲。"

"好闺女有的是,我姐姐家就有,十六岁,长得像朵花儿。只是不知道你要给哪家公子说亲。"

"你姐? 你哪个姐姐?"

"我大姐。就是住在城南,离那马家老宅子不远的周家。"

"可是做茶叶生意的周家么?"

"是呀。只是你要给谁家的公子说亲?"

"马家三公子。"

"哪个马家?"

"还哪个马家,就是老宅子在你姐姐家旁边不远的,定州眼药店的马家。"

"只是听说他家三公子好像病得很重。"

"那哪里是什么病呀? 对马家来说,一般的病它就不是病。马家医术那么高,这点儿小病算什么?"

"不行,我姐姐不会同意的。那马家三少爷我听说已经是废人一个,这万一我那姨侄女儿嫁到他马家去了,三公子死了,岂不是要守活寡。纵算不死,万一落个卧床不起,那岂不是亏大发了? 你手中有没有别人家的公子呀? 我姐他们如果要说亲的话,一定要那好家境的。"

"那马家的家境还不好呀? 我明天就上你姐家去。再说,如果你姐家的姑娘长的一般,或是性格不好,那马家看得中看不中,也未可知呢。"

"我那姨侄女儿如果要说呀,不是我吹的话,不评定州第一,也要评定州第二。别的不说,只那对人的心眼儿,多实诚呀。再说长得也好看,圆脸儿,大眼睛,眼睛会说话。对人嘴甜。打小儿她弟弟都是她带大的,对弟弟好得不得了,见天儿背在身上,到哪儿都护着他。人又漂亮,又会做事,什么女红呀,务活儿呀,家里她全包了。多好的闺女呀,还识文断字,岂不是打着灯笼也难找的? 别说那废人一个的马三少爷,就是当个王妃,我姨侄女也配得上。"

第二天上午,蒋大娘正在家里做针线活儿,那魏婆子就找上门来了。敲开门,蒋大娘一见是她,就招呼她进屋。魏婆子看着蒋大娘做的针线道:"大娘做的针线,可是越来越好了。"蒋大娘道:"哪里好呀,这人老了,眼也花了,不比当年了。只是我闺女做的针线,那才叫一个好呢。"

魏婆子就要去看闺女的针线,那蒋大娘就让她稍等,让丫鬟给她上了茶水,自己到里屋去拿出一个绣花被来。那上面的牡丹,红的白的开得很盛,竟跟真的一样。魏婆子见了,道:"这小姐可真个是心灵手巧,我魏婆子见人多,但今天倒真是开眼界,长见识了。绣这么好的被面,我第一次见到。"

那蒋大娘就说道:"她今年十六岁了,还一天到晚在家里不出门儿,也不寻思嫁人。前两天有个媒婆来提亲,要说给城北一家张公子,问她嫁不嫁,她说她这辈子要跟爹娘过一辈子,不嫁。我们好说歹说,她也不嫁。"

"我看可能那公子人不怎么样。如果是个好样儿的,保不齐你闺女就答应嫁了。"

"她哪里知道好人与坏人呀? 长到如今十六岁,除了九岁之前进过学堂,这些年来,出家门统共不过十回。外面的事情,她哪里知道。"

"这俗话说,秀才不出屋,能知天下事。好些聪明的小姐虽然不出闺房,可外面的事情她们还是知道好些的。"

"哎呀你可别说了,咱闺女大门不出,二门不迈,每年只十五出去看一次灯,连那三月三也有几年都没有出去了。年纪又小,又不懂事,她哪知道外面呀。"

"知道不知道,并不打紧的。这女孩子只要她人好,性子好,温顺,那就什么都好了。"

"可不是吗。要说我闺女呀,要论长相,可能还谈不上最漂亮,但在这定州你也找不出几个来。可要说她的脾性呀,我不是王婆卖瓜,自卖自夸,我敢说在这定州,也找不出第二个。家里的事她都做,小时候她带弟弟,人家男孩子欺负弟弟,她都去护着,还跟别人吵。别人打她弟弟,她把弟弟护在怀里,自己挨打。回来弟弟有时候还欺负她,欺负轻的时候她笑呵呵的,重的时候也不还口,也不还手,只在那里抹眼泪。我这样的闺女,可真是难找。只是都十六岁了,还说不嫁。我们这做爹妈的,心里都替她着急呢。"

"蒋大娘,我想去看看咱那闺女如何?"

"看就看呗。她在绣楼上绣花呢。"

蒋大娘于是带着魏婆子来到了绣楼。那魏婆子一看,果然是一个漂亮的女孩子,安安静静地坐在绣楼上绣花。走过去一看,原来绣的是一只绣屏,上面是锦鸡,就像活的一样。魏婆子看了,少不得又赞叹了一番。在跟她说话的当儿,把她上上下下仔仔细细地打量了一番。她那样子,头上的头路从中间往两边一分,再一边用个卡子卡住短发,后面的头发只是随随意意地往后一挽,再在后面扎成了一根大麻花辫儿。脸上不施粉脂,清新自然,身上天然一股女儿香。大圆脸儿,柳叶眉,大杏眼,看人的时候,总是那么真切那么关心,目光中像是充满了某种不安的期待和点点淡淡的忧伤。鼻直而挺,但是不高,隆准稍小。耳大而长,人中较深,两唇略厚,微微张开,露出里面的一对小虎牙。这唇形,配着那两只关切地看着人的眼睛,一看就是个善良、温顺,特别会关心人的女子。

再看衣服,虽然在家里穿得寻常,却也很是干净、整洁。

她魏牙婆这辈子跟人打过多少交道,见识过多少人呀?只这几眼,就喜欢上这闺女了。她知道,她要找的人,正在眼前。于是就跟姑娘告辞出来,对蒋大娘说道:"蒋大娘,我魏婆子无事不登三宝殿。今天特地来您周家,正是为小姐的姻缘而来。眼前就有一桩好姻缘正等着咱家小姐呢，不知蒋大娘您想不想听？"

蒋大娘道："这女儿大了，哪有不愿意媒人来说姻缘的道理呢？只是敢问是谁家公子？"

魏婆子一听，就说道："北街马家徐夫人独子，马三公子。今年十五岁。"

蒋大娘摇了摇头，道："我看不合适。人家都说，那马家三公子的身体可不好。"

"啥叫身体不好？不就是因为城西王小姐那点事儿吗？他那是心病，身体没什么大不了的。只要心病一好，要不了几天，他就会像匹马驹子一样，活蹦乱跳地跑到您面前，还喊您丈母娘呢。您用不着担心他的身体。"

蒋大娘说道："要说呢，这马家的确是一户好人家，三公子呢，又是夫人的独子，人也聪明，可是万一他那病……"

"哎哟我的大娘，您咋到现在还没闹明白呢？那三公子身体没病，他这是心病。马家医术高，治得了他的身，治不了他的心。可您女儿却治得了他的心。"见蒋大娘还不明白，那牙婆就说道，"马三公子他喜欢的人走了，他的心还在那个人身上，因此他的身体就病了。一旦您闺女嫁过去，这年轻男人您也知道，哪能一门心思在一个女人身上一辈子呀？男人一有了鱼水之欢，那心不就回来了？他的心回来了，那身体不也就好了吗？"

见蒋大娘还在犹疑，这牙婆道："我说蒋大娘，那马家是多好的人家呀。这定州人都知道，他家没有哪样儿不好的。那马三公子可是个重情重义之人，王小姐对他那样，他尚且还为她一病这么久呢。咱闺女只要好好待他，把他的心病治好了，那他岂不会一辈子对咱闺女百依百顺？把咱闺女当菩萨供着？他马家现在只是遇到了一点儿小困难，您只要帮他渡过眼前这点难关，那您周家未来还不都是阳光道呀？干吗非要嫁给其他人家不可，要去走那独木桥呀？实话对您说，他马家现在要是没有一点儿难处，那三公子岂不是千人抬万人抢的？咱周家那时攀得上攀不上，倒还真难说呢。"

蒋大娘道："这事我做不了主。晚上我把你的话讲给咱老爷听听，看看他什么态度。你明天来等准信儿。"

第二天早上，魏婆子早早便来到了周家。周老爷还没有出门，见了魏婆子，他笑逐颜开地说道："魏婆子，谢谢你关心我周家啊。昨儿个晚上，我老伴儿告诉我，说你想把咱闺女说给马家做媳妇儿，她不同意。我说这么好的事情，干吗不同意呀？咱周马两家，虽说不是世交，可也跟世交差不多。过去咱们是街坊,知根知柢,把女儿交给他马家,我周某人放心。马家那么好的人家,自然会对我宝贝女儿好。再说,就凭咱两家的交情,他马家现在有难处,咱不帮他帮谁呀?咱周家就应该帮他马家渡过难关,你说是不是?这街里街坊的,再说成这门亲,那就是亲上加亲了。这是多好的事情呀。"

魏牙婆听了,顿时眉飞色舞,忙问闺女是啥意见。周大爷说,我那宝贝闺女儿,可乖着呢。我们做父母的话,她没有不听的。你放心,就包在我身上。

结果魏牙婆当即谢过,稍坐一会儿,便跑到马家去告诉二娘红升。二娘说周家的那个孩子,她认识,四娘也应该认识。结果一问四娘,果然认识,而且四娘对她也是赞不绝口。于是红升就让魏牙婆坐下等着,她和四娘去通报夫人。夫人一听,当即让喊来老爷和三娘,几个人一合计,就定下了这门亲事。

三媒六聘之后,两家就商定婚事。夫人考虑兆礼需要人照顾,况且两人都不小了,因此最好就在跟前选日子结婚。马家为此还专门给周家送去了大彩礼。周家也没有什么不同意见,说这两家都在街上,嫁到马家就跟在自己家里一样。纳吉问期之后,两家就定下三月十八日为结婚的日子。

到了婚前,马家再一次给周家送去了彩礼。那周老爷蒋大娘高兴得嘴巴都合不拢。三月十八日那天,马老爷撇开医家的禁忌,亲自给马兆礼扎了针灸;兆礼没有骑马,而是被抬在一乘圆木椅里,后面跟着新娘的十六抬大轿,再就是那敲锣打鼓的迎亲队伍;马家人在定州城里转了两圈之后,就把那周至柔抬回了家。整条北街,也都热热闹闹地闹腾了一天。

儿媳妇儿娶到了家,夫人了却了一桩心事。她那颗心悬了一年多,现在终于可以长出一口气了。夫人见周至柔人生得端正,更兼那模样儿,一看就是个关心人的人,不禁就把那心事全都放了下来。她觉得上天总算还是眷顾马家,给他们送来了这么好的一个儿媳妇儿。

这一晚上,全家人都睡了一个安稳觉。这是这一年来,马家上上下下睡的第一个安稳觉。马夫人和马老爷,还有红升、三娘四娘五娘她们,还有马兆礼那几个兄弟,都安安稳稳地睡了个轻松觉。第二天,快到午时,他们才陆陆续续地起床。

可是这一晚上没有睡好的,却是那至柔姑娘。当他们拜完堂,入了洞房后,本来其他人都应该出去的,结果二娘并没有走。她教那个傻子马兆礼揭盖头,其实是手把着那个傻子的手,给新媳妇儿掀去了盖头。掀开盖头以后,那马兆礼只是看着她傻笑,叫她依琪姑娘。周姑娘一听到这个,眼圈当时就红了。整整一晚,她伺候完马三公子睡下以后,只和衣躺在床上,马三公子连给新媳妇儿脱衣服都不会，人碰都没有碰她一下。

第二天早上，也没有人叫她，她就起床，到婆婆处请安。结果丫鬟小梅说婆婆没醒。当她中午到婆婆那里去请安时，夫人看她的眼睛还是肿着的，于是就摒退左右，只让她留下，说娘儿俩要说说话儿。

见婆婆要说话，那至柔姑娘就站在旁边，恭手侍立。夫人请她坐，她哪里敢坐？夫人说道："我叫你坐，自有我的道理，你只管坐就是了。"于是她就只好坐了半边，面朝婆婆，背挺得直直的。

夫人道："一个新媳妇儿，才进的家门，按理说不该给你座儿的。婆婆说话，你该站着听才是。可是为什么要给你座儿呢？婆婆我还没有老糊涂，知道你受了委屈，心里难受。新婚之夜，丈夫就在身边，可是与独守空闺没什么两样儿。儿呀，娘要告诉你，你今后要受的委屈将比这个大得多。因为你嫁的是我儿兆礼。"周至柔一脸诧异地看着婆婆，夫人两眼望着她，仿佛能够一直望到她心里去。"儿呀，这女人的命，都在丈夫和儿子手中。丈夫好，儿子好，女人一辈子风风光光；丈夫不好，儿子不成器，女人一辈子抬不起头。娘让你坐下的原因，就是这个。我儿兆礼是个好儿，聪明呀，读书过目不忘，做人有胆有识，忠义得很。但是我儿的心，早就被人家牵走了，一年前就已经不在他身上了。他现在就跟一个傻瓜没有两样，因为他的心没了。你昨晚受的委屈，只是因为这个；可娘要告诉你，如果我儿的心一辈子不回来，你一辈子所过的日子，只怕会比昨晚要惨得多。这就是我儿兆礼，心在他身上，他就是一条龙；心不在他身上，他就是一个傻瓜。你如果找不回我儿的心，你今生就是跟着一个傻瓜过一辈子，你一辈子就会生不如死，你一辈子就会输得一干二净——这就叫五心不定，输得干干净净。可如果你把我儿的心找回来了，只要你有他的心，未来你就有他的人，有他的一切，有所有女人都想寻得的荣华富贵。"周至柔这时听得有点傻眼了，她看着夫人，使劲儿地点了点头。夫人接着说道，"儿呀，娘今天跟你说这些，因为娘知道，娘只有靠你了。娘早都想把我儿的心给他找回来，可娘做不到。咱马家救人无数，可老爷他医得了身，医不了心。现在唯一能够把我儿的心找回来的人，就只有你。因为你是他媳妇儿，这自古以来，做媳妇儿的就是要千方百计拴住丈夫的心。娘今天要交待你一个任务，就是请你千万要把我儿的心给我找回来，找不回来也要夺回来。娘今天把我儿拜托给你，把他的身，他的心，他的人都托咐给你。"

至柔终于明白自己肩上的担子很重。她原本只是想跟自己喜欢的人一起过一生，却没有想到这事儿还真不那么简单。从提亲到出嫁，她并没有做好心理准备。夫人似乎看明白了这点，又说道："儿呀，娘知道，要把我儿的心给找回来，这过程很苦。你要做好准备，即使有天大的委屈，你都得受着；即使天天以泪洗面，那也不为丑；即使把头放在地上垒，那也不为丑，在马家做牛做马也不为丑。可你要是找不回我儿的心，那就是真的丑了。到那个时候，你即使过着荣华富贵、锦衣玉食的日子，那你也一辈子没有脸见任何人。而你一旦找回我儿的心了，这所有的付出，那都是值得的；那你就是我马家的大功臣，是我儿子的救命恩人，也是婆婆我的恩人，你就给我马家立了大功。所以从今往后，娘不把你当儿媳看，娘只把你当做是我的闺女，直到你把我儿兆礼的心给他找回来。"

那至柔姑娘听到这里，眼泪就哗啦啦地流了一地。她跪下对夫人说道："娘，儿媳妇儿明白了。儿媳妇儿自愿嫁到马家来，儿媳妇儿打小就喜欢兆礼。您放心，我一定想办法把他的心找回来，想尽千方百计拴住他的心。兆礼就是媳妇的一切，就是我周至柔的命，是你马家的命也是我周家的命。我一定把他紧紧地攥在手里，捧在手心里，把他捂在我的胸口。他的心只要一天不热，我就用我这颗女儿心把它捂着不撒手，一直到把它捂热为止。娘，从今天起，我就放下我所有的一切，用我一颗真心来面对他。我一定把他伺候好，把他的心找回来，还马家一个健健康康的马兆礼。我要让他生龙活虎地出现在娘面前，让他像个男人一样地站在娘面前。"

夫人听了这些，慌忙过去抱住儿媳，娘儿俩哭得像个泪人一般。

第三十章

回娘家周至柔探亲　做游戏马兆礼认相

新婚第三天,周至柔带着新郎回门。因为兆礼身体弱,马老爷再次违背了医家的一惯做法,亲自为兆礼施针。他估计这次针灸之后,兆礼挺个一两天不成问题。周姑娘在马家磨磨蹭蹭了半天,蒋大娘派丫鬟来催她几次,她都没有理会。夫人也让丫鬟小梅来催她早去早回,她告诉小梅说,去早了没用,相公到那边去要应酬,那很费精力的。晚一点去,去了就吃饭,吃完饭就回来,那样儿对相公的身体才好。小梅问她为什么不在娘家休息一晚,说新媳妇儿回门,都要在娘家住一宿。她对小梅说,她不能离开相公。相公如果住她们家,只怕他不习惯;硬让他住周家,那就是折腾人了。

快到吃午饭时,她这才离去。因为怕自己一个人照顾不过来,就让二娘派两个丫鬟也一同跟了去。

一回到娘家,那蒋大娘就迎出了屋。蒋大娘一手牵着女儿,另一只手抚着她的脸、头发,把她上上下下看了个遍。一会儿就抱住周姑娘,这眼泪就流出来了。至柔她手里还牵着兆礼,另一只手在后面抚着蒋大娘的背,道:"娘,没事儿。我这不是好好的回来了吗?"那蒋大娘说:"回来就好,回来就好。看到你回来了,娘心里高兴。"

亲戚朋友、左邻右舍这时都从她家里走出来,看着头发已经扎起,一身新衣的新姑爷新姑娘,就跟他们打招呼。至柔姑娘也跟他们一一打招呼,并把他们一一介绍给马兆礼。那兆礼见了任何人,都是一脸的傻笑。周姑娘介绍大家时,就当他跟正常人一样。

进了家门,刚要落座,她就跟大家说抱歉。说相公身体不好,不能陪他们久坐,于是就让两个丫鬟把相公扶进了她的绣房,让他在那里看她过去绣的那么些小物件儿。直到把兆礼安顿好了，她这才落座。

　　街房邻里都来看热闹。隔壁的吴妈问她，婆婆待她如何，马老爷其他的那几个姬妾对她如何。她说婆婆对她很好，婆婆亲口告诉她，从她进马家的第一天起，就不把她当媳妇儿，而把她当闺女。其他那几个婶子，也都对她很好，她们都听婆婆的话。那吴妈说，大家都知道二娘红升能干得很，她也听会你婆婆的？至柔就说，我婆婆那可不是一般的人，她是大家闺秀，不仅识文断字，而且还能谋善断的。二娘也是个少有的能干人，府里上上下下，很多事都是她当家。可是二娘就服她婆婆。街那头的张嫂，听说那倪三娘是个女秀才，都说她识的字比你婆婆还要多，那倪三娘也服你婆婆管不成？也服那二娘管不成？至柔就说，那倪三娘可不只是女秀才。如果这女的也考科举，倪三娘至少得中个进士什么的。但是要说有才，她婆婆跟三娘不相上下。所以她们两个是惺惺相惜，关系好得就像姐妹。倪三娘无儿无女，她对兆礼特别好，都把他当自己的儿子看，有时甚至好得超过了夫人。那夫人也很重视三娘的意见，据说当初定自己这门亲事时，就专门问过倪三娘。她说三娘和二娘的关系，也是好得像姊妹。众人不理解，她说，据她观察，主要还是管的事情不一样，各有分工。二娘能干，家里的事，铺子里的事，只要不是特别大的事情，都是她当家。特别大的事情，要么夫人拍板，要么老爷拍板，但大家都可以发表自己的意见。三娘管孩子们读书，特别是女孩子，在马家，女孩子都要识字。男孩子没有上私塾之前，也由三娘教。她们两个人的事情，相互不打搅，我做的事情你做不了，你做的事情我做不了，因此两个人都很能干，但两个人的关系也都很好。

　　张嫂又问新姑爷的身体，说这新姑爷的身体看来好像不太好。至柔姑娘道，其实姑爷身体的底子是很好的，他是怀了十二个月才生的，打小就从不得病。这次病了，病因定州人多半都知道。新姑爷是个特别重情之人，不怕大家笑话，他喜欢上了定州一个官宦之家的女子，人家嫁了，他才得了失心病。好在他身体底子好，加上马家医术了得，因此他的身体不会有事儿的。

　　张嫂还说，你那么年轻，一进马家，新媳妇儿就做照顾病人的事情，给病人端屎端尿，那马家岂不是把你当丫头在使唤？

　　吴妈一听张嫂这么说，就责怪她怎么问出这么二的话来。至柔姑娘就说道，别怪张嫂，她问得好，她问出了大家心里想问但嘴上没说的话。这马家之所以好，只因为他们全家上下都是大善人。因此才听说那年流民进城，抄了很多人的家，可马家丝毫无损。马家对那么多无依无靠无钱看病的人那么好,对不认识的外人都那么好,难道会对自己的儿媳妇儿不好吗?这话打死我我都不信。马家做人光明磊落,就磊落在这里,很多事都不会藏着掖着,有什么事,摆到台面上来说,不会在背后彼此勾心斗角,所以那么大个家庭,还过得一团和气。这在定州无人不知,无人不晓。至柔我打小就听父亲教育我们,说我相公如何如何优秀,读书过目不忘,能谋善断,对人好,会来事。马家上上下下都认为,我夫君是马家所有儿子中最优秀的,而且大家都把希望都寄托在我夫君身上。正因为如此,作为马家的新媳妇儿,我感到很有面子。不是我丈夫现在病傻了,我就低人一等,我觉得即使自己天天与个傻子在一起,我也很有面子。因为他一旦好了,那就是个了不起的人物。我就是要在这个时候,跟他共渡难关,好好照顾他。这是我做媳妇儿的本分。

说到这儿,她顿了一顿,眼睛看着众人,一一扫过去,道:"我能与相公结成夫妇,真的很幸运。他病了,我照顾他,这是情理之中的事情,哪里谈得上是把我当丫头使唤?我既然是他明媒正娶的夫人,自然首先是我照顾他。我照顾不过来,才让别人帮忙。新媳妇儿再怎么样,毕竟还是媳妇儿,不是婆婆,伺候丈夫天经地义,不伺候丈夫才是有失妇德。我能够照顾我的夫君,我觉得这是我一生中最喜欢做的事情,是我的荣幸,也是我的福分。当然,我不希望有一天我给夫君端屎端尿,可是,如果真的有那一天的话,我觉得那就是我应该做的事情,而不是丫鬟们应该做的事情。因为毕竟我们是夫妻,这男女之间,有好些事,外人的需要回避的。"

那张嫂一听,就问道:"不是我们骂新姑爷的话,他如果病个三年五载的,或者一病不起,你也这样伺候着?"

至柔姑娘就说道:"就凭马家的医术,就凭我周至柔的耐心,我想我相公也不会病那么久的。可纵算他病个三年五载,纵算我做的事情再低贱,可只要是与我相公在一起,哪怕是讨饭,那都是我的福气。那王宝钏独守寒窑十八载,与薛平贵不离不弃,吃的不是苦,受的不是罪,可她就是知道,那薛平贵就是个干大事的人。我周至柔上无王宝钏家族的显赫,下不会经历她十八年的孤苦无助,我天天跟自己的相公厮守在一起,只等有朝一日他清醒过来,干一番大事,我还有什么不满足的呢。"

大家没有想到,这个平时看起来不做声不做气,只是见人就一脸关切的傻傻的丫头,竟然讲出这么多令人惊奇的话来。大家见再也找不到什么新奇的,或令人幸灾乐祸的材料,就一个个知趣儿地离开了。

众人离去以后,蒋大娘招呼女儿女婿吃饭。饭桌上,女儿见女婿碗里的菜一吃完,马上就给他夹菜。她的眼睛几乎没有离开过女婿。一见女婿的眼光停留在什么菜上,待他碗中的菜快要吃完时,她一准儿就给他夹那个菜。那个傻傻的新姑爷,就看着碗里的菜傻傻地笑。她自己一餐下地,菜没吃几口,饭也只那么三下五除二地往嘴里扒啦了几下,完全不像是做姑娘时的样子。蒋大娘看在眼里,心疼得眼泪直流。可是周大爷看在眼里,却高兴得眉开眼笑。他说她的宝贝女儿才跟了新姑爷这两天,她竟然能够猜中新姑爷的心事。可见他的女儿,就是不简单。这新姑爷和他的宝贝女儿,那是天生一对,地设一双。

　　吃完午饭,周老爷走了。再坐一会儿,周至柔就说要回马家。蒋大娘一听,哪里同意。她说回门都是要住一夜才走的,你哪能吃个午饭就走?那周姑娘却说道,娘,这又不是远,才隔几条街,哪天等我相公好点儿了,我说来就来。现在他身体不好,在外面恐怕他住不惯,因此今天就不住家里了。蒋大娘就说,那也不能吃完午饭就走呀,怎么也得吃完晚饭再回去。周姑娘就说,娘,我出门时跟婆婆说好了的,说回家吃完了午饭,就马上回去的。我婆婆叫我多呆些时候,我没有同意。我既然这样说了,那就得言而有信,不然我以后在马家说话谁信呀。蒋大娘无论如何,怎么也不让她走。于是她说她再坐一会儿。蒋大娘就问她新婚之夜的情况,她笑笑,说没什么,是二娘把着相公的手揭的盖头,然后她伺候完相公就睡了。蒋大娘就问可有那男女之间的事?至柔姑娘就摇了摇头,说他现在还傻着呢,什么也不懂,再说他现在的身体,恐怕也做不了那事儿。蒋大娘于是就心疼得直抹眼泪。至柔就安慰她道:"娘,您真的不知道,女儿好着呢。我每天跟我喜欢的人生活在一起,只要能跟他在一起,能够照顾他,我就很高兴。我喜欢他,我就想付出自己所有的感情,只要我付出了,我就感到很满足,感到很幸福。而且我只比他更幸福。他不付出,他迟早就会觉得亏欠我,到那时,他就会背负上一生的感情债。这男女之间的感情呀,我可一点儿也不吃亏。"

　　蒋大娘心疼地看着女儿,说她心眼儿太实,怎么爱得那么痴心,爱得那么傻呢:"我的个傻丫头,你上辈子是不是欠了他马家的,这辈子来还他马家的债呀。"谁知她却说道:"娘,无论上辈子也好,还是这辈子也好,我只管对我喜欢的人好就是了。我就是想傻傻地爱,那样的话,我的一生就爱得很知足呀。"

　　说完这些,那周姑娘坚决要走,拦也拦不住。蒋大娘一看,说:"这女大不中留,我看这一点都不假。"于是至柔姑娘就说:"娘,您先别急。只要我相公的病一好点,到时我就回家住它一个月。一个月您要是觉得不够,就住两个月,三个月也成,好吗?"蒋大娘一听,这才转而露出了笑容。

周姑娘和两个丫鬟扶着马兆礼,出得门来,见车子一时还没到,就站在家门口等。这时有几个孩子见新姑娘新姑爷回娘家了,纷纷喊道:"新姑娘!""新姑爷!""新姑娘!""新姑爷!"喊周至柔时,她笑嘻嘻地答应着,喊马兆礼时,马兆礼只在那里傻笑,周姑娘也跟着笑嘻嘻地答应着。谁知那边跑过来一个大点儿的孩子,见了他们,立马就唱道:"马兆礼,大傻瓜,痴痴呆呆像个啥?"这边的孩子们一听,也纷纷跟着唱了起来。蒋大娘一听,就对他们吼道:"你们是谁家的孩子,怎么这么没有教养?赶快给我闭嘴!"那些孩子唱得更响亮了。周姑娘笑了笑,让母亲不要理会。她说,您能管得住人家的嘴巴吗?就算您能管住一个人,可您能管住所有人吗?他们想唱,就让他们唱去。反正我觉得自己很幸福。一会儿,她想了想,就对那几个孩子说道:"你们这个儿歌呀,精气神不够。要唱,我教你们唱个好的。"那几个孩子就问道,唱什么?于是她就唱道:"马兆礼,大秀才,龙马精神亮起来!"于是那些孩子就唱道:"马兆礼,大傻瓜,痴痴呆呆像个啥?马兆礼,大秀才,龙马精神亮起来!"她一听,觉得这个儿歌还不赖,于是就看着他们,脸上笑得乐开了花。

晚上,蒋大娘将女儿下午说的那些话跟老爷讲了,周老爷一听,觉得女儿说得对,做得也对。他说,你别看咱那宝贝闺女傻傻的,这叫傻人有傻福,还有个说法,叫做大智若愚。他说他姑娘这样做,将来一定会有好报的。否则,那上天就是太不公平了。这老天爷处事呀,跟你关上一扇门,就会给你打开另一扇窗。那马兆礼的现在,就是他女儿关上的那扇门,马兆礼和马家的未来,就是他女儿打开的那扇窗。

一会儿,他又说,他那宝贝闺女儿一点儿也不傻。她就是菩萨心肠,就是那观音菩萨再世,是观音菩萨派来救马家的。不经历一点磨难,那哪儿成呀?

回家后,至柔先把相公安顿下来,让他先躺下休息一会儿,然后就去给婆婆请安。夫人见她回来了,就问了一下兆礼的身体,再问了一下周家的情况,就让她回自己的房间里去。到申正时分,马兆礼醒来,她就给他穿好衣服,让丫鬟给他打来一盆水,把脸洗干净,把头发也梳好了,然后就说要跟他玩儿游戏。

那马兆礼一听玩儿游戏,就似乎有了点儿精神。于是她就跟马兆礼讲这个游戏的要领。她说,这个游戏叫做考考眼力,就是要看谁的眼力最厉害。怎么比呢?就是我用我的眼睛看着你的眼睛,你用你的眼睛看着我的眼睛,谁也不许眨眼。谁眨眼,谁输。这是第一步。第二步呢,咱们以后再讲。

于是她就说,相公,咱们开始比赛哈。她这么说着,那马兆礼就傻笑着,然后看着她。于是她喊,一、二、三,开始!那马兆礼就傻笑着看着她的眼睛,她也尽力瞪大眼睛盯着马兆礼的眼睛。结果瞪着瞪着,她就输了。因为那马兆礼这时是傻瓜,傻瓜他不会眨眼。于是她就认输。认输了呢,就自己罚自己,把个枕头顶在头上,或者把那个红盖头顶在头上,然后看着那镜中的自己,在那儿开心地笑。那傻瓜马兆礼看见她笑,他在那里笑得更傻。

罚完了,她再来。再喊一、二、三,开始,然后再输。输了再罚,罚完再笑,笑完再来。她就这样,乐此不疲,直到酉正时分,夫人的丫鬟小梅喊她们去吃饭,她这才打住。

吃饭完毕,夫人问她,丫鬟说少奶奶你在自己的房里高兴得咯咯直笑,问你有什么高兴的事儿。她说,也不是什么高兴的事儿,只是跟相公做游戏。然后就把游戏的内容讲了。她说,相公这一天到晚在家里,也没有多少高兴的事儿。她呢,想改变一下相公的心情,让相公高兴点儿,因此就自己想些办法,试着做些游戏。只要相公高兴了,她就高兴。她也想让自己高兴的心情,感染一下相公,这样看能不能在夫妻之间形成交流。她说她现在感到最难的,就是和相公之间没有交流。因此,她一定要跟相公有交流,而在交流之前,一定先要让相公高兴、快乐起来。况且相公既然都这样儿了,自己如果一天到晚苦着个脸,那于事无补。还不如高高兴兴地伺候相公,把相公伺候高兴了,她的任务也就完成了一半。

夫人就说你做得好。我的儿,你就这么想心思去试试吧。总得要想点办法才成是吧。

自打夫人夸了她以后,那至柔姑娘玩儿得更是起劲。第二天,她就再接着玩儿游戏的第二步。第二步是看着对方的眼睛,说出自己的名字。她看着马兆礼的眼睛,死劲儿盯着,一眨不眨地盯着,到快要受不了的时候,就高声喊道:"我叫周至柔!"同样,马兆礼也看着她的眼睛,死劲儿盯着,一眨不眨地盯着,等她一喊,就喊道:"我叫马兆礼!"这第二步呢,她自然不会说错的,不过那个傻瓜马兆礼人虽然傻,但也不会说错自己的名字。因此,两步游戏一下来,还是她输。她只得再罚自己。

第三天,她加了第三步的内容,即是死盯着对方的眼睛,一眨不眨地盯着,直到快要受不了的时候,喊出对方的名字。比如她,看着马兆礼,死盯着,到眼睛快要眨之前,就大声喊道:"你叫马兆礼!"喊早了,不行,眼睛眨后再喊,那也不行,还是输。

游戏进行到第三步，她就与马兆礼打了个平手。第一步看谁先眨眼睛，她总是输。第二步喊出自己的名字，两个人不输不赢。第三步喊出对方的名字，马兆礼总是输，因为到他喊的时候，他总是喊道："你是王依琪！"而每当马兆礼这么一喊出来，周姑娘就纠正说："你错了，我不叫王依琪，我是周至柔！"但是没有用，听她这么说，那马兆礼仍然是傻笑着看着她。总之，他总是错，错了就得受罚。罚马兆礼的时候，她就高高兴兴地去拿来枕头、帽子、手套、毛巾等等，给他顶在头上，然后让马兆礼看自己在镜子里的样子。马兆礼对着镜子一看，笑得更欢。

　　见马兆礼笑得更欢，那至柔姑娘也就感觉到了希望。尽管马兆礼现在把她喊成王依琪，把她当成了依琪小姐，可是既然他能看见镜子里自己的样子笑得比平时更欢，那表明他跟外界还是有少量的交流，外界的刺激对他还是起了作用。包括让他喊自己的名字他就喊"我叫马兆礼"，让他喊她的名字他就喊"你是王依琪"，这表明他还是能和外界有一些交流的。而只要是他与外界有交流，她周至柔就相信，总有一天，她就能够摸到马兆礼的那颗心，拨动马兆礼那颗心的心弦。

　　这么玩儿了一段时间以后，至柔姑娘觉得就这么罚，没啥意思，得改变花样。于是她就说要扮丑相。她告诉马兆礼，谁输了谁扮丑相。结果总是她扮丑相，因为那个傻瓜马兆礼不会扮丑相。他只有一个表情，傻笑；傻笑之外，便是愣愣地看着你，再也不会有其他的表情。于是至柔姑娘就教他扮丑相，当然教也是白教。可白教她也要教。最后就是，她输了，她扮丑相，那马兆礼乐呵；她赢了，自己做丑相教马兆礼扮，那马兆礼也扮不了，仍是看着她乐呵。只是每当她扮丑相的时候，那马兆礼却是笑得更加厉害。

　　教了许久，见马兆礼仍然没有学会扮丑相。她就说，你怎么这么傻呀，我的个傻儿子，这么教你你都不会。然后没人的时候，她有时就会轻轻地喊他我的个哈儿。喊完后，四面看看，一看周围没有人，就高兴得直乐。

　　丑相扮了一段时间后，她看扮丑相的效果不佳，就想不如干脆画花脸。谁输了，就给谁画花脸。或者用粉打在脸上，或者把墨研好，再用毛笔在脸上画，或者给脸上涂胭脂抹口红——反正这些成亲时买的东西，她也没用过，这时刚好可以派上用场。每当她给自己脸上画了一道，她就让马兆礼仔细看她画花了的脸，那马兆礼看了之后，就乐不可支。而每当给他的脸上画了之后，她就拿出镜子，让他看镜子里自己的样子。那马兆礼看到镜子里自己的大花脸，更是高兴得乐翻了天。

这天，当他们再次玩儿起了那个喊人的游戏时，每当马兆礼输了，那周姑娘就按照戏台上包公的样子，一点点地给他画一个花脸。当画完那个花脸的最后一笔，用镜子照给马兆礼看时，他竟然说出了两个字，"包公"。周至柔大为惊喜。她一把抱住马兆礼，在他那张黑脸上亲了一口。结果弄得满嘴都是墨。马兆礼看着她的嘴，直乐。她想了一下，就洗掉了脸上的油彩，给自己画了个戏台上虞姬的脸，然后让他看。那马兆礼看了，却什么也没有说。她指着自己的脸喊道："虞姬！虞姬！虞姬！"然后问马兆礼，我是谁，马兆礼却仍然道："王依琪。"她听了，像个泄了气的皮球一样，刚才那股兴奋劲儿全都没有了，一屁股坐到床上道："什么狗屁王依琪，本姑娘是周至柔！"

　　然而这事儿还是被人告到了夫人那里。晚饭后，大家散了，夫人让三少奶奶留下。夫人说，这几个月来，你都在跟三少爷玩儿游戏，都在陪他玩儿。你觉得效果如何呢？至柔姑娘说，相公有些变化，但变化不大。夫人问她，有哪些变化。她说道："要我说呀，首先他身体上有些变化。跟我来时相比，他的身体在慢慢好转。比如脸上开始有血色了，他原先脸上像总是不见阳光似的，白中透黄，现在虽然也白，但一活动起来，就是白中透红。还有一点变化就是，手上和身上开始有力了。他过去玩儿游戏，玩不了一会儿就累了，累了就得睡觉。现在也累，但每天中午睡一觉，早上和下午迷登一会儿，就可以了。玩儿起游戏来，经常可以玩儿一个多时辰。"

　　夫人点点头道："还有什么变化？"

　　至柔姑娘道："他还有一个变化，就是笑声。"

　　夫人问道："那你说说看，笑声里还会有什么变化？"

　　"有哇。相公以前的笑，是呵呵傻笑。现在尽管也是傻笑，但有时是呵呵地笑，有时却是哈哈大笑。能够大笑，说明他笑得更响，也更开心了，而且笑的时候，中气也更足了。"

　　"你从中看出些什么苗头来了没有？"

　　"回夫人，我看出一些苗头了，只是不知道对与不对。"

　　"你讲。"

　　"我觉得相公的身体只会一天比一天好起来；从今往后，只要我们不掉以轻心，就不用担心相公的身体会变差。"

　　夫人点点头，道："我儿说得有道理。但是我们还是得小心些才是，不能把他的身体弄坏了。只要他身体不再坏下去，而是一天天地好起来，那总有一天他的心就会回来的。"

"儿媳妇儿也是这样想的。"至柔姑娘说道。

"那你还发现了一些什么变化没有？"

"娘，还有一个变化，他认识包公的脸。"

"啥？我没有听明白，你讲清楚一点儿。"

"娘，是这样。"至柔姑娘说道，"我不是跟他做游戏吗？输了就要惩罚。我给我自己画的是虞姬的脸，给他画的是包公的脸。给他画完后，拿镜子给他看了，他说是包公。"

"他说包公又怎么样呢？"

"这说明他能接受一些外面的信息。比如画个包公，他认出来了。夫人给我的任务是找回他的心，可是只要是我，他都说是王依琪，我给自己画了个戏台上虞姬的脸，他也说是王依琪。这说明他不接受我，只接受王依琪。可是给他画个包公的脸，他就认出来了，说明他还是能够接受好多信息的。因此，我就想试一试，比如我每天让他认我，他都说我是王依琪，我就纠正他，说我叫周至柔，我每天这么教他一百遍，一百遍不够，就喊两百遍，两百遍不够，就喊三百遍。我相信总有一天他会认出我周至柔来。俗话说鹦鹉学舌，一只鸟儿尚能被人教会，何况是人呢？只要我这么教下去，相公怎么可能教不会呢？我就这样不断地给他一些新鲜的东西刺激他，不断地让他喊我的名字，我相信会起一些作用的吧。"

夫人说道："我儿你做得很好。你照顾兆礼，不仅要照顾他的身体，还要照顾他的感情，要想尽千方百计让他高兴。但只做到这些还不够，还要不断地让他接受你，喜欢你。他只有接受你了，才能把心中那个已经生根发芽了的王依琪挤出他的心。而且你今后还要想方设法让自己在他心中扎下根来。只有你扎下了根，才能让他慢慢忘掉那个王小姐。所以，儿呀，有人说你对兆礼不好，给他画了个大花脸，说你一天到晚只知道傻笑，娘我就不同意他们的意见。"

"娘，您放心。兆礼是您的儿子，也是我的相公。媳妇儿我早就记住了娘讲过的话。我这辈子只有兆礼才是我的依靠，我会真心对他的。就算对自己不好，我也会对相公好的。娘您放心，我会让相公快乐的，因为快乐有助于他身体的恢复。只要相公他快乐，只要他的身体好起来了，我再想办法让他记住我。娘您放心，我一定让他忘记那个王小姐。"她看夫人还在看着自己，就补充道："娘，儿媳做得是不够好，但我敢说，自我嫁过来以后，相公他是快乐的。"

第二天,她又边做游戏边给兆礼画了一个大花脸。这次不是包公,而是张飞。她一边画,一边说,我的个痴儿呀,今天我给你画个张飞脸,我看你认识不认识。一边画,还一边说,我就画你个猛张飞,你就是那个猛张飞。画毕,当她把镜子拿到兆礼跟前,问他镜子里是谁时,兆礼居然说是张飞。于是她又给兆礼把脸洗了,给他画了一个曹操的脸,再问他是谁,他说是曹操。至柔姑娘高兴得跑去告诉了夫人。回过头来,再把自己的脸画成西施时,再问兆礼,这张脸是谁,谁知他仍然说是王依琪。

接下去几个月,兆礼除了身体有些好转以外,再也没有多少变化。那王依琪三个字,看起来怎么也不可能从他的心目中抹掉。周至柔一面快乐地叫他痴儿,一面给他想尽办法变出各种各样的游戏。那兆礼的心仍然是快乐的,可是只要是个年轻的女的,问他那女子的名字,一准儿就是王依琪。那周至柔为此几乎绞尽了脑汁,可也没有多大的作用。她安慰自己道,相公的身体总算好起来了,在他人面前,她也这样安慰别人。可是,每当夜深人静的时候,她却总是在梦中被惊醒。那些梦千奇百怪,梦的核心内容,要么是她追她相公,最后却出来一个王小姐,把她一拦,那相公就跟着王小姐跑了,她被一座大山拦住,怎么翻也翻不完;要么是她跟着相公和王小姐他们一起跑,后面追来了一只猛兽或一群恶人,眼看快要追上了,她就伸手去拉住相公的衣服,那王依琪却让她撒手,说再不撒手就把她的手给掉剁。结果她坚决不撒手,那王依琪就抽出把宝剑,一剑下去,她的手就变成了血淋淋的一片。于是她就被梦惊醒,再看看身上,一身冷汗。

白天,她总是这么跟兆礼玩儿各种各样的游戏,晚上总是被恶梦惊醒。就这样,日子很快就过了一年,兆礼还是跟她嫁过来时差不多。只是身体还好,也接受其他一些少量的信息,但就是不接受她周至柔。

第三十一章

马兆礼一心拜夫人　明王朝巨灾激民变

　　看着这一年来,兆礼还是那样,至柔的心里不禁有些着急。想来想去,她觉得除了再玩那些旧游戏之外,还要加进些新鲜的花样儿。一是要把那两人大眼瞪小眼的时间再加长,不但要看,还要让他把自己看进心里去。看进去了,才有出路,看不进去,那就没有指望了。二呢,要增加一些东西,做些相公过去喜欢做的事情,比如写字,吹箫,吹笛,读诗,读词,画像,刺绣。如果自己不会,就到外面去请人来给相公表演,也可以给家里人表演。她这么跟夫人一说,夫人就很赞成。夫人说:"儿呀,这一年来,你照顾兆礼,确实很尽心,也让我们省了很多心。娘应该感谢你。可是说真的,这一年了,时间还是有点儿长,我儿还是没有接受你,娘都快六十了,娘觉得你还是得加把劲儿才对。"

　　至柔就道:"娘,不是儿媳妇儿不努力,只是儿媳妇儿天生愚钝,一时还没有想到其他特别好特别有效的法子。我先用这些方法来试试看。只是娘,儿媳妇儿太笨了,您恐怕还是得要有一些耐心。"

　　于是,她就把那些兆礼小时候喜欢的比较文一些的游戏,一一试来。比如刺绣,她自己先刺一朵小花,再给兆礼画一朵小花,让他来绣。兆礼就傻笑着,绣出一朵花来。当然他绣得比较差。然后她就给兆礼贴出来,和自己的刺绣一起,挂在墙上,每天还要带他到那两朵花前欣赏。兆礼看着那两朵花就笑。有时还伸出手,摸着那花上的突起,细细地看,而且眼睛开始放出一点亮光。她知道兆礼很喜欢刺绣,于是隔三差五地就要再刺绣一回。到后来,她就把自己的像画了两幅,一幅给兆礼绣,一幅给自己绣,绣完后再挂出来。每次兆礼走到绣的画像跟前,也会伸手去摸。嘴里还喃喃道:"王依琪。"说着,他还回头看着她的脸,用手摸着她的脸道:"王依琪。"至柔就道:"什么王依琪,我是周至柔!"可是没有用,看到她那样子,兆礼还是傻笑。

之后,她就给兆礼画像。画完后,再在上面写上"马兆礼"。随后就把笔递给他,让他给自己画像。他看着她的脸,开始全神贯注地画起来。可是兆礼把她画得很丑,画完之后,仍在上面写上"王依琪。"她一看,兴高采烈地道:"是的,这个丑人才是王依琪,本姑娘周至柔,比你那个王依琪漂亮多了。"于是她拿过镜子来,对着镜子画了一幅自己的画像,然后在上面写上"周至柔。"

之后,她又把两幅画像贴了出来。那马兆礼又仔仔细细地去看那两幅画像,指着他自己画的那张丑像道:"王依琪。"至柔一听,就很高兴地笑了,说,就是,这个丑姑娘就是王依琪。兆礼说完之后,再回过头来看她,她就说道:"你看我干什么,我也不是你那个什么丑姑娘王依琪。本美女周至柔。"说完了,还咯咯地笑。谁知那马兆礼再指着她画的那张画像说道:"王依琪。"于是她就跳了起来,道:"这是我,我,周至柔,周大美人儿。"说着,把那像给蒙上了,只露出上面的字。她指着字道:"周至柔!"那傻瓜看着那字,认识,跟着道:"周至柔。"

周姑娘一听,高兴得一下子就蹦得老高。我的天呐,这可是他第一次说周至柔啊。于是她就指着那三个字问他道:"这是什么?"他道:"周至柔。"她高兴得又上去照着他的脸亲了一口。回头又指着自己的脸问道:"我是谁?"谁知他仍然说道:"王依琪。"

于是,她就只把自己的名字写出来,贴在墙上,让他认。他道:"周至柔。"

然后,她马上就去把这个消息告诉了夫人,并让兆礼现场进行了表演。夫人见了,很是高兴。正要表扬她,却听她说:"夫人,儿媳有些抱歉,因为兆礼现在只是认识周至柔三个字,而不是认识我的人。我把我的画像指给他看,他还是说王依琪。"夫人就说道:"别急,别急。你需要给我儿一些时间,也需要给你自己一些时间。"

她给兆礼吹笛和吹箫的时候,兆礼特别安静,人也不再傻笑。尽管他的眼睛有时候看她,有时候不看,脸上像是漫不经心的样子,可她还是能够感觉得到,那兆礼还是在听。似乎那乐曲能够让他的心思开始集中到某一点上去。她给他吹"春江花月夜",吹"流水"八段,吹"平沙落雁",吹"渔樵问答",那时他似乎都能有所感应。她的心似乎从他的安静中,感觉得到他的那颗心,感觉得到他情绪的那种微小的变化和波动。

读诗词时,那字他都认识,可是他的情绪却几乎没有什么变化。尽管如此,她每天还是要跟他读几段诗词。读完了诗词,再或者去刺绣,或者听她吹曲子。

然后就是写字。她发现他对写字似乎有很大的热情。有一天,她磨好了墨,让他写一首词,柳永的《雨霖铃》。他写了,还一连写了三遍。后来她就要去更衣,就让丫鬟看着他写字儿。谁知她一不管,他就不再写《雨霖铃》了,而把自己写给依琪的诗词,一连写了好多遍。落款还是"马兆礼题赠依琪小姐"。

周至柔回来后,发现他写的这些诗词,尤其是当看到他那题赠之后,才明白当初自己所喜欢的这几首诗词,原来是他写给依琪小姐的。于是她就说道:"呆子,你写给那个依琪小姐干什么,人家都不管你死活了,你还管她干什么?"那马兆礼不说话,只管站在那儿写,还把它写成了各种各样的字体。至柔一看他写得这么大的劲儿,就不许他写,谁知他也不理会,不说,不笑,不闹,也不看她,只管写。至柔没有办法,就只有让他写下去了。

谁知从这一天开始后,每次他写字,都要写这四首诗词,而且落款从来都不变。周至柔想阻止,可是怎么也阻止不了。

时间就这么一天天地过去。春天过完了,夏天,夏天过完了,秋天,秋天过完了,冬天,冬天过完了,还是春天。那马兆礼除了身体变得好一些之外,除了认识她周至柔的名字之外,除了听音乐时安静一些之外,再也没有多少变化。这又一年过去了,夫人都六十岁了。那天给夫人办生日宴,宴会上,兆智教兆礼先给夫人祝福。他说一句,兆礼说一句。他说祝夫人福如东海、寿比南山,兆礼也如此说了。至柔就说祝老太太长生无极,福瑞双降。然后大家齐祝夫人福如东海、寿比南山。当众人一起祝福完毕,夫人就说道:"今后呢,你们不能再叫我夫人了。我都老了,六十岁了,其实早就该叫我老太太了。前些年,只是因为还没有抱上我的亲孙子,因此就没有让大家喊我老太太。现在,再叫夫人就不合适了。我也是黄土都埋到脖子上的人了,只是我这辈子,还有两个心愿未了,一是看到我儿兆礼的心回到马家,二是抱上我的亲孙子。因此现在我还不能死,挺也要挺到那个时候。"说完,她眼睛都红了。

于是,大家都说老太太是洪福齐天的人,相信这一天就在不远处,应该很快就会到来。然后大家说,那兆智兆信也都成亲了,也都有了身孕,这跟您的亲孙子那也是一样的。

老太太生日一过完,那周姑娘就意识到自己的任务陡然增加,压力陡然增大。于是,她一下子就急了,每天只管什么手段都用上,什么劲儿都使出来,却仍是一点儿效果也没有。那马兆礼每天也跟她玩儿,可自打他写了那些字以后,他再玩儿时,心思似乎不在跟她做游戏上,而在写字上。他到后来其他任何字都不写,只写那四首诗词,而且百写不厌。至柔想让他写其他内容,可无论怎么劝,他都不予理会。

堪堪寒露又将来临,有天晚上,二娘红升来找周至柔,让她跟着自己到中厅去说话。到了中厅,二娘问三少奶奶,说你嫁到我马家,这也两年半了,大家都知道,你照顾三少爷也都很辛苦。大家都称赞你呢。至柔就说,不辛苦,我照顾三少爷我很高兴。二娘就问,只是不知道三少爷近期有些什么变化没有,三少爷的心,有没有什么起色。至柔就说,三少爷身体快完全好了,只是他的心,近期没有什么变化。二娘就说,也不知道你的身体有什么变化没有。周至柔还没有听明白。二娘就指了指她的肚子,说老太太都过六十了,你也知道她生日晚宴上的那番讲话。老太太呢,想抱孙子。你呢,嫁过来都两年半了,只是你的肚子至今还没有一点儿音讯。这到底是何故,你可得告诉二娘。周至柔不好意思说出口,可架不住二娘打破砂锅问到底。临了,周至柔只有说实话,说他们虽然在一张床上睡了这久,有夫妻之名,可是还没有夫妻之实。

二娘红升就说道:"这马家呀,下辈人中,兆仁、兆义生的都是闺女,也都嫁出去了。兆智、兆信也都结了婚,也都快要生孩子了。兆礼比他们两个都大,而且你们结婚最早,没有孩子那是不行的。做女人的,不能只为自己考虑。你想一想,马家现在最需要孩子的,就是三少爷。正因为如此,咱们几个商量了一下,想听听你的意见,要不要给三少爷娶一房妾。这一来呢,可以减轻一下你的负担,帮你照顾一下三少爷。二来呢,也能宽慰一下老太太想抱孙子之心。当然你还是马家的功臣,因为三少爷是在你的手中,身体一天天好起来的。"

那周姑娘一听,头一下子就懵了。这到底是怎么了?怎么说娶妾就娶妾,而且也不跟自己商量商量。现在说跟自己商量,其实是你们都早已经定好了的。你们是长辈,你们说话算数,可这么大的事情,怎么事先也不跟咱打个招呼?现在来征求自己的意见,那叫个什么事儿?想到这里,她就不说话,思绪一下子就溜得很远了。

二娘红升就说,我不是要当这个恶人。这家里是我当家,因此只能是我来找你谈。可你也知道,在大户人家,一夫几妻几妾,是很正常的。老爷当初是两个夫人,现在一位夫人,四位妾。这女人呀,命就是苦,一夫多妻,天经地义。

那至柔姑娘仍是不说话。

二娘就说，你要是同意呢，就点个头，你要是不同意呢，就摇摇头。可三少奶奶既也不点头，也不摇头，什么话也不说。二娘再仔细瞧她，发现她怔怔地看着那不知什么地方，眼里是一片空茫和无助。见她是这个样子，怕她是不是也要得那个什么失心病，就只有不再追问。只是说道："你呢，千万别多心。这件事现在不急。你有空就想想，哪天想通了，再来跟二娘谈。"说完，就让丫鬟送三少奶奶回去，自己这就去给老太太复命。

却说那周姑娘回到房里以后，越想越难受。你们商定了，再来通知我，还说是征求我的意见，这是什么意思嘛；而且她心理清楚，这事出现，说明马家全家，还不认可她这个儿媳妇儿这两年半来所做的那么些事情。大家可能表面上没有意见，表面上说得有多好听，可是背地里还不知道会怎么想，怎么说呢？什么没有孩子，什么她照顾三少爷太累，全是借口。问题是她还不能说个不字，她如果说了个不字，那她这辈子的名誉就算完了。这是个什么王八蛋规矩呀？

可她们就是可以揪着她不放，因为她到现在为止，还没有生下一儿半女来，而且确实还没有把相公的心给他找回来。可是此事能怨她么？

然而不管怎么说，她已经没有退路了，马家已经把她给逼到了死角。万一再来个女人，别人只要生下个一儿半女，那么她这个夫人的地位就有可能不保。那她当初嫁到马家来，吃了两年半的苦，那又是为了什么呢？何况她这个夫人，那马兆礼连个嘴都还没有跟她亲一下呢？

这一晚上，她没有睡好，马兆礼在那头睡得沉沉的，她在这头辗转反侧了一夜。黎明时分，才勉强睡了一小会儿，却又梦见那个王依琪在前面拉着马兆礼在跑，她在后面追，而在她的背后，还有一群狼在追着要咬她。只一下子，就被吓出了一身冷汗。早上，她借口娘家有事，跟二娘打了声招呼，就带着丫鬟出去了。可她没有回娘家，出门不久，就折向东北方向去了。她让车夫往城外的陈家庄去一趟，她要去找那个她听了无数百回、名字熟悉得不能再熟悉可一次也未曾见过的王依琪，她要看看这个王依琪到底长得个啥样子，她到底有什么魔力，能把自己相公的魂勾去这么久？到了陈家庄，她让丫鬟先去陈家，问问王少奶奶在不在家，说如果在家，就把这封信转给王少奶奶，之后她再去见王依琪。结果那丫鬟刚问，看门的老大爷就说，昨儿个刚带着孩子回定州娘家去了。问什么时候回来，说可能会住个十天半月的。她们这就扑了个空，白跑了一趟。真是出师不利。

回到定州城，快到未正了。昨天晚上没有睡好，今天又颠簸了一天，白天又没有吃好,她感到身上就像散了架子一般。看看日头已经到了那边的树梢,心想只好明天再去王家。谁知一回到家,夫人的丫鬟小梅就来问她:"夫人问三少奶奶回娘家,怎么去了这么久?不是说好了吗,到哪里都得把三少爷带上。"她一想,这好像又是问罪来了。她从来没有扯谎的人,只好扯谎,说她娘病了,还说明天还要回去一趟。而那房子里,已经堆了一大堆马兆礼写的诗词,都是写给那个狗屁王依琪的。她只好又拖着个身子,和丫鬟一起,一一收拾好。

第二天,一吃过早饭,她就带着丫鬟和马兆礼,出了马家。往南走了几条街,就往城西走去。到了王家,她让马兆礼和丫鬟、车夫在旁边儿一棵大树下等着,然后自己就去敲王家的门。门人问谁呀?她说是定州眼药店马家的三少奶奶,找依琪少奶奶有急事儿。门人看她像个大户人家的少奶奶,就说稍候,容他去禀报。那王依琪只觉得奇怪,这马家的三少奶奶,从来没有跟她打过交道,她怎么会来呢?转念一想,觉着是马兆礼的夫人,不管如何,就先见见。于是就说让她进来。周至柔进来后,打一见着那依琪小姐,一下子就被她的长相惊呆了。她顿时就觉着自己像是个逃荒的。瞧人家少奶奶,那气派,那气质,那身段,那模样儿,那穿着,要哪儿是哪儿,哪儿都比自己强,难怪马兆礼这几年都不理自己,不要自己。开始的时候,她还强打精神,可一等那依琪小姐问过七八上十句话后,她哪里支撑得住,眼泪哗哗啦啦地就流下来了。依琪问她为何那样哭?她就说道:"依琪小姐,请您把我相公的心还给我吧?您把他的心拿走了,它在您这儿。我求求您,您还给我吧!"那依琪一听,顿时脸色就有些难看,起身就要走。可是周至柔哪里能同意。她急忙拉住依琪小姐不放,道:"依琪小姐,您都嫁人两年多了,我们去过您婆家,婆家说您带着孩子回娘家了。您看您都有孩子的人了,您得帮帮我的忙,把我相公的心还给我。"那依琪一听她都去过自己的婆家陈家庄,那这岂不是闹得自己一生的名誉就要丢掉吗?刚才她还能忍住这火,现在哪里忍得住。于是就说道:"我和马三少爷清清白白,我连他长得什么模样都忘记了。的确,当年他的确给我写过几首诗,可那诗在我出嫁时都早已还给他了。他想不想我,我没有办法阻止,那是他的事;您是他的少奶奶,您有没有本事让他不想我,那是您的事。只是您没事跑到陈家庄去干什么?您如果有本事,他天天跟您在一起,就算我再怎么样,他的心早就是您的了。您没事儿来找我干吗?"说完,甩手就走了,把她一个人晾在那里。想取得王依琪的帮助不成,却白白地被抢白了一顿。她心里的那个窝火劲儿,一时都没有办法说。

出了王家的门，丫鬟说车夫家里有点急事儿，先走了，要过一会儿才回来。可这个时候，兆礼要更衣，她只有让丫鬟在那儿等车夫，自己跟着兆礼找地方方便去。找了好一会儿，才找到小解的地方。兆礼方便完毕，她们就往回走。这时她已经气糊涂了，完全不知道哪儿是哪儿，就只有漫无目的地走。一会儿，却遇见一只大黑狗。那黑狗见兆礼的样子，就朝他们狂吠。她气都不打一处来，只对那狗子大嚷嚷："怎么竟然连你这臭狗子都来欺负我了？"那黑狗一叫不打紧，那边巷子里突然蹿出一条黄狗，冲着兆礼就扑了过来。她一见那狗子的架式，二话不说，一下子就跑过去挡在兆礼跟前，可是已经晚了。那狗已经将兆礼扑倒，正要下口去咬。也不知她哪里来的一股子劲儿，慌忙大叫一声，一下子就扑到了兆礼的身上，倒把那条大黄狗吓了一跳。黄狗向旁边一闪，见是她，就又冲上去咬，一下子就咬着了她的衣袖，把袖子撕下了好大一块。那狗子还要再来咬她，她就用双手在前面乱打。一边打一边喊马兆礼帮忙，哪里有应声？正在这个时候，那车夫跑了过来，拿着根棍子就去打那狗子，把狗子赶跑了。车夫忙把她扶起，问三少奶奶怎样了？可伤着没有？她说还好，只是手上破了一大块皮，差点儿就被咬着了。可她那头上，这时早已是披头散发。

　　回到家，丫鬟弄了点儿盐，化成水，然后就给她洗，痛得她直呲牙。洗完以后，再来帮她梳头。夫人听说了，就派小梅过来看，说怎么那么不小心，被狗子咬了。还问兆礼伤着没有。那兆礼回来以后，就自己在房间里写那些诗词，还是写给那依琪小姐的。刚写一会儿，没墨了，就喊要磨墨。于是她只好忍着痛，去给兆礼磨墨。磨着磨着，那眼泪就再也忍不住，扑簌簌地就掉下来了，后来就越哭越响。这时兆礼刚好写完一幅字，正在那儿写落款，又是"马兆礼题赠王依琪小姐"。她越看越气，就是你那个狗屁依琪小姐，什么狗屁依琪小姐，害得她吃了这么多的苦，害得兆礼人不人鬼不鬼地过了三年半，咱还管她干什么？还给他磨墨干什么？于是她就一不做，二不休，找来把剪刀，把那马兆礼刚刚写过的那些字全都铰了。那小梅就去拉，哪里拉得住。她不仅把今天写的铰了，还让丫鬟把以前写的字都搬了出来，全部要铰。那马兆礼看她铰他写给王依琪的字，心里就很痛，他不知从哪里来的一股子劲儿，就要去夺剪刀。至柔姑娘就不让，死死地护着。剪刀没有夺下，马兆礼就去夺她手中的那些字，两人扯着扯着，就撕破了。马兆礼见撕了那么些字，这心痛得他直打哆嗦，气就不打一处来，一上去就把至柔姑娘箍住，不让她乱动乱剪。那至柔姑娘就百般挣扎。丫鬟也上来扯，好不容易扯开，马兆礼还挣扎着上去用手来抓她。可那至柔姑娘不知道从哪里生出来的力气,对着那马兆礼使劲儿一推,马兆礼久病的身子,哪里站得稳,往后退了几步,仰面倒在了地上,头重重地撞在了床边的木踏板上。一阵剧烈的疼痛袭来,那马兆礼就心痛如刀绞,人直抽搐了起来,好一会儿,那眼中的眼泪,就像开了闸的水一样,轰地一下子就流了出来。他怎么也想不到,这个女人怎么还敢跟自己动手?于是就哭得伤心至极,先是哭着喊着王依琪的名字,后来就哭着喊着周至柔,眼中的眼泪怎么也止不住,一直就往外流。

那周至柔也不管那么些了,嫁到马家两年半,伺候丈夫这么久,现在丈夫刚刚好点儿,婆家就要再给他娶妾。那马兆礼对王依琪还是一往情深,自己铰了他写给王依琪的字,那马兆礼还死活不让,还要上来打她。她伺候那个呆子两年半了,竟然是这个结果,那还有个什么劲儿啊。不活了,咱不活了。她只管坐在地上伤心地哭,完全没有注意到马兆礼也在那里哭着喊着叫自己的名字。那丫鬟见小姐哭得这么伤心,也只有落泪,然后过来流着泪劝小姐,哪里劝得住。小梅见三少爷也坐在地上哭,三少奶奶也坐在地上哭,就两边劝,两边都劝不住。到后来见那马兆礼喊周至柔了,她开始还不相信,继而听真切了,就来到三少奶奶跟前,扯着三少奶奶的衣服,往三少爷那边指了又指。三少奶奶就把她往旁边儿推。于是她就大声告诉三少奶奶,三少爷在那边哭着大喊三少奶奶的名字呢。那周至柔一听,顿时就不哭了,坐在地上听真切了,就一骨碌爬起来,跑过去抱着马兆礼的脑袋,拼命摇,拼命喊:"兆礼!兆礼!"马兆礼答应着,然后就大声哭着喊周至柔的名字。周至柔一边慌忙答应,一边又直抱着他的脑袋摇,人高兴得差点都要疯掉。她大声叫小梅去喊老太爷、老太太,说三少爷人已经好了,他的心也已经回到马家来了。

老太爷和老太太进来的时候,那马兆礼还止不住心痛,止不住落泪。老太爷和老太太见他落泪了,高兴得不知道如何是好。这是他自打傻了以后三年半来的第一次落泪。老太爷再次一反医家的规矩,亲自给他施针。他说,要让儿子把这眼泪流个干净。他为那个没有福气的王依琪小姐伤心了三年半,这胸中有多少眼泪,必须让它一次流个够,流个痛快。这眼泪流干净了,那人就全好了。于是老太太和至柔就站在旁边看,看那马兆礼竟前前后后流了快两个时辰的眼泪。一会儿,全家老少都来了,大家听说三少爷好了,都压抑着喜悦和兴奋的心情,看老太爷给他施针。直到最后一滴眼泪流出,老太爷就说:"好了,我儿子的病好了,他的人回来了,心也回到马家了。"

老太爷给马兆礼拔完针,马兆礼立即站起来,叫老太爷、老太太,然后给他们下跪。老太太高兴得眼泪直流,让他一一见过二娘、三娘、四娘、五娘和几个兄弟,然后就把周至柔推到他面前,说见过你媳妇儿。马兆礼看着三少奶奶,对老太太说:"她叫周至柔。"于是大家就笑。这是他们每天游戏的内容,那马兆礼只把"我叫周至柔"改成了"她叫周至柔"。老太太就说,这三少奶奶是个好儿媳妇儿,她嫁给你这个傻子,天天尽心尽力地伺候你,想尽千方百计要把你的心给找回来。现在好了,我儿你的心回来了,这三少奶奶给咱马家立下了大功。儿呀,你这辈子可要记住,你这半条命是三少奶奶给你捡回来的。娘今天没有别的要求,你就代马家给周姑娘跪下,谢谢她救了你的命,谢谢她救了咱马家。马兆礼一听,立马跪下道:"周至柔,马兆礼谢谢你的救命之恩!"至柔立马将他扶起,说这使不得,可折煞妾身了。二娘红升说,三少奶奶你只管受着,这是马家应该敬你的。回头又对马兆礼说,三少爷对三少奶奶,怎么能这么个叫法呢?得改口说话,先谢至柔姑娘,再谢三少奶奶。那马兆礼只是习惯叫她周至柔,憋了半天,改口叫了一声夫人,大家在旁边看得直笑。

老太太说,三少奶奶给马家立了这么大的功,咱这做婆婆的,准许她提出三个要求,只要马家能够满足的,咱一定答应。那至柔一听,却不好意思了。说,我没有什么想法。众人哪里肯依。老太太叫她别扭扭捏捏的,大方一点儿就好。于是至柔想了想,就说她只有两个想法,第一个想法,是做个真女人,每天能够靠在丈夫身上撒撒娇。大家说那是你们小夫妻关起门来后自己的事儿,我们可管不了。第二个想法,就是在她生儿子之前,先不要给兆礼娶妾,除非她不能生育。老太太一听,满口答应。马兆礼当即就说道:"夫人对我恩重如山,我堂堂男儿,岂能不报?我这辈子定当对夫人忠心不贰,一心一意,决不再迎娶任何一人。"

大家正在惊叹,那马兆礼就说道:"从今往后,我马兆礼将跟着老太爷潜心学医,不再贪玩儿。我这辈子,教训深刻。小时候贪玩儿,上学堂,把两位先生赶走了;说媳妇儿,差点把自己的命都玩儿丢了,不能不引以为戒。今后我将浪子回头,洗心革面,一心一意,做医做药,重振马家雄风。"

第二天,老太太说让三少爷三少奶奶回周家去住一个月。周大爷周大娘见女儿女婿如此恩爱,守得云开见日出,自是喜不自胜。不久,马兆礼即到定州眼药店跟随马老太爷学医。那时天启皇帝刚刚驾崩,家家户户举行国丧。没几天,思宗登基,次年改年号崇祯。

马兆礼跟随老太爷学医不及一年,老太爷年近六十有三,因此不再坐堂,只在后院陪老太太在家养老。兆礼一面坐堂行医，一面学习各种医典，碰上问题了，及时与老太爷商议，倒也过得自在而充实。那兆信只管从全国各地采购药材的事；店内的药材加工，原由二娘红升掌管，现在二娘红升也老了，一并由马兆礼总管。马兆礼接手以后，在跟老太爷的聊天中，得知李时珍对他们定州眼药店八宝药方及其加工工艺的观点，然后就开始亲自尝试改革八宝眼药的加工工艺。原来的工艺，是二娘红升年轻的时候根据老太爷研制的工艺改进后留下来的，虽有长处，可二娘毕竟不是从医的，因此难保没有不足。是故，他花了整整四年时间，将那八宝制作的几十道工序，在全方位地进行了各种各样的尝试和比较之后，最终确定了一种效果最佳的制作工艺和工序，规定所有人制作八宝，均得按此工序和工艺流程进行，不得违背。其中关键的几道工序，由他自己亲手操作。在药品购进上，他也制定了相关的规章，坚持以质取胜，实行批批三次抽检。购买时抽检一次，装车时抽检一次，到店后抽检一次。对各种药品的价格，以卖得出去为原则，贵贱搭配，重新核定价格体系。对那些大宗的药品，大路货，实行低定价，以吸引顾客，以量取胜，薄利多销，而对少数只此一家经营的高品质的药品，则实行高品质，高定价。同时制定药店内部各个环节的管理细则。又从企业制度上，将药店的股份分成相等的六份，分别是：马兆仁、马兆义、马兆礼、马兆智、马兆信及其配偶和子女各一份，另一份归家里老人养老所有，每份各出股东一人。凡是涉及药店的大事，均由股东商议解决。日常经营之事，则由他负责。同时还实现了药店以行医为主到卖药为主的经营方向的大转变。另外，他还将药店利润救治穷人的额度，进行了分级管理，共分甲乙丙丁四级。丁级为正常年份救治，以不超过药店利润的百分之二十为度，丙级为一般性灾年的救治，以不超过药店利润的百分之四十为度；乙级为重灾年的救治，以不超过药店利润的百分之七十为度，甲级为连续重灾年的救治，以不超过药店利润的百分之百为度。

进行了这一系列的改革之后，定州眼药店的生意蒸蒸日上，名声越传越远。

第二年，马兆礼和三少奶奶的大儿子出生了，取名马当义，意即要他有担当，有道义。孩子稍大之后，马兆礼即以三少奶奶的丫鬟年纪大了为由，要她家里给她找个男人嫁掉。老太太、二太太都不同意，都想让他收了，要给他圆房，他却坚决不同意。最后找到城外一家还算殷实的农户沈大郎给嫁了。当义满两岁后，二太太红升年岁已高，就不再当家，改由三少奶奶掌家。老太太、二老太太和三老太太每天在一起，家里特别的大事，就由三少奶奶向她们报告,由她们裁定。

崇祯年间,马家蒸蒸日上,天下却不太平。崇祯元年(1628 年),即爆发全国性的大饥荒,满州后金强势崛起,陕西爆发流民大起义。崇祯二年(1629 年),裁撤驿站,李自成失业;崇祯铲除阉党魏忠贤及其党羽;十月,后金军第一次入塞,威胁北京,永平四城失守,畿辅震动;袁崇焕入卫京师。崇祯三年(1630 年),部分农民军流动至山西;袁崇焕被杀。崇祯四年(1631 年),陕西三边总督杨鹤招抚农民军,皇帝拿出十万私银;银用光后,农民军复叛;八月,后金军围攻辽东重镇大凌河。崇祯六年(1633 年),农民军大批渡过黄河,进入河南。崇祯七年(1634 年),以陈奇瑜为五省总督,主持围剿河南、陕西等处农民军;七月,后金军第二次入塞,蹂躏宣府、大同一带。崇祯八年(1635 年),农民军克凤阳,掘皇陵;明廷调集精兵七万在中原会剿。崇祯九年(1636 年),农民军主力高迎祥等部纵横于豫、皖、川、陕各省;四月,皇太极即皇帝位,建国号大清;七月,清军第三次入塞,攻掠京畿地区;高迎祥在陕西被俘。崇祯十年(1637 年),兵部尚书杨嗣昌提出"十面张网"的对农民军作战计划,熊文灿实施。崇祯十一年(1638 年),清军第四次入塞,扫荡畿南、山东,卢象升战死;张献忠等部相继受抚;李自成部接连失利,率十八骑突围。崇祯十二年(1639 年),正月,清军克济南,掳德王;五月,张献忠、罗汝才在谷城、房县再度起义;七月,农民军大败左良玉部于罗猴山。崇祯十三年(1640 年),秋,张献忠、罗汝才部进入四川。崇祯十四年(1641 年),正月,李自成复振,攻克洛阳,杀福王;张献忠出川,二月克襄阳,杀襄王,杨嗣昌因之病死;二月,李自成部围攻开封;春,清军对锦州实行包围,明廷调集十三万大军救援;明清松锦决战,明军大败,蓟辽总督洪承畴等被困于松山、锦州;九月,李自成部于项城聚歼明军数万人,杀陕西总督傅宗龙;十二月,李自成部再围开封。崇祯十五年(1642 年),正月,以马绍愉为特使,同清朝谈判;二月,李自成部在襄城大败明军,杀陕西总督汪乔年;三月、四月,松山等城破,洪承畴被俘降清;五月,李自成三围开封;七月,对清和谈机密泄露,和谈中断;九月,黄河堤溃,开封被水冲毁;十月,李自成在郏县大败陕西总督孙传庭部;十一月,清军第五次入塞,深入山东,俘获三十六万多人。崇祯十六年(1643 年),年初,李自成在襄阳建立政权;二月起,京师瘟疫流行;三月,左良玉部变乱;五月,张献忠克武昌,杀楚王,建立"大西"政权;八月,清顺治登基;九月,李自成再败明督师孙传庭于郏县;十月,李自成克潼关,孙传庭战死。崇祯十七年(1644 年),正月初一日,李自成在西安称帝,建国号"大顺";三月,李自成部兵临北京城下,十九日凌晨,崇祯自缢于煤山。

农民起义的导火索,在于天灾。明末的旱灾,是中国五百年中最严重的自然灾害。崇祯五年至十五年(1632~1642年),黄河流域发生了连续十一年的罕见大旱,特别是崇祯十年至十六年(1637年~1643年),尤以崇祯十一年至十四年(1638~1641年)为甚。

史载,崇祯元年夏,畿辅旱,赤地千里;陕西饥,延、巩民相聚为盗。崇祯二年,山西、陕西饥。崇祯三年,山东大水;三月,旱,择日亲祷。四年六月,山东大水。五年六月壬申,河决孟津口,横浸数百里;六月、八月,大雨;九月,顺天二十七县霪雨害稼;五年,杭、嘉、湖三府自八月至十月七旬不雨,淮、扬诸府饥,流殍载道。六年正月辛亥,大雪,深二丈余;京师及江西旱,陕西、山西大饥,淮、扬饥。六、七年冬,无雪。七年五月,邛、眉诸州县大水,坏城垣、田舍、人畜无算;京师饥,太原大饥,人相食。八年七月,河南蝗。九年,南阳大饥,有母烹其女;江西亦饥。十年六月,山东、河南蝗;京师及河东不雨,江西大旱;浙江大饥,父子、兄弟、夫妻相食。十一年五月,喜峰口雪三尺;六月,两京、山东、河南大旱蝗;夏,雨浃旬,圮南山边垣;两京及山东、山西、陕西旱。十二年十二月,浙江霪雨,阡陌成巨浸;畿南、山东、河南、山西、浙江旱;两畿、山东、山西、陕西、江西饥;河南大饥,人相食。十三年五月,两京、山东、河南、山西、陕西大旱蝗,浙江大水;两京及登、青、莱三府旱;北畿、山东、河南、陕西、山西、浙江、三吴皆饥;自淮而北至畿南,树皮食尽。十四年六月,两京、山东、河南、浙江大旱蝗;山西潞水北流七昼夜,势如潮涌;两京、山东、河南、湖广及宣、大边地旱,南畿饥。十五年六月,汴水决;九月壬午,河决开封朱家寨,癸未,城圮,溺死士民数十万;黄、蕲、德安诸郡县霪雨。十六年,松江自五月至七月不雨,河水尽涸,而泖水忽增数尺;京师大疫,自二月至九月止。十七年春,北畿、山东疫。

第三十二章

汪参军轻饶马兆信　杨和尚被缚陈家庄

自打马兆礼接手定州眼药店,并进行一系列的除旧布新之后,马家的眼药生意进入了黄金发展时期。马兆礼是个天才的生意人,在他的打理下,定州眼药店在北方发展得风生水起。

崇祯五年(1632年)前后开始的旱灾,对马家的眼药生意,倒是一个极大的扩张机会。干旱缺水,人们就没法讲卫生。长期不洗的结果,就是眼疾一再大流行。每到夏天,北方一片干枯,太阳天天暴晒,结果就是很多人长毒疮、脓胞,定州八宝眼药还可以外敷治疗这类热毒,效果也很好。因此,从干旱的初年到崇祯十二年(1639年),定州眼药店的生意不仅没受什么不好的影响,反而发展得很快。生意日益兴隆,没几年就壮大了。每天到药店看病买药的人络绎不绝。而自从马兆礼把祖传的八宝制作工艺进行了改良之后,特别是把八宝眼药粉全部改制成药膏之后,大大方便了人们的购买和携带,很多人都从几百里之外老远托人购买马家的眼药膏,有的病人买了药膏之后,用了一些时间,还没有用完,就把它放在那里,等过了几个月再用,效果同样很好。这个特点,使得马家的定州眼药成为可以外销很远,存放时间久,使用时间长的中成药。使用者的口碑,一传十,十传百,最终让定州眼药店跃升为河北第一医药品牌。而马家的财富在那些年中也快速地积累着,马兆礼每年挣到钱后,除了一部分换成黄金白银,其他的都投到城外,置办了大量的田产,马家也因此而迅速跃升为定州的首富和望族。

而从崇祯九年(1636年)起,河北经历了连续六年的干旱。这场干旱最后终于波及到了马家。定州眼药店的生意,从前些年的暴涨之后,到崇祯十二年开始暴落。因为这一年,流民开始大量涌现。

这年正月,清军克济南。五爷马兆信率船到南方进货,船回德州时,被清兵扣压。五爷使银子才得以逃回,货物被没收,其他随船人员如徐九三等,都被掳掠至关东。马家不仅损失了一船货物,还得安顿被掳人员的家属,并答应托人到关东去寻找他们的下落。六月中旬,因为药材奇缺,马兆礼决定再走旱路去蕲州进货,仍由兆信带队,欧阳老大飚的孙子外号欧阳草上飞等人跟随。去时很顺利,回来的时候,却在光山遇着了农民军。那光山离湖北河南交界处不远。出了湖北麻城,就是河南新县,再往北走,就是光山。光山的东北是潢川,西北是罗山。五爷带着大家刚出光山县城,就在城外五里墩遇上了农民军。那是张献忠派去从东面围剿左良玉部队的一个分支,为首的是一个老师爷,白须,白发,脸上的皱纹像核桃,一双小眼睛眯缝着。这大热天,他额头上还勒着一根红带子。农民军拦下了他们,并将马兆信和欧阳草上飞带到一个三进大院的中厅。那老师爷正坐在太师椅上等候着。

一进中厅,两人就被勒令跪下。老师爷对着茶碗吹了几口气,然后轻轻地抿了一口,接着点了点头。左右就说:"何方探子? 报上姓名。"

马兆信一听,立即叩头道:"启禀大爷,小的不是探子,小的是定州马兆信,奉三兄马兆礼之命去蕲州进药材来着。"

那老师爷一听,顿时坐直了身子。他让马兆信抬起头来。兆信立即抬头。他又命马兆信跪直了。兆信就直直地跪在地上,头往前伸着,不解地看着他。师爷就把马兆信上上下下打量了个遍,道:"你可是定州眼药店的?"

"正是。在下是定州眼药店五爷马兆信。"

"你还有个四哥叫马兆智?"

"正是。老先生您认识我四哥?"

"认识。烧成灰也认得你们三兄弟。还有那马兆仁,马兆义。"

"老先生为何认识我们? 请问您是?"

"你睁大眼睛,仔细看看我是谁。"

那兆信把眼前的老先生打量了又打量,的确很眼熟,好像在哪儿见过,可又的确想不起来。这时有一卫兵进来报告说:"报告汪老参军,去潢川筹粮的队伍回来了,没有筹到粮食。"兆信一听,马上就道:"您老就是汪老先生? 是我们的恩师?"见是故人,就说道,"恩师在上,请受兆信一拜。"说罢,就对汪老先生磕了一个头。然后又代他那四兄弟一一给汪老先生叩首。

汪老先生道:"岂敢! 谁敢受你五大少爷的响头? 你总算还记得我汪某人。早知今日,当年却为何又要将我赶走?"

在人屋檐下,不得不低头。兆信就道:"当初是小孩子,原不懂事儿。恳请汪老先生能原谅我们儿时的过错。您大人有大量。"

"呵呵,现在知道错了?那于事何补?只是我们当初有一个约定,你三哥马兆礼说,你四哥马兆智去参加科举考试,你和你三哥马兆礼要子承父业,经营药店。现在果然如此。"

"当初有这么个约定吗?只是我那时还小,不记得了。"

"你不记得,我可记得清清楚楚。说说吧,你们兄弟几个现在干啥?"

"我三哥马兆礼现在是药店掌柜,我掌管药店在全国采购药材。四哥马兆智和大哥二哥现在仍在读书。"

"我想我当年的预言应该是准确的吧?"

说实话,兆信早已经忘记了汪老先生当年的预言内容,于是只好请他再说了一遍。听完老先生的话后,兆信说道:"老先生的预言好准哟,很多都对。"

汪老先生就看着他道:"你说说看,有哪些地方对了。"

"我大哥、二哥、三哥和我都没有考上举人。他们三个都只考取了秀才,我连秀才也没有考取。三哥后来开定州眼药店,可生意一般,也只是勉强过得去。"这个时候,他自然不想露富。

"你说生意一般,那我估计你们可是发财了。还有那个马兆智呢?你是说我预言他预言错了吧。"

"我四哥在崇祯四年中了举人。考进士考了三次,都没考中。"

"呵呵,那你这就是说,我当年的预言,基本上都错了。因为当年我预言你们马家几兄弟不可能中举。你和马兆礼当时就说了,不再考科举;那兆仁和兆义,你们也都认为他们考不上,根本就没有作他们的指望。"

"岂敢!岂敢!四哥兆智能够中举,也要拜老先生您所赐。正是您那个时候打下的底子,让咱他最后终于考中了。我和三哥也要感谢恩师。如果不是您当年拿话鞭策我们,我们后来也不会努力,以至于能够支撑定州眼药店这么多年。我们兄弟几个,总是不忘恩师您的教诲,总想给先生您长长脸,让您再见到我们时能有一点自豪,能为我们感到一点点骄傲。谁知人生苦短,至今却一事无成。"

"嗯,这话还算是人话,也是我当你们先生后听到过的第一句舒心话。不过这话晚了近二十年。如果那时候说这话,我可能爱听;现在呢,明显的假话,该打。那兆智在我走后十几年才中的举,与我何干?"

汪老先生的话音刚落,左右就按住兆信,还有人拿来木棍,准备开打。那汪老先生挥挥手后,他们就退下了。兆智吓出了一身冷汗。见退了,还心有余悸。

原来那汪老先生自离开马家后,就辗转各地授教。崇祯五年被人请到河南,六年,河南大旱,农民军进入河南,他活不下去了,就参加了农民军。因为年纪大,又是个举人,就被一个千户杨和尚看中,当了千户的参军。现在正为那千户筹粮。今天既然有这么一只大肥羊送入口中,他哪管是不是他学生,岂有不宰之理。于是就道:"五少爷,我汪某跟你打个商量如何?"

"恩师请讲。"

"我汪某在这义军中,不干别的,只为义军筹粮筹饷。刚才你也听到了,我们派往潢川筹粮的队伍空手而归。因此,我跟五爷你打个商量,能否把这几车药材借给我,或者借我一些银两。"

这当然是客气话。兆信尽管小时候有点儿笨,但走江湖这么多年,自然清楚人家这是先礼后兵。先说跟你借,那就是把你人或东西给扣着,让家里人拿钱来赎。

于是兆信就说道:"恩师,实话对您说,这药材呢,我们今年春上在德州已经丢失了一船。正是由于水路不安全,因此才改走旱路。今年河北药材奇缺,多数药店都关门歇业了好几个月。那官府要我们七月份就开业,以救济那众多患有眼疾的乡亲们。这几车药材是运回去救急用的。如果把药材留在您这里,那我马家可就得遭大难了。因此,请恩师您高抬贵手,药材让我运回去,我这里还有五百两银票,自愿送给先生,您拿去买粮。我现在手中只有这么些,只能帮您到此。"

"呵呵,五百两,那还不够我塞牙缝儿的。你当我是叫花子呀?"

"要不,我再给先生您写五百两银子的欠条如何?在店里进药材,我只有动五百两银子的权限。另五百两银子,我到时拿自己的私房钱补给您,如何?"

"你欠下那五百两银子,我到哪儿拿去?总不至于让我跟你到定州吧?还不如这几车药材来得实在。"汪老先生收下五百两银票后,还是觉得少。本想再榨他一榨,谁知那一直没有开口说话的欧阳草上飞却说道:"汪老先生既然是张大帅的部下,那一定听说过曹操罗汝才吧。"

汪老先生看了他一眼道:"认识又如何?不认识又如何?"这话说完,又觉得不妥,于是补充道:"这位兄弟,你与曹操是什么关系?"

"在下称曹操为师叔。在下祖父,江湖上人称欧阳老大飚,曹操罗汝才十五岁时,曾随其父到过定州,跟随我祖父习武,拜在下祖父为师。两个月前,他还曾托人给我家带过一封信。"

那汪老先生听他这么一说,就把他上上下下仔仔细细地打量了个遍。看他不像说假话的样子,就改口道:"既然这兄弟认识曹操,那今天这五百两银子我就先借了一用。另外,我再派几个兵,一路保送你们到定州就是了。"

于是,汪老先生留他们吃过晚饭,再在军营里住了一宿,第二天就派人送他们回定州。到了定州,马兆礼听兆信讲在光山遇见了汪老先生,听说了他们筹粮的难处后,就当即给汪老先生写了一封信,另外奉送一千两银票,算是对当年的行为表示歉意,同时也算是感谢恩师当年教育了他们。那汪老先生收到信和银子后,倒很是感动。他没有想到,这马兆礼还果然是个人物,这么多年过去了,还不忘记先生,主动送去一千两银子,如此知恩图报。

这年,定州出现了大量流民。"河北九河俱干,白洋淀涸,"旱、蝗、疫灾接踵而至,"石米涨价至白银一两"。马家在定州府衙门的要求下,又开设了粥棚赈灾。幸亏积蓄较多,加上老一辈、少一辈女儿多,且都嫁了好人家——那兆仁的两个女儿,兆义的一个女儿,都嫁在定州城内,也都是大户人家;因此马家这次开粥棚,还不是太难。但是,这样的局面只维持了一个半月,因为流民汹涌而至,官府又没钱赈灾,只靠大户开粥棚,杯水车薪,根本就解决不了问题。最终,流民揭竿而起,抢劫了很多大户。那熊氏的女儿家里就被抢。她年近半百,被农民军五花大绑,押解到定州府衙前,丢进柴火堆里被活活烧死。她的两个儿媳妇儿也被害,先被强奸,再被烹死。此事对兆礼打击很大。熊氏女儿嫁的那个人家姓韩,韩家发生了这事儿,他们第二天才知道。那时三个女人都已经死了,想救都来不及。马兆礼本来对农民军充满了同情,但没想到他们是如此行径。熊氏知道此事以后,当时就昏死了过去,救了半天,也没有抢救过来,几天后就断了气。马家只好将她草草葬在了祖坟处,跟她原来的丈夫葬在一起。

只是农民军还没有抢劫马家。马兆礼有老父当年留下的话在那儿,特别是这些年干旱大炽以后,他加大了免费发放药物的数量。像这两年,就没有拿过一两银子回家,还倒贴钱开粥棚。那周至柔虽然当家,可家里和店铺里的大事,全都听马兆礼的。马兆礼怎么说,她怎么做,口里总是一百个好。

这年冬天,奇寒无比。从十月份起,定州就滴水成冰。问题是,没有水。冬天没有一滴雨,甚至也没有飘下一片雪花。来年春天,虽然下了几次雨,可雨都很小,对干涸的土地来说,那也只是打湿了一下大地干裂的嘴唇。三月和四月,禾苗开始返青,还下过一些零星小雨,可五月到八月,整整四个月,再也没有一滴雨。六月份，禾苗就开始干枯而死。人们从四月份青黄不接开始，就没有吃的。麦苗灌不了浆，夏粮颗粒无收。五至六月没有雨，秋粮发不了芽。人们先吃那还没有完全枯死的庄稼，一场蝗灾之后，庄稼都没了，于是大家开始吃树叶，吃完树叶吃野草，吃完野草吃树皮，吃完树皮吃草根，吃完草根吃观音土。观音土吃完了，好多人就都得了大肚子病，没多久就腹胀而死。每担米价涨到白银三两。接着就是鼠疫就来了，染上就死。先是睡不着觉，再是高热，最后是出血，严重的，"病者吐血如西瓜水立死"。到八月份以后，人吃人的现象在定州开始出现，传得各家各户都异常恐怖，不仅仅是晚上，就连白天，也没有人敢一个人在街上走。那定州几乎成为一座死城。九月份后，零星下了一些雨，但仍没有彻底地好转。多数的流民，还有众多市民，都被疫病带走。定州城里，十空二三。有严重者，甚至全家死绝，在家里臭了，都没有人收尸。

这一年，马家基本上只喝稀的。尽管家里有钱，可是粮食不多，那周至柔就只有让大家喝稀的，能省点儿就省点儿，细水长流。好在马兆礼早有准备，他们听从二老太太的建议，早在崇祯九年就把那些闲置的几处宅子都卖了，然后拿卖宅子的钱，用对方的地契和钱庄的股份作抵押，借给放高利贷者吃定息。他家一共卖了五处宅子，收银子一万两银，借给放高利贷者，年息三分，每年有三千两银子进账。因此家里虽然艰难，但也还是有吃的。再加上不时到黑市上买点东西打打牙祭，这年马家总算挺了过来，没出什么大事。

第二年开春后，就一直没雨。旱情更重。四五月份，下过两三次雨，地上的草就发芽了。可是草长出来没多久，就被人吃光了。六七月份，又没有雨。八月份下过一点雨，又有些草长出来，又被人吃光。而且鼠疫并没有走远。到这年冬天结束，定州城里，十室空了六七户。夜里，大街上连个打更的都看不到，白天，基本上也见不到人。商铺一般都隔五六天才开一次，有些甚至干脆关门大吉，只做黑市。

这一年，李自成进入河南，"吃他娘，喝他娘，开了大门迎闯王，闯王来了不纳粮。"这个口号一喊出来，河南那些被旱灾弄得没法活命的穷苦百姓都跟着李自成反了。然后李自成开仓放赈，专攻河南山寨——因为那些大地主都躲到山寨里去了——打下了山寨，就开仓。再攻下洛阳，杀了福王，没收了福王的一切，用于救济平民，发展军队。因此崇祯十四年，河南被李自成搅得天翻地覆。农民军两围开封，在项城把陕西总督傅宗龙杀掉，聚歼明军数万。

河南一闹，那山东、河北也都闹起来了。

汪老先生和千夫长杨和尚先跟着张献忠，后来他们的队伍被打散，又被罗汝才的部下收容。汪老先生仍做杨和尚的参军，仍管筹粮饷一事。后来罗汝才跟张献忠闹翻，并于这年（1641年）投奔了李自成，与李自成联手。他们协议，每攻下一地，打下的财产四六分成，罗汝才四，李自成六。于是李自成成为所有农民军中势力最大的一支，以至几乎可以打败任何明朝的军队。

而就在这一年，那汪老先生来到了定州，仍然是为筹饷一事。马兆礼二话没说，当即就给了他两千两银子。杨和尚虽说是千户，可队伍恐怕有五六千人。汪老先生还跟马兆礼提出，想让马兆智加入他们的队伍做参军，因为兆智聪明，鬼点子多，总有办法解决问题。他跟杨千户极力推荐，杨和尚同意了。可马兆礼不同意。他肯请汪老先生放过兆智，说明年春天，兆智就要去参加会试，想要实现马家祖孙三代人多少年的梦想，考个进士。他给汪老先生加了一千两银子，求汪老先生不要打兆智的主意，那汪老先生这才离去。次年春，兆智会试中了进士，可是天下已经大乱，做不做官，已经不重要了。于是兆智回到定州，马兆礼就再也没有让他出仕做官。

这年春天，汪老先生再次来到了定州。他先好言相劝，要马兆智出任参军一职。马兆智不同意，马兆礼也不同意。兆智他好不容易考了个进士，没几天就去反皇上，这样的事情如果传出去了，他马家在定州怎么立足？万一官府哪天追查下来，马家怎么办？这不是他马家的做派。您汪老先生要反，那是您自己的事；因为您当初当过咱们的先生，且在前年曾放过兆信一马，马家私下支持您一些银两，那也正常。可要我马家的人反皇上，这不可能。

可人家农民军并没有再讲客气。汪老先生说，你们去年说要考科举，现在已经考中了，又没有再去做官，怎么就不能参加农民军？这农民军势大，万一再像那个朱元璋一样，造反弄出个新朝代来，那你马家当过旧朝的进士，又在新朝里为官，岂不是咸鱼翻了身？再说那个什么鸟官，又有什么做头？因此他就让那个五大三粗的杨和尚，带着几个农民军，在一天夜里直接来到马家，绑走了马兆智，然后再逼马兆智跟他一起当参军。马兆智一言不发地盯着他看。他看马兆智已经逃不出他的手掌心，就说道："你看什么看。你考了进士又怎么样？还不是要跟咱一样反皇上？我是你先生，自然比你懂得多。我且告诉你，现在你想反皇上还来得及，将来只怕你想反都没得反的了。"那兆智没有办法，只有跟着他们走。但他说了，如果跟别人打，他可以出主意；可如果跟拥护朝廷的力量打，他不设一计。

杨和尚的力量，在定州、固原一带，已经活动了几个月，城里基本上都被他们搜刮一空。于是他们就到周边乡村里去。农民军从城东，一直转到城南，再转到城西，再转到城北，围着定州城转了一圈儿。谁也没想到，他们却在城北十五里以外，在一个山沟里中了埋伏。伏击他们的是团练，地主武装，为首的是一个举人，姓陈，名良鲲，就是那个王依琪的丈夫。陈举人中举以后，再也没有考中进士。他这人很聪明，自幼喜欢读杂书，尤喜兵法。到各地农民开始起义以后，他就只把主要的精力放在练兵上。他组织那十里八乡的团练，天天在家训练自己的队伍。他们的队伍也有两三千人，本来打农民军是打不赢的，可是他们占据了地利，加上他又懂兵法，又做足了准备，因此这场伏击，他们以少胜多。而农民军中，很多人也都是乌合之众，根本就不经打。对方用强弩和枪、铳、鞭炮一齐上，他们就死的死，逃的逃，一会儿就兵败如山倒。没有逃跑的，都被抓了。那马兆智，还有汪老先生、杨和尚，一同被抓。

陈举人抓了人后，先把他们丢到土牢里，也不开审，先饿他们三天再说。自打杨和尚的队伍进到定州城以后，城里的官兵、衙门里的人早都跑了。因此陈举人打了这场胜仗，就派人向官府去报喜，却连一个衙役都找不着。找不着官府，想领赏也领不着，抓住了的农民军也不好办，总不能自己拿粮食出来养他们吧，于是就把那些罗喽儿教训了一顿，然后就把他们放了。

三天期满，陈举人就把那杨和尚、汪参军和马兆智押了出来。他们被饿了三天，早已经没有劲儿了。那杨和尚虽然是个粗人，且被绑得结结实实的，人却并不老实。他乜斜着个眼睛，很不服气地看着眼前的这个文弱书生。陈举人三十多岁，一身书生打扮。人长得白白净净，更兼头戴纶巾，身着白袍，虽然文弱，却也有几分英气。他一看杨和尚那眼神，就用食指照着杨和尚一点，一个庄客模样的汉子就走上前来，站在杨和尚背后，双手抓住他的肩膀，右膝盖照着他腿后稍稍用力往前一顶，那杨和尚就跪下了。他还想挣扎着起来，肩膀早被那汉子摁住，哪里动弹得了。然后陈举人就笑着道："本人陈良鲲，本庄人氏，举人。你是何方反贼，被我拿下，还不服气，还胆敢藐视本举人。你要真有本事，再把三天不吃饭，我就放了你。敢造朝廷的反，看我怎么收拾你！"

那杨和尚人虽然跪着，但嘴上一点亏也不吃。他说道："有本事，你就把我给放了，让我重新集合队伍，咱们摆开了再打一场。你要是再把我给捉了，我就服你。"

谁知陈良鲲却说道："你还能集合队伍吗？你的队伍死的死，逃的逃，那些被我捉住了的兵,已经被我放了。五六千人的队伍,竟被两三千人打败,连你都被我们抓了。你还有脸来跟我抖雄。早干什么去了?"

谁知那杨和尚却接道:"你们专来阴的。从来就没有听说过有你们这支队伍,你们又没有任何症兆地在山沟里埋伏好了来打我们。这专使阴招儿,算什么好汉?"

那陈良鲲却接腔道:"什么鸟好汉?本人根本就不是你所说的那个什么好汉。本人早就跟你说了,本人是举人。"那陈良鲲说到这里,翘起个二郎腿道,"什么绿林好汉,全是一帮反贼。告诉你,你们这帮反贼,碰上我陈良鲲算是倒了血霉,本人是专门设计杀反贼的。那么个夹山的长沟,你翻翻兵法书瞧瞧,就是个打伏击的好地方。"说着,那脚尖微微往上一勾,就勾起了杨和尚的下巴,道,"怎么样,看你还算个人物,跟着我打反贼如何?本人供你吃喝,保你平安。你们造反,不就是没有吃的才造的反吗?参加本人的民团,保你吃饱喝足,如何?"

那杨和尚只是用鼻子哼了一声,便不再说话。陈良鲲一看,就说道:"敬酒不吃吃罚酒,那好办。拉出去,砍了!"

这时,那汪老先生却说道:"陈举人,何必那么急呢?"

陈良鲲一听有人要帮腔,就说道:"呵呵,还有不怕死的吗?不怕死的话,只管把脑袋往前伸就是了。反正我那刀刃是新发于硎,有道是,'十年磨一剑,霜刃未曾试。'今天正要试试它是否锋利,多一个脑袋多砍一刀,也就无所谓了。"

汪老先生却说道:"你要杀掉这位杨千户也好,又或者要杀掉我汪某人也好,哪里急于这一时呢?你口口声声说你是举人,敢问你是哪一朝哪一年的举人?"

这明代有个规矩,读书人见面,先排资历。你是举人,那你说你是哪一年的吧。那陈良鲲一听,就说道:"本人是崇祯十二年的举人。老先生听你这一说,莫非你也是……"

"敝姓汪,名汪朝宗,固原人氏。万历三十六年中举,位列河北第十二位。"

这是个很厉害的名次。中举不说,还位列第十二位,还是万历朝的,比他陈良鲲早得多。这还了得?那陈良鲲于是起身道:"给这位老先生松绑!"他随后对汪老先生拱拱手道:"老先生,多有得罪。"

那汪老先生这时不讲别的,只是说道:"陈举人,咱们三天没吃东西了,能否给点吃的垫垫肚子。要死也不能做个饿死鬼呀。"

陈良鲲手一挥，下人不一会儿就给他端上一碗稀饭，几个高粱饼。那汪老先生又说道："陈举人，我这两个兄弟还绑着呢。反正是在你的地盘儿上，你还担心他们跑了不成？"陈举人就说道："老先生毕竟也是万历朝的举人，咱陈某就卖你个面子吧。"然后他一挥手，手下就给杨和尚、马兆智也都松了绑，再给他们都拿来了点吃的东西。

吃罢，陈良鲲就问道："汪老先生，你既然是万历三十六年的举人，却为何也要走上反贼这条不归路呢？"

汪老先生摇了摇头，道："一言难尽。我自万历四十二年辞官以后，就一直辗转在各地当西席，以养家糊口。那年流落到了河南，先是春季的大水灾，后是夏秋的大旱，五个月未下一滴雨，再是秋后的蝗灾，人哪里活得下去？就在半死不活之时，正遇上农民军开仓放粮，这就跟随了他们，算是拣回了一条命。实话跟你说了吧，咱们农民军中的每一个人，没有哪一个是想反皇上的。可是活不下去，就只有反。不反是死，反了也是死，那就反了吧。咱们这命，从造反的那一刻起，早就不是咱自己的了。当年如果能够吃饱肚子，谁还愿意造反去呀？没事儿造那个反干啥？"

陈良鲲一听，就觉着汪老先生的话有道理。他说道："既然这样，那现在你就投奔我陈良鲲，给咱当幕僚，如何？"

汪老先生却道："我呢，都一把老骨头，也不想再折腾了。如果陈举人你能开恩放我，我就回家，再也不造反了。只是咱寻思，咱造反这么久了，那官府是否能放过我。"

陈举人道："官府，我们正在联系。"他看汪老先生一副老奸巨滑的样子，当然不想凭几句话就放人。于是道，"我看你是个老学究，做幕僚肯定是一把好手，放了你，那岂不可惜。"

谁知那汪举人道："放了我，就还有那更合适的人来呀。"

"谁？"

"就是这位。我向你陈举人举荐一位，保证合适——鼎鼎大名的马兆智，崇祯十五年新科进士，当年我汪某人的高足。"汪举人指着马兆智道。

第三十三章

农民军打劫陈家庄　马兆礼义救王依琪

那马兆智看汪老先生为了寻找脱身机会,把他给卖了,就死瞪了汪老先生一眼,嘴里骂道:"这老家伙,越老越奸,越老越滑头。"

陈举人一听,忙站起身来道:"敢问阁下就是定州城里的新科进士,马家四爷马兆智吗?"

马兆智没有办法,就说道:"正是在下。"

"失敬!失敬!"陈举人只拱了拱手,嘴里说道,"马进士这才中了进士几天,怎么你也就反了呢?再说,你马家在定州城尽人皆知,那是数一数二的大户人家,你总不至于也没有饭吃吧?"

马兆智看了汪老先生一眼道:"托当年我这位好先生的福,他让人把我给绑了,要我跟他一起做参军。"兆智实话实说道,"既被绑去参加了农民军,那又能怎么办?跑又跑不了。这个世道,咱读了二十多年的书,好不容易考中个进士,又如何呢?这官能做吗?今天做官,明天各地的农民军一造反,不是被农民军杀了头,就是剿匪不力,被皇上杀头。既不想做官,又不想造反,老老实实呆在家里过安安稳稳的日子总成吧,谁想还是被人绑了。既如此,那就只有跟着他们混呗,过一天,是一天。"

陈举人听了,说道:"亚圣之言,'穷则独善其身,达则兼济天下'。这是所有读书人的梦想。你马兆智独善其身了吗?没有。兼济天下了吗?也没有。本人陈良鲲,作为定州的读书人,我真的为你感到伤心。我真没有想到,咱们定州大名鼎鼎的马兆智,竟然是如此消极,连亚圣的话也置之脑后。"

谁知那马兆智却说道:"咱只是一个小小的老百姓,虽然读了些书,可是生逢乱世,也只想明哲保身。谁知遇上这位当年被我们兄弟赶跑了的老先生,于是就连自保也不行了。"他显然无心多说,可是看着陈良鲲那不想就此罢休、只想刨根问底的神情,却又不能不说,"生在这样个乱世,那是我们的不幸。关外是后金的强势崛起,现在他们早已经改名大清了,三天两头地,他清兵就会入境。宁远、锦州孤悬关外,可是却也挡不住清兵的铁蹄。关内呢,那李自成、张献忠,几死几活,次次都说把他们剿灭了,可没几天,他们要么再反,要么逃脱,再次掀得个天翻地覆。那么些派去剿灭他们的人,什么曹文诏、卢象升、杨嗣昌、陈奇瑜、洪承畴、左良玉、祖大寿,这些将领,哪一个不是战功赫赫?可他们要么战死,要么被俘,要么被杀,要么被贬,哪一个有个好结果?还有那孙承宗、袁崇焕、赵率教,他们攻打清兵,一样没有好结果。孙承宗,关宁防线的缔造者,还有赵率教,皆为战死,袁崇焕被自己人所杀。可是大明两头作战,军队打得赢农民军,打不赢清兵,尤其是今春松山一战,精华尽失。千军易得,一将难求,大明这么多走上历史舞台的猛将都没了,谁之罪?"

那陈举人问道:"那你倒是说说,这到底是谁之罪?"

"我不知道。我只知道,我们已经被你陈举人捉了。其他的,不知道。"马兆智说到这里,已经收不住了,只能一直说下去,道,"那是政治,殿试时虽然有过问策,但是说实话,我无话可说。皇帝说,天下是朕的天下,可天下真的是他的吗?如果真的是他的,那为什么他又不能安天下?让老百姓能够安安生生地过日子?为什么又有那么多的天灾和人祸?这大灾一年接一年,百姓死了一茬儿又一茬儿。这天到底是个什么样的天?这上天它哪有一点公道人心?如果上天没有一点公道人心,那我们去信它上天干什么?这到底是怎么回事儿?官兵来了,要欺负咱老百姓;农民军本来也是跟咱老百姓一样的人,可他们来了,为什么也要欺负咱老百姓?还有那清兵,他们来了以后,又有多少人要丧生?多少家庭要妻离子散,家破人亡?朝臣换了一拨又一拨,剿匪的人换了一个又一个,可这匪咱越剿越多。这到底是个什么样的天下?为什么会有那么多生不如死的人起兵反叛?如果这天下不是他皇帝的,那又是谁的呢?只是这些,我想不明白,又不愿意想,可有时候又不得不想。"

说到这里,兆智就停歇了下来。显然他不愿意再继续说下去了。那陈良鲲道:"你这简直是一派胡言。难怪你反了!你说是他们绑了你的,我还真的不信。"

那汪老先生没想到这时却说了句实话,道:"的确是我让杨千户绑了他的。这小子不愿意造反,被我绑了以后,说只要对方是支持大明的力量,他不设一计。"

陈举人于是对马兆智道："还算你有点良心，也不枉皇上在殿试时亲自考你一场。"说完这些，他又把眼睛盯着兆智道，"你的话还没有说完，继续说下去罢。你是我定州之人，又不反皇上，即使说错了话，我也不杀你。"

马兆智见他这样，只好说道："我说与不说，又有何益？你杀或者不杀我，于大明又有何益？什么作用也没有。个人的命运就像那沧海中的一滴水，它们被大潮托起，又被大潮摔下。你就算做得了潮头上的那一滴水，又能怎么样呢？大明那么些英雄人物，他们站立于时代的潮头，谁又能扭转那潮流的方向？"

说完这些，他又不想说了。谁知那汪老先生接下来讲道："纵算你今天杀了我们，又能如何？河南的农民军都两百多万，打下了几十上百座州县，连福王、襄王都被他们杀了，你又能把他们杀干净吗？既然你杀不净他们，你杀了我们，最终只会惹火烧身。农民军一来，你这一家老小，到时能活几个？"

"那我就先杀掉你们，要死咱们一起死，我先拿你们来垫背。"陈举人说道。

那一直没有说话的杨和尚，这时大笑道："哈哈哈哈！敢情！咱们一路上还有个伴儿。我杨和尚光棍儿一根，一人吃饱，全家不饿。只是你陈举人一家，三世同堂，大小几十口；咱们先走一步，去见阎王，在那边等着你们全家，可是赚大发了！"

这句话让那陈良鲲气不打一处来。于是他当即喊道："来人，再把他给绑了！把他的嘴给堵上！"

就在这时，有一个庄客前来禀报，说定州眼药店大掌柜马三爷带着大礼前来求见。陈举人一听，知道马兆礼的意图，就让庄客请他进来。

原来兆智被捉以后，在押解进庄时，刚好碰到王依琪出门去定州。那马兆智她原是认得的，车子经过他身边时，夫人掀起了帘子。马兆智一见她，脸上一惊。那王夫人一见他的表情，就更加确定了。但她还是想证实一下，问道："这位先生可是定州人氏？"兆智看她的眼神无比复杂，嘴里却没有一句话。车子一下子就走了过去。王依琪死死地盯着他看了好一会儿，这才转过头来，放下了帘子。

她到定州之后，花了两天时间，才托人辗转问清楚了那个马兆智确实是被农民军抓去了，她才确信丈夫抓的那人是马兆智。于是，她让妙香赶快前往马府，让赶快告诉马三爷，说马兆智被抓，就在城外三十里的陈家庄陈举人府上。

马兆礼听妙香一说完,就立马对妙香和依琪夫人表示感谢。然后他带了两个伙计,立即带上家里藏了多年的三棵人参,还有一千两银票,快马赶到陈家庄。

当庄客把马兆礼延请进陈家那三进深宅大院的中厅时,马兆礼一眼发现兆智还在,他那颗悬着的心,现在终于放了下来。再一看,还有那汪老先生和杨和尚。再看陈良鲲,正用审视的眼光看着他呢。于是他丝毫也不客气,连句寒暄的话都没有,直奔主题道:"陈举人,我马兆礼今天不为别的事情而来。这位马兆智是我同父异母的兄弟,被人绑了参加农民军,我今天特地前来,求您看在同乡的份上,高抬贵手。"说着,当即就送上了三棵人参。然后又指着汪老先生道,"这位汪老先生,本是我家过去的先生,那时我们三兄弟少不更事,把这位先生给气走了。今天呢,也求您一同把他给放了。"

陈良鲲对马家的定州眼药店还是很熟悉的,知道他们救了很多乡里乡亲的命。这时就说道:"马掌柜,您兄弟马兆智,我原本就不想杀他。因为他是您马家的人,而且他并不反皇上。"马兆礼一听,忙感谢道:"谢谢陈举人不杀我兄弟之恩!他是被迫的,陈举人您放心,我们马家决不会有一个人反对皇上。"

陈良鲲点了点头,道:"嗯,这个很好,我说咱定州的人,怎么会有人反皇上呢?"然后就指着那汪老先生道:"您这位儿时的先生,他口口声声说要反皇上,刚才我正准备拿他祭刀来着。既然您开口了,我可以答应不杀他。可如果要我放他,除非您让他答应再也不反皇上来着。"这陈举人读书还行,兵法也行,可这社会经验太差了。他哪里知道那些农民军,你只要不杀他,只要给他饭吃,别说让他不反皇上,就是让他招安他都干。这还用得着马兆礼劝?汪老先生当即就说道:"陈举人,我本读书人,参加农民军全因活不下去,不得已而为之。今既然承蒙我的学生来救我,又承蒙您陈举人的美意,如果我还是执迷不悟的话,那岂不是丢人丢到家了。今天我就依了陈举人,我只回家养老去,再也不反朝廷了。此言一出,驷马难追,如有反悔,天打五雷轰!"

于是陈举人答应放人。

马兆礼看着陈良鲲道:"抱歉,陈举人。我马兆礼还有一事相求。"

陈举人听他这么一说,已经有些不高兴了。就道:"还有何事?"

"我想请陈举人把这杨和尚也放了。他曾经放过我五弟马兆信,我欠他一次人情,今天斗胆提出来,求您放他一马。"

"您拿这三棵人参来,原来是要我放这三个人,一棵人参一条命,是吧。"

那陈举人说道,"我陈良鲲是个什么样的人,三爷您多少总知道一些吧。如此灾荒之年,很多人家连吃的都没有,要这三棵人参能抵什么用?您以为能救命是吧?我只是敬您马家这许多年来一直在匡扶正义,救济天下苍生,因此才同意放他们两位。现在您要我放了杨和尚这个反贼,让我做那不忠不义之人,那我陈良鲲起兵还有何用?"

马兆礼听他这么一说,知道他不可能再放杨和尚了。可是他仍想一试,于是就拿出那一千两银票来道:"陈举人,谁都知道,您在咱定州是鼎鼎大名。您在这个兵荒马乱的年代起义兵,维护一方平安,因此定州百姓也都感激您。可是,我也知道,如此世道,没有钱做不了事。我这里有一千两银票,知道您起义兵需要钱,这就送给您。您也知道,我马家为救济百姓,也拿不出更多的银子。请您不要嫌少,把它收下,权当我支持陈举人您兴义兵,匡扶天下,保家卫国。"

马兆礼一席话,倒真的说到陈良鲲心坎儿里去了。他感到心里十分舒坦。于是收下银票道:"既然您有这个心,那我也就不客气了。"

马兆礼于是道:"陈举人,您看这杨和尚,要论他反朝廷呢,是该死。只是他确曾放过我五弟一条命,因此,您看能不能放他一马。"

他这边正求着,那边杨和尚却说:"马三爷,我杨和尚谢谢您救我。不过呢,这个家伙是个死脑筋,您求他又有何用?"

那陈良鲲一听,就说道:"呵呵,本来我还说放你,既然你这样说,那就干脆算了,你人也不用放,暂且收监。不过马掌柜您放心,我一时半会儿也不会杀他。"

马兆礼还想再跟他说些什么,陈良鲲却站起了身,道:"送客!放人!"于是马兆礼对杨和尚拱拱手,说声保重,就带上马兆智和汪老先生,离开了陈家庄。

回到马家,马兆礼问汪老先生家里还有些什么人,汪老先生说固原已经没有什么人了。马兆礼道:"要不,先生您就在咱家养老吧。先生如父,我们与您的儿子是一样的。"

那汪老先生说道:"马兆礼,不管怎么说,我汪某人还是要谢谢你。"马兆礼说道:"汪老先生,岂敢。您是我们的恩师,哪能让您来说谢呢?"于是汪老先生就说道:"这大恩不言谢,我就不再说了。只是为师还是有几句话要说。"

马兆礼就说道:"汪老先生请讲。"

汪老先生道:"我有几句话,如梗在喉,不说不快。这第一呢,过去我曾与你有过一赌,现在我承认,我赌输了。"那马兆礼就说道:"过去是我们太小,太不懂事,惹先生您生气,请您不要计较。再说过去打的赌,我们早都忘了。"谁知那汪老先生却说道:"请你不要打断我,让我把想说的话一口气说完。"

于是他喝了口水,接着说道:"如今你们三兄弟,兆智中了进士,你接管了定州眼药店,生意兴隆,名声远播,还帮了那么多的穷人,也算是兼济苍生。这个,先生虽然输了,但我还是为你们感到高兴。至于第二呢,这几年你三番几次给了我那么多的钱,这次又救了我和杨和尚一命。那杨和尚是我的恩人,我既代表自己,也代表他感谢你。"马兆礼还要跟他客气,谁知汪老先生给他做了个手势,制止住了他,只接着说道,"只是说真的,我已经欠下你这么多了,如果再在你马家养老,那我这张老脸还往哪儿搁?岂不要欠你马家一辈子的债?我孤身一人,这辈子想还也还不起了。所以,我就此别过。你也别再劝了,劝也劝不住。"

马兆礼知道再劝也没有用,于是就说道:"您今后怎么办呢?"汪老先生说道:"我已经习惯四海为家了,在外面走南闯北地游荡了二十多年,无所谓了。哪一天眼睛一闭,死在路上,就什么事情都没有了。我死在哪里,哪里就是我的根。"说完,拱拱手,算是告别。马兆礼就说道:"以后有什么事,请恩师您还是来定州,记得马家还有您的几个学生,他们还惦记着您。有什么需要学生帮忙的,也请尽管开口。"那汪老先生听得眼睛都湿了,立即转过头去,离开了定州城。

汪老先生离开定州之后,向南没走多远,就遇上了一些打散的队伍。于是他用了几天时间,聚拢了残部,再从中选出十几个武艺高强之人,于几天后的深夜,悄悄地摸进了陈家庄,救出了杨和尚。那陈家庄的庄客,一个个睡得死死的,竟然没有发现。第二天,陈举人才听说杨和尚跑了,至于他怎么跑的,居然没有一个庄客能够说清。他气得把那天值夜的人大骂了一顿,说如果再捉住了那杨和尚,当即就得杀死。

一年以后,杨和尚和汪参军带着队伍再返定州。这时杨和尚已经升任威武将军,带着两万多人马。汪参军不忘旧情,到了定州,就前去马府看望马兆智和马兆礼。两人不在,他就手书了一个便条留下,同时留下一千两银票,说这次来见二位爷,只能先还这点人情;如果有什么事,就到城外陈家庄去找他。

中午,马兆礼一看到便条,心中大惊,于是就拿上银票,快马赶往陈家庄。到了陈家庄,发现战斗已经结束。他忙快马加鞭,冲到了陈举人家院前,跳下马就要往里冲。

那守门的兵丁拦住了他，问他何事。他说，有急事求见汪参军和杨和尚。那兵丁训斥他道："什么杨和尚，那是杨将军。"马兆礼道："那是你们的将军，对我马兆礼来说，他就是杨和尚。"于是兵丁就前去通报，说有一个不讲理的，叫马兆礼，一定要进来见将军和参军。汪老先生一听，人就出来了，手一挥，就让他进去。

一进到中间那一进的堂屋，却见杨和尚坐在太师椅上，手中拿着一根马鞭，翘着二郎腿，躺在椅子上晃。汪参军拣了右边的椅子坐下。那陈良鲲、王依琪、陈良鲲的儿子一干人等，都被五花大绑，有的绑在柱子上，有的倒在地上，有的跪在那里瑟缩发抖。

马兆礼一进来，立即朝杨和尚一拱手道："杨将军，恭喜您升任将军了哈！"

杨和尚拱拱手，还礼道："去年在这里匆匆一别，只是当时来不及道谢。现在补上，谢谢马三爷的救命之恩。"

"岂敢！岂敢！"马兆礼道："杨将军，在下今天的来意，料想您也猜出来了。"

那杨和尚倒很爽快，他说道："马三爷，有什么请尽管吩咐，只要我做得到的，我一定做到。"

于是马兆礼就说道："杨将军，这陈举人一家，是定州的名门望族。去年他和将军您的过节，也是因为保卫家乡而起。今天他们在您手中，生杀大权全在于您。他们与将军您并没有多少个人恩怨，如果不是要保家乡，保皇上，私底下说不定他还能成为您的朋友。这陈举人和我马家私交甚笃，因此我今天特地前来，求您高抬贵手，放过陈举人、王夫人和他的儿子，其他人等，也请您不要伤害他们的性命。"

杨和尚道："马三爷，我杨和尚从来都是有恩必报，有仇也必报的人。这陈良鲲仗着手中有几千兵丁，上次杀了咱那么多弟兄，还让兄弟我在此受辱，这口气，我实在咽不下。您既然对我有救命之恩，我现在答应您，放过他夫人和儿子。至于这陈良鲲的头，那可不行，我要用他来祭祀我那帮死去了的弟兄。"

马兆礼听了，当即说道："杨将军，我马兆礼说话要对得住朋友，做事也要对得住朋友。我不是要在将军您面前邀功，去年为救将军您，我马家能花的钱都花在你们身上了。今天我本应该带三千两银子来，可我马家已经没有多余的钱了。定州眼药店就值三千两银子，现在卖也卖不掉，纵算卖掉，眼药店关张，苦了的将是定州的穷苦百姓。我现在没钱送给杨将军，以赎陈良鲲的头。这一千两银子,是你们还我的,我这就送还给你们。可是我有个提议,将军您可以跟陈举人做个交易,让陈举人交出他家的银两,您呢饶过他的性命。这样您既能还我一个人情,同时又能够得到一大笔财富,兄弟的这个不情之请,还希望将军您能答应。"

作为商人,马兆礼这是很精的一着盘算。那杨和尚欠下的人情,按他的个性,一定要还。而他是队伍上的人,因此一定要堵住别人的口,不然不能服众。现在,他还了杨和尚让送的那一千两银子,表明杨和尚欠他一个人情。陈家的人都在他杨和尚手上,人既然在他手上,那陈家的钱财也就在他手上,只是暂时没有拿到而已。现在用陈家的钱来救陈良鲲,其实就是用杨和尚的钱来救。这一着棋,马兆礼知道杨和尚能看明白,汪老先生也能看明白;只是那杨和尚的手下却未必明白。他这么做,也就给了杨和尚一个放陈良鲲的充足的理由。

杨和尚明白马兆礼这是给他台阶和理由,于是就说道:"好呀,老子队伍里正缺钱用呢。这陈家是只肥羊,只要他交出钱财,我答应不伤他性命就是了。"于是马兆礼就拱手道:"陈举人,兄弟我就此别过,您好自为之。这条路兄弟我已经给您打通了,交出钱就可以保命,您请考虑清楚。"说完,请杨和尚给依琪和她儿子松绑,要了一辆马车,一路奔定州而去。

到了定州,马兆礼就跟王依琪和她儿子别过。他很真诚地看着那王依琪,王夫人只是平静地看着他马兆礼,除了两声谢谢,就再也没有太多的话。马兆礼见她没有话,就转头要走,刚走几步,再一回头,却见那王依琪还在愣愣地看着他。于是他又停了下来,看着他们的车缓缓离去。好远了,这才跟她挥了挥手,算是告别。他的心中五味杂陈。在这样的乱世,本来就难得一见,见了却又没有什么话讲,这真让他不知如何是好。两人恐怕是见一回就少一回了。未来在哪里,谁又能知道?

过了两天,那陈举人自己来到了王依琪的娘家。他把家产交给了杨和尚,然后在一天深夜,杨和尚让一个亲兵悄悄把他给放了。陈举人就此捡回一条性命。

第三十四章

李自成兵败山海关　马兆智智胜定州城

崇祯十七年(1644年)春天,注定是一个多事之秋。这年正月初一,李自成在西安称帝,改西安为长安,建立"大顺"政权。然而这个政权注定不顺。崇祯十六年十二月间,李自成即分兵一支,从韩城渡过黄河,十七年正月,即率大部队越过黄河,向北京进发,主力部队走大同进居庸关,另一路由刘芳亮率领越过太行山,走曲阳、保定,向北京进发。曲阳是定州西北临县,两城相距二十五公里。三月十七日,李自成进攻北京,崇祯皇帝的大臣、太监开门迎"客",外城失陷;十八日内城失陷。十九日,崇祯自缢,明朝灭亡。

三月二十二日,吴三桂在河北永平府(今河北卢龙县)宣布归顺大顺政权,随后又反悔。到四月十三日,李自成在收到吴三桂拒绝归顺并占领山海关、击走接收部队的消息后,亲率大顺军精锐六万讨伐吴三桂,同时命令降将唐通经九门口出长城迂回至关外的一片石(今辽宁绥中李家台),以切断吴三桂退路。十七日李自成抵达永平,二十一日清晨赶到石河(山海关西十里处)。此时,直接处于山海关战场的各路大顺军约八万,总共动员兵力二十万。吴三桂军以关宁铁骑为核心,兵力五万,故写信向多尔衮借兵。二十一日李自成与吴三桂激战半日,吴三桂战败退入山海关。多尔衮率清军主力十四万人于这天夜里抵达一片石并击溃唐通所部。多尔衮要的不是吴三桂借兵,而是投降,因此他并不入关,而是停驻在关外二里的威远堡,坐等形势的变化。吴三桂前有大顺军强兵,后有清军而不得援,于是向清军投降,剃发称臣。多尔衮就此入关。阿济格率左翼入北水门,多铎率右翼入南水门。移兵之时,狂风大作,沙尘漫天,以至大顺军全然不觉。

是日,李自成在石河西岸列阵,意欲在野外与吴三桂决战。多尔衮在详细观察大顺军的阵势后,决定由吴三桂军主力攻击大顺军右翼,清军暂不出击。大顺军与吴军在龙王庙接战,双方恶斗,惨烈空前,一连杀了数十阵,到中午时分,吴军渐渐支持不住,大顺军三面围住吴军,战鼓声震百里,全歼吴军在望。此时,东北风起,多尔衮趁机派阿济格和多铎率两万精锐骑兵自角山迂回至大顺军左翼,从侧背后发起突袭。事起仓促,大顺军根本没有防备,阵脚大乱。李自成在高地上观战,见对方增兵,就准备调集预备队火速增援,可他很快发现新来之敌竟是清军,于是当即下令撤退。李自成先走,现场指挥是刘宗敏,可混战期间,命令无法传达到各部,以此形成各自为战。大顺军此战死伤惨重,五六万精锐之军就这样惨死疆场。二十三日,双方再战永平红花店,大顺军再败。李自成遂撤回北京。

大顺军最精锐的部队,在此战中损失殆尽。

李自成于四月二十九日匆匆忙忙地举行完登基大典,然后就撤离北京。京师瘟疫流行,大顺军不少官兵就此染上。以后他们逃到哪里,就一路把瘟疫传播到哪里。

这年春天,大概二月下旬,那杨和尚就带着队伍再次来到了定州,依然为军队筹粮饷。定州的许多富户,除了马家,财产再次被讹诈。之后,他们携军北上。四月二十五日,杨和尚又带着队伍急匆匆地赶回定州,因为农民军已经败于吴三桂和清兵,李自成的大将刘芳亮派他先行回撤,作为农民军的先头部队,到定州一带来布防,准备抵抗清兵。

自杨和尚上年离开定州后,那陈良鲲就已经回到陈家庄组织民团,准备抗击农民军。经过一年的经营,他的民团已经小有气候。吴三桂降清以后,就和多尔衮一起,向全国发出了讨伐李自成,为崇祯皇帝报仇的檄文。这檄文他已然收到。陈良鲲很清楚,吴三桂投靠了满清,那是发生在崇祯皇帝死后之事,因为没有新皇帝,因此吴三桂不为不忠。而李自成却是亲自将明朝皇帝帝脉切断,断送了大明二百七十六年江山之人。因此,他的首敌,就是李自成的农民军。当杨和尚再次来到定州,他就一直在等待机会,想与吴三桂和清兵一起,将杨和尚的队伍予以缴灭,以便国恨家仇一起算。

因为汪老先生在京城染上瘟疫已死,杨和尚一直缺少一个好的参将。他到达定州后,就直接来找马兆智,想让他出任参军一职。马兆智自然不同意,他说家里是三哥马兆礼当家,马兆礼也不会同意。杨和尚就找到马兆礼,直截了当地提出,要马兆智做他的参将。马兆礼当即拒绝。杨和尚就说道:"马三爷,我杨和尚来跟您商量,是因为我跟您有交情。我不想破坏这个交情,是因为我知道做人多少要讲点儿道义。大顺军马上就要跟吴三桂和清兵打仗，我杨和尚的队伍不能没有参将。要么您给我推荐一个人，要么您放兆智跟我走。"

马兆礼不上他的套儿，说道："杨将军，您别问我。我一个大头百姓，能够知道什么？找参军是您的事，保马兆智是我的事。这是两码事儿，您千万别往一处扯。再怎么说，我马家没干过对不起您杨将军的事，也请您杨将军千万别干对不起我马家的事。"

杨和尚看马兆礼绕过了他挖好的坑儿，知道这人不好对付。于是很真诚地说道："马三爷，我杨某人这次特地前来，如果不是遇到了特别的难处，不会找您。既然找到您了，那就是绕不过这个坎儿，有求于您了。我来找您商量，那是把您当朋友待。如果您不把我当朋友，那我也没有别的办法。"

马兆礼一听，就说道："杨将军，您是军，我是民，自然是您狠。但既然将军把我当朋友，那作为朋友，我可说好了哈，您军队里要是没有粮饷，我马某就是把祖上的房子卖了，也要给您凑上一些的。"说着，他让柜上拿出两千两银票，送给了杨和尚，道，"这是兄弟我的一点儿小意思。如果将军您还要更多的银子，待我找人卖掉城南的祖宅，到时再把银钱给将军您送去。"

杨和尚推开了银票，道："马三爷，我知道您马家有银子，可我杨和尚不是冲着您的银子来的。我只是把您当朋友，来跟您商量借马兆智到我军营做参将。您呢，也别跟我再玩什么弯弯绕。"

马兆礼听了，就说道："杨将军，您把我当朋友，我马家也从来都是把您当朋友的。从崇祯十二年起，咱们的交情不是一两句话能够说清的。既然将军您把我当朋友待，那您就不能让我难以做人。马兆智是我兄弟，我兄弟不愿意也做不好你的参将，我们全家都不愿意让他去做你的参将。"

"为什么？"

"不为什么。他不愿意做，也做不好。"

"您不做，怎么就知道做不好？"

"是做不好。咱马家只会治病救人，其他的从来都没人做过，哪能干好？"

"马三爷，您别跟我绕弯子了。"杨将军看着马兆礼的眼睛道，"您不就是说我们造反吗？我们造反，因此你们马家决不同意马兆智当我的参将。是吧？"

话既然说到这里了，马兆礼就说道："将军您既然这样说，那我就把话挑明了。马家自明朝建立以来，一直以救死扶伤、救济天下苍生为己任。做为朋友,我希望将军您保全我马家的名声。将军您反皇上,我马家不反,但我还是您的朋友。这是我马家的底线。"

杨和尚却道:"马三爷,您这话不对。"

马兆礼道:"有何不对?"

杨和尚道:"您尽管口头上把我当朋友,可内心深处并没有把我杨和尚当做您真正的朋友。您认为我们反皇上,跟您不是一路人。可您要知道,现在咱们不是反皇上,而是反清兵。这已经变了。清兵是蛮族,他们入侵我中土,咱们现在是反蛮族入侵。"

马兆礼讲道:"杨将军,这个我自然清楚。"

"那您为什么不同意马兆智跟我一起来反蛮族入侵呢?"

"杨将军,这不是您说反蛮族入侵就反蛮族入侵的。闯王自崇祯二年举起义旗,他反皇上已经反了十六年了,老百姓都这么认为,全天下的人也都这么认为。甚至连吴三桂和多尔衮都已经发檄文,要讨伐闯王,为崇祯复仇了。如果明朝的那些孤臣遗老举起反蛮族入侵的大旗,那是可以的;甚至连我马兆礼如果现在举起旗子,号召大家反蛮族入侵,也是可以的。只是你们现在打这个旗子,太晚了。尽管你们现在干的是这样的事,但天下人不这么认为。"

那杨和尚看着马兆礼,没有话说。好半天,才说道:"你们做事,瞻前顾后,可我杨和尚做事,管不了那么多。我只能我行我素。如果管别人怎么说,怎么看,那就寸步难行,就不是我杨和尚了。"说罢,抱拳道,"马三爷,告辞了。咱们朋友是朋友,但我杨某人早已经不欠您人情了。"

他这话一出口,马兆礼的心里不禁"咯登"了一下。

当天深夜,马兆智便被几个蒙面人从床上抓走。他们把一把匕首先搁在兆智太太的脖子上,那女人傻叫一声之后,就吓得什么话也不敢说。马兆智知道是谁干的,知道叫也没用,于是就说道:"别伤害我家人,我跟你们走就是了。"就这样,他被带到了杨和尚面前。

马兆智看了杨和尚一眼,很是无奈地说:"我说了,我不想当参军,你又来抓我干啥?"杨和尚道:"马兆智,你不要忘记,你曾经对我杨和尚说过,你只不打那些支持皇上的力量。现在皇上已死,我们面对的是吴三桂和清兵。因此,你得为我出谋划策。"

兆智还想再说什么,那杨和尚道:"你什么也别说,我只问你四样事情,你只回答我是还是否,别的什么也不要说。第一,我们现在面对的不是帮助明朝的力量,是不是。"兆智只能点点头。"第二,我们面对的是蛮族,是吴三桂,是满清侵入了我中土，而不是我们侵入了东北，是不是。"那兆智只得又点点头。"第三，现在吴三桂投靠外族，跟满清人勾结起来，企图侵吞我中国的大片国土，是不是。"兆智只得又点点头。"这第四，在外族入侵我中国的时候，我全体国人都当奋起抵抗，有钱的出钱，有力的出力，有谋的出谋，绝不能让我中国任何一寸国土落入蛮族之手，对不对？"那马兆智只能再次点头。

于是，杨和尚就道："既然如此，既然你有言在先，那你现在就来为我谋划。不过我杨和尚可得警告你，别跟我玩儿阴的，别跟我唱空城计。"

杨和尚为了让马兆智死心塌地地为他所用，就派人把大顺军的告示贴满了各街各乡。告示上的落款，就是他杨和尚和参将马兆智。于是兆智就不得不为他尽心竭力地出谋划策。

马兆礼知道兆智被抓走以后，明白是杨和尚干的。他清楚，杨和尚既然把人抓了，自然是不会放的。于是，他只好作罢。

这马兆智虽然没有一天行武经验，虽然他也做那八股文章，可他打小是读那杂书长大的。什么《六韬》、《孙子兵法》、《三十六计》、《三国演义》，他早已烂熟于心，加上他打小都诡计多端，因此，他一旦做了参军，那就真的跟别人不一样。

兆智很清楚，李自成兵败以后，北京方向已经没有李自成的精锐部队。这吴三桂和那多尔衮，不用多久，就会达到。他们要想有所作为，只能采取措施，尽量延缓清兵前进的步伐。而要想跟吴三桂和清兵的主力决战，那是自寻死路。因此，要他们守定州，不过是个权宜之计。但这权宜之计，也得要把准备做足。于是他就跟杨和尚建议，让队伍赶紧把各种大炮准备好，再把火药、炮弹、枪支、震天雷（地雷）准备充分。杨和尚问他原因，他说道："吴三桂跟多尔衮的部队，都是骑兵，这骑兵的优点，就是快。他们在马上使用的武器是佛郎机，那是一种轮转式的枪，可以三枪连发；三枪以后，佛郎机就只能反过来拿着当马棒使了。因此，对付这吴三桂，只能在战斗一开始的时候抢占先机，把他们打败。如果一开始就被他们占了上风，要想赢的可能性就很小了。只要一开始就把他们打蒙了，然后再派军队侧击他们，那吴三桂并非不能战胜。"

于是，杨和尚就按照他马兆智所言，把准备做足。

果然，六日后，吴三桂的先锋官张大少就来了，跟他同来的，还有阿济格的一支队伍。这是吴三桂和清军的混编队伍，另一支队伍正在保定与大顺军打得个不可开交。自从山海关大战以后，吴三桂的队伍打一仗胜一场，就没有遇到过像样的抵抗，张大少骄纵无比，也不管保定那边打得如何，得知定州有大顺军的队伍驻扎，就照着定州这边追了过来。一来，就把定州城围了个水泄不通。

却说陈良鲲一听到吴三桂的队伍来打大顺军，就派他的一个兄弟陈良德跟先锋官张大少接上了头，说他们是定州人，熟悉定州的情况：守城的军官名号杨和尚，曾经洗劫过他们陈家庄。他们与杨和尚有不共戴天之仇，现在要国恨家仇一起算。那张大少正想要找本地人了解情况，也想取得内地地主团练的支持，于是就让陈良德回去，叫他哥陈良鲲带着队伍前来助阵。说明天开始攻城，骑兵在前，他们在后面跟着骑兵进攻。

陈良鲲接到张大少的指令以后，立即带着两千多人的队伍前来助阵。他一进到张大少的帐篷，当即献上三千两纹银。张大少喜上眉梢，高高兴兴地收下了。他告诉陈良鲲，就把队伍摆在城北，明天听他号令。战鼓一响，骑兵一出发，就全体跟上，猛攻定州。

得知张大少来了后，杨和尚就带着兆智在城墙上四面巡视。城外到处都是敌军的营帐，尤以东西两面最为密集。杨和尚估计敌军有两万多人，说明天将有一场恶仗要打。巡视完毕，他和兆智回到指挥部，立马跟几个副将和偏将商议对策。

按照马兆智的观点，现在的吴军和清军，没有什么可怕的。他们恃勇而骄，可骄兵必败。几个副将和偏将说，要跟吴三桂和阿济格的军队打，现在不是时候。因此明天开战，咱们只要一心一意防守就成。他们说这马参将没有打过一天仗，尽说些没有用的。他现在要逞能，到时只怕会害了大家。马兆智听他们这样说，就说道："我说不跟你们谋划吧，你们不同意，还把我绑了来；我说设定个计策吧，你们又说我没有作战经验。"于是他不再说话。杨和尚只有喝令那帮大老粗别乱插嘴。

杨和尚问大家，这吴三桂和阿济格的骑兵，会选择哪个方向攻击。大家众说纷纭，没有统一意见。最后大家就看着杨和尚，杨和尚就看着马参将，马参将看着那几个副将，不说话。

杨和尚对马兆智说："有我在，你尽管说。"副将见他不说话，也不好再说什么。另一个偏将就说道："你也别拿腔拿调的了，有话快说，有屁快放。"

马兆智翻了那偏将一眼，说道："四面进攻。"

杨和尚问："理由何在？"

马兆智道："想当年，一个曹文诏，一个祖大寿，都是三千骑兵追着农民军满世界跑,从河南跑到山西,从山西跑到陕西,从陕西跑到甘肃。农民军人多的时候,都是几万甚至十几万,可曹文诏、祖大寿都只三千人。这吴三桂的部队,就是与曹文诏、祖大寿一样的关宁铁骑,那清朝的骑兵,只会比关宁铁骑强而不会比他们弱。再加上山海关一战以后,他们节节胜利,大顺军节节败退,因此,张大少必然轻敌;轻敌,则一定会选择四面进攻。"

经他这一说,大家都认为有道理,可是都觉得不足以信。杨和尚也是将信将疑。于是,他继续问道:"那他们会选择哪个方向主攻呢?"

马兆智道:"你们认为他们会选择哪个主攻方向?"

"西面?"

"为什么?"

"这定州的地势,西北高,东南低;从西边往东边进攻,最省力气。"

马兆智却说:"西边不是主攻方向,西边是佯攻。"

"为什么?"

"因为这是我们的选择,而不是敌人的选择。敌人要选择主攻方向,一定要选我们认为最不可能选择的那个方向,这样才能收到出其不意,攻其不备的效果。那吴三桂和阿济格都深通兵法,他们的先锋部队,张大少的作战风格,一定会受吴三桂和阿济格的影响。"

"那你说哪里将是主攻方向呢?"

"北面。"

"北边是唐河,一旦打了败仗,退都退不及。这是兵法之大忌。他们既然深通兵法,为什么还要做此选择?"

"因为他们是骄兵,而且选择北面主攻,最出乎我们的意料之外。"见杨和尚还是将信将疑,兆智就说道,"以我们的眼光来看,北边是唐河,距城墙十里,一旦打了败仗,退都退不及。十里的距离,对马队来讲,展不开,一会儿就到。但我们要明白的是,他们现在是攻城,攻城对于马队来说,除了快一些外,你总不能骑着马跃过城墙吧?因此,他人最终还得靠云梯。马在北边和西边的作用,并没有多大的差别。而选择北边可以收到出奇不意的效果,因此他们一定会选择北边主攻。而表面进攻得最为激烈的,一定是西边。西边开阔,地势西高东低,因此他们会以此地势为依托,从西向东发起冲锋。可西边打得再热闹,那也只是为了吸引我们的注意力罢了。东边、南边莫不是如此,那是为了混淆我们的视听,让我们耳目失聪,顾不上北面。"

众人还想说什么,杨和尚却说道:"马参将说得有道理。他们骑兵就是快，一会儿就冲过来了，这是他们的优势。可现在是攻城，到了城下，骑兵也还得下马。此时，骑兵的优势就没有了。而要收到出其不意的效果，那就是北边。"杨和尚欣喜地说，"那你看我们如何排兵布阵呢？"

兆智道："我们如果要布阵，就要布一个让他们觉得我们上当了的阵势。什么样的阵势才会让他们觉得我们上当了呢？那就是在城外摆上一万人马。"兆智这一说，那些副将偏将又觉得他脑子是否是有毛病。一个副将正要说话，兆智道，"我知道你们想说什么，但请让我先把话说完。我说完了，你们再说。"那杨和尚就做了个制止的手势，道："让参将先说完。"

于是兆智道："敌人最希望我们干什么呢？他们希望我们把队伍摆出去，离开城墙，跟他们在野外开战。如果我们这样做，敌人就以为我们上当了。因此，我们要做的第一件事情，就是要摆出一个阵势来，让敌人以为我们上当了。这一万人马，西城四千，东城三千，北城和南城各一千五。这个队伍在城门外一摆出来，敌人就以为我们上当了。然后他们就会猛冲过来，跟咱们决战。而我们要的，就是这个效果。"

"要这个效果有何用？咱们怎样打才能取胜呢？"

"胜利，只在我们的应对办法。"那兆智道，"我们在北城墙上，摆上一半的大炮，再在西城、南城、东城，摆上剩下的大炮，按四四二的比例分配。明天早上，待北城外正在集结的敌人冲过来，一进入我们的射程，我们的大炮就朝向四个方向，直射他们队伍的最前沿，先把他们打蒙；到他们跑到近前，离城约一里左右，再用小炮轰击他们一遍；到离城两百丈，我们埋下的震天雷再炸他们一遍；离城五十丈，就用强弩和火枪再攻击他们。城下的队伍，全用弗郎机，同时配足弓箭手。城上各垛子里，埋伏足够的火枪手和弓箭手。这样经过几轮打击，他们城北进攻的队伍必然死伤惨重。此时，他们必然败退高头村。只要我们再在高头村埋伏一支队伍，待他们过半的人马经过那里时，两面夹击，则必然大胜。那里是平山胜迹，正好可以埋伏一彪人马。只是不知道咱们有没有一支这样的队伍能调到城外？"

杨和尚说道："没事儿，曲阳还有咱们的一支队伍。我现在就派人前去，还来得及。"

于是，他当即就派了两千人马，打开城门，朝南边打出去。两千人马，为的就是掩护那带着调令的三个传令兵向南突围。他们向南突出重围之后，再转向西，直插曲阳。

杨和尚这一调兵，表明他完全同意了兆智的分析和攻击方案。众将领一听他说完,也都无话可说。人家排兵布阵,每一招每一式,冲着谁去的,目的是什么,完全是行家里手。于是大家就不再说话。

第二天,战况正如兆智预计的一样。天一亮,卯初二刻,杨和尚就派一万人出城,在城墙根布好阵,严阵以待。那吴三桂和阿济格的队伍,一见这阵式,顿时就笑了。他们到卯正三刻才集结。卯正时分,张大少的骑兵开始发动冲击,一进入大炮的射程,城墙上就炮声隆隆。特别是北城,震天的炮声,直打得城墙都在颤抖。大炮过后,就是小炮;小炮过后,就是地雷;还有佛郎机、火枪和强弩,最后是弓箭。这几下子招呼过去,那张大少和满清的骑兵队伍,死伤惨重。于是他们就退了回去,再发动第二轮冲击。

三轮冲击过后,他们开始撤退,城门大开。城外的队伍和城内的队伍一起杀将出去,那张大少和阿济格的部队顿时就全线崩溃,跑得比兔子还快。北边的队伍还在平山胜迹被掩杀一阵,顿时就退往了高阳县。

杨和尚人在城北,见张大少和清兵一退,他就指挥队伍朝北追去。却在那唐河边上追上了陈良鲲。骑兵跑得快,把陈良鲲的人马踩的踩,踏的踏,死伤不少。陈良鲲的队伍是步兵,跑又跑不赢,躲又躲不过。逃到唐河边上时,河上只有一座小桥,大队人马只有下河,人在水里,跑得慢,绝大多数兵丁就成为大顺军的活靶子。杨和尚的亲兵捉住了陈良鲲的一个家丁,用刀架在他的脖子上,问他队伍的指挥在哪里。家丁往陈良鲲所在的方向一指,一会儿陈良鲲就被活捉,押解到杨和尚跟前。杨和尚见了,就说道:"陈举人,咱们又见面了。前年我被你捉,去年、今年我都捉了你,那就是我赢了哈。去年我放了你,没想到你今年还来攻打我,看来今天我再也不能放你走了。"他说这话,一点劲儿都没有,软绵绵的。陈良鲲听了,知道求他已经没用,于是道:"杨和尚,我陈良鲲只恨自己太信那个什么张大少的了。现在我恨不能食你的肉,寝你的皮。有朝一日咱重新投胎,只要再见到你,我陈举人还要砍你这个反贼的头!"那杨和尚道:"我死不死,这辈子你说了不算,下辈子更不会算。可你勾结清兵,杀害义军,因此你这辈子死后呢,还要背负一个汉奸的骂名。既然如此,那我就成全你,送你上路罢。"于是一挥手,底下的人就把他拉出去,立即砍头。

清兵被打退后,杨和尚已为兆智所折服。他请兆智上坐,让那几个副将、偏将一起来拜军师,问兆智后面将如何行动。谁知兆智却道:"撤出定州。这里不可久留。"

杨和尚一听,忙问道:"为何?"

兆智道："刘芳亮将军让你来定州,只是想打前站。而张大少他们,只是想切断闯王的退路。这仗一打赢,我们的目的已经达到。清兵后退那么远,我们就赢得了先机。因此,这时我们撤退,就出其不意。咱们先往北,那样就可以迷惑清兵,做出要攻击保定的样子,助保定破敌。然后再向西撤过曲阳,进入太行山。过了太行山,就是山西。如此,大军方能安全撤出。定州不可久留的原因,在于这一战,我们赢在有城,有炮,清兵输在只有骑兵,没有大炮。骑兵推进的速度太快,炮兵一时还跟不上。吃过这个亏以后,再攻定州,他们必然用炮,那时定州城必破。守不住定州,咱们就只能跟他们野战。闯王的精锐骑兵都是在野战中输给他们的,更何况咱们呢? 所以,我的意见就一个字,撤。"顿了一会儿,补充道,"今晚就撤。为了迷惑敌人,在定州城暂派一千人防守,这样就可以再延滞张大少一些时间。"

当晚,杨和尚按照兆智的方案,将兵撤出。兆智想留在定州,哪里留得住。五月初三日,吴三桂和清兵即在定州北唐河边追上了大顺军的后卫。两军再度开战。由于无城墙依托,也无炮战之利,大顺军将领谷可成阵亡,左光先负伤,李自成也伤了。初五日,两军又在真定(今河北正定)激战一日,双方互有胜负。后大顺军终于摆脱吴三桂部之尾追,由固关(今山西阳泉与河北交界处)退入山西。

马兆智后来在山西染上了瘟疫,不治而亡。马家历史上这个唯一的进士,以此种方式,保卫了定州,并在历史上华丽谢幕。他那颗卓越的脑袋,至死都未被李自成发现。如果他能够早两年被杨和尚绑进农民军,并被李自成重用的话,大顺军或者可以凭借他的智慧,改变后来惨败的结局。

谷可成战败以后,吴三桂一直咬着大顺军,绕过了定州,追到了真定。六月十五日晨,清兵带着大炮来到了定州。他们一来就打,毫无章法可言。可清兵只打了不到半个时辰,就炸开了城门,那一千守军就只有投降。清兵进城后,血洗定州,所有参加抗击清军的定州家庭,惨遭屠戮。

第三十五章

满清兵血洗定州城　马兆礼远走太行山

却说五月初四日,就在吴三桂的队伍追过定州之后,马老太爷、老太太召集儿子、儿媳,一起商量如何应对。老太太说:"都说这满世界全是清兵,看样子跑是跑不掉的。既然跑不掉,那还不如不跑,就在家里待着。只是听说这清兵是蛮族,跟咱语言不通,杀人如麻,像活阎王,那要抗清的话,估计也不会有啥好结果。要我说呀,咱们就只呆在家里,静观其变。"

二老太太红升就说道:"我听说,清兵攻城,都用大炮。因此这定州城呐,恐怕守不住。城一被攻破,那清兵肯定见人就杀,抢劫、强奸,无恶不作。因此,我们即使不跑,也还是要找个地方躲一躲。我觉得老太爷当年埋太乙晶目瞳化液的窖下,就是我们藏身的好地方。只是那地方太小,不知道能不能躲得下这么多人。如果躲不下,到时谁在上面谁在下面,这事就由兆礼媳妇来安排好了。"

周至柔说是,说只是这些地窖,还得从下面挖个通道把它们连起来才成。老太太就说,这个也由你来安排,赶快挖,还要注意安全、隐蔽才成。至柔说是,请老太太放心,我自会安排的。

这时,那一直闭目养神的马老太爷说道:"我和老太太、二老太太都快八十了,活不了几年,死了也就死了。我们就不用躲了,就在外面呆着。只是我先要定好规矩,咱们马家既是大明朝的子民,那谁也不许做对不起大明朝的事。都听好了没有?"

马兆礼说道:"老太爷这个说得非常好。只是兆智已经进了那杨和尚的队伍,一旦城破,咱马家怎么办?"大家商量来,商量去,发觉都不好办。于是马兆礼就说:"我看这样,咱们全家还是躲到城外的田庄里去,等风声一过,咱们再回来。”马老太爷说：“我老了，哪里都不想去。你们几个老的谁愿意跟着我？”结果她们都不愿意走。兆礼见再怎么劝也劝不动，就说道：“老太爷和老太太们不走，那我和至柔也不走。”于是其他的儿子和儿媳妇儿，都说不走。

老太爷一见这样，就说道：“这事儿，都听我的。我们几个老的，都留下来，反正早都该死的人了，早死一天，晚死一天，不打紧。你们还年轻，况且还有咱定州眼药店在，因此，你们必须走。只要留下两个老仆人照看下我们就成。”

那周至柔说，她留下来，由她来照看老太爷和老太太们。老太爷说那怎么成呢？周至柔就说，她家就在定州街上。清兵进城以后，她就回娘家，这样每天就可以让他哥哥过来看望老太爷老太太。如果城里风声不是很紧，她也可以过来。她这么一说，老太爷就说道：“这倒是个办法。”于是就同意她留下。那大爷马兆仁却说：“我是长子，我也不走。我这辈子没啥用，除了吃饭，就没有做出过让马家长脸的事。咱是长兄，现在该我来做点事情，就让我来照顾老太爷老太太好了。老太爷说得好，咱是大明的子孙，天朝上君的子民，他满清是北蛮，菇毛饮血，不服教化。咱们要誓死忠于大明，誓死不当亡国奴。”老太爷说你走，你呆在家里干什么？他却只说我是长子，我不走。于是老太爷拿他没办法，只好让他留下。

兆义平时就跟兆仁在一起，哥俩早年一起读书，现在没事儿了，总在一起讨论学问。他看兆仁不走，就说大哥不走，咱也不走。老太爷和老太太们再怎么劝，也劝他不住。于是老太爷只有点头，说让小管家留下来，再留下个仆人就行了。药店里也留个年纪大的。其他的人，能走的，全都让他们走。

周至柔就说：“要走的话，也不能一起走。先要留下几个年轻力壮的挖地窖，地窖挖好以后，再遣散他们。”于是大家分头行动。仆人多数都被遣散回家，留下来的，要么挖地窖，要么看药店，要么照顾老太爷老太太们。

却说城破以后，清兵就展开了大清洗。当一队清兵闯进北大街时，兆仁和那两个老仆人，都照顾老太爷老太太去了。那兆义本来也跑进了地窖，这时却吓得要尿裤子，于是又转身跑了出来。等到他把地窖口一封好，那前院就有人在用枪托砸大门。一听到那“哐哐”的砸门声，兆义当即就尿了裤子，人两腿发软，站在那儿就走不动了。门被砸开，兆义被抓。清兵就问他话，另有个汉人做翻译。清兵问他家里人呢？他说家里只有他一个。然后清兵就打他，可无论怎么打，他只是抱着头哭。清兵说，既然家里没人，那你总该知道定州有哪些人家有人抗清了吧？他说他不知道。清兵再打，他还说不知道。于是清兵就威胁他道："你不说，咱们就烧你家的房子！"当官儿的手一挥，就有几个兵丁弄来好几个火把，当即就要点火烧房子。那兆义一想，房子要是烧了，那老太爷老太太可怎么办？于是他就说，你们别烧，我说，我说。他就把他知道的跟着杨和尚抗清的人家说出了几个。于是这天晚上，清兵就让他领着，一一去抓人。抓第一个的时候，是个青年男子，姓王，叫王承泽。他五六十岁的老父母，还有妻子、儿子、两个女儿，一家七口，全被砍了头。妻子、女儿还被当场强奸。他们全家人看那马兆义的眼光，像是在喷火。最后被砍头的是那个壮汉王承泽，他一口血水喷了离他最近的那个清兵一脸，又一口血水吐在马兆义的脸上。砍他头颅的时候，他大声喊着："二十年后，咱又是一条好汉！咱一样要杀尽你们金狗！"于时一个士兵一刀子砍去，血就从他的脖子上一下子喷射了出来，直喷到有一丈多高。马兆义看了，当即就趴在地上哇哇直吐。第二个家庭是两个孤老头子，他们的儿女都跑了，留下一个媳妇儿。媳妇儿被强奸，两个老的被砍头。这样折腾了半宿，太晚了，那些清兵就把马兆义带到他们占领的那个四合院。夜深人静的时候，马兆义将裤带解下，然后把它系在一个矮梁上，将脖子套了进去。他对着马家大院那边叫了一声："老太爷，老太太，咱走了。你们冤枉养我马兆义几十年，我对不起你们了！"然后蹬翻了凳子。第二天早上，清兵想再让他带队去抓人，发现他已经没气儿了。

清兵到马家去通知人来收尸，却一个也找不到，只好让城里的尸官把他拖出城，葬在一个乱坟岗上。

几天后，清兵又开始了第二次搜捕。这次他们找到了城西王家的王大爷，就是当年的那个王大公子，让他出任定州安抚使官，带着清兵一家家搜索。搜到北街马家时，王大爷带着清兵在里面转了一圈儿，对他们说道，你们看，我说这家没人了吧？你们还不信。这哪有人影儿？我早就告诉你们了，这是我兄弟的家，他家的人早都跑得不知去向了。你们还进来干什么？于是他们就准备出去。前面的人已经来到了前院，这时那后面有个小头目，还算懂点汉文化，他看到中厅里挂着一幅青藤老人徐渭的字画，于是就跑过去把它取下来。取字画的时候，高度不够，就让士兵把旁边一个齐肩高的柜子给挪挪。一挪动那柜子，地窖口就露出来了。于是他们大叫："有地窖！有地窖！"那前院儿的人听到了叫喊声，本已经出来了的人，又纷纷跑了回去。

马老太爷、老太太、二老太太、三老太太、五老太太、马大爷兆仁，还有几个没有离家的老佣人被搜了出来，押了出去。那王大公子看见了马老太爷，对他点头哈腰道:"马老太爷,怎么您老没走呀?"马老太爷眼花,没看清他是谁。到他这一问话,老太爷眯缝着眼,把他打量了一眼,终于看清楚了,道:"王大爷,你什么时候也成满人了?这头发也剃了,满服也穿了?"那王大爷回话道:"这不也是没办法吗?人总得要活命呀。"谁知他说话的时候,那马老太爷已经不看他,转眼看别的方向去了。

王大爷知道马老太爷瞧不起他,就尴尬地笑笑,自嘲道:"马老太爷,您看您,再怎么说我也是您侄儿呀。您还不知道我吗?"

他这么一说,那老太太就接口道:"你这才改姓爱新觉罗,什么时候又改姓马了?我们不知道你,只知道知人知面不知心。"

王大爷忙转向老太太,说道:"老太太,别人不知道您侄儿,您还不知道吗?我王某人要对不起你们,我那几个兄弟还能饶过咱这个当大哥的吗?"

老太太听了,当即就说道:"你记着就好。"

那满人头目见他们说了这么些话,听又听不懂,就叽哩咕噜地吼了几句。王大爷明白他的意思,是想知道说什么,于是就转向那头目,连说带比划地喊道:"我叫他们要剃头发,剃头发。"他指指自己的头上,做了个剃头的动作,看那头目没听明白,就一再比划了几遍。那头目终于听明白了,笑着对他伸出了大拇指。

一会儿,趁清兵不注意,王大爷溜到二老太太红升旁边儿,小声说道:"二老太太,兆智抗清,清兵知道了。赶快想办法通知我那兆礼、兆信兄弟,让他们赶紧逃,逃得越远越好。"说完,看二老太太听明白了,又往四周看了一看,道:"我现在出不了城。家里人都被炮弹炸死了,你们如果能够派人出去,也让人通知我那依琪妹妹,让她也赶紧逃。他陈家也有一个兄弟抗清,危险得紧。"二老太太听了,对他微微点了一下头。

二老太太明白,这王大爷可信。于是她走近老太太,用目光示意老太太,再转头去看那王大爷。老太太也转过眼去看王大爷。二老太太然后回头看着老太太,两人对视了一下,她点了一下头。老太太审视了王大爷一会儿,用充满疑问的目光,再看着二老太太。二老太太坚定地点了一下头。于是老太太也就点了一下头。

不一会儿,人都被押到了定州府衙前。二老太太看到,隔了几个人,那三媳妇儿的哥哥也在那里,三媳妇儿就在她哥哥身边。周至柔看到了老太爷和几个老太太,跟他们用目光一一对视,算是打过招呼了。二老太太红升给她示意,让她一会儿过来。她就要往这边挤,二老太太就摇摇头,制止了她。

那王大爷清了清嗓子,说道:"大家安静!大家安静!"刚喊了两声,现场那些议论纷纷的人,顿时就停止了议论。王大爷于是大声说道:"各位乡邻注意了,我王大爷现在就来给大家说个事儿。这满爷为了给咱皇上报仇雪恨,正派兵跟那吴总兵一起,在山西追剿李自成的残匪。李自成可恨,他把咱皇上给逼死了,那吴总兵又打不赢李自成,就从关外把满爷给咱请进来了。他们联手攻打李自成。前些时,就在保定、定州、正定跟叛军打了三仗,都把叛军打败了。现在叛军都被赶到太行山那边去了。可满爷还誓死要给咱皇上报仇。大家说,这皇上的仇要不要报。"这时就听众人喊道:"要报!""满爷帮我们好不好!"这话一问完,只听到稀稀拉拉的几声回应:"好!好!"那些安插好了的人,就有气无力地说好,连带着还拍起手来。

王大爷就说道:"各位乡邻,这满爷帮咱们打叛军,咱们要欢迎满爷对不对!"那些安排好了的人就说:"对!"

于是王大爷就说道:"咱们中国人,都是最为讲礼之人。咱们请满爷来中土,欢迎满爷,怎么个欢迎法呢?"他指了指自己的头,再指指自己的衣服,道,"就是我这样儿。剃头,留辫子,穿满服。"然后他转了转身子,接着说道,"各位乡邻,大家说这样好不好看。"

"不好看!"马兆仁大声说道。

那王大爷本来就是糊弄大家,要把大家哄着,蒙着,骗了,然后让大家剃头,换衣裳,把事情糊弄过去就完事儿。谁知他的话这就惹上了那书呆子马兆仁。他知道这马家的人,都有些怪脾气,觉得最好别让他们说话,那于自己,于他们都好。于是就说道:"各位乡邻,我们大家都知道,这马秀才他只是个秀才,考了一辈子的科举,到头来还是个秀才。读死书都读成了个书呆子,他的话,咱们哪能信呐?而且要我王大爷说呀,咱们最好就不要让他讲话了。"

谁知那马兆仁既然开口了,就不可能止住话头。他清了清嗓子,说道:"各位乡邻,这王大爷不想让我马大爷讲话,我不同意。天下哪有这个道理?这大明的江山,小民都还可以上书皇上,都还可以拦住御史的轿子告状呢。王大爷还不让我说话,敢问这还是咱大明的江山吗?"他这样一问,就没有人敢回答。包括清兵,包括王大爷。回答是,那旗人不高兴,回答不是,旗人一样不高兴。见没有人回答,马大爷就接着说道,"既然还是咱大明的江山,那么我就要问了,我们到底该忠于谁?"他这么一问,就有人回答道:"自然忠于大明。"

马兆仁就接着道:"这位大哥说得好,咱们应该忠于大明。因为咱们本来就是大明的子民。那我可要问了，大明朝的服装是什么样的？大家看看，就是我们身上现在所穿的这个样子。这是咱们大明朝穿了两百七十六年的服装，是咱们中国人自己的服装。那满族是个什么样的民族？是个只知骑在马上放牧打渔的民族，是个没有被教化的民族，蛮夷之邦。现在要咱们放弃中国人自己的服装，穿上那种骑马打猎打渔的服装，这还叫衣服吗？咱们中国人穿上了这样的衣服，还叫做中国人吗？"他越说越激动，越说越慷慨，越说越是振振有辞，"咱们中国是文明之邦，礼义之邦。穿上这种劣等的衣服，那岂不是让咱大明颜面尽失？"他这一说，就有人拍掌叫好。那王大爷知道，马兆仁不能再说了，再说下去，只怕全家的命都将不保。于是他就走上前去，扯着兆仁兄弟叫不要说了。谁知那兆仁话头一来，哪里制止得住。他说道："各位父老乡亲，咱们中国人，讲究身体发肤，受之父母。头发是父母留给咱们的。父母是什么，父母就是天。父母留给了咱们头发，咱们要保护好它，因此咱们要经常洗头，要把头发束起，同时咱们不能剃头。剃了头，就是对父母最大的不敬，就是不孝。不敬不孝之人，怎么会有忠诚呢？那旗人是不敬父母之族，他们才剃头。扎辫子是女人之事，咱们堂堂中华男儿，怎么能够剃掉头发，扎起辫子，做这不忠不孝之事呢？"

众人听了，就齐声喊道："不剃头！不扎辫！不剃头！不扎辫！"那声音先是零零落落的几声，不一会儿，就渐渐演变成了众人齐声的吼叫。清兵一看不对，立即上前把马兆仁抓了，拉到中间去。众人这时就要拥上去保护他，场面一时骚动了起来。

周至柔借此机会，挤到二老太太红升旁边儿。二老太太立即对她说，要她想办法出城，给马兆礼报信，让他们逃得越远越好；再给那陈家庄王依琪也报个信儿，让她也逃。她们陈家也有个兄弟反清，迟早要受株连。然后老太太告诉她，让她跟兆礼讲，要兆礼不要冲动，留得清山在，不愁没柴烧。周至柔就说好。老太太就让她回到自己的位置上去，让她不要乱动。于是她又趁乱挤回到自己娘家人那边去了。

清兵抓了几个闹得凶的，把他们和马兆仁都抓到中间去。那王大爷大声喊道："大家不要闹！不要闹！"却没有用。之后，清兵趁乱开枪，打死了两个人，这人群才一下子安静了下来。

王大爷这时说道："大家请安静下来，好好想一想。这满爷是为咱们大明的子民好呀。大家想想，他们派兵进关，帮咱们打叛军。他们为什么要咱们穿旗服剃头扎辫子呢？这只是为了做一个区分。不剃头不扎辫子的，就是反对旗人的,那满爷会高兴吗?不高兴。满爷帮咱们缴匪,可有人还反对他们,他们能高兴吗?所以,为了更快地把反对满爷的人区分开来,更快地缴完匪,让咱们老百姓尽快过上好日子,咱们就要穿旗服,就要剃头,扎辫子。"

马兆仁一听,立即啐了王大爷一口,道:"我呸!你回家问问你爹娘,看看当初咱生出你这么个不要脸的东西来着?如今当了旗人的走狗,整整一个大汉奸。我且问你,你说那旗人帮咱们,那崇祯二年,清兵就首次入关,以后又三次入关,抢人,抢物,杀人无数,比那大顺叛军有过之而无不及。他清兵侵害咱大明都十六年了,这笔账怎么算?你相信他们是帮咱大明的?你是汉奸,你相信。咱是大明忠实的子民,咱不相信。"

王大爷听他越说越离谱,就说道:"马家兄弟,过去是过去。这就像兄弟,也会有吵嘴打架的时候。可兄弟到底是一家人哪。你看现在,南明已经建朝了,福王也已经在南京即位,他们跟咱满爷关系不都是挺好的吗?满爷这不是帮咱们是什么?"

谁知那马兆仁却说道:"你说清兵帮咱们,那可我要问你,多尔衮到底做过什么好事?崇祯皇帝死后,是他,带兵进占了北京;是他,杀死了太子。他如果还是帮咱大明的话,那我要请问,永王、定王都哪里去了?纵算他杀太子没罪,为什么不立永王、定王为帝?就算他拥立弘光帝为帝,那他就该派兵迎弘光帝到北京就天子位,以安天下百姓之心,这样才是真的帮我大明。他杀太子,占北京,兵锋所指,逐鹿中原。这种狼子野心,天人共愤!"

马兆仁这么说着,那王大爷越听越慌。他越是这么说,所有的百姓越是叫好。那清兵看他们这么叫好,知道马兆仁所说的话,于他们不利。于是他们就上前,捂住马兆仁的嘴。那马兆仁就又是扭头又是扭身子的,还趁摆脱清兵的空档,高喊道:"我是大明子孙!誓死不降满清!"底下百姓一听,也有人跟着呐喊。那清兵一看,就一脚把马兆仁踹到地上去了。

马兆仁知道,今天非死不可了。于是他不慌不忙地坐起身,整了整衣裳,弹了一下身上的尘土。然后他脱掉鞋子,赤足就地打坐,闭目,口中念念有辞,伊伊呀呀地诵念起《古兰经》:

第一○九章不信道的人们(卡斐伦)

奉至仁至慈的真主之名

你说:"不信道的人们啊!我不崇拜你们所崇拜的,你们也不崇拜我所崇拜的;我不会崇拜你们所崇拜的,你们也不会崇拜我所崇拜的;你们有你们的报应,我也有我的报应。"

……

第一一一章火焰（赖海卜）

奉至仁至慈的真主之名

愿焰父两手受伤！他必定受伤，他的财产，和他所获得的，将无裨于他，他将入有焰的烈火，他的担柴的妻子，也将入烈火，她的颈上系着一条坚实的绳子。

第一一二章忠诚（以赫拉斯）

奉至仁至慈的真主之名

你说：他是真主，是独一的主；真主是万物所仰赖的；他没有生产，也没有被生产；没有任何物可以做他的匹敌。

第一一三章曙光（法赖格）

奉至仁至慈的真主之名

你说：我求庇于曙光的主，免遭他所创造者的毒害；免遭黑夜笼罩时的毒害；免遭吹破坚决的主意者的毒害；免遭嫉妒者嫉妒时的毒害。

马老太爷一看，当即走到人群中央，脱掉鞋袜，赤足，和马兆仁打坐在一起。他也盘起了腿，长髯飘拂，白发迎风。他盘坐在地上，闭上眼睛，口中念念有辞。据后来人回忆，他念的是阿拉伯文。

马老太爷一去，老太太、二老太太、三老太太、五老太太，还有马家的几个仆人，纷纷走上了前方，脱掉鞋袜，打坐在地。那老太太无比平静，在坐下去之前，她站在中央，大声说道："儿呀！国恨家仇，咱都忍了。可大仇不能忘，大义不能灭。保住马家，保住定州眼药店，就有未来呀我的儿呀！"她这是跟儿媳妇儿说的，她知道儿媳妇儿能听懂她所说的话。她把话一说完，就当即坐下。

于是，现场的回民，还有部分汉人，也都来到人群中央，脱掉鞋子、袜子，就地坐下。会念《古兰经》的念《古兰经》，不会念《古兰经》的，就跟着那伊伊呀呀的声音，哼了下去。那定州府衙之前，顿时像被一片祥云覆盖了一样，紫气升天，气冲斗牛。

清兵就在此时血洗了定州。所有坐到中间去之人，全都被杀。

却说那周至柔看到公公婆婆都走到人群中间的空场地上时，她也要往那中间走去，却被自己的哥哥拉住了。她慌忙挣扎。这时，那王大爷趁乱来到了她跟前，展开手心，上面是一个"忍"字。他大声说道："咱定州的乡邻呀，咱们可不要冲动，大局为重呀。人死了不可以复生，咱们可不能轻易地就去赴死呀!"说完,他看了看周至柔,然后转到了别处。

当天黄昏,王大爷来到周至柔娘家,说要送弟妹出城。他说他弄到了一张出城的通行证,只能一人出城。他还说,老太爷老太太们的尸首,他已经让人送到了马家,他会找人给他们安葬到马家祖坟。然后,他叫了一辆马车,让那车夫送周奶奶出城。他把周至柔一直送到城门口,看着她出城了,这才回家。

周至柔出城后,直奔马家田庄。她告诉马兆礼,让大家赶紧逃,越远越好。还叫兆礼前去陈家庄通知王依琪,让她带着儿子远离陈家庄。马兆礼就与兆信等人商议逃往哪里。最后商定,大家只能分头逃往太行山。一起行动,目标太大,还不如分头逃。两三个人一起,目标小,不容易被发现。周至柔还告诉马兆礼,说老太太说了,"国恨家仇,咱都忍了。可大仇不能忘,大义不能灭。保住马家,保住定州眼药店,就有未来";"不要冲动,留得青山在,不愁没柴烧。"那兆礼听了这话,就紧拥着夫人,咬紧了牙关,眼泪再也忍不住了。他只是一个劲儿地点头,什么话也没有说。那周至柔没有跟他讲父母和兆仁的事,可马兆礼还是从她的神情中,感觉到有些不对。他感到有什么事情已经发生了,可是问周至柔,她却说什么也没有。

当晚,他让夫人跟他一起走,周至柔不同意。她说她还要回定州,还要照顾老太爷和老太太们。如果她走了,那些老人可怎么办?于是夫妻抱头痛哭。周至柔哭了一会儿,知道不能再哭了,就催马兆礼和儿子,还有兆信和其他侄儿侄女、妯娌们,让他们赶快行动,不要久留。待他们走后,她才在田庄里歇息下来,第二天天亮就回定州,去给马家的老太爷老太太们送葬。

之后,那周至柔让哥哥在马家祖坟前搭了一间破屋,她一直守候在破屋里,替马兆礼守祖坟。两个多月后,清兵从定州城出发,向四周乡村搜寻反清人员,发现了她。在清兵追过来时,她触墙而亡。

第二天凌晨,马兆礼带着儿子,终于赶到了陈家庄。而就在出庄的路上,他看到一个少年驾着车,正往庄外赶去。他认识这孩子,正是王依琪的儿子。于是他喊住了少年。那少年一看是他,也就停住了。少年说他听说定州出事儿了,正准备和娘一起前往定州。马兆礼拦住了他们,告诉了他们王大爷的话,让他们赶紧找地方逃命。王依琪一听,就说他们只能去曲阳县庄窠乡,说陈家在那里有个亲戚,那里是大山区,可以躲一阵儿。问马兆礼去哪里,马兆礼说,他们也是去太行山,躲到一个叫做大悲乡的地方去。这样,他们可以同路到曲阳。一路上,马兆礼一直在照顾王依琪。在一个酒店里吃饭的时候,王依琪让店小二给她拿来笔和纸,她躲到一边儿去写了几个字。快到曲阳时,即将分别,王依琪忍不住告诉马兆礼说,她的确没有想到,自己的丈夫陈良鲲,最后竟然带着队伍,跟着清兵一起打汉人,当了汉奸。这让她们陈家祖祖辈辈都丢尽了脸。那马兆礼听了,安慰道:"王夫人可不要多虑,也不要有什么不安。你家老爷一生有为,年轻时读书,中举,中年打农民军,拥护皇上,都行得端,坐得正。可只要是人,就会犯错。陈举人一步不慎,丢掉了性命,落了个不好的名声,可那也只是他人生中的一个错误而已,不用把它看得那么严重。他只是给皇上和陈家报仇心切,没有想到这后面还有民族大义。何况他犯这么一个错误,时间只一两天,却让他付出了生命的代价。因此,你既不用悲伤,也不用愧疚。"

依琪听他这样一说,心里顿时好受了许多。就说了声谢谢。再走一会儿,他们就到了十字路口。那依琪和儿子要继续往西,马兆礼和儿子要往北走。于是两人分手。而就在此时,依琪从荷包里掏出一张纸条儿,送给了马兆礼。待他们走远,马兆礼展开一看,那上面是无比清秀的蝇头小楷,却道:

"寂寞人生不曾老,

社稷民生总关情。

翠岭朝阳天际阔,

一曲轻笛吹月明。"

落款是,"王依琪送马兆礼君",还有"曲阳县庄窠乡大顶子村陈家庄"。

看到这里,马兆礼不禁回头,再向那王依琪马车的方向看去。夕阳西下,那个他曾经的梦中情人,他们的车子正艰难地爬行在西去的路上。晚霞给那山坡和山坡上的车子镀上了一道玫瑰色的光芒,她那辆孤单的马车,仿如行走在旧梦中一般。人生如梦,一晃二十年过去了。二十年前,他跟这个女人初次相遇,并为这个女人日思夜想,竟差点儿连命都给弄丢了,而现在,他们再次在人生的十字路口相逢,再次一路漂泊,走向天涯。未来在哪里,他何曾知晓?

可是时间不允许他多想,于是他调转马头,催促儿子说,我们走吧。说完,扬鞭催马,一路向北奔去。

后 记

　　"马应龙"是中国驰名商标,该公司是商务部第一批命名的"中华百年老字号"企业;马应龙八宝生物科技有限公司是马应龙集团旗下专业致力于打造美丽女人事业的企业,承继马应龙眼疗世家的制作技艺,打造高端眼部化妆产品"瞳话"品牌。武汉红树林文化发展有限公司以传承中华企业文化为己任,立志打造一套"中华百年老字号"企业文化丛书。我们受上述两公司所托,创作《瞳话》系列作品,实乃重任在肩,如履薄冰。

　　四百多年前,马氏先民在河北定州制作眼药,悬壶济世。他们饱受劫难,历尽沧桑,传至于今。马应龙企业的四百年传奇就是一部中华民族医药制造业的创业史和血泪史。马氏家族人物的命运就是中华民族医药先驱的写照,是中华民族生生不息、世代繁衍和发展的缩影。历史仿如烟云,如今患者在享受医疗文明的成果之时,那些被埋没、被遗忘的民族历史却在哭泣。这是人类社会发展进程中的悲哀。好在代代相传的中华文字在黯然捡拾这些尘封的故事。《瞳话》记录了一个四百年眼药企业的绝世传奇,它是中华民族尘封故事中的一页。这是一部关于心灵的童话,只因为它与眼睛有关;这是一部亘古的传奇,因为她穿越了四百年的历史空旷与幽远;这是一部中华民族的人间词话,因为她维系了炎黄子孙的骨肉相连和血脉相通、悲欢离合与爱恨情仇。

　　2011年秋冬,我们查阅了马应龙企业的有关资料,对企业的发展历史进行了梳理和研究。在无法复制历史的背景下,用心巧妙安排了《瞳话》中的人物和故事。《瞳话》不可能还原历史,但它借鉴历史,创造传奇。借故事中人物的命运与读者产生深刻的共鸣。这一切为的是不辱马应龙企业和红树林文化公司的使命,不负广大读者的期待与厚爱。小说在2012年春节前后多次讨论,三易其稿,希望献给读者一部精美的精神大餐。但由于时间仓促,作品难免有遗憾之处。艺无止境，超越无极限，文学创作的遗憾乃是文学作品振聋发聩的前兆。但愿更多的作者加入到"中华百年老字号"文学创作的阵营中来，更多的企业加入到中华企业文化品牌建设的大潮中来。

《瞳话》源于眼药，生于眼睛。在所有读者的眼中它注定是绿叶对根的情意。马应龙企业、红树林公司承蒙读者厚爱，敬请读者给力企业的明天。

为本书付梓默默奉献的杨晓阳、雷雪峰先生，以及为本书做了大量细致编辑、校对工作的出版社老师们，在此一并致谢！

书中还援引了当代人创作的一些古诗作品，一并感谢。作者名字是：妩眉弯、辽西散客、月白、荷香等。有些人的名字不一定正确，如有遗漏或错讹，待再版时更正。由于与这些作者联系不上，请他们看到此书后，跟出版社联系，我们将奉送样书和稿酬。

再次感谢广大读者，《瞳话》因你而精彩。

安民　林可行　王礼德
2012 年 3 月 2 日